PENELOPE DOUGLAS

KILL SWITCH

Traduzido por Marta Fagundes

2ª Edição

2024

Direção Editorial:
Anastácia Cabo
Arte de Capa:
Bianca Santana e glancellotti.art

Tradução:
Marta Fagundes
Diagramação e revisão:
Carol Dias

Copyright © Penelope Douglas, 2019
Copyright © The Gift Box, 2021

Todos os direitos reservados.
Nenhuma parte do conteúdo desse livro poderá ser reproduzida em qualquer meio ou forma – impresso, digital, áudio ou visual – sem a expressa autorização da editora sob penas criminais e ações civis.
Esta é uma obra de ficção. Nomes, personagens, lugares e acontecimentos descritos são produtos da imaginação da autora. Qualquer semelhança com nomes, datas ou acontecimentos reais é mera coincidência.

Este livro segue as regras da Nova Ortografia da Língua Portuguesa.

CIP-BRASIL. CATALOGAÇÃO NA PUBLICAÇÃO
SINDICATO NACIONAL DOS EDITORES DE LIVROS, RJ
Gabriela Faray Ferreira Lopes - Bibliotecária - CRB-7/6643

D768k
2. ed.

Douglas, Penelope
 Kill switch / Penelope Douglas ; tradução Marta Fagundes. - 2. ed. - Rio de Janeiro : The Gift Box, 2024.
 536 p. (Devil's night ; 3)

Tradução de: kill switch
ISBN 978-65-85940-00-9

1. Ficção americana. I. Fagundes, Marta. II. Título. III. Série.

24-87859   CDD: 813
           CDU: 82-3(73)

NOTA DO AUTOR

Eu não costumo escrever prefácios, mas como este é o terceiro livro da série *Devil's Night*, gostaria de já deixar os leitores prevenidos. Por mais que esta série apresente enredos novos a cada livro, com seu par específico, ela acabou se tornando uma espécie de saga. Há uma trama maior em jogo, com os personagens centrais ganhando destaque em seus respectivos livros cheios de mistérios. É recomendável que a série seja lida a partir do primeiro, *Corrupt*, e, em seguida, *Hideaway*. A partir do momento que você conhece todos os envolvidos e conecta os pontos interessantes, com certeza sua chance de compreender a trama como um todo será muito maior.

Se você já leu os dois primeiros, então siga em frente e se divirta.

Se a resposta for negativa, não se preocupe, porque ambos estão disponíveis no Kindle Unlimited.

Boa leitura!

"Há uma razão para que as coisas sejam como são."
Drácula – Bram Stoker.

Para Z. King

CAPÍTULO 1
WINTER

Minhas sapatilhas de balé deslizavam pelo piso de madeira à medida que caminhava devagar pelo corredor extenso. As chamas das velas em seus candelabros iluminavam as paredes escuras, e torcia os dedos enquanto olhava para todas as portas fechadas à direita e esquerda.

Não gostava dessa casa. Nunca gostei daqui.

Mas pelo menos as festas aconteciam apenas duas vezes por ano — depois dos recitais de verão, em junho, e na estreia do espetáculo anual de O Quebra-Nozes, em dezembro. Madame Delova amava o balé e, como a benfeitora da minha escola de dança, acreditava ser um "presente para o povo quando desce de seu pedestal de vez em quando para entreter os aldeões, permitindo que entremos em sua casa".

Ou foi isso que ouvi minha mãe dizer uma vez.

A casa era tão grande que eu talvez nunca conseguisse conhecer inteira, além de ser decorada com coisas sobre as quais todo mundo cochichava a respeito, mas, mesmo assim, esse lugar me deixava nervosa. Sentia como se corresse o risco de quebrar algo a cada vez que me movia.

E também era muito sombria. Ainda mais hoje, com a casa iluminada apenas pela luz das velas. Acho que talvez seja a maneira que Madame encontrou de fazer com que o ambiente adquirisse uma aura de sonho, do jeito que ela mesma se via: surreal, perfeita demais, como se fosse de porcelana. Sem ser exatamente alguém de verdade.

Franzi meus lábios, pouco antes de gritar:

— Mãe?

Onde ela estava?

Dei um pequeno passo, sem saber ao certo onde estava ou como voltar à festa, mas tinha certeza de ter visto minha mãe subindo as escadas. Acho que havia um terceiro andar, também, mas não fazia ideia de onde a escadaria de acesso se encontrava. Por que ela viria aqui? Todo mundo estava lá embaixo.

Contraí a mandíbula com força a cada passo em que me distanciava da festa. As luzes, vozes e a música desvaneceram, e o corredor silencioso imerso em penumbra, lentamente, me engoliu.

Talvez fosse melhor voltar. Ela vai ficar brava por eu tê-la seguido até aqui.

— Mãe? — chamei outra vez, coçando minhas coxas por causa do figurino que usava desde cedo e que irritava minha pele. — Mãe?

— Qual é o seu problema, porra? — alguém gritou.

Levei um susto.

— Todo mundo fica desconfortável ao seu redor — o homem continuou. — Tudo o que você tem que fazer é ficar quieto lá! Já conversamos sobre isso.

Avistei uma fresta de luz através de uma porta semiaberta e espiei ao me aproximar. Duvidava que minha mãe estivesse aqui. As pessoas nunca gritavam com ela.

Mas talvez ela esteja ali?

— O que se passa nessa sua cabeça? — berrou o homem. — Não consegue falar nada?

Nenhuma resposta. Com quem ele estava bravo?

Recostando-me no batente da porta, espiei pela abertura, tentando ver quem estava na sala.

Em um primeiro momento, tudo o que via era ouro. O brilho dourado da lâmpada cintilava sobre o kit de escritório dourado em cima da mesa. Até que meu olhar se desviou para a esquerda, deparando com o marido da Madame Delova, o Sr. Torrance, por trás da mesa. Ele se levantou, resfolegando, irritado, enquanto encarava seja lá quem fosse a pessoa do outro lado.

— Jesus Cristo — disparou, com um tom desdenhoso. — Meu filho. Meu herdeiro... é incapaz de fazer qualquer coisa sair dessa sua boca? Tudo o que você tem que dizer é "olá" e "obrigado pela presença". Você mal consegue responder a uma merda de pergunta. Qual é a porra do seu problema?

Meu filho. Meu herdeiro.

Eu me estiquei um pouco mais, tentando enxergar além da fresta da porta, mas não consegui ver a outra pessoa ali dentro. A Madame e o Sr. Torrance têm um filho. Raramente o vejo. Ele é da idade da minha irmã, mas frequentava uma escola católica.

— Fale alguma coisa! — o pai esbravejou.

Perdi o fôlego e dei um passo, por reflexo. No entanto, acidentalmente esbarrei na porta, ao invés de me afastar. O ruído da dobradiça estalou e a porta se abriu um pouco mais, fazendo-me recuar.

Ai, não.

Tentei me afastar às pressas e virei-me, pronta para sair correndo. Mas, antes que conseguisse escapar, a porta se abriu, espalhando a luz do interior pelo corredor escuro. Uma sombra enorme pairou sobre mim.

Contraí as coxas, sentindo a ardência aumentar como se estivesse prestes a fazer xixi na calça. Lentamente, olhei para trás e vi o Sr. Torrance ali parado em um terno escuro. A careta em seu semblante suavizou e ele exalou um suspiro.

— Oi — ele disse, com os lábios curvados em um sorriso sutil enquanto me encarava.

Instintivamente, dei um passo atrás.

— Eu... eu me perdi. — Engoli em seco, focada em seus olhos escuros. — O senhor sabe onde a minha mãe está? Não consigo encontrá-la.

Mas então, o outro ocupante da sala abriu a porta ainda mais, fazendo com que a maçaneta se chocasse contra a parede, e saiu dali intempestivamente, passando pelo pai. Cabisbaixo, o cabelo preto cobria seus olhos, o nó da gravata desfeito ao redor do pescoço. Ele esbarrou em mim sem nem ao menos olhar na minha direção e desceu as escadas correndo.

Seus passos se distanciaram, e eu me virei para encarar o Sr. Torrance.

Ele sorriu e se abaixou, inclinando-se para ficar na minha altura. Recuei um pouco mais.

— Você é a filha da Margot — ele disse. — Winter, não é?

Acenei e dei um meio-passo para trás, preparada para sair dali o mais rápido possível.

No entanto, ele estendeu a mão e a colocou abaixo do meu queixo.

— Você tem os olhos da sua mãe.

Não tenho, não. Ninguém nunca disse isso.

Ergui um pouco mais o queixo, para afastar-me de seu toque.

— Quantos anos você tem? — perguntou.

Ele segurou meu queixo outra vez, inclinando minha cabeça de um lado ao outro enquanto seus olhos me avaliavam. Em seguida, seu olhar deslizou do meu rosto para meu *collant* branco e o tutu, passando pelas minhas coxas e pés. Ele me encarou outra vez, mas seu sorriso agora não estava presente. Algo diferente cintilou por trás de seu olhar, e não sei se seu silêncio, sua altura, ou o ruído da festa distante me fizeram completar o passo para trás para me afastar.

— Tenho oito anos — murmurei, baixando o olhar.

KILL SWITCH

Não precisava da ajuda dele para encontrar minha mãe. Só queria ir embora agora. Ele foi muito cruel com seu filho. Meus pais não eram perfeitos, mas nunca gritaram comigo daquele jeito.

— Você se tornará uma beleza algum dia — comentou, quase como um sussurro. — Exatamente como sua mãe.

Depois de alguns segundos, finalmente consegui engolir o nó na garganta.

— A primeira vez em que vi minha esposa — continuou —, ela usava um traje como o seu.

Eu não precisava imaginar como a Madame ficava num figurino de balé. Havia inúmeras fotografias e pinturas dela espalhadas pela casa e pelo estúdio.

O Sr. Torrance ficou ali parado por mais um instante, sua altura e olhar pairando sobre mim e deixando-me incomodada.

Até que, por fim, ele soltou meu queixo e inspirou profundamente como se estivesse saindo de um transe.

— Vá correr por aí e brincar — ele disse.

Dei a volta e saí correndo pelo mesmo caminho que passei, mas olhei por sobre o ombro para ter certeza de que ele não estava atrás de mim.

Ao fazer isso, vi que ele continuou no corredor e abriu a porta mais à frente, parando por um momento como se estivesse vendo alguém.

Quando eu estava prestes a virar a cabeça outra vez e sair dali, ele se afastou do batente e se preparou para fechar a porta, e foi aí que a vi.

Minha mãe.

Estreitei meus olhos, piscando para me assegurar de que realmente era ela. Vestido social branco, longo cabelo da mesma cor do meu, um sorriso divertido em seus lábios...

A porta se fechou, bloqueando a imagem dela caminhando em direção a ele, e fiquei ali parada, no corredor escuro, apenas ouvindo o som da chave trancando a porta.

Precisava sair daqui. Não sabia o que estava acontecendo, mas achava que não podia aborrecer minha mãe. Saí correndo pelas escadas, atravessando o vestíbulo, e segui em direção à festa no terraço.

A porta dos fundos se abriu e quando um garçom entrou com uma bandeja, dei um jeito de sair de fininho, perambulando pelo pátio de pedra rumo a um mar de adultos. O burburinho das conversas me cercou; as pessoas riam, bebiam e comiam, enquanto um flautista vestido em um traje azul dividia o palco com um quarteto de cordas à minha direita. As Quatro Estações, de Vivaldi, ressoavam pelo terraço, fazendo-me recordar das inúmeras vezes que já dancei ao som daquela melodia.

Garçons limpavam os talheres à medida que taças tilintavam e, quando ergui a cabeça, vi o céu escurecendo cada vez mais, as nuvens cobrindo o sol e lançando uma sombra sobre a festa. Perfeito à luz de velas.

Avistei meu grupo vestido com o mesmo figurino que o meu, todo branco, ainda do recital que dançamos mais cedo, correndo em direção às cercas-vivas. Estavam todos amontoados, rindo, e minha irmã, três anos mais velha que eu, estava ali no meio. Hesitei apenas por um segundo antes de segui-las.

Dando a volta na cerca e em direção ao gramado, parei subitamente e inspirei a brisa que soprava das árvores. Arrepios percorriam meus braços e levantei a cabeça, olhando para a casa e as janelas do segundo andar onde estava há pouco tempo. Minha mãe provavelmente deveria estar me procurando.

Porém a festa estava muito chata, e minhas amigas tinham vindo por esse caminho.

Um pouco mais além da casa e de onde a festa acontecia, a propriedade se espalhou em um amplo gramado, margeado com canteiros de flores dos dois lados, assim como uma fileira de árvores que circundavam as colinas mais distantes. Tudo aquilo se estendia a perder de vista e transformava a paisagem em algo saído de um conto de fadas.

Olhei adiante e vi minha irmã com sua panelinha e nossas colegas de turma. O que elas estavam fazendo? Ela olhou para mim, riu e depois disse alguma coisa para as garotas antes de todas saírem correndo em direção ao labirinto no jardim, desaparecendo por trás da vegetação.

— Esperem! — gritei. — Ari, espere por mim!

Desci correndo a pequena encosta e corri até o labirinto, parando na entrada e olhando de um lado ao outro. O caminho só era visível até alguns passos à frente antes que tivesse que escolher um lado, e não vi para onde elas haviam ido. E se eu me perdesse ali dentro?

Sacudi a cabeça. Não. Não havia perigo nenhum. Se houvesse, eles teriam bloqueado a entrada. Não é? Um monte de crianças tinha acabado de entrar. Estava tudo bem.

Dei alguns passos e depois comecei a correr. O vento soprava contra os ciprestes, externando a promessa que o céu acinzentado e as nuvens carregadas traziam e fazendo meus pelos arrepiarem. Virei à direita e ao redor das árvores, seguindo o caminho e perdendo o rumo à medida que a entrada do labirinto se distanciava cada vez mais.

O cheiro de terra se infiltrou em meus pulmões quando inspirei com força, e por mais que o chão fosse coberto com o gramado, sujeira se embrenhava em minhas sapatilhas, tornando tudo mais desconfortável. Elas ficariam destruídas. Eu tinha certeza.

Mas a Madame insistia que ainda usássemos o figurino, mesmo depois que o espetáculo acabasse.

Risadas e gritos ecoavam à distância e levantei a cabeça, acelerando meus passos em direção ao som. Elas ainda estavam aqui.

Depois de um minuto, entretanto, o som silenciou e eu parei, aguçando os ouvidos para tentar descobrir onde minha irmã e amigas estavam.

— Ari? — gritei.

Mas estava sozinha.

Timidamente, andei pelo caminho, deparando com um espaço verde aberto e com uma fonte enorme no meio. O lugar era duas vezes maior que o meu quarto, e cercado por ciprestes altos. Três saídas conduziam para fora dali. Será que esse era o centro do labirinto?

A fonte imensa era composta por uma tigela gigante embaixo de outra menor no topo. Água corria pelo trajeto, enchendo a cuba menor e se derramando em quedas d'água na que ficava abaixo. O som era lindo. Como uma correnteza. Eu gostava muito de correntezas. Dava uma sensação de paz.

Mas sem olhar para onde estava indo, esbarrei em alguém e tropecei para trás. Os braços de uma mulher se ergueram e impuseram distância, como se eu estivesse suja e ela não desejasse que a tocasse.

O olhar surpreso de Madame se suavizou assim como seu sorriso, o movimento do corpo fluido e gracioso, como se estivéssemos em um palco.

— Olá, querida. — Sua voz era meiga. — Você está se divertindo?

Recuei um passo e abaixei o olhar, acenando.

— Você viu meu filho? — perguntou. — Ele ama festas, e não quero que perca esta.

Ele amava festas?

Franzi as sobrancelhas, confusa. O pai dele discordava daquilo.

Estava prestes a dizer a ela que não o havia visto, mas algo à minha direita atraiu minha atenção, e quando olhei mais à frente, reconheci a forma oculta nas sombras.

Uma forma oculta dentro da fonte.

Estava sentado por trás da queda d'água que se derramava sobre a bacia à base, quase completamente escondido.

Damon. O filho deles que levou uma bronca pouco antes.

Parei por um instante, e a mentira deslizou facilmente da minha boca:

— Não. — Balancei a cabeça. — Não o vi, Madame. Sinto muito.

Não sei porque não revelei a ela que ele estava bem ali, mas, depois da forma como seu pai gritou com ele, parecia que tudo o que ele mais queria era ficar sozinho.

Evitei o olhar da Madame, como se ela fosse capaz de perceber minha mentira e, ao invés disso, encarei à frente. Seu vestido preto fluía até os tornozelos, cintilando com o brilho das joias delicadas e pérolas; a parte de cima se moldava ao corpo esbelto à medida que a saia esvoaçava com os movimentos. Seu longo cabelo negro estava solto às costas, tão liso e sedoso quanto um riacho de água corrente.

Nunca ouvi minha mãe falar bem dela, mas, ainda que as pessoas tenham medo, quando estavam à sua frente, a tratavam com gentileza. Ela não parecia muito mais velha que a minha babá, mas tinha um filho mais velho que eu.

Sem dizer nada, ela passou por mim e saiu em direção à entrada, enquanto fiquei ali parada por mais uns segundos, pensando se devia fazer o mesmo e sair dali.

Mas não saí.

Sabia que ele provavelmente não queria ver ninguém, mas eu meio que me senti mal ao vê-lo tão sozinho.

Bem devagar, dei um passo para mais perto da fonte.

Espiando por entre os filetes da água corrente, tentei fazê-lo sair de seu esconderijo. Vestido com um casaco preto, seus braços descansavam sobre os joelhos, o cabelo escuro caindo por cima de seus olhos e tocando as maçãs de seu rosto.

Por que ele estava ali na fonte?

— Damon? — disse seu nome timidamente. — Você está bem?

Ele não respondeu, e por entre a cortina d'água dava para ver que não se moveu um milímetro. Era como se não tivesse me ouvido.

Pigarreando, disse um pouco mais alto:

— Por que você está sentado aí? — Então acrescentei: — Posso me sentar aí também?

Não era aquilo que eu queria dizer, mas estava animada. Parecia divertido, e alguma coisa dentro de mim queria que ele se sentisse bem.

Ele moveu a cabeça, dando um olhar de relance, mas depois se virou outra vez.

Entrecerrei os olhos, tentando vê-lo por entre os pingos constantes e vi sua cabeça inclinada e o cabelo molhado cobrindo seu rosto. Avistei um ponto vermelho e notei sangue em sua mão. Ele estava sangrando?

Talvez ele quisesse um Band-Aid. Sempre queria minha mãe e um Band-Aid quando me machucava.

— Vejo você na Catedral, de vez em quando. Você nunca pega a hóstia, né? — perguntei. — Quando as pessoas vão comungar, você fica lá sentado. Sozinho.

Ele continuou imóvel. Do mesmo jeito que ficava na igreja. Ele apenas mantinha-se sentado quando todos faziam a fila no corredor, mesmo já tendo idade para ir lá também. Eu me lembrei dele na sala de catequese da minha irmã.

Inquieta, comentei:

— Vou fazer minha primeira comunhão em breve. Quer dizer, acho que sim. A gente tem que se confessar primeiro e eu não gosto dessa parte.

Talvez fosse por isso que ele ficava sentado naquele momento na Missa. Ninguém poderia comer a hóstia ou beber o vinho se não tivesse se confessado, e se ele odiava fazer isso do mesmo jeito que eu, poderia ser por isso que sempre ficava de fora.

Tentei ver seus olhos pela cortina d'água. Os respingos atingiram minha pele e figurino, e um arrepio levantou os pelos dos meus braços. Queria entrar ali dentro também. Queria ver como era.

Ele não parecia nem um pouco amigável. Não tinha certeza do que faria se eu escalasse para chegar até lá.

— Você quer que eu vá embora? — Inclinei a cabeça para um lado, tentando conectar meu olhar ao dele. — Eu vou, se você quiser. Não gosto muito de ficar aqui fora. Minha irmã idiota sempre dá um jeito de estragar tudo.

Ela chamou minhas amigas, fugiu de mim e minha mãe estava... ocupada. Ver o que existia por trás de uma fonte pela primeira vez parecia ser divertido.

Mas parecia que ele não me queria aqui. Ou qualquer outra pessoa, pelo jeito.

— Então... vou embora — finalmente disse e dei um passo para trás, deixando-o sozinho.

Mas assim que virei de costas, o ruído da queda d'água mudou e, quando levantei a cabeça, vi sua mão esticada para fora.

Ele tentou me alcançar, como se me convidasse a entrar.

Hesitei por um instante, tentando ver sua expressão, mas seu cabelo ainda cobria tudo.

Olhando ao redor, percebi que não havia ninguém. Minha mãe provavelmente ficaria brava comigo por molhar minha roupa, mas... eu queria entrar ali.

Não consegui segurar o sorriso quando entrelacei os dedos aos dele, levantando a perna para subir em direção ao chafariz.

Foi há tanto tempo...

Há anos, mas aquele dia permaneceria para sempre na minha memória, já que foi o último em que vi o rosto da minha mãe. Foi o último dia em que vi meu quarto e toda e qualquer coisa que ela usou para decorá-lo. A última vez em que pude correr para qualquer lugar que escolhesse, sabendo que o que estava diante de mim não me oferecia perigo, e também foi a última vez que as pessoas à minha volta não ficavam nervosas, ou que meus pais me amavam mais do que se sentiam sobrecarregados com o fardo que me tornei.

A última vez em que fui incluída sem questionamentos ou que pude curtir um filme ou assistir a algum espetáculo de dança ou teatro.

O último dia em que fui eu mesma e o primeiro de uma nova realidade que nunca poderia ser desfeita. Não dava para voltar atrás. Não dava para rebobinar e não entrar naquele labirinto. Não podia desfazer o instante em que pisei naquela fonte.

Porque... meu Deus... quisera eu poder fazer isso. Existem alguns erros dos quais nunca nos curamos.

E enquanto eu e minha mãe nos mantínhamos ali ao lado da minha irmã mais velha, treze anos depois, no dia de seu casamento, sentindo o cheiro de seu perfume e ouvindo o padre murmurar as bençãos do sagrado matrimônio, resisti à imensa vontade de me encolher ou recordar, por um segundo, como aquele momento, naquela fonte, tantos anos atrás, foi, realmente, um esconderijo celestial. E como desejava estar lá agora, apenas para poder me afastar daqui.

As alianças, o beijo, a benção...

E estava feito. Ela havia se casado.

Meu estômago retorceu em um nó e senti a ardência em meus olhos quando os fechei. *Não.*

Fiquei ali, ouvindo os sussurros e o farfalhar de tecidos, esperando que minha mãe estendesse a mão para me guiar pelas escadas a fim de sair da Catedral.

Eu precisava de ar fresco. Precisava fugir dali.

Mas as vozes da minha mãe e irmã se distanciaram.

E os mesmos dedos frios que segurei naquela fonte, anos atrás, agora tocavam os meus.

— Agora... — O novo marido de minha irmã sussurrou no meu ouvido: — Agora, você me pertence.

CAPÍTULO 2
WINTER

Dias atuais...

Congelei na mesma hora, cerrando o punho quando o senti sentar-se à minha frente na limosine logo após a cerimônia.

Damon Torrance. O garoto da fonte.

O garoto usando um terno amarrotado, com o cabelo desgrenhado e mão ensanguentada que mal falou ou olhou para mim.

No entanto, agora ele era um homem e, definitivamente, havia aprendido a conversar. Alto e confiante, havia uma ameaça implícita em suas palavras ditas na igreja, mas eu também era capaz de sentir o cheiro daquela fonte exalando dele. Ele tinha o cheiro de coisas frias. Como águas perigosas.

— Seu pai nos garantiu um excelente acordo, contanto que eu fique casada com você por um ano — minha irmã disse, sentada ao lado de Damon, de frente para mim e minha mãe. — E pretendo cumprir essa exigência, não importa o quanto você tente dificultar.

Ela estava falando diretamente com ele, que manteve a voz calma e decidida quando respondeu:

— Não vamos nos divorciar, Arion. Nunca.

Sua voz soou como se ele estivesse olhando para o outro lado, encarando talvez a janela ou qualquer outro lugar, ao invés de falar diretamente com ela.

Não haveria um divórcio? Meu coração começou a acelerar. É claro que ele se divorciaria dela. Algum dia, não é mesmo? Eu ainda custava a acreditar que as coisas tivessem ido tão longe. Afinal de contas, isso era apenas uma vingança contra a minha família. Por que ele faria questão de ficar preso a isso pelo resto da vida?

O plano dele era nos arruinar. Quando encontrou provas sobre o desfalque e fraude fiscal do meu pai – o que o fez fugir do país –, o FBI apreendeu quase tudo o que possuíamos. Nossas contas bancárias secaram e agora... o causador de todo aquele caos atacou três mulheres carentes precisando de ajuda ou de alguém que salvasse a casa onde moravam, e as colocassem de volta ao estilo de vida luxuoso e à posição social que ocupavam desde sempre.

Mas não... eu sabia muito bem. Por mais que quisesse fingir que não sabia o resultado, lá no fundo, eu tinha consciência.

O plano dele não era simplesmente nos arruinar. Ele queria nos torturar. Pelo tempo que levasse aquele divertimento macabro.

— Você *quer* continuar casado comigo? — minha irmã perguntou.

— Não quero *estar* casado com ninguém — Damon esclareceu em um tom de voz monótono e indiferente. — Você é boa como outra qualquer, acho. É bonita e jovem. É daqui, de Thunder Bay, além de ser bem-educada e apresentável. Você é saudável, então filhos não serão um problema...

— Você quer filhos?

A pergunta de Ari soou quase com uma ponta de esperança, enquanto eu fechei os olhos por trás dos óculos escuros, contorcendo-me.

— Ai, meu Deus — arfei, incapaz de conter a reação associada à sensação de náusea e desgosto.

O silêncio se estendeu dentro do carro, e tive a impressão de que todo mundo ouviu o que falei. Por mais que não pudesse vê-lo, também sabia que seu olhar estava focado em mim.

Como ela ainda podia desejá-lo? E os dois trariam filhos ao mundo no meio dessa insanidade? O que ele fez quando éramos crianças não foi o suficiente para convencê-la de sua maldade, nem mesmo o que continuou fazendo enquanto eu estava no ensino médio. Ela sabia que ele não a suportava, mas, mesmo assim, o queria de qualquer forma. Ela sempre o quis.

Arion não estava nem aí com o fato de ter se casado com Damon só por causa da situação em que o próprio nos enfiou. Perdemos tudo por causa dele, mas... não havia nada a temer... Aqui estava ele, nos dando tudo de volta ao se casar com a filha mais velha e nos colocando debaixo de sua proteção e da conta bancária de sua família. Fez de si mesmo a *cura* para nossos males, que nem sequer teriam acontecido se não fosse por ele.

Eu o odiava. O novo marido da minha irmã era o único homem que eu, talvez, fosse capaz de matar algum dia.

— Se você for ter casos extraconjugais — Arion advertiu —, seja discreto. E não espere que eu seja fiel também.

KILL SWITCH 17

— Ari... — minha mãe tentou silenciá-la.

No entanto, ela insistiu:

— Você entendeu? — pressionou o marido.

Continuei com o rosto virado para a janela, tentando esconder minha expressão – ou, ao menos, uma parte dela –, ou mesmo querendo fingir que não estava acompanhando a discussão, mas o espaço no carro era pequeno demais para conseguir fugir de sua presença. Era impossível não ouvir o que falavam.

Esse não era o tipo de assunto que eles deveriam ter discutido antes de se casarem? Ou isso não caracterizava uma quebra de contrato para minha irmã?

— Vamos deixar algumas coisas bem claras — ele disse, calmamente —, porque acho que você se esqueceu um pouco da situação em que está, Arion. — Parou e prosseguiu em seguida: — Você agora tem meu sobrenome. Conseguiu uma mesada. Vai preservar seu status social; inclusive, poderá continuar frequentando almoços, boutiques e essas porras beneficentes. — A voz dele se tornava mais profunda a cada palavra. — Sua mãe e sua irmã não irão parar nas ruas, e é aqui que a minha obrigação com vocês acaba. Não fale, a não ser que eu diga para fazer isso, e não me questione. Isso me irrita.

Senti minha respiração acelerar e o estômago se retorcer em um nó.

Damon não parou por ali:

— Vou foder outras mulheres, mas você não pode transar com outros homens, a não ser comigo, já que não quero correr o risco de outro cara ser o pai dos meus filhos. — Logo depois, acrescentou com sarcasmo: — Vou entrar e sair na hora que eu bem entender, e espero que esteja sempre bem-vestida e pronta para as raras ocasiões em que teremos que comparecer em público como um casal. Pode ser que você nem seja uma esposa feliz, Arion, mas dizem que foi por isso que Deus inventou as lojas de grifes e as pílulas.

Ninguém disse nada, e cerrei o punho ao redor da minha saia, sentindo-me sufocada por nenhuma delas ter coragem para retrucar. Porém, por mais que odiasse sua honestidade, eu também a apreciava. Dessa forma, não haveria ilusões ou esperanças vãs em relação ao casamento deles. Damon nunca mentia.

A não ser aquela vez...

— E se você quiser lidar com isso — advertiu —, sugiro que se adapte o mais rápido possível, já que a única maneira de você se livrar desse casamento será no dia do seu enterro.

— Ou do seu — murmurei.

Todo mundo ficou em silêncio por um instante, e um arrepio percorreu meu corpo, mas, por dentro, eu estava sorrindo satisfeita. Provavelmente ele estava me encarando com aqueles olhos escuros dos quais eu recordava; nem um pouco ocultos por baixo do cabelo espesso e macio que tinha quase certeza de que ninguém mais, a não ser eu, já havia tocado. Mas não estava nem aí. Essa porcaria já seria ruim de qualquer jeito. Eu não pisaria em ovos por causa dele ou de sua família.

— Nós entendemos, Damon — minha mãe disse, por fim.

O carro diminuiu a velocidade e ouvi quando o portão de nossa propriedade começou se a abrir. Em seguida, acelerou de novo pelo caminho até a nossa casa. Eu me mantive afundada no assento, inclinada contra a janela e sentindo o corpo seguir o movimento do veículo ao contornar a entrada e parar.

Talvez eu devesse ser grata por ainda termos uma casa. Meu pai – o prefeito de Thunder Bay – havia simplesmente desaparecido, e nossos negócios, bens e imóveis foram confiscados, além de, praticamente, cada centavo que tínhamos. Minha mãe estava mais do que agradecida porque pelo menos Ari e eu ainda poderíamos dormir em nossas camas, e não havíamos perdido o lugar onde crescemos.

Mas aquilo era apenas uma ilusão. Nada disso nos pertencia mais. A casa e tudo o que havia dentro dela agora estava no nome do pai de Damon. De verdade mesmo, nós não tínhamos mais nada.

As pessoas podiam até achar que o que aconteceu era desolador, mas havia certa liberdade em saber que eu não tinha nada mais a perder. Ele nunca lutaria com alguém que não tem nada a temer.

A porta se abriu e ouvi a movimentação quando começaram a sair do carro.

— Não vou entrar — Damon informou.

Houve um segundo de silêncio até que minha irmã protestou:

— Mas...

Ela não finalizou o que ia dizer. Eu não sabia se ela apenas decidiu que não valia a pena o esforço ou se minha mãe gesticulou para que ela se calasse. Ou que ela mesma tenha se lembrado que Damon a impediu de questioná-lo, mas senti quando ela passou por mim e saiu, seu perfume suave impregnando o ar e a cauda de seu vestido roçando contra minhas sapatilhas.

Minha mãe foi a próxima, já que sempre saía primeiro para que pudesse me guiar até a porta de entrada. No entanto, assim que fiz menção de segui-la, fui agarrada pela gola do vestido e me choquei contra um corpo forte; a porta do carro se fechou com um baque segundos antes de eu ouvir o som das travas.

Suspirei, a corrente elétrica fluindo pelos meus poros quando senti seu hálito quente pairar sobre meus lábios.

— Winter? — minha mãe chamou do lado de fora. — Damon, o que está acontecendo?

Ouvi quando sacudiram a maçaneta em uma tentativa de abrir a porta.

— Ei! — Ouvi a voz da minha irmã, seguida de uma batida à janela.

Ergui os braços para empurrá-lo para longe de mim, mas desisti quase que na mesma hora. Ele queria que me debatesse, mas eu não estava pronta para lhe dar essa satisfação. Ainda não.

— Escolha sensata — sussurrou. — Guarde suas forças, Winter Ashby. Você vai precisar delas.

Seu hálito acariciou minha boca, tocando suavemente os cantos dos meus lábios, enquanto sua respiração acelerava.

Ele não estava mais tão tranquilo.

A porta abriu e fui retirada do carro com um pouco de esforço, tropeçando diretamente para os braços da minha mãe enquanto ouvia a porta se fechar outra vez.

Alguém agarrou meu braço – provavelmente minha irmã – assim que me endireitei.

— O que foi aquilo? — ela rosnou.

— Você é burra? — retruquei em voz baixa. Ela realmente não fazia ideia? Nada disso tinha qualquer coisa a ver com ela, e ela sabia disso.

Minha mãe me guiou até o interior da nossa casa. Senti o vestido de noiva de Ari roçar minha pele quando ela passou por nós no vestíbulo, então estendi a mão até encontrar o corrimão da escada, já que aqui dentro eu era capaz de encontrar meu caminho.

Os degraus rangeram um pouco acima. Provavelmente Ari marchando em direção ao seu quarto.

Que casamento horrível... Nada de convidados. Nem recepção. Muito menos uma noite de núpcias. Pelo menos, não por enquanto.

— Mãe? — Ari gritou, assim que alcancei o patamar e comecei a caminhar para o meu quarto. — Ele e eu vamos precisar de um quarto maior e um pouco de privacidade, assim como um banheiro na suíte.

Cerrei a mandíbula, deslizando a mão suavemente pelo corrimão enquanto continuava a andar. Assim que entrei em meu quarto, fechei a porta com um baque e a tranquei na mesma hora.

Meus nervos estavam à flor da pele e, quando tateei à direita, toquei a cadeira que havia roubado na sala de jantar. Enfiei o encosto por baixo da maçaneta da porta, por garantia.

Ele pode até ter saído por agora, mas poderia voltar a qualquer momento. A qualquer dia, hora ou noite. A qualquer minuto.

Mikhail esfregou o nariz úmido na minha perna e agachei-me, fazendo um carinho e recostando minha cabeça à dele, deliciando-me com as sensações da única coisa que me fazia sentir bem. Além da dança.

Adotei o Golden Retriever ano passado e, por mais que adorasse sua companhia, seria meio difícil levá-lo comigo em uma fuga.

Fiquei de pé, esfregando os olhos.

Meu Deus, não dava para acreditar em Ari. Eles se apossariam do quarto da minha mãe.

Raiva agitou meu sangue, mas acho que isso era até bom. Dessa forma, não nos iludiríamos. Nós viveríamos, comeríamos e até mesmo dormiríamos debaixo das graças de outra pessoa. Agora, éramos simplesmente hóspedes em nossa própria casa.

Como meu pai pôde nos deixar assim?

Se ele tivesse sido pego, seria preso, o que eu tinha certeza de que era o desejo de Damon. Olho por olho. Uma pequena vingança. Uma dose de seu próprio remédio.

No entanto, meu pai teve tempo suficiente para conseguir fugir, e agora ninguém sabia onde ele estava. Se ele tivesse usado um pouco do dinheiro roubado para nos esconder, ou nos tirar do país juntamente com ele, ou até mesmo se tivesse nos colocado sob a proteção de alguns de seus amigos, eu poderia perdoá-lo. Ou ao menos acreditaria que ele se importava com a gente. Mas ele simplesmente fugiu. E nos deixou na mão e à mercê de qualquer um que aparecesse.

O que Damon faria conosco? Com certeza, ele se divertiria. Minha irmã era lindíssima. Mamãe ainda conservava sua beleza, a julgar pelos comentários que sempre ouvia ao redor. Ari faria qualquer coisa que ele mandasse, assim como minha mãe. Se ela se recusasse, bastaria ele me ameaçar e ela faria qualquer coisa.

Ela poderia ter sido até mesmo uma opção para esse acordo, não fosse o fato de ainda ser casada com meu pai. E eu não seria uma escolha ideal, já que o enfrentaria e continuaria fazendo isso até o fim. Ari era a escolha mais fácil.

No entanto, mesmo tendo escapado desse destino, não significava que estava segura. O que diabos eu deveria fazer? Eu precisava sair dali. E sabia que já estava mais do que na hora.

Eu deveria ter ficado longe daqui. Depois do ensino médio, cheguei a cursar dois anos de faculdade em Rhode Island, mas desisti para que pudesse voltar para casa e focar na minha dança, treinos, e ainda tentar convencer qualquer coreógrafo ou diretor de alguma companhia de balé a me dar uma chance. Acabou se tornando um ano horrível, e que prometia piorar mais ainda.

Ajoelhei-me no chão e enfiei as mãos por baixo da cama, procurando pela alça de nylon da minha mochila de viagem. A malinha retangular esteve guardada ali desde o dia em que coloquei Damon na prisão, cinco anos atrás. Era como se estivesse pronta para sair dali o mais rápido possível, já que sabia que não seria capaz de vencer uma disputa contra ele. Havia duas mudas de roupa, um par extra de tênis, um telefone pré-pago com carregador, um chapéu, óculos escuros, kit de primeiros socorros, um canivete suíço e todo dinheiro que, secretamente, surrupiei ao longo dos anos: pouco mais de nove mil e oitenta e dois dólares.

Claro, eu tinha amigos e familiares a quem poderia pedir ajuda, mas desaparecer era a única alternativa infalível. Eu precisava sumir. Sair do país.

Mas precisava de ajuda para isso. Alguém em quem confiasse acima de qualquer outra pessoa e que não temesse Damon ou sua família, ou a elite dessa cidade. Alguém que poderia enganar o novo marido da minha irmã e me tirar daqui.

Alguém a quem eu odiaria colocar no caminho de Damon, mesmo sabendo que não tinha escolha.

— Ei — Ethan chamou minha atenção assim que parou o carro. — Você está bem?

Assenti, sentindo a lataria do automóvel contra as minhas coxas quando ele abriu a porta para mim.

— Estou bem.

Passava um pouco da meia-noite, e um arrepio percorreu meus braços quando exalei o ar gélido do lado de fora do portão enquanto segurava Mikhail.

Minha mãe veria, com certeza, as luzes dos faróis, então pedi que meu amigo me pegasse um pouco mais abaixo na estrada. Ele buzinou três vezes – dois toques rápidos e um mais lento para que eu soubesse de sua chegada.

Apreensão fez com que meus pelos se arrepiassem. Damon não voltou para casa esta noite, mas, se não tivesse mudado os hábitos, ele continuava sendo o mesmo. Gostava de ficar acordado até tarde da noite, o que significava que poderia estar no caminho. Eu precisava me apressar se quisesse colocar vários quilômetros entre mim e essa cidade, antes que alguém percebesse meu sumiço.

Eu deveria ter feito isso quando o FBI veio atrás do meu pai há mais de um mês. Sabia que algo mais estava por vir. Ou então, deveria ter saído de casa dois dias atrás, quando minha mãe e irmã foram convocadas a comparecer a um encontro com o pai de Damon; Arion já voltou de lá noiva. Mas eu estava fugindo agora. Não passaria uma noite sequer nessa casa, com ele ali.

Minha mochila foi retirada das minhas mãos por Ethan, que a jogou no banco de trás.

— Rápido. Está muito frio — ele disse.

Entrei no carro, forçando meu cachorro a entrar na parte de trás, e fechei a porta, afivelando o cinto em seguida.

Uma mecha do meu cabelo se soltou do rabo de cavalo, roçando meus lábios e indo parar dentro da minha boca quando inspirei, nervosa. Eu o afastei na mesma hora.

— Você tem certeza de que quer fazer isso? — Ethan indagou.

— Não posso ficar nessa casa — soltei. — Vou deixar que elas façam parte desse jogo doentio.

— Ele não vai te deixar fugir. — Pude ouvir quando ele colocou a marcha. — Não vai deixar nenhuma de vocês irem embora. Sua mãe, sua irmã, você... Na cabeça dele, vocês pertencem a ele agora. Especialmente você.

O carro disparou pela estrada e eu me recostei ao banco, e cada vez mais que eu me distanciava da minha família, podia sentir o hálito inexistente soprando em minha nuca. Já fazia um tempo que eu não dormia bem, mas, de agora em diante, estaria sempre olhando por cima do meu ombro.

Especialmente você. Ethan era um dos meus melhores amigos, e ele sabia de toda a história e do quanto havia sido horrível para mim.

— Ele só se casou com a Arion porque ela é fácil. Ela aceitou — Ethan advertiu. — É você que ele quer.

Permaneci em silêncio, cerrando os dentes com tanta força que cheguei a sentir dor.

Damon não me queria de verdade. Ele queria me atormentar. Queria que eu o ouvisse no quarto ao lado, com a minha irmã, toda noite. Queria me ver sentada quietinha à mesa do café da manhã, nervosa e com as pernas bambas, imaginando se ele estava me observando e o que faria comigo logo em seguida. Queria destruir a paz de espírito que conquistei nesses últimos anos enquanto esteve preso.

Suspirei audivelmente.

— Não estou nem aí se ele vier atrás de mim. Tenho vinte e um anos, e não cabe a ele decidir se fico ou não naquela casa.

— Mas ele tem o poder de te impedir — retrucou. — Vai enviar os seguranças se tiver que fazer isso. Temos que nos preparar.

Eu sabia que ele estava certo. Legalmente, eu podia fazer o que bem entendesse, mas Damon não estava nem aí para isso. Com ou sem o meu consentimento, ele me manteria onde quisesse.

No entanto, eu precisava tentar. E nunca desistir.

— Não tenho medo dele — murmurei. — Não mais.

— E quanto à sua mãe e irmã? O que ele fará com elas se você não voltar para casa...

Nada muito diferente do que ele já estava disposto a fazer, completei seu pensamento.

— Elas sabem o que aconteceu comigo quando era criança. E o que ele fez comigo cinco anos trás — afirmei. — E, ainda assim, elas o trouxeram de volta às nossas vidas. Cruzaram meu caminho com o dele outra vez por causa de dinheiro. Não somente deixaram de me proteger, mas nos colocaram em perigo. A família de Damon é ruim.

O comportamento de Arion não me surpreendeu. Fomos ricas a vida inteira, e ela sempre o desejou. Ter dinheiro de novo, e ainda se tornar esposa dele, mesmo que tenha sido ele o causador de todos os nossos problemas, era tudo o que ela mais queria. Ela devia estar mais do que feliz por conta de tudo o que aconteceu.

Mas minha mãe era outra história. Ela sabia muito bem o que significava trazê-lo de volta às nossas vidas. Sabia qual era o jogo dele e, mesmo assim, não me protegeu.

E por mais que eu e Ari não nos déssemos bem, eu também não queria que ela sofresse.

Damon faria da vida dela um inferno. O que ele disse no carro foi mais do que claro. Ela começaria a se entupir de calmantes para lidar com o sofrimento por conta da forma como ele a trataria, cedo ou tarde. Como minha mãe pôde ser capaz de concordar com isso? Será que ela estava assim tão assustada por perder sua casa? Estava preocupada a esse ponto com nossa sobrevivência?

Ou aquele ar de intimidade entre ela e o pai de Damon, que vi quando era apenas uma garotinha, realmente tinha algo a ver?

Minha mãe teve um caso com ele, não é mesmo? Talvez não fosse apenas o medo que a fez tomar essa decisão.

E apesar do que o futuro reservava a elas, eu não permitiria que decidissem por mim.

— Podemos nos casar — Ethan disse, sua voz sempre tão leve e divertida, agora com um toque mais sensual.

Nem mesmo um marido seria capaz de me proteger de Damon Torrance.

— Ah, merda. — Ethan suspirou.
— O que foi?
— Tiras. Bem atrás de mim.

Tiras? Estávamos dirigindo por alguns minutos apenas. Eu não havia percebido a curva para pegar a autoestrada, então era capaz que ainda estivéssemos na saída de nossa área residencial. Nunca soube da presença de policiais por ali. Eu sabia disso porque minha irmã já havia acelerado naquelas pistas – comigo no carro – e nunca foi pega.

— As luzes deles estão ligadas? — perguntei.
— Sim.
— Ainda estamos em Shadow Point?
— Sim.
— Não pare. — Balancei a cabeça. — Você nem estava correndo. Eles não têm motivo para nos parar.
— Tenho que parar.

Ele não parecia preocupado, mas enfiei as mãos cerradas dentro do bolso frontal do casaco. Policiais só vinham por essas bandas quando eram chamados. Alguma coisa estava errada.

— Por favor, não pare — implorei.
— Está tudo bem, querida. — Senti o carro diminuindo a velocidade. — Somos adultos, e não estamos fazendo nada de errado. Não estamos encrencados.

Estendi a mão em busca da maçaneta do carro e com a outra desliguei o rádio, meus ouvidos apurados para qualquer som do lado de fora. Cascalho se agitava por baixo dos pneus, e percebi que Ethan estava parando no acostamento. Ele freou o carro, lançando meu corpo para frente, fazendo com que eu apoiasse as mãos no painel para me equilibrar enquanto, finalmente, parava.

Merda. Só estive uma única vez em um carro que foi abordado pela polícia, e agora, logo esta noite...

Ouvi a batida de uma porta sendo fechada, e o ruído de um mecanismo automático soou, indicando que Ethan devia estar abrindo a janela. Dava para ver que ele estava nervoso, pela respiração acelerada.

— Boa noite — uma voz masculina disse. — Como vocês estão hoje?

Reconheci a voz. Nossa cidade era pequena, havia poucos policiais, mas como não me relacionava com ele, não conseguia me lembrar do nome.

— Ah, pois é, estamos bem — Ethan respondeu, movimentando-se no banco de couro. — Tem alguma coisa errada? Acho que eu não estava acima da velocidade, não é?

Houve um momento de silêncio e imaginei que o policial devia estar se inclinando para espiar pela janela de Ethan. Permaneci imóvel no meu lugar.

— Está um pouco tarde para estarem fora de casa, não? — ele finalmente retrucou, ignorando a pergunta anterior.

Um arrepio percorreu meu corpo. Aquilo não deveria ser da conta dele. Ethan deu uma risada nervosa.

— Qual é, cara. Você está parecendo a minha mãe.

— Winter? — o policial falou. — Está tudo bem?

Senti um lado do meu rosto esquentar. Ele havia colocado a luz da lanterna direto em mim.

Assenti rapidamente.

— Sim, estamos bem.

Minhas mãos estavam trêmulas. Não deveríamos ter parado. Se tivéssemos ao menos chegado à vila, em algum lugar público...

— Será que você pode abrir o porta-malas para nós? — o policial pediu, em um tom de voz frio. — Você está com uma luz de freio queimada. Vou dar uma olhada.

Nós. Havia mais de um oficial ali.

— Sério? — Ethan se virou no assento. — Isso é estranho.

O porta-malas se abriu e ouvi o suspiro do meu amigo enquanto aguardávamos em silêncio, ainda sentindo a luz da lanterna sobre nós.

— Se você vir alguns corpos aí dentro, não são meus! — ele gritou para o segundo tira, brincando.

O carro balançou um pouco à medida que o outro homem vasculhava o porta-malas. Entrelacei minhas mãos.

— Dê os parabéns à sua irmã, Winter — disse o oficial, que ainda se mantinha à janela. — Parece que a sorte da sua família está melhorando. Você deveria estar agradecida.

Cerrei os lábios, irritada.

— Então, para onde os dois estão indo? — sondou.

— Para o meu apartamento, na cidade — Ethan respondeu.

Houve uma pausa e a luz que incidia sobre o meu rosto se afastou, então ele prosseguiu:

— Planejando ficar por muito tempo fora, Winter? — questionou. — Essa mala no banco traseiro é sua?

Engoli em seco, sentindo o coração martelar no peito.

Até que o ouvi dizer em um tom baixo e debochado:

— Tsc, tsc, tsc... Damon não vai gostar disso.

Virei meu rosto para a janela. *Merda*. Eu sabia.

— Como é que é? — Ethan interveio.

No entanto, ele foi interrompido quando o policial gritou para o que estava atrás:

— Encontrou alguma coisa?

— O quê? — meu amigo disparou.

Inclinei a cabeça na direção deles.

— Desça do carro, Sr. Belmont.

Não.

— O que é isso? O que está acontecendo? — Ethan quis saber.

Quando me dei conta, sua porta foi aberta e senti quando ele saiu do veículo. Não sabia dizer se ele saiu por vontade própria ou se o policial o retirou.

— Ethan... — pausei, sem saber o que falar em seguida. Eles estavam com ele agora.

O som dos murmúrios chegou até mim, o carro balançando à medida que vasculhavam o porta-malas outra vez.

Até que...

— O quê? — meu amigo gritou. — Isto não é meu!

Girei o corpo no banco, ouvindo Mikhail choramingar um pouco enquanto eu tentava ouvir o que eles diziam.

— Cocaína — um dos policiais disse. — Isso é crime.

Arqueei as sobrancelhas, confusa. Cocaína? Como assim? Soltei meu cinto de segurança e abri a porta. *Não.*

Desci do carro e deixei a porta aberta, guiando-me pelo teto para chegar à parte traseira. Eu não deveria ter descido, e sabia que eles brigariam comigo, mas...

— Vocês só podem estar de sacanagem — Ethan rosnou. — Vocês plantaram isso aí!

Ouvi uma risada bufada e um grunhido, e prendi o fôlego.

— Opa, opa... — um dos homens debochou. — Você está sob efeito de entorpecentes?

O que estava acontecendo?

Mais grunhidos, o som do cascalho se agitando sob os pés, e tive a certeza de que eles o estavam contendo.

— Parem! — gritei, deslizando as mãos pela lateral até alcançar a porta traseira. — Ele nunca usou drogas. O que vocês estão fazendo?

Ouvi o som de uma respiração pesada e pensei que pudesse ser Ethan. Inspirei o ar gélido da noite.

— Encontramos pelo menos quinze papelotes aqui — o policial informou.

— Isso já classifica intenção de distribuir — o outro acrescentou.

Intenção de distribuir. Duas possíveis acusações de crimes? Minha cabeça estava dando voltas.

— Seu filho da pu... — Ethan grunhiu, mas foi obrigado a se calar.

— Esperem! — disparei. — Por favor, parem. Isso é culpa minha.

Aquilo ali era uma armação. De forma alguma ele estaria com aquelas drogas no porta-malas. Esses policiais nos pararam por uma única razão, e não foi por causa de uma luz de freio queimada.

Aproximei-me com cuidado.

— *Eu* liguei pra ele — informei, assumindo a culpa. — O que vocês querem que eu faça? Por favor, só... por favor, não façam nada com ele.

O silêncio imperou por alguns segundos, até que ouvi o som que indicava que estavam ligando para alguém.

— Senhor? — um dos tiras disse. — Estamos com ela.

Damon. Era para ele que os policiais haviam telefonado.

Uma mão fria tocou a minha, sobressaltando-me, e só depois percebi que um dos policiais havia colocado o celular na minha palma. Meu medo e confusão desapareceram e foram substituídos pelo ódio. Inspirei com força, tentando me controlar enquanto rangia os dentes ao colocar o telefone no ouvido.

— Estou desapontado por você ter realmente pensado que seu plano daria certo — uma voz áspera disse. — Embora esteja surpreso por você ter conseguido sair de casa.

Não era Damon.

— Gabriel? — praticamente sussurrei, chocada.

O pai de Damon havia armado tudo isso? Eu tinha quase certeza de que ele não havia comparecido ao casamento. Sabia que ele devia estar apoiando os planos do filho, mas não imaginava que o ajudaria dessa forma. Ele estava me vigiando.

— Tente não se preocupar — continuou. — Vão soltá-lo amanhã cedo.

— Eles vão soltá-lo agora! — rosnei.

Eu não deixaria meu amigo sofrer daquela forma por minha causa. Foi uma idiotice. Eu deveria ter pensado melhor. Mesmo que conseguisse fugir, acabei envolvendo Ethan ao colocá-lo no caminho de Damon.

— Ou podemos mantê-lo preso enquanto aguarda julgamento — o Sr. Torrance emendou. — A escolha é sua.

Rangi os dentes, com tanta raiva que mal conseguia pensar. Ethan não era durão. Eu o amava, mas uma noite na cadeia não faria nada bem a ele. Quanto mais semanas, meses ou anos. Lágrimas brotaram nos meus olhos, mas as afastei.

— O que você quer?

— Quero que você leve essa sua bundinha de volta para a sua casa e para sua cama — ralhou.

Sacudi a cabeça, reconhecendo que eles haviam me vencido – por enquanto.

Mas não para sempre.

— Você acha que serei maleável? — desafiei.

— É claro que não. — Seu tom suavizou, divertido. — E é por isso que ele te quer tanto, Winter. Apenas tente não ser tão previsível na próxima vez.

— Por que você se importa com isso? Vocês já têm a Arion.

— Arion é a Sra. Torrance — ele esclareceu. — O cartão de visitas desta família, e a que vai criar os filhos dele. Mas você? — pausou, o tom de voz agora mais sinistro e que fez com que arrepios se espalhassem pelo meu corpo. — Você é a cereja do bolo.

KILL SWITCH

CAPÍTULO 3
DAMON

Sete anos atrás...

Envolvi seu corpo com meu braço, puxando-a para mais perto enquanto inspirava seu perfume. As pedrinhas brilhantes grudadas em seu figurino pinicavam meu braço. Ela era tão pequena e frágil, que eu poderia facilmente quebrá-la ao meio.

A água da fonte respingava ao nosso redor à medida que seus dentes se cravavam na minha mão, mas ao invés de afastar meu braço, a dor provocada pelos dentes pequenos preencheu minhas veias com um calor bem-vindo, fazendo minhas pálpebras tremularem. Arrepios se espalharam por baixo da minha pele, e o fôlego que nem havia percebido que estava segurando, finalmente deixou meus pulmões.

Não era uma sensação ruim. Não doía como deveria doer.

Olhei para o seu rosto delicado, ainda sem resistir, mesmo quando a pressão de seus dentes aumentou, chegando a romper a pele.

Sim.

Eu não me afastaria.

Nunca.

Aumentei o aperto do meu abraço, as curvas de seu corpo se moldando ao meu enquanto me recusava a soltá-la. Mesmo que a consciência estivesse começando a se infiltrar, fazendo com que a atmosfera da fonte se desvanecesse, o perfume floral de seu cabelo se transformou no cheiro do meu sabonete. O figurino que ela vestia agora era suave, como algodão, e suas pernas nuas, sem a meia-calça branca e apertada, agora se recostavam às minhas.

Isto era diferente. Alguma coisa estava diferente.

Pisquei com força, sentindo o sono pesar minha cabeça à medida que o sonho se dissolvia. Meu quarto entrou em foco, assim como o corpo próximo ao meu.

Infelizmente, não era a garota do meu sonho.

Encarei a nuca da minha irmã, o cabelo longo e quase tão escuro quanto o meu se espalhando pelo travesseiro. Seu hálito soprava sobre meus braços que ainda a envolviam em seu sono, e minha mão cerrou em um punho quando percebi que estava apoiada em sua barriga.

Eu me agarrei a ela enquanto dormia.

Nunca fui de fazer isso. Nós já estávamos dividindo a mesma cama há quatro anos. Era suficiente apenas saber que ela estava ali.

Ao abrir os dedos, acidentalmente rocei a pele nua de sua barriga, onde a camiseta estava embolada, então parei e estreitei os olhos ao sentir o desconforto rastejar pelo meu corpo.

Levantei o lençol e olhei por baixo, notando a curva acentuada de sua cintura, muito mais definida do que da última vez que vi; sua bunda firme pressionada contra a minha virilha.

Os músculos de suas coxas estavam mais tonificados, e sua pele parecia mais macia.

Porra. Fechei os olhos, agora já sem sentir o alívio com o sonho.

Ela estava começando a se parecer como as outras garotas. As mesmas garotas que já tinham idade suficiente para que os caras pudessem fazer o que quisessem. Ela parecia tão gostosa quanto as meninas com quem já fiquei.

— Damon — ela disse, de repente. — Sou eu, Banks.

Provavelmente a acordei quando a toquei sem querer. Ela devia estar pensando que a confundi com outra pessoa.

Abri os olhos e cerrei a mandíbula, afastando-me rapidamente dela.

— É, eu sei que é você.

Joguei as cobertas para o outro lado e me levantei, soltando o cabo do carregador do celular.

— Eu disse pra você usar a faixa no seu corpo — murmurei, desbloqueando a tela e passando pelas notificações.

Ela não disse nada, mas a ouvi se movimentando até se sentar na cama.

— Até para dormir? — choramingou. — Parece um espartilho, Damon. Não consigo nem respirar.

Você vai se acostumar com isso.

Depois de passar por algumas mensagens de Will e ler alguns comentários em umas postagens, larguei o telefone na escrivaninha e coloquei uma música no computador. Fui até o *closet* e peguei uma calça e camisa branca, parando rapidamente quando vi meu jeans pendurado ao lado do moletom. A Noite do Diabo seria na próxima semana, e a adrenalina tão familiar percorreu minhas veias.

Peguei a calça jeans também e fui para o banheiro. Eu tinha um desejo.

— Talvez... — Ouvi Banks dizer ainda da cama. — Talvez seja melhor se eu não dormir mais aqui...

Parei o que estava fazendo, entrecerrando os olhos quando me virei para encará-la.

Ela baixou o olhar na mesma hora. Banks sabia que eu não queria falar sobre o assunto. Ela era filha do meu pai, mas era minha e havia sido desde o dia em que veio morar aqui. A mãe dela era uma prostituta miserável, uma das muitas que meu pai mantinha na lista de pagamento, e se a mulher não tivesse vindo à nossa porta atrás de dinheiro, há quatro anos, eu provavelmente nunca saberia da existência de Banks. Meu pai, com certeza, nunca fez questão de registrá-la antes, e mal notava sua presença agora.

Mas isso era ótimo. Ela não pertencia a ele. Ninguém poderia tirá-la de mim.

Logo depois que a conheci, passei dias surrupiando qualquer quantia de dinheiro pela casa e objetos de valor que minha mãe não daria falta. Juntei milhares de dólares, e a mãe viciada de Banks demonstrou relutância por cerca de doze segundos antes de pegar a grana e as joias e me entregar sua filha. Minha mãe, quando ainda morava aqui, não deixaria nada interferir na felicidade de seu mundinho de fantasia, e meu pai permitia qualquer coisa que *me* fazia feliz.

Banks ficava no meu quarto, cuidava de mim e eu a sustentava e a protegia. Ela tinha sua própria cama no refúgio que fez para si na torre, no andar de cima e que se conectava ao meu quarto, mas ela quase nunca dormia lá.

— Falo, aqui nessa cama — esclareceu. — Na... sua cama. Talvez seja melhor eu dormir no meu cubículo de novo. Nós não temos mais doze e treze anos. Você cresceu. Precisa de mais espaço.

Arqueei uma sobrancelha, com raiva, mas consciente de que não tinha razão nenhuma para estar irritado. Havia uma razão para que eu a mantivesse em segredo. Um motivo para eu não permitir nenhuma outra garota no meu quarto, e porque eu a obrigava a usar minhas roupas velhas, para que enfaixasse seu corpo, e porque nunca contei aos meus amigos que minha irmã era a única mulher que poderia dormir na minha cama.

Eu sabia que tinha a mente fodida.

Eu só não estava nem aí. Contanto que eu estivesse feliz, não devia satisfações da minha vida a ninguém.

Quando ela se virou para o outro lado, concluí que a discussão havia acabado e voltei ao banheiro. Liguei o chuveiro e tirei a calça do pijama para entrar no boxe e começar a me ensaboar. Retirei o shampoo do cabelo debaixo da ducha quente, inclinando a cabeça para frente e deixando que água escorresse pela minha nuca.

Fechei os olhos, pressionando os dedos contra a parede. *Era apenas uma questão de tempo*. Meu último ano do ensino médio havia começado no mês passado, o que significava que eu só tinha mais um ano em casa. No próximo verão eu iria para a faculdade, e Banks não poderia ir comigo. Eu *deveria* deixar que ela ficasse em seu próprio quarto. Cada um de nós ter sua privacidade. Havia uma porrada de quartos vazios que ela poderia escolher, afinal de contas.

E eu não tinha dúvidas de que ela se adaptaria rapidamente, talvez até gostasse de ter seu próprio espaço.

Não. O problema era comigo. Ela era minha. Era a única pessoa que sabia de tudo, mas estávamos crescendo, e eu sabia que, em algum momento, ela iria me deixar.

Curvei os dedos contra a parede, sentindo o rosto – o rosto de qualquer pessoa – preencher minhas mãos como se eu estivesse tentando esmagá-lo em meu punho. A queimadura familiar rastejou pela minha nuca, para dentro da minha cabeça; o calor alcançou meu pau, cada pedaço do meu corpo implorando para que não sentisse nada como isso agora.

Eu precisava dar o fora daqui.

Depois de terminar de me enxaguar, desliguei o chuveiro e agarrei uma toalha dobrada na prateleira à esquerda do boxe. Sequei o corpo e vesti o jeans e camiseta, saindo em seguida de volta ao quarto enquanto secava o cabelo.

— Fiz seu dever de Matemática e atualizei seu diário de pesquisa — Banks comentou, vasculhando os papéis sobre a escrivaninha que eu nunca usava. Colocando algumas pastas na minha mochila, prosseguiu: — Você precisa passar a limpo as questões, com a sua letra, e não se esqueça de dar uma lida em Física, já que tem um teste hoje. Pelo menos você vai conseguir pegar um pouco da matéria, o suficiente para passar.

Larguei a toalha e comecei a vestir o moletom.

— Eu sempre passo. Nunca notou isso? — Dei uma olhada de relance para ela antes de puxar o capuz. — Eu podia mijar em cima daquela porra de teste e, ainda assim, eu passaria.

Ouvi sua risada sarcástica.

— É mesmo. É quase como se eles não quisessem correr o risco de fazer qualquer coisa que o segurasse por mais tempo na escola.

Não. Eu nunca reprovaria em um teste, muito menos em uma matéria. A administração da escola estava praticamente contando os dias para que eu me formasse e saísse dali. Eles nunca me reprovariam.

Eu fazia as tarefas de sala para que ninguém me enchesse o saco, mas Banks fazia os deveres de casa, trabalhos e redações. Não é que eu fosse preguiçoso — eu ralava pra caralho no time de basquete –, mas eu só não estava nem aí. E era muito difícil conseguir fazer alguma coisa que eu não estivesse a fim. Posso dizer que eu era egoísta e muito bem-resolvido quanto a isso.

Retirei a mochila de sua mão, sabendo que meu uniforme estava ali dentro, e passei a alça pela cabeça, cruzando-a por sobre o ombro. Em seguida, enfiei a carteira, celular e chaves no meu bolso. Saí do quarto e fechei a porta, e quando estava na metade do caminho na escada oculta em um canto, ouvi o clique da fechadura. Ela sabia direitinho o que fazer.

Eu estava pouco me fodendo para o fato de a casa não ser um lugar muito seguro para garotas jovens e bonitas, mas eu não queria ninguém mexendo com Banks. Aquela porta tinha que se manter trancada até que ela estivesse vestida e preparada para qualquer coisa.

Dei a volta no corrimão e desci mais uns lances de escada, passando pelo vestíbulo e seguindo até a mesa na sala de jantar.

— Bom dia — alguém cumprimentou.

Pestanejei, irritado. Vi de relance a garota usando o uniforme da criadagem, mas ela devia ser novata. Peguei uma fatia de pão da travessa e empilhei um pouco de ovos e bacon. Em seguida enfiei algumas garrafas d'água dentro da mochila.

Nossa cozinheira, Marina, colocou uma vasilha prateada cheia de frutas no centro da mesa.

— Quando meu pai volta? — perguntei, arrancando a casca do pão.

— Amanhã à noite, senhor.

— Deseja alguma coisa em particular para o jantar, Sr. Torrance? — a garota se manifestou outra vez.

Jesus Cristo.

Dobrei o pão ao meio e fechei a mochila enquanto a garota esperava por uma resposta. Dei uma mordida e lancei um olhar a Marina, dando o fora dali. Às minhas costas, pude ouvir a cozinheira ralhando com a nova empregada.

"A vida parece um inferno, porque esperamos que ela se pareça com o paraíso". A citação que li anos atrás era mais ou menos assim, mas eu nunca a havia entendido. Quando você está no meio da sua vida, vivendo de maneiras que provavelmente outras pessoas não fazem, você acaba aprendendo a dormir em meios às chamas do inferno. Até que, um dia, aquilo é tudo o que você precisa.

Era no paraíso que eu não acreditava. Grandes esperanças e falsas expectativas...

Não. Eu *precisava* de problemas.

Segurei a ponta do cigarro entre os dedos, sentindo o celular vibrar pela segunda vez no bolso traseiro enquanto dava mais uma tragada. O chiado sutil do filtro queimou até o fim, à medida que eu inalava a fumaça escura e a soltava em uma baforada. Eu estava recostado contra a parede ao lado do quadro de avisos.

A escola ainda estava praticamente deserta, já que faltava cerca de quarenta e cinco minutos até o sinal tocar.

O terceiro andar era o meu favorito. O alvoroço do refeitório e do ginásio concentrado vários andares abaixo, e com poucas salas aqui, o que deixava o lugar silencioso o bastante para ouvir cada som: passos, portas, até mesmo o ruído de uma caneta caindo no chão... Dava para saber se já não estivesse mais sozinho.

E *ela* não estava só. Fiquei pensando se ela já tinha percebido isso.

Virei a cabeça e espiei pela coluna, vendo sua forma por trás do vidro da janela, do outro lado do imenso vão que permitia a visão da quadra abaixo. Ela estava se achando demais, mas isso era comum entre as novas professoras, especialmente as mais jovens. Elas achavam que seus diplomas as preparavam para isto e, mesmo que fizessem, não as preparavam para Thunder Bay. As coisas funcionavam um pouco diferentes por aqui, e não era ela quem mandava, porque eu não podia ser manipulado. Estava na hora de ensinar que eram os professores que andavam na linha, não o contrário.

Ela se moveu na sala, usando a máquina copiadora, e eu umedeci os lábios, sentindo a boca seca. *Vamos lá... Vá para algum lugar mais sossegado, ou vou ter que te pegar aí mesmo.*

Comecei a pensar naquele coque pequeno se soltando. Aquelas pernas longas com os saltos enquanto eu a inclinava sobre a mesa...

Meu celular vibrou mais uma vez e eu cerrei os olhos com força, engolindo o nó na garganta. *Filho da puta.*

Rangendo os dentes, atendi à ligação.

— Ah, vá se foder.

— Nossa, bom dia para você também, rabugento — Will disse. — Qual é o problema?

Engoli a saliva, olhando para o meu prêmio mais uma vez.

— Nada que o meu pau não possa resolver se você me deixar em paz por dez minutos — resmunguei, ainda a encarando. — O que você quer?

— Fazer você sorrir.

Franzi o cenho... *me fazer so...* Porra. Revirei os olhos, mas, sem mais nem menos, quase me vi fazendo o que ele queria. Ele tinha um talento nato para suavizar minhas arestas, e conseguia fazer isso com bastante rapidez.

— Haha... Consigo ouvir você sorrindo. — Seu tom era divertido. A risada quase presente em sua voz.

— Você consegue me ouvir sorrindo, né?

Ele era o único – o único – que não pisava em ovos ao meu redor, e eu quase o matei várias vezes por causa disso, mas, agora, dificilmente eu fazia alguma coisa sem ele.

— Eu já te disse — ressaltou. — Estamos conectados. É uma dessas merdas de alma.

Um sorriso se formou em meus lábios, mesmo que ele não pudesse ver.
— Eu te odeio pra caralho.
Idiota.
Will, Michael e Kai eram meus amigos, e eu faria qualquer coisa por eles. Porém Will era o único entre eles que eu tinha certeza que faria o mesmo por mim.
— Então me diga... o que ela está usando? — perguntou.
Mantive o olhar focado nela, acompanhando seus passos quando saiu da sala da copiadora e seguiu pelo corredor.
— Uma aliança de noivado.
— Safada.
Ri baixinho e dei um passo atrás do outro, sincronizando minhas passadas com as dela enquanto ela ia por um lado e eu por outro.
— Seria mais safada ainda se estivesse usando o vestido de noiva também.
— Vou querer um pedaço.
— Você é sempre bem-vindo. Eu sou bom em compartilhar.
E, às vezes, compartilhar era necessário. Quando se tratava de mulheres, eu quase nunca cumpria o que prometia. Will terminava o serviço se eu perdesse o interesse.
Ela estava se aproximando do canto e viraria logo mais à esquerda. Estava quase na hora.
— Tenho que desligar — falei. — Te vejo no estacionamento às sete e meia.
— Beleza. Deixei minha bolsa da academia no seu carro, então preciso pegar antes do treino. Até mai...
Nem deixei que ele encerrasse a ligação. Coloquei o celular no bolso, sem afastar o olhar dela. Ela virou em um canto e apareceu pelas janelas perpendiculares a mim, chegando cada vez mais perto. Parei e recostei-me de lado contra a parede, enfiando as mãos no bolso frontal do meu moletom, apenas à espera.
Quando ela virou à esquerda, desaparecendo por um segundo e surgindo logo em seguida, estacou em seus passos assim que me viu.
— Sr. Torrance — disse.
Acenei com a cabeça.
— Senhorita Jennings. Você queria me ver?
Ela recuou um passo, olhando ao redor. Eu não sabia dizer se foi algo instintivo ou se ela estava confusa, mas aquilo me divertiu. Ela usava um

vestido sem mangas e com decote em V que abraçava todas as suas curvas, bem diferente dos cardigãs floridos e das saias na altura do joelho que usava quando começou a dar aulas aqui no início do ano letivo. A professora novata com carinha de "esposa do pastor da cidade" parecia gostar do olhar meio lascivo dos alunos adolescentes, e agora se vestia com o intuito de seduzir, embora ainda usasse os óculos e o cabelo sempre preso em um coque.

Ela engoliu em seco, o rosto agora corado.

— Humm, durante o horário da aula, sim. Eu... hummm...

Baixou o olhar, meio inquieta em seus saltos pretos, e eu contive um sorriso. Por mais que ela se vestisse de um jeito mais sexy agora, ainda continuava tímida.

E eu adorava isso. Confiança demais me irritava. Eu detestava ser "caçado".

— Bem, mas já que você está aqui — disse, dando um sorriso breve —, vamos lá.

Entrei logo atrás dela na sala de aula, sentindo o sangue bombear e aquecer meu corpo.

Era assim que eu funcionava.

Havia uma porção de garotas lá embaixo nesse exato instante. Garotas da minha idade. Líderes de torcida, time de ginástica, as estudantes dos grupos de estudo no refeitório... Eu conseguiria transar com alguém em menos de cinco minutos, se quisesse, mas sexo para mim não tinha nada a ver com meu corpo.

Era isso aqui. Com meus olhos grudados às suas costas. Com a porta fechada e trancada assim que entrei. Com o medo, a atração e o perigo que eu sentia emanar do corpo dela ao estar aqui sozinha comigo. Só em pensar que ela teria que olhar para mim todos os dias, pelo resto do ano até que eu me formasse, sabendo exatamente o que ela havia me deixado fazer hoje... e o pavor por ter permitido e ainda desejar que acontecesse outra vez.

Sexo, para mim, estava na mente. Quase que exclusivamente.

Ela colocou a pilha de papéis em sua mesa e se virou, o olhar se desviando até a porta que havia acabado de perceber estar fechada. Pausou por um longo instante até que vi seu corpo enrijecer, mas se manteve firme.

Ela entrelaçou os dedos à frente do corpo e me encarou com uma expressão severa. Uma tentativa até fofa para uma mulher de vinte e três anos que achava que o garoto de dezessete, muito maior – e mais alto – à sua frente, era alguém que a enxergava como uma figura de autoridade.

Dei dois passos até chegar a uma das mesas da primeira fileira e me recostei.

— Olha, eu não sou de rodeios — ela disse —, então vamos direto ao ponto.

Eu a encarei.

— Há uma enorme diferença entre os trabalhos que você faz em sala de aula e os que faz em casa — continuou. — E percebi até mesmo uma disparidade entre as letras. Não vou pedir que se justifique, porque ambos sabemos o que está acontecendo e não vou perder no nosso tempo no assunto.

Arqueei uma sobrancelha.

Ela parou por um momento, lambendo os lábios e pigarreando.

— Tudo o que vou pedir é que você pare com isso. — Ergueu a cabeça em desafio. — Faça seus deveres você mesmo, ou não vai passar de ano.

Hum-hum. Mantive o olhar fixo ao dela, mas ainda era capaz de ver os bicos de seus seios despontando contra o tecido do vestido. Talvez estivesse com frio. Talvez não. Eu só queria confirmar por conta própria.

Senti minha respiração acelerar e o meu pau começou a latejar só em imaginá-la nua, e foi preciso cerrar os dentes para controlar a urgência de fazer o que eu queria.

Como não respondi nada, ela insistiu:

— Você entendeu?

Meu olhar se ergueu outra vez, imaginando o batom vermelho e brilhante manchando meu travesseiro por tê-la colocado de quatro na minha cama a noite inteira.

— Sim, senhora — retruquei.

Ela ficou ali parada, parecendo confusa, como se não esperasse que seria assim tão fácil, mas assentiu e deu um meio-sorriso.

— Okay, então tudo bem. Tenha um bom-dia — disse, dispensando-me.

Quase bufei uma risada. Nós ainda não havíamos terminado.

Era a minha vez.

— Posso te fazer uma pergunta? — comecei, mostrando uma fotografia dela em meu celular. — Essa aqui é você?

Fiquei de pé e fui em sua direção, parando apenas quando estava perto o suficiente para olhar para ela de cima. Seus olhos alternaram entre mim e a tela do celular na minha mão, para então perceber nossa proximidade e tentar se afastar um pouco, parando quando se chocou contra a mesa.

Ergui o aparelho outra vez, falando bem devagar:

— Você não mudou muito.

Ela engoliu em seco. Era apenas uma das muitas fotografias dela que encontrei nas redes sociais, aparentemente no segundo ano do ensino médio e em algum acampamento de verão. Ela estava posando ao lado de amigas e perto de um beliche, sorrindo com inocência; o cabelo estava solto, um short jeans bonito mostrava as longas pernas bronzeadas, sem nenhuma maquiagem e usando aparelho nos dentes...

Ela cerrou os lábios.

— Eu aprendi a usar rímel agora.

Ela se virou de costas e pegou um giz, começando a escrever no quadro.

— Você está vermelha — comentei. — Está com vergonha?

— Já chega.

A jovem Senhorita Jennings era meio *nerd*, mas tinha potencial. Meu olhar percorreu as curvas de sua cintura, bunda e suas pernas. *Com certeza.*

— Sabe, eu não sou preguiçoso ou burro — falei, parando não tão longe e bem atrás dela. — Só não estou interessado em fazer alguma coisa da qual não gosto. Mas as coisas que gosto? — Baixei o tom de voz, provocando: — Essas eu poderia fazer a noite toda, Senhorita Jennings.

Ela virou a cabeça um pouco de lado, a mão pausada enquanto escrevia uma frase no quadro de giz. Sua boca se abriu e fechou duas vezes até que conseguiu dizer:

— Tenho trabalho a fazer.

Apoiei minha mão no quadro à sua frente e me inclinei tão perto que senti seu cabelo fazendo cócegas nos meus lábios.

— Caras como eu não davam bola para você no ensino médio, não é mesmo? — debochei, em um sussurro. — Nenhum deles te comeu no banco traseiro de um carro. Nenhum deles arrancou sua calcinha e te fodeu a seco no sofá da casa dos seus pais enquanto eles estavam no quarto ao lado. — Deslizei meu dedo bem devagar pelo zíper na parte de trás do seu vestido e senti quando seu corpo retesou e ela começou a respirar acelerado. — Ninguém chupou seus peitos e deixou sua boceta molhada no beliche da casa de alguém, em algumas dessas festas na casa de um desconhecido.

Ela virou rapidamente, mostrando os dentes em uma careta.

— Vou apresentar uma queixa contra você.

— Por favor, não faça isso. — Sorri com escárnio. — Se eu estivesse lá, no entanto, eu teria tirado a sua virgindade. — Baixei a voz para um sussurro, inclinando-me para mais perto: — Eu gosto muito das quietinhas.

Ela balançou a cabeça, os olhos castanhos agora escuros e ardentes.

— Eu fui avisada sobre vocês, garotos. Isso não vai te garantir uma nota máxima. Algum dia você vai aprender que vai ter que se esforçar muito para conseguir algo que quer.

— Ah, eu não me importo de ter que me esforçar. — Apoiei a outra mão no quadro, ao lado da cabeça dela e encarei-a de cima.

Minha adorável professora de Literatura era apenas seis anos mais velha que eu, e por mais que todos os garotos da escola adorassem olhar para ela, eu seria o único que a teria, porque era assim que eu queria. Estava entediado demais com as garotas sem cérebro lá debaixo, que nunca se recusavam e que não conseguiam saciar essa minha necessidade sórdida de ser mais depravado do que já era. Eu não queria simplesmente transar. Eu queria me corromper. E queria fazer o mesmo com ela. Eu não queria ser o único a...

Não consegui finalizar o pensamento. Meus amigos – por mais que gostassem de bancar os malvados, ainda assim, eram limpos. Seus anseios eram normais, suas transas eram apenas um lance físico, e a diversão estava sempre à mão.

Mas, para mim, tudo era mais difícil. Eu não conseguia me desligar do meu cérebro, e não conseguia ser feliz a não ser que fodesse com a cabeça delas. Eu não queria que a Senhorita Jennings se divertisse. Queria fazer com que ela odiasse o fato de ter gostado tanto disso.

Eu me aproximei mais ainda, parando a centímetros da sua boca.

No entanto, ela apoiou as mãos no meu peito, tentando me impedir.

— Pare com isso.

Pressionei meu corpo contra o dela, devagar, o calor de seu hálito soprando sobre minha boca enquanto eu sacudia a cabeça.

Ela começou a hiperventilar, o olhar aterrissando nos meus lábios, e pude ver aquela expressão em seu rosto, uma que já havia visto uma porção de vezes. Todo mundo se deixava levar depois de um momento de reflexão.

— Não preciso de uma nota máxima, e não tenho medo do que você possa fazer comigo — eu disse, tocando seu lábio superior com a ponta da minha língua e ouvindo seu gemido. — Eu só quero que você suba esse vestido e se deite na mesa com as pernas abertas como uma boa professora que só quer que seu aluno coma o café da manhã.

Ela grunhiu, ergueu a mão e estapeou o meu rosto.

Mas eu mal me movi, a ardência de seu tapa rastejando pelo meu pescoço em questão de segundos.

Agarrando seus pulsos, segurei-os contra a lateral de seu corpo, tentando disfarçar meu sorriso.

— Você bateu em um menor de idade. Isso doeu, Senhorita Jennings.

Ela começou a respirar com dificuldade enquanto se debatia e tentava se livrar do meu agarre.

— Sei que você quer isso. — Meu olhar percorreu seu corpo. — Você tem usado saias cada vez mais apertadas. Decotes mais evidentes. Você não é a minha primeira. E eu sei como guardar segredo...

— Não importa o que uma mulher esteja vestindo, ela não está pedindo por isso.

— Então não era você? — Gesticulei em direção às janelas. — Espiando daqui de cima sempre que o time está treinando? Me observando?

Nós já estávamos no segundo mês do último ano do ensino médio, e o treinador nos colocava nas quadras externas depois das aulas, sempre que o clima colaborava. Passei a perceber que ela nos encarava daqui de cima há algumas semanas, e se escondia sempre que eu desviava o olhar para cá. Só para mostrar que conseguíamos tudo o que queríamos.

— Você fica me encarando por mais tempo ainda quando estou sem camisa. — Encarei seus lábios fixamente. — E agora eu faço questão de sempre ficar sem ela, porque sei que você gosta.

Ela ficou sem fôlego, abrindo a boca enquanto encarava a minha.

— Se eu tivesse estudado na sua escola — eu disse, inclinando-me para mais perto —, eu teria ido até você, na frente das suas amigas, e teria sussurrado no seu ouvido: "quero te tocar" — eu disse aquilo realmente em um sussurro, e afastei-me, encarando-a. — E então eu teria te levado para o subsolo, no ginásio escuro de luta livre, onde ninguém nunca vai, e começaria a tirar suas roupas.

— Sr. Torrance — arfou, suplicando em seguida: — Damon, por favor.

Medo cruzou sua expressão, mas não o tipo de temor por saber que não conseguiria me impedir. Era o tipo de medo por querer muito alguma coisa, mas sem querer correr o risco de ser flagrada.

— Então eu te deitaria no tapete — continuei —, levantaria a sua saia — soltei seus pulsos e circulei seu pescoço com uma mão —, e foderia essa sua boceta apertada enquanto chupava seus seios.

Ela ofegou e, antes que pudesse dizer qualquer outra coisa, devorei sua boca, engolindo seu gemido. Eu a beijei com força, provando o sabor dos morangos que dever ter comido no café da manhã e sentindo seus braços enlaçando meu pescoço.

Fiz com que ela me soltasse e a levantei do chão, virando nossos corpos para que conseguisse colocá-la sentada sobre a mesa. Na mesma hora, levantei seu vestido.

Enfiei a mão por dentro da sua calcinha e deslizei-as pelas pernas macias e bronzeadas, passei pelos saltos e joguei-a no chão. Fechei os olhos com força, sentindo meu coração martelar.

Eu vou transar com ela. Vou fazer com que implore para gozar e vou me deliciar em vê-la tentando manter a compostura para dar sua próxima aula, sabendo que sua calcinha estará dentro do meu bolso. Vou voltar para uma segunda rodada amanhã e, quem sabe, trazer o Will para poder vê-la o cavalgando em sua cadeira.

Sim. Meu coração pulou uma batida e parei de respirar por um momento. Meu pau ficou mais duro ainda quando lambi um caminho desde a sua perna à parte inferior de sua coxa quando me levantei.

— Por que eu? — perguntou, inclinando-se com as mãos às costas e mordendo o lábio inferior.

Empurrei seu corpo para que se deitasse na mesa.

— Porque é sórdido — grunhi.

Erguendo mais ainda a parte de baixo de seu vestido, conferi a porta outra vez, lembrando-me de que a havia trancado. Só então eu me abaixei e cobri sua boceta com a minha boca, fechando os olhos com satisfação quando ouvi o gemido alto e desesperado. *Só abra essas suas pernas e me deixe fazer as coisas do meu jeito. É para isso que você está aqui.*

Envolvendo sua coxa com a minha mão, eu a ergui mais alto e chupei, beijei, puxei, mordi e penetrei-a, degustando de seu clitóris e fazendo com que ela se contorcesse e gemesse a cada uma das minhas investidas. Ela não era a primeira professora que eu já havia visto desse jeito, mas era a primeira que eu tocava, e meu olhar sempre acompanhava sua reação deliciada enquanto eu a comia. Isso foi quase fácil demais. Era menos excitante quando era assim tão fácil.

— Abaixe a parte de cima do seu vestido — comandei, lambendo seu clitóris.

Ela gemeu baixinho uma vez e outra, e abaixou um lado primeiro, depois o outro, desnudando os seios. *Melhor assim.* Ela parecia mais vulnerável. Seminua, pernas abertas para um de seus alunos, óculos...

— Você é bom nisso — arfou.

Mordi devagar, fazendo-a ofegar. *Não converse.*

Ela começou a se mover contra a minha boca e segurou minha cabeça com as mãos. Eu as afastei e apoiei minha palma contra sua barriga, mantendo sua bunda na mesa. Lambi e chupei outra vez, gostando de seu sabor em minha boca, mas só porque eu estava no controle enquanto ela estava à minha mercê. Tudo o que acontecia com ela nesse exato momento era porque *eu* queria assim.

— Ah, minha nossa — gemeu. — Isso é tão gostoso.

Ergui a cabeça por um instante, ouvindo outra voz ao invés da dela.

É um bom menino. Você está ficando muito bom nisso, querido.

Parei de comer a Senhorita Jennings, precisando engolir o nó que se formou na minha garganta. Minha boca estava seca, de repente.

Obrigando-me a seguir em frente, afastei a voz da minha cabeça e enfiei dois dedos na boceta dela, à medida que brincava com seu clitóris com minha língua.

— Ah, meu Deus... você está indo muito bem — a professora disse, recusando-se a calar a porra da boca. — Não pare. Continue, querido.

Querido? Mas que porra...?

Rangi os dentes e levantei-me, respirando com dificuldade e quase arrancando a fivela do cinto para abrir a calça. Ela devia ter alguma fita adesiva dentro da gaveta. Calor aqueceu meu pescoço e peito enquanto lutava para manter a cabeça no lugar.

No entanto, ela se levantou da mesa e tentou me beijar, assumindo a tarefa de desafivelar meu cinto.

— Eu quero te chupar — arfou. — Quero te provar na minha boca.

Sempre fica duro quando eu faço isso. Significa que você gosta.

A lembrança daquelas palavras agitou mais ainda minhas entranhas, e acabei afastando as mãos da professora.

— Não.

Eu não gostava daquilo.

— Faça o que estou mandando — ela disse, tentando brincar.

Mas aí eu perdi o controle. Agarrei seu pescoço para mantê-la quieta e disse, irritado:

— Eu não gosto disso.

Sim, você gosta, não é mesmo, querido? Você é um bom garoto.

Eu a empurrei para longe e me afastei, fechando a calça. Estava ouvindo meu coração pulsar, sentindo a angústia rastejar pela minha pele à medida que as paredes se fechavam. Eu não conseguia tomar um fôlego sequer. Não conseguia respirar.

Caralho.

— O quê? — Ouvi a Senhorita Jennings dizer quando cobriu os seios com os braços. — Eu quero isso, Damon. Você sabia que eu queria. Isso foi sexy. Venha cá... — Estendeu as mãos e ficou de pé, tentando enlaçar meu corpo. — Me faça gozar — sussurrou. Os braços mais se pareciam a cobras pegajosas contra a minha pele.

Eu a empurrei para se afastar de mim e passei a mão no cabelo.

— Vadia estúpida.

Então a deixei na mesa e destranquei a porta, abrindo-a de supetão para sair pelo corredor praticamente deserto. Náusea revirou o meu estômago.

Por que ela não podia ficar de boca fechada? Por que não manteve a porra da boca fechada? A maioria das pessoas fazia o que era mandado.

Disparei pelas escadas e pelo próximo andar, virando à esquina para abrir a porta do banheiro masculino.

Eu não deveria ter tocado nela. Fui até a pia e cuspi, ainda sentindo o gosto na boca. Cuspi mais uma vez. Abri a torneira e enchi as mãos em cunha, jogando sobre o meu rosto para tentar me acalmar. Fiz isso várias vezes, secando o rosto com a manga da camisa.

Encarei meu reflexo no espelho e passei os dedos pelo cabelo, arrastando as unhas no couro cabeludo e no meu pescoço. Tentando arranhar mais e mais, bem profundamente.

Venha dormir comigo, meu docinho. A memória de subir em sua cama enorme com aquele cobertor grosso, tendo seus braços me enlaçando contra seu corpo nu, rastejou na minha mente.

Fechei os olhos e recostei a testa contra o espelho, tentando respirar.

— Eu devia ter transado com ela — murmurei. — Devia ter tampado aquela boca e fodido a vadia.

Minhas vistas começaram a escurecer, como se eu estivesse caindo em um buraco profundo. Senti como se milhares de agulhas estivessem alfinetando minha garganta.

Peguei o celular e disquei rapidamente sem nem mesmo olhar o que fazia. Assim que começou a tocar, coloquei-o contra o ouvido.

— Damon? — Banks atendeu.

Parei um instante, respirando com dificuldade.

— Banks...

— Você precisa de mim?

Pisquei, conferindo a porta para ver se ninguém estava entrando.

— Não dá mais tempo pra isso.

Precisávamos fazer aquilo pelo telefone mesmo.

No entanto, ela começou a querer discutir.

— Damon...

— Porra, para que você serve? — Apertei o celular com tanta força que ouvi o estalo.

Ela ficou em silêncio, e então a visualizei no meu quarto onde ela devia estar limpando, ou lendo ou cuidando das minhas serpentes, e desejei que estivesse aqui, porque aí seria muito mais rápido.

Faça isso. Apenas faça isso.

Ouvi quando ela pigarreou e suspirou audivelmente.

— Sabe... — disse, em um tom de voz irritado. — Eu tenho um monte de coisas para fazer. É só para isso que você me liga? Aff, meu Deus, você é muito infantil, porra.

Meus dedos se curvaram ante a urgência de cerrar a mão em punho. *Bom. Continue.* Entrei em uma cabine do banheiro e tranquei a porta.

— Vá em frente — resmunguei. — Pode dizer isso de novo?

— E vai fazer o quê, se eu não disser? — retrucou. — Você é tão fracote, que toda vez que alguém fere seus sentimentos você tem que me ligar. Alguém pisou no seu calo, é isso? Michael, Kai e Will deviam receber um prêmio por se resignarem a respirar o mesmo ar que você.

Cerrei a mandíbula.

— Eu só continuo aqui ainda por causa do dinheiro, mas acho que já nem ligo mais para isso — prosseguiu —, porque me dá vontade de vomitar toda vez que tenho que olhar para essa sua cara estúpida. Jesus, eu tô cansada dessa merda.

Meu peito apertou e eu cerrei os punhos. *Ela está mentindo. Está fazendo o que mandei que ela fizesse. Porque eu preciso que alguém me machuque, porque uma dor ameniza outra dor, e se eu sentir uma, não vou me concentrar na outra. Eu preciso que ela sufoque tudo aquilo que tenta rastejar de volta.*

— O que foi? — esbravejou. — O que você vai dizer? Nada, como sempre. Você não consegue ficar nem uma hora longe de mim, antes de ter um chilique. Não me admira o papai gostar mais de mim. Eu sou o filho que ele sempre quis.

Então senti o corte afiado bem lá no fundo.

Porque eu sabia que ela estava certa. Meu pai podia até não reconhecê-la como sua própria filha, mas confiava nela. A ponto de deixá-la encarregada de várias coisas.

Ela. Uma filha bastarda saída da sarjeta que poderia agora estar vivendo de pequenos furtos como a mãe drogada, se eu, literalmente, não a tivesse arrancado de lá quando ela tinha doze anos. Ela morava em uma mansão por minha causa. Fazia três refeições por dia por minha causa. Estava em segurança... por minha causa.

— O que foi que você disse? — perguntei, por entre os dentes cerrados. Eu podia ouvir sua respiração trêmula. Ela estava fraquejando.

— Damon, por favor...

— Diga outra vez!

Ela ofegou, engasgada com as lágrimas e obrigando-se a dizer:

— A gente ri da sua cara todo dia quando você sai. — Sua voz ficou mais áspera. — Ele não acredita que você vai amadurecer. Não consegue dar nenhuma responsabilidade para você. Todo mundo ri de você. Especialmente o cara que está me pegando nesse exato momento, na sua cama.

Agitando a cabeça, segurei-me com força na parte superior da porta. Ninguém tinha permissão para tocar nela.

— Nossa, você nem tinha saído ainda de casa quando o primeiro deles se enfiou dentro de mim — ela disse, cavando mais fundo. — Estou sendo muito bem fodida a manhã toda. Por que você não vai logo para a sua aula e deixa a gente em paz?

Rangi os dentes, visualizando Banks na minha cama com uma fila de capangas do meu pai só esperando para transar com ela. Sorrindo para ela. Desfrutando dela. Usando e tratando-a como lixo.

Então chutei a porta. Chutei uma e outra vez, rosnando até que ela se abriu e se chocou com força contra a parede.

Caralho, é isso aí. E do nada... tudo se acalmou. Minhas pernas enfraqueceram de exaustão, e consegui ver minha irmã no meu quarto nesse exato momento, completamente vestida dos pés à cabeça, chorando; seus livros espalhados pelo chão, porque ela era inocente, pura, e a garota mais meiga que já conheci.

Tudo o que ela disse fui eu que a obriguei a dizer, porque só éramos capazes de sentir uma dor de cada vez, e talvez se eu pudesse empilhar uma grande quantidade de sujeira, teria onde me enterrar para que não pensasse em mais nada.

E, às vezes, eu conseguia dominar o que se passava na minha cabeça quando fazia minhas próprias vítimas.

Como a Senhorita Jennings. Como Banks. Talvez eu não goste de estar assim tão sozinho, e não ficasse se todo mundo fosse tão imundo quanto eu.

Quando estávamos em casa, eu pedia que ela fizesse outras coisas para aplacar o sofrimento, mas como ela não estava na minha frente nesse exato momento, tivemos que improvisar.

As memórias que foram despertadas na sala da professora estavam desvanecidas agora, a ponto de nem mesmo me lembrar o que havia me tirado o controle. Fui até a pia e abri a torneira, colocando um pouco de água na minha mão em concha, para beber, sentindo antes a frieza da água aplacando o calor da minha cabeça.

Os últimos vinte minutos nunca aconteceram.

— Damon? — Ouvi Banks chamar. — Damon!

Endireitei o corpo e levei o celular ao ouvido outra vez.

— Melhorou? — perguntou.

— Sim. — Conferi minha aparência no espelho, notando que a ira já havia começado a se dissipar e minha pele voltou a adquirir o tom mais pálido. — Sim.

— Por favor... pare de me pedir para fazer isso...

Desliguei o telefone sem nem ao menos me despedir, ignorando-a por completo. O que ela queria não me importava. Nós faríamos o que era preciso fazer e pronto.

Ajeitei minhas roupas, sentindo o celular vibrar novamente na minha mão. Olhei a mensagem que apareceu na tela.

> Damon K. Torrance
>
> Favor comparecer ao escritório do Sr. Kincaid antes da primeira aula.
> CC: Gabriel Torrance
>
> Obrigado.

Porra.

Conferi o horário e vi que faltavam oito minutos para o sino bater. Eu queria fumar.

Um longo suspiro deixou minha boca, acompanhado do movimento de um lado ao outro do pescoço, até que o estalo se fez ouvir. Toda vez que eu era intimado, meu pai recebia a mesma mensagem, o que o mantinha atualizado do que acontecia... como se ele desse a mínima para isso. Ele sabia muito bem que se fosse algo importante, a direção o chamaria para comparecer pessoalmente. O que aconteceu inúmeras vezes desde que ingressei nessa escola.

Eu costumava querer sua atenção. Agora apenas odiava quando alguém o fazia se lembrar que eu existia. Embora não estivesse animado para sair da cidade para estudar em alguma universidade, no próximo verão, mal podia esperar para deixar aquela casa.

Então, que merda eu havia feito para que Kincaid viesse agora me encher o saco?

Saí do banheiro, esbarrando no ombro de outro aluno quando atravessei o corredor até entrar na sala da diretoria. Abri a porta e me dirigi ao balcão de mogno, encarando a secretária, Senhora Devasquez.

— Sente-se — ela disse, o cabelo curto e grisalho sem mover um fio quando sacudiu a cabeça para me indicar a cadeira. — O diretor vai te chamar em breve.

Eu simplesmente me recostei contra o balcão, esperando. Batuquei os dedos na borda de madeira, percebendo que não havia mais ninguém no escritório, mas apurei os ouvidos diante das vozes na sala de Kincaid, à minha esquerda. Olhei pelo vidro fosco, vendo que quem estava ali dentro se levantou.

— Por que você não está usando o uniforme? — Devasquez me confrontou por trás.

— Já são sete e quarenta e cinco?

Nem me dignei a olhar para ela, que resolveu se calar.

Eu odiava essa sala. A maioria das salas de aula dessa escola antiga havia sido reformada, embora o exterior tenha sido preservado com suas pedras cinzentas e extravagantes. No entanto, todo o restante condizia com o valor substancial pago anualmente pelos pais dos alunos. Essa sala, porém, me lembrava da minha casa. Madeira escura e brilhante com o odor característico de anos e anos de camadas de lustra-móveis, com o teto alto e sancas ao redor que apenas acumulavam poeira, e pisos lajeados que sempre o faziam pensar que seus pés não estavam firmes no chão.

A porta de Kincaid se abriu e as vozes se tornaram mais audíveis.

Virei-me e avistei Margot Ashby sair na frente, dizendo assim que passou pela porta:

— Obrigada, Charles. Sei que você e os professores têm feito de tudo para ajudar Winter em sua reintegração.

Winter...

Entrecerrei os olhos na mesma hora.

Então ela apareceu. Segurando o braço da mãe enquanto saía devagar da sala.

Parei de respirar por um segundo. *Jesus Cristo.* Que merda ela estava fazendo aqui?

A garotinha da fonte. Ela havia crescido. Não devia ter mais que quatorze ou quinze anos agora, mas o rostinho de bebê havia desaparecido, bem como o tutu que usava naquele dia... e também seu olhar focado em mim. Ela nunca mais seria capaz de olhar para mim outra vez.

Sua irmã mais velha se espremeu para sair à frente, e o pai, o prefeito, saiu em seguida.

— Vamos mantê-la aqui até que a Senhorita Fane chegue. — Ouvi Kincaid dizer quando todos eles chegaram à recepção. — Ela já foi instruída a ajudar Winter durante as primeiras semanas e, como estão na mesma série, será fácil remanejá-las para que cursem as mesmas aulas.

Mesmas aulas.

Senhorita Fane. Erika Fane? Ela e Winter estariam nas mesmas aulas? Então isso significava que Winter estava no primeiro ano.

E havia voltado para casa para cursar o ensino médio.

Tentei conter o sorriso, praticamente encantado com as possibilidades dessa nova distração.

Ela veio caminhando ao lado de sua mãe e soltou sua mão quando todos pararam, sem precisar do auxílio por um tempo mais longo do que o necessário. Não consegui desviar meus olhos dos dela, ainda tão azuis, inocentes e despreocupados, mas muito provavelmente porque ela não fazia a menor ideia de que eu estava a alguns passos de distância. Fiquei pensando se ela se lembrava de mim.

No entanto, seu queixo estava erguido em uma atitude desafiadora que me deixou intrigado.

Como era fácil substituir uma dor por outra. Eu mal me lembrava da agonia na minha cabeça de alguns minutos atrás, e a Senhorita Jennings agora era uma memória distante. Inspirei profundamente, com calma, enchendo os pulmões com o ar fresco bem-vindo.

— Ela precisará realmente usar o blazer? — a Sra. Ashby perguntou. — Tentamos fazê-la colocar, mas...

— Ah, não. Está tudo bem — Kincaid respondeu. — Contanto que ela use o uniforme básico de Thunder Bay, está ótimo.

Winter usava a saia xadrez com o padrão azul e verde, mas enquanto a maioria dos alunos optava por uma camisa social branca por baixo do blazer, dava para ver que ela havia preferido uma camisa polo, sendo que o colarinho era visível por baixo do moletom azul-marinho.

Rebelde.

— O que o código de vestimenta diz sobre usar sapatos lixos como esses? — Arion, a irmã, debochou e se abaixou para amarrar os cadarços dos coturnos Doc Martens[1], que mostravam o desgaste óbvio nas pontas. — Era de se esperar que uma pessoa que precisa da ajuda de alguém para não tropeçar soubesse pelo menos dar um laço decente no cadarço.

— Não enche o saco. — Ela afastou o pé do alcance da irmã e se recostou ao balcão, o que me surpreendeu, porque fiquei sem saber como ela havia identificado um móvel ali. No entanto, ela se inclinou e começou a dar o próprio nó no cadarço. Seu longo cabelo loiro cobrindo o rosto.

Todo mundo ficou em silêncio de repente e, quando olhei para cima, vi que os pais dela estavam me encarando, como se tivessem acabado de notar a minha presença. A centímetros da filha deles.

Winter aprumou a postura, a mão roçando de leve o meu jeans.

— Ah, me desculpa — ela disse, finalmente se dando conta de que havia alguém ao seu lado.

Sua mãe ofegou, disparando em nossa direção.

— Hum, na verdade, Charles, vamos aguardar na biblioteca junto com Winter. — Ela agarrou a mão da filha, afastando-a de mim. — Se você puder pedir que Erika vá até lá assim que chegar…

— Claro.

Margot, Arion e Winter saíram em direção ao corredor e minha mente se encheu com as inúmeras possibilidades que agora se mostravam à minha frente. Não dava para saber se ela já havia pensado em mim, ou o que pensava ao meu respeito, mas eu tinha certeza de que não havia se esquecido de quem eu era. Ela nunca seria capaz de esquecer.

A porta se fechou assim que passaram, e vi Griffin Ashby, o prefeito da nossa cidade, se preparar para sair, mas, quando passou ao meu lado, parou.

Encarei seu perfil, o terno cinza e a gravata azul em um nó perfeito, enquanto ele encarava à frente, evitando contato visual comigo.

— Algum dia, você acabará sendo preso — ele disse. — E, tomara que antes tarde do que nunca, daí dessa forma você será incapaz de prejudicar outras pessoas. O Sr. Kincaid vai informá-lo sobre o que fazer e o que não fazer enquanto minha filha mais nova estiver frequentando esta escola. —

---

1 Doc Martens é uma marca inglesa, criada na Alemanha em 1946, e é famosa pelos coturnos que foram adotados nos anos 1960 e 1980 pela contracultura, principalmente pelo movimento punk rock.

Ele finalmente olhou para mim com desdém. — Anote minhas palavras: se não se comportar, eu vou acabar com você de uma vez por todas.

Quando se virou de costas para sair do escritório, meus lábios se curvaram em um sorriso. Seis anos atrás, a garotinha dele e eu mudamos um ao outro e, por mais que eu não pudesse alterar o que aconteceu, com certeza eu poderia dar a ela novas lembranças sobre mim.

Isso sim… eu poderia fazer.

Estava tudo resolvido, então.

Ouvi o Sr. Kincaid pigarrear enquanto segurava a porta de sua sala aberta para mim.

— Sr. Torrance, se não se importa?

CAPÍTULO 4
DAMON

Dias atuais...

— Dez movimentos e você acaba comigo — o Sr. Garin disse. — Está vendo?

Encarei o tabuleiro entre nós, calculando os movimentos necessários para dar um xeque-mate enquanto tentava antecipar sua jogada contrária.

Sim, estou vendo. Mas que graça teria isso?

Peguei meu peão na casa E2.

— Não — ele repreendeu.

Então me lançou o mesmo olhar desde quando eu era criança.

No entanto, não consegui resistir. Incapaz de reprimir o sorriso, o ignorei e movi a peça à casa E4.

Ele deu um longo suspiro e sacudiu a cabeça, irritado com a falta de controle e estratégia que tentou imprimir em mim em todas aquelas tardes depois da escola, anos atrás, quando trabalhava com o meu pai.

Ou ele *pensava* que havia falhado em me ensinar aquilo, de qualquer forma. As pessoas tinham a mania de achar que eu agia sempre impulsivamente, quando, na verdade, requeria um pouco de estratégia ser tão fodido assim.

A música dançante vibrava do andar inferior, a boate já lotada com garotas universitárias, jovens profissionais e qualquer um que tivesse vinte e poucos anos e estivesse apto a pagar por uma garrafa de vodca ou champanhe de trezentos dólares, só para que pudessem se sentar à alguma mesa.

Passei uma boa parte do tempo ali embaixo com meus amigos quando estávamos no ensino médio. Agora eu fazia questão de só ficar na sala reservada no primeiro andar para passar um tempo com Kostya Garin, um dos antigos guarda-costas do meu pai e que atualmente cuidava da segurança da boate. Aos cinquenta e nove anos, com uma barbicha grisalha e usando o mesmo terno preto que sempre usou quando estava na ativa, ele ainda possuía mais músculos que eu e era um dos poucos a quem eu respeitava.

Eu faria negócios com ele.

Confiaria em tudo o que ele tivesse a dizer.

Iria até mesmo ao seu funeral.

Não havia muita gente que merecia que eu ficasse sentado durante todo o enterro.

No entanto, não éramos amigos, e nunca discutíamos nada em nível pessoal. Ele me ensinou muitas coisas, mas nunca complicou nosso relacionamento tentando agir como um pai para mim. Ele era um dos motivos pelo qual eu vinha aqui.

O outro...

— Quero ir embora — a garota disse do outro lado da sala, como se tivesse ouvido meus pensamentos.

Enquanto o Sr. Garin avaliava sua próxima jogada, virei a cabeça para encará-la.

Ela usava um vestido apertado de lantejoulas que brilhavam com as luzes fracas das arandelas na parede, e sua bunda estava plantada no colo de um babaca que eu nem mesmo sabia o nome. Do outro lado do sofá de couro preto estava o namorado dela, vendo seu companheiro apalpar sua mulher. Eu os observei, tentando me colocar no lugar de cada um.

Ela gostava de outro homem a tocando? Será que o namorado estava com ciúmes? Com tesão? Com raiva? Será que o amigo estava curtindo algo que já tinha fantasiado há muito tempo? Ele estava gostando? Estava de pau duro?

Pisquei, esperando pelo que viria. O ciúme do cara. A degradação da garota. O desejo do amigo. O medo deles e a excitação por estarem sendo observados. Mas nada aconteceu. Não ainda. Estava ficando cada vez mais difícil sentir empatia ao longo dos anos.

Porra.

Talvez se fosse minha nova esposinha sendo acariciada?

Ou...

O cara tocou os quadris da garota levemente, encostando a boca com hesitação no ombro dela, talvez tentando se controlar para não dar muito na cara que estava desfrutando da situação.

— Podemos ir embora agora? — ela perguntou outra vez, o cara abaixo dela não dando a menor indicação de que queria realmente sair dali.

No entanto, eu a ignorei e me virei para o tabuleiro a tempo de ver o Sr. Garin rebatendo minha jogada ao mover seu peão para o E5.

Sorri internamente.

— Olhe com atenção — ele continuou. — Você ainda pode me derrotar. Dez movimentos.

Dez? Peguei meu cavalo e posicionei no F3, ouvindo o suspiro resignado de Kostya quando ele levou seu cavalo de volta para o C6 como se estivesse no piloto automático.

— Damon... — ralhou, ficando cada vez mais puto.

Dava para perceber em sua voz a irritação, e minha pulsação acelerou à medida que ele prosseguia com o jogo, rebatendo cada uma das minhas jogadas como fez em todos esses anos, cansado dos meus erros bestas e minha impulsividade. Ele só queria acabar logo com aquilo para que pudesse voltar a trabalhar agora que minha cabeça já não estava mais focada ali.

Meu bispo na C4, seu peão na D6, meu outro cavalo no C3, e então ele pegou o seu bispo e me fez perder o fôlego por um instante enquanto o via levar a peça até o G4, prendendo meu cavalo à minha rainha.

Seu idiota. Aquilo realmente funcionou, e ele ainda não havia visto o que fez. Movi meu cavalo para a E5, roubando seu peão e deixando minha rainha completamente vulnerável para o seu bispo. Ele viu a abertura, balançou a cabeça e conquistou minha peça, retirando-a do tabuleiro enquanto colocava o bispo no lugar.

Senti o coração querendo sair pela garganta. Ele achava que tinha me pegado, mas agora era a minha vez de jogar, e assim que movi meu bispo para a posição G7, dei um xeque em seu rei filho da puta.

Ele parou, notando o que havia acontecido e reexaminou o tabuleiro. Seus olhos cintilaram na mesma hora para os meus.

Como era esperado, ele tentou levar seu rei para a E7, mas o ar de derrota já podia ser vislumbrado em seu olhar.

Deslizei meu cavalo até a D5.

— Xeque-mate — informei.

Ele encarou o tabuleiro, fazendo uma careta confusa como se não tivesse entendido o que realmente aconteceu.

— Sete movimentos... — murmurou.

Isso aí. Nada de dez.

Seu olhar se desviou para o meu.

— Você enforcou sua rainha. Eu não te ensinei a fazer isso.

Então naquele momento ouvi a batida à minha porta e, em seguida, meu motorista abriu a porta para dar passagem a Erika Fane. Eu me levantei e ajeitei o paletó assim que a porta se fechou.

— A rainha é a peça mais importante do tabuleiro — comentei com o Sr. Garin, mantendo o olhar conectado ao de Rika. — Por que não usá-la?

Rika, a noiva de um dos meus amigos do ensino médio, adentrou a sala, não parecendo nem um pouco como se estivesse ali para curtir uma noite na balada. Um sorriso curvou o canto dos meus lábios. A aba do boné de beisebol marrom estava bem para baixo, lançando uma sombra em seus olhos; o longo cabelo loiro espalhado às costas. Ela vestia um jeans e o capuz de seu agasalho cinza estava para fora da gola da jaqueta marrom, onde ela mantinha as mãos enfiadas nos bolsos. Seus passos estacaram assim que comecei a me aproximar, sem dúvida alguma querendo manter uma distância segura.

Fui em direção ao sofá, sentando-me do lado oposto onde o namorado da garota estava, sendo que ele ainda observava – ou fingia não observar – o que o casalzinho estava fazendo.

— Tenha uma boa-noite, Damon — o Sr. Garin disse.

Assenti e, quando olhei de novo, ele já havia desaparecido. Rika manteve-se distante, observando quando peguei minha carteira do bolso do paletó e retirei uma porção de notas de dólares.

— Quero parar — a garota resmungou, tentando se afastar do toque da boca do rapaz às suas costas.

— Você pode parar a hora que quiser — retruquei. — A porta não está trancada.

Então comecei a colocar, devagar, uma nota de cem atrás da outra em cima da mesa de vidro fosco entre nós. Coloquei bem perto da quantia que já havia pago a eles pelo que estavam fazendo.

— Ou... você pode ficar aí — prossegui, colocando mais algumas notas — e continuar quietinha e sem fazer nada enquanto seu namoradinho deixa o melhor amigo enfiar a mão debaixo do seu vestido. — Soltei a última nota de cem. — Daí, você pode garantir o dinheiro do próximo aluguel enquanto isso.

— Qual é a porra do seu problema? — Rika exigiu saber.

Dei uma olhada de relance para ela, vendo-a me encarar com raiva depois de observar o grupo.

— Você pode olhar, se quiser — eu disse. — Não vou dizer ao Michael. Sou muito bom em guardar nossos segredos.

Ela desviou o olhar e voltei a encarar a garota – que havia chegado mais cedo à boate e tentou se esgueirar para dentro com o namorado e o melhor amigo, sendo que nenhum deles tinha vinte e um anos. Ela era gostosa, os três pareciam divertidos e então decidi brincar...

Os olhos castanhos da menina pousaram no dinheiro em cima da mesa e permaneceram ali por mais um momento. E, assim como havia acontecido com o Sr. Garin, pouco antes, senti o calor deslizar pelas minhas veias, pela minha barriga, virilha e minhas coxas enquanto aguardava para ver se ela faria exatamente o que eu queria.

Dava para ver seu estado de nervosismo pelo movimento dos seios empinados, sem sombra de dúvidas louca para fazer isso, mas temendo a confusão que ela acabaria semeando entre ela, o namorado e o amigo assim que saíssem dali. *Será que ela queria apenas o dinheiro?* Engoli em seco, vislumbrando a indecisão em seu rosto. *Ou ela gostava da safadeza da minha proposta? Do perigo?*

Ela deu uma olhada para o namorado, cuja expressão mostrava claramente o desconforto, mas era nítido que ele não se levantaria para tirá-la daqui.

Vamos lá, cara. *Tome uma decisão.* Leve sua mulher embora ou aprecie o showzinho.

Que maricas.

Mas então, lentamente, ela tomou a decisão por ele. Relaxou o corpo contra o do amigo, e este pegou um punhado do cabelo ruivo na mão e afundou a boca contra o pescoço dela ao mesmo tempo em que enfiava a mão por cima do vestido para segurar um seio. Os olhos dela se fecharam, a respiração acelerou, mas seu corpo ainda permaneceu imóvel.

Por enquanto...

Depois de alguns instantes, me vi no lugar dele, com a garota no meu colo enquanto tomava o que pertencia a outra pessoa. O namorado sentado no sofá viu a expressão de desejo no rosto do amigo e descobriu a verdade. Aquilo que seu colega estava escondendo há um tempo. Tudo se alterou e um prazer súbito vibrou no meu peito.

Sim.

Fechei os olhos por um segundo, finalmente sentindo alguma coisa, porra. Só uma pontada, mas era melhor do que nada.

Ouvi o suspiro de Rika.

— Não é de admirar que todo mundo te odeie.
Abri meus olhos, concordando com um aceno.
— Nunca duvidei disso.
Fiquei de pé e enfiei a carteira de volta no bolso.
— Eu gosto de xadrez. — Cheguei mais perto dela, notando que ainda mantinha as mãos nos bolsos. — Gosto de saber e ver o que está à minha frente. Saber que aquilo não será fácil. Saber que requer paciência e uma série de manobras calculadas cuidadosamente e traçadas em uma sequência específica. — Parei, encarando-a de cima. — Saber que quanto mais tempo eu tenha que aguardar, e possivelmente mudar meu curso, mais a minha conquista se torna agradável.

Eu adorava deixá-la desconfortável. Foder com a cabeça das pessoas, às vezes, era muito mais divertido do que foder propriamente dito.

E, por um instante, era como se eu realmente estivesse olhando para ela de cima.

Para Winter.

Elas possuíam o mesmo tipo de cabelo, embora os de Winter fossem um pouco mais claros, além de terem os olhos da mesma cor, com exceção que os de Rika eram um tom mais escuro. Winter possuía um anel azul-escuro ao redor das pupilas que fazia com que seus olhos fossem... penetrantes. Eu estava mais do que satisfeito por ela não ser capaz de usá-los, porque se ela olhasse para mim com aqueles olhos...

Sim, as duas eram muito parecidas, e não somente no visual. Ambas eram rebeldes. Gostavam da sensação do perigo. E as duas revidavam.

— E saber que o caminho para o sucesso muda conforme as jogadas que escolho fazer — prossegui. — E as pessoas são minhas peças favoritas, Rika.

Ela estreitou os olhos, mas não disse nada. Provavelmente tentando aparentar estar entediada, impaciente ou nem um pouco impressionada, mas eu a conhecia.

— Olhe para ela. — Acenei em direção à garota na cadeira. — Tem um corpo lindo, estava hesitante no início, mas agora está toda excitada. Ela quer tocar nele também. — Olhei de relance para Rika e de volta para o casal se pegando. — Veja como ela está retorcendo o tecido do vestido. Ela está com tesão, mas seu namorado está assistindo tudo, então ela está com medo do que ele vai pensar. Não quer dar na cara o tanto que está gostando de ter as mãos e a boca do amigo dele sobre ela, daí quer esperar pela aprovação do namorado, um sinal que indique que está tudo bem se ela curtir o que tá rolando.

— Então por que ela perguntou se eles podiam ir embora? — Rika argumentou.

— Porque é o que se espera que as garotas digam, não é? — rebati. — É arriscado mexer com a rainha ou o rei cedo demais.

O casal continuou se pegando, mordiscando, beijando e tocando enquanto conversávamos.

— Foi isso o que te ensinaram, não é mesmo? — continuei. — O que ensinei a Banks...

Mulheres não deveriam desejar sexo tanto quanto os homens, certo? E elas não deveriam encarar isso de forma tão casual. Foi isso o que ensinei à minha irmã para protegê-la.

Resolvi pressionar mais ainda:

— Então... por que ela quis ficar mesmo? — perguntei a Rika.

Ela cerrou a mandíbula, desviando o olhar como se não estivesse nem aí para o que eu falava, mas então a vi prestar atenção no trio de universitários e na bolada de dinheiro sobre a mesa.

— Porque você fez essa jogada e os pressionou — ela retrucou.

— Sim, muito bom.

A garota até podia estar fazendo tudo aquilo por dinheiro. Ou talvez ela precisasse de uma desculpa boa o bastante para concordar.

— Agora, vamos a ele. — Observei o amigo que continuava a apalpar os seios dela por cima do vestido. — Ele está fazendo isso de graça. Eu mandei que ele a beijasse, mas agora ele está praticamente comendo a garota. Ele já sentia tesão por ela há um bom tempo. — Vi os olhos dele arregalados, provavelmente focado no que eu disse. — É capaz que ele vivia fantasiando com ela e cobiçando a garota quando o amigo não estava olhando. Aposto que está louco para colocar as duas mãos nos peitos dela agora.

Olhei para o cara e perguntei:

— Não é isso o que você quer?

Ele assentiu e beijou a pele da garota. Afastando a mão do cabelo dela, ele a apoiou sobre o quadril dela, esperando pela permissão.

— E o namorado dela — comentei com Rika —, está quase ficando louco. Ele quer sentir raiva, mas...

— Também quer o dinheiro — concluiu.

— Ou isso o deixa com tesão, talvez, só que não quer admitir.

KILL SWITCH

Ela me lançou um olhar condescendente.

— Hum-hum, claro.

Ela era ingênua demais.

— Nem todo homem precisa ser pago para assistir sua garota transando com outro cara.

— E por que ele iria querer isso?

— Acho que você sabe a resposta — contra-argumentei com deboche. Eu sabia tudo sobre a brincadeirinha que ela teve com Michael e Kai na sauna do Hunter-Bailey.

E, por mais que pensasse que ficaria excitado com o que realmente aconteceu naquela sauna, ainda assim, eu estava puto. E não fazia a menor ideia do porquê. Talvez porque não fui chamado para participar e acabei ficando de fora?

Ou talvez... eu achasse que, por mais que a conhecesse pouco, sabia que ela nunca permitiria algo que não estivesse a fim, mas... uma pequena parte minha ainda achava que ela havia sido... não sei... usada.

E sei lá o motivo por ter me importado assim. Michael e Kai já haviam compartilhado garotas antes. Eu só não queria pensar nos dois fazendo aquilo com Erika.

Mas pelo menos teve uma coisa boa. Aquilo significou que meus antigos amigos ainda gostavam de jogar... e eram peões de primeira categoria.

— Sabe, Rika... — comentei. — Existem pessoas que estão destinadas a servir de joguetes. São vítimas que não estão aptas a mudar seus destinos, mesmo que tivessem a chance de reencarnar e levar a vida de diferentes maneiras. — Olhei para o seu corpo de cima a baixo, despudoradamente. — E então... existem os jogadores. Como você e eu. — Gesticulei para o trio no sofá. — Qual peça do jogo você moveria primeiro?

Ela não desviou o olhar do desafio proposto dessa vez, mas hesitou quando examinou o grupo. Ela encarou o namorado da garota e disse:

— O instinto dele é tentar se mostrar o melhor.

Muito bom.

— Ele é competitivo, sim — repliquei, impressionado. — E isso o deixa com raiva e excitado ao mesmo tempo. Ele quer foder a namorada dele e provar como um homem de verdade é. Para mantê-lo no jogo, precisamos usá-lo. Fazer com que se sinta importante.

Ela foi rápida, e pensou exatamente como eu.

— Ei, garoto — chamei o rapaz que ainda estava sentado no sofá, porém, não afastei o olhar de Rika. — Diga ao seu amigo o que você quer que ele faça com a sua namorada.

Rika continuou me encarando, ambos nos desafiando para ver quem estava certo. Para vermos se o cara ia permanecer no tabuleiro ou se sairia dali correndo.

Ele ficou em silêncio, e apenas o ruído dos beijos do casal sentado à cadeira e a música vibrante abaixo podiam ser ouvidos ali... até que... com uma voz decidida e baixa, ele disse:

— Abaixe as alças do vestido dela, Jason — o namorado instruiu.

Rika e eu estávamos nos encarando, mas ouvi o farfalhar do tecido, a respiração arfante e um gemido.

— Isso... — a garota ofegou, agora se sentindo livre com a benção do namorado para que pudesse desfrutar do momento.

Pelo canto do olho, avistei pele exposta, a parte de cima do vestido amontoada na cintura, a movimentação agitada e ansiosa.

Não dava para decifrar a expressão de Rika, mas, definitivamente, uma parte dela estava gostando daquilo. Ela podia até odiar a si mesma, mas a descarga de adrenalina era boa demais. Não havia nada melhor do que brincar com as pessoas.

E ela era boa nisso. Ninguém nunca havia cedido à minha vontade antes. A não ser Winter. Nenhum dos meus amigos tinha paciência ou interesse nisso.

Eu gostava dela. Michael mal tinha aproveitado tudo aquilo do que ela era capaz. Mas não era por esse motivo que ela estava aqui. Rika veio aqui para conversar.

— Tudo bem, vocês três — falei, inspirando profundamente. — Peguem o dinheiro e deem o fora. Tenho negócios a resolver.

— Hã? — o cara suspirou, sem fôlego.

— Você tá falando sério? — A garota levantou os braços, de repente, para cobrir o corpo seminu.

— Fora — rosnei. — Agora.

Eles se levantaram, demonstrando irritação, porque entraram de cabeça naquilo; a garota excitada e os caras de pau duro, prontos para a coisa acontecer.

— Terminem isso no carro de vocês — murmurei, indo em direção ao armário para pegar um maço de cigarros.

O grupo saiu dali com o dinheiro em mãos e eu acenei para que meu motorista nos deixasse a sós. Assim que a porta se fechou, virei-me para Rika enquanto abria a embalagem do cigarro.

— Quero jogar xadrez com você algum dia — caçoei.

KILL SWITCH

— Você já não fez isso?

Virei-me de volta para o armário, sorrindo internamente. Tê-la como uma oponente seria um desafio, mas eu preferia tê-la do meu lado.

Bati o fundo do maço contra a palma da mão, sentindo a comichão outra vez.

A pressão. A necessidade premente de me soltar.

Winter.

Eu agora a tinha no lugar onde queria. Bem perto de mim. Finalmente.

Mas estava dividido entre a vontade de terminar tudo logo de uma vez ou de levar a coisa de forma lenta e demorada.

Ela estava em casa. Nesse exato momento. Provavelmente tentando bolar alguma maneira de escapar, e ela poderia até tentar. Eu não me importava. Vou adorar arrastar a bunda dela de volta. Aquela merdinha estúpida e burra com quem me casei poderia até fazer uns filhos bonitos, mas não me daria metade da satisfação que eu encontraria ao possuir aquela garotinha.

É isso aí. A irmã de Ari não era nem um pouco parecida com ela. Winter vai se opor, me infernizar, e já estava mais do que na hora de me vingar por tudo o que ela fez anos atrás. Eu agora tinha o domínio sobre a minha própria casa e ainda possuía meu brinquedinho favorito.

As luzes da cidade cintilavam pelas janelas enquanto eu seguia em direção a uma das mesas. Meridian ficava a menos de uma hora da minha cidade natal, onde Winter dormia, e mesmo com o brilho ofuscante da balada abaixo, eu não tinha a menor intenção em participar de nada esta noite. Às vezes eu gostava dos *nightclubs* – a música, o barulho, o sexo –, mas era aí que estava... Eu gostava de uma coisa de cada vez.

Um sorriso curvou o canto da minha boca quando retirei um cigarro do maço e pendurei entre os lábios, acendendo a ponta com o isqueiro.

— É melhor que você tenha me trazido alguma coisa boa — eu disse a Rika, dando uma tragada. — Nosso pequeno encontro vem com algumas condições, garota.

— Relacionamentos saudáveis requerem um pouco de reciprocidade — ela respondeu. — O que te entreguei da última vez foi bem valioso, Damon. Agora é a sua vez.

Dei uma risada, segurando o bastão de nicotina entre o polegar e o indicador enquanto inalava outra vez.

— Eu te dei informações.

— Você não me apresentou nenhuma prova — retorquiu.

Traguei novamente, enchendo os pulmões com o aroma adocicado e, em seguida, inclinei a cabeça para trás para soltar a fumaça para cima. *Essa garota era uma monstrinha mesmo, porra.*

— Venha cá — eu disse, sem me virar para olhar para ela.

Winter não era a única mulher na minha cabeça. Eu tinha contas a acertar com essa aqui também.

Por um instante, não ouvi nenhuma movimentação, mas vi sua sombra pelo canto do olho. No entanto, ela parou em seguida.

— Mais perto — provoquei.

Devagar, ela se aproximou, parando a poucos centímetros de distância.

Pegando outro cigarro do maço, virei a cabeça para encará-la e deparei com seu olhar. Só então lhe ofereci.

Ela havia se vestido como se estivesse disfarçada, mas tudo bem. Eu gostava dos nossos encontros secretos. Essa era uma parte dela que Michael não possuía.

Arqueei as sobrancelhas, estendendo o cigarro para que ela o pegasse. Eu sabia que ela gostava deles.

No entanto, ela sorriu de leve e enfiou a mão dentro do bolso, retirando um maço inteiro de *Davidoffs* que havia roubado do meu estoque.

— Jesus... — murmurei.

Ela pegou o cigarro da minha mão, de qualquer forma, e enfiou por baixo do nariz para cheirá-lo.

— Valeu.

Balancei a cabeça. Ela deve ter se esgueirado no meu apartamento no Delcour quando procuraram por mim lá em primeiro lugar e deve ter roubado meu maço.

Coloquei o cigarro na boca antes de fechar a porta do armário e me afastar.

— Aqueles quartos são meus — eu a adverti. — Não quero que entrem lá quando não estou.

Não queria que ela ficasse revirando minhas coisas.

— Os quartos não são seus — argumentou. — Michael não sabe que você ainda vai pra lá, e eu posso mudar isso a qualquer momento. — Guardou o pacote no bolso da camisa. — Graças a mim, você ainda pode se esconder por lá bem debaixo dos nossos narizes.

— E graças a mim, Michael não sabe que *você* está *deixando* que eu me esconda bem debaixo dos seus narizes. — Eu a encarei com seriedade. — Você vai se foder tanto quanto eu, então dá um tempo.

Ela arqueou uma sobrancelha, mas não insistiu. Ela sabia que devia temer que essa informação vazasse muito mais do que eu.

Entretanto... por mais que eu gostasse das nossas pequenas "trocas", ainda assim, estava puto porque ela já não desconfiava de mim. Depois de tudo o que tentei fazer com ela e ainda poderia fazer.

Quando levantei a cabeça, vi que ela estava me encarando.

— O que foi? — Dei mais uma tragada, seguindo em direção às janelas.

— Achei que você o chantagearia com a informação que te dei — explicou. — Ou que arruinaria algumas de suas parcerias.

Ela estava falando sobre o pai de Winter.

— Tenho que admitir que você ultrapassou o limite da minha imaginação.

— Impressionada? — Olhei por cima do meu ombro enquanto sacudia as cinzas.

— Assustada — esclareceu.

Comecei a rir.

— Era essa a minha intenção.

— E sinto-me culpada. — Sentou-se no braço de um dos sofás, e dava para ver, pelo canto do olho, que ela me encarava. — Não dá para acreditar no que você fez hoje. Você foi direto na jugular e... cara, você sabe como amarrar alguém, não é? Que porra eu estava pensando quando a coloquei nisso?

— Aww... não se preocupe. Ela ia se ver comigo com ou sem a sua ajuda, mais cedo ou mais tarde. — Soltei uma baforada e fui em busca do cinzeiro sobre a mesa.

— Não a machuque — Rika pediu.

No entanto, apenas dei uma risada de escárnio enquanto me livrava da guimba do cigarro.

— Fala a garota que me deu toda a informação necessária para acabar com o pai dela, além de tomar a casa e a fortuna de sua família.

O pai de Winter usava os serviços do mesmo contador da família de Rika. O mesmo contador descontente e ansioso que insinuou que Griffin Ashby pode ter enganado o falecido pai de Rika em alguns negócios imobiliários anos atrás. Não fazia ideia de como ela havia conseguido as provas para aquela acusação, mas ela só veio até mim quando estava com os documentos em mãos, ciente de que aquilo era mais do que suficiente para que eu pudesse destruir os Ashby.

E, em troca, eu a ajudaria com um assunto que ela precisava. Algo que eu não estava tão seguro se queria entregar para ela por agora. Eu gostava de tê-la ao redor, e não queria que isso acabasse.

— Você sabe o que quero dizer — continuou. — Não a *machuque*.

Você diz... mais do que tomar tudo o que Winter possuía para deixá-la dependente de mim para sempre?

Ou machucá-la tipo...

Humm, isso é o que você quis dizer, não é mesmo? Não *magoá-la*.

— Você tem noção de quantas vezes Will sangrou na prisão? — perguntei. — Você sabe quantas vezes o Kai teve que se esforçar para não vomitar as tripas por causa do estresse e do medo de ter que olhar por cima do ombro constantemente?

O olhar sério de Rika permaneceu conectado ao meu.

— Você sabia que não importava o tanto de dinheiro que Michael usou para subornar as pessoas lá dentro, ainda assim, havia um monte de gente que queria ver os filhos riquinhos da elite de Thunder Bay sofrendo na cadeia? — prossegui. — Você faz ideia do tanto que os dois adoeceram por causa da privação do sono e de comida, enquanto tentavam lutar contra o medo e o sofrimento?

Ela abaixou o olhar por um instante, sentindo-se desconfortável, mas permaneceu em silêncio.

— Sim, você não sabe... e nem eu — admiti. — Porque eu não estava lá.

Ela ergueu a cabeça e me encarou, confusa. Andei de um lado ao outro pela sala enquanto continuava a dizer:

— Três andares abaixo do prédio prisional número 6, no porão, no final de um corredor abafado e debaixo de mais de um metro de concreto, era lá que eu estava. — Cerrei as mãos em punhos, sentindo a raiva retornar com força. — Por três anos. Você não sabia disso, não é?

Seus olhos azuis e penetrantes, mesmo na penumbra, me encararam.

— Banks achou que estava me fazendo um favor — eu disse. — E Gabriel concordou com ela, já que ele possuía muitos inimigos com seus comparsas ali dentro. Eu corria mais risco do que Kai ou Will, então fui confinado na solitária. — Expirei o ar com força, sentindo o sangue ferver. — Vinte e três horas por dia, sete dias por semana; todo maldito dia... por cento e sessenta semanas. Isso dá um total de mil cento e vinte dias. Trinta e seis mil e oitocentas e oitenta horas, Rika.

Meus dedos formigaram com a vontade insana de arranhar minha pele, mas me controlei.

— Eu tinha permissão de sair para o pátio por uma hora durante o dia, mas mesmo assim, eu estava sozinho. — Andei ao redor da sala, olhando para ela de relance. — Eu comia, andava e sempre fazia tudo sozinho. Meu pai não queria que eu fosse morto ali dentro, então me isolou de tudo e de todos.

Comecei a circular pela parte de trás do sofá onde ela estava sentada e deslizei a mão pelo balcão do barzinho, sacudindo o canto e fazendo com que as garrafas em cima se chocassem umas contra as outras. Um calor escaldante começou a percorrer meu pescoço.

— No primeiro dia, você fica só imaginando o que está acontecendo — expliquei. — Ninguém te diz nada. Ninguém responde às suas perguntas. Você não consegue ver nada além daquele seu caixote de cimento. E, depois da primeira semana, você começa a falar sozinho, só porque você não tem mais nada para fazer e está ficando entediado pra caralho.

— Você quer dizer porque estava solitário? — ela alfinetou.

— Eu estava aborrecido — corrigi, por entre os dentes cerrados. — Ninguém ia me visitar. Onde a Banks estava? Ela deveria estar lá. Por que a estavam mantendo longe de mim? — Então assenti. — Mas aí você percebe que consegue lidar com isso. Consegue suportar qualquer merda que eles te lançarem. Will estava bem. Kai também. Eles ficariam bem.

Continuei andando em círculos pela sala, sentindo os músculos do pescoço agora tensos enquanto passava as mãos pelas mesas e andava um pouco mais rápido, sem nunca afastar o olhar do dela.

— Mas depois de um mês lá, você começa a sentir a sua cabeça pesada — comentei, ficando sem fôlego com a lembrança. — Pesada pra caralho, Rika. Como se não conseguisse nem mesmo levantá-la. Então você começa a fazer coisas para se livrar disso, como bater a cabeça na parede uma vez atrás da outra.

Passei perto de um vaso e o enviei diretamente para o chão de madeira, mas não parei por ali. Era como se eu estivesse na minha cela outra vez, enlouquecendo enquanto dava voltas em um espaço de 2,5m².

— E sua pele começa a parecer apertada demais, os muros começam a se fechar contra os seus pulmões, e você não consegue respirar; e o seu cérebro começa a ficar enevoado, porque o mundo agora é totalmente diferente do que você estava acostumado. — Inspirei profundamente e fechei os olhos por um momento. — E tudo o que você mais quer fazer é sair correndo dali. Fugir mesmo. E respirar. Porque a gente começa a se sentir rastejando por dentro. Você não quer mais simplesmente sair da cela. Quer sair da sua própria pele.

Estremeci e tentei puxar o ar, sentindo um aperto no peito.

— E quando você finalmente recebe uma visita... quatro guardas que seu pai pagou para te darem uma surra no primeiro mês, de forma que você não fique muito acostumado com a solitária, você começa a ansiar por isso. — Arreganhei os dentes, ainda a encarando enquanto andava de um lado ao outro. — Porque a dor física acalma a dor na sua mente. É bom... como uma espécie de interruptor no seu cérebro. Daí, você começa a se lembrar da putinha sentada naquele tribunal, mesmo que ela não tivesse que estar lá, satisfeita quando vê você sendo acusado e sentenciado por algo que não fez e que foi criado com mentiras. — Senti o nó na garganta, quase dificultando que pudesse continuar: — Como se você a tivesse forçado a ficar pelada e abrir as pernas, dando detalhes sórdidos de como a obriguei a fazer coisas que eu facilmente poderia ter conseguido da irmã que estava dormindo no final do corredor... ou de qualquer garota que eu quisesse. — Eu dizia tudo aquilo aos gritos agora. — Agindo como se aquela vez não tivesse sido a única em que não odiei estar fodendo alguém.

Ofeguei, sentindo minha agitação sendo substituída por ódio, e visualizei Winter na minha cabeça, vendo tudo em vermelho em seguida. Parei e encarei Rika, mas minha raiva continuava fervilhando.

— E talvez ela não tivesse conseguido impedir que eu fosse condenado, mas poderia ter dito a verdade a eles. Ela podia ter se levantado naquele dia e dito alguma coisa. Ela podia ter aberto a boca e falado alguma coisa, porra — rosnei, sentindo o nó na garganta se apertar mais ainda. — Mas ela ficou calada, e aí quando você vê... está indo para a solitária por três anos, sozinho, e seus amigos estão se virando por conta própria enquanto sua mente lentamente vai saindo do eixo... e você arranca seu próprio cabelo porque animais fazem coisas meio insanas quando ficam enjaulados por muito tempo...

Arfei, tentando abaixar o tom de voz.

— Três anos — repeti, pau da vida. — Três. Anos. Rika.

Parei por um instante, dizendo quase em um sussurro à medida que minha respiração se normalizava:

— Então... sim — debochei. — Pode apostar que vou machucá-la.

Ela se sentou lá com o olhar brilhante e um pouco vacilante, porém com a postura ereta. Rika não era idiota, e eu sabia disso. Ela devia ter suspeitado que estava abrindo uma lata de vermes quando me deu aqueles documentos, mas, no fundo, decidiu que o que eu poderia oferecer valia os danos que seriam causados. Dentro dela havia algo "não tão honroso assim", também.

Ela fez o que fez para conseguir o que queria, e eu tinha que admitir: senti uma pontada de orgulho dessa nova e improvável "amiga" à minha frente.

No entanto, repetindo... ela não era uma mulher idiota. Sabia o que desencadearia entre mim e Winter, e era até possível que aquilo fazia parte de seus planos. E embora eu estivesse curtindo nossa camaradagem recém-adquirida, Erika Fane não conseguiria ficar calada e me deixar fazer o meu trabalho. Ela tentaria proteger Winter.

E eu deixaria que tentasse... Quanto mais ela se colocasse no meu caminho, mais rápido ela traria todo mundo de volta ao jogo.

Michael, Kai, Banks...

Will.

Cerrando os punhos, segui em direção ao bar e servi uma dose de vodca, tomando tudo de um trago só, servindo outra dose de imediato.

Will.

E Winter.

Will e Winter.

Bebi de um gole, sentindo o sangue fervilhar e rastejar pelo meu peito enquanto eu fechava os olhos para logo em seguida ouvir Rika pigarrear.

— Então, você já conseguiu alguma coisa para mim? — perguntou, como se não tivesse acabado de ouvir tudo o que despejei. — Ou está pronto para admitir que é totalmente incompetente?

Apertei o copo de vidro com a mão, o calor da bebida ainda ardendo na garganta, e o arremessei do outro lado da sala, na direção onde estava sentada.

Filha da puta.

O copo se espatifou contra a parede acima da cabeça dela, e o máximo que Rika fez foi virar o rosto de lado, mal piscando enquanto soltava uma risada baixa.

Ela praticamente não sentia mais medo de mim.

— Ligue ou mande uma mensagem para Banks — instruiu, ignorando meu acesso de raiva. — Ela está preocupada com você.

— Não está, não. — Acendi outro cigarro e enchi outro copo. — Banks me conhece melhor do que ninguém. Ela sabe muito bem que sempre cuido dos meus interesses primeiro.

— E quanto a Will?

Fui em direção ao sofá, dando-lhe um olhar de relance.

— Ele tem problema com alcoolismo — informou.

No entanto, eu simplesmente sorri.

— Para os homens, isso não é um problema.

Todo cara que eu conhecia ou com quem havia crescido bebia. Você toma sua dose e faz o que tem que fazer. Mulheres eram fracas para bebidas, razão pela qual nunca deixei que Banks bebesse.

— Ele tem problema com vício em drogas — Rika emendou.

Eu me recostei no sofá, apoiando um braço atrás da cabeça e a encarei. Ela estava me dizendo aquilo mesmo por quê...?

Coloquei o cigarro entre os lábios outra vez e dei uma tragada longa. Conheci Will no início do ensino médio, e ele já mexia com drogas desde aquela época. Maconha, Ecstasy, pílulas, coca... Tudo rolava desenfreadamente na nossa escola. O único motivo pelo qual não entramos na onda de heroína era porque tínhamos dinheiro suficiente para conseguir as drogas *tops* do médico da cidade.

Além do armário de remédios de nossas mães.

Aquilo era basicamente a única coisa em que eu e Michael concordávamos. Não usávamos drogas. Nós éramos as *drogas*.

— Tenho certeza de que vocês vão tomar conta disso — eu disse.

— Você estava choramingando agora há pouco porque não esteve lá por ele, na prisão, mas agora está querendo sair fora.

— Vá para casa — instruí.

Para alguém tão inteligente, ela sabia ser meio burra. Eu era a última pessoa de quem Will desejaria ou necessitaria de ajuda.

Ela parou por um momento, como se estivesse esperando que eu dissesse algo mais, mas então se virou e saiu marchando dali em direção à porta.

No entanto, alguma coisa chamou sua atenção e a fez parar para pegar a pequena caixa preta que estava sobre a mesinha ao lado do sofá. Devagar, ela inspecionou o que era.

Meu coração pulou uma batida assim que reconheci o que ela segurava em sua mão. Cerrei os dentes com força a ponto de sentir dor e me levantei rapidamente, dispensando o cigarro no cinzeiro e indo até ela.

Arranquei a caixa de suas mãos e fechei-a na mesma hora, ouvindo os itens ali dentro sacudindo quando a joguei no sofá. Em seguida, agarrei-a pela gola do casaco, empurrando-a contra a parede.

Ela me encarava com aqueles olhos azuis, com valentia e pronta para a briga, mas os ofegos suaves me mostraram que ainda sentia um pouco de medo.

— Vamos olhar por esse lado. — Eu a encarei de volta, pairando sobre ela. — Eu poderia te partir ao meio a qualquer instante para que ficasse de boca fechada. Você precisa de mim, e não o contrário. Não somos amigos.

Fique longe da minha casa. Fique fora das minhas coisas. Nada mais de conversa-fiada.

— Que bom que você sabe disso — ela respondeu, surpreendentemente com a voz firme.

Eu a liberei do meu agarre e me afastei de volta ao sofá, guardando o conteúdo que havia caído da caixa e fechando o trinco. Eu havia pegado algumas coisas da casa do meu pai e trazido até aqui para que o motorista levasse ao meu apartamento no Delcour esta noite.

— Eu me pareço com ela. — Ouvi Rika dizer. — Não é mesmo? É por isso que você sempre me odiou.

Hesitei por um instante.

Parecida com ela. Com Winter.

Cabelo loiro, olhos azuis, mesma idade, mesma pureza selvagem... Como a inocência de um tornado ou um furacão furioso.

— Eu odeio todos vocês — murmurei. Disse aquilo sem nem ao menos pestanejar.

Odeio todos vocês. Odiava a todos quem? O grupinho do qual uma vez fiz parte? Mulheres? Pessoas em geral? Vá saber... e ela também não me pediu para esclarecer.

Porém, um lado meu queria que ela entendesse.

Jesus Cristo.

Precisávamos voltar a falar apenas de negócios.

Assim que ela chegou à porta, eu a chamei:

— Erika?

Pelo canto do olho, vi quando ela parou enquanto eu ia em direção ao armário para pegar uma das duas pistolas que guardava ali dentro. Ejetei o carregador da Glock e verifiquei a câmara para me assegurar de que não estava carregada, então estendi a arma e o carregador para que ela os pegasse.

Rika arqueou as sobrancelhas na mesma hora.

— Não pode ser rastreada — informei.

Eu não tinha permissão para portar uma arma de fogo, já que era ex-condenado e essas coisas, mas... enfim.

Ela olhava de um lado ao outro, confusa.

Sem paciência, diminuí a distância entre nós e fiz com que segurasse a arma.

— Dê um jeito de aprender a usar uma dessas.

— Por que eu precisaria disso? — perguntou, ainda sem saber ao certo se deveria largar a pistola no chão e sair dali correndo.

— Porque meu pai é mais esperto que nós dois. E, uma hora ou outra, vai tentar nos pegar. Talvez você precise disso.

— Então... se o seu pai vier atrás de mim, você está me dando uma arma para que possa matá-lo? — perguntou, com sarcasmo. — Para que ele não me mate primeiro?

Dei um suspiro exasperado.

— Caralho, você é meio burrinha — murmurei. — Até parece que ele viria pessoalmente atrás de você. Isso é para você usar nos caras que ele mandar para fazerem o serviço. Se alguém vai matar ele, esse alguém serei eu. Agora, dá o fora. — Com o queixo, gesticulei em direção à porta, pegando outro cigarro do maço. — Ligo para você quando tiver a informação que precisa.

Acendi a ponta e joguei o isqueiro em cima da mesa à minha frente.

— A menos que você queira ficar — caçoei, suavizando o tom de voz e deslizando o olhar pelo corpo dela. — Seu noivo está viajando e esta é a minha noite de núpcias. Talvez pudéssemos... jogar xadrez.

E por xadrez eu queria dizer...

No entanto, ela balançou a cabeça.

— Está aí a razão porque eu acho que você não é assim tão perigoso quanto finge ser — ela disse. — Você apenas ameaça.

Bati as cinzas contra o cinzeiro, meu humor se tornando sombrio à medida que a fumaça pairava no ar.

— Às vezes, sim... — sussurrei, em um tom quase inaudível. — E, às vezes, estou falando bem sério. — Olhei para ela. — Então... acredite em mim quando digo que você nunca vai conseguir escapar de mim. Nenhum de vocês vai...

Eu a observei travar uma batalha árdua para fingir uma postura desafiadora, porém havia um sinal tênue de consciência, medo e dúvida penetrando em sua mente. Ela sabia muito bem que eu não iria a lugar nenhum.

Sem dizer mais nada, ela se virou e saiu, deixando a porta aberta e fazendo a música invadir a sala enquanto sumia de vista.

Vá se foder. Isso não vai acontecer do jeito que você imaginava.

Você não vai conseguir me mudar. Eu vou mudar você.

Meu telefone tocou e, como Rika havia acabado de sair, só havia mais duas pessoas que possuíam meu número pessoal. Meu pai e meu segurança.

— Porra — suspirei assim que peguei o celular. — Alô?

— Você fez muito bem hoje — meu pai disse. — Pensei que teria que estrangulá-lo em algum momento.

Deu uma tragada longa e coloquei o cigarro no cinzeiro enquanto soprava a fumaça.

— Tenho certeza de que isso seria um pouco difícil.

— É, eu não quero te matar de verdade — ele acrescentou. — Afinal de contas, você é meu único filho.

— Não, o que quero dizer é que não tenho mais onze anos. — Peguei uma camiseta limpa e o moletom da minha mochila e fechei a porta com um chute. — Seria um pouco mais difícil para você conseguir me estrangular.

Babaca.

Ele ficou em silêncio por um instante, e dava até para imaginar a sua cara. Meu pai era um mestre em nunca perder a calma. Isso quase nunca acontecia. Mas dava para ver em seus olhos. Aquele sinal de irritação. O desgosto pela minha infantilidade.

Se eu não fosse sangue de seu sangue, e seu único herdeiro, eu tinha certeza de que ele já teria me matado há muito tempo.

— A cidade está fervilhando com as notícias — prosseguiu, mudando de assunto. — Quero aproveitar o momento. Os Crist darão uma festa de noivado para Michael e Erika em uma semana. Você irá com Ari, e faça o favor de levar as outras duas, também. Elas são sua família agora, e precisam recuperar a reputação.

— E elas vão conseguir isso ao comparecem ao meu lado? — Pensei em voz alta.

A ironia pelo fato de a minha presença servir para ajudar alguém a recuperar sua reputação não me passou despercebida.

— Tenho que ir — cortei o assunto. Eu faria o que ele estava mandando, então nem adiantava discutir. Queria ir àquela festa porque todo mundo estaria lá.

— Só um aviso — ele disse. — Luka e Dower pararam Winter e um cara na estrada, essa noite. Ela estava com uma mala de viagem.

Parei o que fazia, esperando pelo restante do relato.

— E...?

— E ela agora está de volta ao lugar onde pertence.

Relaxei a postura, consciente de que ela não teria ido muito longe, mas, ainda assim, eu precisava confirmar. Eu sabia que ela tentaria fugir. E agora esperava que tentasse outra vez.

Um cara...

Ethan Belmont. Cerrei o punho por instinto. Eu esperava que ela tivesse transado com ele. Que tivesse transado pra caralho e que ainda fizesse isso, para que eu ficasse de olho aberto. Isso me daria mais uma razão para odiá-la e querer machucá-la. Era toda a diversão que eu ia ganhar com esse casamento com sua irmã.

No entanto, meu pai continuou, como se tivesse lido meus pensamentos:

— Só para deixar bem claro — ele disse. — Quero Arion grávida antes do final do ano. Você conhece as regras. Faça seu dever de casa antes de sair para brincar.

Arqueei uma sobrancelha. Eu nunca fiz tarefas de casa na minha vida inteira.

— E precisamos conversar a respeito de você ter algumas responsabilidades na *Communica*. Já está mais do que na hora de você fazer por merecer a sua herança. Preciso que vá ao...

Encerrei a ligação e joguei o celular no sofá. *Communica* era uma de suas empresas e... não. Ele ficaria puto por eu ter desligado na sua cara. Ele me ligaria mais tarde ou amanhã, ou faria seus capangas me levarem à força para encará-lo a fim de terminar essa discussão, mas eu estava pouco me fodendo para isso.

Sempre tive a visão limitada em relação às coisas que eu queria, e era sempre uma coisa de cada vez. Era impossível me concentrar de outra forma.

As escolhas que fiz provavelmente não me garantiriam uma vida longa, mas era como se eu sempre soubesse disso e aceitasse o fato. Eu morreria jovem. Nunca pensei em trabalhar, e só a ideia de ir a um dos escritórios de Gabriel Torrance, todo santo dia, me dava vontade de vomitar.

Talvez eu fosse preguiçoso.

Egoísta.

Egocêntrico.

Ou talvez minha cabeça nunca tivesse sido feita para uma vida longa sem consequências. Para mim, as coisas eram imutáveis, e eu não tinha disciplina suficiente para nada além daquilo que colocava na cabeça.

Troquei de roupa, vesti o jeans, a camiseta e o moletom preto, e então peguei a caixa de madeira que Rika havia segurado. Percebi que algo tinha ficado preso na tampa, impedindo que fosse fechada adequadamente.

Eu a abri e empurrei a lâmina de barbear para dentro, hesitando quando vi o restante das coisas que havia ali. Um punhado de iguarias que foram constantes e confiáveis enquanto eu era criança, e as únicas coisas nas quais eu podia confiar.

Um clipe de papel, agulha de costura, um prego, um estilete, tesouras, um dente de tigre, um pequeno chifre de animal, o esqueleto de um pássaro com as bordas das narinas afiadas. A maioria deles estava esterilizada, não tendo sido usados já por um bom tempo, mas meu olhar foi atraído para o isqueiro, e, distraidamente, esfreguei o polegar contra o dedo indicador, sentindo a pele mais grossa por conta da queimadura antiga.

Encarei o alfinete. *Eu poderia dormir esta noite. Se eu realmente quisesse isso.*

Tamborilei os dedos sobre a caixa, quase cedendo ante o desejo tentador, mas então ouvi uma batida à porta e pisquei, respirando fundo.

— Senhor — Matthew Crane, o chefe da minha equipe de segurança concedida pelo meu pai, me chamou. — O equipamento extra que o senhor solicitou já está no local.

Assenti, distraído, fechando a caixa e travando o fecho.

— Pode ir para casa — orientei. — Não vou precisar dos seus serviços por alguns dias.

Enfiei a caixa na bolsa de ginástica e fui até o sofá para terminar de me vestir, amarrando o cadarço das minhas botas. Depois enfiei o terno dentro da bolsa, de qualquer jeito.

— Você está indo hoje à noite? — ele perguntou, provavelmente quando percebeu meu traje. — Já está bastante escuro e é capaz que vá chover, senhor.

Dei um olhar de relance para ele enquanto terminava de organizar minhas coisas.

Ele não insistiu no argumento, preparando-se para sair.

— Parabéns — comentou. — Pelo casamento. Aguardaremos notícias suas.

Eu o segui até a porta, sendo flanqueado por ele e outro cara enquanto descíamos as escadas até a saída da boate.

Era bom que eles descansassem enquanto pudessem mesmo. Quando a merda batesse no ventilador, eles teriam algumas noites insones.

Exatamente como eu teria esta noite.

Já era hora de voltar a Thunder Bay.

Fiz muito mais do que aquilo que me levou à prisão – coisas bem piores. Winter não fazia a menor ideia de quão ruim sua situação poderia ficar.

CAPÍTULO 5
WINTER

Sete anos atrás...

— Então você só podia estudar em casa? — Erika, ou Rika, perguntou, enquanto seguíamos lentamente pelo corredor da escola.

Ela me guiava pelo caminho, minha mão segurando seu cotovelo.

— Os livros estão em formato de audiobooks — continuou. — Daí, então, o professor vai enviar as anotações do seminário, e o computador vai ler tudo pra você, e...

— É, meus pais vão preferir assim — admiti. — Na verdade, eles queriam que eu tivesse continuado em Montreal. Mas preciso aprender a estar perto das pessoas.

Estive frequentando as aulas em Penoir, uma escola para cegos no Canadá, por mais de cinco anos. E, por mais que tenha gostado de lá, cercada de pessoas que levavam a vida do mesmo jeito que eu, queria voltar para casa. Queria aprender a viver aqui outra vez e lidar com a pessoa que eu havia me tornado, só que agora em um ambiente normal. Eu sentia falta do cheiro do mar que sempre permeava nossa casa, e também do salão de festas onde eu podia dançar à vontade.

Era para o meu bem, também. Eu queria praticar mais balé e começar a frequentar as aulas outra vez, talvez procurar por algo profissional e com o apoio da minha família.

— Deve ter sido solitário — Rika comentou.

Alguém esbarrou no meu ombro ao passar apressadamente pelo corredor e achei que perderia o equilíbrio por um segundo. Essa era a parte do retorno à escola que eu não ia curtir. Os corredores lotados, os gritos, as risadas e os burburinhos, além de todos os olhares em mim. Ergui a cabeça, torcendo para que desse a impressão de estar relaxada.

— Hum, bem... — debochei. — Não dá pra dizer que eu *queira* realmente estar cercada de pessoas. Só tenho que aprender a fazer isso de novo.

Ela deu uma risada e se virou para um lado.

— Virando à direita — avisou em um sussurro.

— Na verdade, eu tinha um monte de amigos — continuei, seguindo pelo corredor. — Não era assim tão solitário. Era confortável, acho. Eu irrito minha irmã, então já que ela vai se formar no final deste ano, acho que essa é minha última chance de estar por perto para isso.

Ela riu outra vez.

— Que divertido. Eu sou filha única.

Fiquei imaginando se meus pais me manteriam por perto se eu fosse a única filha, ao invés de me mandarem para uma escola distante de forma que outras pessoas cuidassem de mim.

Meu rosto começou a esquentar à medida que caminhávamos, e eu já não sabia se era por estar nervosa ou outra coisa.

— Tem gente me encarando? — perguntei.

— Eles estão *nos* encarando.

— Por quê?

Ouvi seu suspiro ao meu lado.

— Acho que... estão confusos. Nós somos meio que parecidas.

— É mesmo? — retruquei. — Você é gostosa?

Se ela fosse gostosa, então isso significava que eu era também.

No entanto, ela apenas riu.

— Quando penso na minha aparência — eu disse a ela —, penso na garotinha que me encarava do espelho quando eu tinha oito anos.

— Então você pensa em... fotografias?

Pisquei. Fotografias?

Ela deve ter visto a confusão no meu rosto, porque correu para se desculpar:

— Me perdoa. Eu sinto muito. Essa pergunta foi meio idiota, né?

Balancei a cabeça em negativa.

— Não... eu só... estou acostumada a estar ao lado de pessoas que sabem como é, acho. Vou ter que aprender a lidar com as perguntas. — Então acrescentei: — E em deixar as pessoas à vontade para que perguntem o que quiserem. Está tudo bem. — Dei uma risadinha e umedeci os lábios. — E, sim, respondendo à sua pergunta... Meu cérebro ainda funciona, só meus olhos que não. Quando tento imaginar as coisas que não vi antes, no entanto, como você ou o interior dessa escola, as coisas se complicam um pouco mais. Às vezes eu consigo mapear na minha mente, e sou capaz de criar uma impressão daquilo. Em outras vezes, visualizo as coisas como uma cor ou sentimento, ou um som que me ajude a identificar.

Então várias imagens se passaram na minha cabeça, refletindo a forma como eu projetava as coisas na minha mente.

— Às vezes — continuei —, é só uma lembrança. Tipo... quando penso em árvores ou no bosque ao redor da minha casa, eu visualizo as últimas árvores que vi. Não importa onde eu esteja. Todas as árvores se parecem com aquelas que vi naquele jardim em forma de labirinto com uma fonte no meio. Cercas-vivas altas e em um tom verde-escuro... — fiz uma pausa, antes de prosseguir: — Uma fonte...

— Labirinto? — sondou. — Não aquele que tem na casa de Damon Torrance...

Minha expressão mudou na mesma hora e eu quase tropecei. *Damon.*

Ela disse o nome dele de forma casual, como se eu soubesse quem ele era, como se estivesse acostumada a ouvir seu nome todo dia; como se ele fosse um garoto qualquer, morando bem aqui em Thunder Bay. Tudo muito normal para ela.

É claro que eu sabia que ele ainda morava aqui, mas ao ouvi-la confirmar aquilo tão de repente, simplesmente me fez perceber que abaixei minha guarda por completo.

A verdade era que eu não tinha ouvido falar dele em seis anos. Seu nome nunca era mencionado na nossa casa, não desde aquele dia em que o encontrei sentado por trás da fonte e acabei coberta de sangue no final. Todo mundo dizia que havia sido um acidente, mas ele me assustou muito naquele dia. Ele causou a minha queda.

No entanto, eu sabia que ele estaria por aqui. Acho que apenas não quis pensar naquilo. Eu era caloura e ele já estava no último ano do ensino médio, a caminho de uma universidade em questão de poucos meses. Meu pai queria que eu esperasse até que ele tivesse saído da escola – começar a estudar já no segundo ano do colegial, mas eu queria começar logo. Meus colegas de classe teriam sido transferidos para cá do ensino fundamental, igual a mim, então eu queria estar em pé de igualdade. Pelo menos naquele aspecto. Queria viver todos os anos necessários até que me formasse.

Eu só teria que evitá-lo, assim como ao seu círculo de amigos, mas provavelmente ele não se incomodaria em querer me causar problemas. Não sei como ele poderia esquecer o que aconteceu, porque eu nunca conseguiria fazer isso, mas era bem possível que ele sequer se lembrasse de mim. Já havia se passado muito tempo...

— Bom... — Rika começou a dizer quando viu que fiquei calada. — Deve ser legal viver apenas com as boas memórias.

Assenti, sem corrigir sua suposição equivocada. Quisera eu poder me lembrar de quaisquer outras árvores, menos aquelas.

Paramos perto de seu armário e a ouvi remexer ali dentro para acomodar sua mochila, bem como a minha. Não que eu possuísse muita coisa na bolsa. Alguns fones de ouvido, um gravador digital que a escola me fez comprar para que pudesse gravar as aulas e seminários – ainda que eu tivesse um aplicativo no celular que fazia exatamente aquilo –, minha carteira e, claro, meu telefone.

Eu já havia feito o *download* de todos os meus livros de exercício e leituras em áudio no celular, e havia deixado meu *laptop* no meu próprio armário antes da aula de Biologia, já que me informaram que não precisaria do computador para aquela matéria. A funcionalidade do programa "texto-voz", onde eu podia digitar o dever de casa e depois ouvi-lo para me assegurar de que havia digitado corretamente, sempre me foi útil, mas ter que fazer trabalhos em grupo enquanto estava com os fones de ouvido seria um obstáculo que nem cheguei a cogitar antes. Minha curva de aprendizado, agora que vim estudar aqui, seria íngreme.

— A gente pode buscar suas coisas depois do almoço — Rika informou.

Meu armário ficava do outro lado do corredor e o refeitório ficava perto de onde estávamos. De alguma forma, o jeito com que ela acomodou minhas coisas junto às suas e reafirmou que estaríamos juntas durante a tarde me deu certo conforto. Uma espécie de senso de pertencimento.

Almoço. Suspirei, um pouco nervosa. Aquele era o momento que eu mais temia. Mesmo que os eventos da manhã também pudessem concorrer a algum prêmio tipo "momentos mais constrangedores".

Os cochichos durante a aula de Matemática.

O silêncio desconfortável na aula de Francês.

As risadas no laboratório de Ciências, quando a presidente da turma se apresentou e ofereceu ajuda em um tom de voz *bem alto* como se eu fosse surda, em vez de cega.

A discussão verbal um pouco tensa com a professora de Educação Física, que esqueceu de me encaixar em seu plano de aula sobre basquetebol, tendo que, por fim, me colocar para fazer exercício em uma esteira por trinta minutos, por conta própria.

Tudo isso já era meio que esperado, acho. Eu era a única estudante com deficiência visual ali, além de ser a filha do prefeito. Acho que a curva de aprendizagem se aplicaria a todos nós, afinal.

— Uh-huuu! — Ouvi gritos no final do corredor e virei a cabeça em direção ao ruído, notando que uma porta havia sido aberta e fechada várias vezes até se chocar contra a parede.

Alunos nos empurraram de todos os lados, espremendo-se entre mim e Rika e fazendo com que nos separássemos à medida que eles tentavam chegar seja lá onde queriam estar.

Até que ela segurou novamente minha mão e liderou o caminho. Ela não havia feito aquilo durante a manhã inteira, e minha mãe a advertiu que eu não gostava quando faziam isso. Eu preferia me apoiar neles, não que segurassem minha mão como se eu fosse uma criança.

— Au-uuuh! — alguém uivou e virei a cabeça rapidamente, tentando descobrir o que estava acontecendo. Esta escola era muito mais barulhenta do que imaginei.

Meu polegar roçou contra o punho da camisa de Rika enquanto ela mantinha minha mão firmemente presa à dela e continuei andando devagar por entre a multidão.

Ela não estava usando uma camisa de manga curta, tipo uma camiseta Polo? Com um colete de suéter, sei lá? Eu havia sentido o tecido de ambos quando segurei seu braço durante a manhã.

Entrecerrei os olhos.

E, logo depois, ouvi meu nome.

— Winter! — Era a voz de Rika.

E pela distância, não pertencia à pessoa que segurava minha mão.

Estaquei em meus passos.

— Winter! — ela gritou outra vez. — Levante a mão para que eu veja onde você está!

Soltei minha mão do agarre de seja lá quem era a pessoa que havia me segurado e estava prestes a erguer acima da cabeça, para que Rika me localizasse, quando a pessoa me agarrou e ouvi o som de uma porta se abrindo, e, em seguida, fui empurrada e tropecei para dentro de uma sala

KILL SWITCH

79

completamente diferente, com o piso ladrilhado abaixo dos meus pés, o ar mais úmido e um cheiro estranho... uma mistura de suor, equipamentos esportivos e perfume.

Ou... sabonete líquido.

Ergui as mãos à minha frente, sentindo a respiração acelerar quando percebi que o ruído ao meu redor mudou. Os gritos e burburinhos do corredor haviam se distanciado, não havia barulho de portas sendo abertas ou fechadas e nem mesmo a presença de... vozes femininas.

— Acho que você está no lugar errado, queridinha — um garoto disse, rindo.

— Uh-huuu — outro garoto caçoou quando veio na minha direção, e ouvi alguns assovios ao redor da sala.

Ai, merda.

Senti o nó no estômago na mesma hora.

Quem havia me agarrado para me enfiar aqui dentro? Será que Rika havia visto que eu sumi? *Ai, meu Deus.* Virei, de repente, tentando descobrir onde a porta estava. Quando a puxei para abrir, percebi que não cedia nem um centímetro. Ouvi as risadas explodirem do outro lado e senti as lágrimas se acumulando nos meus olhos à medida que eu esmurrava a porta. Ela pareceu ceder um pouquinho, acho, mas as risadas se tornaram mais altas na sala e, outra vez, alguém se pressionou contra ela, pelo lado de fora, mantendo-me presa ali dentro.

Puta que pariu. Meu coração estava trovejando no peito. Eu não estava no vestiário. Fechei os olhos, rezando. *Por favor, faça com que eu não esteja no vestiário.*

— Precisa de uma ducha? — uma voz masculina disse, atrás de mim.

— Acho que ela precisa de um banho frio, cara! — outro cara gritou de algum lugar.

As risadas ecoaram à minha volta, o nível do ruído irritando meus ouvidos à medida que mais pessoas se concentravam em mim. Dei a volta, com as mãos um pouco à frente do corpo, mas pisquei para afastar as lágrimas enquanto endireitava os ombros.

Quanto menos eu demonstrasse que estava afetada, menor seria a reação deles. Com certeza devia haver algum técnico aqui dentro ou um professor, sei lá.

Como eu era idiota. Sabia que as zoações, pegadinhas e o *bullying* poderiam acontecer para alguém como eu, mas de uma maneira prepotente pensei que meu status social me protegeria. Ou o status do meu pai, de qualquer forma.

Mas seja lá quem foi a pessoa que me empurrou aqui para dentro, pensou em algo que não havia passado pela minha cabeça. Se eu não fosse capaz de "vê-los" fazendo isso, então não haveria possibilidade de punição.

— Porra... — alguém disse, fazendo-me virar a cabeça na direção da voz.

— Essa aí é a...? — outro cara começou a dizer, mas parou. Sua voz era jovial, talvez ele tivesse a minha idade.

— Sim, a filha do prefeito — uma voz rouca emendou. — A cega.

— Merda... Ouvi dizer que ela ia estudar aqui.

— Ela é bonitinha.

Senti meu rosto esquentar, mas mantive a mandíbula cerrada para evitar que o pânico se alastrasse. Dei a volta e tentei abrir a porta mais uma vez.

Empurrei meu ombro contra ela, que cedeu um pouquinho, mas o peso que a segurava fechada continuava lá. Mais risadas de zombaria do outro lado.

Balancei a cabeça. Eu ia matar aqueles merdas. Seja lá quem fosse, eu os mataria. Eu queria gritar – exigir que abrissem a porra daquela porta e me deixassem sair, mas isso só divertiria mais ainda os garotos que estavam ali dentro.

— Está tudo bem, gatinha. Você pode ficar — um deles disse. — Não é como se você pudesse ver as nossas partes íntimas, não é mesmo?

— O chuveiro é todo seu, querida. — Uma toalha atingiu meu corpo e eu a peguei por reflexo. — A menos que você não queira ficar sozinha...

Minhas bochechas esquentaram e eu engoli o nó na garganta algumas vezes antes de dizer:

— Oi? — gritei, na esperança de alertar algum professor que havia uma garota no vestiário. — Oi?

— Oi! — alguém me imitou.

E então mais outro.

— Oi!

— Oi!

— Oi!

As vozes masculinas ao redor começaram a gargalhar e zombar da minha cara, e eu cerrei os dentes, irritada. Nem sabia por que estava surpresa. Os garotos nessa cidade eram...

— Que porra é essa que está acontecendo? — alguém perguntou.

— Winter Ashby acabou vindo parar aqui, cara.

Fui me afastando devagar, com as mãos erguidas, notando que parecia que mais garotos haviam saído do chuveiro ou do ginásio, sei lá.

Mas antes que pudesse bater na porta outra vez, meu corpo se chocou contra alguém. Parei na mesma hora.

— Ei... — ele disse. — Eu sou o Simon.

Levei um susto e afastei-me, mas outra pessoa à minha esquerda sussurrou:

— Eu sou o Brace.

Então apareceu mais um à minha frente.

— Eu sou o Miles — ele disse e eu quase perdi o fôlego, levantando mais as mãos.

Tentei me desviar para outro lado, mas eles estavam me cercando.

— Caras, qual é! Deixem a garota em paz. Tirem-na daqui! — alguém berrou de algum lugar.

— Ah, qual é, Will...

Dei um passo para esquerda, mas havia alguém seminu ali. Virei à direita e me choquei com alguém usando apenas uma toalha. Rosnei e estiquei as mãos, empurrando o garoto que disse se chamar Miles e que estava na minha frente.

— Vocês são um bando de babacas — eu disse. — Deixem-me sair daqui!

De repente, senti o movimento de uma mão à minha frente e ouvi Miles grunhindo; o garoto que estava às minhas costas esbarrou em mim quando foi arrancado de onde estava, fazendo-me perder o equilíbrio por um segundo. Fiquei sem fôlego e ergui os braços para me proteger, mas, do nada, todos eles tinham sumido dali. Os três.

Alguém segurou minha mão e eu a puxei instintivamente, até que ouvi o cara perguntar:

— Você está bem?

Seu tom de voz era suave e gentil e me acalmou na mesma hora. Ou, pelo menos, me deixou mais tranquila do que estava alguns segundos atrás. Parei e deixei que seus dedos segurassem a pontinha dos meus.

Era um gesto simples, mas não me deixou assustada. Aquilo me reconfortou.

— Eu sou o Will — ele disse. — Vou encontrar alguém que tire você daqui, okay?

Inspirei o perfume do sabonete líquido que ele usou e do amaciante em suas roupas e assenti, sentindo-me mais calma em sua presença.

Mas então nossas mãos se separaram à força. Fiquei tensa e assombrada na mesma hora. *Mas que mer...*

— O que foi? — Will perguntou para alguém.

— Solte-a e vá terminar de se vestir — o cara que havia acabado de chegar disse. — Eu cuido disso.

Eu cuido disso? Quem era esse cara?

— Eu não estava *dando em cima* dela. — Ouvi Will dizer, mas sua voz estava se distanciando.

Espera...

Afastei-me, empurrando a porta outra vez para descobrir que ainda não se abria.

— Você se machucou? — a voz sombria perguntou.

Neguei com um aceno de cabeça. Seu tom não era de zombaria como dos outros, mas algo ali me fez parar por um segundo.

— Você vai para a aula? — ele insistiu, a voz mais próxima. Não dava para me afastar mais, então apenas me espremi contra a porta.

Abri a boca e gaguejei:

— E-eu vou p-para o almoço.

Ele se inclinou para mais perto e seu corpo roçou contra o meu, fazendo-me perder o fôlego e erguer as mãos por instinto.

— Deixe-me abrir a porta pra você — disse, em um tom profundo.

— E-eu... — Coloquei as mãos apoiadas em seu peito para afastá-lo de mim, e senti o tecido engomado da camisa, o colarinho e pele. Meus dedos se demoraram por um momento longo demais no peito nu, já que a camisa não estava abotoada.

Merda. Abaixei as mãos, mas, quando o fiz, meu polegar roçou contra um objeto – bolinhas... ou um colar de contas – que espreitava da camisa aberta.

Déjà-vu me inundou naquele instante.

Meus dedos mal o tocavam, mas fui capaz de sentir uma conta após outra, formando uma corrente aquecida pelo contato com a pele. Deslizei um pouco mais abaixo em seu torso até o ponto em que se fundiam em uma só, bem acima de seu abdômen.

Madeira. Dava para sentir as ranhuras por baixo da superfície polida.

Um nó se formou no meu estômago na mesma hora. *Não, não, não...*

Não consegui evitar. Continuei traçando as contas do colar, sentindo os músculos rígidos por baixo, bem como pude perceber que seu ritmo respiratório mudou.

Quando alcancei o crucifixo que não queria que estivesse ali, o segurei entre as pontas dos dedos. Uma corrente elétrica percorreu meu corpo assim que reconheci os detalhes cuidadosamente desenhados na peça.

Ai, meu Deus. Soltei o rosário como se ele tivesse queimado meus dedos.

No entanto, ele agarrou minha mão, pressionando-a de volta ao cordão e à pele por baixo dele.

— Aw, por que parar quando você estava indo tão bem? — zombou.

— Damon — sussurrei, tentando me soltar de seu agarre.

— Hum-hum — afirmou. — Senti sua falta, garotinha.

Consegui afastar minha mão e cerrei a mandíbula.

Jesus. Na minha mente, eu ainda o via como da última vez. Um garoto, não muito mais velho que eu, com um corpo magricelo e voz trêmula.

Mas tudo havia mudado. Sua mão em contato com a minha era bem maior agora, sua altura me superava e muito, e sua voz era mais profunda, clara. Ele não tinha mais onze anos.

Por que eu estava me sentindo uma criança agora que havia percebido isso?

E toda a esperança que acalentei de que tivesse me esquecido simplesmente desapareceu. Ele sabia exatamente quem eu era.

Porém, antes que eu pudesse dizer mais alguma coisa, a porta às minhas costas cedeu e quase caí para trás. Damon me segurou e me puxou contra o seu corpo novamente. Não tive tempo suficiente para empurrá-lo antes que alguém agarrasse a minha mão e me puxasse para longe dele. Acabei tropeçando.

— Winter — minha irmã disse, ríspida. — O que você está fazendo?

No entanto, ela não esperou pela minha resposta. Saiu me arrastando para fora do vestiário, em direção ao corredor, até que a porta se fechou outra vez. Eu podia sentir uma gota de suor escorrendo pelas minhas costas, minha cabeça estava girando e tudo em que conseguia pensar era na sensação da proximidade de Damon.

Corri para alcançar os passos apressados da minha irmã, sentindo o coração martelar no peito.

Mas meu corpo estava fervilhando também. Franzi o cenho, esfregando as pontas dos meus dedos contra o polegar como se ainda estivesse tocando as contas do terço que ele usava.

PENELOPE DOUGLAS

Era bem provável que Ari tenha sido a pessoa que me enfiou dentro daquele maldito vestiário masculino. Ou talvez ela tenha mandado algumas de suas amigas fazerem isso. De que outra forma ela poderia saber onde eu estava?

Deve ter ficado pau da vida quando percebeu que eu não saí de lá imediatamente, e acabou tendo que entrar para me resgatar. Será que ela e Damon eram amigos?

Eles cursavam a mesma série, mas eu não tinha certeza se frequentavam os mesmos círculos. Meus pais devem ter avisado para que se mantivesse longe de Damon, mas não era como se ela os obedecesse caso não estivesse a fim de fazer isso. Eu não fazia a menor ideia de como ele era e como minha irmã se comportava nessa escola. Em relação ao primeiro, era porque eu realmente não podia admitir que queria saber notícias ao longo dos anos, e a outra... era porque não estava nem aí mesmo. Nós duas tivemos nossa cota de brigas e mágoas nestes últimos dez anos, e eu nem sabia o porquê. Simplesmente parecia haver uma camada que a revestia e que parecia ser impossível de transpor, além do fato de não termos muita coisa em comum. Ainda mais agora. Ela havia se acostumado a ser a única filha em casa enquanto estive estudando fora, e era óbvio que adorava esse status.

— Ai, meu Deus, ele está olhando para ela — Claudia, uma das amigas de Rika, disse. Ela estava sentada à minha frente na mesa do refeitório.

Agucei os ouvidos, mesmo usando apenas um fone, e foquei em ouvir um pouco da música e um pouco da conversa entre elas. Não queria ser indelicada e deveria estar preocupada em fazer amigos no meu primeiro dia aqui, mas depois do fiasco no vestiário masculino, precisava recarregar minhas energias por um tempinho.

— Quem? — Rika perguntou.

No entanto, ninguém respondeu nada – pelo menos, não de forma verbal. Era em momentos como este que eu percebia como as pessoas eram conscientes da minha deficiência. Quando optavam em assentir com gestos que eu não poderia ver.

Minha deficiência.

Eu odiava essa palavra.

Mas era assim que as coisas eram, e as pessoas, mesmo que não fizessem por mal, se valiam disso como uma vantagem. Elas podiam se comunicar com os olhos, as mãos, gestos... Tudo em uma tentativa de me deixarem por fora do assunto.

Quem estava olhando para quem? Alguém estava me encarando?

— A atenção dele ficou concentrada nela por mais de sete segundos — Noah, outro amigo de Rika, comentou. — E, quando isso acontece, não é um bom sinal.

De quem eles estavam falando?

Então Claudia suspirou, assombrada:

— Ai, merda.

Rika se moveu à minha esquerda e, quando dei por mim, alguém havia se sentado à direita; os joelhos ladeando meu corpo, como se a pessoa tivesse montado no banco para me encarar diretamente.

— O que você está ouvindo? — uma voz profunda soou.

Levei apenas um segundo para reconhecer a quem pertencia aquela voz antes que meu fone fosse arrancado.

Damon. Então era dele que estavam falando. Era ele que estava me encarando no refeitório. O cheiro de tabaco e cravo exalou dele, e tentei encontrar uma alternativa para me livrar de sua presença.

Ele era ousado. Muito mais do que me lembrava, e não estava acostumada com isso.

Ficou calado por um instante, e imaginei que estivesse conferindo minha playlist. As músicas dos anos 80 que gostava de ouvir quando precisava de algo divertido, leve e animado para afastar meu mau-humor. Que havia sido instalado por causa dele, diga-se de passagem.

O fone caiu de volta no meu colo e sua voz soou baixa, porém confiante:

— Não vai ser assim com a gente.

Assim como?

O quê?

Então percebi que música estava tocando: *Then He Kissed Me*, do The Crystals.

Eu e ele não seríamos como o casalzinho da canção?

Contraí a mandíbula. Nossa, não brinca. *Nunca haveria nada entre "nós".*

— Deixe-a em paz, Damon.

— Não encha o saco, Fane — ele retrucou.

Perdi o fôlego quando detectei o tom cortante em sua voz. Meu Deus, ele estava tão diferente.

Engoli o nó na garganta antes de dizer:

— Não quero papo com você. E você também não deveria estar falando comigo.

Ele não disse nada, e também não se moveu. Será que estava me encarando?

Olhei para o outro lado, decidida a ignorá-lo.

Depois de alguns segundos, pigarreou.

— Fui o primeiro beijo da Winter, senhoritas — disse a todos que estavam à mesa, apesar de saber que havia um garoto no meio. — Eu tinha onze anos e ela, oito.

Senti quando ele se aproximou um pouco mais e a voz se tornou quase um sussurro.

— Fico imaginando quantos outros caras já te beijaram depois disso. Mas daí... acho que nem ligo, já que fui o primeiro e é isso que importa.

Segurei a barra da saia em meus punhos. Queria que ele saísse dali.

— Não pense por um segundo que você foi bom nisso — repliquei.

— E você não pense que vou pegar leve contigo só porque você pode beijar o chão se não tiver outra pessoa segurando sua mão para poder dar dez passos.

Ouvi uma risada de algum lugar longe dali e apertei os lábios.

— Não tenho medo de você.

— Ainda não.

Balancei a cabeça.

— O que você quer?

— Começar de onde paramos.

De onde paramos? Ele quase me matou quando éramos crianças. Não havia como seguir em frente.

— Sinceramente, eu não sei — debochou. — Minha atenção tem vida curta, e você me interessa no momento. Tenho algumas perguntas. Tipo, você não consegue enxergar nada?

Entrecerrei os olhos.

— Nadinha de nada? — insistiu. — Formas, luz, sombras, borrões...? E é verdade que quando você perde um sentido, os outros se amplificam? Olfato, audição... — parou, dizendo em seguida quase em um sussurro: — O sentido do tato?

Um arrepio eriçou os pelos da minha nuca, e meu sangue ferveu. Todo mundo estava olhando para nós. Eu tinha certeza.

Apenas o ignore.

— E... já que seus olhos não funcionam — prosseguiu —, você tem o reflexo de fechá-los com força? Tipo... se você sentir dor ou quando está... excitada?

Outra rodada de risadas chegou até mim. Eu me virei um pouco de lado, com medo de que eles pudessem perceber os batimentos acelerados do meu coração.

Suas palavras estavam cheias de insinuações. Quase me esqueci de que ele era mais velho que eu, por um momento. Nossa diferença de idade, aos oito e onze, agora parecia muito maior. Eu era bem mais nova e ele estava sendo inconveniente. Meio que tive a impressão — a contar pelo jeito como falou com Rika — de que ele agia daquela forma com todo mundo.

— Você se lembra da minha aparência? — perguntou. — Sou bem maior agora.

Virei-me para ele, mesmo ciente de que meu olhar não encontraria o dele.

— Eu me lembro de tudo. E já não me machuco com tanta facilidade.

— Aahh, estou contando com isso.

A ameaça velada em sua voz me trouxe um arrepio, e cada pedacinho da minha pele parecia ter sido eletrificada. Eu podia sentir seu olhar sobre mim, observando-me, e havia um misto de medo e raiva em meu interior, mas também antecipação.

Emoção.

Por mais que ele tenha me machucado anos atrás, e mesmo sabendo, sem sombra de dúvidas, que agora ele era dez vezes pior que naquela época, uma pequena parte minha gostava do fato de ele não pisar em ovos ao meu redor. Ele não me mimava. Não me ignorava.

Ele não ficava nervoso à minha volta, com medo de mim ou me tratando como se eu fosse frágil. Talvez ele pensasse que eu era um alvo fácil, ou talvez não se assustasse com facilidade como os outros. Seja lá qual for o motivo, uma parte em mim meio que gostava disso.

E outra parte imaginava como ele reagiria quando percebesse que não sou de sentir medo também. Era nítido que *ninguém* gostava de lidar com Damon. Ele era acostumado a ter as coisas do jeito que queria.

— O que você está fazendo? — alguém perguntou, fazendo-me piscar na mesma hora.

Virei a cabeça para o outro lado, voltando ao presente e percebendo que Ari estava às minhas costas. Antes que pudesse descobrir com quem ela falava, no entanto, Damon se levantou lentamente do banco.

— Só estou dando um "oi" para a sua irmãzinha — ele disse, em tom de zombaria.

Senti quando ele se afastou e Rika se moveu ao meu lado, suspirando audivelmente como se tivesse prendido o fôlego aquele tempo todo.

— Ele não deveria se aproximar de você — Arion comentou, e agora eu achava que estava falando comigo.

— Diga isso a ele — murmurei, tateando em busca do sanduíche que deixei em cima da mesa. — Eu não o chamei para vir aqui.

— Não diga nada na diretoria, nem aos nossos pais. O time de basquete precisa dele, e não quero que ele entre em apuros só porque você não consegue se relacionar com ele.

Peguei a metade do pão, mas não cheguei nem mesmo a dar uma mordida.

— Ele estava aqui antes — Arion apontou. — Se você fizer com que ele seja expulso, todo mundo vai nos odiar.

Ah, sem dúvida. Soube que havia uma ordem explícita para que Damon não se aproximasse de mim, hoje de manhã, mas não ventilei a possibilidade de ele, realmente, desobedecê-la. Ele era burro?

Ou talvez pensasse que era intocável. Ele simplesmente veio até aqui e se sentou, mesmo sabendo que pelo menos metade da galera que estava no refeitório poderia dedurá-lo e testemunhar o que estava fazendo. E, mesmo assim, agiu do jeito que quis. Talvez ele fosse confiante demais, imprudente de propósito ou... incontrolável.

Incontrolável. Era a característica do garoto de quem eu me lembrava.

Mas minha irmã estava certa. Ele já estudava aqui há mais tempo e, independente do que ele fez, eu levaria a culpa caso se encrencasse. Por agora, eu mesma lidaria com o assunto, caso ele não desistisse. E faria isso discretamente.

Ainda me deixava pau da vida que o primeiro impulso da minha irmã fosse o de proteger o jogador de basquete, no entanto.

Levantei um pouco a cabeça, com altivez.

— Obrigada pela preocupação comigo — ironizei. — É comovente.

— Ah, dá um temp...

— Você já pode ir.

— O que você est...

— Jesus, você ainda está aqui? — soltei, interrompendo suas queixas. — Bom, seja pelo menos útil e abra isso aqui pra mim.

Peguei a garrafa de suco de laranja que havia deixado na mesa e entreguei a ela por cima do meu ombro.

O suco espirrou para todo lado porque a tampa não estava fechada direito e ouvi seu resmungo.

— Argh! Winter! — berrou.

Fiz uma careta.

— Ah, já estava aberto? Desculpa... Eu sou tão cega.

As risadas explodiram ao redor da mesa e ela grunhiu, proferindo um monte de impropérios enquanto se afastava, pisando duro. Bom, pelo menos eu achava que ela deve ter saído revoltada. Não dava para ter tanta certeza.

— Caraca, garota — Noah disse, dando um tapinha no meu braço. — Você é minha heroína.

Dei um meio sorriso, satisfeita comigo mesma. Por mais que estivesse irritada pelo fato de Arion e eu sempre discutirmos, assim como acontecia com Damon, eu gostava daquela sensação de normalidade. Ela não se preocupava em poupar meus sentimentos. Simplesmente me tratava como se eu fosse burra, como se não tivesse que ter reaprendido a viver nos últimos seis anos, e como se isso não tivesse sido o suficiente para me fazer durona e facilmente adaptável a mudanças e novos desafios. Tudo isso com o coração de pedra pronto para lutar por todas as coisas que eles diziam que eu não podia fazer ou ter.

Talvez por essa razão Damon não me tratava como se eu fosse de vidro. Talvez ele soubesse.

Pensei no garoto da fonte, ensanguentado, e com a lágrima silenciosa deslizando pelo rosto, porque alguma coisa – ou várias – aconteceu com ele e sobre as quais não queria falar, e, agora, ele era praticamente um homem que nunca choraria e que faria outras pessoas sangrarem.

Eu o odiava, e nunca o perdoaria, mas talvez nós dois tivéssemos aquilo em comum. Nós tivemos que mudar para sobreviver.

CAPÍTULO 6
WINTER

Dias atuais...

— MÃOS PARA O ALTO! — TARA GRITOU.

Eu as levantei, saltando pelo chão, os músculos das costas e ombros se esticando ao máximo enquanto mantinha a cabeça e rosto erguidos na direção do teto.

— Mais energia! — ela gritou. — Deixe-me ver outra vez! Muito bom!

Exalei assim que toquei o chão, meu pé direito pousando sobre a faixa áspera que ficava no perímetro do "palco", para sinalizar que eu estava a meio metro da beirada. Além dessa marca, havia mais um espaço de cerca de quinze centímetros que indicava que eu deveria parar, pois não havia mais espaço para onde ir.

Suor escorreu pelas minhas costas, e dei a volta, girando à direita outra vez enquanto dava um passo flutuante para só depois arquear as costas antes de subir às pontas e alongar o corpo ao máximo, executando uma pose graciosa, para em seguida continuar a dançar.

A música reverberava na sala, parte da coreografia nem um pouco convencional criada por mim, e que seria apresentada em lugar nenhum e para ninguém.

Ninguém nunca me contrataria. Eu tentava pensar positivo, principalmente agora que precisava sair daqui o mais rápido possível, mas estava se tornando cada vez mais difícil não me sentir uma idiota por ter largado a faculdade.

Tara foi uma das minhas professoras desde a infância, e continuei a ensaiar em casa, mas também vinha ao estúdio de dança, já que meu pai havia pago o aluguel pela sala por cinco horas durante a semana até o final do ano. Eu não queria mais nada do que ele deixou para trás, mas engoli o orgulho em uma desculpa perfeita para poder sair de casa. Damon não havia voltado desde o casamento dias atrás, mas era apenas uma questão de tempo.

E eu amava estar aqui. Eu só pensava em dançar e nada mais.

Era daqui que vinham minhas primeiras lembranças da dança, e onde achava que era mais sortuda que tantas meninas. Uma época onde eu conseguia enxergar e pude praticar quatro anos de balé antes de perder a visão. Eu sabia exatamente como executar pliés e arabesques. Conhecia todos os passos e movimentos, e conhecia um pouco da técnica. Continuei a praticar com uma professora particular quando me mudei para Montreal, mesmo sabendo que não havia perspectiva alguma para sonhar com uma carreira. Sempre fui muito realista.

Eu enfrentaria dificuldades em dançar com um corpo de baile, além de dançar em par. Não era impossível, mas aquilo tudo levaria um bom tempo para aprender e nem todos aceitariam o desafio.

Certamente eu não era a primeira bailarina com deficiência visual, mas era a primeira em um raio de oitocentos quilômetros. Eu tinha esperança. Alguém teve que dar início ao fenômeno em outras partes do mundo, não é? Então por que eu não poderia fazer isso aqui mesmo também? O único problema estava em conseguir encontrar uma companhia de balé e um técnico que aceitasse o trabalho.

Diminuí meus movimentos conforme a música ia encerrando e finalizei o passo de dança com os braços abaixados e os punhos cruzados à frente, mantendo a posição com graça e elegância. Ao menos eu esperava que estivessem graciosos.

— Assim — Tara disse. — Mantenha-se nessa posição.

Andando até mim, ela passou os dedos frios sobre a articulação da minha mão.

— Vamos endireitá-los — instruiu. — Dessa forma.

Então pegou minhas mãos e as posicionou sobre as dela, que se mantinha na mesma pose que eu. Passei as mãos levemente, sentindo as juntas dos dedos, os tendões contraídos no dorso e a pele macia do pulso ao antebraço, para que pudesse imitá-la.

— Obrigada — agradeci, respirando com um pouco de dificuldade.

Apoiei as mãos no quadril, a blusa leve e soltinha caindo de um lado dos ombros e deixando um pedaço de pele desnuda e em contato com o vento frio que provinha do antigo ar-condicionado central do prédio.

— Vamos outra vez? — ela perguntou.

— Que horas são?

Tara parou por um instante e disse:

— Quase cinco.

Assenti em seguida. Eu ainda tinha meia hora, então era melhor aproveitar antes que o dinheiro desaparecesse por completo. Ouvi seus passos se distanciando para que pudesse colocar a música para tocar outra vez, e contei os meus próprios a partir da marcação no limiar até o centro, encontrando meu ponto de partida.

— Você não precisa ficar aqui — eu disse. — O motorista vem me buscar. Vou ficar bem.

Os Torrance insistiram que cada uma de nós tivesse um motorista pessoal e, por mais que tenhamos usado esse tipo de serviço em algumas ocasiões no passado, nunca foi um hábito contratá-los em definitivo. Minha irmã adorou esse novo benefício, que veio acompanhado com seu novo sobrenome.

No entanto, eu sabia quais eram as segundas intenções por trás do gesto. Um motorista poderia reportar todas as nossas idas e vindas a quem os contratou, logo, Gabriel e Damon estavam cientes de todos os nossos passos.

O motorista era uma espécie de coleira.

— Sabia que — ela começou a dizer assim que a música teve início — eles ofereceram pagar para que... você continuasse com as aulas particulares?

Parei na mesma hora.

— Como assim? Quem?

— O assistente de Gabriel Torrance ligou e disse para encaminhar o valor das mensalidades para ele — revelou. — Caso você queira manter a programação.

Ela me orientou e deu alguns *feedbacks* esporádicos desde que meu pai sumiu, e eu não tinha condições de continuar pagando por suas aulas. Sempre aqui ou ali, quando ela estava a caminho de uma aula ou quando a encerrava. Ou, como esta noite, quando estava prestes a ir embora.

Mas tomar conhecimento dessa oferta de Gabriel era o mesmo que levar um tapa na cara. Mais um lembrete de que agora estava desamparada e não poderia ter as coisas às quais estava acostumada.

Por causa deles.

Por causa dele. Aquilo só podia ter sido ideia de Damon.

Ninguém mais ligava se eu continuasse a dançar, com exceção dele. Eu sabia que ele gostava, e, provavelmente, devia ser a única pessoa que sabia o quanto ele gostava disso, para dizer a verdade. Ele sempre me observava. Dancei inúmeras vezes para ele antes.

Ele que se foda.

Voltei à posição, erguendo o queixo com altivez e esticando o pescoço.
— Você pode reiniciar a música? — pedi, encerrando o assunto.

Depois de um momento, a música parou e voltou a tocar, e comecei tudo de novo, deixando que o volume da melodia abafasse todo o resto. O mundo balançava ao meu redor e, mesmo que eu não pudesse enxergar, era capaz de sentir tudo.

O lugar. O cheiro dos galhos do pinheiro da árvore de Natal do ano anterior. Os tijolos frios que eu sabia existirem ali. A barra com a superfície áspera de madeira e a forma como o telhado era vazado e envelhecido, quase mostrando a imensidão do céu acima. Era como se pudesse alcançar o infinito.

Eu estava voando.

A voz do cantor tocou fundo dentro de mim, e deixei de lado os passos clássicos e abaixei a mão, deslizando-a pelo meu corpo bem devagar, sentindo cada pedacinho da minha pele saltar à vida. Meus pés doíam por causa das sapatilhas de ponta, mas meu corpo estava vivo.

Fechei os olhos, sentindo algumas mechas do meu cabelo fazendo cócegas no rosto. O frio na barriga intensificava à medida que eu fazia as piruetas, e um sorriso começou a curvar os cantos da minha boca. Meu Deus, eu amava essa sensação de liberdade.

Queria ver se você pode dançar para mim.

Desacelerei os passos, ouvindo a voz dele em minha cabeça.

No entanto, aumentei o ritmo outra vez até evoluir para a posição final, fazendo uma sequência de *échappés* enquanto movia os braços em sincronia.

Você vai me odiar.

Eu vou amar você.

Temos que parar. Faça-me parar.

Não consigo. Não quero.

Então senti a pressão no meu baixo ventre, entre as pernas, causando-me náuseas. Abri a boca, em um grito silencioso – o mesmo que dei na manhã em que ele foi preso. Eu girava e girava e lágrimas assomaram em meus olhos enquanto eu desejava que o mundo rodasse em uma velocidade vertiginosa para que pudesse deixar de vê-lo em minha mente.

Porém perdi o equilíbrio quando meu pé se chocou contra uma mobília; minha perna acertou a madeira e uma dor aguda subiu pela canela.

— Merda! — praguejei.

— Winter! — Tara gritou.

Abri os olhos rapidamente e rosnei, tropeçando quando apoiei a mão sobre o piano para me equilibrar.

A banqueta. A maldita banqueta do piano. Perdi totalmente as marcações no chão?

— Opa, eu te ajudo — uma voz masculina gritou, de repente. — Já estou indo.

Ethan? Quando ele havia chegado aqui?

A música foi interrompida e eu ergui o corpo, esfregando a perna que doía cada vez mais. Franzi o cenho, exalando com irritação e ouvindo os passos apressados pelo piso de madeira.

— Você está sangrando — ele disse, firmando-me por baixo do braço enquanto Tara segurava minha mão. — Vamos...

— Está tudo bem — soltei, balançando a cabeça e chateada comigo mesma. — Há anos eu não fazia isso. Que merda...

Distraída. Era assim que eu me encontrava.

— Leve-a para se sentar ali — Tara instruiu Ethan. — Vou pegar um kit de primeiros socorros.

Manquei até o lugar, mas consegui endireitar a postura.

— Está no banheiro. Vou ficar bem.

— Mas você está sangrando.

— Porém sei como aplicar um Band-Aid. — Eu ri, mesmo sentindo dor. — Pode ir para casa. Ethan me ajuda aqui. A gente se vê em alguns dias.

Ouvi o suspiro de leve e imaginei que ela devia estar se perguntando se eu estava realmente bem ou não, mas sabia que isso já havia acontecido comigo antes. Eu já havia usado uma bela porção de curativos.

— Obrigada pela ajuda hoje à noite — agradeci, afastando-me um pouco do agarre de Ethan para que pudesse eu mesma segurar em seu braço. — Até mais.

Depois de alguns segundos, ouvi o farfalhar de tecidos enquanto ela guardava suas coisas na bolsa de ginástica e pegava o casaco.

— Bem, tenham uma boa-noite, então. Vou te mandar uma mensagem mais tarde, okay?

Assenti, guiando Ethan na direção de onde detectava sua voz para que a seguíssemos para a saída e rumo ao banheiro. Ele tentou enlaçar meu corpo com o braço, mas o afastei.

Depois de passarmos pelas portas, Tara seguiu à esquerda enquanto nós viramos à direita, para as escadas.

— Há quanto tempo você está aqui? — perguntei, à medida que descíamos a escada.

— Acabei de chegar — respondeu. — Tive uma reunião com um grupo de estudo que demorou mais do que deveria, mas achei que essa poderia ser a única oportunidade de te ver.

Humm. Com o que aconteceu naquela noite, na estrada, era meio difícil dizer se sua entrada em casa seria permitida. E se ele fosse lá, quem poderia dizer do que Damon era capaz se ele voltasse para casa?

Casa. Continuei descendo os degraus por mais dois andares, com uma mão apoiada no corrimão e a outra apegada ao braço de Ethan. Damon – ou a família dele – possuía minha casa agora, e mesmo que estivesse dormindo em outro lugar desde o casamento, ainda assim, ele poderia entrar e sair de lá a hora que bem entendesse. Sem precisar bater à porta. Sem permissão. Sem um convite.

Era ele quem mantinha todas as chaves da casa. Meu estômago se retorceu em um nó quando cheguei àquela conclusão.

— Você está bem? — Ethan perguntou. — Quer dizer... não estou falando só sobre a perna.

— Sim, estou bem.

Eu sabia que estava preocupado, e era grata por isso, mas ele não poderia me ajudar. E eu não tinha certeza se teria coragem de dizer a ele se algo estivesse errado.

— Não se preocupe — assegurei.

Eu podia até não ser capaz de lidar com Damon, mas meu amigo, com certeza, também não.

Ele me levou até o banheiro feminino, bateu à porta e conferiu se havia alguém ali antes de entrarmos. Estava vazio, e assim que soltei seu braço, apoiei-me na parede que sabia estar à esquerda. Passei pelo canto e deparei com a bancada de granito das pias, e fui tateando até encontrar o suporte do papel-toalha.

Ethan esticou a mão à minha frente, tentando ajudar.

— Já consegui — eu disse. — Você pode pegar o kit de primeiros socorros? Deve estar dentro da caixa perto da parede.

Quando foi até lá procurar pelo kit, umedeci um punhado de papéis e passei sobre a pele ferida. Eles disseram que o machucado estava sangrando, mas eu não fazia ideia da extensão.

Grunhi baixinho quando a água fria tocou o corte. Eram sempre os pequenos ferimentos que mais incomodavam. Posicionei minha mão como se fosse uma garra e pressionei as unhas ao redor do corte, de forma que a dor afiada sublimasse a outra. Aquele era um pequeno truque que meu pai me ensinou quando eu tinha seis anos. O incômodo cedeu um pouco, mas mantive as unhas cravadas na pele, desfrutando do pequeno alívio.

— Ei, não tem nada aqui — Ethan gritou. — Vou dar um pulo lá em cima para ver se a recepcionista tem alguma coisa.

Assenti com a cabeça, sem saber se ele havia visto meu gesto. Ouvi a porta do banheiro abrindo e fechando, quando ele saiu dali, e peguei mais papel-toalha, dobrei uma porção e coloquei sobre a perna, recostando-me contra o espelho e de olhos fechados.

O que eu deveria fazer? Eu tinha vinte e um anos, nenhuma perspectiva de trabalho, e estava com medo. Nunca seria livre de verdade enquanto ele estivesse vivo, e havia muito mais coisa que ele poderia tirar de mim. Ele estava realmente bem empenhado em perturbar minha paz de espírito.

Havia saído da prisão há mais de um ano antes de entrar em contato, e somente dois anos depois é que colocou seu plano em ação. Relaxei demais no quesito da minha segurança pessoal, achando que ele teria seguido em frente. Estava tão errada.

Senti as pálpebras pesadas, e minha cabeça começou a girar à medida que a dor amenizava. Bocejei, sentindo-me cada vez mais sonolenta. Pelo menos, quando o cansaço batia, minhas preocupações também desapareciam.

Quando estava quase adormecendo contra o espelho, ouvi o rangido das dobradiças não-lubrificadas da porta. *Aquilo foi rápido.*

— Conseguiu achar? — perguntei, mantendo os olhos fechados e bocejando outra vez.

Ele não me respondeu, no entanto, e abri os olhos na mesma hora, piscando. Alguém havia acabado de abrir a porta, não é?

— Ethan? — chamei, sentando-me ereta.

O Teatro estava prestes a fechar e, além da recepcionista, eu achava que ninguém mais estava no prédio.

E então... ele estava aqui.

Apoiou as mãos sobre as minhas, que repousavam sobre minhas coxas, e o toque de seus dedos frios me fez perder o fôlego e rir.

— Ei, você me assustou — comentei. — Conseguiu os Band-Aids?

Senti as pontas de seus dedos no meu rosto, afastando uma mecha de cabelo, e recuei um pouco com a sensação fria. O que ele estava fazendo? Peguei sua mão para tirá-la do meu rosto e segurei-a, tentando tranquilizá-lo.

— Estou bem.

Seu corpo chegou mais perto, forçando que meus joelhos se abrissem mais. Suas roupas roçaram contra o interior das minhas coxas. Ele soltou as mãos do meu agarre e eu parei, quieta, sentindo seu hálito morno à frente, sobre o meu rosto, à medida que se inclinava na minha direção.

Que merda ele achava que estava fazendo?

— Ethan... — protestei, mas sem saber ao certo o que dizer. Ele já havia tentado se aproximar daquele jeito outras vezes, e embora eu soubesse que ele não recusaria caso as coisas evoluíssem para algo mais, nunca rolou entre nós. Ele não tentaria de novo, não é?

— Shhhh... — murmurou.

Então parei de respirar por um segundo. Sua boca quente estava a centímetros da minha, e, de repente, meu coração começou a bater acelerado. Ele nunca fez algo assim. Nunca avançou o sinal, e eu podia dizer que estava me sentindo desconfortável quando antigas lembranças vieram à tona.

Por favor, não tente me beijar... Implorei.

Dava para ouvir a água passando nas tubulações acima da minha cabeça, além do zumbido maçante do aquecedor em algum lugar, mas, fora isso, só havia o silêncio aqui embaixo, e estávamos sozinhos.

— Preciso do Band-Aid — falei, tentando dar um sorriso. — Anda logo...

— Tão linda — ele sussurrou contra a minha boca. Dava para sentir o cheiro do cigarro em seu hálito.

Cigarro...

— Ei, consegui! — Ethan gritou, de repente, de algum lugar, interrompendo o silêncio quando a porta do banheiro se abriu outra vez.

Arfei, recuando na mesma hora. *Merda!*

Estendi as mãos à frente, procurando o cara que estava aqui agora há pouco, mas encontrando apenas o vazio.

Meus olhos se encheram de lágrimas, minha pulsação latejou no pescoço, e eu mal conseguia respirar com calma.

Filho da puta. Maldito. Onde ele estava? Tateei o espaço à minha frente. Onde diabos ele se enfiou?

— Ei, ei, ei... o que aconteceu? — Ethan perguntou assim que chegou ao meu lado.

Mas eu apenas agarrei seu moletom com força, tentando respirar.

Se Ethan não o viu, então já devia estar longe e saiu pela outra porta do banheiro.

Balancei a cabeça, tentando me acalmar.

Eu havia relaxado. Como uma idiota, baixei a guarda por cinco minutos, coisa que ele nunca fazia. Ele sempre estava um passo à frente.

— Me tira daqui — eu disse a Ethan. — Neste instante.

— Mas e o curativo?

— Agora! — gritei, desesperada.

E não precisei dizer outra vez. Ele me retirou da bancada, pegou minha mão e saímos do Teatro o mais rápido possível.

Ethan me levou para casa, sendo seguido de perto pelo motorista contratado pelos Torrance, com certeza. Apesar de ter meu próprio meio de transporte, não conseguiria aguentar nada de Damon. Entrei no carro de Ethan e mandei o motorista ir para o inferno quando ele tentou me impedir.

Assim que meu amigo me deixou e foi embora, apesar de hesitante em sair, entrei pela porta e fui recebida por Mikhail, que veio trotando pelo corredor. Na mesma hora, ouvi a voz da minha mãe, vindo da sala de jantar.

Inclinei-me para acariciar seu pelo e lhe dei um beijo.

— Vou te dar comida em um minuto, garoto.

Fui até a sala, sentindo a vibração dos passos de quem estava ali e ouvindo o ruído de páginas de papel sendo viradas.

Não havia conversado com ninguém da família nos últimos dias. Chateada, preferi permanecer no meu quarto, roendo as unhas e tentando descobrir uma forma de escapar de tudo aquilo.

— Bem que poderíamos colocar papel de parede na cozinha — minha irmã disse. — Como se fosse uma parede única. Está super na moda de novo.

Decoração? Elas estavam discutindo sobre decoração, porra? *Minha nossa...*

— Tentei fugir algumas noites atrás — finalmente disse a elas, apoiando a mão sobre o batente da porta. — De volta para Montreal.

O silêncio dominou a sala por um instante, e era nítido que as duas estavam tentando decidir se deveriam ficar com raiva ou não. Minha mãe queria que eu ficasse segura, mesmo que ela não fizesse questão de garantir isso por conta própria, e eu tinha certeza de que minha irmã adoraria me ver longe dali. No entanto, ambas também deviam saber que aquilo irritaria Damon, e que poderia haver consequências caso eu fugisse e ele não conseguisse me encontrar rapidamente.

— Os policiais — continuei —, que são pagos por Gabriel Torrance, sem sombra de dúvidas, me impediram e tive que voltar.

— Ethan te ajudou? — mamãe perguntou, mesmo que seu tom de voz indicasse que já sabia a resposta.

Assenti.

— E se eu quiser protegê-lo, é melhor que nem peça sua ajuda outra vez. Pelo menos foi isso o que a advertência quis implicar.

Ouvi uma inspiração profunda e, em seguida, ela soltou o ar lentamente, e aquele foi um sinal claro de que minha mãe estava tentando se manter calma, mas eu já estava cansada de fingir estar bem com tudo aquilo. Damon era esperto, diabólico e muito paciente. Tudo o que eu não era. Pelo menos, não nesse momento. Eu estava pau da vida.

Até que finalmente me dei conta de que ninguém estava, de verdade, do meu lado.

— Eu te odeio — eu disse à minha mãe, desabafando e sentindo o queixo tremer de raiva. — Eu preferia morar na sarjeta do que tê-lo em nossas vidas!

Gesticulei para o lugar onde achava que minha irmã estava.

— Eu sei porque ela fez isso, mas você deveria me proteger — gritei. — Ele me estuprou!

— Ele não te estuprou — minha irmã rebateu, empurrando a cadeira com brusquidão. — Todos nós vimos o vídeo. O mundo inteiro assistiu aquela merda! Você o desejava. Estava apaixonada por ele.

Balancei a cabeça, em negativa.

— Não por *ele*.

Nunca me apaixonei por aquele *Damon*.

Maldito vídeo.

Lágrimas deslizaram pelo meu rosto, e eu já não fui capaz de contê-las. Mordi os lábios com força, tentando reprimir os soluços. Um vídeo nosso vazou, ele foi enviado para a prisão por acusação de estupro estatutário, por estar com dezenove anos na época, e por eu ser menor de idade, mas quase todo mundo na cidade ficou do lado dele. Ele era um pouco mais rico, mais popular, e dois de seus amigos também foram presos por seus próprios delitos registrados em vídeos de celular.

Mas ele havia recebido uma sentença maior.

Ele foi o único condenado por um crime sexual e, aos olhos de todos, não passou de uma grande injustiça, porque o astro do basquete, o garoto de ouro da cidade, havia apenas transado com uma garota ansiosa que era só dois anos mais nova que a idade permitida para que o ato fosse consensual. Grande coisa.

Ei, em outros Estados, dezesseis já é idade suficiente, não é?

Esse é apenas um detalhe técnico.

Ele realmente fez algo errado? Quantos de nós já não estávamos fazendo sexo nessa idade?

Não arruíne a vida dele. Até parece que ele a machucou.

Ei, ela parecia estar gostando bastante.

A reação das pessoas foi doentia e, por mais que outras meninas tenham alegado que ele também se aproveitou delas, no final das contas, todas desistiram, e tudo acabou se tornando um exemplo de quão deformado era o nosso judiciário quando, na verdade, havia "verdadeiros" predadores à solta. Eu arruinei a vida de um jovem garoto. Tanto faz.

Todos apenas viram no vídeo que eu o beijava com vontade.

Que o tocava, o abraçava.

Aos olhos deles, eu queria aquilo, e ele era o "homem". Mas eles não sabiam, de fato, o que aconteceu. Eles não sabiam o que Damon fez para conseguir o que queria de mim.

Ouvi os passos de alguém se aproximando, e, de repente, senti o cheiro do perfume que minha mãe usava: Chanel N° 5.

— Winter — ela disse, baixinho. — Você realmente acha que ele precisava ter se casado para conseguir fazer o que quisesse com nossa família? Ele poderia facilmente ter ameaçado Ethan de qualquer forma para mantê-la em Thunder Bay e sob seu domínio. Ou ter nos ameaçado, ou aos seus avós, ou quaisquer de nossos amigos. Seja lá como for, as coisas terão que acontecer do jeito que ele quer, porque são eles que têm o dinheiro, e nós não temos mais nada. Absolutamente nada.

— Por causa do meu pai — concluí.

Sim, eu sabia disso. Ela não estava de todo errada.

E, naquele momento, odiei meu pai também. Não foram os crimes cometidos por ele que nos colocaram nessa enrascada, porque Damon poderia, eventualmente, encontrar outra maneira de nos atingir. Mas eu o odiava por ter nos deixado. Gabriel e Damon Torrance podiam fazer o que quisessem conosco agora. E se levássemos em conta a reputação que tinham, era melhor nem pensar no futuro, ou eu poderia vomitar.

— Pelo menos agora — mamãe continuou —, temos algo para nos ocupar. Uma luz no fim do túnel.

O acordo de divórcio? Ela era realmente tão tola assim? Damon engravidaria Ari e nós nunca mais conseguiríamos nos livrar deles!

— E o que vocês planejam fazer nesse meio-tempo? — ironizei. — Enquanto esperamos por esse ano passar?

O que eu deveria fazer enquanto ela esperava, dia após dia, semana após semana?

— Nós sobrevivemos — ela finalmente respondeu.

Sobreviver.

Ela queria dizer *submeter*, certo?

Depois de alguns segundos, saí da sala e fui para o meu quarto, trancando-me ali dentro junto com Mikhail. Dei a ração para ele, decidindo pular o meu jantar e entrar direto no chuveiro. Já havia perdido a fome, de qualquer jeito.

Eu não podia decidir pela minha mãe, mas ela também não poderia fazer nenhuma escolha por mim, e, de forma alguma, eu seria capaz de me submeter a qualquer coisa para sobreviver. Eu tinha meus limites, e não voltaria ao mesmo ponto de partida com Damon.

Se fosse isso o que ele queria.

No entanto, eu tinha esperanças de que conseguiria dar um jeito de sumir daqui antes que isso acontecesse.

Pisquei até abrir os olhos horas depois, no meu quarto. Minhas pálpebras estavam pesadas, mas o ar estava mais frio que o normal.

Já eram seis horas? Meu alarme não havia despertado.

Estendi a mão e apertei o botão do dispositivo na mesa de cabeceira, ouvindo a voz masculina dizer em alto e bom tom: "duas e meia da manhã".

— Duas e meia? — ofeguei, totalmente acordada agora.

Fechei os olhos outra vez, torcendo para dormir novamente, mas meu cérebro já havia despertado. A noite estava silenciosa do lado de fora. Nada de chuva ou ventania, mas era previsto que caísse neve no próximo mês. Eu me permiti curtir um breve momento de melancolia, mas o peso de todos os nossos problemas recaiu outra vez, e tudo o que eu mais queria era que o tempo desacelerasse, não o contrário.

Eu amava o inverno. E não somente por causa do meu nome. Era só porque eu o associava a uma época festiva, e coisas alegres me deixavam feliz. Sempre decorava meu quarto, porque podia sentir o calor da iluminação das guirlandas, ouvir as canções dos globos de neve e sentir o cheiro dos pinheiros. Mas eu já não sabia se queria decorar qualquer coisa esse ano. Meu orgulho era o único que me mantinha de pé, e eu me recusava a tentar enxergar o lado bom disso tudo. *Tomara que eu não esteja por aqui quando a época chegar.*

Virando-me de lado, ajeitei o travesseiro e alonguei as pernas por baixo dos lençóis, sentindo o espaço macio e fresco.

Não morno.

Espera. Onde estava...

— Mikhail? — chamei em voz alta, abrindo os olhos e levantando a cabeça.

O cachorro sempre dormia aos meus pés, mas ele não estava na cama. Tentei ouvir o ruído do sininho que ele usava em sua coleira sempre que atendia ao meu chamado, mas não havia nada.

— Aqui, garoto. — Estalei a língua algumas vezes, chamando-o.

Ele não poderia ter saído do quarto, já que tranquei a porta quando entrei.

Então senti o cheiro de algo amanteigado e doce, e sentei-me, jogando as cobertas para o lado. Meu coração começou a acelerar. *Ela não fez isso*, resmunguei comigo mesma.

Caminhei até a escrivaninha e meus dedos roçaram o bule de porcelana que exalava o cheiro de chá, além de um prato pequeno com um *croissant*. Minha mãe deve ter usado sua chave para deixar essa refeição para mim.

Jesus.

Fui até a porta e encontrei-a aberta, graças a ela. Na verdade, era meio inútil trancá-la. Se Damon perdesse o molho de chaves de todos os quartos, ainda assim, ele poderia, humm... chutar e arrebentar as portas, mas eu também não poderia simplesmente deixar de trancar meu quarto.

Enfiei a cabeça no corredor.

— Mikhail? — sussurrei.

Nada.

Franzi o cenho. Não era do feitio dele não responder a um chamado, mas ele não teria como ter saído de casa se alguém não abrisse a porta.

— Mikhail? — Meu sussurro foi um pouco mais audível.

Saí do quarto e tentei andar o mais silenciosamente possível, ouvindo os estalos das tábuas de madeira sob meus pés.

Apoiei a mão esquerda no corrimão enquanto seguia em frente, o som dos candelabros de cristal tilintando à medida que a ventilação da casa antiga soprava sobre eles. Os carpetes eram macios e o relógio de ponteiros tiquetaqueava no alto da escadaria, o ruído constante ampliando o silêncio sinistro que imperava no meio da noite.

Eu teria ouvido seu latido ou rosnado, ou o movimento súbito na cama se algo o tivesse deixado nervoso, não é? Ele estava sempre em alerta. Ninguém mais estava aqui, além de mim, mamãe e Arion.

Desci as escadas me segurando com ambas as mãos no corrimão, dando um passo de cada vez até que cheguei ao patamar e andei devagar em direção à porta da frente. Conferi as fechaduras para me assegurar de que estavam trancadas.

E então ouvi um pequeno ganido à direita.

— Mikhail? — Virei a cabeça na direção da sala de estar.

Com passos curtos, alcancei o tapete felpudo, e então o senti roçar contra minhas pernas, tocando o nariz gelado contra a pele.

— Ei, aonde você pretendia ir? — debochei, abaixando-me para acariciar seu pelo. — O qu...

Senti o cheiro do cigarro e estaquei, boquiaberta.

Senti o nó no estômago na mesma hora e endireitei a postura, respirando com um pouco mais de dificuldade.

Ele estava com o meu cachorro.

— Não toque nele outra vez — eu disse, entredentes.

— Ele veio até mim.

A voz de Damon indicava que ele estava em algum lugar da sala, e deduzi que talvez estivesse sentado na imensa poltrona à janela, no canto. Eu o imaginei ali no escuro, onde a única fonte de luz deveria estar vindo da ponta acesa de seu cigarro.

Abaixei-me para segurar a coleira de Mikhail.

— Você deu um nome russo a ele — Damon ponderou.

— Dei o nome de um bailarino.

Mikhail Baryshnikov. Não tinha culpa se a maioria dos bailarinos mais conceituados eram russos. Não tinha nada a ver com a porra da herança de Damon.

Estava prestes a me virar, levando meu cachorro, quando senti que ele havia se levantado assim que a fumaça de seu cigarro se dissipou no ar. Mantendo Mikhail perto de mim, recuei em meus passos até a mesa próxima à parede e peguei a caneta que sempre ficava ali com um bloco de notas. Eu a segurei com força e escondi a mão por trás da coxa.

Houve uma época em que Damon me assustava e eu gostava dessa sensação. Não gostava disso mais.

— Não quero ficar aqui — eu disse. — Vou dar um jeito de fugir e você sabe disso.

Vacilei por um instante, quando percebi que era a primeira vez que eu e Damon trocávamos palavras que se assemelhavam a uma conversa – embora relutante –, desde o dia em que foi preso cinco anos atrás. Qualquer outra interação entre nós sempre foi de ataques verbais ou ameaças veladas.

— Você não vai dizer nada? — cacoei.

— Não. Não sinto a menor necessidade em responder. — Sua voz indicava que estava se aproximando, e pelo jeito ele bebia alguma coisa, pois o gelo tilintou no copo antes que o colocasse sobre a mesa. — Você pode dizer e afirmar o que quiser, Winter, mas, em última análise, vai acabar fazendo o que mandam. Você, sua mãe e sua irmã — indicou. — Não são vocês que mandam nessa casa agora.

— Sou adulta. Posso ir aonde quiser e quando bem entender.

— Então por que ainda está aqui?

Meus lábios se curvaram em um esgar, mas disfarcei a reação. O que ele queria dizer era claro como cristal. Sim, eu poderia ter fugido para longe daqui naquela outra noite. Isso se eu desejasse que Ethan fosse preso por algo que não fez. Seu pai e ele haviam antecipado meus movimentos, e eu recuei, então a verdade era que eu *não poderia* ir e fazer o que quisesse, não é mesmo? Não sem quaisquer consequências.

— Eu adoro te ver nervosinha — ele disse. — Ainda bem que a raiva ainda está aí dentro de você.

Sim, estava. Minha raiva parecia ser a única coisa que havia restado, e eu sentia falta de rir ou sorrir, além da liberdade de quem eu costumava ser. Antes que ele aparecesse e a ameaça de seu retorno inevitável tivesse me tirado isso. Será que algum dia eu conquistaria minhas próprias coisas? Será que me apaixonaria outra vez? Depois dele?

— Ethan Belmont é o terceiro filho medíocre do CEO de uma rede de cafeterias falida com uma professora primária — ele disse. — Ele passa o dia inteiro trancado na casa dos pais, jogando videogames.

— Você quer dizer *criando*...

— Além de viver daquela bombinha, por causa do pólen, ou ficar grudado o tempo todo a uma caneta de Epinefrina, caso haja um pouquinho de manteiga de amendoim no bagel — continuou. — Ele seria incapaz de conseguir sair de dentro de um carro em chamas, quanto mais ajudar uma esposa e filhos.

E você seria capaz? Faça-me o favor.

Damon Torrance não salvaria ninguém além de si mesmo. Não que eu e Ethan tivéssemos alguma coisa, mas eu o escolheria num piscar de olhos, ao invés de Damon.

— Você precisa de um homem de verdade — zombou, aproximando-se mais. — Alguém com pulso firme. Alguém que joga em equipe em Thunder Bay. Alguém que te faça ouvir. E alguém — seu tom se tornou mais sombrio quando parou à minha frente — que não questione quando nem todos os filhos forem parecidos com ele.

Ofeguei, torcendo para que ele não percebesse o quão nervosa estava.

Cerrei os lábios, agora totalmente ciente de suas intenções. Ele pretendia me casar com alguém em algum momento, como se ainda estivéssemos no século XIX.

No entanto, ainda tencionava se divertir no processo.

— Então, vamos lá — desafiei. — O que você está esperando?

Ele se inclinou contra o meu corpo, estendeu a mão por trás e prendeu a caneta na minha mão.

— Estou esperando até que você traga um cachorro grande para essa briga — disse, por entre os dentes cerrados. — Você consegue arrumar alguém melhor do que ele.

Senti meu rosto ficar vermelho e as pernas fraquejarem. Ele arrancou a caneta dos meus dedos e se afastou. Um instante depois, ouvi quando acendeu outro cigarro enquanto eu tentava me manter de pé.

— Vou fazer isso — avisei. — E não importa o que você faça, eu nunca vou te obedecer.

— Por favor, não obedeça mesmo — retrucou, deixando o isqueiro sobre a mesa e soprando uma baforada. — Eu tenho Arion para fazer isso. — Seus passos o trouxeram mais perto outra vez, e eu cruzei os braços à frente. — Ela vai ser útil — ele disse. — Nas manhãs quando eu acordar de pau duro e precisar de alguma coisa quente e apertada.

Cerrei a mandíbula mais ainda. A lembrança dele na minha cama naquela manhã há tanto tempo...

Ignorei a ardência em meus olhos. Meu Deus, eu o odiava.

— Mas à noite — ele disse, baixando o tom de voz e parando bem diante de mim —, quando sempre estou cheio de energia, como você bem sabe, e quando me lembrar da minha boca em uma barriga úmida de suor à medida que meus dedos fodem uma boceta depiladinha... humm...

Meu coração martelou no peito, a memória de tudo aquilo que fez comigo me deixando paralisada.

— Talvez, então, eu dê um jeito de ir até o quarto da irmãzinha dela outra vez, três portas depois da minha no corredor — prosseguiu. — Aí eu posso tirar a calcinha dela para poder comer...

Balancei a cabeça, tentando afastar as lembranças que se atropelavam na minha mente.

— Você nunca mais vai conseguir alguma coisa de mim — murmurei. — Você me estuprou. E não foi apenas abuso sexual de uma menor de idade. Foi *estupro*.

— Consigo ver porque você teima tanto em acreditar nisso. Talvez você se sinta envergonhada ou culpada por ter gostado. — Parou e então continuou: — Mas tenha cuidado, Winter. Eu ainda posso te fazer sofrer bastante.

— Awn, estou tão assustada — debochei.

Não havia nada mais que ele pudesse tomar de mim.

Ficou ali parado por um instante, imóvel e calado. Mas então sua voz interrompeu o silêncio.

— Mikhail? — chamou.

Aquilo me sobressaltou.

— *Ke nighg-ya*² — ele disse.

O quê?

Meu cachorro se soltou do meu agarre e trotou para longe de mim com seu comando.

---

2   O comando canino em russo se escreve "Ko Mne", mas a autora optou em usar a forma da pronúncia em inglês: Ke nighg-ya. O que em português seria o mesmo que Kâ Ni-iá. Tradução: Venha aqui.

— O que você está fazendo? — Lancei-me para frente. — Entregue o meu cachorro. — Então gritei outra vez: — Mikhail!

No entanto, não conseguia perceber a presença de nenhum dos dois. Para onde eles foram? O que foi aquilo que ele disse? Era russo? Mikhail não sabia nenhum comando naquele idioma.

Ouvi a plaquinha de identificação da coleira chacoalhar junto ao sino, já a alguns passos distantes, e um nó se formou na minha garganta.

— Bom garoto — Damon brincou com ele. — Ele é esperto. Sabe muito bem quem é seu mestre.

Mikhail foi até ele?

— Mikhail — chamei. — Mikhail, venha aqui.

— Agora, a pergunta é... — Damon continuou, e então ouvi sua aproximação outra vez. — Será que fico com ele ou o entrego ao meu pai? Há anos não tenho um cachorro de estimação. Nem sei se tenho talento para isso...

Senti o sangue ferver.

— Entregue o meu cachorro.

— Você o quer de volta? — perguntou, chegando mais perto. — Então implore.

— Vá se foder!

Ele agarrou minha nuca e um punhado do meu cabelo.

— Um cachorro é um cachorro e uma cadela é uma cadela — disse, ríspido. — Nenhum dos dois têm muita utilidade nesse mundo, então estou pouco me lixando.

Apoiei as mãos em seu peito, tentando afastá-lo de mim.

Mikhail.

Não.

— Implore — Damon debochou. — Vamos lá... apenas sussurre. Diga: por favor.

Ele não ia tomar o meu cachorro. O que pretendia fazer com ele?

Quase comecei a chorar só em pensar na possibilidade de não saber seu paradeiro ou se estava bem. Se estava com fome... Damon seria capaz de realmente tirá-lo de mim?

Damon repuxou meu cabelo em seu agarre.

— Sussurre... — disse, resfolegando. — Sussurre do mesmo jeito que sussurrei seu nome naquela manhã, quando me encontraram na sua cama e me levaram preso, Winter. É tudo o que quero ouvir. Um breve sussurro.

PENELOPE DOUGLAS

Sua mão estava trêmula contra meu couro cabeludo, e o nó no meu estômago se retorceu com tanta força, que achei que fosse passar mal. *Por favor, pare. Não faça isso.*

— Matar esse cão provavelmente vai ser um ato mais misericordioso do que entregá-lo ao meu pai — acrescentou. — Ele não é muito bom com cães...

— Por favor... — soltei, uma lágrima deslizando. — Por favor, me dê o cachorro de volta.

— De joelhos — ordenou.

Fechei os olhos.

Maldito. Ele sempre sabia o que fazer. Toda vez.

Eu queria rasgar seu corpo em pedaços.

Eu o odeio.

Mas então, devagar, eu me abaixei.

Fiquei de joelhos, rangendo os dentes enquanto sua mão permanecia no meu cabelo.

— Por favor... — implorei, fechando os olhos e com nojo de mim mesma. — Por favor.

— Mais uma vez.

— Por favor — supliquei.

Esperei que ele dissesse alguma coisa; que dissesse que eu poderia ter meu cachorro de volta, mas ele apenas ficou ali, segurando-me pelo cabelo.

Ele apenas ficou ali.

Era assim que ele queria me ver? Me degradar? Me assustar?

Ele adorava me aterrorizar. Isso o deixava excitado.

Uma vez cheguei a pensar que também gostava disso.

E à medida que os segundos se passavam, e ele me mantinha ali, cativa, enquanto meu coração batia acelerado, era como se fôssemos adolescentes outra vez por um instante.

Quando eu gostava dos joguinhos que ele fazia comigo. Antes de perceber que era apenas um brinquedo em suas mãos.

O medo e o pavor. Mas também a euforia e sensação de segurança que sentia em seus braços.

Como nunca odiei ninguém mais como o odiava, mas também como amava tudo o que vivenciei com ele de um jeito que nunca consegui com mais ninguém. Eu era tão idiota.

Seus dedos começaram a se mover em uma carícia suave em contraste com o ritmo de sua respiração.

— Winter...

Meu clitóris começou a latejar, e então um choro incontido e silencioso teve início quando a vergonha aqueceu meu rosto.

Que merda era aquela que ele fazia comigo?

Ele me puxou para ficar de pé e colocou uma mecha do meu cabelo para trás do ombro, dizendo em um tom de voz neutro:

— Boa garota. É claro que você pode ficar com seu cachorro. Você acha que sou um monstro?

Afastei-me com brusquidão de suas mãos.

— Isso pouco me importa. Você já destruiu a minha vida mesmo. Anos atrás.

— Na casa da árvore, quando você tinha oito anos — ele concluiu meu pensamento. — Eu me lembro bem dessa parte. No entanto, o mais engraçado é que isso é tudo do qual você se recorda, não é mesmo?

— Do que você está falando?

— Da fonte — ele ressaltou. — Você se lembra do que aconteceu na fonte antes de irmos até a casa da árvore naquele dia?

A fonte? Vasculhei minhas memórias, confusa, sem conseguir me lembrar de qualquer coisa que se destacasse. Eu tinha oito anos, então não me lembrava de todos os detalhes depois de todo esse tempo. Apenas de que ele estava ferido e tentei ajudá-lo. O que aconteceu depois daquele momento na fonte é que realmente importava.

— Não aconteceu nada — eu disse.

Eu não ia permitir que ele deturpasse o que aconteceu naquele dia para levar a melhor. Eu fui legal com ele. Não fiz ou disse nada para merecer o que ocorreu depois. Nem mesmo quando entrei no ensino médio anos depois e o que ele tirou de mim.

Uma parte minha estava curiosa a respeito do que ele disse, e pensei que ele falaria algo mais, porém ficou calado. E me deixou totalmente no escuro.

Ele suspirou.

— Estou descontrolado, Winter — ele disse, sem explicar nada além disso. — Não há escolhas. Somos quem somos, e fazemos o que temos que fazer. É a natureza. Como as peças de um jogo, vou fazer minhas jogadas, porque não consigo resistir. Não posso fingir que sou outra pessoa.

Franzi o cenho, confusa. Ele parecia determinado. Como se este fosse o meu fim.

— Espero que não fique desapontada — concluiu.

Então, era assim? Ele iria em frente com seja lá quais fossem os desejos obscuros que ferviam dentro de sua mente distorcida, porque estava determinado a não reconhecer o sofrimento que causou e que os crimes tinham consequências? Ele teve o que mereceu.

Eu o venci uma vez. E faria o mesmo agora.

— Apenas escolha novas abordagens — comentei. — Não gostei nem um pouco de você me emboscando no banheiro como uma espécie de pervertido.

— Não faço ideia do que você está falando.

— O Teatro Bridge Bay — informei. — Eu estava sozinha no banheiro hoje. Você entrou lá e ficou me sacaneando. Achei que tivesse aprendido a incrementar seus joguinhos na prisão.

Ele deu uma risada e soltou uma baforada do cigarro.

— Sei lá que fantasias são essas que você está inventando nos seus sonhos, mas eu estava em Nova York o dia inteiro — ele disse. — Voltei de lá uma hora atrás.

— Ah, tá. Claro que sim...

— Por que eu mentiria?

Hesitei ao perceber que ele podia estar certo. Ele não tinha motivo algum para negar. Não era segredo para ninguém o que ele fez comigo e minha família. Além do mais, não havia como provar que ele esteve lá, e caso tivesse sido ele, Damon, ainda assim, seria capaz de forjar um álibi onde quisesse.

Sozinhos nesta sala, ele se satisfez em fazer e dizer qualquer coisa sem que ninguém mais ouvisse.

Ouvi seus passos vindo na minha direção e senti o cheiro de cigarro que exalava dele, bem como o perfume de suas roupas caras e do couro de seus sapatos.

— Sou melhor que isso — ele quase sussurrou, e pude sentir seu hálito frio por conta da bebida que havia ingerido. — Por que eu encurralaria alguém em um lugar público quando alguém poderia chegar e me interromper? Eu precisaria de privacidade.

Ele tirou o cabelo do meu rosto em uma carícia suave com os dedos. Na mesma hora afastei-me de seu toque.

— Como uma casa imensa, sabe? — ele disse. — Com quilômetros de floresta deserta do lado de fora e sem nenhum vizinho. Sem trânsito. Nada.

— Detectei o sorriso zombeteiro em seu tom de voz e percebi a implicação.

Ele já tinha tudo planejado.

— Com todo mundo fora, deixando-a sozinha — prosseguiu. — Ninguém para ajudá-la. Ninguém para ouvi-la. Ninguém para me impedir. A noite inteira... Somente nós dois — sussurrou, o hálito quente soprando sobre meus lábios. — Juntos em casa. Com tanto espaço para fugir e tantos lugares para se esconder.

Cerrei os punhos e, se antes eu tinha alguma dúvida, ela agora não existia mais. Ele havia mudado, e muito.

Tornou-se uma pessoa muito pior do que antes.

Em sua mente, ele havia cumprido uma pena, então bem que poderia praticar o crime do qual foi acusado.

Pânico se instalou no meu estômago assim que ele esbarrou em mim quando passou.

— Boa noite, Winter — disse.

E a excitação em sua voz era inconfundível.

CAPÍTULO 7
DAMON

Sete anos atrás...

Então, de acordo com o Sr. Kincaid, dado o que aconteceu tantos anos atrás, os pais de Winter Ashby consideraram necessário exigir que eu não mantivesse qualquer interação com a filha deles – as duas, na verdade –, enquanto elas estivessem estudando na mesma escola que eu. E, caso eu não acatasse essa solicitação, eles entrariam com uma ordem de restrição contra mim.

Se eu não quisesse uma mancha no meu currículo, logo, deveria obedecer.

Ou até poderiam pensar que eu obedeceria, já que qualquer outra pessoa faria isso.

No entanto, foi só ouvir aquilo que minha mente começou a fervilhar com a possibilidade mais do que tentadora de vivenciar o perigo e todos os problemas que eu poderia causar.

Quase caí na risada quando me lembrei da conversa. *Uma ordem de restrição?* Dá um tempo, porra. Bando de covardes. Nós éramos crianças naquela época. Griffin Ashby só estava puto porque sua esposa teve um caso com meu pai muito tempo atrás, e já que ele não podia colocar suas mãos insignificantes em Gabriel Torrance, não havia nada melhor do que tentar atingir seu filho.

Sim, aquele acidente rolou quando éramos crianças, e Ashby nitidamente envenenou sua filha desde aquela época, distorcendo a verdade do que realmente aconteceu, mas não tive a intenção de machucá-la. Foi um acidente, porra, e todo mundo sabe que crianças estão sujeitas a isso.

Desci do carro e bati a porta com força, trancando-o em seguida.

— Por que você não quis que eu passasse para te pegar? — Michael gritou na minha direção assim que saiu de seu Mercedez Classe-G.

— Porque talvez eu não saia na mesma hora que vocês — respondi.

— Ou talvez ele termine antes de todo mundo — Will acrescentou com uma risada, ladeando Michael enquanto Kai se postava do outro.

Os três sempre pegavam carona juntos, e, normalmente, eu também ia com eles, mas, às vezes, cada um ia por si só. Caso decidíssemos nos separar durante a noite.

Eu não tinha nada planejado, mas quem precisava saber disso?

Depois da discussão com Winter, no refeitório, no início da semana, e do medo evidente que ela sentia de mim, quando nos cruzamos no vestiário masculino, fiquei intrigado. Do que ela se lembrava daquele dia na fonte? Ela era novinha na época em que tudo aconteceu – assim como eu –, então sua memória talvez nem fosse tão nítida.

Quando ela apareceu no vestiário – ou foi enfiada lá dentro, como eu descobri mais tarde –, acabei me lembrando de Banks, com a atitude desafiadora apesar do medo. Ela ficou a dois segundos de surtar, o rosto tomado de embaraço e os olhos brilhantes. No entanto, era nítida a tensão em sua expressão, além da postura. Ela podia estar pirando por dentro, mas também estava pau da vida.

Foi até bonitinho.

E eu gostei daquele indício de desespero. Eu me senti... Não sei... acho que poderoso.

Do mesmo jeito que me sentia em relação a Banks e ao time de basquete, porque havia algumas coisas que só eu poderia fazer por eles.

Poderiam até chamar de arrogância. Tudo o que eu sabia, entretanto, é que não gostei das piadinhas que os caras lançaram na direção dela assim que perceberam sua presença.

Não, risque isso.

Eu não gostava que *ninguém* tirasse sarro dela. Assim como não curti quando outro homem veio em seu socorro, mesmo que tenha sido Will.

E foda-se o pai dela. Ele não pediria uma medida protetiva contra mim. Os ex-alunos gostavam de jogos vitoriosos do time, não é? Michael, Kai, Will e eu... tínhamos rédeas soltas, contanto que fizéssemos a nossa parte. Ele não tinha coragem suficiente.

Fomos em direção à entrada circular de carros ao som de *Bad Company*, do Finger Death Punch, que provinha da área dos fundos da casa.

Passamos pela ridícula fonte de mármore com quatro cavalos cuspindo água e querubins rechonchudos na parte de cima. Esse era o tipo de coisa tosca que os americanos gostavam de construir em suas propriedades quando queriam trazer um ar mais europeu, mas se parecia, na verdade, com um bebedouro de pássaros, só que bem maior.

Griffin Ashby era um babaca prepotente. E mesmo que pudesse gostar de mim, ainda assim, eu não o suportava. Felizmente, ele passaria o final de semana em Meridian junto com sua esposa. A filha mais velha, então, decidiu dar uma festa com direito a piscina esta noite. Tomara que Winter não tenha ido com os pais. Eu queria conversar com ela outra vez. Queria ver quanto tempo levaria para conseguir foder com a sua cabeça.

— Ei! — Ouvi o grito de Will. — Opa, opa, opa... Vem cá!

Dei uma olhada de relance e o vi agarrar um garoto pela camiseta para impedir que fosse embora pelo mesmo caminho que viemos.

Reconheci Misha, o primo adolescente de Will. Neto de um senador, ele mais se parecia com o garoto-prodígio de Sid e Nancy[3].

— O que você está fazendo aqui, porra? — Will o questionou. — Você só tem doze anos.

— E daí?

Garoto engraçadinho.

Will hesitou por um instante e então começou a rir.

— É, você está certo. Deixa pra lá. Beba com moderação. — Então levou o garoto de volta à festa no quintal.

No entanto, Misha se livrou de seu agarre e deu a volta, indo em direção à estrada.

— Vou para casa — resmungou. — Essa festa está entediante.

— Você não pode ir caminhando, seu merdinha — Will argumentou.

— É longe pra cacete.

— Então esqueça a festa e me dê uma carona.

— Você *tá* louco?

Contive a risada e decidi seguir adiante até os fundos.

— Garoto dos infernos — Will disse, correndo para nos alcançar. — Não sei como ele e eu compartilhamos o mesmo sangue.

---

3   Sid & Nancy são personagens de um filme britânico de 1986 que recebeu o título no Brasil de Sid & Nancy – O amor mata. É uma obra comentada até hoje, que traz a biografia de Sid Vicious, baixista da banda Sex Pistols e ícone do movimento punk, que foi acusado de matar a namorada Nancy.

Passamos pela lateral — a mensagem com o convite deixou bem claro que não era permitido que ninguém entrasse na casa, indo direto para o quintal — e paramos quando o gramado surgiu à vista.

As pessoas dançavam e brincavam de joguinhos envolvendo bebidas, agitação correndo solta ao som da música alta. Uma bola de futebol americano passou voando mais à frente. Um monte de gente conversava e se divertia ao redor.

Dava para sentir o cheiro da comida em cima das mesas. Quase todas as cadeiras estavam ocupadas, e alguns alunos usavam as espreguiçadeiras próximas à área da piscina. Vapor flutuava dos chuveiros instalados na parte de trás da construção. Uma fina camada de vapor também pairava acima da superfície da água, como se a piscina fosse uma imensa *jacuzzi*.

— Entreguem os celulares — alguém gritou.

Olhei adiante e vi um jogador do time de futebol — cujo nome não fazia a menor ideia — sentado a uma mesinha, nos encarando e já com nossos nomes escritos em *post-its*, pronto para confiscar nossas coisas, de forma que nenhuma evidência da festa vazasse na internet.

— Vá se foder — murmurei, e olhei de volta para a festa, ouvindo a risada de Kai ao meu lado.

Até parece que arriscaríamos que alguém roubasse nossos celulares enquanto estivessem com outra pessoa. Fotos, mensagens, vídeos, recibos... Eu não entregaria o meu a ninguém. Era mais seguro estar comigo, e se eles quisessem nos expulsar dali porque não acatamos essa regra, então... boa sorte. A galera não ficava em festas onde não estivéssemos.

O calouro não disse mais nenhuma palavra — e nem se moveu — enquanto seguíamos adiante. Garotas circulavam de um lado ao outro, usando biquínis, ainda que estivesse uns 16° graus esta noite. Eu sabia que a piscina estava aquecida, mas do lado de fora estava bem frio.

Uma delas me encarou enquanto conversava com as amigas, dando um sorrisinho sugestivo que indicava que eu não teria que me esforçar muito se estivesse a fim de algo mais essa noite.

No entanto, eu gostava de me esforçar por alguma coisa.

Vasculhei o quintal com o olhar, de um lado ao outro, desde as mesas nos cantos aos grupos esporádicos de pessoas.

Mas eu sabia exatamente por quem estava procurando. Mesmo sabendo que não deveria fazer isso. Talvez, até para mim, isso seria ultrapassar os limites.

Quando tínhamos oito e onze anos, não pareceu ser tão complicado querer conhecer um ao outro, mas agora, sim. As pessoas entenderiam tudo errado.

Michael suspirou audivelmente e estalou o pescoço.

— Vamos arranjar algo pra beber.

Concordamos e adentramos a festa, pegando algumas cervejas e parando de vez em quando para conversar com o povo.

Pouco tempo depois, arranjamos uma mesa e eu me livrei dos sapatos, tirando o moletom e o deixando largado em uma cadeira antes de beber o restante da garrafa de cerveja de um gole só.

Avistei um dos jogadores calouros do time de basquete e arremessei a garrafa em sua direção. Ele a pegou no ar e parou de conversar por um momento, antes de se levantar para conseguir outra para mim.

— Para todos nós — eu disse a ele. Will bebia mais rápido que eu, e tomaria toda a sua cerveja em breve, isso se já não tivesse feito.

Kai se sentou à mesa, bebendo e rindo de alguma coisa que alguém lhe disse, enquanto Michel se afastou na direção de Diana Forester.

— Uh-huu! — Will colocou as mãos em concha ao redor da boca e berrou no meio da festa, acima do ruído da música alta.

Todo mundo parou e se virou para vê-lo correr, descartando a camiseta e os calçados para dar um salto mortal no fundo da piscina.

O pessoal começou a rir, gritando e assoviando, e eu fui até a borda e entrei, mergulhando até a cintura. Eu usava um short preto comprido na altura dos joelhos, e não havia trazido uma muda de roupas. Banks implorou para vir esta noite, e acabei saindo em disparada de casa para evitar contemplar o olhar patético em seu rosto. Além de ter saído um pouco puto da vida e ter esquecido meu maço de cigarros.

Will subiu à superfície, rindo, e espirrou água nos outros antes de nadar até onde eu estava. Apoiei os cotovelos na beirada e recostei-me.

— Arion Ashby está totalmente a fim de você, cara — ele disse, parando ao meu lado enquanto ajeitava o cabelo molhado. Ele gesticulou com o queixo para algum lugar às minhas costas.

Olhei por cima do ombro, vendo a irmã mais velha de Winter me encarando, na companhia de algumas amigas. Meu olhar percorreu seu corpo delgado de cima a baixo, apreciando o biquíni branco sem alças e o cabelo preso em um rabo de cavalo volumoso. Ela usava tornozeleiras em ambas as pernas e um colar dourado de várias voltas e diferentes comprimentos sobre os seios.

Ela ficaria mais gostosa se estivesse usando somente as joias.

Virei-me para Will outra vez.

— Tenho planos para ela. Não se preocupe.

Seu olhar se incendiou.

— Adoro essa sua imaginação. Será que consigo acompanhar?

Curvei os lábios em um sorriso, sacando o duplo sentido de suas palavras.

— Tenho planos para você também.

Então meu olhar aterrissou nos dois chupões que ele ostentava em seu pescoço, um deles bem feio, por sinal. Eu sabia exatamente onde ele havia conseguido aquelas marcas. A garota que as deixou, provavelmente, devia ter o dobro ou mais do que aqueles.

— Algumas garotas precisam aprender que chupar um pau como se fosse um aspirador em pó é uma habilidade que não deveria ser desperdiçada no pescoço de um cara — comentei, passei os dedos pela água, sentindo a irritação por dentro. — Talvez você devesse assistir enquanto eu treino a cadela que fez isso em você.

— Awn… está com ciúmes? — debochou.

Nós nos entreolhamos e ele percebeu que eu não estava achando graça. Seu sorrisinho arrogante começou a se desfazer e ele endireitou a postura.

Will era o meu melhor amigo, e o que era meu… era meu. Ele sabia disso.

O silêncio desconfortável se prolongou até que ele notou alguma coisa às minhas costas e apontou com o queixo.

— Uh-oh…

Olhei por cima do ombro outra vez, vendo Arion caminhando na nossa direção dentro da piscina. Ela soltou o cabelo e depois colocou as mãos atrás de si. Estive me preparando durante toda a semana para entrar no clima e fazer algo bem diferente esta noite, e já não tinha certeza se queria ficar.

No entanto, meus planos foram por água abaixo, pois eu não tinha nada melhor para fazer, e se ela queria brincar, talvez eu até mudasse de ideia, no fim das contas. Ela até que era bonita, apesar da forma dos olhos lhe dar um ar um pouco malvado; a mandíbula era quadrada, dando-lhe uma aparência mais magra e rígida, o que não me agradava nem um pouco. Ela não era meiga.

Mas tanto faz. Não seria eu que transaria com ela.

Assim que chegou até onde estávamos, ela afastou as mãos que escondia às costas, lançando um olhar tímido, e abriu a mão esquerda, que continha uma pílula em formato triangular de cor azul-turquesa, e a entregou a Will.

Ecstasy.

— Aí, sim! — Ele pegou o comprimido e engoliu com o restante da cerveja.

Ela olhou para mim e abriu a mão direita, mas estava vazia.

Eu a encarei, vendo o sorrisinho pouco antes de abrir a boca e mostrar que a pílula já estava em sua língua.

Ela se aproximou e tentou alcançar meus lábios, mas virei a cabeça para o outro lado.

— Eu não preciso de ajuda para ficar loucaço — comentei.

E mais, não estávamos mais no ensino fundamental, porra.

Suas sobrancelhas se arquearam em desafio, então ela pegou a cerveja da minha mão e deu um gole, engolindo a pílula.

Lambendo os lábios, grudou o corpo ao meu, e eu permiti que ficasse daquele jeito. Por enquanto.

— Vamos subir — sussurrou para mim. — Eu gostaria de ver você bem louco.

Segurei seu queixo entre meu polegar e os dedos.

Será mesmo?

Eu já havia deixado de me preocupar com o fato de que havia algo de errado comigo. Que através dos anos, desenvolvi gostos diferentes em comparação a outras pessoas, ou que eu era mais difícil de agradar do que a maioria dos homens.

A única coisa que me preocupava agora era que estava ficando mais difícil ainda satisfazer a estas minhas preferências.

Acariciei sua mandíbula, deslizando o dedo pelo contorno afiado.

— Quero que você vá até aquela cerca-viva — eu disse, baixinho. — Daquele lado.

Gesticulei com o olhar, à direita, para uma extensão de cerca-viva que rodeava a propriedade, fazendo divisa com a floresta, os penhascos e o oceano logo além. Não haveria ninguém por lá.

Seu olhar pousou sobre a minha boca e parecia que ela havia gostado da ideia.

— E o que você vai fazer comigo por trás daquela cerca? — perguntou.

— Eu vou observar você.

Will começou a rir baixinho ao meu lado e, por mais que uma pontada de culpa tenha atingido o fundo da minha mente, fazendo meu olhar vacilar um pouco, apertei sua mandíbula um pouco mais, sentindo a adrenalina percorrer meu corpo de repente.

— Eu vou observar enquanto outra pessoa toca você — falei. — Quero ver outra pessoa te comer.

Ela hesitou, demonstrando decepção quando se deu conta do que havia sugerido. Seu olhar desviou dos meus, um pouco inseguro, enquanto, provavelmente, ela se perguntava se aquela era alguma espécie de brincadeira ou se ela deveria recuar. Com certeza, ela deve ter ouvido falar das inúmeras histórias.

Talvez ela tenha pensado que era tão gostosa, que não havia como eu não querer transar com ela, eu mesmo, não é?

Seus olhos azuis se desviaram para Will.

— Ele?

Dei um aceno em negativa com a cabeça.

Ela olhou para alguém, às minhas costas, ainda hesitante.

— Kai?

Balancei a cabeça outra vez.

Will fez o mesmo, parecendo divertido enquanto bebia o restante de sua cerveja.

— Jesus... — ele resmungou.

— Marko Bryson — revelei, vendo o cara no jardim por trás dela.

Ele estava parado entre um grupo de pessoas, sem camisa, e com uma garrafa de uísque pela metade em sua mão. Arion olhou por cima do ombro, conferindo quem era, e depois me encarou de volta.

— Ele tem namorada — ela disse, em um sussurro.

— E é isso que torna tudo mais gostoso.

Eu já havia assistido um monte de gente transar na minha breve existência. Todos os homens que frequentavam a casa do meu pai e as putas que eles mantinham. As vidas secretas das mães e pais desta pequena cidade. As garotas que governavam o submundo da nossa escola decadente, na mesma medida que os caras.

Sim, eu já presenciei muita merda.

Mas agora... *Mais forte, mais intenso, mais. Sempre mais...*

— Mas eu quero você — ela protestou.

— E eu quero que você desfrute do que *eu* gosto.

Ela me encarou, as rodas em sua cabeça girando, mas então fechou a boca e desistiu de argumentar.

Ela podia ir embora. Podia dizer não. Não me deixaria de coração partido, e ela sabia muito bem disso. Mas também tinha consciência de que, caso se recusasse, aquele seria o fim da linha. Eu não iria querê-la mais, e, certamente, também não faria dela a minha primeira namorada, caso não aceitasse tudo o que eu fazia. Porque eu nunca mudaria.

— Alguém vai acabar descobrindo — ela disse, por fim.

E não pude conter o sorriso sarcástico. Aquele era seu último protesto. A última tentativa de encontrar uma desculpa para sair dessa. Ou uma razão para pular dentro.

— Ele não vai te dizer não — comentei.

Era sempre bem sutil, mas eu conseguia ver o momento exato quando elas tomavam a decisão. O último argumento se desfazendo em seus olhos, da mesma forma que acontecia com tantas outras pessoas com quem já brinquei.

Ela abriu a boca para aceitar o desafio, mas então seu olhar se concentrou em algo acima de mim.

— O que é? — resmungou, e percebi que falava com alguém parado atrás de mim.

— Arion, você poderia me ajudar a encontrar a Vila do Papai Noel no porão?

Vila do Papai Noel? *Aquela voz.*

Fechei os olhos, sentindo o arrepio deslizar pela minha nuca.

Winter. Ela estava em casa, afinal de contas.

— O quê? Agora? — Arion reclamou. — Peça a ajuda da mamãe quando ela voltar.

Saia logo da porra dessa piscina e vá ajudá-la a pegar o que ela precisa.

— Não sei por que você quer isso. — Arion pegou minha cerveja outra vez. — Não estamos no Halloween ainda, e você não pode nem ver a porcaria de qualquer jeito. De que adianta?

Vadia.

No entanto, à medida que minha irritação com Arion Ashby crescia, o calor na minha pele se tornava mais quente, só em saber que Winter estava bem atrás de mim.

E mesmo que tentasse, agora eu não conseguiria pensar em nada mais. O que eu precisaria fazer com a irmã dela, para conseguir exatamente essa mesma sensação?

Além do mais, como ela conseguiu chegar aqui no quintal, e como encontrou sua irmã? Eu queria me virar, mas apenas fiquei ali parado, ouvindo tudo.

— Tem música — Winter disse, o tom de voz na defensiva. — Eu gosto, e o que isso te interessa?

Arion não respondeu nada e, depois de um instante, seu olhar se concentrou em mim outra vez. Winter deve ter se afastado dali.

Agora que eu sabia que ela estava em casa, qualquer interesse sem-graça que tentei nutrir por Arion havia desaparecido por completo.

Tem música. Eu gosto.

Eu não sabia se me sentia responsável por ela agora só contar com quatro sentidos para poder experimentar as coisas no mundo, mas era um sentimento estranho o de querer proteger alguém contra os outros, quando eu sabia que poderia ser muito pior para sua saúde mental do que qualquer pessoa.

Empurrei Arion para longe e virei-me, saltando da piscina. Fui até a mesa e peguei uma toalha seca, olhando ao redor e avistando Winter perto da casa de hóspedes. Sua mão enlaçava o braço de outra garota da sua idade. Deve ter sido daquele jeito que ela conseguiu sair de casa e encontrar a irmã.

Outras meninas a rodeavam, e ela parecia estar um pouco aflita, mas feliz. Ela mexia a boca o tempo todo, indicando que estava um pouco nervosa com a agitação, a música, as pessoas no jardim... Mordiscava os lábios, repuxava para um lado, dava sorrisos meigos, porém hesitantes... Não estava acostumada com nada disso.

Quais eram os tipos de festas que ela frequentava quando estava estudando naquela escola para cegos, no Canadá? E por que caralhos ele teve que enviá-la para tão longe, como se ela precisasse ser escondida por trás das cortinas em um país estrangeiro, para que todos se esquecessem da sua filha agora não tão perfeita? Uma família milionária como a dela poderia, muito bem, contratar professores particulares para que ela ficasse em casa, se achassem que a escola "normal" era demais. E se não fosse esse o caso, havia outras escolas na cidade.

Pendurei a toalha no pescoço e sentei-me à mesa, apalpando meu short, na mesma hora, pela força do hábito.

— Porra — murmurei.

Eu precisava de um cigarro.

— Arranje um casaco para a sua irmã. — Ouvi Kai dizer a alguém. — A blusa dela está transparente.

Balancei a cabeça, prestes a rir.

— Então pare de olhar para os peitos dela — Arion resmungou, enquanto estendia a mão para alcançar uma toalha em cima da mesa. — Ela é só uma criança.

Irmã.

A irmã de Arion. Olhei adiante e vi Winter assentindo para algo que alguém dizia, os olhos perdidos e sem foco, apontados na direção do torso da pessoa à sua frente.

Ela estava descalça e usando um jeans com uma regata branca canelada, um pouco apertada e gasta, como se não se importasse com isso, mas o rosto estava sem nada de maquiagem; os lábios em um tom rosa escuro e natural e os cachos suaves do cabelo preso em um rabo de cavalo, passando um pouco dos ombros. Ela era perfeita.

Um sorriso quase escapuliu, mas consegui contê-lo, respirando fundo.

E foi aí que percebi o contorno de seus seios contra o tecido da camiseta. As curvas suaves e os mamilos duros e proeminentes por conta do ar frio da noite. Olhei de um lado ao outro e notei um grupo de rapazes a encarando, conversando entre si e rindo com algo que foi dito entre eles.

Babacas.

Kai pegou seu agasalho da cadeira e jogou na direção de Arion.

— Vá fazer isso agora — ordenou.

E pelo tom de voz e a expressão de seu rosto, ela não ousaria desobedecê-lo.

— Tá bom — disse, ríspida, e saiu.

No entanto, arranquei o casaco de sua mão, jogando-o de volta sobre a mesa.

Kai me encarou na mesma hora.

— Ela está bem — eu disse a ele, mais como uma ordem do que uma afirmação.

Ele se levantou da cadeira, deixando-me entrever o desdém quando pegou o casaco de volta.

— Nem toda mulher nesse mundo será para sua diversão pessoal — ele disse, com raiva, ainda me encarando. — Algum dia, uma delas poderá ser sua filha, e você vai acabar se preocupando quando ela atrair outro tipo de atenção.

— Você vai ensinar à sua filha a se proteger do mundo — retruquei —, e eu ensinarei à minha que o mundo pertence a ela. Vá se foder e deixe a menina em paz.

Eu não tinha certeza de onde diabos aquilo tinha vindo, porque uma coisa era certa, se Banks saísse do quarto daquele jeito, eu ficaria puto. Mas com Winter...

Nada do que ela fizesse era errado. A culpa era deles por olharem para ela.

Ele enrijeceu a postura, respirando com dificuldade e sem pestanejar.

Então pegou o casaco outra vez e se virou, seguindo na direção de Winter.
Filho da puta.
Kai e eu não éramos amigos. Éramos irmãos. Em todos os sentidos, com exceção do biológico. Independente se gostássemos um do outro ou não, ainda éramos como uma família, e sempre nos protegíamos.

Mas isso não significava que deveríamos gostar um do outro.

Ele era o cara nobre e honrado. A voz da razão no nosso pequeno grupo, e por mais que de vez em quando invejasse a casa feliz onde ele vivia, eu sabia que chegaria o momento em que ele teria duas escolhas – e que eu nunca seria uma delas.

Notando Arion ainda perto de mim, eu a encarei.

— O que você está esperando?

Seus lábios se franziram ao perceber que eu estava falando sobre Marko Bryson, e, finalmente, ela se afastou, seja lá se para ir atrás do cara ou para me dispensar e voltar aos seus amigos. De todo jeito, eu estava pouco me fodendo. Só queria que ela desse o fora dali.

Voltei a olhar para Kai, vendo-o se aproximar de Winter e das garotas que a cercavam e se separaram para deixá-lo passar.

O sorriso de Winter vacilou quando ele se inclinou para dizer alguma coisa em seu ouvido. Ela se afastou um pouco, tensa e abaixou um pouco a cabeça, como se estivesse com vergonha.

Cerrei as mãos em punhos.

Então ele segurou sua mão e fez com que ela pegasse o casaco, para que pudesse vesti-lo.

Mas, para minha total surpresa, ela negou com a cabeça e afastou sua mão, com um sorriso sutil. Ao invés disso, ela esticou a mão até tocar na parede de tijolos da casa de hóspedes, usando como apoio para guiá-la para sair dali.

Ele a observou se afastar, lançou um olhar na minha direção e eu apenas lhe devolvi um aceno de cabeça. Ela não aceitaria se cobrir, mas agora estava deixando a festa sentindo-se humilhada. *Bom trabalho, imbecil.*

Ele jogou o moletom de novo sobre a mesa e eu me virei para olhar para ela, vendo-a seguir pelo caminho com a mão agora tocando a cerca-viva. Quanto tempo será que ela levava para mapear um lugar novo em sua cabeça? Ela parecia bem autossuficiente. Até mesmo na escola. Era claro que ela devia estar muito mais familiarizada com o lugar onde morava. Se continuasse seguindo a cerca e virasse no canto mais além, acabaria chegando em casa.

Fiquei de pé e peguei o casaco de Kai, andando devagar para me assegurar de que conseguiria me esgueirar da festa, para longe do barulho e dos olhos curiosos.

Winter seguia pela trilha, farfalhando as folhas verdes quando roçava sobre elas a caminho de casa. Vesti o moletom de Kai para camuflar meu cheiro quando me enfiei por uma abertura para o outro lado da cerca-viva.

Desacelerei os passos, sentindo o coração martelar no peito, de repente, assim que vi sua camiseta branca por entre as folhagens, a menos de um metro de distância de mim. Estendi a mão, acompanhando a dela que tocava as folhas suavemente do outro lado.

Fechei os olhos por um instante, andando ao lado dela e seguindo seu caminho com a mão, ouvindo o sangue latejar em meus ouvidos. Minha cabeça começou a girar um pouco, e o mundo pareceu se inclinar sob meus pés.

Abri os olhos, ainda caminhando em sua companhia, mesmo que ela não soubesse.

Foi meio irritante quando perdi o equilíbrio assim que fechei os olhos, mas eu tinha certeza de que era muito mais assustador do que percebi. Eu nunca saberia como era ser como ela, porque eu sempre poderia abrir os meus olhos.

— Onde ele está? — alguém sussurrou. — Ele queria assistir isso, não é?

— Eu não sei se... — A voz de Arion se tornou um murmúrio, como se ela estivesse sendo beijada, e quando levantei o olhar, avistei-a com Marko um pouco mais à frente, entre duas árvores.

Ele curvou levemente o corpo de Arion, enquanto apertava seus seios. Do outro lado da cerca, Winter parou, agora imóvel quando, sem sombra de dúvidas, ouviu o mesmo que eu.

— Tire o seu top. — Ouvi Marko dizer em um tom imperativo, mas eu não estava olhando para ele. Fiquei um pouco para trás, pegando um vislumbre do rosto de Winter através das folhagens, e vendo sua expressão ilegível.

Era uma mistura de curiosidade e medo, mas fiquei sem saber qual delas a dominava. Por quanto tempo ela ficaria ali?

— Estou feliz por não ter trazido Abby hoje à noite — Marko disse. — Eu estava precisando variar um pouco.

Arion choramingou e o som dos gemidos se infiltrou ao redor. Vi quando Winter abriu a boca um pouquinho, como se estivesse prestes a correr para as montanhas ou cair na risada.

— Temos que nos apressar. Não quero que sejamos flagrados aqui.

— Lambe gostoso — Marko ordenou. — Me deixe de pau duro, Ari.

Os olhos de Winter se arregalaram, provavelmente porque percebeu que era sua irmã, e então ouvi o som de um zíper sendo aberto...

— Ah, é isso aí. — O cara gemeu. — Caralho. Engula tudo, gata. Bem gostoso e profundo.

Winter cerrou a mandíbula, até que ela retrocedeu alguns passos e saiu correndo em direção à casa.

Aquilo me fez sorrir. *Ora, ora, ora...*

Passei pela abertura entre a cerca, puxei o capuz para cobrir a cabeça e a segui devagar, vendo-a se embrenhar na casa escura e vazia, longe de todo o ruído e da multidão.

Ela se assustava com facilidade.

Ah, isso era ótimo.

CAPÍTULO 8
WINTER

Sete anos atrás...

Estremeci, engolindo o gosto amargo na boca. *Que merda ela estava fazendo?*

Disparei desde a cerca-viva até alcançar os tijolos, minha mão roçando os arbustos que batiam na altura das minhas coxas, e então virei à esquerda e corri em direção à porta dos fundos. Girei a maçaneta e abri, fechando-a com um baque surdo antes de trancá-la.

Bile subiu à garganta. Por que minha irmã faria uma coisa daquelas? E em uma festa, no meio do mato? *Jesus.*

Eu não sabia que ela tinha namorado. Ela nunca mencionou nada sobre o assunto desde que voltei para casa. Mas que porra?

Cobri a boca com a mão, ainda assustada pelo que havia ouvido.

Aquilo acontecia com frequência? Será que outras pessoas fariam o mesmo em nosso gramado, durante a noite toda? Arfei, um pouco enojada com tudo.

Talvez se eu tivesse ficado aqui nos últimos cinco anos, em um ambiente normal, não teria sido tão chocante, mas porra... Nos filmes e no YouTube, ou até mesmo nas saídas noturnas e ocasionais com meus amigos, em Montreal, nunca presenciei qualquer coisa perto daquilo. Não parecia nem um pouco... romântico ou algo do tipo.

Espero que ela pelo menos tenha um pouco de juízo e esteja se protegendo.

Andando pela cozinha, tateei até chegar ao hall e encontrei o corrimão para subir ao segundo andar. A música ainda soava do lado de fora, mas agora era apenas um ruído distante e, por mais que eu meio que quisesse ter ficado na festa, já havia decidido sair de lá antes mesmo de ouvir Arion e seu namorado por trás dos arbustos.

Meu rosto ficou vermelho de vergonha, quando me lembrei do garoto que conversou comigo alguns minutos atrás. *Sua camiseta está um pouco transparente*, ele sussurrou no meu ouvido.

Ele não foi indelicado, mas, ainda assim, foi bem embaraçoso.

Tive que conter a vontade de cruzar os braços para cobrir meu peito e, ao invés disso, fingi uma casualidade que não sentia e agi como se não fosse nada demais. Eu sentia meus mamilos endurecerem vez ou outra, por trás do sutiã. Não era algo que poderia ser evitado.

Foi até legal da parte dele quando me ofereceu o moletom. Foi fofo, de verdade.

Segui pelo caminho até o meu quarto e fechei um pouco a porta, para o caso de Arion vir para casa com o namorado. Embora tenha trancado as portas lá embaixo, para manter o povo da festa do lado de fora, minha irmã sabia onde a chave ficava escondida.

Tirei a regata e peguei um sutiã esportivo, vestindo a camiseta outra vez. Eu quase sempre usava sutiã, já que não havia herdado a genética de algumas bailarinas que possuíam pouco busto, mas meus seios também não eram assim tão cheios, já que a rotina de treinamentos e dietas me mantinha em bastante forma.

E na única vez em que não usei a porcaria, alguém teve que chegar e me lembrar disso. *Maravilha*.

Peguei minhas sapatilhas de ponta de cima da mesa, mas desisti na mesma hora, optando pelas normais. Abri a porta e deixei o quarto, pegando o celular no meu bolso traseiro. Recostando-me só um pouquinho contra o corrimão enquanto andava pelo corredor, apertei o botão no alto da tela do telefone, ouvindo o programa dizer as horas.

— Dez e trinta — a voz computadorizada informou.

Arion ficaria na piscina por mais um bocado de tempo.

Desci as escadas, mas as tábuas do piso rangeram um pouco em algum lugar às minhas costas, e então estaquei em meus passos, virando a cabeça.

— Arion? — chamei.

Não a ouvi voltar para casa.

— Arion, você está aí? — chamei um pouco mais alto dessa vez.

Será que eu havia escutado direito?

Mas só havia o silêncio agora. Nenhuma resposta. Nada mais de rangidos. Meu coração começou a acelerar, no entanto, e agucei os ouvidos por um instante, minha mente fervilhando com toda espécie de cenários do que poderia ser.

Não possuíamos animais de estimação.

Meus pais não estavam ali.

Eu era a única pessoa dentro de casa.

Talvez tenha sido o vento?

Apertei o celular na mão, meu polegar esfregando nervosamente sobre o canto superior da tela.

— Telefone — o gravador disse, quando apertei o aplicativo sem querer. Eu me sobressaltei, dando mais um passo.

Quando o fiz, ouvi o rangido novamente, então hesitei por um instante, colocando o pé de volta no mesmo lugar de antes.

O piso rangeu mais uma vez. No exato lugar onde eu estava pisando.

Será que foi aquilo? Inclinei um pouco a cabeça, meio virada para trás, para tentar ouvir qualquer outra coisa. Eu podia jurar que o ruído tinha vindo de algum ponto às minhas costas.

Dei mais um passo e o piso de madeira da nossa casa antiga estalou sob o meu peso enquanto eu descia as escadas rumo ao pequeno salão de festas.

Estava tudo bem. Eu vim aqui para dentro e tranquei todas as portas.

Entrei na sala ampla, contando as passadas e imaginando o local de acordo com as minhas memórias de infância. Uma parede inteira de janelas devia estar à minha esquerda, com vista para a parte de frente da casa, e era adornada com cortinas longas e em um tom azul-cobalto. O piso de madeira escura sempre cintilava com o brilho das lâmpadas do imenso candelabro acima e, se eu me lembrava bem, a lareira branca se situava na parede mais distante. Era ali que eu sempre colocava as decorações de Natal.

Bem, minha mãe me deixava decorar, mas vinha "corrigir" tudo para deixar do jeito que ela queria quando eu não estava olhando.

Calcei as sapatilhas simples de balé; meus pés estavam muito doloridos por conta da prática com as pontas para usá-las esta noite. Em seguida, peguei o controle remoto do pequeno aparelho de som que eu sempre mantinha no canto da parede.

Avancei até a segunda música, escolhendo *Nothing Else Matters*, do Apocalyptica, e aumentei o volume para abafar o ruído do lado de fora, largando o controle e meu celular sobre a mesa.

Andei ao redor do salão de festas quadrado, ainda com as marcações em adesivo áspero no chão. Eu podia senti-los gastos e já embotados, depois de anos de prática sempre que eu vinha visitar a família nos feriados. Quando meus pais davam jantares chiques, eles mandavam colocar mesas e cadeiras ao redor do salão, mas agora o lugar estava completamente vazio. Eu provavelmente poderia usá-lo como meu espaço de ensaios, já que era maior e não havia nenhuma mobília onde eu pudesse esbarrar.

A música teve início e continuei andando pelo perímetro, contando meus passos e balançando a cabeça ao som do violoncelo. A batida marcou *um, dois, três, quatro e cinco*, e sincronizei meus passos à medida que outros instrumentos se juntavam à melodia; subi na ponta dos dedos e dei uma pirueta.

Ergui os braços, dobrei os punhos e abri um pouco os dedos, curvando a cabeça e me movendo, deixando a música assumir o comando.

Isso.

O familiar frio no estômago tomou conta, e eu girei e avancei, balancei e mergulhei ao redor do salão, sentindo a energia da música percorrer minhas veias.

Então sorri.

O que eu dançava não era nada clássico, e provavelmente nunca faria essa performance, mas era meu momento de diversão e meus pais não estavam em casa. Meu pai odiava música alta, logo, era melhor que eu fizesse uma festinha por minha conta aqui, enquanto ainda havia tempo.

Movi-me por todo o lugar, sentindo o suor refrescar a pele e o rabo de cavalo atingir meu rosto à medida que eu fazia minhas piruetas; deslizei as mãos pela face e pescoço, a melodia circulando em meu corpo e deixando-me livre. Mordi o lábio inferior e inclinei a cabeça, movendo-me, girando e girando... agitando os braços e levantando acima da cabeça antes de passar a mão de um jeito sexy para afastar o cabelo para o lado.

Minhas sobrancelhas franziram quando fechei os olhos com força e...

Você tem o reflexo de fechá-los com força? Tipo... se você sentir dor ou quando está... excitada?

Perdi um passo quando as palavras que Damon disse naquele dia, no refeitório, se infiltraram em minha mente. *Filho da puta.*

Continuei a dançar, expulsando-o dos meus pensamentos. Sincronizei meu corpo à batida e, quando a música acabou, desacelerei os movimentos, respirando com dificuldade e sentindo uma gota de suor escorrer pelas costas.

Babaca.

Arfei várias vezes e desci das pontas outra vez, colocando as mãos nos quadris.

Por que ele tinha que se enfiar na minha cabeça daquele jeito?

Consegui evitá-lo durante toda a semana, depois daquele encontro no primeiro dia. Isso não significava que não estivesse ciente de sua presença, entretanto. Em cada corredor por onde eu andava. No refeitório, onde sabia que ele almoçava no mesmo horário que eu. No estacionamento, onde podia ouvir o escapamento barulhento do carro de William Grayson III – seu melhor amigo, pelo que soube.

Eu estava bem ciente de sua proximidade na escola. E, quando não estávamos lá, minha mente sempre dava um jeito de buscá-lo, muito mais do que o necessário. Rika e seus amigos, definitivamente, me colocaram a par do enigma que Damon Torrance se tornou desde a época em que éramos crianças. Ele era popular, mas com uma péssima reputação. E não era do tipo de reputação que os outros invejavam. As pessoas o evitavam, mas não queriam ser flagradas fazendo isso.

Ainda assim, de acordo com os rumores, as garotas caíam de amores por ele. Elas achavam que ele era uma espécie de desafio, e pensavam que podiam domá-lo. Então fui muito bem advertida – *não ser idiota o suficiente para me colocar no caminho dele, pois ele não tem sentimentos.*

Bom, ninguém precisava se preocupar com isso. Ele já havia feito um dano irreparável comigo. As poucas horas que passei ao seu lado, quando criança, foram mais do que suficientes para isso. Eu me manteria afastada.

Com o controle remoto, percorri as inúmeras trilhas sonoras até chegar à de número quinze, então ergui meus braços acima da cabeça e alonguei os músculos doloridos das costas.

Porém, depois de alguns segundos, nenhuma música começou a tocar. Peguei o controle remoto e apertei o play novamente – e então mais uma vez.

Esperei e nada aconteceu.

— Ah, qual é... — resmunguei e fui tateando pela parede.

Quando cheguei ao batente da porta, continuei pela parede à esquerda e fui apalpando até chegar à tomada onde o aparelho de som estava ligado. No entanto, percebi que não estava plugado. *O quê...?* Fui tateando até encontrar o fio solto no chão. Como aquilo aconteceu?

Religuei o som e fiquei de pé, intrigada, tentando ouvir qualquer outra coisa. Será que alguém estava me sacaneando?

Recostei-me à parede.

— Tem alguém aí? Oi?

Alguma coisa estava errada.

Estendi as mãos à frente até sentir a porta e saí da sala em direção à cozinha, em busca de uma garrafa d'água. Talvez eu devesse ligar para o Sr. Ferguson na portaria. Ele era um dos seguranças que fazia as rondas noturnas em nosso condomínio.

No entanto, meus pais não sabiam que Ari estava dando uma festa e eles, com certeza, seriam informados caso eu ligasse para a segurança.

Quando cheguei à cozinha, peguei uma garrafa de água da geladeira e desenrosquei a tampa, tomando um longo gole. Eu poderia chamar minha irmã e pedir que desse uma volta pela casa. Ela ficaria pau da vida, mas viria de qualquer jeito se eu ameaçasse contar sobre a festa aos nossos pais. Fui até a porta dos fundos e, quando estava prestes a tocar na maçaneta, percebi que a porta já estava aberta.

Meu coração quase parou. *Ai, merda.*

Eu tinha trancado aquela porta.

— Arion? — gritei, subitamente alerta. — Você está aqui?

Apalpei a fechadura pelo lado de fora, encontrando a chave que escondíamos debaixo de um tijolo solto ainda inserida. Só podia ser a minha irmã. Somente nossa família sabia onde essa chave estava.

— Arion! — gritei, perdendo a paciência. — Para com isso e me responda!

Achei que ela tivesse parado com as malditas pegadinhas da semana, depois do incidente no vestiário masculino – que eu tinha certeza ter sido uma de suas obras.

Enfiei as mãos nos bolsos, percebendo que havia deixado o celular no salão de festas.

E então ouvi… A alguns passos de distância, mas ouvi…

Outra tábua rangendo no chão.

Fiquei paralisada, congelada no lugar e sem saber o que fazer enquanto minha cabeça girava. Tentei engolir o nó na garganta, mas foi quase impossível.

Tentei formar algumas palavras, mas nada saía da minha boca.

Não ouvi o rangido outra vez, e mal conseguia respirar enquanto aguçava os ouvidos.

Havia alguém ali.

Eu podia sentir. Sua presença era palpável… e estava bem ali.

Não era um som ao qual eu podia descrever. Talvez o batimento cardíaco? O lento e quase silencioso inspirar de uma respiração. As articulações do corpo se movendo.

É a Arion. É a Arion. É a...

Bile subiu à garganta.

Finalmente, criei coragem.

— Qu-quem... está aí? — gaguejei. — A-a... hummm... — Tentei engolir, mas minha boca estava seca. — A... a festa é lá embaixo, na piscina. Você não deveria estar aqui dentro de casa.

Eu deveria correr até a porta para fugir dali, mas se alguém realmente conseguiu invadir, eu não teria lugar algum para ir. Não sem ser capaz de fazer o percurso curto antes de esbarrar em alguma coisa no jardim.

Dei um passo à esquerda, voltando à cozinha e em direção à bancada onde as facas ficavam.

Não que aquilo me desse uma chance a mais, porém...

Recuei um pouco mais, sentindo-o – ou poderia ser uma garota – me observando. A poucos passos de distância.

Eles estavam ali. Será que estavam sincronizando as passadas às minhas, vindo em minha direção enquanto eu recuava? Tentei aguçar os ouvidos, mas minha pulsação estava alta demais para permitir.

Mais um passo atrás...

— Isso não tem a menor graça. — Minha voz vacilou. — Você está se divertindo ou algo assim? Dê o fora da minha casa.

Outro passo.

Quem era? Eu me sentia zonza, minha mente e coração disparados.

E quando tateei pela gaveta na bancada ao lado com uma das mãos, usando a outra para me defender, um hálito quente soprou no meu ouvido por trás.

— Bu! — suspirou.

Eu me engasguei e gritei, saindo dali em disparada. Tentei chegar à porta dos fundos, mas a fecharam de repente assim que a alcancei. Então me virei na outra direção e corri para o vestíbulo, até a porta de entrada.

Meu celular. A porra do meu celular. Eu não teria tempo para pegá-lo.

Falando sério, se isso fosse uma pegadinha, eu ia matar a minha irmã.

Era uma linha reta até a porta da frente, então saí correndo. Minhas mãos se chocaram contra ela, e consegui alcançar a maçaneta e abri-la, chegando a quase dar um passo para fora.

No entanto, um braço me enlaçou pela cintura, pegando-me na

metade do caminho, e puxou-me de volta. A porta se fechou em um baque surdo logo depois.

Dei um grito assim que meu corpo foi envolvido, contendo meus braços para baixo, imprensando-me contra a porta para tentar me controlar.

— Damon? — arfei. — Damon, é você?

Ainda que eu soubesse que havia um monte de gente que adorava pregar peças nos outros – especialmente a pedido de Arion –, ele foi o primeiro em quem pensei. Nem me ocorreu que ele estaria aqui esta noite, principalmente por causa da ordem estrita de se manter afastado de mim, mas era bem capaz que ele deva ter decidido dar um pulo na festa, não é mesmo?

— Isso não tem graça! — gritei.

Chutei a porta, tentando me afastar e me virar para ele, que simplesmente me levantou e me colocou em outro lugar. Ele me soltou, e levantei as mãos, tocando a parede.

O canto. Ele me encurralou no canto, perto do salão de festas.

Dei a volta, livremente, e tentei passar por ele para sair dali. Mas ele se postou à minha frente outra vez.

Minha respiração acelerou por conta do esforço e, quando me virei para sair pelo outro lado, lá estava ele.

Recuei em meus passos, agitando a cabeça.

— Quem é você? O que é isto?

Por que ele não falava nada?

Inspirei profundamente pelo nariz, mas não senti o cheiro de cigarro que exalava de Damon naquele dia. Ele fumava o tempo todo, pelo que os outros diziam. Não era ele então?

— O que é? — berrei. — O que você quer?

Mas ele apenas se manteve ali parado.

Senti a raiva subir e arreganhei os dentes em um rosnado. E então dei um empurrão em seu peito.

Ele mal se moveu.

Grunhi e fiquei enfurecida, batendo as mãos contra seu rosto, socando seu peito, mas ele não falava nada, e nem ao menos tentou me deter. Tentei passar pelo lado esquerdo outra vez, mas ele deslizou e se postou à minha frente. Quando me virei à direita, ele fez o mesmo. Ele não me deixava sair dali. Era como uma parede.

Meu queixo começou a tremer.

— Quem... quem é você?

Ele se manteve em silêncio. Tudo o que eu conseguia ouvir era o som do ar deixando seus pulmões quando ele exalava, um som ensurdecedor, porque o filho da puta estava bem na minha frente. Como um maldito animal, que era incapaz de se comunicar, mas poderia, certamente, comer e respirar.

Meu Deus, quem é você?

Lancei meu corpo contra o dele e gritei o mais alto que poderia:

— Socorro! Socorro!!!

Grunhi, tentando empurrá-lo para longe enquanto gritava.

Até que ele sussurrou contra o meu ouvido:

— Eles não podem te ouvir.

E a doçura em sua voz era o mais assustador, porque as palavras soaram como um veredito com uma calma e resolução sinistras, que fizeram meu estômago se retorcer em um nó.

Eles não podem te ouvir.

Não consegui conter as lágrimas. *Ai, meu Deus.*

— O que você quer? — gritei.

Eu estava sem fôlego, mal conseguindo respirar direito, e o som da minha respiração era quase a única coisa que poderia ser ouvida na sala. Ele estava tranquilo pra caralho. Será que ele achava isso divertido?

— O que você quer?! — berrei.

Fechei os olhos e as lágrimas deslizaram livremente quando percebi que levaria horas até que Arion voltasse para casa, e ninguém naquela festa precisaria vir até aqui. Havia a casa de hóspedes ao lado da piscina, com banheiro e uma pequena cozinha abastecida com toda sorte de lanches e bebidas.

Um nó se formou na minha garganta, e era como se estivesse prestes a vomitar. Balancei a cabeça, sentindo-me derrotada.

— O que você quer?

Senti sua mão tocando meu cabelo, e então a fita que segurava os fios em um rabo de cavalo se soltou.

— Ai, meu Deus. — Comecei a bater em suas mãos para que se afastassem de mim. — Pare... Por favor, só... pare.

Eu meio que me agachei, em parte para me livrar dele e em parte porque estava passando mal. Cobri a boca com a mão, tentando conter a náusea.

— É uma piada — eu disse a mim mesma, quase surtando. — Você só está fazendo uma brincadeira de mau-gosto. É só uma piada.

Senti quando ele se agachou à minha frente, seu hálito soprando muito próximo.

— Então por que você não está rindo? — ele sussurrou.

Rosnei, ficando pau da vida outra vez.

Por que ele estava sussurrando? Isso significava que eu o conhecia? Será que ele tinha medo de que eu reconhecesse sua voz?

Tentei me acalmar, respirando longa e profundamente.

— Você... vai me machucar? — perguntei.

— Não sei.

Ele não sabia?

— Você quer me machucar? — insisti.

— Um pouco.

Sua voz disfarçada soava como uma brisa entre as árvores.

— Por quê?

— Porque eu sou doente — ele respondeu.

O quê? Ninguém era assim tão autoconsciente. Especialmente os psicopatas.

Ele segurou meus braços e fiquei rígida na mesma hora quando me fez ficar de pé. Ele se aproximou, a camiseta roçando contra minha pele.

— Porque sou incapaz de sentir culpa, tristeza, raiva ou vergonha com a mesma intensidade que posso sentir o medo, e não há medo maior do que quando eu fico apavorado. — Ele limpou uma lágrima do meu rosto e eu me afastei de seu toque. — Nunca sei ao certo o que vou fazer — concluiu.

Tudo o que ele disse soou como uma ameaça, só que pior. Era como se ele não tivesse nenhum controle sobre si mesmo, e como se fosse uma vítima, tanto quanto eu.

Vá à merda.

Empurrei-o para longe de mim outra vez, e minhas unhas o acertaram no pescoço quando chutei e gritei por ajuda.

No entanto, ele agarrou meus punhos e me fez virar de costas, envolvendo meu corpo com seus braços como uma barra de aço. Fui incapaz de me mover quando seu hálito soprou contra meu ouvido.

— Poupe suas forças — ele disse.

Então eu desabei. Meus joelhos fraquejaram e ele caiu comigo, ambos agora prostrados no chão, porém seu agarre impedindo que eu caísse por completo.

Apoiei minhas mãos na parede, a cabeça inclinada enquanto tentava me situar.

E foi aí que senti um pouco de frio, quando percebi que meu jeans estava úmido. Senti o cheiro fraco de cloro. A bermuda que ele usava estava molhada da piscina.

— Posso sentir o cheiro da piscina em você — eu disse, tentando recobrar um pouco das forças. — Você estava na festa. Com um monte de gente. Um monte de testemunhas. Eles vão descobrir que é você.

Ele me segurou em silêncio, por um momento, e então disse em voz baixa e resoluta:

— Meu tipo de diversão sempre tem um preço — sussurrou. — É melhor aproveitar enquanto posso.

— Por que eu?

Quer dizer, sério. Não que eu desejasse que ele fizesse isso com outra pessoa, mas era por causa da minha cegueira? Por que achou que eu fosse um alvo fácil?

— Não sei — disse e, finalmente, ouvi um pouquinho de sua voz rouca, embora ainda estivesse em um tom muito baixo para reconhecer.

— Era você no salão de festas quando eu estava dançando?

— Sim.

— Você estava me observando o tempo todo?

— Sim.

— Por quê? — perguntei.

Ai, meu Deus. Os rangidos no piso de tábua corrida que ouvi no andar de cima também. Era ele o tempo todo. Só em pensar em seus olhos me acompanhando... Estando na sala, espreitando de um canto e me observando... Brincando comigo.

Por que ele apenas ficaria ali para me observar?

— Porque foi lindo — ele disse, por fim.

Lindo?

— Você me perguntou por que você — disse, ainda me segurando contra ele, com minhas costas pressionadas contra seu peito. — É por essa razão. Você é pura.

Pura? O quê...? Ele queria me tornar impura agora ou...?

— Seus pais são péssimos — explicou. — Sua irmã é muito superficial e eu odeio a minha casa. É tudo muito sombrio lá. — Parou, prosseguindo logo depois: — Tudo simplesmente desapareceu quando você começou a dançar, porra. Tornou o mundo um lugar mais bonito. E eu gostei.

— Tá, e daí? — argumentei. — Você quer me trancar no seu porão para que possa dançar sempre que me ordenar? É isso?

Mas, ao invés da resposta que estava esperando, em um tom assustador, calmo e monótono, ele deu uma risada bem baixinha.

— Posso me esconder lá com você? — perguntou.

Franzi o cenho, baixando um pouco a guarda ante seu tom sincero.

Afastei os pensamentos confusos e tentei pensar rápido no que fazer. Agitei a cabeça duas vezes e acertei seu rosto, sem perder um segundo sequer quando ele me soltou. Foi por apenas um instante, mas o suficiente para que apoiasse o pé na parede e empurrasse outra vez, fazendo-o perder o equilíbrio e enviando-o para trás. Ele me levou junto, mas seu agarre afrouxou o bastante para que eu conseguisse me mover pelo chão.

Havia um telefone fixo na suíte dos meus pais. Eu poderia me trancar no banheiro e ainda teria bastante tempo para procurar por algum tipo de arma. Porra, eu poderia quebrar o espelho e usar um estilhaço se fosse preciso.

Saí correndo pelas escadas e pelo corredor em direção ao quarto dos meus pais. Sentia minhas pernas bambas, meus pulmões queimando com o esforço e meu cabelo se grudava ao meu rosto e corpo, por conta da fina camada de suor que cobria minha pele.

Abri as portas duplas de supetão e fui em direção à mesa de cabeceira, chocando minha perna contra o estrado da cama quando passei correndo.

— Droga! — grunhi, sentindo na mesma hora a dor me percorrendo desde a canela. Tateei em busca do telefone e, quando o encontrei, segurei firme em minha mão.

Porém, logo em seguida, eu o senti às minhas costas. Um soluço se alojou na garganta quando ele enlaçou o braço ao meu redor, me levantou e arrancou o telefone do meu alcance.

Eu respirava com dificuldade, minha cabeça recostada contra seu ombro enquanto ele me carregava para longe dali. Estava exausta e o medo drenou todas as minhas forças. Era como se tudo pesasse uma tonelada.

Ele parou e se recostou contra o que imaginei ser a parede próxima ao *closet*, e usei o que havia me restado de forças para tentar me soltar de seu agarre e chocar a cabeça contra seu rosto, já que ele se mantinha às minhas costas, embora mal estivesse conseguindo resultado.

Mas então ele segurou uma das minhas mãos e entrelaçou os dedos aos meus com força, mesmo que eu ainda estivesse tentando me soltar.

Apesar de resistir, ele passou minha mão por cima do meu ombro e pressionou os dedos contra o seu pescoço; senti na mesma hora a pulsação latejante e acelerada.

Ele apoiou a testa contra a parte de trás da minha cabeça, respirando com dificuldade.

— Você tem noção do que preciso fazer comigo mesmo para conseguir que meu pulso bombeie assim? — sussurrou.

Ele pareceu cansado.

Seu pulso batia com força, e pude sentir o suor em seu pescoço. E daí? *Minha pulsação também está acelerada, seu maluco.* Nós havíamos acabado de correr pelas escadas. Que merda ele queria dizer com aquilo?

— Não se preocupe — ele disse, por fim. — Não vou te machucar. Não esta noite.

Abaixei minha mão, roçando de leve em sua clavícula, e não senti a presença de nenhum terço por ali. Além do fato de ele não ter o mesmo cheiro de Damon.

Seus braços ao meu redor me apertaram com força por um instante, entretanto, e nada do que ele dissesse me faria confiar nele. Então, ele me colocou de pé no chão coberto pelo carpete.

Mas não me soltou de imediato.

— Eu quero sair daqui — falei.

Se ele não ia me machucar, então me deixaria ir embora. Nós não possuíamos câmeras de circuito-interno, nem ao redor da casa, e não havia mais ninguém aqui. Ninguém saberia sua identidade se ele fosse embora agora. Eu, com certeza, não teria como identificá-lo.

No entanto, ele deu uma resposta arrogante:

— Então vá.

— Você não está deixando — rosnei, tentando me soltar de seus braços.

— As pessoas não vão permitir que você faça um monte de coisas, Winter.

Isso significava que ele queria que eu o obrigasse a me soltar? Que brincadeira era aquela?

Eu já estava cansada de ser motivo de diversão para ele.

— Por favor — pedi.

— Não me deixe falando sozinha! — alguém gritou, de repente, do vestíbulo.

Ergui a cabeça ao perceber que havia mais alguém dentro de casa.

O quê?

Minha mãe. Ela havia chegado.

— Porra — o garoto sussurrou.

Abri a boca para gritar, mas ele a cobriu com sua mão, levantando-me mais uma vez; ouvi as portas atrás de nós se abrindo e percebi que ele estava nos escondendo dentro do armário.

Esperneei e gritei, mas as portas se fecharam de novo e, em seguida, ouvi o som do interruptor. Ele deve ter desligado as luzes do *closet* para nos manter ocultos.

— Não, não, não — ouvi meu pai argumentar. — Já que você nos arrastou de volta para casa esta noite, quero apenas garantir que estejamos a portas fechadas para que as meninas não tenham que testemunhar as birras da mãe embriagada.

O garoto que me segurava fez com que eu me virasse para ficar de frente a ele, seu braço ao meu redor me segurando com força enquanto sua outra mão mantinha minha boca fechada.

— Mãe! — tentei gritar, mas era impossível romper a barreira que sua mão impunha. Inspirei com força pelo nariz.

— Ah, sim, com certeeeza. — Minha mãe gritou de volta. — Vamos levá-las para o próximo evento da empresa, onde a sua mais nova putinha de vinte e um anos poderá chupar seu pau no banheiro masculino, com todos os nossos amigos do lado de fora!

Agucei os ouvidos e, por um instante, parei de me debater entre seus braços.

— Aquela lá também está grávida? — ela prosseguiu. — Pagar por outro aborto para mantê-las de boca fechada vai realmente pregar os bons princípios católicos que temos tentado incutir nas crianças. Você é um merda.

— Diga isso outra vez — meu pai a desafiou.

Gravidez? Aborto? O quê?

Balancei a cabeça, tentando raciocinar e gritei novamente:

— Mãe! Pai!

Ele apertou a mão contra minha boca com tanta força que meus dentes machucaram a gengiva.

— Você nunca trabalhou e só faz gastar e gastar, sua vadia preguiçosa — meu pai continuou. — Então, se eu quiser comer uma novinha de vez em quando, é porque eu mereci!

Estremeci. Uma novinha? Ai, meu Deus. O que diabos estava acontecendo?

— E você vai sorrir, pegar o meu cartão de crédito, comprar alguma merda e calar a porra da sua boca sobre o assunto — ele disse.

O som de um tapa ressoou, fazendo-me pular de susto.

— Eu te odeio — minha mãe disse. — Eu te odeio!

As molas do colchão rangeram, e pareceu como se eles estivessem brigando.

— Nós não éramos assim! — ela gritou. — Você me desejava. Você me amava.

— Sim, é verdade. Quando você era bem mais jovem.

O som de um tecido sendo rasgado cortou o ar, e era possível ouvir os grunhidos que minha mãe fazia enquanto eles lutavam. Congelei, já sem me debater contra o agarre do garoto, sentindo as lágrimas querendo se derramar.

— Mas é graças ao meu dinheiro — meu pai disse —, que você ainda tem esses peitos.

Ela gritou e ouvi o som de outro tapa, então grunhidos e gemidos, e comecei a balançar a cabeça e chorar. Mas antes que pudesse pensar no que fazer, a mão que cobria minha boca se soltou e o agarre aliviou, e quando dei por mim, ele cobriu meus ouvidos e me puxou para perto.

— Shhh... — tentou me acalmar, sua boca roçando minha testa.

Chorei baixinho, as vozes deles abafadas agora, mas dava para ouvir de vez em quando.

— Ah, minha nossa — meu pai gemeu. — É isso aí!

Eu me encolhi toda.

— Saia de cima de mim — minha mãe exigiu. — Não!

— Ah, qual é... — A voz do meu pai parecia ofegante. — Ainda estou com os restos dela no meu pau. Sua boceta vai cheirar como a dela. Doce como o mel.

Cobri a boca para abafar os soluços, e foi aí que ele me puxou contra o calor do seu peito, ainda tampando um dos meus ouvidos, mas pressionando o outro contra seu coração.

Eu respirava com dificuldade e, mesmo que quisesse sair daqui, não dando a mínima para o fato de que eles soubessem que ouvi tudo o que se passava, tinha medo das consequências. Meu pai não queria ter me trazido de volta de Montreal, então ele poderia usar isso como uma boa desculpa para me mandar para lá outra vez.

Fiquei ali, ouvindo os batimentos cardíacos do garoto, e, depois de alguns instantes, tudo se acalmou. Minhas lágrimas cessaram, minha respiração começou a normalizar e não ouvi mais nada dos meus pais.

Apenas o coração dele, bombeando com força em uma batida rápida e constante, em um ritmo tão perfeito quanto um metrônomo, imutável.

A certa altura, abaixei a mão que cobria a boca e meus braços ficaram soltos ao lado do meu corpo, mas em instante algum ele me soltou. E as batidas no seu peito me embalaram até que meus olhos se tornaram pesados demais para que pudesse mantê-los abertos.

Exaustão tomou conta de mim e, sem perceber, me perdi nas sensações. Em seu calor. Em seus braços. Nas batidas retumbantes de seu coração.

Na manhã seguinte, acordei e abri os olhos lentamente, sentindo meu corpo pesar uma tonelada.

Por que…?

Então arregalei os olhos e me sentei rapidamente, lembrando-me da noite anterior.

— Oi? — gritei. — Tem alguém aí?

Nenhuma resposta, mas quando estendi a mão, acertei o despertador.

— Nove e meia — o relógio informou.

Já era metade da manhã. Eu nunca dormia até tão tarde.

Deslizei a mão pelo corpo, fazendo um inventário das minhas roupas. Eu ainda usava o jeans e a regata, e ainda estava de sutiã e com as sapatilhas de balé.

Conferi o zíper por precaução, estremecendo na mesma hora.

Mas o botão estava fechado, e meu corpo, embora estivesse exausto, parecia bem. Não acho que ele tenha me tocado. Não daquele jeito, pelo menos.

Jogando as cobertas para o lado, sentei-me e tentei afastar a sonolência. Como cheguei à minha cama? Não fazia ideia de qual opção era a menos humilhante. Cair no sono depois de ele ter me assustado pra caralho e ter sido colocada na cama por ele, ou ter meus pais me encontrando adormecida no *closet* e descobrindo que estive ali o tempo todo. E então, eles terem me trazido para minha cama. Minha vontade era nem sair do quarto, já que não queria saber a resposta.

No entanto, eu precisava enfrentar os fatos.

Fiquei de pé e andei pela lateral da cama, em direção à porta, mas, acidentalmente, chutei algo no meio do caminho e estaquei em meus passos.

Estendi as mãos e deparei com uma caixa de papelão.

Não, na verdade… duas caixas de papelão empilhadas.

Abri a primeira e coloquei a mão ali dentro, meio hesitante, sentindo, com meus dedos, madeira, cerâmica, vidro e argila. Havia árvores em miniatura, telhados com glitter e vários tipos de casas, prédios e uma torre de relógio.

Então minha mão acertou uma maquete e *Carol of the Bells* começou a tocar, e na mesma hora eu soube que havia um ringue de patinação enfeitado com árvores ao redor e vários patinadores.

Aquilo quase me fez sorrir. Era a Vila do Papai Noel. As duas caixas que guardavam as estruturas.

Como isso...

Passos soaram no corredor, e ouvi minha mãe chamar Arion, a voz completamente diferente da que ouvi na noite anterior. Desviei das caixas e abri a porta, espiando por um instante.

— Ari, é você?

— Vou tomar banho — ela disse quando passou por mim.

— Você pegou a maquete pra mim? — perguntei. Eu queria agradecer, caso tenha sido ela.

No entanto, ela resmungou:

— Eu disse pra você pedir para a mamãe. Não faço a menor ideia de onde está.

Tudo bem. Não tinha sido ela, então. Entrei no quarto de volta, coçando a cabeça.

Que merda estava acontecendo?

— Oi, querida — minha mãe me cumprimentou assim que entrou no meu quarto. — Você dormiu bem?

Meu Deus, por favor, não. Minha mente voltou àquilo tudo que ouvi entre ela e meu pai – como ambos soavam como se estivessem querendo se matar. Jesus, as coisas que meu pai disse...

Eu me lembrava de ouvi-los brigar na minha infância, mas isso foi há muito tempo.

— Você... está bem? — perguntei, hesitante, ouvindo-a se mover pelo quarto, provavelmente arrumando minha cama, porque ela ainda achava que eu precisava de ajuda. — Digo, de ontem à noite. Pensei ter ouvido...

— Ah, a Ari pegou a Vila do Papai Noel pra você? — ela me interrompeu. — Que gentil da parte dela. Viu? Ela te ama.

Ela beliscou meu queixo, brincando comigo, e eu me afastei um pouco, sem nenhum clima para isso.

— Vista-se — ela disse. — O café da manhã será em uma hora.

Ela saiu do meu quarto tão rápido quanto entrou, e percebi que ela não queria saber se eu havia escutado demais a noite passada.

Mas pelo menos ela parecia não saber que eu estava no *closet*. Graças a Deus.

E Ari estava agindo em seu normal.

Não havia sido nenhuma delas que colocou a Vila do Papai Noel no meu quarto.

— Mas que droga...? — Pensei em voz alta, franzindo o cenho. — Que diabos foi aquilo ontem?

Será que havia sido apenas uma pegadinha? Por que motivo ele teria me ameaçado e me assustado daquele jeito e... então me blindado para não ouvir a briga dos meus pais? Ele me protegeu e me colocou na minha cama e, de alguma forma, soube que eu queria aquela vila e que minha irmã não quis procurar para mim.

Eu sabia que deveria contar o que aconteceu para os meus pais, mas...

Não sei. Poderia ter sido apenas uma brincadeira, né?

Se eu contasse alguma coisa, eles poderiam me enviar de volta a Montreal, onde eu ficaria "mais segura e em meu próprio habitat", como meu pai queria. Eu realmente não queria chamar sua atenção para drama algum, porque eu seria a pessoa punida.

Não. O garoto não me machucou. Não ainda, de qualquer forma.

Na verdade, ele foi meio que um anjo no final. Um anjo com asas escuras.

Psicopata.

CAPÍTULO 9
DAMON

Dias atuais...

— Então assim são as mulheres, gênero e sexualidade no Japão — eu disse, ao entrar na sala de aula de Banks. — Parte um.

Acrescentei a última parte com sarcasmo, já que não sabia ao certo o porquê haveria necessidade de uma aula como aquela, ainda mais sendo preciso dividir em duas partes.

Minha irmã olhou para mim por cima do ombro. Com calma, ela abaixou a caneta e se virou na cadeira, um sorriso cauteloso curvando seus lábios. O tipo de sorriso que indicava o pensamento "eu amo esse cara, mas deveria estar preocupada com sua presença aqui"?

— Sua lista de disciplinas é um prato cheio de coisas que eu me recusava a comer quando criança — comentei.

— Eu gosto da minha lista.

Ela finalmente deu um sorriso amplo e meu coração pulou uma batida. Era o mesmo sorriso que ela dava quando fazíamos as merdas infantis que meus amigos se recusavam a fazer comigo porque eram bacanas demais.

Entrar escondido no cinema sem pagar o ingresso.

Brincar de pique-pega no labirinto no meio da chuva.

Dirigir acima da velocidade à meia-noite, mesmo que houvesse aula no dia seguinte, só porque a gente precisava dar um jeito de sair de casa.

Ela passou a sorrir menos à medida que ficava mais velha, mas agora conseguia fazer isso com mais facilidade. Dava para ver. Ela estava diferente.

Desci os degraus, devagar, um de cada vez, o auditório agora vazio depois da última aula. Ela sempre ficava mais um pouco para responder ao questionário que o professor passava.

Havia se tornado uma excelente aluna.

— Tem um monte de matérias sobre Política, História e Sociologia — comentei. — Por que escolheu essas disciplinas?

Ela deu de ombros e abaixou a cabeça, parecendo um pouco pensativa enquanto olhava para seus papéis. Banks havia feito a maioria dos meus deveres de casa quando eu estava no ensino médio, e minhas notas eram sempre acima da média, então eu sabia o quanto ela era inteligente. Quando soube que estava na faculdade, foi que parei para pensar que ela realmente gostava de estudar.

— O mundo era pequeno demais quando eu era mais nova — ela disse, por fim, olhando para mim outra vez. — Agora, tudo se parece bem maior com as coisas que aprendo. Quero saber sobre tudo. Sobre cada pessoa que veio antes de mim. Cada guerra declarada. Cada cultura que coabita junto. Não consigo explicar... É só que...

— Eu entendi.

Parei alguns degraus acima, irritado, mesmo sem querer estar. Eu sabia que ela estava se referindo a mim. Ainda que só tivesse ido morar na minha casa depois dos doze anos, eu era parte da razão de o mundo dela ter se tornado tão pequeno e limitado. Queria que ela fosse feliz, embora não tivesse superado toda a minha possessividade. Ainda era difícil ficar feliz por vê-la desse jeito, principalmente porque eu sabia que sua felicidade não era por minha causa.

E isto aqui – olhei ao redor da sala –, era apenas mais uma das coisas que a afastava de mim. Quanto maior o mundo dela se tornasse, mais ela se distanciaria e, de todas as emoções que eu evitava a todo custo, a que eu mais odiava era a sensação de perda.

— Estou feliz por você estar estudando — murmurei. — Nunca imaginei você desse jeito, mas combina contigo.

Ela era linda.

E brilhante. Seu cabelo escuro descia pelas costas em cachos soltos, o jeans e a blusa preta de manga curta ficavam muito melhores do que as minhas roupas que ela usava; Banks agora usava batom e rímel, e a luz cintilou sobre o pequeno rubi encrustado de diamantes que compunham sua aliança na mão esquerda. Kai deve ter comprado uma joia digna depois do casamento relâmpago.

Maldito Kai. Era nítido que ele a estava tratando como ela sempre mereceu.

Mas isso significava que ela era dele agora? De verdade?

Suspirei, olhando à minha volta.

— Eu odiava a faculdade.

— Você odiava ficar longe da sua família — ela corrigiu. — E não estou falando sobre mim e Gabriel.

Cerrei a mandíbula. *Isso aí.*

Aquele um ano e dois meses que passei na faculdade foram um saco e, mesmo agora, quando olhava para trás, pensava que o tempo esteve suspenso enquanto eu me mantinha longe de Michael, Will e Kai.

E dela.

— Você era o único solitário que conheci que odiava ficar sozinho — ela zombou, recolhendo seus livros e folhas.

— Então... o que você vai fazer? — perguntei, mudando de assunto. — Com os estudos, quero dizer.

— Ela já está fazendo. — Uma voz soou do alto das escadas e, quando olhei por cima do ombro, avistei a garota magra e de cabelo castanho descendo rapidamente.

Alex.

— Ela, Rika e eu estamos desenvolvendo um curso para jovens mulheres — disse, parando no degrau acima de mim. — Defesa pessoal, sobrevivência, consciência circunstancial, tomada de decisões... Esperamos lançá-lo no próximo verão, no *Sensou*.

Sensou. O *Dojo* que Kai, Rika, Will e Michael possuíam juntos. Sem mim.

Defesa pessoal, sobrevivência, consciência circunstancial... As pessoas não precisavam desse tipo de aulas. Empurre alguém para dentro de uma piscina e ele aprenderá a nadar rapidinho.

Banks se levantou e pegou sua bolsa – pesada e abarrotada de livros e sabe-se Deus mais o quê. Ela olhou para mim e esclareceu:

— Quero empoderar as pessoas. É tudo o que sei por enquanto.

— Está pronta para almoçar? — Alex perguntou às minhas costas, mas eu sabia que não estava falando comigo. Elas provavelmente se encontrariam com Rika também, já que as três estudavam na Universidade Trinity.

Minha irmã passou por mim e vi quando fez um leve aceno com a cabeça, como se estivesse se desculpando. Foi um gesto bem sutil, e que eu não via há muito tempo, mas ela costumava fazer aquilo o tempo todo.

Sempre dando olhadelas singelas ou acenos rápidos em uma tentativa de lidar com meu temperamento instável ou para me acalmar.

Respirei profundamente.

Eu precisava dela. Precisava de uma âncora.

— Banks — chamei e virei-me lentamente.

Ela estacou em seus passos e ficou imóvel, sem olhar para mim. Ela não queria ter que lidar comigo, e não precisava fazer isso. Eu era seu irmão mais velho. Tomava conta dela, não o contrário.

— Encontro vocês lá — ela disse à Alex.

A garota me lançou um olhar e eu arqueei uma sobrancelha, em desafio, lembrando-a de que ela não gostaria de me ver irritado.

Seus lábios se franziram em uma linha rígida e ela assentiu para Banks, saindo do auditório.

Minha irmã se virou de frente, mas ainda sem me encarar.

Estávamos a poucos passos de distância, mas, de repente, era como se fossem quilômetros e quilômetros.

Eu quase matei meu amigo.

Destruí a empresa de Kai.

Eu a ameacei, e aos seus guarda-costas, e praticamente a mantive em cativeiro.

Eu lamentava por algumas coisas, não por outras.

Engoli em seco.

— O jeito que... o jeito que eu te tratava — comecei —, eu...

— Você me criou — ela disse, olhando para mim. — E sabe-se lá o que poderia ter acontecido comigo se eu tivesse continuado com a minha mãe.

Esperei que ela prosseguisse, sem saber se ela estava tentando me fazer sentir melhor ou se realmente achava que a vida que teve comigo valeu a pena, apesar de tudo.

— Gosto da pessoa que me tornei — ela disse. — E não odeio você por nada.

E, apesar da minha respiração estável e do meu olhar firme para ela, um alívio súbito começou a percorrer cada parte do meu corpo.

Eu a observei sair do auditório, um pouco menos inseguro do que quando entrei aqui antes.

Ela não confiava em mim, e pode ser que nunca me escolha em prol de outros. Mas ela ainda estava comigo. Mesmo que só um pouco.

Isso já era alguma coisa.

Voltei à casa dos Ashby — tecnicamente minha casa, agora —, logo depois das seis e morrendo de fome. Quase não havia comido o dia inteiro, e por mais que preferisse esperar até mais tarde para voltar, de forma que tivesse que interagir o mínimo com Arion, eu queria vê-la. Eu queria Winter à mesa de jantar esta noite.

— Olá, senhor — Crane me cumprimentou assim que abriu a porta para mim.

Entrei na mansão, ouvindo o motorista se distanciar com o carro, e disparei escada acima. O vento do lado de fora assobiava pelas frestas da madeira velha e por quaisquer rachaduras que porventura encontrasse.

Mas não havia música ou o som de passos, e o andar superior estava às escuras.

Parei, enfiando a mão no bolso da calça.

— Tem alguém em casa? — Olhei para Crane por cima do ombro.

Ele pigarreou levemente.

— A Sra. Ashby e a Sra. Torrance estão voltando da cidade... foram às compras — esclareceu. — Estarão aqui à hora do jantar.

Sra. Torrance. Caralho.

Apertei a ponte do nariz, exalando audivelmente e esperando que dissesse o resto.

— E... — prosseguiu — a *Srta.* Ashby está no jardim.

Parei de respirar por um instante. *No jardim.* Eu odiava o fato de que só de saber que ela estava por perto me deixava estático.

Cerrei a mandíbula e continuei a subir as escadas.

— Ela não está sozinha, senhor — ele disse às minhas costas. — O Sr. Grayson está aqui.

Estaquei em meus passos. *Will?*

— Por favor, me avise se fiz errado em ter admitido sua entrada — Crane acrescentou. — Você apenas disse...

— Está tudo bem — retruquei.

Subi o restante dos degraus e entrei no meu quarto, abrindo a porta com tanta força que a maçaneta se chocou contra a parede. Fui até as janelas e afastei as cortinas diáfanas, espiando logo abaixo, no jardim. Do segundo andar era possível ver o terraço, a piscina, a casa de hóspedes e área arborizada mais além. Meu olhar pousou nos dois na piscina.

— Mas que porra...? — rosnei baixinho.

Ele a segurava com uma chave de braço, o cabelo dela à frente do rosto, enquanto o dele ostentava um sorriso do caralho. Ela se debatia e tentava sair do golpe, tentando acertá-lo às costas e, enquanto eu me decidia se estava com mais raiva por vê-lo tocando o que era meu, ou se ele a estava machucando ou apenas brincando com ela, Will a soltou e a empurrou para frente. Em seguida, espirrou água nela e ambos começaram a rir, o que acabou respondendo à minha questão.

Agarrei o batente da janela com força, fazendo uma careta para o que via abaixo. Eles estavam mergulhados até a altura da cintura; Will estava com o peito desnudo, as tatuagens expostas, enquanto ela usava uma espécie de biquíni em formato de top. Nos vários minutos que se passaram, ele trabalhou com ela em uma série de golpes e agarres, ensinando-a a se livrar de cada um deles. Os lábios dele se moviam, explicando o que devia estar fazendo, à medida que ele a agarrava, erguia ou a encurralava no canto da piscina.

Eu quase comecei a rir. *Rika filha da puta.*

Aquela ideia só podia ter sido dela. Eu apostaria qualquer coisa como ela havia enviado Will até aqui para ensinar Winter algumas técnicas de defesa pessoal, só para que ela soubesse me manter afastado. *Boa jogada, garota, mas isto era um jogo de xadrez, não de damas. Lembra?*

Winter ergueu as mãos e as apoiou sobre o peito de Will, e senti minha respiração acelerar de repente, meus olhos incendiando.

Ela não podia tocá-lo.

E ele não podia tocá-la.

Soltei as cortinas e saí em disparado do quarto.

Gostei de saber que Will estava aqui. Eu o queria aqui. Comigo.

Mas ele não era a salvação dela. Ponto-final.

Passei pelo corrimão e fui em direção às portas que ligavam ao jardim dos fundos da casa. Atravessei o terraço e parei, contemplando-os na piscina abaixo enquanto conversavam e se divertiam.

Fazia sentido agora a razão para ele a ter levado à piscina. Sem sua visão, aquela era uma forma de Winter manter o equilíbrio e amortecer qualquer eventual queda durante o treino. *Obrigado por isso, Will.* Eu a queria em um perfeito estado.

Gotas de chuva atingiram meus ombros e Winter piscou quando ergueu a cabeça para o céu e estendeu as mãos com as palmas para cima. As gotas tocavam a superfície da água, e as chamas da fogueira próxima à casa de hóspedes estalaram, o brilho convidativo logo abaixo do céu que escurecia.

Will passou a mão pelo cabelo molhado e, finalmente, olhou para cima, avistando-me ali parado. Ele se manteve imóvel, no entanto, inabalável enquanto seus olhos verdes faziam um buraco através da minha cabeça, como uma maldita chave de fenda, e, por um instante, era como se estivéssemos no ensino médio, lado a lado, e como se Winter não estivesse entre nós.

Naquele momento, eu queria agarrar ele, ela e Banks, e nos isolar em uma ilha distante, onde nunca deixariam de me pertencer.

Relâmpagos iluminaram o céu, e, em seguida, um trovão estalou; Will e Winter trocaram algumas palavras e ela se apressou a sair da piscina. Ele fez o mesmo e a ajudou a encontrar uma toalha.

Assim que ela se secou, envolveu a toalha ao redor do corpo, mas, quando ele tentou segurar sua mão, ela o afastou. Ele disse mais alguma coisa para ela, que assentiu, e então se virou.

Com a mão direita estendida à frente, ela conseguiu voltar para casa, vindo na minha direção, e meu olhar se conectou ao de Will.

O canto de sua boca se curvou em um sorriso desafiador, e eu balancei a cabeça, vendo Winter caminhar à minha frente. Quando estava passando por mim, ela parou e virou a cabeça para o lado onde eu me encontrava; encarei-a o tempo todo, sabendo que ela tinha plena consciência de que eu estava ali, a poucos passos de distância.

Meu olhar a varreu de cima a baixo, desde seu rosto, pescoço e ombros, em uma carícia suave. O único tipo de toque que me permitiria desfrutar por enquanto.

Garota idiota. Ele só te ensinou a se livrar de um atacante. E se houver mais de um?

Ela abaixou a cabeça, os lábios agora franzidos, e seguiu em diante para entrar em casa.

Em breve.

Will se secou e foi até a fogueira, estendendo as mãos para se aquecer. Desci os degraus de pedra e fui até ele.

— Recebi sua mensagem — ele disse, encarando o fogo.

Um sorriso curvou meus lábios, ao me lembrar do recado que havia enviado para ele há um tempo. Onde o desafiei a me encontrar. Para que pudesse encarar quem ele realmente era, ao invés de sempre servir como a vela de Michael e Kai. Eles que se fodam.

— Você acha que conseguirá me impedir? — Eu o encarei por cima da fogueira. Era por isso que ele estava aqui? Fazendo o que Rika pediu e numa tentativa de colocar Winter contra mim?

No entanto, seus olhos brilharam com travessura, mesmo que não estivesse olhando para mim.

— Você não acha que a surra que te dei foi o fim de tudo, acha?

Meu sorriso congelou quando me lembrei que permiti que ele me batesse no ano passado, porque sabia que merecia. Eu me ajoelhei lá e deixei que me atingisse com socos, um atrás do outro, porque queria me sentir pior do lado de fora do que já me sentia por dentro, e, por vários momentos, desejei que ele me matasse. *Apenas me mate, porque não tenho como voltar no tempo e não consigo seguir em frente.*

Eu quase o matei. E queria que ele me odiasse com tanta intensidade que, por fim, ele acabasse com a minha vida, e só aí, talvez, depois que sua raiva se dissipasse, ele poderia voltar a me amar. Independente se estaria vivo ou morto, ele precisava me perdoar por eu ter me aliado ao irmão de Michael, não o impedindo de fazer o que fez naquela noite, no iate.

Mas eu não era o único culpado por toda a merda que aconteceu há dois anos, depois que saímos da prisão. Aceitei minha punição pelo que fiz, mas não ficaria sem reagir outra vez.

E, se pelo menos uma pequena parte dele não estivesse disposta a me perdoar, ele não teria vindo aqui. Ele queria estar aqui. Ele não conseguia esquecer, o que significava que não conseguia me esquecer também. Não completamente.

— Você sentiu minha falta — eu disse, em um tom de voz rouco.

Ele se moveu por trás das chamas, dando a volta na fogueira bem devagar, e eu fiz o mesmo, seguindo seus passos.

— Não sentiu? — provoquei.

Seu jeans molhado estava grudado às pernas, e notei que ele havia acrescentado mais tatuagens ao peito e braços desde a última vez em que o vi.

Mas algumas coisas não haviam mudado. Ele ainda estava levando uma vida de merda, se embriagando e ficando chapado o tempo todo. Precisava de mim.

Uma risada de escárnio escapou de seus lábios quando ele me encarou.

— Você foi minha *heroína* muito tempo atrás — ele disse, e seu olhar se escondeu por trás das chamas outra vez.

Dei mais um passo, movendo-me ao redor da fogueira e fixei meu olhar ao dele.

— E você ainda gosta das suas drogas, pelo que ouvi dizer.

Ele balançou a cabeça, sabendo direitinho de onde eu havia conseguido aquela informação.

— Maldita Rika.

— Maldita Rika. — Assenti.

Ele se moveu outra vez, sumindo por um instante, e eu avancei logo atrás dele. Seu olhar estava concentrado no meu quando se abaixou e ficou fora de vista, e ainda se manteve atento a mim, quando reapareceu. Seus lábios se curvaram e seus olhos estavam carregados com fúria, ódio, emoção; suas pupilas nem um pouco dilatadas e lúcidas, porque ele não precisava de merda nenhuma quando estava comigo.

— Winter gosta de você — eu disse, dando mais um passo. — Ela parece confiar em você. Por quê?

— Eu tenho um jeito... com as mulheres — debochou.

— Eu me lembro disso. — Umedeci meus lábios. — Sempre foi divertido observar você com elas.

Seu ritmo respiratório acelerou, e eu soube que ele estava se lembrando de todas as merdas que fazíamos naquela época. Nós havíamos nos divertido bastante.

Mesmo sem a presença das garotas.

— Você quer me ver com ela? — sondou. — É isso?

Dei uma risada baixa e balancei a cabeça.

— Não exatamente.

Eu me lancei para frente, pegando-o de baixa guarda, dei a volta na fogueira e espalmei minhas mãos em seu peito, imprensando-o contra a parede da casa de hóspedes. Ele grunhiu quando suas costas se chocaram contra os tijolos.

A chuva começou a bater contra o toldo acima, e eu parti para cima dele, pronto para jogá-lo no chão, mas ele se inclinou um pouco e apoiou o ombro contra a minha barriga, nos enviando direto contra o piso de concreto.

Rangi os dentes, fervilhando e acertando o punho contra a lateral de sua cabeça enquanto ele socava meu estômago. Contraí todos os meus músculos abdominais contra seu ataque, e eu já não sabia mais se estava com raiva ou desesperado para envolvê-lo em qualquer coisa, porque sentia falta pra caralho disso, mas, de toda forma, estava me divertindo.

Eu o lancei de costas no chão e ele tentou rolar para longe, para se afastar, mas o segurei. Fiquei por cima de seu corpo, às suas costas agora, e o pressionei contra o piso, colocando meu braço à sua nuca para mantê-lo quieto.

— Ah, eu me lembro disso — provoquei, sussurrando em seu ouvido. Meu peito pressionado às suas costas e ambos bem conscientes da minha virilha contra a sua bunda. — Era disso que você estava sentindo falta, não é?

Ele moveu a cabeça, tentando me acertar.

— Não fale sobre isso, porra! — rosnou. — Eu estava bêbado.

— Nas três vezes? — zombei, sorrindo. — Michael e Kai não fazem ideia de quão próximos nos tornamos, não é?

Recostei minha boca contra seu ouvido, prestes a reavivar a memória daqueles momentos, quando eu era o único capaz de dar o que ele precisava. Quando ninguém mais estava lá para ele, e quando tínhamos tudo o que o dinheiro podia comprar, mas o que realmente queríamos eram coisas que não tinham preço.

Quando éramos jovens e esgotados, apodrecidos por dentro, e quando em algumas noites, aqui e acolá, só o que queríamos era tocar alguém igual. Alguém que compreendia isso.

Eu poderia fazê-lo se lembrar. Eu poderia pressionar e não pensar em mais nada e fazê-lo apenas esquecer, aceitar, sentir e...

Estendi a mão à frente e agarrei sua garganta, afundando meu rosto em seu pescoço, mas ele se debateu abaixo de mim, balançando a cabeça outra vez e se soltando do meu agarre quando acertou minha boca.

Fechei os olhos com força quando senti meus dentes rasgando a gengiva e grunhi, distraindo-me o suficiente para que ele conseguisse me jogar para longe.

Adrenalina me percorreu da cabeça aos pés e meu coração acelerou quando comecei a rir, lambendo a ferida e sentindo o gosto de sangue na boca.

Seu merdinha do caralho. Will era bom... até o momento em que queria ser. Winter não deveria confiar tanto nele.

Eu me levantei assim que o vi fazendo o mesmo.

— Sabe de uma coisa — ele começou a dizer, um sorriso zombeteiro curvando seus lábios. — Nunca senti tesão pela Winter naquela época. Era pálida demais. Inocente demais.

Ele se inclinou e pegou meu maço de cigarros que havia caído no chão, pegando um para si. Então arremessou o pacote para mim, que continuava o encarando quando ele se inclinou outra vez para acender o bastão na fogueira.

— Ela era bonita, mas eu gostava de alguém gostosa. — Soltou uma baforada, o olhar fixo às chamas como se estivesse devaneando por um instante. — Uma garota sexy com aquele cabelo da cor de chocolate e a pele morena. Lábios carnudos e olhos escuros que me assombravam por trás daqueles sedutores óculos de armação grossa.

Ele parou de falar, perdido com as lembranças em sua mente, e eu sabia exatamente em quem ele estava pensando. Mas depois de um momento, ele balançou a cabeça, voltando ao presente.

— Eu nunca soube, de verdade, porque você era tão atraído pela Winter. Michael e Kai achavam que era apenas uma transa de uma noite pra você, mas eu te conhecia. — Ele ergueu o olhar, deparando com o meu. — Eles não viam a forma como você olhava para ela na escola, durante o horário de almoço e quando cruzava com ela pelos corredores. E como ninguém... ninguém — enfatizou as palavras — sacaneava com ela pelas costas depois do que você fez com aquele garoto que a desrespeitou, quando fez um gesto obsceno perto dela, sem que ela pudesse ver.

Ele deu a volta na fogueira de novo, e eu fiz o mesmo, sem afastar meu olhar por nem um segundo.

— Mas cerca de um ano atrás — ele disse —, fui dar uma olhada na sua garota. Assisti a um de seus ensaios no Teatro, com um parceiro fazendo dupla. Um cara.

Cerrei os dentes com força.

— Achei que eles não estavam ensaiando coisa nenhuma — ele provocou, e pude ver as imagens brincando por trás de seus olhos. — Ele a estava imprensando contra a parede, o cabelo longo dela todo espalhado pelas costas e a pele corada e brilhante de suor por conta do esforço... As mãos dele estavam em todo lugar, e a língua dele estava quase na garganta dela.

Contive a careta que queria se formar, mas não consegui impedir as imagens em minha mente. De uma época quando a tive mais ou menos na mesma posição. Seus seios desnudos, os braços envolvendo meu pescoço e me puxando contra seu corpo, nós dois enrolados um ao outro, tão perto que era impossível distinguir quem era eu ou ela...

Vagabunda. Tomara que ele estivesse dizendo a verdade.

— Ela parou quando ele tentou tirar as roupas dela — Will disse. —

Mas uma coisa eu percebi logo de cara. Aquela garota está pronta para ser tratada como uma mulher. — Seus olhos flamejaram. — E talvez ela não tenha gostado de transar com você, mas pode ser que goste muito de transar comigo.

Cerrei meus punhos.

— É... — caçoou, o tom de voz se infiltrando pela minha pele. — Ela agora me deixa com um tesão da porra. Parecia bem gostosa na piscina, e já posso até ver aquela bundinha branca quicando no meu pau, o cabelo espalhado pelas costas...

Dei um chute na fogueira, e tudo foi parar dentro da piscina, o fogo se extinguindo na mesma hora. Parti na direção dele, que não fez a menor menção de se afastar. Com uma mão enrolada ao redor de sua garganta e a outra nas suas costas, arremessei-o contra a parede da casa de hóspedes.

— Eu quase te matei uma vez — eu disse, entredentes, e com o nariz colado ao dele. — E posso muito bem fazer isso novamente.

— Então faça — retrucou. — Faça, porque não tenho nada a perder, D. Absolutamente nada.

Ele arfou na última parte, deixando transparecer o desespero, e era uma sensação familiar, porque eu sentia o mesmo. Eu o encarei, seus olhos focados nos meus.

— Não consigo mais deixar de seguir esse caminho — ele praticamente sussurrou, os olhos agora marejados. — Minha família se cansou de mim. Michael tem a Rika. Kai tem a Banks. Vocês eram uma mentira. — Ele vacilou, baixando o olhar. — *Ela* era uma mentira.

Ela.

Ela seria a próxima. Depois que eu acabasse com Winter, eu faria aquilo por ele.

— Não tenho medo de você — ele disse, embora sua voz estivesse carregada de derrota. — Não tenho mais medo de nada. Se você não me matar, vou continuar te provocando até que você faça isso. E vou foder você do jeito que eu puder. — Rangeu os dentes, rosnando. — De um jeito que ela vai amar.

Eu o joguei contra a parede outra vez, mas, mesmo assim, ele não lutou contra mim.

— Você quer assistir? — provocou. — Vamos lá... Ela nem vai saber que você estará no quarto. Você vai poder ver o tanto que ela vai gostar de estar comigo. Vai ver que ela vai responder ao meu toque muito mais do que ao seu.

Pare com isso.

— Vai vê-la suar e gemer e vai ver o quão rápido consigo fazê-la gozar no meu pau — escarneceu.

Olhei para ele, com uma careta, meus dedos apertando seu pescoço. Ela não ia querê-lo. E, Deus a ajude, se ela o desejasse.

— Então vamos lá… — soltou, finalmente apoiando as mãos contra o meu peito para me empurrar. — Me mate, antes que eu transe com ela, porque não vou parar.

Ele me empurrou de novo, e eu tropecei para trás, meus dedos curvados em punhos.

Não. Pare, apenas pare.

— Porque eu tenho uma paixão por autodestruição, e você sempre soube disso, e sempre soube que a gente ia acabar mal. — Sua voz vacilou. — Isto não vai ter fim de outro jeito.

Ele estava certo? Será que pensei que nossa amizade sobreviveria ao nosso futuro?

Fique ao meu lado. Apenas ao meu lado. Não contra mim.

Mas ele me empurrou outra vez.

— Eu vou tirá-la de você.

— Não faça isso — arfei.

As paredes estavam se fechando. Eu não podia respirar.

Mas ele continuou me empurrando, e eu estremeci, sentindo uma dor no peito agora.

— E ela vai me tirar de você, e então, você vai ficar sozinho. Como você sempre deveria ter estado.

Senti a queimação no meu estômago e recuei, e então ele me acertou um soco, a dor explodindo pela minha bochecha e me fazendo chicotear a cabeça para o lado.

— Você vai ter que me enfrentar! — ele gritou, e acertou-me de novo, enviando-me aos tropeços para trás. — Me mate. Apenas termine a porra do serviço e me mate, porque estou fodido, e eu te odeio, e se você não acabar comigo, eu vou acabar contigo, porque acabou, porra!

Ele me empurrou uma e outra vez, e eu estava perdendo o controle. Levantei as mãos para fazê-lo parar.

— Não faça isso. Pare.

Uma lágrima deslizou pelo seu rosto, mas ele a afastou, rosnando.

— Me mate! — disse, entredentes. — Quebre o meu pescoço, rasgue a minha garganta, me estrangule, seu fodido! Apenas faça logo isso!

Ele deu um soco no meu rosto e a dor reverberou pela minha cabeça. Cerrei os punhos com tanta força que as unhas se afundaram contra as palmas.

— Will... — ofeguei, incapaz de respirar direito. — Para.

— Eu nunca vou parar. — Balançou a cabeça, vindo para mim outra vez. — Nunca.

E me empurrou.

— Me mate.

Pare.

Suas mãos me atingiram novamente.

— Eu vou afastar a sua garota de você, então me mate!

Você não pode tê-la. Eu vou...

— Me mate, para me tirar do seu caminho! — berrou. — Se você tivesse feito as coisas do jeito certo da última vez, eu estaria no fundo do oceano, porra, então... acabe o serviço, daí você vai poder ficar com ela!

Vi a cena dele se afundando no mar escuro no fundo da minha mente, e fechei os olhos com força, tentando afastar o pensamento.

Ele teria desaparecido para sempre.

— Me mate, porra — ele disse, sua voz, de repente, mais tranquila.

— Não.

— Por favor, você precisa fazer isso.

Balancei a cabeça.

Ele agarrou a gola da minha blusa e gritou:

— Faça logo isso, caralho!

Então segurei seu pescoço com minhas mãos e o imprensei contra a parede da casa de hóspedes.

— Eu não posso!

Ele grunhiu, respirando com dificuldade, e eu recostei minha testa à dele, incapaz de engolir o nó que havia se instalado na garganta.

— Porra, eu não posso — sussurrei. — Por favor, pare. Por favor.

— Eu não consigo — ele murmurou e lágrimas desliO pelo seu rosto. — Não consigo mais.

Segurei seu rosto entre minhas mãos, apenas segurando-o ali e prestes a dizer um monte de coisas, porque ele nunca escondeu nada de mim. Ele nunca viu fraqueza quando olhou para mim. E eu queria lhe dizer tudo.

Queria dizer que nunca o teria machucado. Que não sabia o que Trevor estava fazendo, e não era para as coisas terem chegado àquele ponto, porque dos meus três amigos, Will era o único a quem eu sempre salvaria primeiro. Que meu orgulho e minha raiva não deveriam ter me feito hesitar, e que se ele tivesse ido parar no fundo do oceano, longe do meu alcance, então eu teria pulado atrás dele.

Eu o teria seguido e teria apodrecido lá, perto de onde ele estava, porque nada que eu conquistasse depois — minha herança e nem mesmo minha vingança contra Winter — teriam valido a pena sem ele ao meu lado.

Seu hálito soprou sobre a minha boca, e seu cabelo formigou por entre meus dedos. *Ele precisava de mim.* Agarrei sua nuca. *Ele precisava chegar à conclusão de que precisava de mim.* Ninguém o seguraria daquele jeito, como eu.

Ninguém.

Avancei e capturei seu lábio inferior entre meus dentes e o empurrei pela porta da casa de hóspedes.

Ele tropeçou, rosnando, e prestes a lutar contra mim, mas eu avancei, mergulhando minha boca contra a dele e o empurrando contra o sofá. Cobri seus lábios com os meus, segurando seu pescoço com uma mão e me apoiando com a outra.

— Vá se foder — rosnou, tentando se afastar.

Sorri e lambi seu lábio.

— Só se você quiser...

Soltei seu pescoço e abri a braguilha de seu jeans, enfiando a mão por dentro enquanto ele tentava me impedir, mas envolvi seu pau entre meus dedos, já sentindo-o enrijecer.

— O que ela estava usando? — Comecei, esfregando para cima e para baixo, sem dar-lhe chance de pensar. — Que porra era aquela que ela estava usando pra você, hein?

Ele perdeu o fôlego, fechou os olhos e inclinou a cabeça para trás, deixando escapar um gemido.

— Damon, para.

Minha boca pairou acima da dele, à medida que eu o acariciava cada vez mais rápido. Enfiei o joelho por entre suas coxas, fazendo-o abri-las para mim.

— O que ela estava usando?

Seu pau ficou duro e inchado na minha mão e deslizei a língua pelo seu lábio inferior.

— Ela quer você na boca dela. — Aumentei a pressão em seu pau. — Ela quer isto na boca dela.

— Sim.

E então ele era meu.

— Que porra ela estava usando? — Esfreguei mais e mais, sua pele macia e quente entre meus dedos.

— Ela dorme... — Ele parou, ofegando com o que eu estava fazendo com ele.

— Sim?

Seu corpo estremeceu.

— Ela dorme com essas... essas calcinhas fofas e pequenas — ele disse, os olhos ainda fechados enquanto pensava em seu objeto de obsessão. — Tem um triângulo minúsculo de tecido que cobre a parte da frente.

— Vermelho? — Mordi seu lábio outra vez.

Ele negou com a cabeça.

— Azul. E uma camiseta. Ela dorme de bruços, e seus quadris se movem quando ela está sonhando. Meu Deus, a bunda dela...

— Mmmm... — Senti a gota de sêmen começar a fluir. — Ela está esfregando aquela boceta contra o colchão, hein? Deve ser uma boceta gostosa e quente.

— Caralho, é quente. — Ele agarrou minha nuca, nossas bocas a centímetros de distância. — Mais duro.

— E molhada? — provoquei, masturbando-o mais rápido e duro, do jeito que ele queria. — Ela é molhada?

Ele assentiu, respirando com dificuldade.

— E apertada?

— Sim.

— Lamba-a todinha, Will — eu disse, dando a ele o que aquela puta nunca deu. — Ela ama você às escondidas. Ela deixa que William Grayson III, o astro do time de basquete, vá até a casa dela, escale a parede até a janela de seu quarto, à noite, e goze dentro dela sempre que ele quiser.

Seus músculos abdominais se contraíram e ele se perdeu em pensamentos, cerrou os dentes e afundou os dedos contra a minha nuca, e então... chegou ao orgasmo, gozando na minha mão e ao redor de seu pau.

Ele gemeu, suor brilhando em seu pescoço e peito, e manteve os olhos fechados, porque sabia que assim que os abrisse, o feitiço estaria quebrado. Não era ela acima dele. Era eu.

Depois de um instante, sua respiração se acalmou e ele abriu os olhos, lentamente. Seus ombros estavam relaxados, e sua luta havia cessado.

Eu me levantei e peguei uma toalha do armário. Limpei a mão e lancei-a para que a pegasse.

— Isso é tudo o que você consegue fazer, não é? — ele disse, limpando-se e fechando o zíper da calça. — Você só sabe foder as pessoas ou foder com elas. É a única forma que você consegue se conectar com alguém.

Ele jogou a toalha no chão, mais calmo do que antes, mas ainda... ainda não estava comigo.

— Agora que penso nisso — refletiu, sério. — Fico pensando se qualquer coisa que recebi de você foi real.

Eu não sabia dizer se ele estava certo, e não me importava. Eu manipulei, ele fez o mesmo, e me movi outra vez, sempre com o meu prêmio à vista. Fiz o que tinha que fazer.

O problema era que eu não queria acabar com Will, e se eu vencesse seja lá que jogo estávamos jogando, será que o destruiria no processo? Será que o que ele disse era verdade? Que era impossível para nós tudo aquilo acabar de outro jeito?

— Se você machucar a Winter, vai ter que lidar comigo — disse, por fim.

Ajeitei minhas roupas, limpando as gotas de chuva da lapela do meu terno. Não dei nenhuma resposta. Ele sabia que eu não daria ouvidos à sua advertência, porém permiti que o fizesse.

— E isso serve para o Michael — acrescentou. — E Kai.

— E Rika e Banks? — emendei.

— E Alex. — Ele deu um sorriso sinistro, em desafio. — Nosso exército é bem maior. Você não tem ninguém.

— Eu só preciso de mim mesmo. Uma pessoa capaz de fazer o que nenhum de vocês pode. — Parei e disse em seguida: — Você não tem coragem para isso, Will. Não tenha dúvidas de que farei o que for preciso para manter o que é meu. Aquela garota ali dentro me pertence.

Ele hesitou, olhando para baixo antes de me encarar com um ar decidido.

— Ela não quer pertencer a você, Damon.

Apoiei a mão contra os azulejos acinzentados, sentindo a ducha forte e quente cascatear pelo meu pescoço e costas.

Ela não quer pertencer a você.

Ah, eu sabia disso. E eu teria um prazer imenso em dar muito mais que ela não queria.

Porém, cada músculo no meu corpo contraiu em tensão, incapaz de esquecer suas palavras.

Ela não quer pertencer a você.

Fechei os olhos, ouvindo aquela sentença em um eco na minha cabeça.

— *Você me pertence* — minha mãe disse. — *Você é meu e eu sou sua.*

Ela se deitou ao meu lado, deslizando um braço por trás da minha cabeça enquanto me encarava e me abraçava com força.

— *Nós sempre seremos um do outro, Damon. Mamãe será sua, não importa o que aconteça. Pelo resto da sua vida. Eu sou sua, querido.*

Assenti, mas, sem perceber, cerrei os punhos e agarrei os lençóis da sua cama. Eu dormia bastante com a minha mãe. Ela gostava de me manter por perto, mas não falei disso para ninguém. Já estive em outras casas — de garotos da minha idade —, e sabia que esse tipo de coisa não acontecia por lá.

A camisola de seda da minha mãe roçava suavemente pelo meu peito, e seu cabelo preto fazia cócegas no meu braço. Ela me encarou com um sorriso sutil.

— *Eu não pertenço ao seu pai* — *ela murmurou*. — *Não do jeito que pertenço a você. Eu tinha só treze anos quando ele me viu pela primeira vez. Ele já te disse isso? Eu só era alguns anos mais velha do que você é agora.*

Ela se abaixou e fez cócegas no meu pescoço, e uma risada me escapou antes de eu virar a cabeça e afastar sua mão.

— *Ele foi assistir ao espetáculo da minha companhia de balé* — *ela continuou*. — *Ele ia várias vezes lá, e eu o via me observando da plateia. As outras garotas ficaram enciumadas, porque eu ganhava flores e presentes, coisas que nunca ganhei antes. Ele me chamava de princesinha, e então passei a sonhar que ele me levaria para casa e cuidaria de mim como sua menininha, daí eu não teria que dormir no teatro frio sem ter o que comer direito.*

Ela pareceu distraída por um instante, seu sorriso se desfez. Eu sabia que minha mãe era bem nova quando se casou com o meu pai. Sempre ouvia as pessoas cochichando quando descobriam que ela tinha um filho de onze anos de idade.

— Daí, em uma certa noite — prosseguiu —, um carro preto imenso foi me buscar. Disseram que eu deveria vestir meu figurino mais bonito, arrumaram meu cabelo e maquiagem, e eu saí do teatro. Fui levada até a casa dele, nos arredores de Moscou, e ele me pediu para dançar para ele. — A expressão de seu rosto se iluminou outra vez e ela se abaixou um pouquinho para sussurrar, como se fosse algum segredo: — E foi o que eu fiz. Girei, dei piruetas e dancei sob lustres lindos acima dos pisos de mármore do saguão, achando que estava em uma espécie de sonho. Ele me deixou comer bolo e beber champanhe.

Ela deslizou um dos dedos pelo meu peito, para em seguida espalmar a mão sobre minha barriga, fazendo com que arrepios se espalhassem pelo meu corpo. Aquilo era gostoso.

— E quando eu adormeci — ela disse, observando a mão que me acariciava —, não conseguia me lembrar como fui parar na cama. Na cama dele. — Ela me encarou, perdida em lembranças. — Não tenho certeza do momento em que acordei. Talvez eu tenha dormido só por alguns minutos, mas, quando abri os olhos, ele estava retirando meu figurino, desnudando meu corpo pequeno... arrancando minha meia-calça e sapatilhas.

Congelei, ouvindo seu relato, e surpreso, mas sem de fato estar. Nunca tinha ouvido aquilo antes.

Mas meu pai fazia coisas horríveis.

— Comecei a chorar — revelou —, assustada, gritando quando ele começou a me beijar por toda a parte e me morder com força, e quando ele abaixou a minha calcinha e se enfiou dentro de mim, eu... — Ela respirou com dificuldade, sua mente aprisionada nas memórias. — Eu gostei, Damon. Eu gostei daquilo.

Sabia sobre o que ela estava falando. O que ele estava fazendo com ela. Já tinha visto isso antes.

Mas ela tinha treze anos. Havia garotas dessa idade no estúdio de balé que possuía na cidade. Eu não conseguia imaginar nenhuma delas...

— Gostei de ter sido violada por ele — continuou. — Agora eu era uma garota crescida e ele era muito mais bruto do que os homens que eu via transando com algumas bailarinas quando eu espiava nos camarins do teatro. É isso o que os homens fazem. Eles devastam. Eles são fortes e se apoderam das coisas, Damon.

Ela olhou para mim, de cima, e foi quando me dei conta de que seus dedos estavam deslizando cada vez mais para baixo, para dentro da minha calça de pijama.

— E está na hora de você começar a praticar — ela disse.

Ela enfiou a mão e tomou minha carne entre seus dedos, acariciando.

Balancei a cabeça, remexendo-me e tentando me afastar dela.

— Sshhh... está tudo bem — ela me tranquilizou, beijando o canto da minha boca e movendo a mão com mais rapidez. — Você está sentindo isso, querido? Está ficando duro. Isso significa que está gostando. Você gosta do que a mamãe está fazendo.

Não. Não gostava, não. Ela não deveria estar fazendo isso. Ela não...

Fiquei imóvel, fechando os olhos quando o senti bombear com sangue e ficar rígido. Não, não, não, não... Eu não queria isso. Queria sair daqui. Queria sair daqui.

— Aprecie, querido. Apenas aprecie. — Ela depositou beijinhos pela minha boca e por todo o meu rosto enquanto me acariciava. — Você é um homem forte e homens fortes pegam o tanto de mulheres que quiserem, para se sentirem bem.

Eu não queria... não queria...

Fechei os olhos com força e dei um gemido. Não, não, não...

Peguei o sabonete do suporte e comecei a me ensaboar, enxaguando meu peito e abdômen outra vez antes de passar o sabonete pelo meu pau para limpá-lo. Para deixá-lo mais limpo.

Aquela foi a primeira vez que a minha mãe me tocou daquele jeito. O primeiro episódio dos muitos que aconteceram nos anos seguintes quando ela ia para cima de mim.

Senti o vômito subir à garganta, e meus ombros cederam quando tentei me encolher o máximo que dava. Era um sentimento antigo, mas que eu conhecia bem. Era o mesmo que me fez me esconder na fonte. No labirinto. Nos chuveiros e nos armários, porque se ninguém me visse, eles não teriam como ver a vergonha.

Ela se foi, eu disse a mim mesmo. *Ela nunca mais vai tirar nada de mim outra vez. Ninguém vai.*

Mas, pensando naqueles anos lá atrás, percebi só agora que tudo começou bem antes daquela noite. Ela sempre me levava para o chuveiro junto com ela, mesmo depois de eu ser capaz de tomar banho por conta própria.

Ela enxaguava e secava o meu corpo e ficava no quarto enquanto eu vestia ou tirava minhas roupas.

E depois de meses fazendo tudo o que poderia fazer com as mãos e a boca, ela finalmente foi ao meu quarto uma noite e...

Eu costumava me gabar de ter tido minha primeira mulher aos doze, deleitando-me de como os outros caras pensavam que eu estava mentindo ou era sortudo por causa das inúmeras prostitutas que eu mantinha ao redor. Mas eu sempre disse a verdade.

Meu pai tinha que saber o que estava acontecendo. Na cabeça dele, entretanto, aquilo me tornava um homem.

E, vamos combinar, ele não era nem um pouco contra estupro de crianças, considerando que minha mãe era uma quando se conheceram.

Eu me enxaguei e fechei a ducha, pegando uma toalha para me secar. Enrolei-a ao redor da minha cintura e saí do boxe, parando em frente ao espelho e limpando o vapor condensado sobre o vidro.

Encarei meus olhos, um pouco mais escuros que os dela, e o mesmo cabelo preto. Vi que um pouco de barba começava a se formar e peguei o barbeador, lavando-o bem debaixo da torneira para me assegurar de que estava limpo.

O que Winter sentia quando pensava em mim? A raiva era tão palpável que era a única coisa que havia restado?

Ele pediu que ela dançasse para ele.

Ele fez a mesma coisa que eu, quando pedi que Winter dançasse para mim.

Ele observou minha mãe, do mesmo jeito que eu fazia com Winter.

Então era isso? Será que fiz com ela, no ensino médio, o mesmo que meu pai fez com minha mãe? Eu a aliciei?

Levantei a cabeça, deparando com meus olhos negros no espelho.

O segredo da vida que todos sabiam e que ninguém poderia se esquecer era de que não estávamos sozinhos. Achávamos que éramos únicos. Pensávamos que éramos os primeiros.

Ninguém nunca passou pelo que eu passei.

Ninguém está sentindo isso.

Ninguém sabe o que é estar no meu lugar.

Esta é a primeira vez que alguém enfrenta o que enfrentei, certo?

São mentiras que contamos a nós mesmos, porque achamos que somos especiais. Porque diminuiria o direito de sofrer ao saber que o que estamos passando não é algo tão raro. Era um segredo do qual nunca me esqueci e que fui capaz de usar para manter as coisas sob o meu ponto de vista, de forma que pudesse lidar com as merdas que tenho na cabeça, mas agora...

Agora eu desejava poder esquecer tudo. Queria ficar sozinho.

Não queria saber que era igual a ele ou que ele era como eu, ou que a vida segue padrões e que as histórias se repetem. Eu não era ele, Winter não era minha mãe e ninguém esteve em nosso lugar.

Isto é especial.
Isto é diferente.
É único e todo meu.
Ela e eu... estávamos sozinhos neste universo. Ninguém era igual a nós.

E, ao contrário da minha mãe, aos treze anos, Winter merecia tudo o que estava para acontecer com ela, porra.

Terminei de me barbear, e percebi que ter dúvidas não me faria sentir melhor do que estar onde estava neste momento.

Então eu levaria meu plano adiante. Minha mãe estava certa a respeito de uma coisa. Eu gostava de tudo quando era difícil.

Entrei no quarto e avistei Arion logo mais à frente, sentada na cama com outra garota, mas não desacelerei meus passos quando fui até a mesa de cabeceira e peguei o relógio de pulso.

— Você trouxe alguma coisa para mim, Arion? — Fechei a fivela, sem nem ao menos olhar para elas.

Ela não deveria estar aqui e sabia disso. A suíte principal se dividia em dois quartos conjugados com um *closet* entre eles. Ela tinha seu próprio espaço, e eu tinha o meu. Talvez eu a convidasse em alguma dessas noites, mas era uma decisão minha.

— Um presente — ela disse. — Só um presentinho.

Dei uma olhada de relance para a cama outra vez, vendo-a sentada às costas da jovem garota negra, seu braço por cima do ombro e ambas olhando para mim como se estivessem ali e fossem uma refeição. Não dava para ver o que Arion vestia, mas uma alça de seda estava caída sobre seu braço enquanto sua outra mão se mantinha à frente, acariciando a barriga nua da garota.

— Quantos anos ela tem? — Peguei meu maço e retirei um cigarro.

— Terei a idade que você quiser que eu tenha. — Ouvi a garota responder.

Acendi o cigarro e apertei a ponte do meu nariz, soltando uma baforada de fumaça. *Puta merda.* Will pularia naquela cama, já de pau duro e pronto para foder.

Eu não gostava de ser alimentado. Precisava caçar.

— A boceta dela está encharcada — Arion cantarolou. — Jovem, apertada e gostosa. Muuuito gostosa.

Meu pau começou a latejar um pouco, quando minha imaginação foi mais além e visualizou a sensação dela.

— Bem apertada — a garota zombou. — Meu pai adotivo costumava dizer que eu era mais apertada que um punho quando ele me comia.

Soprei mais uma baforada e dei uma risada. *Meu Deus, querida, você está no caminho errado com essa merda. Seja lá que caralho de história tabu Arion te contou para me deixar de pau duro, é, com certeza, muito suave. Minha versão de safadeza está longe do alcance da maioria das pessoas.*

— Transe com ela sem camisinha — Arion disse. — Olha só como ela sabe arreganhar as pernas.

Apesar do joguinho ridículo que as duas faziam, não pude evitar olhar a cena. A garota estava sentada na beira da cama, a boceta depilada bem à vista e os peitos espreitando pela parte de baixo de uma camiseta curtinha e cortada pela metade.

Vários cenários se projetaram na minha mente, instintivamente buscando uma alternativa para fazer a coisa funcionar.

Um trio. Garota com garota. Amarrando as duas. Uma mordaça.

Isso. Uma mordaça.

Dei mais uma tragada, sem desviar o olhar das duas enquanto as imagens inundavam minha cabeça.

— Foda ela sem camisinha — Arion repetiu. — Foda duro do jeito que você quer e me deixe assistir. Quando chegar a hora de você gozar, goze dentro de mim.

E lá estava. O que ela realmente queria de mim.

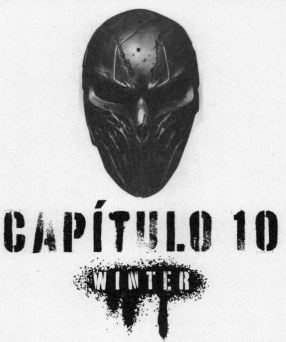

CAPÍTULO 10
WINTER

Dias atuais...

— Onde vocês vão me levar esta noite? — perguntei, liderando o caminho para o meu quarto ao lado de Isabella e Jade, para que terminasse de me arrumar.

— É uma surpresa.

— Eu sou cega — retruquei, indo até o meu *closet* e passando as pontas dos dedos pelas letras em Braille que identificavam minhas camisetas pretas. — Vidro quebrado no chão pode ser uma surpresa para mim. Não vou aceitar participar de nenhuma brincadeira, sem que sejam específicas.

— É Halloween e vo... — Jade começou.

No entanto, Isa se apressou em silenciá-la.

— Sshhh!

Ótimo. Era quase noite de Halloween – e pior, a Noite do Diabo –, mas minha casa já se assemelhava a um Festival do Medo. Eu não estava no clima.

Além do mais, não tinha certeza se teria permissão para sair.

— Você precisa de uma noite só de garotas — Jade comentou. — Principalmente por causa da aberração que dorme no fim do corredor. Vamos nos divertir.

Dei uma risada forçada, Damon vindo na minha mente na mesma hora, mas eu sabia que ela se referia à minha irmã. Todas as bailarinas do estúdio de balé que conheci desde a infância – incluindo Isabella e Jade – já haviam sofrido com as inúmeras travessuras que Ari gostava de pregar enquanto me esperava terminar a aula ou durante os espetáculos que apresentávamos.

Revirei as roupas pretas, sem encontrar a calça de couro com zíper nas laterais das pernas. Onde estava? Eu não a havia usado desde o último inverno.

Um telefone tocou e alguém se moveu até a minha cama.

— Tenho que atender — Jade informou. — Estarei no banheiro.

Continuei vasculhando em busca da minha calça, passando pela seção de roupas brancas, azuis e por cada canto do armário.

— Então, como você está? — Isabella perguntou.

Quase me virei para ela, mas temia que meu rosto me delatasse.

— Não sei dizer.

Damon estava aqui. Eu havia sentido o leve cheiro de seus cigarros do lado de fora depois dos exercícios com Will, mas não ouvi ninguém sair de casa, então provavelmente ele ainda devia estar por aqui.

Ele brigou com Will quando nos viu juntos?

Um sorriso se formou no meu rosto quando pensei em Will. Quase não consegui acreditar quando ele apareceu. Eu me lembrava de ter ouvido falarem bastante dele na escola, e sabia que era o melhor amigo de Damon.

Era.

Mas, de repente, ele apareceu na minha porta e não foi preciso dizer muita coisa para que ele entendesse o que estava acontecendo aqui. Tive a impressão de que a antiga turma com quem Damon andava, fora a responsável pela súbita visita de Will, e, antes que me desse conta, já estava na piscina, treinando uma série de golpes. Como se fosse adiantar de alguma coisa, mas pelo menos eu tentaria. Além do mais, ele me fez rir.

Eu deveria ter aproveitado a oportunidade para perguntar um monte de coisas. Algo que me desse uma vantagem sobre Damon e que fosse útil. Especialmente agora que soube que Erika Fane estava noiva de Michael Crist, outro dos antigos amigos dele.

— Você sabe que pode ficar na minha casa, não é? — Isa disse.

Virei a cabeça, dando-lhe um meio-sorriso. Eu não podia, realmente, sair dali e ir ficar com ela, mas foi reconfortante ouvir sua oferta. Ela não tinha noção do que ele era capaz de fazer. Por mais que quisesse aceitar o que me oferecia, eu sabia que não poderia.

Dei um suspiro longo, ainda sem encontrar minha calça de couro em lugar algum. *Porra, Arion.*

— Venha aqui comigo por um segundo — falei.

Passando a mão na cabeça de Michael a caminho da porta do quarto, saí, ouvindo a conversa de Jade ao telefone, no banheiro. Apoiei a mão na parede e segui pelo longo corredor, passando pela porta do quarto do meu pai e então, o da minha mãe. Ou o que costumava ser o quarto dela.

Entrei no novo quarto de Arion – sem ouvir gritos estridentes por ter invadido seu espaço, o que indicava que ela não estava aqui –, e virei à direita, entrando no imenso *closet* que meus pais compartilhavam antes.

— Procure por uma calça preta de couro — pedi à Isa, e comecei a fazer o mesmo, tateando os tecidos pendurados em cabides, em busca do material que eu mais amava no mundo.

— Onde está o interruptor? — Isabella perguntou.

Mas antes que eu pudesse responder, vozes chegaram até nós, vindas do outro quarto.

— Você trouxe alguma coisa para mim, Arion? — Damon disse e eu estaquei.

— Ssshhh… — sussurrei para Isa.

— Um presente. — Ouvi minha irmã dizer. — Só um presentinho.

Fui devagarinho até a porta do outro lado do *closet*, que dava para o antigo quarto do meu pai. Inclinei-me um pouquinho sobre a pequena abertura e Isabella quase me arremessou para frente quando se postou às minhas costas.

— Quantos anos ela tem? — ele perguntou.

— Terei a idade que você quiser que eu tenha.

Aquela não era a voz da minha irmã.

— Ai, meu Deus, aquele ali é ele? — Isa perguntou, baixinho. — Eles não dormem no mesmo quarto?

Gesticulei com minha mão para que ela se calasse. Eu não queria ser flagrada aqui.

— A boceta dela está encharcada — Arion disse em um tom de voz sensual e nojento. — Jovem, apertada e gostosa.

— Bem apertada — a garota acrescentou. — Meu pai adotivo costumava dizer que eu era mais apertada que um punho quando ele me comia.

Estremeci na mesma hora. Ai, meu Deus.

Isa se moveu ao meu redor para o lugar onde a porta estava um pouco aberta, provavelmente espiando pela abertura.

— Não deixem que eles te vejam — sussurrei em um tom quase inaudível.

— Transe com ela sem camisinha — minha irmã continuou. — Olha só como ela sabe arreganhar as pernas.

Perdi o fôlego, esperando pela resposta que ele daria e temendo por isso, mas sem nem ao menos saber o porquê. Minha irmã estava com uma outra garota ali dentro. E estava tentando levá-lo para a cama, junto com elas. Será que ele aceitaria?

— Ele tem uma tatuagem? — Isabella perguntou. — Eu não sabia disso. É por baixo do braço, não dá pra ver daqui.

Uma tatuagem? *Eu não sei. E não estou nem aí...*

— Foda ela sem camisinha — Arion ordenou. — Foda duro do jeito que você quer e me deixe assistir. Quando chegar a hora de você gozar, goze dentro de mim.

Recuei um passo no mesmo instante.

— Não quero ouvir mais nada.

Era nojento. Eu não... não queria ouvir aquele tipo de porcaria. O comportamento sórdido deles. Isso só confirmava o que eu já sabia. Ele era totalmente distorcido e cruel, e usava as pessoas para se divertir, como faria com minha irmã e aquela garota. Ele nunca se importou de verdade comigo naquela época.

Comecei a me afastar, mas Isa me impediu.

— Espera — ela disse. — Por que a Arion está fazendo isso? Já ouvi falar sobre esse povo que gosta de suingue, mas isto é...

— Nós queremos você — Arion disse, interrompendo nossa conversa.

— Eu sei disso — Damon retrucou. — Mas você não faz a menor ideia do que eu quero. Ou do que eu gosto.

— Eu sei que você gosta de assistir. — A voz de Ari tinha um toque de divertimento. — Quer nos observar?

Fiquei imóvel, tentando ouvir a resposta que ele daria.

— Ele ainda não dormiu com ela — Isabella sussurrou para mim.

— Com quem?

— Com a sua irmã — ela esclareceu. — Ela está tentando seduzi-lo. Está tentando levá-lo pra cama.

— Isso é óbvio.

— Ele não a quer — minha amiga disse. — Minha irmã me falou sobre ele. Eles também estudaram juntos. Damon tem uma péssima reputação. Quero dizer, uma reputação ruim mesmo. As pessoas tinham medo de verdade dele.

— Não estou nem aí — resmunguei, mantendo a voz baixa. — Não quero saber sobre a vida sexual dele.

— As garotas o odiavam — ela continuou, como se eu não tivesse dito nada. — Cara, elas o odiavam com força.

— Isso não as impediu de irem atrás dele, como se fosse uma grande surpresa, quando ele transava com elas e depois as descartava — indiquei.

Quer dizer, sinceramente, para ser justa, eu não sabia por que elas o odiavam mais do que aos outros cavaleiros. Eles faziam o mesmo. Todos eles eram galinhas.

— Mas não foi isso o que ele fez — Isabella explicou. — Alguém te contou como ele era? Digo, com as outras garotas. Não com você.

A lembrança de que ela sabia – de que todos sabiam e haviam assistido ao meu vídeo com Damon, e de como ele agira comigo – me fez acordar por um instante, fazendo-me esquecer do que acontecia no outro quarto.

— Acho que esse foi um dos motivos pelo qual você teve que sair da escola depois que o vídeo vazou — ela salientou. — Todas te odiavam.

— Todas quem?

— As garotas com quem ele nunca transava — ela disse. — Dizem os boatos que o apetite sexual de Damon nem sempre é tão divertido para se satisfazer.

Todas as garotas com quem ele nunca transava. Então ele não dormia com todo mundo? Até parece.

Então me lembrei do que minha irmã havia dito agora há pouco, e em quando o encontrei quando era adolescente, e parei por um instante.

— Ele gosta de assistir — eu disse, finalmente compreendendo.

— Não — Isa me corrigiu. — Ele gosta de foder com a cabeça das pessoas, e então, assistir.

Parecia a descrição correta.

— Sexo não o deixa com tesão — minha amiga continuou. — Ele gosta de depravação. Tem um monte de histórias, então não sei o que é, ou não, verdade, mas há rumores de que ele fez a irmã de Abigail Clijster transar com o namorado da irmã mais velha. Outra história fala sobre uma turma de garotos que foram à casa de uma professora jovem uma noite. Will Grayson e a camareira de um hotel. Dois jogadores de futebol americano que ficaram bêbados e se pegaram num carro, no meio da floresta...

Ela parou de falar e eu já não sabia se o que havia dito era verdade, mas... uma pequena parte minha queria acreditar que sim. Talvez aquilo me tornasse menos vítima dele, ao saber que ele era o fodido das ideias, e não eu, por ter caído em sua lábia e mentiras.

— Ele saía com as garotas — ela prosseguiu —, e deixava que elas pensassem que ele estava interessado, e até podia estar, mas, vamos dizer que o prazer dele era um pouco difícil de alcançar. Depois que ele as mandava fazer o que queria, às vezes ele se masturbava e gozava com elas, às vezes, não.

— E se ele não participava, elas se sentiam uma merda depois — acrescentei.

— Usadas — ela concordou. — Elas haviam se degradado por ele e não ganharam nada em retorno. Ele as coagia, mas nunca as forçava. No entanto, ele manteve você só pra ele. Fico me perguntando o porquê...

As vozes no quarto ao lado eram praticamente inaudíveis à medida que eu pensava em seu questionamento. Ela foi uma das únicas pessoas que assistiu aquele vídeo e não me viu querendo aquilo. Ela sabia que o que ele havia cometido era crime. As outras garotas ficaram com raiva de mim quando ele foi preso porque, aos olhos delas, eu havia conseguido o que elas queriam.

Bom, elas podiam tê-lo. Eu...

— Hein? — Ouvi minha irmã dizer rispidamente.

Sua voz suave e melosa, de repente, havia se transformado. O que aconteceu?

— Deem o fora daqui — Damon disse.

— Qual é o seu problema? — Ouvi sua queixa, mas eu não queria ficar aqui para ser flagrada no momento em que ele as chutasse para fora.

Empurrei Isa para que pudéssemos sair dali.

— Fora! — Damon gritou, quando saímos do *closet* e nos enfiamos no corredor. Logo em seguida, ouvi a porta do armário batendo com força e minha irmã saiu de lá enfurecida.

— Eu te disse — Isa comentou assim que entramos no meu quarto.

Um apetite sexual bem estranho mesmo.

Tanto faz. Eu só estava feliz porque seja lá o que a minha irmã estava armando havia falhado. Eu a culpava, tanto quanto a ele, pela nossa situação atual, e esperava que estivesse infeliz com o novo marido dela.

Marido *dela*.

Agitei a cabeça para afastar os pensamentos e algo atingiu meu corpo. Estendi a mão e peguei o objeto.

— Achei sua calça — Isabella disse. — Vista-se logo e vamos embora.

Ir para onde?

Embora eu não me importasse mais, contanto que fosse para longe dessa casa.

Eu não fazia ideia do que ela e Jade haviam planejado para esta noite, e não queria mais pensar nele.

Ou nela.

— Você quer que eu leia pra você? — Jade perguntou.
— Só resuma aí.
Ela colocou a caneta na minha mão e me levou até o balcão improvisado de madeira, apoiando a ponta sobre a linha onde eu deveria assinar.
— É um termo de responsabilidade — ela explicou —, falando que a casa mal-assombrada é uma experiência 4D, e que os atores vão interagir e tocar em você. Eles não serão responsabilizados por qualquer problema de saúde. Se você achar que está sendo demais e quiser parar, basta gritar "moeda" e eles vão parar e oferecer a assistência caso você queira sair da casa.
Minha mão começou a tremer quando pressionei a caneta sobre o papel e assinei meu nome. Eu ri de mim mesma. Era de se pensar que eu deveria estar com medo a essa altura, mas a ideia de médicos loucos, assassinos com machados e serras elétricas era muito mais assustadora quando você não podia vê-los.
Moeda. Como uma alternativa para sair daqui? Bom, pelo menos eu tinha uma palavra de segurança.
— Fique perto — Isa disse quando nos dirigimos para a entrada. — Segure-se na alça do meu cinto ou me diga se quiser sair daqui, tá bom?
— Ah, você vai querer sair correndo antes de mim — zombei.
— Acho que você está certa. — Jade gargalhou.
Ouvi o resmungo de Isabella, mas parei de sacanear com ela. O sol já havia se posto algumas horas antes, e desejei ter trazido um casaco assim que passamos pelas folhas caídas no chão e pelo aglomerado de abrigos de vários tamanhos que compunha a casa mal-assombrada.
O vento frio se infiltrou pelo meu suéter preto e folgado, e a parte do meu ombro que ficava exposta mais parecia ter sido congelada, no entanto, minhas pernas estavam aquecidas com a calça de couro. Ainda bem que eu estava usando meu Vans, já que tinha certeza de que tropeçaria à beça esta noite.
— Sejam bem-vindas a Coldfield — uma voz sinistra disse à minha direita, fazendo-me dar um pulo de susto.

Merda. Comecei a rir e afastei-me um passo, ouvindo as risadas das minhas amigas.

— Sangue legal — Jade comentou e imaginei que devia estar falando de algum ator que fora enviado para nos receber na fila. *Sangue, hein?* Pensei no sangue cenográfico que devia estar espalhado pelo rosto e roupas do cara. Talvez ele estivesse com um serrote na mão, com a lâmina cega, claro, por segurança.

Algo roçou o meu braço, e então ouvi sua voz bem perto de mim, outra vez. Será que ele se aproximou quando eu me afastei?

— Garotas, vocês assinaram a autorização? — ele perguntou.

— Sim — Isa respondeu, rindo em seguida.

— Vocês sabem qual é a palavra de segurança? — continuou.

— Sim — ela replicou.

— Ótimo. — Eu quase podia sentir seu hálito quente soprando sobre mim, e aquilo que me fez perder o fôlego um pouquinho.

— Não a usem. Não gosto de ter que parar quando estou me divertindo.

Elas riram outra vez, à vontade e sabendo que, de fato, estavam seguras, mas tudo o que eu podia fazer era ficar parada ali, o peso do *déjà vu* como uma âncora. O medo, as provocações, sua ameaça velada... Lá se vai a ideia de me afastar de casa e de todo mundo, tentando desanuviar a cabeça. Este cara era o Damon. Ou uma espécie de versão 5.0 dele.

E então eu senti.

Seu hálito quente sobre minha bochecha quando disse em um sussurro:

— Vejo você lá dentro.

Meu corpo congelou e comecei a arfar. Meu Deus, ele era como ele. O tom. O deboche.

— Ele gosta de você — Jade caçoou. — Tome cuidado lá dentro, Winter.

Mal conseguia respirar.

Meu tipo de diversão tem um preço. É melhor aproveitar enquanto posso.

Meu sangue começou a fervilhar e, de repente, já não sentia mais frio.

Eu sabia que esse cara não era Damon. Ele não falava como ele, não tinha o cheiro e não se parecia com ele, mas perdi toda a noção de pensamentos racionais quando a fila começou a andar. Isa se moveu e me levou junto. Talvez eu devesse estar com medo de entrar ali dentro e acabar me lembrando de todo o terror que Damon me causou, mas entrei do mesmo jeito, incapaz de resistir e querendo provar a mim mesma. Querendo sentir seja lá o que havia ali dentro outra vez. Talvez apenas para ver se eu me comportaria de forma diferente.

O ar se tornou abafadiço à medida que entrávamos e as correntes de ar me atingiam, como se houvesse uma espécie de neblina. Minhas amigas começaram a rir na mesma hora, fazendo ruídos de surpresa, mas como eu não podia enxergar o que estavam vendo, tinha que confiar em todo o resto para imaginar o que podia estar acontecendo ao redor.

Inspirei o cheiro de água das rochas, como se fosse uma caverna, e os ecos de gritos abafados, uivos e lamentos à distância. Alguns deles eram efeitos sonoros, mas outros, com certeza, não.

E em algum lugar longínquo, a alegre melodia infantil de um carrossel se infiltrou pela ventania. Alguma coisa tocou a parte de cima da minha cabeça e eu me abaixei, meu coração palpitando com força enquanto eu ria. Havia pessoas acima das vigas.

Coldfield era uma atração de Halloween que apareceu há cerca de alguns anos, e ninguém sabia quem era o verdadeiro dono do lugar, mas todo mundo amava. Durante a noite – sempre no dia 30 de setembro –, o velho armazém nos arredores da cidade que havia sido reformado dava lugar a uma série de galpões, recantos e anexos. Algumas pessoas sentiam falta das festas que aconteciam por aqui nas Noites do Diabo, mas a maioria adorou o novo parque temático assombrado, especialmente com o *The Cove* – o velho parque de diversões que se localizava na costa – agora fechado e abandonado.

— Reze pelos mooortos e os mortos rezarão por vocêêê... — uma voz assustadora disse, e senti uma sacola de plástico voar ao redor do meu corpo com a brisa. — Eles rezarão por você... e sairão à sua caça.

Uma risada maligna se seguiu e afastei a imensa cortina plástica para longe de mim, mas, assim que minha mão se enfiou pela estrutura, ela tocou algo sólido e, então... um homem grunhiu, e a estrutura recaiu sobre nós, e um emaranhado de braços e pernas a atravessaram.

— Aaaah! Ahhh! — as meninas gritaram, tentando sair correndo dali enquanto eu mantinha meu agarre firme no braço de Isa.

Senti um frio na barriga e comecei a rir.

Fui em direção à parede oposta para me afastar do cara por trás da lona e senti uma mão espreitando pela parede. Dei um pulo, assustada, a mão tentando me agarrar, e todas começamos a rir quando outros pares se juntaram de ambos os lados do corredor que nos cercava.

Nós passeamos de sala em sala, algumas delas – como a câmara de torturas – ficaram martelando na minha cabeça, já que não havia muito sons ou gritos que indicassem o que poderia estar acontecendo ali, mas gostei do rolo compressor e do barulho da marreta socando o teto e nos seguindo por onde quer que fôssemos. Meu coração estava acelerado, mas era excitante ser perseguida, porque eu sabia que estava segura. Eu não estava tão assustada quanto as duas quando saiu gente dos porta-retratos nas paredes, porque, obviamente, não era capaz de vê-las nos seguindo com seus olhares.

A escada em espiral quase me fez mijar na calça, no entanto, já que estávamos enfileiradas naquele espaço íngreme e sendo perseguidas por Jason Vorhees, o assassino de Sexta-Feira 13. Em uma situação como essa, não era nem um pouco legal ficar na retaguarda e, é claro, eu sempre ficava, porque precisava seguir as pessoas ao invés de guiá-las.

Porém foi divertido. E aquilo me distraiu o suficiente para esquecer as merdas que aconteciam na minha casa.

— Ai, droga! — Isabella gritou.

— O que foi? — Jade perguntou.

— Ali! Quando a luz piscar de novo, olhe!

Segurei-me em Isa com ambas as mãos, escondendo-me atrás dela e esperando pelo que seja lá apareceria.

— Eita, porra! — Jade berrou.

O quê? O que estava acontecendo?

Elas começaram a rir.

— Ele chega mais perto cada vez que a luz pisca! — Jade esgoelou.

E então eu ouvi.

A maldita serra elétrica.

Gemi baixinho, sentindo os joelhos bambos. Eu odiava o assassino de *O Massacre da Serra Elétrica*.

Risos e gritos, e então, todas nós tropeçamos quando o ruído ensurdecedor de um monte de serras elétricas se fez ouvir, cutucando nossas pernas com as lâminas inofensivas. Pulei de uma perna a outra, tentando ainda me segurar em Isabella à medida que nos esforçávamos para desviar dos atacantes. Ela agarrou minha mão, mas, de repente, a parede às minhas costas cedeu, e acabei caindo por ela, soltando o braço de Isa no processo. Caí em queda livre no piso de concreto e ouvi uma porta se fechar, e todos os gritos e barulhos das ferramentas desapareceram.

Eu estava, de repente, imersa em silêncio.

Levantei-me do chão frio e estendi as mãos à frente, e recuei na direção de onde havia caído. Mas que porra…?

Bom, pelo menos eu achava que era a direção que deveria tomar. Pode ser que eu tenha caído para outro lado quando fui jogada na sala.

— Isabella! — gritei, minhas mãos batendo contra a parede de madeira. Tateei ao redor em busca de uma porta, maçaneta ou dobradiças; qualquer coisa que me desse uma pista de onde estava e de como poderia sair dali.

— Jade! — berrei.

No entanto, tudo parecia estar à distância. Os gemidos e gritos. A música por trás das paredes e todos os ruídos que circulavam pelos corredores.

— Oi? — eu disse. — Como... Como faço para sair daqui?

Eu havia caído só alguns metros. Onde diabos eu estava? Minhas amigas estavam atrás de uma dessas paredes.

— Oiii! — gritei. — Socorro!

Será que eu estava sozinha aqui? Fui deslizando a mão pelas paredes, em busca de uma saída. *Ai, meu Deus, tomara que eu encontre.* Eu queria minhas amigas, ninguém mais. Eu estava me divertindo horrores há um minuto, mas agora... Isto mudava tudo. Como eu conseguiria sair dali? Ou encontrar a porta do caralho?

Ouvi o som de uma corrente às minhas costas e congelei.

— Olá?

Eu estava sozinha? Aquele som pareceu o de uma corrente.

Abaixei-me um pouco na parede, tateando e atrás de uma porta — mesmo que fosse uma porta falsa —, e um arrepio deslizou pela minha pele. Puxei o suéter para cobrir meu ombro nu, mas o tecido escorregou de novo.

Respirei fundo, gritando a plenos pulmões:

— Isa! Jade!

Mas então, bem atrás de mim, as correntes se sacudiram como se houvesse uma passagem de ar por ali, embora eu não tenha sentido vento algum.

Virei-me de supetão, erguendo as mãos.

— Olá? — resmunguei. — Quem está aí?

Você vai me machucar?

Eu não sei ainda.

Você quer me machucar.

Um pouco.

Uma pontada eloquente latejou entre minhas pernas, e fechei as coxas com força para me controlar. *Caralho.*

Palavra de segurança. Qual era mesmo a maldita palavra?

Moeda. Suspirei, aliviada quando me lembrei. *Graças a Deus.*

Dei alguns passos para dentro da sala. Talvez houvesse um corredor que poderia estar conectado a outra parte da casa mal-assombrada.

Havia uma fila imensa de pessoas do lado de fora. Isabella, Jade e eu não éramos as únicas visitantes aqui.

Mas então rocei contra o metal frio e dei um pulo para trás, por reflexo, ouvindo o som da corrente se chocar contra outra. Hesitantemente, estendi as mãos à minha frente outra vez, o que fez com que um monte de correntes se agitasse. Elas estavam presas ao teto?

Dei uma risada. Talvez tenha sido só o vento, afinal.

Mas as correntes se moveram de novo, e o sorriso se desfez. O ruído indicava que muitas estavam se chocando, ao invés das poucas que se moveriam caso houvesse uma brisa suave. Havia outra pessoa aqui.

Abri a boca, mal conseguindo dizer:

— O-olá?

Bu! Ouvi a voz de Damon em minha mente, naquela outra noite. Eu sabia que alguém estava lá. E sabia que não estava mais sozinha nesse quarto. Havia outra pessoa aqui.

— Qu... O-o... — Senti o vômito subir à garganta e minha mente ficou frenética.

Não é de verdade. É só uma brincadeira.

Só que, da última vez que isso aconteceu, eu disse a mesma coisa e estava totalmente errada.

Abanei as mãos à frente, sacudindo um monte de correntes, mas tentei segurá-las para que não fizessem mais ruído algum, de forma que conseguisse aguçar meus ouvidos.

Mas só havia o completo silêncio.

Meu pulso estava latejando, e uma camada fina de suor escorria pelo meu pescoço; soprei uma mecha para longe do meu rosto, com medo de me mover o ínfimo que fosse.

Eu conseguia ouvir o som de sua respiração.

Sabia que ele estava aqui.

Fechei os olhos, abri a boca e, ao invés de proferir a palavra de segurança, perdi o fôlego, sentindo seu olhar sobre mim. Cada pedacinho do meu corpo se tornou sensível e consciente dos tecidos das minhas roupas roçando contra a pele. Meu sutiã de renda e o suéter irritavam meus mamilos enrijecidos e eu podia sentir minhas coxas se colando ao couro, o frio deslizando pela minha barriga e indo se alojar entre as pernas, latejando.

Senti o coração na garganta e estava apavorada, mas... mas queria me livrar do meu suéter em igual medida. Estava quente, e era como se cada pelo no meu corpo estivesse vibrando. Mas que porra?!

De repente, uma porção de correntes se chocou e um rosnado alto e rouco se fez ouvir, então alguém começou a correr na minha direção. Abri a boca para gritar, mas ele agarrou um punhado do meu cabelo à minha nuca, e me empurrou contra a parede, espetando alguma coisa contra a minha barriga em golpes seguidos. Não doeu nada, no entanto. Aquilo era, provavelmente, uma daquelas facas retráteis e cenográficas, mas o medo assumiu o comando e acabei gritando apavorada quando fui lançada no chão, aterrissando em algo macio.

Não tive tempo para mais nada antes que seu corpo pairasse acima do meu e segurasse meus punhos, erguendo meus braços acima da cabeça com apenas uma das mãos. Ofeguei e abri a boca para gritar outra vez, mas ele pressionou a faca contra o meu pescoço, respirando acima de mim, e eu parei, totalmente consciente da dor aguda dos meus mamilos contra o tecido da roupa e sentindo o peso do corpo dele sobre o meu. Era como se ele estivesse incendiando a minha pele.

— Estou com fome — sussurrou, e seu hálito soprou sobre meu rosto.

Senti o cheiro de madeira e canela. Também senti cheiro de cigarro, mas não eram os mesmos que Damon usava.

Música soava de algum lugar, fazendo a construção vibrar, e concluí que eu devia estar deitada em um colchão, outro adereço assustador que eu não era capaz de enxergar.

— Me dê sua língua — ele rosnou baixinho. — Eu quero comê-la.

Balancei a cabeça devagar. Será que eu o estava provocando?

Por que eu não estava gritando?

A faca de mentira saiu do meu pescoço e se afundou na lateral do meu corpo, retraindo quando ele a enfiou. Perdi o fôlego, sentindo meu sangue latejar, mas estava em segurança. Eu sabia disso.

E, lá no fundo da minha mente, onde eu sentia a chama da vergonha que ninguém poderia ver ou notar, admiti que sentia falta disso. Sentia falta da adrenalina percorrendo o meu corpo, do meu coração tentando pular fora do peito, e de alguém que não me tratava como se fosse feita de vidro. Num lugar onde, no ínfimo espaço entre mim e ele, deleitei-me com a sujeira da minha pele e o terror de suas palavras.

Por que eu não estava dizendo a palavra de segurança?

O peso do ator acima de mim abrandou e ele perguntou:

— Você está bem?

Sua voz era suave agora. Normal.

— Sim — respondi.
— Você sabe qual é a palavra de segurança, não é?
Assenti, antes de murmurar:
— Sim.
— Você não quer usá-la?

Engoli em seco e movi minha perna, retirando-a debaixo dele, mas só depois percebi que ele havia se instalado entre minhas coxas. Ele se acomodou e se abaixou lentamente sobre o meu corpo outra vez.

— Última chance — sussurrou, no mesmo tom de antes.

Respirei fundo, sentindo calor fluir entre nós, e inclinei a cabeça para trás, pegando seu pulso e fazendo-o colocar a faca sobre minha garganta novamente.

— Deixe-a aí — falei.

Minha nossa, eu não estava nem aí. Eu gostava da ilusão. Gostava de sentir aquilo outra vez e não estava nem aí, porra. Aqui, no escuro, e com este cara que nunca mais me veria outra vez, porque eu nunca mais voltaria aqui. Porque eu precisava disso. *Ele* fez isso comigo. Eu odiava isso e o odiava mais ainda, mas queria ver qual era. Precisava ver se gostava mesmo disso ou provar a mim mesma se ele, e o que fez comigo, realmente não significavam nada e que eu não queria aquilo.

— Ou talvez eu esteja com fome de outra coisa, garotinha — ameaçou.

Pressionando a faca contra a minha garganta, ele começou a se esfregar entre minhas pernas, e ambos perdemos o fôlego quando nossos corpos começaram a se mover em sincronia. Revirei os olhos, sentindo seu pau duro roçar com força contra o meu clitóris. Eu podia sentir também a umidade e o calor se espalhando dentro da minha calcinha, e fechei os olhos, mergulhando na escuridão.

Ele moeu contra mim cada vez mais, inspirando por entre os dentes cerrados e se tornando mais bruto a cada investida de seus quadris. Ele afundou a faca por baixo do meu queixo e meu orgasmo começou a se formar, arrastando-se pelo meu corpo.

— Puta merda — ele murmurou, saindo de seu personagem. — Porra, isso é gostoso pra caralho.

E então eu me perdi. O fio que me conduziria ao orgasmo se desfez.

Lágrimas se formaram em meus olhos, deixando-me arrasada.

Meu Deus.

Eu o empurrei e fiz com que parasse, e saí debaixo de seu corpo, engatinhando.

Que porra eu estava fazendo?

Música se infiltrou dentro da sala, acompanhada de gritos e risadas, e concluí que outras pessoas haviam caído pela armadilha. Segui o som de suas vozes e passei correndo por eles em direção à porta.

— Espera, volta aqui! — o garoto gritou atrás de mim. — Não quis fazer nada daquilo. Você está bem?

Não. Eu não estava bem. Eu tinha perdido a cabeça por completo.

— Winter! — Ouvi Jade me chamar. — Ai, meu Deus. Ainda bem! Estávamos procurando por você em toda parte. Você nos deu um susto. Está tudo bem?

— Só vamos dar o fora daqui.

A necessidade do orgasmo perdido deixava meu corpo quente e zumbindo. Eu ainda precisava gozar de alguma forma.

Elas me levaram até a entrada e, assim que pisamos do lado de fora, inspirei profundamente o ar gélido.

— Iuhuu! — Isa vibrou. — Nós temos que voltar. Foi divertido demais.

Mordisquei meu lábio inferior, sem querer pensar no que aconteceu. Eu não contaria nada a elas, mesmo sabendo que as duas aceitariam numa boa.

Eu não odiava o fato de ter gostado. Odiava por ter me lembrado *dele*, e ter gostado exatamente por isso. Ainda continuava querendo sentir as mesmas sensações. Ele conseguiu me mudar.

Eu não queria entender Damon, mas, às vezes, era impossível deixar de pensar em todos os momentos em que ele ficou me observando ao longe, sem nunca me tocar – o que me deixava confusa e intrigada. Além de pensar no fato de que ele não havia mudado quase nada com o passar dos anos.

Há treze anos, ele se escondia da mãe dele naquela fonte, e depois do que aconteceu em seu quarto esta noite, e com o que Isa me contou, era visível que ainda estava se escondendo. Tentando vivenciar tudo através de outras pessoas enquanto se mantinha distante e como um *voyer*.

Mas isso não mudava o fato de que ele havia tomado o que nunca teria lhe dado.

Todos achavam que ele era diferente comigo, sem perceber, na verdade, que fui apenas um tipo diferente de perversão para ele. Algo que o fizesse esquecer. Ele ferrou com a minha cabeça da mesma forma que fez com as outras pessoas, e usar de coerção, ainda assim, é uma forma de se forçar a alguém.

Ele era tão culpado quanto o pecado.

Ninguém tinha noção da verdadeira tragédia aqui. Não era uma questão de ele ter sido diferente comigo, mas agora... eu era diferente por causa dele.

CAPÍTULO 11
WINTER

Sete anos atrás...

— Argh! Eu odeio isso! — sussurrei, exasperada, arrancando os fones dos ouvidos e jogando-os sobre a minha cama depois de pausar a audioaula.

Ninguém precisava de Álgebra.

Ninguém.

Eu precisava solicitar um monitor ou algo do tipo. Minhas notas tinham que se manter acima da média, ou meu pai acabaria me enviando de volta a Montreal.

Por que eu estava com tanta dificuldade nisso? Todas as outras disciplinas não me davam trabalho. Quer dizer, Matemática sempre foi meio difícil, mas a professora... Ela falava rápido demais e aplicava as aulas usando o quadro interativo ou projetores, e todas as tecnologias que não valiam de nada para mim.

E era nítido que ela não mudaria a forma como trabalhava com outros vinte alunos em favor de apenas uma. Pensei em pedir à minha mãe para que falasse com ela, mas não queria que meu pai descobrisse. Ele odiava quando eu me tornava uma inconveniência, tanto quanto eu.

Empurrei o laptop para longe, a calculadora e o teclado de Braille e me deitei na cama, pegando apenas os fones de ouvido. Eu os conectei ao meu celular e procurei pelo aplicativo de música, acionando uma das minhas playlists. *Is your love strong enough?*[4] começou a tocar e fechei os olhos, minha mente viajando na mesma hora para a coreografia que eu sempre me via

---

4 Música interpretada por Bryan Ferry.

dançando quando ouvia alguma música. Eu amava dançar, e se minha mãe não estivesse dormindo naquele instante, eu teria colocado o som para tocar na maior altura lá embaixo.

Quando eu dançava ao som das melodias, onde tudo o que podia ouvir era aquilo... era ali o lugar onde eu queria viver para sempre.

Fiquei ali deitada, movendo a cabeça em sincronia com a música, e, sem perceber, meus braços e mãos também começaram a balançar suavemente.

E se ele estivesse me observando naquele momento? Ele poderia estar no meu quarto, a poucos passos de distância...

Não. Já havia se passado uma semana e não soube mais nada dele. Provavelmente, deve ter ido à festa da minha irmã e resolveu me pregar uma peça. Talvez o tipo de brincadeira que de vez em quando ele fazia. Eu queria perguntar sobre ele a alguém – contar o que aconteceu –, mas não fazia a menor ideia de como puxar assunto sobre isso. Além do mais, tudo o que eu sabia a seu respeito era que estava com cheiro de cloro de piscina. Ele conversou comigo em sussurros, e não disse nada pessoal. Tipo, sobre sua família, onde morava, quem eram seus amigos, quantos anos tinha... Ele era alto, porém, e pelo tom de seus sussurros, possuía uma voz rouca e profunda. Era, sem dúvida alguma, mais velho que eu, acho que alguns anos.

Não contei nada aos meus pais também, embora soubesse que isso era uma atitude irresponsável. No entanto, eu sabia quais seriam as consequências caso minha família achasse que eu estava em perigo.

E ele não me machucou, então...

É claro que isso não indicava que não faria exatamente isso, mas não sei... Se eu contasse, ele não voltaria.

E eu não tinha certeza se era o que eu queria.

Garota idiota. O cara me aterrorizou por quase meia hora e, ao invés de buscar ajuda, eu estava abraçando o perigo.

Sempre fui meio burra. Ainda acreditava que poderia ser uma bailarina; ignorei todo o sofrimento que meu pai me causou porque pensava nessa casa como meu lugar seguro, e estava mantendo segredo a respeito do meu invasor, só porque aquilo me deixava empolgada. Porque nunca tive nenhum segredo e aquilo fez como eu me sentisse... não sei. Uma adolescente, talvez?

A música acabou e ouvi o zumbido baixo da próxima melodia, mas, no breve silêncio entre elas, percebi uma pequena e suave vibração debaixo da minha cama. A mesma que eu sempre ouvia quando a porta da garagem era aberta ou quando os jardineiros usavam suas ferramentas quando vinham podar as árvores.

Tirei os fones e ergui-me, apoiada nos cotovelos, apurando a audição para aquilo que eu havia sentido.

Arion tinha saído de casa há horas para a Noite do Diabo, uma tradição esquisita que os jovens na cidade faziam na noite anterior ao Halloween, e que a maioria das pessoas nem se ligava, a não ser o pessoal da nossa pequena cidade. Meu pai quase nunca vinha para casa, e, provavelmente, passaria aquela noite fora outra vez.

Lembrei-me do que minha mãe disse aquela noite, a respeito de uma amante que ele mantinha, mas afastei o pensamento e me levantei. A não ser eu, minha mãe era a única pessoa na casa, e ela já tinha ido dormir na companhia de seu sonífero há uma hora.

Fui até a porta do quarto e abri apenas uma fresta, tentando ouvir alguma coisa. Talvez mamãe tivesse acordado ou Arion tenha trazido alguns amigos para cá.

Mas, agora, dava para saber que a vibração que senti era como um lamento suave, porém constante e melódico. Alto e baixo, profundo e lento.

Música. Alguém estava tocando música.

Eu me esgueirei pelo corredor, sentindo a pulsação sob meus pés ficar cada vez mais alta à medida que eu me aproximava da origem do som. Meu coração começou a bater acelerado enquanto eu descia as escadas, finalmente reconhecendo a música que tocava em um volume não tão alto, na verdade. Uma canção do Bush, que fazia parte da minha playlist, tocava no salão de festas.

Mordi meu lábio inferior, tentando afastar o medo e a excitação que percorriam meu corpo. Eu deveria chamar minha mãe.

Mas ignorei a voz insistente na minha cabeça e abri as portas do salão. A música estava vindo do meu aparelho de som, que se encontrava no outro canto da parede, e eu não sabia dizer se eram os monstros que todos jurávamos existir quando estávamos assustados, ou se era o meu sexto sentido, mas eu tinha certeza de que havia alguém ali dentro.

Entrei no salão de festas e parei sobre a marcação no piso, bem no meio, fazendo um círculo lentamente.

— Você está aqui? — perguntei.

A música foi interrompida de repente, e quase perdi o fôlego, sentindo o coração martelar.

— Sim — sussurrou de algum lugar distante à minha frente.

KILL SWITCH

Umedeci os lábios, sentindo as pernas bambas, mas a maneira como a voz tomou conta de mim... Meu sangue parecia correr com eletricidade.

Foi preciso engolir diversas vezes até que consegui dizer:

— Você pegou a Vila do Papai Noel para mim, não é?

Ele não respondeu nada. Eu sabia que havia sido ele, mas ouvi-lo admitir ao menos confirmaria que ele esteve na festa – e estava perto da minha irmã –, já que deve ter me ouvido pedir a ela. Talvez fosse até possível tentar descobrir sua identidade.

— Por que você voltou? — sondei, tentando manter o tom de voz mais baixo.

— Talvez eu nunca tenha ido embora.

Seu sussurro era assustador, mas havia um toque suave e bem-humorado.

E o fato de ele se manter sussurrando poderia indicar que talvez eu já tenha ouvido sua voz, e ele temia que eu o reconhecesse. Ou talvez ele só quisesse me assustar mesmo.

— Quem é você?

— Um fantasma.

Balancei a cabeça, tentando disfarçar o sorriso que se formava em meus lábios.

— Eu não acredito em fantasmas.

— Por que você não está gritando, apavorada? — questionou, mudando de assunto. — Ou pedindo ajuda?

Fiquei calada, desejando saber a resposta. Pelo meu próprio bem. Talvez eu estivesse em perigo. No mínimo, havia o risco de estar com um homem estranho em minha casa, e que não havia sido convidado, fora o fato de ele já ter estado aqui antes, me ameaçando.

Fuja. Grite.

— Não sei — respondi, por fim. Eu ainda poderia gritar. Só não estava pronta. — Por que você voltou? — perguntei.

— Queria ver você dançar outra vez.

— Como você sabia que eu estaria aqui sozinha?

— Estou pouco me fodendo se você está sozinha ou não — ele disse. — Desde que tenha você só para mim.

Meu coração saltou uma batida, e comecei a respirar com dificuldade. Eu queria ser como ele. *Ousado*.

— Estou com as suas sapatilhas — ele sussurrou.

Minhas sapatilhas?

Ah, ele devia estar falando das sapatilhas de ponta. Eu as deixei perto do aparelho de som quando ensaiei hoje pela manhã, antes de ir para a escola.

Dance para ele...

Eu poderia fazer isso. Contanto que eu não colocasse o som muito alto, não acordaria minha mãe.

O que aconteceria depois que eu dançasse?

O que havia de errado comigo, por gostar de sua presença aqui?

Ele gostava da minha dança. E veio aqui para saber se eu poderia dançar para ele.

Torna o mundo mais bonito.

Disfarcei o sorriso na mesma hora.

Estendi a mão em seguida.

— Sapatilhas?

Ele a colocou sobre a minha palma, segurando minha mão entre as suas para garantir que as tivesse pegado.

Sentei-me no chão e calcei-as, amarrando as fitas de cetim com cuidado e ouvindo-o se afastar um pouco, provavelmente para me dar mais espaço.

Assim que terminei de amarrá-las, fiquei de pé e dirigi-me até o centro do salão, reconhecendo a marcação em X que havia no chão, assumindo, em seguida, a segunda posição. Dobrei os joelhos levemente em um rápido *demi plié* para me equilibrar, até me colocar sobre as pontas e retornar à mesma postura.

Eu deveria ter feito algum aquecimento, mas estava, de repente, nervosa. Talvez porque da última vez em que ele me viu dançar, eu não fazia ideia de que estava sendo observada, ou porque ainda não estava muito segura se ele iria cortar minha garganta ou não.

— Faixa sete — eu disse, com a voz um pouco trêmula. — Você poderia colocar para mim, por favor?

Ouvi sua movimentação ao redor da sala quando ele fez o que pedi, e desejei estar vestida adequadamente. Do ponto de vista da situação, eu não deveria estar preocupada com aquele tipo de coisa, mas estava usando apenas um short curto e uma regata, e nada de sutiã.

A voz melodiosa de Ellie Goulding ressoou no ambiente, baixa e fraca no início, mas se tornando mais intensa, e então comecei a andar lentamente pelo piso, fazendo um círculo descontraído para entrar no clima. Eu só havia dançado uma coreografia com essa música uma vez, e mal conseguia me lembrar dos passos, logo, teria que improvisar.

A batida da música foi assumindo o comando, infiltrando-se pelo meu corpo, associada à melodia poderosa que ecoava.

Meu pulso acelerou e fechei os olhos, mapeando a marcação com a fita no piso na minha mente, à medida que eu me movimentava pelo salão. Peguei o ritmo, rodando a cabeça e ficando na ponta dos pés, para, em seguida, fazer uma pirueta, sentindo a música.

Eu me esqueci dele e de todos os meus professores que se queixavam sobre a minha técnica, e simplesmente deslizei para o meu próprio mundo onde ansiava pela sensação do meu corpo cortando o ar, com minhas mãos no meu cabelo e pescoço.

Inclinei as costas enquanto me balançava em uma *atittude*, e senti meu coração dar um pulo quando dei uma pirueta e finalizei com um *arabesque*. Sorri, mordendo meu lábio inferior para conter a risada que queria escapar. Girei e curvei-me, mergulhei e deslizei em movimentos que eu queria fazer, apenas deixando a música me guiar.

Quando acabou, senti o ar se tornar frio de repente, e respirei com dificuldade, lembrando-me de que não estava sozinha.

— Você... você ainda está aqui? — perguntei, com a boca seca.

Ele não disse nada por um instante, mas, quando o fez, sua voz estava calma:
— O modo como você se move... é... diferente.

— Diferente do quê? — Fiquei imóvel, respirando profundamente.

Mas ele não respondeu. Eu sabia que meus professores às vezes ficavam frustrados comigo, ao longo dos anos, por ter a mania de improvisar. Bastante. Eu amava o balé clássico que aprendi desde cedo, mas não queria fazer sempre as mesmas coisas que já estavam mais do que batidas. Eu meio que queria dançar seguindo meus impulsos, porque isso me fazia feliz. Será que ele não tinha gostado?

Consegui andar até uma cadeira e sentei-me, desamarrando as sapatilhas de ponta.

— Você ainda está pensando se vai ou não me machucar? — abordei o assunto.

— Não tenho pressa nisso.

Quase comecei a rir. Era uma pergunta inútil, já que não esperava que ele me dissesse a verdade, mas, de alguma forma, gostei de sua resposta. Havia uma nota divertida ali.

— Por que você não chama a polícia? — sussurrou, e percebi o som de sua voz mais perto. Ele estava se aproximando.

Eu me inclinei e retirei uma sapatilha, esfregando o arco do pé.

— Você gostou da dança? — contra-argumentei.

— Eu não vou te impedir se quiser pedir ajuda — esclareceu. — Não esta noite. Vá em frente.

— Não era bem uma coreografia. Eu só... improvisei.

— Eu poderia matar você — salientou. — Estaria tudo acabado antes mesmo de você se dar conta do que estava acontecendo.

— Eu quero que você goste da dança — prossegui, ignorando seu monólogo, porque significaria que eu teria que ter respostas para coisas que ainda desconhecia. — Meus pais acham ridículo uma bailarina cega, mas é o que sempre quis fazer. É algo possível.

— Você pode morrer esta noite — ele continuou, como se não tivesse me ouvido.

Desatei o outro laço e retirei a sapatilha, largando-a no chão.

— Eu poderia morrer de dez maneiras diferentes a cada dia. Eu poderia ter morrido quando perdi minha visão aos oito anos.

Eu estava acostumada a sempre me sentir em perigo. Cada passo que eu dava poderia acabar me conduzindo para a queda livre de um prédio. Talvez fosse por essa razão que eu não me sentia assustada por ele.

— O que aconteceu naquele dia? — ele perguntou.

Quando fiquei cega?

— Eu caí — revelei. — De uma casa na árvore. Bati minha cabeça duas vezes enquanto despencava. Houve um dano no nervo óptico. Irreparável.

— Você foi empurrada?

Cerrei meu punho direito, lembrando-me da terrível sensação da mão escorregadia do garoto, tendo a consciência de que aquilo era tudo o que me separava dele e do chão abaixo.

Eu não fui empurrada. Não exatamente.

— Eu não deveria ter subido lá. — Abaixei o tom de voz para um murmúrio. — Eu queria nunca tê-lo conhecido. Nunca ter ido lá em cima com ele. Eu... — Minha vida seria tão diferente se eu pudesse mudar aquele único dia e não ter entrado naquela fonte. — Sinto falta de enxergar as coisas. De assistir a um filme no cinema ou ver o mar. — Parei antes de continuar: — Ver seu rosto.

Não ser capaz de ver sua linguagem corporal e expressões me deixava em desvantagem.

Ouvi o som da cadeira arrastando sobre o piso e então, ela foi colocada à minha frente, antes que ele se sentasse de novo. Ele segurou a minha mão, mas eu a afastei, sentando-me ereta e subitamente em alerta.

Ele a pegou outra vez, apertando meus dedos com mais força.

— Levante-se.

Imaginei o que ele estava fazendo, e já que havia chegado até aqui... Hesitantemente, fiquei de pé, sentindo cada fibra muscular tensionar para caso houvesse uma necessidade de correr.

A mão dele era um pouco maior que a minha, e seus dedos eram longos e fortes, mas, ainda assim, muito frios. Ele segurou minhas mãos e me guiou até ele. Até o seu rosto.

— O que você vê? — perguntou, colocando suas mãos sobre as minhas, para em seguida, me deixar por conta própria.

Meus dedos se abriram para sentir a extensão de seu rosto, e fiquei imóvel por um instante, com medo de movê-los, porque ele seria capaz de perceber que estavam trêmulos. Cada pedacinho da minha pele que fazia contanto com a dele zumbia por baixo da superfície, e aquilo quase me fez afastar, incomodada.

— Você é alto — eu disse, pigarreando. — Quando você está de pé, quero dizer. Não é mesmo?

Lembrei-me da sensação de seu corpo pressionado ao meu da última vez, e mesmo sentado agora, o topo da sua cabeça alcançava a parte de cima dos meus seios.

Movimentei minhas mãos pelo seu rosto, sentindo a maciez da pele, gentilmente acariciando sua testa, têmporas, os ossos da bochecha e as sobrancelhas. Tudo com a ponta dos dedos.

— Jovem — continuei, pintando uma imagem na minha cabeça. — Rosto oval, mas com as mandíbulas fortes e marcadas. Um nariz afilado. — Levemente apertei o osso sobre a cartilagem, deslizando os dedos pela extensão. — Como você o quebrou?

Era apenas uma leve curvatura que ninguém perceberia a olho nu, mas eu conseguia sentir o abaulamento suave naquele ponto exato.

— Eu caí — respondeu.

Inclinei a cabeça, lendo nas entrelinhas. Eu conseguia perceber as nuances do que as pessoas não queriam dizer.

— É, minha mãe cai bastante também — comentei.

Era óbvio que ele havia recebido um soco e não queria admitir. O que significava que, ou ele ainda ficava puto com isso... ou sentia algum tipo de vergonha.

Seguindo em frente, percorri o formato de suas sobrancelhas retas com os dedos, a borda fria e macia de suas orelhas e lóbulos, e o cabelo grosso que caía sobre seus olhos. Ele tinha, provavelmente, cabelo escuro, já que a maioria das pessoas como eu possuíam cabelos mais finos.

Trilhei um caminho com minhas mãos pelo seu queixo, sentindo o coração martelar no peito quando meus dedos dançaram ao redor de sua boca, mas então decidi percorrer as linhas finas de seus lábios.

Seu hálito quente soprou sobre minha pele, aquecendo meu corpo inteiro. Ele estava observando o meu rosto também? Olhando dentro dos meus olhos? O que será que ele estava pensando?

— Eu queria poder te enxergar de verdade — comentei. — Queria ver a expressão do seu rosto quando olha para mim.

Ele permaneceu em silêncio, e uma onda de vergonha incendiou minha pele. Afastei o embaraço e segui em frente.

— Nada de piercings — acrescentei. — Pelo menos, não na parte de cima do corpo.

Seu lábio superior se curvou um pouco, em um meio sorriso.

— E ele sabe sorrir... — caçoei.

Eu não precisava "ver" o sorriso travesso para ter certeza de que ele era um bad boy, mas era reconfortante saber que tinha senso de humor.

— Seu pescoço... — Rocei as pontas dos dedos pela pele macia.

— O que tem ele?

Eu me inclinei para frente, surpreendendo a mim mesma quando apoiei minha bochecha contra a pele daquela região. Ele não moveu um músculo sequer.

— Está quente — salientei. — Suave.

E estava frio ali em casa.

Inalei profundamente, sentindo o cheiro de sabonete e shampoo, a fragrância evidenciando que havia tomado banho agora há pouco.

— Você acabou de tomar banho — atestei.

Aproximei-me um pouco mais, segurando sua cabeça bem à minha frente e enfiando meus dedos de volta em seu cabelo.

— Alto, moreno, jovem — comentei o que já havia deduzido. — Limpinho, gosta de lutar, tem cílios longos, acho que você é o típico garoto bonito...

Ele deu uma risada, e eu sorri também, mas meus dedos roçaram alguma coisa em seu couro cabeludo. No entanto, antes que eu tivesse tempo de adivinhar o que seria, senti outra marca. Minha expressão mudou ao deparar com as elevações em sua pele. Examinei o restante e encontrei outras tantas. Todas com cerca de meio centímetro de comprimento.

Cicatrizes.

— Eu caí — ele disse outra vez, sem aguardar que o questionasse.

Cerrei os dentes com força por um instante.

— Você levou um monte de quedas... — murmurei. — Você tem outras como essas em outro lugar?

— Você quer conferir o resto do meu corpo? — ele perguntou, em um tom presunçoso.

Afastei a mão, tentando conter a vontade de revirar os olhos. *Obrigada pela oferta.*

— Qual é a sua idade? — perguntei.

Porém ele não abaixou a guarda quando respondeu:

— Sou mais velho que você.

O que ele estava *realmente* fazendo aqui? Ele era apenas um engraçadinho que gostava de pregar peças na Noite do Diabo, ou tinha intenções mais sinistras quando invadiu a minha casa uma semana atrás, antes de ter me visto dançar e ter ficado fascinado? O que aconteceria se eu tivesse me recusado a dançar outra vez? O que ele queria de verdade?

— Qual é a única coisa que você gostaria de ser capaz de fazer, mas que realmente não pode? — questionou.

Quase comecei a rir. *Única coisa?*

— Você está me zoando? — retruquei. — A minha lista é enorme.

— Diga-me apenas uma.

Refleti por um instante, pensando em como sentia falta de todas as coisas que nunca mais seria capaz de enxergar. Filmes, espetáculos, montanhas, árvores, cachoeiras, vestidos, sapatos, as fisionomias dos meus familiares e amigos... Eu não sabia o que era sair de casa sozinha para fazer uma trilha na floresta por conta própria. Nunca seria capaz de me esgueirar, fugir ou vivenciar a liberdade de uma escapadela, sozinha, sem que soubessem ou que estivessem lá para me socorrer.

— Dirigir — respondi, por fim. — Meu pai costumava ter um carro antigo de corrida no celeiro do nosso chalé de esqui, em Vermont, e eu sempre me sentava lá dentro e brincava de passar as marchas, fingindo que estava correndo em alta velocidade. Eu adoraria ser capaz de dirigir.

Ele ficou quieto por um segundo, até que, finalmente, se levantou e pude senti-lo parado à minha frente.

— De verdade? — perguntou.

Havia um timbre de um sorriso sorrateiro em sua voz que fez meu coração pular uma batida.

— Vamos sair daqui então. — Agarrou minha mão e começou a me puxar.

— Hein? — Tropecei, perplexa, mas permiti que me levasse, embora não fizesse a mínima ideia do lugar. — Ir aonde? Eu não posso sair de casa!

Lembrei-me de que minha mãe estava lá em cima e calei a boca na mesma hora.

— Posso te levar se eu quiser — ele disse, puxando-me pelo saguão até a porta de entrada. — Ou você pode gritar agora e acabar com toda a diversão.

— Quem disse que estou me divertindo?

— Você está prestes a fazer isso. — Ele parou, mas continuou segurando minha mão. — Ou, se você quiser, posso te colocar na cama e ir me divertir com outra pessoa.

Revirei os olhos. *Faça-me o favor*. Como se eu fosse ficar com ciúmes ou sei lá o quê...

— Só que é com você que quero brincar — sussurrou, inclinando-se mais perto.

Aham, com certeza. Um psicopata com uma queda por garotas cegas incapazes de identificá-lo em uma fila de suspeitos. Será que eu estava perdendo o juízo?

— Pessoas, música, fogueiras e cerveja — zombou. — Vamos lá, Winter. O mundo está à espera.

Balancei a cabeça. Eu *estava* perdendo o juízo.

— Você vai me trazer de volta para casa? — perguntei.

— É claro.

— Viva e... intacta?

Ele começou a rir e aquela foi a primeira vez que realmente ouvi o som de sua voz. Era profunda e suave, e era nítido que havia diversão ali às minhas custas.

— Esta noite? Com certeza.

Fiquei meio desapontada e hesitei por um instante, até que me soltei de seu agarre e fui em direção ao *closet* ao lado da porta, procurando um dos meus casacos de moletom que sempre ficavam por ali.

Assim que encontrei o que procurava, vesti-me e calcei um par de tênis também. Eu queria o meu celular. Seria prudente levá-lo.

Virei-me para ir buscá-lo no quarto, mas parei quando me lembrei de que havia o aplicativo com GPS por onde meus pais me rastreavam.

Se a minha mãe acordasse, ou o meu pai chegasse em casa, será que eu gostaria que eles me encontrassem com um garoto cujo nome eu desconhecia, fazendo algo que não deveria estar fazendo, de forma que pudessem usar isso como desculpa para me enviar de volta ao Canadá?

Daí pensei que se eu precisasse que eles me encontrassem, era melhor levar o maldito celular, não é mesmo?

Eu tinha que tomar uma decisão.

Foda-se.

Inspirei profundamente, virei-me e estendi a mão para que ele a pegasse. Ele a segurou e abriu a porta.

— Por que você não usa uma bengala? — perguntou, levando-me pela garagem. — Ou um cão-guia ou algo assim?

Pode acreditar, eu adoraria fazer isso, pois me daria um pouco mais de liberdade.

— Se eu precisar ir a algum lugar, alguém me ajuda — informei. — Meus pais não gostam que eu atraia qualquer tipo de atenção.

Eles achavam que as pessoas ficariam me encarando. Eu não era a única pessoa com deficiência visual na cidade, mas tinha quase certeza de que era a única completamente cega, eu conhecia seus temores sem nem mesmo precisar perguntar. E eles estavam certos. Isso deixava as pessoas pouco à vontade. Eu já havia vivenciado um monte de conversas embaraçosas para saber reconhecer quando alguém queria simplesmente se afastar de mim, por não saberem como agir à minha volta.

O ponto onde estavam errados era porque meus pais achavam que o mundo ainda era o mesmo para mim, e que eu deveria aprender a circular da mesma forma que fazia antes. Mas eu não podia. As pessoas ficariam desconfortáveis, mas se acostumariam com isso. Elas poderiam mudar. Era uma eterna fonte de ressentimento para mim que eles achassem que ninguém deveria ser incomodado, e que era minha responsabilidade não me tornar um fardo para ninguém.

Era o meu mundo também.

— É impossível você não chamar atenção — ele disse, por fim. — E não tem nada a ver com o fato de você ser cega.

A forma como ele disse aquilo – com bondade e carinho – fez com que um calor súbito tomasse conta do meu rosto, e eu não sabia se ele estava se referindo à minha dança ou se eu era bonita, mas acabei sorrindo internamente, sentindo meu corpo inteiro aquecer.

Não tive tempo de perguntar o que ele quis dizer com aquilo, porque, quando dei por mim, ele havia parado à minha frente e agarrado a parte de trás das minhas coxas, levantando-me para ficar às suas costas. Perdi o fôlego por um segundo e rapidamente enlacei seu pescoço, com medo de cair.

— Eu posso andar mais rápido — informei. — Eu consigo. Não precisa me...

— Cala a boca e se segura.

Tuuudo bem. Firmei o agarre ao redor de seu pescoço.

— Mais apertado — disse, ríspido. — Como você fez no *closet* aquela noite.

Dei um sorriso, mas ele não podia ver. Eu o enlacei com mais força, enfiando a cabeça na curva de seu pescoço e colando o rosto ao dele. Tentei não pensar na discussão dos meus pais naquela noite, mas foi impossível não pensar *nele*. Na maneira como seus braços, seu calor e a pulsação de seu coração abaixo do meu ouvido fizeram com que tudo aquilo desaparecesse. Pensei em como às vezes você precisa passar pelo pior para sentir o melhor. Era uma boa lembrança.

Ele me levou de cavalinho por todo o caminho, e quando seus pés fizeram barulho no cascalho, percebi que estávamos do lado de fora dos muros.

Ele parou e se abaixou um pouco para que eu descesse, e minha perna roçou contra algo metálico. Estendi a mão e deslizei-a pela superfície de aço, vidro e uma maçaneta.

Sorri.

Era óbvio que ele não teria parado o carro bem na frente da minha casa. Ele estacionou do lado de fora dos portões.

Deslizei os dedos pelo carro, sentindo a suavidade do material, mas não era lustroso como vidro. Era uma pintura fosca, com curvas longas e limpas e uma grade frontal estreita, sofisticada e elegante. Definitivamente, um carro estrangeiro.

— Gostei do seu carro — comentei e então caçoei: — Qual é o nome dele?

Ele bufou uma risada e então o senti às minhas costas, seu sussurro grudado ao meu ouvido:

— Todos os meus passatempos têm pulsação.

O pelo da minha nuca se arrepiou, e cada pedacinho da minha pele incendiou. Como ele conseguia fazer isso?

Segurando minha mão, ele me fez dar a volta no carro e me levou até a porta do motorista e a abriu e se sentou. Ouvi o banco deslizar, embora não soubesse se ele havia chegado para frente ou para trás. Ouvi o som de outra coisa sendo mexida. O volante, talvez?

Meu coração começou a martelar e o medo me fez recuar um passo. *Acho que não...*

— Vem cá — disse.

Hum, não. Talvez essa não seja uma boa ideia.

Seus dedos se entrelaçaram aos meus e ele me puxou.

— Entre nesse carro agora mesmo.

Senti um frio horrível na barriga e hesitei, um pouco nauseada.

Eu poderia voltar para casa nesse instante. Poderia ir para a cama com minhas músicas, audiobooks e meu quarto silencioso enquanto o mundo continuava a girar ao meu redor, e na próxima vez que me dessem a chance de fazer algo estúpido, rebelde e assustador, seria mais fácil virar as costas e sair correndo... Cada dia mais previsível como o anterior.

Isso era idiotice. E ilegal.

Mas ele era divertido. E eu não queria que tudo acabasse.

Fechei os olhos, sentindo os ombros cedendo um pouco, derrotada.

Tudo bem. Deslizei uma perna para dentro do automóvel, abaixando a cabeça e ele me guiou para que me sentasse em seu colo, encaixando as pernas por dentro das dele, muito mais longas. Recostei-me um pouco, de forma que não ficasse grudada ao volante, e pressionei as costas ao seu peito.

Apoiei as mãos no volante e ele fez com que eu fechasse os dedos ao redor.

— É como um relógio — instruiu. — Você está em dez horas e duas horas nesse instante.

Seus punhos se fecharam ao redor dos meus, dando ênfase à minha posição.

Assenti, assim sentindo o frio intenso na barriga.

— Eu vou cuidar dos pedais e do câmbio das marchas — ele disse. — Você vai apenas guiar.

— Guiar como? — disparei, já sentindo as lágrimas de frustração se formando nos meus olhos. — Nós vamos morrer.

Ele bufou uma risada.

— É uma estrada vazia — revelou. — E, nesse horário, está mais do que deserta. Relaxa.

Sacudi a cabeça, ainda insegura.

— Ei — ele segurou meu queixo entre os dedos, virando meu rosto para o dele —, tudo o que você tem que fazer é confiar em mim, garota. Entendeu?

Parei por um momento, sentindo seu olhar em mim e seu corpo às minhas costas.

Então o medo se desfez. Ele estava no controle, e poderia fazer qualquer coisa. Eu confiava nele.

Assenti e respirei fundo, virando a cabeça para frente outra vez.

Suas pernas se mexeram ao redor das minhas e sua mão estendeu e passou por baixo da minha, e, de repente, o motor ganhou vida e começou a rugir.

Sua mão direita estava posicionada no câmbio, colocando o carro em posição, e seu hálito quente soprou à minha nuca. Cerrei os punhos com força ao redor do volante.

— Você vai sair para a rua, virando um pouquinho para a esquerda — explicou. — Quando você sentir os quatro pneus tocarem o pavimento liso, volte o volante para a posição em linha reta.

Engoli em seco, assentindo outra vez.

— Não vamos acelerar muito no início, tá bom? — murmurei.

Ouvi sua risada atrás de mim. Tudo bem, talvez eu não confiasse muito nele.

— Estou pisando um pouquinho — ele advertiu e o motor rugiu.

Sacudi o volante de um lado ao outro, nervosa, mas ele não tirou o pé do freio... ou pisou em qualquer outro pedal, logo, não havíamos nos movido ainda, e eu relaxei outra vez, sentindo-me uma idiota.

Ele não riu de mim, apesar disso.

Ele pisou um pouco mais e comecei a sentir os pneus passando sobre os cascalhos. Agarrei o volante com força para me assegurar de que minhas mãos não escapulissem. O pneu dianteiro esquerdo passou por cima de uma lombada e virei o volante naquela posição até sentir a estrutura inteira atingir a pista.

Sorri, um misto de risada e arquejo, e assim que o carro começou a subir a estrada, girei o volante para a direita, certa de que agora estava em linha reta.

No entanto, o carro saiu da estrada e voltou a passar pelo cascalho de novo e a grama, passando pela lombada que dividia a estrada do acostamento com um solavanco.

— Ai, droga! — Virei o volante para a esquerda, de volta à estrada. Mas temia pegar a pista contrária e virei à direita outra vez, sem conseguir sair de onde estava.

Eu não consigo fazer isso.

Balancei a cabeça, respirando com dificuldade enquanto tentava me controlar.

— Sinto muito. Sinto muito...

— Sshhh... — ele me tranquilizou, a mão esquerda apoiada no meu quadril. — Nós temos todo o tempo do mundo.

Meu queixo começou a tremer, porque estava com vergonha e frustrada, e não queria mais fazer isso, porque só estaria fazendo papel de boba. Eu falharia, com certeza! Por que ele estava tentando me envergonhar?

Meus olhos marejaram, o carro desacelerou e eu fechei os olhos, respirando profundamente para que pudesse colocar a cabeça no lugar.

Está tudo bem. Nós temos todo o tempo do mundo.

Temos todo o tempo do mundo.

Exalei o ar com força.

Está tudo bem.

Está tudo bem.

Ele não estava me apressando. Não estava zombando de mim.

Funguei um pouco e mesmo que ele não pudesse ver meu rosto, provavelmente já sabia que eu estava chorando, mas alonguei os dedos e agarrei o volante de novo.

— Tá bom — respondi.

Ele acelerou o carro, e eu voltei à estrada, movendo o volante mais devagar dessa vez, desviando o carro de um lado ao outro em busca das marcações na pista, meio que do mesmo jeito que eu fazia quando dançava. Tentando medir o perímetro e o tempo até sentir a sinalização no chão.

Os pneus esquerdos passaram pelas lombadas de tempo em tempo, e percebi que eram os sinais refletores que ficavam no meio da pista, de forma que os motoristas conseguissem enxergar a pista durante a noite.

Era daquele jeito que eu poderia identificar se havia saído da minha pista ou não.

Senti meus ombros relaxando um pouco, e sentei-me mais ereta. Okay. Mantive o carro posicionado no meu lado da estrada, sentindo os pneus direitos resvalando um pouco, do jeito que havia acontecido antes, e agora eu sabia que os refletores estavam à esquerda, o que mantinha em uma linha reta. Meu volante não estava sempre na posição neutra, mas estávamos indo devagar o suficiente para que eu detectasse quando a estrada se curvava de leve, o que me ajudava a manter dentro das marcações estabelecidas.

— Você está conseguindo — sussurrou.

Um sorriso iluminou meu rosto, meus olhos ainda marejados, mas agora eu me sentia bem melhor do que minutos antes. Ele não me ensinou nada também. Não avisou sobre os refletores ou como deveria virar o volante. Ele só esperou que eu aprendesse por mim mesma. Aquilo foi legal e tirou a pressão de cima. Era bom não ter que me sentir preocupada.

— Nós vamos mais rápido agora — ele disse.

Mais rápido? E lá se foram a tranquilidade e confiança que eu estava começando a sentir.

— Vou te avisar para que lado virar o volante, beleza?

— Okay — respondi.

Fazia sentido. Nós iríamos mais rápido e eu teria menos tempo para corrigir a posição do carro por conta própria.

Suas pernas se moveram um pouco abaixo de mim, ele trocou as marchas e o carro acelerou, fazendo meu corpo esbarrar contra o dele. Por instinto, agarrei o volante com mais força e mal pisquei em uma tentativa de me concentrar.

O motor rugia e eu podia sentir a vibração do carro abaixo das coxas à medida que seguíamos pela noite, onde qualquer coisa poderia aparecer do nada, sem me dar tempo de pensar rápido. Um animal, um carro, uma pessoa... *Meu Deus*. Estava rápido. Rápido demais. O carro ronronava abaixo dos meus pés, fazendo meu coração disparar.

— O volante está ao meio-dia — ele disse. — Quando eu disser "vai", devagar e suavemente vire à esquerda, como se fosse colocá-lo às dez horas.

Eu mal conseguia engolir ou falar, então só assenti com a cabeça, curvando os dedos dos pés com medo. *Merda*.

— Vai — ele orientou.

Fiz conforme ele instruiu, e gentilmente virei um pouquinho o volante, sentindo os pneus passarem por cima dos refletores no asfalto, mas ao invés de virar na outra direção para me corrigir, mantive o carro na mesma posição, me guiando pelas bordas das marcações. Provavelmente seria tenso com o trânsito se aproximando cada vez mais, porém eu era capaz de lidar com as curvas por conta própria.

— Okay, vai ter uma curva à direita em...

— Shh.... — eu o silenciei.

Eu precisava ouvir.

E então, como ele havia alertado, os refletores tomaram a direita, e precisei corrigir o volante para acompanhá-los, surpreendentemente não saindo da pista como imaginei que faria.

— Jesus Cristo. — Ele riu, parecendo impressionado. — Tudo bem, vou tirar um cochilo aqui. Divirta-se.

— Não se atreva! — ralhei.

De vez em quando passávamos por um cruzamento, um poste de iluminação ou faixa de pedestres. Além disso, ele controlava a velocidade.

— Podemos ir mais rápido? — perguntei.

Estive tão tensa e concentrada que, tudo o que queria naquele momento, era sentir a adrenalina.

Ele mudou a marcha e pisou no acelerador, e se as minhas contas estavam certas, agora estávamos na quarta ou na quinta marcha.

— É uma linha reta pelos próximos minutos — ele disse. — Você quer ouvir música?

Pensei no assunto, percebendo que eu poderia sentir o carro passando sobre os blocos de sinalização na estrada, e não precisaria, necessariamente, ouvi-los.

— Okay.

Ele ligou o rádio e *Go to Hell* começou a tocar, e eu me recostei contra ele, relaxada, meu coração batendo acelerado à medida que ele aumentava a velocidade. No entanto, mantive-me ainda concentrada em cada lombada abaixo de nós, para nos manter na pista certa.

O som de um motor se fez ouvir à distância, e o chão abaixo de mim começou a vibrar um pouco mais. O que era aquilo?

Virei a cabeça na direção dele, mas, de repente, o vento soprou com força dentro do carro e o som da buzina de um caminhão soou. Imaginei que ele havia acabado de passar por nós.

Ofeguei, sentindo o carro balançar e minhas mãos tremeram ao segurar o volante, sentindo os refletores agora do lado direito do carro.

— Puta merda!

Comecei a rir, sentindo o corpo dele estremecer com suas próprias risadas.

— Por que você não me avisou? — resmunguei, mas ainda sorrindo. — Nós poderíamos ter morrido!

— Divertido, não é?

Babaca.

E, sim, foi divertido.

— Está pronta para mais? — zombou.

— Sim. — Mordi o lábio inferior, sentindo o frio na barriga na mesma hora, mas era impossível me conter.

— Em um minuto, você vai virar o volante para a posição de nove horas — explicou. — E eu não vou desacelerar o carro.

— O quê?

— Em três... dois...

— Espere, você disse um "minuto"! — gritei, histérica.

— Um! — ele gritou no meu ouvido. — Agora!

— Porra! — resmunguei, virando o volante para a posição indicada e arfando. — Você é louco!!!

O carro derrapou, sacudindo-se na pista e no acostamento de cascalho, e senti sua mão no topo da minha cabeça quando nossos corpos foram jogados de um lado ao outro, meu crânio quase acertando o teto.

— Ai, meu Deus... ai, meu Deus!

Ele se endireitou.

— Corrija a posição do volante — ele disse.

Fiz o que mandou, hiperventilando quando ele mudou a marcha de novo e pisou o pé no acelerador, nós dois dirigindo pela noite escura, numa estrada de chão, rumo a alguma árvore onde a abraçaríamos com o carro.

Mas, puta que pariu... Tudo dentro de mim estava quente. Fervendo. Meu sangue corria acelerado e meus braços pareciam tão tensos como se eu fosse sair voando.

Aumentei o som, encontrei os botões que abriam as janelas, e senti a tão necessária brisa fria agitar meu cabelo à medida que a música pulsava.

Virei a cabeça para ele, seu hálito quente soprando no canto da minha boca.

— Podemos ir mais rápido?

Ele não disse nada. Não fez nada além de pisar na embreagem, trocar as marchas e pisar no acelerador.

Nós passamos voando pela estrada, tudo se tornando mais divertido agora. Mas não era eu quem estava perdendo o controle. Minha pulsação e respiração haviam se acalmado. A dele, por outro lado...

Senti seu peito subir e descer contra as minhas costas e seu hálito quente soprar na minha bochecha, como se ele estivesse respirando com dificuldade.

Curvei meus lábios em um sorriso sutil. *Era minha vez*.

— Me diga quando — falei.

— Quando o quê?

— Quero dar a volta de novo.

Senti sua cabeça se mover de um lado ao outro.

— Estamos rápido demais agora para fazer isso, diabinha.

Segurei o volante e ergui o pé, pisando no topo do dele e pressionando mais ainda o pedal, de forma que ele não diminuísse a velocidade.

— Por favor...?

Sua voz vacilou.

— Winter...

Virei o volante de leve, de um lado ao outro, brincando.

— Esquerda ou direita? Ou você escolhe, ou eu vou decidir.

Ele respirou profundamente por entre os dentes cerrados, segurando meus quadris com ambas as mãos agora.

— Não.

— Eu vou fazer isso.

— Não — ele grunhiu em um sussurro rouco. — Você faz o que eu disser.

Pisei um pouco mais sobre seu pé, sentindo a velocidade aumentar.

— Esquerda ou direita? — perguntei, roçando seu nariz com o meu. — Me diga...

Ele ofegou, afundando os dedos na minha pele, por cima do meu agasalho.

— Três... — ameacei, começando a contar. — Dois...

— Tá bom, tão bom! Okay — ele disse. — Espere. Apenas espere um pouco.

Recostei a testa à dele.

— Um.

— Okay, posição de três horas! Agora! — ele sibilou.

Encarei adiante, girei o volante para a direita e nós dois nos chocamos contra a porta à medida que o carro saltava sobre as valas e montes de terra irregular na nova estrada de cascalho.

— Não, quatro! — ele gritou, percebendo que a posição três não era o bastante. — Quatro horas! Merda!

Virei mais um pouco, mas sabíamos que era uma causa perdida. Soltei o agarre no volante e o carro derrapou e rodou, e meu corpo se curvou em reflexo, para me proteger. Seus braços me envolveram, cobrindo a minha cabeça, e eu gritei quando o carro ficou de lado por um instante, ameaçando capotar, mas então ele caiu sobre as quatro rodas.

O carro parou, o motor desligou e eu fiquei ali, embalada no colo dele, tentando fazer um inventário mental do meu corpo.

Além de bater o joelho no volante quando o soltei, e de uma dor no meu ombro por ter me chocado contra a porta, estava tudo bem. Sacudi a cabeça, colocando as mãos no rosto dele.

— Eu te matei? — perguntei.

Mas ele não riu ou falou nada por um momento. Apenas respirou.

— Meu coração... — ele disse. — Merda.

Lembrei-me do ele disse na semana anterior na minha casa. *Você tem noção do que preciso fazer comigo mesmo para conseguir que meu pulso bombeie assim?*

— Eu te assustei.

— Não é o tipo de emoção que estou acostumado a sentir — ele debochou.

Então seus dedos pressionaram o pulso no meu pescoço. Fiz o mesmo, colocando três dedos em seu pescoço, ao lado de sua garganta, sentindo sua pulsação. Nós ficamos sentados ali por um instante, cada um tocando a pele do outro.

O dele estava mais agitado que o meu, e fiquei feliz por ter sido a pessoa que fez aquilo com ele.

— Qual é a cor do seu carro? — Afastando minhas mãos do pescoço dele.

— Preto.

Óbvio.

— Quando me lembro das cores na minha cabeça — salientei —, associo algumas vezes a sentimentos. Rosa representa a forma como me sinto agora. Meu estômago está dando voltas. Com risos, vertigens... — Saí de seu colo e me sentei no banco do passageiro. — Não sei como me sinto quando penso na cor preta. Nada, na verdade. Acho...

— Isso soa como um desafio.

Sorri internamente.

— Você me assustou, eu te assustei, agora é a sua vez de novo.

Ele deu partida no carro e passou a marcha.

— Coloque o capuz do seu agasalho e afivele o cinto de segurança.

— Por quê?

— Porque estou mandando — murmurou, tentando ser autoritário, mas pareceu mais como uma afirmação bem-humorada.

Coloquei o cinto e puxei o capuz sobre a cabeça, meu cabelo se esparramando pelos lados.

Dirigimos em silêncio, o que estava tudo bem para mim, porque ele quase explodiu o som do carro, e o único momento quando eu curtia ouvir música alta no carro era com a minha irmã, mas ela detestava ser minha motorista e me levar para algum lugar, então aqueles eram momentos bem raros.

Virei o rosto para a janela, e divaguei, pensando sobre tudo o que havia acontecido na última hora. Dançar para ele, tocá-lo, a maneira paciente com que me tratou, mas, ainda assim, me pressionou, para ver até onde eu aguentava.

E como eu não tinha certeza de aquilo havia sido feito para o meu bem, ou para o prazer dele.

Seu corpo se moveu perto do meu, mudando marcha após marcha, pisando nos pedais, mas, de vez em quando, eu conseguia sentir seus olhos sobre mim. Meu coração começou a acelerar, e fiquei feliz por não ser capaz de vê-lo com meus próprios olhos. Que nunca seria capaz de fazer isso.

Ele seria do jeito que eu o imaginaria na minha mente. Um garoto sem rosto, com o cabelo escuro e fogo no olhar, do jeito que eu queria que fosse.

Para sempre.

Dirigimos para a cidade – ele desacelerou e imaginei que estávamos parando em um semáforo – e, depois de algumas curvas, encostou o carro e desligou o motor.

— Volto em instantes — ele disse, pegando as chaves. — Mantenha o capuz.

Não respondi nada, e ele não esperou por uma confirmação. Abriu a porta do carro e saiu, fechando-a com um baque, e ouvi o som do alarme sendo acionado antes de tudo ficar em total silêncio. Claro que eu poderia abrir a porta. Poderia sair dali. Ele estava trancando o veículo para impedir que alguém entrasse.

Ouvi o ruído do trânsito à distância, além da música tocando no subterrâneo do prédio à minha esquerda, mas, fora isso, o vilarejo estava sossegado. E eu não fazia a menor ideia de que horas eram.

Por que precisei me cobrir daquela forma? Talvez ele estivesse planejando me esquartejar, afinal, e não queria nenhuma testemunha identificando meu paradeiro logo após o ato?

Quase comecei a rir. Eu estava certa de que ele não tinha nenhuma intenção maliciosa àquela altura.

Mas então... algo me ocorreu. E se o que ele estava querendo era que os amigos não me vissem? E se ele tivesse uma namorada?

Não... Não faça isso. Ele veio até mim. Ele me procurou. Ele me levou para sair. Eu não ficaria procurando desculpas para encerrar a noite.

Em pouco tempo, a porta se abriu, mas, dessa vez, do meu lado.

— Vamos — ele disse, segurando minha mão.

— Onde? — Desci do carro e o segui.

— Vamos ver o preto.

Ver o preto? Eu adorava a imaginação dele.

Confusa, porém intrigada, mantive-me em silêncio enquanto o seguia pela rua, ouvindo o zumbido dos letreiros em neon, além de sentir o cheiro de pizza por ali perto – o que me fez gemer com fome. *Sticks*. Estávamos do outro lado do parque, na praça central da cidade, diante do *point* das baladas. Era um bar que admitia a entrada de menores, já que algumas bandas tocavam por ali; também havia mesas de sinuca, o que garantia que gente de todas as idades circulavasse por aqui. Foi aqui que ele entrou pouco tempo atrás?

Ele me entregou alguma coisa, e quando peguei o objeto em minhas mãos, percebi que se tratava de um capacete.

Um capacete?

Ouvi uma movimentação, uma chave sendo inserida na ignição e hesitei por um momento, porque estava usando apenas shorts de pijama, e se caímos da moto, eu esfolaria as minhas pernas — meu bem mais precioso e necessário para a carreira como bailarina.

Grunhi baixinho. Contanto que ele não esperasse que eu pilotasse...

Apertei a fivela do capacete abaixo do meu queixo e segurei-me em seu braço quando ele me ajudou a montar na garupa. Estava um pouco frio, e o vento poderia castigar bastante. Rocei a parte de trás de sua cabeça e percebi que ele não estava usando um capacete como eu.

— De quem é essa moto? — perguntei.

— De um amigo.

Apoiei as mãos em sua cintura, mas seu corpo se ergueu e se abaixou com brusquidão, fazendo a motocicleta ganhar vida. Ele não precisava me dizer o que fazer. Enlacei os braços ao redor dele e repousei a cabeça às suas costas, mas estava nervosa pra cacete. Nunca tinha andado de moto antes.

— Não solte por nada no mundo — ordenou.

Até parece que eu faria isso. Dããã...

Enfiei os pés no estribo e o segurei com força quando ele disparou pela rua, acelerando cada vez mais.

Eu meio que choraminguei, mas não achava que ele tivesse escutado.

Isso era mais veloz que o carro. Ou talvez fosse a impressão que eu tinha por causa do vento.

Ele desviou para a esquerda, dando a volta no quarteirão, e a moto se inclinou de tal forma que achei que fôssemos tombar.

— Pode diminuir um pouquinho? — gritei. — Por favor?

Mas assim que viramos a esquina, ele acelerou, indo a toda velocidade, e acabei gritando apavorada, abraçando-o com mais força com os braços e as pernas.

— Não me sinto... — Comecei a rir de nervoso — Muito segura. Diminua!

Mas ele me ignorou. Em seguida, virou à direita, depois esquerda, direita outra vez, e era como se o peso dos nossos corpos fosse alto demais à medida que virávamos de um lado ao outro.

Houve uma baixada súbita e senti um frio na barriga, e então subimos por uma colina íngreme. Ofeguei, segurando-o com força.

Percorremos o topo da encosta e, por um segundo, a moto deixou o chão e voou nos ares, até que tocou a pista outra vez. Meu coração estava quase saltando pela boca, e era como se eu estivesse em uma corrida onde não poderia controlar nada; não conseguia pensar em nada e, mesmo se pudesse, não dava para interromper o que estava acontecendo. A adrenalina estava aquecendo meu corpo, o medo entalado na garganta, e eu não conseguia me decidir se queria rir, vomitar ou gritar.

Ele acelerou em uma curva, nós nos inclinamos e quase pude sentir o chão a poucos centímetros da minha perna. Não consegui me controlar.

— Nós vamos cair! — berrei. — Pare, por favor!

E foi o que ele fez. Ele diminuiu a velocidade e parou, e como num passe de mágica, tudo ficou sossegado novamente.

Mesmo assim eu não o soltei.

— Isto é preto — ele disse. — Medo, declínio, libertação. Emoção, risco, perigo.

Fiquei sentada ali, abraçando-o com força, sem saber dizer se eu havia gostado ou não. Aquilo me assustou da mesma forma que ele fez quando invadiu minha casa na semana passada. Eu detestei aquilo, mas... Não odiava mais, na verdade. Talvez porque já não estivesse apavorada com ele. Era medo em um ambiente controlado. A motocicleta, não.

Ou talvez eu só precisasse experimentar aquilo mais uma vez.

— Eu não vou te deixar... — Ele parou e nivelou a voz. — Não vou te deixar cair — completou. — Segure-se.

Inspirei profundamente, trêmula, e me preparei para mais uma volta.

E quando a moto disparou outra vez, levantei a cabeça, não me permitindo encolher ante a experiência.

Ele não vai me deixar cair. Ele não vai me deixar cair.

O vento cortante soprava sobre o meu rosto, e fechei os olhos para impedir que marejassem. Depois de um instante, percebi que meu corpo estava moldado ao dele, e passei a me mover em sincronia quando ele fazia a curva e se inclinava, acelerava ou freava, e era como se fôssemos um piloto só.

Quando ele se inclinou e achei que fôssemos cair, fechei os olhos com força e perdi o fôlego, deixando-o manobrar a moto e nos levar de volta inteiros.

Ao fazer outra vez, relaxei um pouco os músculos, confiando plenamente em sua habilidade. Inclinei a cabeça para trás, sentindo o corpo se mover em uníssono ao dele, sem precisar me segurar com tanto afinco.

Queria que continuássemos por toda a noite agora, porque pela primeira vez em muito tempo, eu era capaz de ver as coisas outra vez. E só porque eu havia perdido a visão, não queria dizer que precisava ter medo de me perder.

Talvez fosse exatamente o que eu mais ansiava.

O ruído do motor fazia minha barriga vibrar, e eu sorri, desejando mais um monte de noites como esta.

Ele desacelerou até parar e colocou o pé no chão.

— Medo, declínio, libertação — ele repetiu. — Emoção, risco e perigo.

— E morte, a qualquer momento — zombei, mantendo meu rosto erguido para o céu, com um sorriso em meus lábios.

— Liberdade — ele emendou.

Apoiei a cabeça em suas costas de novo e ele acionou o descanso da moto, tirando a chave da ignição na sequência.

— Acabamos — ele disse, parecendo achar graça quando não o soltei.

— Estou com frio. — Aconcheguei-me a ele.

Ele riu baixinho, e o cheiro da pizza no *Sticks* se infiltrou pelas minhas narinas.

— Você pode me mostrar o vermelho? — pedi.

Eu não queria que a noite acabasse.

Ele parou por um instante e então sussurrou por cima do ombro:

— Algum dia.

— Mas você ainda vai me machucar? — cacoei.

No entanto, ele parou outra vez, mas seu sussurro foi mais audível:

— Algum dia.

CAPÍTULO 12
DAMON

Dias atuais...

Fiquei satisfeito por Michael e Rika não fazerem a festa de noivado em St. Killian. Eu me recusava a pisar o pé no pesadelo que eles, sem sombra de dúvidas, devem ter transformado um dos nossos lugares preferidos quando estávamos na escola.

St. Killian era uma catedral antiga e abandonada onde explorávamos quando crianças, desfrutando de horas preciosas longe de nossos pais e por conta própria, e quando nos tornamos adolescentes, as catacumbas no subsolo se tornaram nossa obsessão. Eu ainda podia sentir o cheiro das rochas e terra, e da água que se infiltrava pelas paredes. Era um lugar decadente e tolerável, e meu território.

Nós nos escondíamos por ali, assustávamos uns aos outros, bebíamos e curtíamos todo tipo de sacanagem lá embaixo à medida que crescíamos. Era o nosso patético e minúsculo império, mas éramos livres.

E eles tinham que estragar tudo ao comprar e restaurar a catedral, transformando-a em seu novo e adorável lar, provavelmente se livrando de tudo o que a tornava selvagem e primitiva.

Pelo amor de Deus, que se fodam. Aonde diabos a galera da escola preparatória de Thunder Bay vai na Noite do Diabo? Será que alguém manteve a tradição depois que fomos embora? Tudo o que fizemos foi inútil e estava acabado agora, perdido em vagas lembranças que não sobreviveriam, a não ser àqueles que nos conheciam?

Inclinei a cabeça para o lado, ouvindo meu pescoço estalar, e tomei um gole da minha vodca. Eu disse que ficaria nessa festa por três minutos. Já haviam se passado oito.

Eles ficaram noivos há dois anos, e só agora estavam comemorando? Talvez Rika tenha preferido terminar a faculdade ou a agenda de Michael estivesse atribulada. Não importa.

Diversos grupos de pessoas vagavam pelo museu, trajando suas vestes elegantes e desejando a Michael e sua monstrinha que fossem felizes. Mas, na verdade, aquilo era tudo falsidade. Michael e Rika eram considerados quase como da realeza, e herdariam muito dinheiro e poder algum dia. Era melhor cumprimentá-los adequadamente, na esperança de serem convidados para algum jantar chique no futuro.

Taças tilintavam, as conversas se espalhavam, soando como uma revoada de pássaros, e todo mundo sorria, exceto eu. Eles me evitavam. Apesar de dois amigos meus terem ido para a prisão também, eu era o único criminoso de verdade aqui. Eu era o estuprador. O pervertido sexual. O doente. Protejam suas filhas, esposas, irmãs e mães. Caralho, melhor proteger suas avós também.

Peguei os olhares de relance que me lançavam, e então quase os fazia surtar quando os encarava de volta, obrigando-os virar a cabeça rapidamente. Ri internamente e esvaziei meu copo. *Jesus Cristo*.

Crane, meu chefe de segurança, postou-se ao meu lado e substituí meu copo vazio por outro, quando um garçom passou com uma bandeja por ali.

— Para onde ela foi naquela outra noite? — perguntei a ele.

— Coldfield — reportou em um tom de voz baixo para que somente eu ouvisse. — A nova casa mal-assombrada. Com duas amigas. Não havia homens com elas.

Escaneei o salão procurando por Winter, mas sem vê-la por ali.

— E ela gostou?

Eu não fazia a menor ideia do porquê aquilo me interessava. Talvez porque, dependendo da resposta, eu poderia incrementar meu jogo quando a hora chegasse.

— Acho que sim — respondeu. — Eu a perdi de vista por vários minutos. Assim como suas amigas.

Avistei Arion e a mãe conversando com um grupo de mulheres mais velhas. Putas perversas como o resto das matriarcas dessa cidade.

— Ela foi se encontrar com alguém? — sugeri. Ela era cega. Teria sido cuidadosa para não se perder acidentalmente. Será que foi de propósito?

— Acredito que não — ele disse. — Quando ela apareceu de novo, parecia um pouco abalada. O rosto corado. Acho que ela apenas se perdeu.

Eu ri baixinho. Ela sempre se assustava com facilidade.

— E o advogado? — perguntei a respeito das outras tarefas que mandei que fizesse.

— A reunião já está marcada.

Meu olhar se focou em Rika na pista de dança, na companhia de um cara que eu não conhecia. A mão dele estava apoiada baixo demais em seu quadril, as pontas dos dedos praticamente roçando o topo de sua bunda, e aquilo me fez entrecerrar os olhos enquanto tomava mais um gole.

— E o Conselho?

Crane riu.

— Sim, também já está tudo pronto — murmurou. — Se seu pai descobrir o tanto de dinheiro que você gastou na cidade...

— Ah, ele vai saber — zombei. — Quando for tarde demais, é claro. Mas preciso de todos os meus alvos alinhados primeiro.

E então avistei Michael Crist, meu *ex-amigo-atual-inimigo*, vindo na minha direção. Ah, que ótimo.

— Lá vem um deles — Crane murmurou, vendo-o se aproximar.

Dei um sorriso irônico quando ele se afastou e aprumei os ombros.

— Você acha que não vou te expulsar daqui? — caçoou. — As mulheres não vão te proteger.

— Talvez não as minhas.

Ele achou que eu poderia estar aqui porque as Ashbys foram convidadas, mas deixei minha insinuação bem clara. Tanto sua noiva quanto a esposa de Kai não guardavam tanto rancor. Elas podiam não estar odiando o fato de eu estar aqui.

— Por falar nisso... — Gesticulei para a pista de dança, onde Erika estava. — Você reparou que outra pessoa está com as patas no que é seu?

— Ela não é da sua conta.

— Faça algo a respeito, ou farei com que seja da minha conta.

Por que eu me importava? Nem eu sabia. Passei tanto tempo com raiva de Rika por causa de sua influência sobre os caras que não havia percebido... que ela nos pertencia. Talvez eu até gostasse dela.

— Michael? Está tudo bem? — Kai parou à nossa frente, e revirei os olhos com tanta força que quase foram parar na parte de trás da cabeça.

Unha e carne.

Olhei de relance para Rika outra vez, notando que o cara estava paquerando, só de ver a expressão em seu olhar e o sorriso. E Michael estava de costas, completamente alheio.

— Sabe... — comecei a dizer, invadindo o espaço pessoal dele — Quando o macho alfa da matilha fica velho ou doente, fraco, os outros cães podem sentir. — Estreitei o olhar. — E eles param de recuar.

Ele deu mais um passo na minha direção, colando o nariz ao meu, avaliando até onde levaria isso no meio da sua festa de noivado. Eu estava pouco me fodendo. Minha família tinha dinheiro e contatos, também, e eu estava farto de disputar um lugar entre eles. Eu era mais forte. Enquanto Will e Kai aceitaram o acordo para suas acusações de agressão, eu nunca aceitei. Fiquei mais tempo na prisão, sozinho o bastante. Essa era a minha cidade também, porra, e se eu tivesse que derrubar tudo e reconstruir para tornar algo meu, eu o faria.

Kai interferiu, como sempre fazia, tentando aliviar a situação.

— Damon, se você não está se divertindo, pode ir embora — ele disse.

— Bobagem — zombei, olhando para o quarteto de cordas, champanhe e os garçons com suas bandejas repletas de canapés coloridos. — Estou gostando da sua festa. É de extremo... bom-gosto. — Gargalhei e tomei mais um gole da minha bebida. — Lembro-me da época em que você era mais criativo.

— E eu me lembro de quando você era alguém na sociedade — Michael retrucou, chegando mais perto. — Eu tenho minha própria conta bancária, Damon, com meu dinheiro, cartões de crédito e curso superior. Tenho contatos além dos do meu pai; amigos, respeito, reputação, a porra de credibilidade, e as portas de qualquer restaurante, banco ou clube social sempre estão abertas para mim. — Deu um sorriso de escárnio. — Você tentou entrar no Hunter-Bailey ultimamente?

Babaca. Ele fez com que o clube me banisse dois anos atrás.

— Posso transar com a minha noiva a hora que eu quiser — continuou —, e ela fica realmente fantástica vestida somente com aquele colar de 250 mil dólares que está usando nesse exato momento. Uma joia que comprei sem ter que pedir dinheiro para o meu papai.

— E quanto à diversão? — rebati. — Você está tendo alguma sem a minha presença?

Esta não era o tipo de festa que deveria ter sido. Minha irmã não teve a festa que merecia, também. Meu Deus, eles eram patéticos. Teríamos rido dessa festa bem-educada, sem-graça e metida à besta naquela época. E então teríamos agarrado algumas garotas e as levado para uma noite inteira de diversão no nosso submundo. Que festa de merda.

Kai me encarou, seus olhos escuros um pouco mais claros que os meus.

— A Banks te ama — ele disse. — E nunca retiraríamos o convite às Ashbys. Esses são os únicos motivos pelo qual você está aqui. Você ateou fogo no meu *dojo*, tentou nos matar, e não é de confiança perto de Rika. Não somos amigos, então, quando nos esbarrarmos por aí, nos trataremos de maneira civilizada pelo bem das nossas mulheres, mas não estou disposto a fingir que está tudo bem.

— Está tudo bem por aqui? — perguntou Arion, aparecendo do nada.

Bufei uma risada, já que o discursinho que ele achou que me deixaria tremendo nas bases havia sido arruinado.

O grupo inteiro se aproximou – Will e Alex, Margot, Arion e Winter, junto com aquele bostinha, Ethan Belmont. Ele era o próximo na lista que passei para Crane.

Mas acho que tinham convidado todo mundo para manter a prepotência. Rika estava circulando por entre os convidados agora, e minha irmã estava desaparecida. Imaginei que essas coisas a deixavam tão desconfortável quanto a mim.

— Querida — Michael disse e se inclinou para dar um beijo no rosto de Margot. — Obrigado pela presença.

— Somos nós quem agradecemos pelo convite — ela retrucou e brincou em seguida: — Mesmo que sua mãe tenha te obrigado a fazer isso.

— Por favor... — Ele riu. — Rika e eu organizamos nossos próprios eventos agora. Os desajustados precisam se manter unidos.

Ela sorriu para Michael. Eu sabia que a mãe dele e a de Winter eram amigas, ambas provavelmente vivendo o mesmo padrão de drama familiar.

Michael lhe ofereceu o braço, levando-a para a pista de dança; Kai desapareceu em seguida e Arion se aproximou de mim, tomando um gole da minha bebida. Dei-lhe um olhar de relance, capaz de apreciar o quão bonita estava com o vestido dourado colado, o longo cabelo loiro e cada pedacinho de pele visível, brilhante e macia.

Mas ela era fria, superficial e chata. Algum dia, alguém seria capaz de dominar seus pensamentos e emoções, mas não seria eu. Já estive nessa posição com outra pessoa, para nunca mais.

— Quer dançar? — Ouvi Ethan dizer.

Olhei adiante, deparando com Ethan Belmont com os braços ao redor de Winter, e meu olhar a percorreu de cima a baixo, percebendo que ela havia mudado a roupa. Seu vestido de festa havia sumido, dando lugar a um tecido fino e preto por cima de um *body* – ou um collant – com tule torcido em alças sobre seus ombros e ajustados aos seios. O tecido transparente cobria sua bunda, descia pelas pernas e quase chegava aos tornozelos, envoltos pelas fitas de cetim das sapatilhas pretas de balé. Sem meias. Suas pernas nuas estavam totalmente à mostra através do vestido, que mostrava uma abertura no meio, dando-lhe rédea solta para se mover.

— Estava prestes a fazer isso — ela respondeu. — Rika e Michael me pediram para dançar.

Pediram a ela? Para dançar?

— Que fofo — ele respondeu.

No entanto, arqueei minha sobrancelha e perguntei:

— Por que diabos eles fariam isso?

Era essa a forma que Rika havia encontrado de ficar de olho em Winter? Enfiando-se na vida dela de novo?

Winter ergueu o queixo e cerrou a mandíbula.

— Porque eu sou boa no que faço — atestou.

— Bom, acho que isso vai ser divertido — Arion murmurou, com um sorriso irônico.

Eu não sabia se podia concordar. Winter podia dançar. Para mim. Não gostei de eles terem agido às minhas costas para combinar isso com ela.

— Ah, Winter, deixe eu te apresentar a Alex — Will disse e olhou para mim. — Minha nova melhor amiga.

Franzi os lábios em um sorriso. *Touché.*

Alex estendeu as mãos e segurou a de Winter.

— Oi, é um prazer te conhecer.

— O prazer é meu.

— Alex frequenta a mesma faculdade que Rika, na cidade — Will explicou.

Ela assentiu e eu ri baixinho. *Isso mesmo, Will. Foi assim que a conhecemos. Com certeza.*

Levei o copo de bebida à boca.

— Alex está disponível para ser contratada hoje à noite? — perguntei, olhando-a de cima a baixo, apreciando o vestido cor de caramelo combinando direitinho com o cabelo escuro.

Will me encarou, com ódio.

— Vá se foder.

— Estou falando sério — continuei, virando-me para minha esposa. — Você gosta dela?

Quer dizer, ela estava toda empolgada para levar outra mulher para a nossa cama – ou minha cama – há alguns dias, não é? E esse era o trabalho de Alex. Como uma acompanhante, ela deveria desfrutar do negócio.

Arion ficou calada, abaixando o olhar e parecendo constrangida.

— Damon, aqui não é o lugar.

— Você gosta dela? — insisti, abaixando-me para nivelar o olhar ao dela e enfiando o dedo por baixo de seu colar, gentilmente puxando-a em direção à minha boca. — Eu gosto dela. Tem os olhos grandes e é peituda. Eu adoraria ver aqueles olhos grandes dela focados em mim enquanto ela transa com você.

— Meu Deus — ouvi alguém murmurar.

Outra pessoa suspirou, irritada.

Mas Winter permaneceu em silêncio. Eu podia sentir sua presença, no entanto. Ela era tudo o que eu podia sentir. E eu queria que ela odiasse isso. Que se sentisse magoada porque seus olhos nunca poderiam comtemplar outra pessoa, e ela nunca seria tão sexy ou agradável como Alex ou Arion, que podiam ser provocantes com um único olhar.

Ela era patética, inferior e nada. *Como se eu pudesse gostar de você como uma mulher de verdade. É isso o que você pensa, Winter?*

Arion manteve-se cabisbaixa, sem querer que seus desejos mais secretos e que queria compartilhar em nossa cama fossem escancarados em público.

Ela franziu os lábios, mas respondeu:

— Você está no comando.

Dei um sorriso sarcástico, detestando que ela fosse tão flexível, mas adorando o fato de Winter ter ouvido aquilo. Eu não precisava dela. Podia pegar o que quisesse de outra pessoa. Tomara que ela fique matutando nisso na cama, hoje à noite.

Mesmo se não quisesse isso de mais ninguém.

Afastei a mão de Arion, olhando para Alex.

— É o mesmo valor se eu apenas assistir? — zombei. — E se fizermos um cartão fidelidade, você pode me fazer um boquete na oitava visita?

Arion grunhiu e saiu dali, enquanto Ethan levava Winter para longe, de mãos dadas.

— Filho da puta do caralho — Will disse, e virou-se para Alex. — Vamos.

Comecei a rir, vendo-o se afastar, pensando que sua pequena acompanhante o estava seguindo. Ao invés disso, Alex balançou a cabeça e se postou ao meu lado.

Ela cruzou os braços, observando a festa comigo.

— É uma arte o quão rápido você consegue fazer com que as pessoas queiram te matar.

Dei de ombros, ouvindo seu tom zombeteiro.

— Não consigo me controlar.

Bebi mais um gole, querendo eu mesmo me matar, por um segundo. Aquela merda que saiu da minha boca. Tudo por causa de Winter, porque ela era minha única motivação em tudo o que eu fazia, e eu estava meio envergonhado por ela ter tanto poder sobre mim.

Eu não devia explicações a Alex. Ela sabia o que eu estava fazendo. Eu a respeitava, porque ela não dava desculpas esfarrapadas para fazer o que queria, para conseguir o que desejava. O mundo respeitava pessoas que não ansiavam por aprovação.

— Como está indo o trabalho? — sondei, encarando-a.

Ela arqueou a sobrancelha, parecendo insatisfeita.

— Quase não vale o que você está me pagando. Aquele velho de merda é agonizantemente aborrecido, Damon — ela disse. — E pomposo.

— Eu sei.

O pai de Michael possuía a informação que eu precisava, e eu duvidava que ele se importaria por ter colocado Alex em sua cama para conseguir. Era por uma boa causa.

— Você está chegando perto?

Ela retirou um pen drive de dentro do decote do corpete e estendeu para mim.

— Consegui pegar isso. Mas tem mais — salientou. — Me dê mais alguns dias.

Eu o peguei, esperando que estivesse cheio de coisas boas. Pelo bem de todos nós. Sua licenciatura em Ciências da Computação era, definitivamente, um benefício para este serviço.

— Consiga em dois dias — falei — e você ganha um bônus.

Ergui o pen drive, encarando-o feliz por saber que tudo estava caminhando para os conformes. Todos os alvos. Como patinhos perfeitos.

— *Quack, quack* — murmurei, sentindo-me ótimo, de repente.

Alguém esbarrou no meu ombro e o pen drive caiu no chão.

— Ai, me desculpa — disse uma mulher loira usando um vestido cinza.

Ela se abaixou e pegou o objeto no chão e se levantou, entregando-o de volta.

Mas então ela congelou, quando seu olhar se focou ao meu. Sua expressão mudou, e ela se manteve imóvel, apenas respirando.

Christiane Fane. A mãe de Rika.

Por mais que ela tivesse uma filha adulta, além de ter passado anos viciada em álcool e comprimidos, ela ainda era incrivelmente bonita. Seu cabelo estava preso para trás, com algumas mechas emoldurando o rosto e a pele brilhando sob a luz dos candelabros. Ela ostentava um par de joias nas orelhas e os olhos cintilavam com uma variedade de tons azuis que os tornava mais exóticos.

Fiquei imaginando por que meu pai nunca foi atrás dela depois que o marido morreu. Minha mãe já havia desaparecido naquela época, e Christiane era a mulher mais rica da cidade. Ela era deslumbrante, jovem o suficiente para ter mais filhos, e um pouco burra. Nunca entendi por que qualquer pessoa aceitaria levar a vida como alguém fraca, mas aqui estava ela.

Por que diabos ela estava me encarando?

— Gosta do que está vendo? — cacoei, tomando o pen drive de sua mão.

Jesus, vá embora.

Ela piscou, saindo do transe, então baixou a cabeça e se afastou. Será que estava bêbada ou algo assim? Achei que Michael tivesse feito com que ela se livrasse dessa merda.

Tanto faz.

— Então... você vai me contar o que está planejando exatamente? — Alex perguntou, assim que a mulher se afastou.

Enfiei o dispositivo no meu bolso, suspirando profundamente.

— Estou recuperando minha família. Eu...

Porém não tive a chance de completar a sentença. O quarteto de cordas começou a tocar, e todos deixaram a pista de dança, e imaginei que alguém faria um discurso.

No entanto, foi a voz de Winter que ouvi.

— Tenho um presente especial para Michael e Erika — ela disse, e dei alguns passos à direita para vê-la parada no meio da pista. — Algo que espero que eles apreciem. Mas... — ela sorriu, linda, com aquele cabelo preso no alto da cabeça — Espero que o adorável casal não se importe por eu estar dedicando esta performance ao novo marido da minha irmã.

O quê?

E então ela girou a cabeça à volta do salão.

— Damon? — chamou, fazendo todos se virarem na minha direção. — Eu me esforcei bastante — ela disse. — Espero que goste. Você sabe o quanto eu amo o Natal.

Natal? A Vila do Papai Noel que ela queria pegar no porão, quando estava no ensino médio, me veio à mente, e lembrei-me de que ela a havia decorado no feriado, um dia depois do Halloween. O que aconteceria em breve.

Meu olhar não se afastou dela à medida que chegava mais perto, depositando meu copo de bebida na bandeja de um garçom que passava por ali.

Ela não dançaria para mim. Não por vontade própria, de qualquer maneira.

Quando encontrou a marcação que fora feita no chão, fez uma pose típica do balé, com um pé à frente e apontado para fora, enquanto o outro se mantinha atrás; seus braços estavam posicionados em um pequeno círculo, para baixo.

Ela nunca começava a dançar daquele jeito. Ela sempre começava já em movimento, de forma natural e não-sofisticada. Era assim que ela dançava. Selvagem. Era por isso que eu amava.

A música começou, o som baixo e alegre da guitarra, as batidas equilibradas e isoladas. Com cada nota, ela se movia. Controlada, rotineira e banal, uma nova pose para cada acorde. Braço e dedos dos pés para fora. Braços acima, pés se movendo de uma posição básica à outra. Não havia fluidez. Era como uma espécie de aquecimento.

Mas então a letra da música teve início, uma voz rouca e profunda deixando o aparelho de som, e ela se elevou nas pontas dos pés, dando um passo à frente do outro, seu corpo, de repente, ganhando vida de um passo ao outro.

E foi aí que reconheci a música. *You're a Mean One, Mr. Grinch.*

No entanto, era um cover – uma variação de rock com elementos do blues –, sexy, lento e provocante.

Cerrei a mandíbula na mesma hora.

Ela agitou os ombros, os quadris rebolaram ao ritmo da música, os olhos fechados e o pescoço inclinado de um jeito sedutor.

A bateria se juntou aos instrumentos, encorpando a melodia, e ela ergueu o corpo a cada batida. Então pendeu a cabeça para trás, moveu os braços, deu uma pirueta e retirou o prendedor do cabelo, fazendo com que ele se espalhasse pelas costas à medida que a música fluía e a voz do cantor entoava em sua versão mais crua.

— Uh-huuuuu! — Gritos se juntaram à cacofonia ao redor do salão e as pessoas foram à loucura. Cerrei os punhos, observando-a.

Aquilo ali não era balé, porra. Ela poderia muito bem estar arrancando as roupas.

— Ah, é isso aí, caralho! — um cara disse.

— Porra, isso é sexy — outro se juntou a ele.

Filhos da puta.

Ela rodopiou e dançou, movendo-se sensualmente e deslizando as mãos por todo o seu corpo, os músculos tonificados de suas coxas totalmente visíveis pelo tecido transparente até a virilha. O collant não deixava nada para a imaginação. Seu cabelo chicoteava ao redor, caindo sobre seu rosto; ela entreabriu os lábios, ofegante, o que a deixou mais gostosa. Meu pau se encheu de sangue, e tudo o que eu mais queria naquele momento era levá-la para o carro e dar as palmadas que ela merecia levar em sua bunda.

Meu Deus.

— Uuuuh!

Os colegas do time de basquete de Michael gritaram, enlouquecidos, e a escolha da música não me passou despercebida.

You're a Mean One, Mr. Grinch.

Uma canção de Natal, com certeza. E dedicada a mim, já que a letra desagradável poderia muito bem me descrever.

Esperta.

Lancei um olhar para onde Michael estava, vendo-o rir ao lado de Kai, enquanto cochichavam entre si, divertindo-se com aquilo. Michael levantou a cabeça e me encarou, sorrindo como se tivesse ganhado alguma coisa, e Kai fez o mesmo, também rindo. Winter havia me desprezado publicamente, e todo mundo estava adorando.

Ela continuou a dançar, entregando-se à música e entretendo a multidão, e eu apenas abotoei o paletó, fazendo um esforço sobrenatural para me controlar.

Alguém se aproximou e, quando afastei o olhar da pista de dança, deparei com Michael.

— Sabe de uma coisa? — ele disse, rindo e dando tapinhas nos meus braços. — Estou me sentindo bem generoso esta noite. Esqueça o que eu disse. Você pode ficar o quanto quiser. Coma, beba... — Ele lançou um olhar para a pista de dança por cima de seu ombro e me encarou de novo.

— Porque parece que você já tem as mãos cheias em casa. Ai...

Endireitei a postura, permitindo que se afastasse, mas eu bem poderia estar soltando fogo pelas ventas.

A música acabou e a multidão aplaudiu, e vi Crane se postar ao meu lado outra vez, enquanto observava Winter sorrir na pista de dança, absorvendo todo aquele carinho às minhas custas.

— Ela precisa ser disciplinada — eu disse.

— Você se divertiu? — perguntei, ouvindo a porta da frente se fechar.

Vi o brilho dos faróis pelas cortinas, e empurrei a cadeira à mesa de jantar. Fiquei de pé, fazendo com que o cachorro de Winter levantasse a cabeça do meu colo.

Eu sabia que ela viria para casa. Boa garota.

E à uma hora da manhã, nada menos.

Quando as luzes dos faróis se apagaram, entrei no saguão às escuras, vendo-a ainda usando o figurino da festa. Apoiei a mão em sua barriga e avancei em seu espaço, imprensando-a contra a porta.

Ela perdeu o fôlego e colocou as mãos no meu peito.

— Quatro horas — repreendi. — Quando penso em todo o problema onde você possa ter se metido nessas quatro horas...

Depois de seu número de dança, ela desapareceu, e só levou alguns minutos até que Crane descobrisse que ela havia saído da festa na companhia de Ethan Belmont, fugindo enquanto podia. Enviei alguém à casa dele, mas não havia ninguém lá.

Tomara que tenha sido ele a deixá-la em casa de volta.

— Eu já sou uma mulher adulta — rebateu. — Você não manda em mim.

Em seguida, o som de alguém protestando e se debatendo se fez ouvir quando entraram dentro da casa.

— Tire suas mãos de cima de mim! — Ethan gritou quando Crane o arrastou até a sala, pela porta lateral à sala de jantar.

Mantive o olhar focado em Winter, um sorriso de escárnio curvando meus lábios.

Na hora certa.

Um olhar confuso dominou sua expressão assim que ouviu o som da voz dele.

— O qu-que você está fazendo? Deixe-o em paz.

Levei minha mão ao seu rosto, segurando-o com força.

— Acho que ele te tocou — eu disse. — Ele te manteve fora de casa depois do toque de recolher.

Ela segurou minha mão com as suas, respirando com dificuldade.

— Ele sempre esteve louco pra te levar pra cama. A julgar pela quantidade de fotos suas, pelada, que ele possui espalhada pela parede do quarto dele, de qualquer forma.

— O quê? — ela disse, ríspida. — Pare com isso, Damon.

Belmont se debateu contra o agarre de Crane à minha direita.

— Ele estava fotografando você — informei o que Crane havia descoberto quando foi à casa do babaca mais cedo. — Espero, realmente, que tenha feito isso sem você saber.

— Não era desse jeito! — ele gritou. — Eu só... Winter, não são fotos indecentes. Eu juro.

Continuei encarando-a.

— São indecentes para mim — rebati. — Ela em trajes de banho, de shortinho, se inclinando... Tudo sem o consentimento dela, pelo que entendi, não estou certo?

— Poupe-me dessa sua preocupação sobre o que acontece sem ela saber! — ele retrucou. — Só se importa quando não é você quem está obtendo vantagem!

Rangi os dentes com força. Ele não estava mentindo, de fato. Mas ainda assim...

— Winter? — suplicou, ao vê-la calada. — Winter, eu só... não é tão ruim quanto parece, tá bom?

Ela balançou a cabeça, ainda tentando se livrar da minha mão, mas não tanto quanto poderia. Ela não sabia em quem confiar, e estava tendo dificuldade em descobrir o que fazer e a quem recorrer. Eu havia acabado de afastar um de seus únicos amigos.

— Eram fotos instantâneas — ele explicou. — Você é tão linda. Eu... — Ele parou e então gritou na minha direção: — Você invadiu a minha casa?

— Você se meteu com ela? — exigi saber.

Quando ele não respondeu, eu avancei e sussurrei contra os lábios de Winter:

— Se ele tiver te tocado, eu vou saber — eu disse. — Sua pele vai estar avermelhada e corada. Seus lábios, inchados. O fedor dele vai estar impregnado em você.

Ela ofegou contra mim e, por um instante, lembrei-me de nosso tempo juntos naquela época. Quando eu sussurrava para disfarçar minha voz, mas ela era minha e eu era dela, e quando estava sentada no meu colo, dirigindo o meu carro. Será que ela pensava nesses momentos?

Gesticulei com o queixo para Crane, e ele girou Belmont e lhe deu um soco na boca do estômago. O insignificante caiu no chão como um tronco, ajoelhou-se e começou a tossir e arfar.

— De novo — eu disse.

Mas então Winter disparou:

— Não! — disse, rapidamente. — Ele não me tocou!

— Eu não a toquei — ele disse, chiando e ainda tossindo. — Eu nunca a machucaria.

Soltei o rosto dela, mas continuei imobilizando-a contra a parede com o meu corpo.

— Tire ele daqui — falei.

Crane agarrou o garoto no chão e, depois de um instante, os dois desapareceram pela porta lateral. Mais um pouco e vi os faróis acendendo outra vez, através da janela; ouvi berros e portas batendo, e o som de dois carros se afastando. Ele provavelmente estava preocupado de deixar Winter aqui comigo, mas Crane garantiria que fosse para casa, mesmo se tivesse que dar um empurrãozinho com o SUV.

— Você achou que estava sendo fofa com a performance desta noite, não é? — zombei. — Agora, eu gosto quando você se comporta mal, mas faça isso em privado, onde ambos poderemos nos deliciar com a punição merecida. Tive que ficar te esperando, o que vai fazer com que seja menos divertido pra você.

— Eu te odeio.

Pressionei suas costas contra a porta outra vez, e ela ofegou assim que meu corpo se moldou ao dela. Ela não olhou para mim quando me inclinei, sentindo o cheiro dos vestígios do *gloss* labial de sua boca. Onde estava o restante? Ele havia sentido o gosto esta noite?

Ou talvez ela tenha usado porque sabia que eu gostava.

Ela virou o rosto, em uma atitude desafiante. Mas não se afastou do meu agarre.

— Tem certeza de que me odeia? — perguntei, baixinho.

Então deslizei uma mão para o meio de suas pernas, passando os dedos por cima do tecido de seu collant e sentindo o que já sabia que haveria lá. A umidade se infiltrando. Ela estava encharcada.

Trouxe os dedos de volta para cima.

— Se ele não te tocou, então isto aqui é para mim?

Ela bateu no meu peito e eu tropecei para trás, deixando-a livre.

— Você é um monstro. Não é melhor do que ele — rosnou. — Você brincou comigo. Tirou vantagem sabendo que não posso enxergar, do mesmo jeito que ele fez, e pegou exatamente o que queria. Você abusou de mim.

— Sim — assenti, parando à sua frente outra vez. — Sim, eu peguei. Peguei você do jeitinho que eu queria. Eu...

Parei, sentindo que estava perdendo o controle. Eu não podia dizer muito mais.

— Você queria ser poderoso — ela disse. — Você queria vencer. Queria se vingar da minha família e me causar sofrimento, e conseguiu. Você me humilhou. Você *queria* me humilhar. Queria o que queria, e não se importou em nada comigo!

Eu a encarei, sabendo que nunca me explicaria.

Ela achava que sabia de tudo. Pensava que tudo era branco ou preto.

Ela pensava que eu queria machucá-la. Que quis desde o início que as pessoas vissem aquele vídeo. Pensava que eu queria enganá-la.

O único motivo que eu possuía era estar ao lado dela, e se eu tivesse que mentir para conseguir isso...

Eu não arcaria com a responsabilidade sozinho. Ela gostou de tudo.

— Acho que te amo — eu disse, repetindo as palavras que ela havia dito anos trás. — Não pare. Por favor, não pare. Quero que você seja o meu primeiro. Está tudo bem, pode me tocar. — Avancei, invadindo seu espaço pessoal e jogando todo o peso de sua vergonha sobre ela. — Você será o primeiro que me beija aqui. — Lambi a ponta de sua orelha. — E aqui. — Toquei seu pescoço. — E aqui. — Toquei seu mamilo com meu polegar. — Quero sentir seu corpo contra o meu. Estou indo bem? Estou fazendo tudo certo? Isso é tão gostoso. Não pare. Ai, meu Deus. Ai, meu

Deus. Não vá embora. Por favor, eu quero isso. Você não precisa me proteger. Você também quer isso. Estou bem. Eu quero. Quero tanto te sentir...

Enfiei a mão e agarrei o cabelo de sua nuca em um punho, imobilizando-a.

— E aí, você abriu essas pernas lindas para mim.

— Eu pensei que você fosse outra pessoa!

— Eu era — desafiei. — Eu era alguém de quem você gostava.

Ela balançou a cabeça, negando mais para si mesma do que para mim enquanto as lágrimas encharcavam seus olhos.

— Você foi uma mentira — ela disse. — E não passa de alguém patético agora. Você não vale um centavo do dinheiro que gasta por aí afora, e aqueles seguranças não te protegem por você ser Damon Torrance. Eles te protegem porque é filho de Gabriel. Você não é nada!

Eu a sacudi. *Vadia*.

— Eu era a prova viva de que as pessoas mudam — disse a ela.

— A única coisa que você provou é que nem todos os meninos crescem e se transformam em homens.

Eu a soltei, socando a parede ao seu lado. Ela me empurrou e passou por mim, estendendo as mãos para encontrar o corrimão, subindo as escadas em seguida.

Hesitei por um instante antes de correr atrás dela, perseguindo-a pelos degraus.

Eu a agarrei e fiz com que se virasse para mim, envolvendo seu corpo com os meus braços.

— Arion acha que sou um homem — comentei, mantendo a voz baixa e debochada. — Ela vai me tocar como se eu fosse um homem. Vai me cavalgar na minha cama e engolir o meu pau, porque ela quer o que acha que já foi seu.

Ela contraiu a mandíbula e não se moveu um centímetro.

Você quer que ela me toque? Você ao menos se importa com isso?

— E ela acha que pode ser uma transa melhor do que você e te apagar da minha memória — revelei.

— Não estou nem aí.

Seu rosto estava inexpressivo, e sua voz soava mecânica.

Assenti, ignorando as agulhas afiadas na minha garganta.

— Ótimo — falei, sentindo seu hálito contra a minha boca. — Porque quando você nos ouvir esta noite, quero que saiba que também não me importo nem um pouco. Não há nenhuma memória sua que ela precise apagar. — Agarrei sua nuca outra vez, recostando minha testa à dela. — E na sua cama hoje à noite, quando estiver bem tarde e escuro, e a casa estiver silenciosa, com exceção dos gemidos de prazer da minha esposa ecoando pelo corredor; quando estiver pau da vida e chateada, porque acha que me odeia, mas ainda assim, enfiar a mão por baixo das cobertas, para que ninguém saiba que você se vai entregar às lembranças que tem de mim, eu quero só que você saiba... — Abaixei o tom de voz para um sussurro quase inaudível: — É assim que o vermelho se parece. Raiva e fúria, calor e necessidade tão intensas como se você fosse um maldito animal, Winter. É algo primitivo.

Uma lágrima deslizou pelo canto de seus olhos, e pude sentir seu coração martelando contra o meu peito.

Eu a soltei e a afastei de mim, pegando o caminho para o meu quarto.

— Eu vou transar com ela e fazê-la gozar junto, também.

CAPÍTULO 13
WINTER

Sete anos atrás...

— Dá pra saber quando eles chegam — salientei, espetando um pedaço de nuggets com o meu garfo. — Todos vocês ficam em total silêncio.

Algumas risadas soaram ao redor da mesa do almoço enquanto Noah, Rika e o restante das garotas observavam os Cavaleiros, a quem tomei conhecimento no pouco tempo em que estou aqui. Era fácil perceber quando um ou todos eles entravam numa sala. As conversas cessavam, dando início a alguns cochichos, e por mais que eu adorasse me inteirar das intrigas que circulavam na escola preparatória de Thunder Bay, provavelmente era até melhor que eu não pudesse ver quão gostosos eles eram, de acordo com as fofocas. Nós éramos calouros, e eles estavam no último ano e fora de alcance.

Eu já tinha uma paixonite secreta, de qualquer forma. Sentia meu corpo formigar toda vez que me lembrava de nossa escapada no carro e na moto ontem à noite. Estava mais do que pronta para compartilhar meu primeiro beijo e, embora não tivesse certeza de qual o seu real interesse em mim, ele, obviamente, não estava detectando meu profundo desejo juvenil por algo mais quente. Talvez ele não me visse dessa forma.

Depois do passeio com a moto, entramos em seu carro e ele me levou para casa; fui para a cama, sem que ninguém soubesse que havia saído. Pensei que conversaríamos mais um pouco, ou que teria alguma ideia se ele voltaria e quando, mas ele não disse nada mais, e nem eu. Aquela não foi a última vez que conversei com ele, não é? Quer dizer, de jeito nenhum eu conseguiria dizer adeus.

KILL SWITCH

Sonhei com ele a noite inteira e acordei confabulando sobre minha fantasia sexy de ele me encontrar anos depois, na estrada, para fazer coisas bem apaixonadas comigo. Sofri quando me lembrei de que não queria esperar tanto tempo para estar com ele outra vez. Se é que o veria de novo...

O único lado positivo que eu poderia encontrar em nunca mais senti-lo, era que o primeiro amor era sempre uma experiência de aprendizagem. Ou era isso o que minha mãe dizia. Eles não são do tipo com quem você se casa, ela disse. Eles são os caras que vão te deixar arrasada, de forma que você possa reconstruir a si mesma. Muito mais forte.

Mas eu não me importava com isso. Eu queria que ele voltasse. Queria que me fizesse sofrer. Contanto que voltasse.

— Como eles se parecessem? — perguntei, quebrando o silêncio e tentando mudar o assunto. — Os Cavaleiros? Os outros, além de Damon.

Eu já tinha mais ou menos uma noção do que ele havia se tornado. Não dava para acreditar que eu havia suspeitado que ele fosse meu fantasma. O meu garoto era surreal. E não fumava, graças a Deus.

— Bom, Kai é o mais legal — a amiga de Rika, Claudia, disse.

— Mas é ruim em todos os outros sentidos... — alguém brincou.

— Ele e Damon são bem parecidos — Claudia continuou. — Os dois têm cabelos e olhos escuros, mas o Kai é mais... bem-cuidado, pode-se dizer. Damon sempre aparenta ter acabado de assumir sua forma humana depois de passar a noite como um lobo. — Ela riu. — O cabelo e as roupas dele nunca estão ajeitadas...

— E Will? — perguntei, tentando mudar o foco de Damon.

— Will é legal, também — Rika emendou. — Mas acho que ele não é tão sincero quanto Kai. Ele é bonito e fica mais ainda quando está sorrindo. Ele trata as meninas melhor do que Damon ou Michael fazem, mas... Não sei. — Ela parou, pensando no que dizer. — Ele nunca leva nada a sério. Acho que ele nunca teve uma namorada mesmo, como o Kai tem, de vez em quando...

— Talvez o coração dele pertença a alguém que ele não pode ter — Claudia comentou.

— Aww...

— Sim, como o Damon. — Noah riu. — Eles são bem próximos. Tipo, beeem próximos mesmo, pelo que ouvi dizer. Ele mantém Will numa coleira. Figurativamente falando, claro.

— E o Michael? — insisti.

— Michael.
— Michael.
— Michael.

Todos ecoaram ao redor da mesa, e ouvi Rika dar um suspiro à minha esquerda.

— Rika sabe tudo sobre ele — Noah zombou.

— Calem a boca, pessoal — repreendeu, meio constrangida. Depois de um instante, respondeu à minha pergunta: — Ele é tipo... o líder — explicou. — Provavelmente a caminho de se profissionalizar como jogador. Cabelo castanho claro, pele bronzeada e olhos da cor de mel. O total oposto de Will, já que ele é super sério.

— Olhos cor de mel, sonolentos... — Claudia caçoou. — Rika dormiu na cama dele. Ela te contou isso?

Dormiu na cama dele? Ele devia ter dezoito anos. Ou quase isso...

— Eu tinha treze anos — esclareceu —, e ele me colocou para dormir lá. Mas ele nem sequer ficou no mesmo quarto. Eu já disse isso para vocês, gente.

E então ela falou para mim:

— Eu cresci com ele. Nossas famílias são próximas, então passo um bocado de tempo na casa dele.

— Esse é código para "ela é apaixonada por ele, vai ser mãe dos seus filhos, então mantenha as garras para si mesma" — Noah disse.

Assenti com a cabeça, captando a advertência.

— Saquei.

De repente, uma música começou a soar pelos alto-falantes e um burburinho se instalou à nossa volta. As pessoas começaram a rir e vaiar, e apurei os ouvidos, tentando descobrir o que estava acontecendo.

Era mesmo uma música de Bobby Brown tocando?

— Ai, meu Deus — alguém disse e riu.

— O quê? — perguntei. — O que está acontecendo?

— Will Grayson está dançando — Rika respondeu, parecendo estar sentindo vergonha por ele. — Ai, meu Deus, ele está em cima da mesa.

Todo mundo por ali começou a rir, e fosse lá o que ele fazia, estava entretendo a galera.

My Prerogative começou a tocar, e não pude evitar, mas acabei sorrindo e balançando a cabeça ao ritmo. Era uma escolha divertida de música. Eu provavelmente gostaria do Will.

— Ele é muito da paz, nem um pouco de brigas — alguém disse.

— Ele é tão gostoso — Claudia acrescentou.

— Se algum dia você se apaixonar por um deles, escolha Will ou o Kai, beleza? — Noah disse por cima da mesa, e imaginei que estivesse falando comigo. — Eles pelo menos te abraçam por uns dez segundos depois que acabam.

Dei uma risada nervosa e cutuquei minha comida. Okay, talvez eu não gostasse de nenhum deles, afinal de contas.

— Parem com isso — Rika ralhou e depois disse para mim: — Eles só estão brincando com você.

Entendi. E sem problemas. Eu ficaria bem longe dos alunos veteranos mimados. Embora ficasse me perguntando o que meu fantasma acharia, caso alguém se interessasse por mim. Será que ele se importaria? Será que ficaria sabendo? Ele poderia estar no mesmo ambiente que eu nesse exato momento? Caramba, ele poderia até mesmo ser o Noah.

No entanto, livrei-me daquela ideia. Eu havia me apoiado no braço de Noah a caminho da apresentação de música. Não era nada parecido ao corpo *dele*. Não tão alto ou forte. Não senti um frio na barriga quando o toquei.

À medida que a música continuava tocando nos alto-falantes, com todo mundo distraído pelo número exibicionista de Will Grayson, tudo começou a desaparecer ao redor — as risadas, a música, o burburinho se tornando cada vez mais distante à minha volta.

Eu queria senti-lo outra vez.

Da forma como o senti quando estava sentada em seu colo, dirigindo. Ou agarrada a ele na moto, sentindo-me quente, embora tenha congelado com o ar gélido da noite. Ou envolta pelos seus braços, escondida no *closet*, um mundo dentro de um mundo.

Queria que ele estivesse por perto. Que estivesse me observando. Sempre de olho em mim. Enfiei uma mecha de cabelo atrás da orelha, virando a cabeça na direção de onde imaginei que ele pudesse estar, deleitando-me com a sensação de seu olhar concentrado em mim.

— Você está bem? — Rika indagou.

A música cessou e ouvi um professor repreendendo alguém — provavelmente o Will —, e só então assenti:

— Sim. — Larguei o garfo de plástico e limpei os dedos com um guardanapo. — Quando você acabar de comer, poderia me indicar a direção da biblioteca? Vou ficar um tempinho lá ouvindo a matéria até a aula começar. Daí, depois, eu peço à assistente da bibliotecária para me ajudar a chegar até a sala.

— Tudo bem — ela disse. — Já acabei. Vamos lá.

Pegamos nossas mochilas, jogamos fora o restante do almoço e nos dirigimos à saída do refeitório. Mas enquanto íamos andando, sorri internamente, pensando na sensação dele me observando e nunca afastando o olhar até que eu saísse dali.

— Que tal aqui? — Rika perguntou. — Está vazio e é bem sossegado.
Assenti quando subimos até o terceiro andar da biblioteca, procurando pelas cadeiras mais próximas. Encontrei uma poltrona acolchoada ao invés disso e larguei minha mochila, sentando-me já em busca do meu celular e fones de ouvido.

— Preciso dar um pulo na secretaria e pegar uns panfletos para o Clube de Matemática — ela explicou. — Possa dar uma passada aqui assim que pegá-los e te levar para a aula de Inglês.

— Ah, não. Está tudo bem — falei, ajustando os fones e relaxando o corpo no canto da poltrona. — Eu dou um jeito e encontro alguém para me ajudar. Ou então... dou uma de rebelde e tento encontrar a sala por conta própria.

— Nem inventa — resmungou.

Dei um sorriso, meio que brincando e falando sério. A aula de Inglês I acontecia na primeira sala do outro lado do corredor e perto da escada para o primeiro andar. E a escadaria estava do lado de fora da biblioteca, à esquerda. Eu tinha certeza de que conseguiria chegar lá. E depois de dirigir um carro de verdade na noite passada, eu meio que desejava tentar me virar. Seria a extensão da minha diversão para o dia.

Mas eu a tranquilizei de qualquer jeito, sabendo que ela se sentia culpada por eu ter sido empurrada para dentro do vestiário masculino.

— Estou brincando — eu disse. — Vou ficar bem. Vou pedir ajuda a alguém. Eu juro.

— Okay — concordou. — Te vejo daqui a pouco na aula.

Acenei rapidamente e coloquei os fones, ouvindo o início do capítulo sobre as tribos nativo-americanas e a colonização. Tive a preocupação de não deixar o volume muito alto, de forma que pudesse escutar o primeiro sino que alertava o término do horário de almoço. Isso me daria uma margem de cinco minutos para chegar à sala de aula.

Recostei a cabeça no estofado, fechei os olhos e ouvi a voz feminina explicar tudo sobre as tribos do leste da América e Canadá e o comércio com os colonos europeus. De todos os audiobooks que eu possuía, esse era o que eu mais gostava. A voz dela era suave e melódica, como se estivesse contando uma história para dormir.

Com exceção de Matemática, que sempre tive dificuldade em aprender e não estava nem aí para isso – já que sabia que nunca teria uma carreira onde ela fosse realmente necessária –, eu estava me saindo surpreendentemente bem em todas as outras matérias. Meus professores eram prestativos, e estava ficando menos embaraçoso ter um diálogo aberto com eles a respeito das coisas que eu precisava. Quer dizer, as escolas eram preparadas para incluir alunos com dificuldades de aprendizado, carentes, doentes ou com sérios problemas comportamentais. Em comparação a isso, eu não devia ser um fardo assim tão pesado, não é mesmo?

Meus pais – e Arion – tinham feito um verdadeiro estrago em mim. Em contrapartida, era o psicopata perseguidor que me fazia sorrir e sentir confiante. Vá entender.

A vida era estranha.

Eu precisava perguntar algumas coisas a ele quando nos encontrássemos de novo. Se eu o encontrasse de novo. Ele não as responderia só porque eu queria que fizesse, no entanto. Eu teria que arrancar dele, oferecendo talvez dançar *O Quebra-Nozes* inteiro em troca do seu nome.

Dei uma risada, mas rapidamente apaguei o sorriso, caso alguém estivesse me observando e tentando descobrir qual era o meu problema.

E só então reparei. Um som agudo e cortante, alto o suficiente para interromper o silêncio e com um alarme que me fez estremecer.

— Mas que merda é essa? — murmurei para mim mesma.

Arranquei meus fones e, finalmente, me dei conta do que era.

Aquilo era o...?

O alarme de incêndio esfaqueou meus tímpanos do mesmo jeito que milhares de unhas raspando contra um quadro de giz, e sentei-me ereta, tentando ouvir as vozes ao redor para saber se era de verdade ou apenas exercício de treinamento.

— Não corram! — a bibliotecária, deduzi, gritou. — Saiam andando calmamente do prédio, do jeito que foram ensinados a fazer. — E então esbravejou: — Não corram!

— Esperem — eu disse, pegando o celular e juntando minhas coisas. — Esperem!

Eu sabia como chegar às escadas, mas não tinha certeza se conseguiria achar a saída. Era no piso inferior, mas depois disso, achava que poderia ser depois do corredor e à direita logo após os armários? Talvez?

Ouvi as portas pesadas da biblioteca se abrindo e fechando repetidas vezes, e então gritei:

— Esperem por mim!

Abracei minha mochila e agarrei-me ao corrimão, descendo a escada o mais rápido que podia, mas o fio do meu fone se embaralhou no meu pé e foi arrancado da minha mão, despencando no patamar do primeiro piso. Caiu em algum lugar, e acabei me ajoelhando, derrubando a mochila enquanto tateava o chão, tentando encontrá-lo.

Não era um incêndio de verdade, não é? Era apenas um exercício.

Abanando as mãos por todo lugar, encontrei o fio e o puxei na minha direção, mas o celular não estava mais plugado a ele. Bati a palma da mão contra a coxa, frustrada.

— Puta que pariu.

Foda-se. O telefone poderia ser substituído, e se alguém o encontrasse, ele tinha senha de acesso, então ninguém conseguiria desbloqueá-lo.

Deixei todas as minhas coisas no chão e tentei chegar ao restante das escadas, ainda ouvindo o alarme ensurdecedor.

No entanto, não conseguia escutar mais nada. Não havia vozes, nenhuma movimentação, portas sendo fechadas com força... Será que todo mundo já tinha saído dali?

Meu coração começou a martelar. *O que devo fazer? Merda!*

Metade da escola estava no refeitório. Eles devem ter saído por lá. O restante – dentro das salas ou no auditório – ainda não teria ido embora. Certo?

— Olá? — gritei.

Gesticulei com as mãos à frente, tentando me orientar na direção das portas de saída, mas topei a canela em algo duro e gemi de dor. Agarrei o encosto da cadeira de madeira que deve ter sido largada para fora da mesa, na pressa.

Minhas mãos finalmente tocaram a parede, e fui seguindo por ela até encontrar as portas que me levariam às dependências da escola. Abri uma delas e entrei.

— Oi! — gritei outra vez. — Alguém pode me ajudar? Não consigo encontrar a saída!

O alarme acionou de novo, cada vez mais alto, à medida que eu seguia pelo corredor, e quando inspirei pelo nariz, senti o cheiro de fumaça.

Não. Estaquei em meus passos. *Não era fumaça normal.*

Era de cigarro.

Alguém esteve fumando por ali?

Mas então minha expressão mudou quando inalei o odor sutil que me fez lembrar da última vez em que a havia sentido.

Meu coração acelerou, e não de um jeito bom.

Encontrei a escadaria e desci um andar, achando o caminho para o piso principal.

— Ei! — gritei outra vez. — Alguém?

Aproximei-me do lado direito do corredor, as portas dos armários chacoalhando à medida que eu passava por elas.

Mesmo que aquilo fosse um incêndio de verdade, os bombeiros chegariam a qualquer momento. Eu não podia estar completamente sozinha.

— Oi? — chamei. — Tem alguém aqui? Preciso de ajuda!

Segui pelo caminho dos armários, sempre do lado direito do corredor. Quando cheguei ao final, virei a esquina e tateei a parede até que mais uma fileira de armários apareceu.

Okay, okay, okay... Se eu seguisse por esse caminho e fosse reto, ele me levaria direto às portas de entrada da escola.

— Olá? — gritei mais uma vez.

Minhas mãos estavam trêmulas.

Eu devia ter pedido que Rika fosse me buscar. Por que inventei de teimar? Mesmo que ela tenha sido forçada a sair do prédio, ela teria informado aos professores que eu estava na biblioteca esperando por ela, e então alguém poderia ter ido me buscar.

— Olá?

Então, do nada, um barulho se fez ouvir mais adiante nos armários.

Parei por um segundo, atenta.

— Oi — eu disse a seja lá quem fosse. — Você pode me ajudar? Já está todo mundo lá fora? Você pode me ajudar a sair daqui?

Mas não houve resposta alguma.

O som se repetiu contra os armários.
Bang, bang, bang...
Estreitei os olhos, confusa.
— Você pode me ajudar? — disparei, andando mais rápido. — Por favor, você po...
Minhas mãos depararam em um corpo alto com um peito forte e camisa de colarinho. Na mesma hora eu recuei.
Era um homem, mas pensei ter sentido uma gravata ao redor do pescoço. Era um aluno?
— Está havendo um incêndio? — perguntei. — O que está acontecendo?
Mas seja lá quem fosse, não disse uma só palavra. *Éramos os únicos no prédio?*
Abri a boca para falar outra vez, mas sua mão se ergueu para colocar uma mecha do meu cabelo atrás da orelha.
Não era possível que eu fosse vítima de dois garotos estranhos em tão pouco tempo.
Inclinei a cabeça para o lado.
— É você? — exigi saber.
Meu fantasma que gostava de me assustar?
Perdi a paciência, resmungando:
— Deus me ajude, mas eu vou...
Ele deslizou os braços por baixo dos meus, envolvendo-os ao meu redor e me levantou do chão.
— Vai fazer o quê? — perguntou.
Então perdi o fôlego. Não era o sussurro ao qual eu havia me acostumado, e, sim, a voz rouca e profunda, repleta de um tom ameaçador da pessoa com quem nunca gostaria de ficar a sós outra vez.
Nunca mais.
Arfei, sentindo os braços de Damon me apertarem com mais força.
— Você não é ele.
— Ele quem?
— M-me s-solta — gaguejei, mas nem ao menos tive tempo para gritar.
Ele nos fez dar um giro e, em seguida, me carregou para longe dali enquanto eu me debatia contra seu agarre.
Uma porta se abriu e fechou rapidamente, e fui forçada a entrar em uma sala; meus coturnos atingiram alguma coisa com rodinhas. Um balde, talvez. Nós devíamos estar dentro de um depósito.
Minha mente fervilhou. O balde provavelmente devia contar com um esfregão. Eu poderia usar como arma.

— Foi você quem fez isso? — perguntei, chegando a uma conclusão. O alarme. Ele e eu sozinhos na escola. Será que ele viu Rika me deixando na biblioteca?

— O que você quer? — esbravejei e depois gritei o mais alto que pude: — Socorro! — Tomei fôlego para pedir ajuda outra vez: — Socorro!

Sua mão se enrolou ao redor da minha garganta e ele me imprensou contra a parede. Agarrei seu punho, lutando para que ele me soltasse.

— O que você quer? — Ofeguei, exaltada, sentindo a raiva fluir pelas minhas veias.

Seu corpo se aproximou do meu quando ele disse bem baixinho:

— Você está com medo?

Fiquei na ponta dos pés, tentando fazê-lo liberar a minha garganta.

— Não — respondi, entredentes.

— Mentirosa.

— Vá se ferrar! — retruquei. — Me solta!

Acertei um chute em sua perna, mas ele não cedeu. Chutei outra vez, com mais força, e girei meu corpo para me soltar e ele, finalmente, perdeu o agarre. Tentei correr para longe, mas ele me segurou pela gravata do uniforme e me puxou de volta contra seu corpo.

— Me larga! — gritei novamente. — Minha irmã é louca por você. Sempre foi. Por que você não a traz aqui?

Ele me agarrou de novo, dessa vez envolvendo os braços ao meu redor como se fossem um cinto de aço, mantendo-me imóvel.

— Por que me preocupar com ela quando tenho você? — zombou. — Eu gosto de você.

Sacudi a cabeça, chocada. Ele era horrível. E nojento e doente, e eu odiava ter chamado sua atenção. Queria que nunca tivesse me visto. Então era isso? Ele ia me machucar de novo? Não seria como da última vez. Eu já era grandinha o suficiente para saber como os homens podiam machucar uma mulher.

— Sabe de uma coisa... Um monte de garotas adoraria estar no seu lugar nesse exato momento — ele disse.

— Sei, acho que nenhuma delas quase foram mortas por você um tempo atrás.

— Você quer que eu me desculpe?

Hesitei, porque pelo seu tom de voz pareceu que ele se desculparia se eu pedisse.

— Não — eu disse, por fim.
— Por quê?
— Porque não vou te perdoar de qualquer forma — retruquei.
Nem precisa perder seu tempo.
Ele me segurou, seu peito colado ao meu, e pude sentir que me observava. No entanto, não falou nada por um bom tempo.
Quando o fez, sua voz quase soou triste.
— Winter...
Mas seja lá o que ele quis dizer, não concluiu, e eu também não estava nem aí. Eu não passaria mais seis anos me recuperando de algo que ele fizesse comigo. Bastaria um arranhão e eu o mataria, para garantir que nunca mais me tocasse.
— Você não está preocupada em saber se vou te machucar? — perguntou, usando o mesmo tom ameaçador de antes.
— Não — respondi com calma.
— Por quê?
— Por causa do preto.
— Preto? — insistiu.
Tentei ajeitar a postura para encará-lo de frente.
— Porque estou no preto nesse instante, e aqui... estou me divertindo — falei e lembrei-me da noite anterior; da sensação de liberdade ao arriscar, lutar e encontrar seu par. Eu queria aquela vida. — A única parte minha que ninguém nunca vai conseguir machucar é o meu coração, e não há ninguém no planeta que seja mais incapaz de alcançá-lo do que você — rosnei.
Ele me empurrou em seus braços, e pude ouvi-lo resfolegar.
— Palavras fortes para uma garotinha — ele disse.
— O mesmo de sempre, garotinho assustado — devolvi. — Ainda está subindo em fontes para se esconder da mamãe?
— Mamãe? — ele repetiu. — Eu matei aquela vadia na noite passada.
Vacilei, nervosa por ele dizer algo tão estranho. Era óbvio que estava falando besteira. Ouvi dizer que sua mãe, a Madame Delova, saiu de Thunder Bay alguns anos atrás e nunca mais voltou.
Qual era o problema com aquele garoto? Ele queria que meu pai colocasse uma medida protetiva contra ele? Odiava Damon Torrance, mas nem eu queria algo assim. Só deixaria meus pais preocupados ao saberem que eu estava tendo problemas com ele, e Thunder Bay entraria em polvorosa se eu colocasse um de seus astros do basquete em apuros. Todo mundo acharia que a culpa era minha.

— Me solta — eu disse outra vez. — Me solta, ou vou te morder.

— Era exatamente o que eu queria.

O quê? Por que ele desejaria que eu o mordesse?

— Me solta — pedi.

Ele não cedeu um centímetro.

— Me. Solta. Agora.

Nada.

Avancei e afundei os dentes em sua mandíbula, ouvindo sua risada, e então, mordi com mais força para que ele calasse a boca.

Babaca.

Eu não conseguia ir muito além daquilo, por conta da minha posição, ou eu teria optado por morder sua orelha e arrancar um pedaço fora, mas, de toda forma, cravei os dentes até sentir o osso e mordi com vontade.

Mais forte. Aumentei a pressão. *Mais forte.*

Ele congelou, ficando apenas ali, imóvel, e quando o som de sua respiração se tornou áspera, sabia que ele estava prestes a se render e me soltar. Aquilo tinha que estar doendo.

Mas ao invés de me liberar de seu agarre, ele apenas gaguejou:

— M-mais fo-forte.

Raiva tomou conta de mim, e eu mordi o mais forte que podia, chegando a sentir dor nos meus dentes e maxilar, e o ouvi arfar e ofegar, e então, seus braços se abaixaram, me deixando livre. Meus pés tocaram o chão novamente e eu o empurrei, dando um soco em seu nariz.

Ele grunhiu e tropeçou, fazendo uma série de baldes e vassouras caírem.

— Da próxima vez, vou estar com uma arma. E vou matar você — informei.

Comecei a me afastar, e o ouvi dizer às minhas costas:

— Talvez seja isso que você tenha que fazer.

Parei por um instante, sentindo-me derrotada. Por quê? Por que eu teria que fazer isso? Ele não ia parar? O que ele queria de fato?

— Você teria me perdoado — ele disse —, se eu tivesse caído com você daquela casa da árvore, naquele dia?

Fiquei ali parada, lágrimas queimando meus olhos.

Eu não sabia o que responder. Tentei vasculhar minhas memórias. Por que aquela pergunta me pegou de surpresa? Ele pareceu quase vulnerável. Era a primeira vez, desde o dia em que comecei a estudar aqui, que ele não agiu como um babaca.

Eu o teria perdoado se ele tivesse se machucado também? Eu podia ter morrido aquele dia. Poderia ter me ferido muito mais do que a sequela que tenho agora. Meu pescoço poderia ter quebrado. Ou eu poderia ter ficado em coma pelo resto da vida.

E ele poderia ter caído comigo e se machucado ou até ter perdido sua vida, também. O que eu pensaria dele, hoje, se isso tivesse acontecido? Será que eu seria mais benevolente?

Talvez.

Pensei um pouco no assunto.

Sim. Eu diria que "crianças são crianças", e que "coisas ruins acontecem". Crianças não eram maduras o suficiente para se controlar. Eu teria tentando entender.

Mas, por mais que não odiasse o que ele havia feito comigo tantos anos atrás, eu ainda o odiava pela pessoa que ele era agora. Garotos cresciam. Ele parecia que não.

— Eu devia ter desconfiado que era você — alguém resmungou, de repente, e só então percebi que a porta havia sido aberta.

Perdi o fôlego e fiquei tensa quando as pessoas entraram e alguém segurou minha mão, levando-me para fora dali.

Cinco minutos depois, estávamos no gabinete do reitor. Um tapa alto cortou o ar.

— Ela é uma caloura! — Kincaid berrou com Damon. — Você não tem um pingo de vergonha?

Fiquei imóvel, as mãos cruzadas às costas, enquanto Damon e eu nos mantínhamos a alguns passos da mesa do reitor.

Damon tossiu e fungou ao meu lado.

— Acho que ela me machucou mais do que o contrário — ele disse, respirando com dificuldade. — Estou sangrando como um porco. Você pode ser o meu tipo de garota, hein?

Ele riu e eu rangi os dentes. Não percebi que havia mordido sua mandíbula com *tanta* força. Ou talvez tenha sido quando dei um soco em seu nariz.

De qualquer forma, foi bom.

— Você está expulso — o diretor disse, ríspido. — Pouco me importam as ameaças do seu pai. Nós vamos acabar em algum maldito noticiário por sua causa!

— Me expulsar? — Damon zombou. — Os ex-alunos vão adorar isso. E na hora certa, também. Seu contrato está para ser renovado. Espere até eles ficarem sabendo que você não gosta de ganhar os jogos de basquete.

Algo se chocou contra a mesa à nossa frente, e eu dei um pulo, assustada.

Fechei os olhos, irritada. *Ai, meu Deus*. Ele era um encrenqueiro. E sairia vitorioso daquilo. Kincaid não o expulsaria. Não com o corpo de ex-alunos milionários que se preocupavam mais com os esportes do que com a educação.

Espere até Damon ficar mais velho e perceber que o mundo não se curvaria aos seus desejos para sempre.

Era só uma questão de tempo para mim, no entanto. Antes que ele se tornasse demais para lidar, e algo precisasse ser feito. Ter que lidar com a raiva e irritação na escola por fazer com que ele fosse expulso e ter que desistir e voltar a Montreal. Eu não queria ir embora. Dessa forma eu nunca mais o veria. Meu fantasma. Seja lá quem ele fosse.

Mas a vida aqui seria intolerável se Damon me acuasse num canto e eu tivesse que revidar. Ninguém ficaria do meu lado.

Engoli o gosto amargo na boca.

— Não se incomode, Sr. Kincaid — murmurei. — Eu vou sair da escola.

— O caralho que você vai — Damon rosnou. Então disse ao reitor: — Foi só um mal-entendido. Vou deixá-la em paz. Dou a minha palavra.

— Sua palavra... — ele debochou.

— Eu não minto — Damon disse, a voz agora áspera pela raiva. — Ela vai ficar bem. Eu juro. Nunca mais vou olhar para ela pelo resto do ano letivo, contanto que possa continuar estudando aqui e sob os seus cuidados. Eu prometo. — Nivelando o tom de voz, acrescentou: — O time de basquete continua firme, ela pode ficar e nós vamos fingir que isso nunca aconteceu. O pai dela nem precisa ficar sabendo. — Então se virou para mim. — Tudo bem?

Contraí a mandíbula, ainda imóvel e sem lhe dar um segundo da minha atenção. Ele estava dizendo a verdade? Ficaria fora do meu caminho?

Porque eu estava desesperada para continuar aqui.

— Eu vou deixá-la em paz — Damon reiterou quando o reitor permaneceu em silêncio.

— Senhor... — uma mulher o chamou às nossas costas.

— Não se mexam — Kincaid disse e ouvi quando passou por nós e foi até a recepção de seu escritório. A porta permaneceu aberta e pude ouvir o som de vozes.

Então o senti se aproximar de mim, o hálito quente soprando pouco acima do meu ouvido.

— Aproveite sua liberdade enquanto pode, Winter Ashby, porque nós não acabamos por aqui — Damon advertiu em voz baixa e debochada. — Cresça mais um pouquinho, aprenda as coisas e se divirta no ensino médio, mas não perca a garotinha que gosta do escuro, porque eu gosto de você lá também. E eu voltarei para buscar o que é meu quando você for grandinha o suficiente para coisas mais adultas…

Virei meu rosto para o outro lado, respirando com dificuldade.

— E seja boazinha — ele disse. — Se eu ficar sabendo que alguém tocou você, vou arrebentar a cabeça dele.

Minha boca ficou seca, meu estômago revirou à medida que as vozes se aproximaram e o calor de seu corpo desapareceu quando ele se afastou e o reitor entrou na sala.

Filho da puta.

A reunião foi encerrada, Kincaid despejou mais palavras duras para Damon, mas aceitou os termos e as promessas de que os manteria. O reitor podia não confiar ou gostar dele, mas as políticas da sociedade de Thunder Bay sempre sobrepujariam o medo do homem em perder seu emprego e posição. Ele era um educador em segundo lugar, e um empregado de cada pai nesta cidade, antes de tudo.

Alguém da secretaria veio até mim e me levou de volta para a minha próxima aula. Todos já haviam voltado aos seus lugares depois do alarme falso, e quando saí da diretoria e virei à direita, enquanto Damon virou à esquerda, eu me perguntei quanto tempo teria e quantas advertências ele receberia até que nos encontrássemos outra vez.

Porque aquilo não havia acabado.

Ele estava apenas esperando.

CAPÍTULO 14

WINTER

Dias atuais...

Pisquei os olhos, despertando, e na mesma hora estremeci quando me deitei de costas. *Merda*. Dor percorreu o lado esquerdo do meu pescoço, e eu o inclinei, tentando alongar os músculos doloridos. Talvez eu tenha ficado na mesma posição a noite inteira. Meu corpo estava moído. Nunca havia dormido tão profundamente daquele jeito.

Sentei-me na cama e virei o pescoço de um lado ao outro, fazendo o mesmo com meus tornozelos antes de esticar as pontas dos dedos dos pés.

— Argh... — gemi.

Eu estava exausta. Esfreguei os olhos, sentindo-os um pouco inchados e doloridos.

E foi aí que me lembrei. Meu número de dança na festa de noivado de Michael e Erika, noite passada. Damon e eu. Damon tentando me provocar com o que ele faria com a minha irmã.

Eu chorei. E muito.

Vim para a cama, tranquei minha porta e solucei contra meu travesseiro, incapaz de me conter, e sem querer que ninguém me ouvisse.

E o odiava. Odiava suas palavras cruéis, seus cigarros, arrogância e insanidade ao pensar que não era responsável por nada. Odiei a forma como me agarrou, ameaçou e não me deixou ir. Ele não tinha esse direito.

E eu odiava ter sentido tanta falta dele. Odiava aquilo pra caralho.

Como sentia falta das partes dele que amei quando ainda não sabia que era com ele que eu estava. Como seus braços ao meu redor me faziam sentir protegida e como seus sussurros me faziam me lembrar de quando adorava senti-los contra o meu pescoço.

Balancei a cabeça. Era tudo fingimento. Tudo não havia passado de fingimento. Ele só me usou.

Fiquei de pé e fechei os olhos, alongando os braços acima da cabeça para despertar meu corpo.

Uma chuva leve batia contra a minha janela, e inspirei, sentindo seu cheiro impregnar o ar enquanto tentava clarear a cabeça. Eu precisava de café.

Um rangido soou acima de mim, e inclinei a cabeça para trás, aguçando os ouvidos. Quem estaria no sótão? Ninguém ia lá, a não ser os empregados da casa, e nós já não possuíamos funcionário nenhum. Pelo menos não os que ficavam em período integral.

Andei até minha *chaise-longue* e peguei meu suéter. Depois de vesti-lo, esfreguei os braços tentando me aquecer. Prendi o cabelo em um rabo de cavalo e retirei a cadeira que usava para bloquear a maçaneta da porta antes de destrancar e abrir. Não que aquilo impedisse Damon de entrar neste quarto, caso ele quisesse, mas pelo menos seria necessário mais do que um chute para arrombar a porta, e isso me daria um sinal de aviso quando estivesse dormindo como uma pedra.

Entrei no corredor, o piso frio de madeira estalando enquanto eu bocejava. Tão silencioso.

Parei ali, ouvindo o som da chuva como um escudo ao redor da casa, e em algum lugar, nos fundos da casa, uma brisa se infiltrou pela rachadura de uma janela quebrada ou uma parede. Um passarinho cantou à distância, cada pequeno ruído sendo ampliado, porque não havia nada para abafá-los. Nenhum barulho.

Sem televisão. Ou secador de cabelo. Ou o chuveiro.

Nada de passos ou louça chocando-se contra a outra, ou portas se abrindo e fechando.

— Ei, Google — gritei para dentro do meu quarto. — Que horas são?
— São sete e três da manhã.

Nós éramos madrugadores. Minha mãe e Arion malhavam cedo, enquanto eu praticava uma série de exercícios de dança.

Mas estivemos em uma festa ontem à noite. Talvez elas ainda estivessem dormindo?

Ou talvez não. Algo parecia fora do lugar.

Por que nenhuma delas interveio na minha briga com Damon tarde da noite? Elas devem ter ouvido alguma coisa.

— Mãe? — chamei, tentando encobrir o barulho da chuva. Ela normalmente já estava de pé e circulando pela casa quando eu acordava. — Mãe, você já se levantou?

Nada.

Deslizando a mão pelo corrimão, percorri o corredor e entrei no quarto dela primeiro.

— Mãe? — chamei, baixinho, com medo de assustá-la, caso estivesse dormindo.

Não houve resposta alguma.

Adentrei mais ainda no aposento e fui até sua cama, passando as mãos pela colcha macia que a cobria. A cama ainda estava arrumada. Ou ela havia ajeitado assim que se levantou?

Fui até sua penteadeira e tateei em busca da lâmpada, tocando-a de leve. Pressionei minha mão com mais força, percebendo que estava fria.

O único momento que essa lâmpada ficava desligada era quando ela ia dormir ou quando não estava em casa.

Senti minha pulsação disparar.

Saí de seu quarto e me dirigi mais à frente para o de Arion, na suíte principal. Eu a chamei assim que entrei.

— Arion? Você está aqui?

Conferi a cama e as lâmpadas de seus abajures, notando que o quarto estava tão intocado quanto o da minha mãe. Fui até o *closet* que ela compartilhava com Damon, mas sem entrar lá dentro, na verdade.

— Ari? — chamei. Ela poderia estar no quarto dele.

Quarto dele.

Rangi os dentes e tentei descontrair um pouco a mandíbula, saindo do quarto dela e voltando para o meu.

Peguei meu celular na mesa de cabeceira e procurei pelos meus aplicativos, finalmente encontrando o do Uber. Solicitei uma viagem usando o *VoiceOver*. Avancei nas configurações e inseri "prestar assistência" no campo de código promocional, de forma que o motorista soubesse que eu tinha uma deficiência. Estava com pressa, e todo mundo nessa cidade me conhecia, então eu não entraria em uma enrascada.

Vesti uma calça jeans, uma camiseta e minha jaqueta, além de pegar um boné de beisebol. Depois de calçar as meias e os sapatos, retirei um pouco do dinheiro que eu tinha na carteira e o enfiei no bolso, junto com o celular.

Enquanto ia em direção às escadas, chamei o nome do meu cachorro.

— Mikhail!

Peguei o celular do bolso e conferi a localização do motorista.

— Quatro minutos — o aplicativo informou.

— Mikhail! — gritei outra vez, pegando sua coleira dentro da gaveta da mesa na lateral do *foyer*.

Alguma coisa rangeu no piso acima outra vez, e aquilo me sobressaltou.

Alguma coisa estava errada. Não devia ser ninguém da minha família, já que chamei por seus nomes e ninguém respondeu. Onde elas estavam?

Damon, o que você fez?

Ouvi um barulho na cozinha, como se a porta da geladeira estivesse fechada e, talvez...

— Mãe? — gritei.

O que foi aquilo? Onde estava o meu cachorro?

Corri até a cozinha e estaquei, o rosto virado na direção da geladeira.

— Olá? Quem está aí?

Nenhuma resposta.

Droga. Avancei em meus passos e abri a porta dos fundos.

— Mikhail!

A chuva gotejava no terraço e nos toldos, e não fui capaz de ouvi-lo em lugar nenhum. Ele sempre ficava dentro de casa quando chovia, e se não estivesse, optava em ficar aconchegado no lado de fora da porta. Não havia nenhum sino de alerta da sua coleira, indicando que ele estava atendendo ao meu chamado ou, sequer, um choramingo para que saísse da chuva. Para onde ele havia ido?

Escutei o som de duas passadas no andar acima, e quase perdi o fôlego.

Filho da puta. O medo que senti naquela noite, sete anos atrás, quando ele me sacaneou inundou minhas lembranças, só que, dessa vez, eu duvidava que minha dança poderia me livrar disso.

Enfiei a mão dentro do bolso, pegando as chaves de casa e encaixei duas delas entre meus dedos, caso precisasse usar como arma. Fechei a porta e ouvi o sinal de alerta do meu celular, o que provavelmente significava que o Uber já havia chegado. Segurei a coleira em uma mão e as chaves na outra, recuando um passo.

O piso rangeu à minha direita, a cada passo, e tentei respirar com calma. Então ouvi o clique suave de uma porta sendo fechada em algum lugar da casa.

Mais movimentação no sótão, e na minha cabeça só ouvi o comando para correr.

Vá. Dei tudo de mim à medida que mantinha o agarre firme em minhas armas, girei e disparei pelo caminho que me levaria da cozinha à porta da frente.

Agarrei a maçaneta com força, abri de uma vez e saí correndo na chuva gélida da manhã. Bati direto contra um carro e tateei em busca da maçaneta, abrindo-a de supetão.

— Jesse? — confirmei o nome do motorista do aplicativo.

— Sim. Está tudo bem?

Entrei rapidamente, mas registrando a risada que ouvi de dentro de casa, já que havia deixado a porta aberta.

Babaca.

Meu coração estava quase saltando pela boca.

E eu ainda não sabia onde minha família estava. Ou meu cachorro.

— Tranque as portas — pedi.

Ele as trancou e deu a volta na fonte que ficava em frente à minha casa, pegando o caminho para St. Killian.

Recostei a cabeça, ainda agarrada à coleira. *Mikhail.* Meu Deus, ele não o machucaria, não é mesmo? O cachorro atendia ao meu chamado até mim cada vez menos. Eu não sabia se ele estava preferindo Damon ou se estava se escondendo por medo.

A chuva batia contra o para-brisa, e o motorista permaneceu em silêncio enquanto dirigia, provavelmente ciente de que eu estava meio nervosa.

Era um trajeto curto. St. Killian não ficava tão longe da minha casa desde que você estivesse de carro. Eu soube por Will que Rika e Michael possuíam um apartamento em Meridian, mas agora passavam bastante tempo aqui em Thunder Bay, já que a casa estava recém-reformada. A velha e abandonada catedral com vista para o mar.

Num instante, o motorista saiu da rodovia, e embora tenha esperado pela estrada de chão, da qual me lembrava da época em que vim aqui, surpreendi-me ao ver que o cascalho dera lugar a uma estrada pavimentada. Fiquei pintando em minha imaginação qual devia ser a aparência de toda aquela extensão de terra ao redor da igreja. Ciprestes italianos deviam margear a entrada de carros, talvez. Uma fonte ou uma estátua, talvez até mesmo flores deviam ornamentar a frente da casa.

Ele parou o carro e eu agarrei a maçaneta, prestes a sair, sendo que a viagem já havia sido cobrada no cartão, quando pedi:

— Você se importaria de me levar até a porta?

— Ah, sim. Sem problemas.

Ele desceu do veículo e eu fiz o mesmo, encontrando-o no meio do caminho assim que ele deu a volta. Eu não o conhecia, mas morávamos em uma cidade pequena. Ele provavelmente sabia que eu era cega.

— Tem uma escada aqui — alertou.

— Certo — respondi, deparando com o primeiro degrau. — E a porta é bem em frente?

— Sim.

— Tudo bem, eu sigo daqui — falei.

— Tem certeza?

— Sim, obrigada.

Rika disse que eu poderia vir aqui hoje para passar um tempo, então eu sabia que ela estava em casa, embora ainda fosse cedo.

O motorista voltou ao carro e eu quase pedi que esperasse por mim, mas ele não atuava como um taxista. Eu só teria que solicitar outro veículo mais tarde.

Cheguei ao topo da escadaria e procurei por uma campainha, sem encontrar nenhuma. Localizei uma aldrava, no entanto, e bati duas vezes à porta, esperando que me atendessem.

Por favor, esteja em casa. Por favor, esteja acordada.

Os amigos de Damon – ou ex-amigos, pelo que ouvi dizer – eram as únicas pessoas a quem ele poderia ameaçar à vontade, mas sem nunca fazer dano algum. Eles eram tão poderosos quanto ele, se não mais até. Ele poderia ser contido.

Bati à porta outra vez e esperei, a chuva engrossando um pouco mais agora enquanto um trovão retumbava.

— Olá? — gritei, sabendo que era inútil. Se eles não ouviram o som das batidas à porta com aquela aldrava de ferro fundido...

Testei a maçaneta, um enorme anel de ferro, no estilo usado nas catedrais do período medieval, e a girei, sendo surpreendida quando a porta se abriu como num passe de mágica.

Aquilo devia significar que eles já haviam acordado.

— Olá, tem alguém em casa? — gritei. — É a Winter Ashby aqui.

Entrei na catedral e fechei a porta, inalando o cheiro incrível. Uma mistura de café, baunilha e rochas. Eu podia sentir o ar acima da minha cabeça, o que indicava que o teto era bem alto. O lugar cheirava ao típico ambiente espaçoso e com bastante ar fresco. No entanto, devia ser um pesadelo aquecer tudo aquilo.

— Oi? — gritei de novo.

Nenhuma resposta. Puxei o celular do bolso.

— Ligar para Erika Fane — solicitei ao comando de voz.

Ouvi o tom de discagem e, em seguida, o toque de seu telefone de algum lugar da casa. A música *Fire Breather*, de Laurel, começou a soar no piso acima, e aquilo me fez sorrir à medida que eu seguia a direção do som. Eu não queria invadir sua casa, mas realmente não tinha tempo a perder.

— Olá? — chamei novamente.

Eles só podiam estar aqui. Fui me aproximando do toque do celular e meu pé tocou um degrau. Eu o subi e encontrei o telefone alguns degraus acima. Eu o peguei no instante em que parou de tocar e caiu na caixa de mensagem. Encerrei minha ligação na mesma hora.

Dei mais um passo, mas dessa vez, meu pé roçou algo e me abaixei para conferir: um amontoado de tecido. Um vestido.

— Mantenha o colar. — Ouvi Michael dizer. — Só o colar.

Hein?

Dei mais um passo, mas ouvi um gemido e aquilo me fez vacilar.

— Você é a mulher mais linda que já vi na vida — ele disse, parecendo ofegante. — Sempre foi uma coisinha linda demais.

— Michael — Rika arfou.

Ai, droga. Larguei o vestido no chão e cobri a boca com a mão, com medo de que eles pudessem ouvir o som da minha respiração. Eles devem ter acabado de chegar em casa. Fiquei imaginando o que devem ter feito noite passada depois da festa.

Recuei um passo cuidadosamente de volta à escada.

— Mas você está escondendo alguma coisa de mim — ele disse.

Parei na mesma hora.

— Eu gosto quando você mantém seus segredinhos — prosseguiu, a voz sexy e ameaçadora. — Isso me deixa louco de várias maneiras. E talvez eu tenha alguns segredos, também.

— Você quer que eu desconfie de você? — desafiou.

Mas, logo depois, ela deu um gemido ofegante, e eu desci mais um degrau. A escada de madeira fazendo um leve rangido sob meu peso.

Porra! Parei, agoniada. Eles não ouviram aquilo, ouviram? *Por favor, por favor, por favor...* Será que aquela escada de madeira fazia parte da construção original? As escadas das catedrais não deviam ser de pedra? Pedra não fazia barulho.

— Você não está desconfiada? — ele perguntou. — Eu passo muito tempo fora da cidade, Rika. Eu posso conseguir o que eu quiser, de quem eu quiser.

Ela gemeu baixinho.

— Sim, você pode, mas não faz isso.

— Como você sabe?

A cama rangeu, gemidos e ofegos vieram logo atrás, e eu apenas balancei a cabeça, desejando ser surda ao invés de cega.

Eles estavam discutindo enquanto transavam. Aquilo era bem estranho.

— Porque você não é idiota — ela retrucou. — Ninguém te dará a mesma sensação que eu dou quando nossos corpos estão juntos.

A cabeceira da cama se chocou contra a parede repetidas vezes, e minha cabeça se encheu com os sons dos gemidos, rosnados e ofegos cada vez mais altos.

— Rika — ele arfou.

— Você nunca arriscaria perder isso que temos — ela debochou.

— Não mesmo — ele concordou. — Não quero nada, a não ser isto. Porra, amor.

— Eu te amo, Michael — ela sussurrou audivelmente à medida que se perdiam no momento. — Sempre te amei.

E eu fiquei ali parada, deixando de temer o fato de ter invadido a privacidade deles, e, sim, sentindo tudo o que estavam sentindo, querendo muito mais.

O toque de pele com pele. Meu corpo incendiando e totalmente vivo junto ao dele. O som da respiração dele. Sua língua. A boca e as mãos. Os dentes mordiscando minha barriga e coxas.

Aquele sentimento de não querer ninguém mais, e preferir passar fome a ficar sem ele.

Não quero... te sujar.

— Eu vou descobrir o que você está escondendo — Michael grunhiu e a cama chacoalhou.

— Você pode tentar.

— Eu devia tirar meu pau e te deixar passando vontade.

— Não, por favor — ela choramingou.

— Ou talvez eu me divirta um bocado tentando arrancar a verdade de você. Fique de bruços.

Ouvi o farfalhar dos lençóis, como se eles tivessem mudado de posição. Eu nunca havia feito algo parecido com aquilo, mas desejava muito. Algum dia...

Você não vai me deixar suja. Você não existe mais. Eu não existo mais. Somos só nós dois. Nós.

Senti meus olhos ardendo por conta das lágrimas e meu queixo tremeu. Eu não queria fazer aquele tipo de coisa com qualquer pessoa.

KILL SWITCH

Um corpo pressionou-se ao meu por trás e pisquei, assustada, as lágrimas agora esquecidas.

— Eu deveria ir até você para o nosso próximo compromisso — Will brincou, descansando a cabeça sobre o meu ombro.

Escada acima, Rika e Michael estavam mandando ver, gemendo cada vez mais alto.

— Não se preocupe — ele disse, e era nítido o tom sardônico em sua voz. — Não vou contar para eles que você estava ouvindo atrás das portas...

Virei-me de frente, mas ele não me soltou. Senti o cheiro de bebida alcoólica em seu hálito. Será que ele ainda não tinha ido para a cama também?

— Você está com uma expressão sonhadora — ele disse, mantendo a voz em um tom baixo e intimista. — Será que está desejando que alguém faça isso com você, ou está *se lembrando de* quando alguém fez essas coisas contigo?

Isso. Ele estava se referindo à transa de Michael e Rika.

Eu o empurrei para longe de mim e desci as escadas, percorrendo o caminho pelo imenso saguão até a porta de entrada.

— Precisa de uma carona para casa? — perguntou.

— Você está bêbado. — Empurrei a porta. — Vou chamar alguém para me buscar.

Fechei a porta pesada com um baque, sem me importar se Michael e Rika me ouviriam àquela altura do campeonato. Desci a escadaria o mais rápido que pude, sentindo a chuva tamborilar sobre meu boné e ombros.

A porta atrás de mim se abriu outra vez, e antes que me desse conta do que estava acontecendo, meu corpo foi girado e engolfado por braços fortes, e uma boca tomou a minha enquanto a língua invadia sem piedade.

Grunhi, tentando afastá-lo e sentindo os resquícios do uísque à medida que sua língua roçava e brincava com a minha. Will me fez ficar na ponta dos pés, devorando-me, sua mão enrolada à minha nuca, seu hálito e calor se infiltrando pelo meu corpo como mel, da cabeça aos pés. Cada pedacinho meu subitamente faminto.

Ele se afastou da minha boca, mas manteve os braços ao meu redor.

— Você precisa ser fodida com vontade — ele disse. — Se não quiser que ele faça isso, eu farei. — Então se inclinou, sussurrando sobre meus lábios: — E vou fazer essa oferta quando estiver sóbrio.

Ele me soltou e eu inspirei profundamente diversas vezes, a chuva fria sendo muito bem-vinda para resfriar minha pele aquecida.

— Vejo você em breve, Winter — zombou e voltou para a casa.

Fiquei ali parada por um instante, esperando me recompor antes de solicitar outro Uber.

Talvez ele estivesse certo. Eu tinha vinte e um anos, idade mais do que suficiente para ter uma saudável e ativa vida sexual, mas, quando fosse acontecer outra vez, eu queria que fosse algo como Erika e Michael compartilhavam. Eles pareciam se divertir com joguinhos, mas era apaixonado e repleto de sentimentos.

O amor era o que era bom. Infelizmente, foi unilateral na minha experiência do passado. Eu até poderia ficar tentada em aceitar a oferta de Will para aliviar um pouco a tensão, mas ele não representaria nada mais do que isso. E eu o queria como amigo.

A verdadeira questão era: ele estava do lado de Damon ou do meu?

Peguei a coleira do meu bolso, e o imenso gancho de metal ficou pendurado ao lado do meu corpo.

Onde diabos estava o meu cachorro?

— Não tenho certeza do que ouviu, Srta. Ashby — Crane disse, quando entrou no *foyer* vindo pelos fundos da casa —, mas não havia ninguém em casa esta manhã. Damon foi para a cidade antes até mesmo que você tivesse acordada, eu estava resolvendo algumas coisas na rua, e não havia mais ninguém aqui.

Fiquei parada à porta, grossas gotas de chuva caindo na entrada de carros às minhas costas.

— E minha família?

— Elas viajaram ontem à noite, logo depois da festa. — Ouvi quando ele abriu uma das gavetas da mesinha lateral e pegou algumas chaves. — Eu mesmo as levei ao aeroporto.

— Viajaram? — disparei. — Como assim?

Minha mãe e Ari foram embora? Sem mim?

— Sim, para a lua de mel nas Maldivas — informou, como se estivesse me lembrando daquele detalhe. — Damon enviou a Sra. Ashby e a Sra. Torrance na frente. Está previsto que ele vá se juntar a elas em alguns dias.

— Espere um pouco. Então elas já tinham viajado quando voltei para casa ontem?

Senti-me tonta, minha cabeça flutuando como se fosse um balão. O confronto que tive com Damon passou em câmera lenta na minha mente, revendo tudo o que dissemos um ao outro e as ameaças feitas, e o tempo todo, elas nem estavam em casa. Suas provocações sobre o que ele e Ari iam fazer não passavam de promessas vazias, e fui para a minha cama, debaixo do mesmo teto, sozinha naquela casa com ele, sem absolutamente nenhuma segurança ao saber que minha família estava perto.

— Sim, senhora — Crane finalmente respondeu.

Tirei o boné e segurei um punhado de cabelo no alto da cabeça, fechando os olhos com força. *Porra*.

Não foi invenção da minha cabeça esta manhã. Havia alguém aqui em casa, comigo. Mais de uma, para dizer a verdade. Todos aqueles ruídos e movimentos acontecendo ao mesmo tempo e em diferentes partes da casa? Eu não estava só assustada e excessivamente alerta a cada pequeno rangido. Eu sabia que tinha ouvido alguma coisa, caralho.

E aquela pessoa que brincou comigo no banheiro do Teatro, aquela noite? Damon alegou que não foi ele. Tudo isso tinha que ser obra dele.

— Vasculhei a casa toda, de cima a baixo — ele disse. — Não há nada aqui.

— Até parece que eu devo confiar em você — rebati, ríspida.

Ele trabalhava para aquele monstro. Foi pago para se manter na linha e proteger os interesses do Damon, não os meus.

Além do mais, Damon possuía um histórico em adorar me deixar em pânico.

Crane não discutiu mais, no entanto. Ele simplesmente se curvou em um cumprimento respeitoso:

— Com licença, senhora.

Ele passou por mim, as chaves chacoalhando em sua mão, então deduzi que estava saindo de casa. Eu o chamei, mantendo a voz firme.

— Meu cachorro não está em parte alguma — eu disse. — Você poderia, por favor, dar uma olhada ao redor da propriedade antes de sair?

— Sim, Srta. Ashby.

— E quanto ao meu amigo? — exigi saber. — Ele chegou em casa em segurança ontem à noite?

— Sim, senhora.

Eu não conseguiria conversar com Ethan depois do que fiquei sabendo, mas eu também não queria que ele fosse parar em uma vala qualquer.

— E você não vai machucá-lo ou envolvê-lo, ou a outra pessoa, mais ainda — declarei ao invés de perguntar.

— O Sr. Torrance diria que a única pessoa capaz de responder a esta questão é a senhorita.

Ah, tenho certeza de que ele diria isso.

Se eu fugisse, se reclamasse, se o envergonhasse ou me comportasse mal, de qualquer forma, ele me machucaria causando sofrimento às pessoas próximas a mim. Quase chegava a ser bem impressionante quão estrategista ele era. As pessoas podem suportar muitas coisas, e ele sabia que eu não teria o menor problema em arriscar uma briga com ele, mas arriscar a vida de outros era um fardo pesado demais.

Crane saiu de casa e fechou a porta, e eu a tranquei na mesma hora. Depois dei uma volta pela casa, checando todas as entradas, janelas e fechando as portas dos quartos que eu não usava. Se encontrasse alguma delas abertas mais tarde, aquilo me daria a certeza de que havia alguém aqui dentro.

Peguei o celular dentro do bolso do casaco e liguei para minha mãe.

Ou melhor, tentei ligar, já que meu celular estava descarregado.

Então me lembrei de que havia me esquecido de colocá-lo para carregar na noite passada. Suspirei profundamente, segurando a imensa vontade chorar.

Abri com toda a força a gaveta da mesinha que ficava no vestíbulo e peguei o carregador para conectar ao telefone, mas decidi não deixá-lo exposto ali em cima. Ao invés disso, enfiei o celular já carregando bem no fundo da gaveta. Ele poderia pegar meu celular a qualquer momento, mas antes, eu gostaria de ser capaz de fazer algumas ligações.

Como a minha mãe teve coragem de me deixar para trás desse jeito? Ele conseguiu fazer com que elas arrumassem as malas e se mandassem de casa em questão de horas, antes de eu voltar para casa ontem à noite, e nem mesmo ele ou Crane transmitiram qualquer mensagem; não recebi nenhuma ligação – não que eu soubesse, mas checaria isso assim que meu celular tivesse bateria –, e ninguém tentou me contatar para avisar se minha mãe estava preocupada comigo.

Ela não teria me deixado assim. Arion, com certeza, mas não minha mãe. Que ameaça ou mentira ele contou a ponto de conseguir que ela saísse de casa? Será que pelo menos foi ele quem tratou do assunto, ou mandou algum dos brutamontes do pai para fazer isso?

E elas realmente estavam nas Maldivas? Na porra da Ásia? Ari sempre quis ir para lá. Ele teria concordado com qualquer coisa para se ver livre.

No entanto, ele não iria ao encontro delas.

Ele não iria a lugar nenhum. Até eu sabia disso.

Entrei na cozinha, peguei um copo do armário e comecei a me servir de água, com meu dedo apoiado na borda de vidro para sentir quando a água chegasse ao topo. Tomei um longo gole, fechei os olhos e agucei os ouvidos para escutar qualquer ruído na casa. Ouvi o som do vento, da chuva, dos pisos, absorvendo o zumbido da geladeira, do aquecedor central, e do silêncio.

Um silêncio absurdo.

O sangue correu veloz por baixo da pele, os pelos dos meus braços arrepiaram.

Eu ainda podia sentir. O mesmo que havia sentido esta manhã.

Sem rangidos. Sem passos. Sem música.

Sem Mikhail.

Mas estava ali. O ar estava pesado.

E eu soube.

Simplesmente soube.

Coloquei um pouco de ração para Mikhail e troquei sua água, na área de serviço, apenas para o caso de ele estar lá fora, em algum lugar. Só que eu sabia que ele não estava, ou já teria voltado àquela altura. Mas quem sabe...

Só então peguei minha água e subi as escadas, indo direto para o banheiro. Meus olhos estavam pesados, como se eu não tivesse dormido a noite inteira.

Coloquei o copo na pia de mármore e fui até a banheira, sentando-me na borda para poder abrir a torneira. Coloquei na temperatura mais quente que poderia suportar, e fiquei ali, deslizando a mão pela superfície da água, sentindo o vapor aquecer meu rosto.

Fechei os olhos, sentindo minha pulsação latejar por dentro, enquanto tudo mais estava tranquilo.

Posso sentir você.

Posso senti-lo em todo lugar.

O cheiro de cravo impregnado em suas roupas, a fonte em sua pele.

As palavras em sua língua, o hálito em seus lábios.

A mão no meu pescoço, seu silêncio agudo.

Lá embaixo, no saguão. Sentado no escritório. Do lado de fora, na chuva.

Parado à porta aberta do banheiro.

Ou no canto do quarto.

Bem aqui. Apenas me observando.

Ele sempre voltava.

Ou...

Talvez eu nunca tenha saído. Suas palavras ditas tanto tempo atrás vieram à minha mente.

Quando ele estava na cadeia, ele estava aqui. Quando eu queria desejar outros homens, ele estava aqui. Quando eu dançava, quando chorava, mesmo estando sozinha, e quando estava quieta em uma sala cheia de pessoas, pensando nele, ele estava aqui.

A verdade era que... eu tive aquilo que Michael e Rika tinham. Ou achei que tivesse, de qualquer forma. Naqueles dias, em uma época onde achei ser a mais feliz das pessoas. Mesmo que tudo tenha sido uma mentira, foi o melhor que já senti.

Damon.

Era inútil fechar a porta. Minha resistência não seria suficiente.

Ele não podia ser contido. Eu precisava desistir.

Fiquei de pé e livrei-me dos sapatos, tirando a camiseta em seguida e largando-a no chão. Não umedeci meus lábios, ainda que estivesse sentindo-os ressecados, e mal consegui respirar, mesmo desesperada para fazer isso.

Bem lentamente, como se eu estivesse flutuando e vendo meu próprio corpo de cima, retirei o sutiã e desabotoei o jeans, deixando-os cair no chão; enganchei os dedos na borda da calcinha e parei por um segundo apenas.

Sem rangidos. Sem passos. Nenhuma porta abrindo ou fechando.

Mas eu o sentia.

O ar frio de outubro acariciou minha pele, fazendo meus mamilos intumescerem na mesma hora, e só hesitei um segundo antes de deslizar a calcinha pelas pernas.

Pisei dentro da banheira e me sentei devagar, apenas um pouco de água abaixo de mim fazendo calafrios se espalharem pela minha pele por conta da água quente. Aquilo quase me fez gemer de prazer.

Fechei os olhos novamente, abracei os joelhos e curvei os dedos dos pés à medida que a banheira enchia, sentindo o vapor me rodear.

Calor se espalhou por cada pedacinho do meu corpo, relaxando músculos e nervos, dando a impressão de que meus membros pesavam como âncoras. Eu não queria me mover, e não tinha força de vontade para me importar com qualquer coisa agora.

Pode me machucar. Mesmo assim você não vai vencer.

Sem rangidos. Sem passos. Sem ruídos de portas.

Nada.

O que ele via quando olhava para mim?

Uma inimiga? Ou algo que ele queria?

Eu era alguém para ser atormentada ou algo para brincar? Ele sabia a diferença?

Ele queria que eu gostasse disso?

O que ele via?

Eu me desliguei, sentindo os pelos dos meus braços arrepiarem e minha pele enrijecer quando o senti, e uma raiva violenta retorceu minhas entranhas, porque eu queria destroçá-lo, feri-lo e provar a ele que ainda não estava aterrorizada.

Que eu estava enlouquecendo, mas não era um bebê.

O que ele veria quando olhasse para mim agora?

Meus olhos marejados, mãos trêmulas e postura encolhida?

Ou ele via que eu estava sozinha? Que estava nua, molhada e sozinha por tanto tempo?

Muito tempo.

Peguei a esponja e a afundei na banheira, encharcando-a, esfregando meus joelhos e depois deslizando-a pelas minhas pernas repetidas vezes. Então fiz o mesmo no meu pescoço, afastando o cabelo para um lado e deixando a água quente escorrer pelas minhas costas.

Movendo a esponja pela garganta, inclinei a cabeça para trás e alonguei a coluna, sentando-me ereta; espremi até que a água percorresse minha pele, e abaixei as pernas que antes estavam cruzadas à frente, de forma que o calor cálido pudesse cascatear por cima dos meus seios e minha barriga. Aquilo foi como uma carícia, tão gostosa, e a cada vez que eu repetia os movimentos, roçando a esponja em meu pescoço, deixava um ofego escapar.

E, na sua cama hoje à noite, quando estiver bem tarde e escuro, e a casa estiver silenciosa... quando estiver pau da vida e chateada, porque acha que me odeia, mas ainda assim, enfiar a mão por baixo das cobertas, para que ninguém saiba que você se vai entregar às lembranças que tem de mim...

Recostei-me na borda da banheira – com apenas um pouco de água me rodeando, já que ainda não havia aberto a torneira totalmente –, e lentamente deslizei a esponja pelo meu colo, por entre meus seios e pelo meu ventre, quase tocando a minha virilha.

Lágrimas brotaram por trás das minhas pálpebras cerradas, mas não eram de tristeza. Cada pedacinho da minha pele vibrava de excitação –

querendo que algo acontecesse, que tudo acontecesse –, desde que pudesse me livrar do que se passava no meu cérebro e da sensação nauseante no estômago, da piscina que se formava entre minhas pernas.

Raiva e fúria, calor e necessidade tão intensas como se você fosse um maldito animal, Winter. É algo primitivo.

Primitivo.

Não fazia o menor sentido, mas era intenso. Era uma necessidade.

Minha respiração acelerou, a esponja roçando a parte de dentro da minha coxa, e eu a agarrei, imaginando-o ao me observar. Fazendo-o ver o que nunca faria comigo, e o que eu poderia fazer por conta própria.

Espalmei um seio e apertei-o, sentindo a forma volumosa balançar assim que soltei a mão.

Deixei a esponja de lado e coloquei a mão entre as pernas, girando a cabeça e gemendo quando enfiei um dedo em meu interior.

O que ele via quando olhava para mim? Ele queria isto? Queria sua boca em mim e suas mãos por todo o meu corpo ávido, suado entre os lençóis enquanto me fodia na ausência da minha irmã?

Ou ele queria sua pequena bailarina fazendo uma performance para ele? Para fazê-lo gozar, mas sem me sujar no processo.

Grunhi baixinho e subi um pouco mais o corpo, enganchando as pernas nas bordas da extremidade da banheira, e ajustei a torneira, tornando o intenso fluxo de água em um jorro lento e com a temperatura mais amena.

A fina corrente d'água caía da torneira diretamente sobre meu clitóris posicionado logo abaixo, e acabei deixando escapar um gemido longo assim que meu corpo convulsionou com o prazer.

Eu havia perdido o controle por completo. Queria transar. Agarrei as laterais da banheira e puxei meu corpo mais para a borda, minhas pernas penduradas de cada lado à medida que tentava me aproximar mais ainda do fluxo de água.

Abri a boca, gemendo e rebolando os quadris ante o toque constante do líquido morno. O ar frio arrepiou minha pele e projetei os seios acima enquanto continuava a cavalgar cada vez mais rápido ante a provocação do fluxo de água.

Meus mamilos intumesceram, e tudo o que eu mais queria era uma boca neles. Eu queria ser beijada, chupada, e precisava exatamente do que Will dissera ser a minha necessidade.

Abri mais ainda as pernas, expondo minha boceta enquanto esticava os músculos das pernas e braços, no meu intenso processo de masturbação.

Ele me viu. Será que gostou?

Choraminguei e gemi, sentindo a pressão aumentar em meu interior à medida que meu corpo implorava para ser preenchido. Movi a bunda com mais rapidez e agarrei-me ao arco da torneira como se fosse a cabeça dele, fodendo-me com força. Meu ritmo respiratório se tornou cada vez mais acelerado, profundo e audível.

— Você não manda aqui — ofeguei, zombando dele. — Não é o meu chefe. A irmãzinha faz o que ela quiser. *Com quem* ela quiser. Você não é o meu papai.

Meu orgasmo despontou, e eu estremeci na mesma hora, então inclinei a cabeça para trás, sentindo o calor se espalhar pelos meus poros à medida que o prazer varria o meu corpo.

— Ah, caralho — gritei. — Porra.

Cada músculo se contraiu enquanto a onda avassaladora me dominava, e por mais que meu corpo estivesse dolorido por causa daquela posição, gozei tão gostoso quase ao ponto de chorar.

Mantive-me daquele jeito por quase um minuto, só então me abaixando na banheira quando me acalmei.

Eu o odiava. Ele representava tudo o que já havia acontecido de ruim comigo.

Mas ele foi a única vez – além do balé – onde me senti viva. Estar com ele era o mesmo que dançar. Como se tivesse dançado com a morte.

Depois de alguns instantes, quando tudo à minha volta se tornou tão silencioso quanto antes, abracei os joelhos contra o peito outra vez.

— Eu sei que você está aí — comentei, para seja lá quem fosse a pessoa de pé no aposento. Onde eu sempre soube que ele estava, porque o ar na casa estava pesado, tudo muito quieto, e eu era capaz de sentir o cheiro de cravo nas roupas dele, a fonte em sua pele, e seu hálito cálido.

— E agora você sabe... — continuei — que eu sempre fecho os olhos quando gozo.

Quando estávamos na escola, ele me perguntou se quando sentia prazer, fechava os olhos, e agora ele tinha a resposta.

Ele não se moveu, e nem eu. E já não me importava com mais nada. Estava cansada de tentar pensar no que ele faria. Agora era ele quem ficaria pensando no que eu era capaz de fazer.

Isto era um jogo para ele, e estava tudo bem.

Ele só não era mais o único jogador agora.

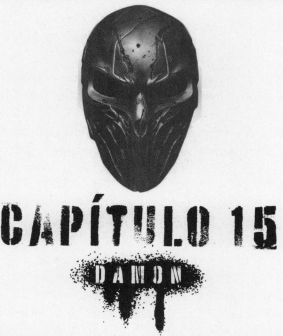

CAPÍTULO 15
DAMON

Dias atuais...
Inclinei-me acima da banheira, as mãos firmemente agarradas às bordas enquanto eu pairava a menos de trinta centímetros de sua boca vendo-a se masturbar.

Meu Deus. Ela era linda.

E minha. Completamente minha, mesmo que ela não gostasse, porra. Ela faria isso para mim. Só para mim, a partir de agora.

Uma mecha de seu cabelo pendia solta sobre seu rosto, passando por entre seus lábios a cada arquejo que ela dava.

Minha. Era por isso que eu tolerava Arion. Porque sua irmãzinha era a minha putinha favorita. *Deus, olhe para ela.*

Seu corpo balançando e os quadris rebolando, os peitos saltando, as pernas abertas enquanto se mantinha pendurada na borda da banheira... O fluxo de água provocando seu clitóris... Passei a língua pela parte de trás dos dentes, querendo assumir o lugar daquela água para provar de seu sabor, fodendo-a lentamente.

Ela dançava mesmo quando não estava de pé.

Ela cavalgou com mais força, fodendo e gozando ao inclinar a cabeça para trás e gemer, e meu olhar varreu seu corpo de cima a baixo, recordando tudo o que eu já havia tocado e absorvendo as mudanças ao longo dos anos. A mesma barriga plana e coxas tonificadas. A mesma bunda redonda e durinha e os seios firmes, com mamilos projetados para serem chupados.

Mas seu cabelo era mais comprido agora, havia músculos mais definidos em seu abdômen e pernas, e sua boceta... A coisa mais apertada onde já estive. Ela era uma mulher. E eu não precisaria ser nem um pouco gentil com ela dessa vez.

Olhei para o seu rosto novamente, inclinando a cabeça e observando suas sobrancelhas franzirem diante do prazer e agonia, querendo nada mais do que beijá-la para sentir o sabor do suor que se formava acima de seu lábio superior.

Será que ela estava pensando em mim? Será que fazia isso sempre? Ela estava assim tão louca para transar? Será que parecia tão gostoso quanto ter um homem entre suas pernas?

Já fazia um bom tempo que eu não me sentia como ela agora.

Winter relaxou o corpo na banheira, agarrou os joelhos contra o peito novamente e começou a respirar com mais calma.

Não, faça isso de novo. Meu pau estava duro pra caralho, e se eu a penetrasse naquele instante, quão molhada ela estaria para mim? Meu Deus, o que ela estava fazendo comigo? *Faça isso de novo.*

— Eu sei que você está aí — ela disse.

Meu olhar se focou no dela, vendo-a encarar o nada, serena e decidida.

— E agora você sabe... — ela prosseguiu — que sempre fecho os olhos quando gozo.

Fiquei ali parado, o calor que incendiou meu corpo momentos atrás agora se tornando gelo. Ela sabia que eu estava aqui. Sabia desde o início. Achei estranho ela ter deixado a porta aberta. Apenas deduzi que acreditava estar sozinha em casa. Não podiam me culpar por ver o que acontecia em plena vista.

Mas ela planejou isso.

E eu levantei minha mão, levando-a até o seu rosto; os dedos curvados em garras preparadas para torcer seu lindo pescocinho... no entanto, me contive. O objetivo dela era me provocar, e não é desse jeito que você vai acabar na minha cama, Winter.

Ela achava que era forte. Pensava que poderia brincar comigo.

Ela poderia tentar. *Já tive você uma vez. Vou tê-la de novo.*

Ergui o corpo devagar e fiquei ali parado até que ela finalmente saiu da banheira, enrolando-se em uma toalha pouco antes de sair. Eu a segui, silenciosamente, parando do lado de fora da porta do banheiro e observando-a caminhar pelo corredor. Em momento algum ela virou a cabeça para trás, temendo haver alguém atrás dela, e entrou em seu quarto, fechando a porta atrás de si.

Inspirei profundamente, absorvendo o silêncio da casa e já antecipando as longas noites à frente. Ari e a mãe já não estavam mais ali.

Seu pai estava desaparecido.

Tudo estava saindo como planejado.

Entrei no meu quarto e fechei a porta, vendo Mikhail levantar a cabeça do lugar onde dormia na cama. Ele saltou para o chão e abanou o rabo, deixando a língua pendurada.

Não consegui evitar o sorriso quando enfiei a mão no bolso para pegar um petisco. Ele o devorou na minha mão, e acariciei seu pelo dourado com a outra. Era impressionante como alguns animais sabiam que não deviam morder a mão que os alimentam, enquanto outros nunca negavam sua natureza pelo que realmente eram.

— Não consigo dormir, garoto — eu disse, passando agora ambas as mãos em seu pelo. — Não é tão complicado para um animal, não é mesmo? Por que as coisas que preciso não podem ser as mais básicas?

Ou físicas?

Eu queria foder. Queria fazer isso devagar, sentindo o medo e o desejo dela, e recebendo de sua boca o que eu lhe daria com a minha.

Mas eu precisava da mente dela.

— Está tudo na minha cabeça — murmurei.

O controle. As lembranças. A certeza de que nossos corpos nos traem, e que é o nosso cérebro que é o verdadeiro prêmio. De que nossa mente sabia o que realmente queríamos, não o nosso corpo.

— *Acorda!* — *sussurrei, sacudindo Banks ao meu lado.* — *Levanta!*
Ela ergueu a cabeça do travesseiro, ainda meio sonolenta.
— *Hum... O quê?*
Arranquei as cobertas de cima dela e segurei seu pulso, puxando-a para fora da minha cama. Era quase como sair arrastando uma criança de cinco anos. Minha irmã tinha catorze, mas ainda era tão franzina e pequena, comparada comigo, que era apenas

um ano mais velho que ela. Minha cueca boxer e camiseta ficavam penduradas em seu corpo como se fossem cortinas.

Ouvi os passos nas escadas do lado de fora do meu quarto, e me lembrei de que esqueci de trancar a porta.

Empurrei Banks para dentro do closet, e ela se sentou, já sabendo o que tinha que fazer. Ajeitei os fones de ouvido nela, com uma música de metal pesado tocando.

— Não saia daí até que eu venha te pegar — disse.

Então fechei o closet no mesmo instante em que a porta do meu quarto se abriu.

Minha mãe, descalça e usando um vestido em um tom profundo de roxo, entrou no quarto e deixou transparecer a surpresa em seu rosto quando me viu acordado.

Ela sorriu e trancou a porta antes de vir na minha direção.

— Ainda de pé? — perguntou, e o tom musical de sua voz me fez estremecer.

Parecia algo surreal, porque não se encaixava em nada com o que acontecia nesse quarto. Nada aqui era alegre ou inocente.

Ela se aproximou, colocou as mãos no meu rosto, dando toquinhos suaves como se estivesse medindo a temperatura ou qualquer merda dessas, mas o toque se tornou mais íntimo. As pontas dos dedos se arrastando languidamente pela minha pele. A mão pousando suavemente em meu pescoço. A forma como parou perto o suficiente para que seus seios roçassem meu peito nu através do tecido de sua camisola.

— Está com problemas para dormir? — perguntou. E então sorriu, brincando: — Alguém precisa de seu sonífero.

Meu sonífero. Porque era altamente medicinal que garotos em fase de crescimento tivessem seus paus ordenhados pelas suas mães.

Ela acariciou meu rosto e ombros, olhando para mim, como se eu ainda tivesse onze anos e fosse seu garotinho.

— Posso cuidar de todas as necessidades do meu filho. — Ela sorriu e avançou, enlaçando o meu pescoço. — Um garoto tão lindo. Você será um homem muito poderoso algum dia.

Então pressionou o corpo contra o meu, e eu fechei meus olhos, tentando ir para o lugar onde sempre ia. Podia fingir que ela era outra pessoa. Uma garota da escola. Alguma colega de sala.

Minha mãe ainda era jovem, só tinha dezesseis anos quando nasci, então sua pele ainda era firme e o corpo definido por conta de anos como bailarina, seu cabelo preto era comprido e sedoso, e tão perfumado...

Já tinha transado antes. Com algumas garotas da cidade. Mulheres que meu pai contratava. Eu podia fazer isso.

E se eu quisesse que isso parasse, a quem eu deveria dizer, de qualquer forma?

Meu pai não estava nem aí. Ninguém se importaria, e contar sobre o assunto só iria fazer com que ele ficasse com raiva e fizesse os outros debocharem da minha cara. Eu seria fraco e motivo de vergonha para ele.

Não poderia contar.

Isso não era nada demais. Minha mãe não era fora do comum. Homens olhavam para Banks do mesmo jeito que minha mãe olhava para mim. Era por isso que mantinha minha irmã escondida. Para que eles não pudessem persegui-la.

Eu via muita merda por aí, e não sabia se isto era errado, mas nunca tinha fim, e acabei me acostumando com tudo o que acontecia tarde da noite. Talvez isso acontecesse em todo lugar e ninguém falasse sobre o assunto.

Mas então ela esfregou meu pau por cima do jeans e eu simplesmente não podia.

— Não, pare — rosnei, tropeçando para trás. — Eu não quero isso.

Eu simplesmente não queria, porra. Não contaria para ninguém, mas também não faria o que não queria mais fazer.

— Damon — ela protestou.

Ela avançou na minha direção, mas parou e então olhou para o chão. Ela levantou um pé e inspeciona as manchas na madeira.

— Isto é... sangue? — perguntou e se agachou, erguendo a barra do meu jeans ao ver o sangue encharcando o tecido. — Ah, meu Deus, o que você fez?

Aparentemente, não o bastante. Eu havia esquecido por completo sobre os cortes quando ela entrou, porque a pele ferida não doía o suficiente para mascarar toda a merda que ela trazia.

Segurando minha mão, ela me arrastou até o banheiro contíguo ao meu quarto e me empurrou contra a pia, levantando meu pé.

— Isso são cortes? — indagou.

Até parece que ela estava chocada. Ela sabia o que vinha fazendo por anos. Os cortes ocultos nas solas dos meus pés. As cicatrizes por dentro dos braços e por baixo do cabelo. Os arranhões e queimaduras que escondia por baixo da cueca até que se curassem e eu fizesse tudo outra vez. Tornei-me bastante criativo em esconder as merdas que eu fazia para me causar dor.

Ela molhou uma toalha e me empurrou mais para trás, fazendo-me sentar sobre a pia, e então levantou meu pé.

No entanto, afastei-me do seu toque de supetão.

— Eu mesmo faço isso!

Ela me deu um tapa no rosto e minha cabeça virou para o lado, a ardência do golpe me fazendo fechar os olhos, grato por aquilo. Uma fina camada de suor se formou em todo o meu corpo.

— Fique calmo — ela tentou me tranquilizar como se eu tivesse cinco anos. — Você não precisa falar nada. Lembra do que disse antes? Você não tem que dizer nada. Eu sempre sei do que você precisa.

Ela limpou o sangue, colocou um curativo nos cinco cortes que fiz, e checou o outro pé, suspirando, aliviada, quando não viu nenhum machucado.

— Você tem que ser mais cuidadoso — ela disse. — O time de basquete precisa de você. Não dá para machucar os pés desse jeito.

Era por esse motivo que eu fazia isso. E não afetava nem um pouco o meu jogo. No mínimo eu jogava com mais garra e mais velocidade, de forma que a agonia ao correr pela quadra pudesse me esgotar, daí eu não precisaria pensar ou brigar quando voltasse para casa.

— Melhorou? — perguntou.

Ela não esperou pela minha resposta. Avançando na minha direção, enlaçou o meu corpo outra vez e beijou minha bochecha, trilhando um caminho pela minha mandíbula até a boca.

— É um garoto tão bonzinho — sussurrou. — Com tanta energia e músculos. — Suas mãos se moveram pelo meu corpo à medida que seus beijos se tornaram mais longos e molhados. — Tanta resistência física e poder. — E então sua mão alcançou o meio das minhas pernas, massageando meu pau. — É um garoto bonzinho e bem-crescido.

Agarrei o cabelo à sua nuca e ela gemeu quando meus dedos cravaram em seu couro cabeludo. Então encarei meu reflexo no boxe do banheiro.

Vadia.

Puta.

Vagabunda.

Não passava de uma transa.

— A mãe de Rachel Kensington me ligou — ela disse, lambendo, beijando e arfando contra o meu pescoço. — Ela disse que encontrou você e a filha dela quase nus no sofá da sala noite passada.

Eu a segurei pela cintura, apertando a carne através da seda da camisola, sem nem pestanejar enquanto me encarava e deixei todas as emoções me rasgarem por dentro.

Raiva.

Vergonha.

Medo.

Violência.

Dor.

Tristeza.

Impotência.

Todos se acumularam juntos até que eu não era mais capaz de diferenciar um do outro, e não conseguia nem mesmo me reconhecer no reflexo do vidro. Tudo desapareceu do meu cérebro, minha mente se esvaziou, e minhas mãos pararam de tremer. Eu era apenas um corpo.

Este era eu.

Eu era eu.

— Ela estava feliz por não ter acontecido nada mais sério — minha mãe continuou. Rachel quem?

— Aw, meu queridinho — ela acalentou. — Eu entendo. Meninos sempre serão meninos, e ela te provocou, não é mesmo? E não te deixou pegar o que queria, não é?

Afundei os dedos em seu crânio, apertando seu quadril com mais força.

— Ssshhh... — ela disse, tentando se afastar do meu agarre. — Garotas novinhas não entendem o que os meninos precisam. Está tudo bem. Estou aqui. — Seus lábios deslizaram pelo meu rosto, e ela choramingou ao tentar aliviar o puxão que dei em seu cabelo.

— Você pode fingir que sou ela — minha mãe disse, e meu pau inchou cada vez mais. — Mostre-me o que você ia fazer com ela. Mostre-me como você queria foder aquela garotinha idiota.

Não, não, não...

— Mostre-me — exigiu. — Quero que você me foda.

Não...

— Pegue o que é seu — ela rosnou. — Dê àquela garota o que ela merece.

Perdi o fôlego, sentindo as lágrimas brotarem nos meus olhos, e pulei da pia. Dei a volta e agarrei-a pela nuca, inclinando-a contra a bancada de mármore.

Ela abriu as pernas e puxou a camisola para cima, mordendo o lábio inferior.

— Esse é o meu garoto.

Segurei sua cabeça bem diante do espelho, vendo-a me provocar.

— Faça isso, querido — sussurrou. — Goze dentro de mim. Venha, venha, venha...

E então a encarei com ódio, apertei meu agarre em seu pescoço e cabelo e a pressionei contra a bancada, e puxei sua cabeça para trás...

Ela arfou, pronta para receber o que queria.

E eu afundei sua cabeça contra o espelho, tão forte quanto podia, estilhaçando o vidro enquanto ela gritava.

— Damon! — ela gritou, desesperada, mas não consegui parar.

Uma onda de êxtase percorreu o meu corpo, e não consegui descobrir porque minhas bochechas estavam úmidas, mas meus músculos estavam sobrecarregados e tudo o que mais queria era matá-la.

Dei um grunhido, e bati sua cabeça uma e outra vez contra o espelho, vendo o sangue cobrir a superfície; puxei seu corpo flácido para cima, agora todo ensanguentado, e dei um soco nela, jogando-a no chão.

Ela tossiu e estremeceu, lágrimas grossas deslizando pelo seu rosto, mas naquele instante, eu soube.

Aquilo não voltaria a acontecer.

Nunca mais. E eu a mataria se fosse preciso.

Avistando algo em minha visão periférica, olhei por cima do ombro e vi Banks parada ali, imóvel, com meus fones de ouvido na mão.

Ela olhou para minha mãe no chão do banheiro — ensanguentada e frágil —, e depois olhou para mim completamente assustada.

Fui até ela, agarrei sua mão e saí correndo do quarto. Ela não fez perguntas enquanto a puxei pelas escadas abaixo, pela casa e a levei em direção ao jardim nos fundos da casa.

A lua lançou um brilho singular sobre o labirinto de sebes, e nós nos enfiamos ali dentro, sabendo o caminho a seguir para chegar à fonte no centro.

Nós escalamos o chafariz e nos acomodamos por trás da cortina d'água, como eu já havia feito milhares de vezes antes, mas somente uma única vez com uma garota que não fosse minha irmã. Banks não perguntou o que aconteceu ou o que eu faria. Ela sabia que não devíamos conversar aqui.

Estendi a mão por baixo da fresta da bacia acima da nossa cabeça, e desenterrei a presilha prateada com cristais rosados que mantinha escondida ali, lembrando-me das palavras de Winter Ashby, tanto tempo atrás, naquele mesmo lugar.

Seu corpo só é capaz de sentir uma dor de cada vez.

Ela estava certa. Descobri que isso era verdade.

Mas ao invés de machucar a mim mesmo para mascarar meu sofrimento com outro pior, esta noite aprendi algo diferente.

Machucar aos outros era eficaz do mesmo jeito.

Minha mãe foi embora depois daquela surra. Uma hora depois, eu e Banks voltamos para o meu quarto e descobrimos que ela tinha sumido; nós adormecemos sem nem mesmo trancar a porta, porque sabíamos. Nós não poderíamos impedir que as merdas do mundo acontecessem com a gente, mas poderíamos reagir contra elas.

Na manhã seguinte, ela também não apareceu e nunca perguntei para onde havia ido. E, com o passar do tempo, meu pai não fez esforço algum para trazê-la de volta. Não a vi mais, até uns dois anos depois.

E cuidei do assunto de uma vez por todas naquela noite.

Assim como eu lidaria com Winter e a falsa esperança com a qual quase me destruiu.

— Eu quero que deseje isso — comentei com Mikhail, vendo seus olhos castanhos focados nos meus. — Quero que ela me queira, que me dê seu coração, e que seja minha doce, meiga e sorridente diabinha, agarrada a mim e incapaz de se conter. — Meu coração acelerou. — E então, quero que ela se odeie por causa disso. Que surte e odeie o fato de adorar tanto o que faço com ela, daí, ela vai saber que é fraca e tão patética quanto qualquer outra vadia. Que ela não é especial.

Assim que eu a vir como todos os outros, vou destruí-la e matar minha obsessão por ela. Vou exterminar o poder que ela tem sobre mim, assim como fiz com Natalya.

— E acho que ela quer participar desse joguinho comigo — zombei, conversando com o animal.

Ouvi uma batida à porta.

— Entre — ordenei.

A porta se abriu e fechou em instante, então Crane disse às minhas costas:

— Ela está perguntando pelo cachorro, senhor.

— Diga a verdade a ela — instruí, acariciando o pelo do animal. — Ela não tem mais um cão.

— Ela afirma que ouviu ruídos na casa esta manhã — ele salientou. — Como se houvesse mais alguém aqui, logo depois que o senhor saiu. Ela ficou assustada e fugiu para St. Killian.

— Como ela conseguiu chegar lá?

— Uber — respondeu.

Dei uma risada irônica. Jesus. Nunca pensei nisso. A mulher sabia se virar, com certeza.

Então me lembrei da primeira parte do relato de Crane. Barulhos?

— Você acha que ela está exagerando? — perguntei.

— Não sei. Ela parecia muito segura de si — explicou. — Posso instalar câmeras e um sistema de alarme.

— Não — eu disse. — Contrate mais homens. Duas equipes de quatro guardas.

— Sim, senhor. Ela estará segura.

— De todos, menos de mim — esclareci.

— Sim, senhor.

Ela provavelmente estava alerta em excesso. Graças a mim.

No entanto, ela também mencionou o visitante no Teatro Bridge Bay há alguns dias. Alguém que entrou no banheiro e a assustou. Winter achou que havia sido eu.

Mas não havia sido.

A casa deveria contar com uma maior segurança, mas eu não gostava de câmeras ou vídeos. Aprendi do pior jeito a nunca deixar evidências.

E por conta do nosso bairro abastado e da baixa taxa de criminalidade, o pai dela nunca viu necessidade de equipar a casa com um sistema de alarme. Talvez eu mude isso em algum momento. Mas, por enquanto, eu gostava de entrar e sair na hora em que quisesse.

— E, senhor? — Crane insistiu.

— O quê?

— O celular dela estava tocando lá embaixo — ele disse, aproximando-se. — O senhor gostaria que entregasse a ela ou...?

Olhei de relance para o aparelho em sua mão estendida, divertido com sua modesta tentativa de me entregar o telefone, mas, ainda assim, completamente alheio ao problema.

Eu o peguei sem hesitar.

Ele saiu do quarto e eu me virei, vendo o aparelho bloqueado com uma senha padrão. Não conseguiria acessar, mas havia uma série de notificações visíveis na tela.

A maioria de Rika.

Uma matéria no jornal da cidade falando sobre a apresentação dela noite passada.

Algumas caixas de mensagens de suas redes sociais. Vários compartilhamentos e comentários no vídeo que havia viralizado.

Quase esmaguei o telefone. Ela não achava que sairia daqui, achava?

E então abri uma mensagem de Rika. Era o print de um comentário no Twitter, logo abaixo do vídeo de Winter dançando:

Esta garota devia estar em todo lugar! Por que não está fazendo um tour com essa apresentação?

Rika escreveu na legenda abaixo da imagem:

> O que ela disse! Precisa de patrocinadores? Conheço alguns. Vamos conversar.

Rangi os dentes, resmungando com o cachorro:
— *Kom-yen ya!*

Ele se postou ao meu lado enquanto eu saía do quarto levando o telefone comigo. Deixei o aparelho sobre a mesinha do *foyer* e abri a porta com brusquidão, saindo de casa.

Rika filha da puta.

— Fique aqui — instruí Crane, que lavava um dos outros carros. — Ela não sai de casa de forma alguma.

Ele assentiu e entrei no meu carro às pressas, o cachorro tomando o assento do carona. Acelerei e quase explodi o velocímetro em questão de segundos.

Maldita.

Meus ex-amigos eram os únicos que poderiam proteger as pessoas na vida de Winter, a quem eu ameaçava, e era por isso que eu precisava de Rika do meu lado. Parecia que ela estava cansada de esperar que eu cumprisse minha parte no acordo, então estava tentando desfazer a parte dela.

Ela me deu Winter. E agora estava tentando afastá-la de mim.

Entrei no saguão amplo, mantendo-me oculto nas sombras enquanto uma porção de atividades acontecia ao redor. Eu sentia falta desse lugar. Hunter-Bailey era um clube bacana para relaxar exatamente por ter sido projetado para homens, proibindo a entrada de mulheres.

Todas, menos uma.

Depois de uma investigação, descobri que Rika havia organizado duas noites de lutas de esgrima por semana no clube, e uma delas era exatamente hoje. Aquilo sempre fora um *hobby* para ela, da mesma forma que sua coleção de espadas e todo tipo de adagas, e enquanto nenhuma outra mulher tinha permissão para entrar ali, Rika podia entrar e sair ao seu bel-prazer, contanto que estivesse disfarçada. As vantagens de ser noiva de uma estrela do time de basquete do Storm, e ser a futura nora do homem que possuía uma boa parcela de Meridian.

Alguns lutadores de boxe estavam no ringue à esquerda, enquanto outros malhavam e alguns frequentadores se espalhavam pelas poltronas ao redor, bebericando seus drinques e conversando. Segui em direção ao som de floretes se chocando e entrei em outra sala à direita, vendo mais assentos ocupados, o bar lotado e alguns membros duelando entre si, vestidos em seus equipamentos brancos de proteção e capacetes.

Avistei Rika logo mais à frente. Seu corpo feminino era inconfundível naquela calça apertada.

Ela avançou em seu oponente, pousando a ponta de florete no coração do homem, seguido de um rosnado assim que ele se afastou antes de ser atingido outra vez.

Eu queria ir até lá e arrastá-la para longe dali, naquele exato momento, mas não deveria estar aqui, já que Michael fez com que cancelassem meu cartão de sócio há dois anos. Mal havia conseguido me esgueirar.

Observei a forma como ela avançava e recuava, girando os punhos e balançando a arma. Como uma coreografia. Metódica. Era como uma partida estratégica de xadrez, mas também se parecia a uma dança. Graciosa e majestosa.

Não tinha certeza de quanto tempo fiquei ali parado, recostado contra a parede, observando-a, e quando ela acabou, nem mesmo sabia se havia vencido a partida ou não. Mantendo a máscara sobre o rosto, ela abaixou o florete e foi para o outro lado da sala, em direção às escadas.

Eu a segui na mesma hora.

Eles não possuíam um vestiário feminino aqui – ou não tinham, na última vez em que estive no clube –, então deduzi que ela trocaria de roupa em um quarto privativo.

Subi os dois lances de escada, e assim que cheguei ao terceiro andar, cruzei o corredor silenciosamente. Portas se alinhavam de cada lado, e eu já não sabia em qual delas Rika havia entrado.

Havia dois escritórios, uma biblioteca, alguns quartos e, mais à direita, passei pela sala de bilhar. A porta estava aberta e Rika se mantinha recostada contra uma mesa de sinuca, de costas para mim. Parei, vendo-a encarar uma coleção de armas penduradas na parede.

— Michael não queria que eu viesse hoje à noite — ela disse.

Sorri para mim mesmo. Não conseguia mais pegá-la de surpresa.

— Ele sabia que você devia conhecer a minha rotina — ela continuou. — Mas ultimamente, por mais que esteja feliz com tudo o que acontece na minha vida, os duelos são os únicos momentos onde me sinto segura do que estou fazendo. O único momento onde meu golpe é certeiro. Eu não podia perder isso.

Ela se endireitou e se virou, ainda trajando seu equipamento de esgrima, com exceção do capacete. O cabelo loiro estava preso em um rabo de cavalo alto, e ela olhou para a mesa, brincando com uma bola rosa distraidamente.

— Sabe, depois daquele nosso encontro na boate — ela disse —, comecei a ler um pouco mais sobre xadrez. Quer dizer, eu sei como se joga. Meu pai fez questão de me ensinar. Mas nunca fui muito boa com isso.

Cheguei mais perto da mesa, atento ao que dizia.

— Pensei que o valor de cada peça aumentava conforme sua proximidade com o rei, mas isto não é verdade. — Ela me encarou. — Além da rainha, a outra peça mais importante do jogo é…

— A torre — concluí.

— Sim — assentiu.

— Então você está finalmente pronta para começar? — perguntei, servindo-me uma taça de vinho.

No entanto, ela se virou outra vez e olhou para a parede repleta de armas.

— O jogo já começou.

A pulsação da minha veia no pescoço aumentou enquanto eu levava a bebida até a mesa. Estava mais do que pronto para esta merda.

Mas, embora gostasse dos meus jogos, intrigas e loucuras, não gostava de fazer tudo aquilo sozinho. Queria alguém ao meu lado. Queria *ela* do meu lado.

— Tudo isso é meu — ela disse, gesticulando para o arsenal exposto na parede, então virou a cabeça e me encarou. — Só levei alguns meses para organizar. Algumas foram compradas, outras trocadas e algumas foram emprestadas de coleções particulares.

Ela se virou outra vez, estudando cada peça. Meu olhar estava focado em sua nuca enquanto eu bebericava meu drinque.

— A curadora do Museu Menkin adoraria ter essas peças na exposição de armamentos que está organizando para o próximo verão — explicou. — E estou disposta a ceder a seu pedido em troca de um favor de seu marido, assim que eu decidir telefonar.

Um favor? Quem era o marido da tal mulher?

Ela parou e então esclareceu:

— Seu marido, o futuro *comissário da polícia*, Martin Scott.

Martin Scott.

Pisquei, surpreso, sentindo a raiva revirar meu estômago.

Como Emory Scott.

A garota cujo abusivo irmão mais velho – policial –, levou Kai e Will à prisão, depois que os dois o espancaram por vingança quando descobriram que ele batia na irmãzinha.

Irmãzinha que já não era mais tão novinha e por quem Will ainda se mantinha obcecado.

Ele nos odiava, e agora detinha mais poder em suas mãos do que antes.

Rika avançou, agarrou uma espada da parede e girou bruscamente, segurando a arma ao lado do corpo enquanto me fuzilava com o olhar.

— E adivinhe com quem ele joga sinuca toda sexta-feira à noite? — ela zombou.

Puta que pariu. Apertei a haste da taça com mais força.

— Veja, sempre fiquei imaginando uma coisa... — ela disse, dando a volta na mesa. Fiz o mesmo, com minha taça em mãos. — Kai e Will pegaram pena por terem espancado Martin Scott, mas... — ela me encarou. — Eles não eram os únicos ali. Havia alguém filmando.

Sua merdinha.

— E isso é o mesmo que... ajudar e ser cúmplice, não é? — instigou.

O cálice partiu em meu punho cerrado e senti a fisgada do corte assim que o líquido e os estilhaços caíram no chão.

Ela sorriu com sarcasmo para mim, um brilho empolgado no olhar.

— A rainha toma a torre.

Vadia do caralho.

— Monstrinha dos infernos — murmurei, soltando fogo pelas ventas.

— Kai e Will protegeram você — ela afirmou, tentando conter o sorriso. — Essa acusação, somada à de estupro estatutário? Você ainda estaria na prisão. Se Martin Scott descobrisse...

— Não há provas.

— Mas há o Kai e Will — ela rebate. — E eles estão putos com você nesse momento.

Maldita filha da puta. Martin Scott sabia que era eu quem filmava sua surra mais do que merecida, mas sem um motivo para que Will e Kai mantivessem sigilo sobre minha participação, tudo o que eu tinha era Rika. Ela mexia os pauzinhos.

Ela deu a volta na mesa, ergueu a espada e apontou diretamente para mim.

— Você não vai obrigá-la — despejou seus termos. — Você não vai ameaçar, torturar ou coagi-la para ir para a cama com você. Não vai tocá-la.

Levantei as mãos e as apoiei na mesa, inclinando-me para nivelar nossos olhares.

— E se ela *quiser* que eu a toque?

— É legal sonhar alto, Damon.

Quase dei uma risada, mas não consegui conter o sorriso.

— Meu Deus, você é a minha versão feminina — atestei. — Isso me deixa com tesão.

— Faz sentido. Você só ama a si mesmo.

Estreitei minha postura outra vez, limpando uma das mãos na outra. Ela era extraordinária, e caso não estivesse armando contra mim, pensaria que era brilhante.

Astuta. Corajosa. Esperta.

E fria quando precisava ser.

Gélida.

— A rainha — zombei, rolando uma bola pela mesa assim que me lembrei de algo. — A rainha da neve.

Ela entrecerrou os olhos, parecendo confusa.

— Anos atrás — expliquei —, quando seu pai trouxe a jovem noiva da África do Sul, soube que meu pai ficou meio apaixonado por ela. Acho que ela fez com que ele se lembrasse da bela rainha da neve, do espetáculo de balé *O Quebra-Nozes*. — Abaixei um pouco o queixo, lançando-lhe um olhar perspicaz. — E era assim que ele se referia a ela. Sua *pequena* rainha da neve.

Ela grunhiu e avançou, e recuei no momento em que ela acertou a mesa com a espada. Rika pulou por sobre a mesa e veio na minha direção.

Não gostou da minha insinuação de que meu pai tenha conseguido se enfiar dentro da calcinha da mãe dela?

Ela mirou minhas pernas com a espada, mas chutei a lâmina de sua mão e a joguei no chão, pressionando seus ombros contra a madeira.

Seu rosto estava vermelho de fúria.

— A rainha é o jogador mais valioso — eu disse —, mas, para vencer, ela não pode ser a última a permanecer no tabuleiro. A função dela — parei, arqueando uma sobrancelha — é proteger o rei.

Ela puxou uma faca de algum lugar e pressionou um lado da lâmina contra o meu pescoço. *Meu Deus*. Ela devia ser divertida na cama.

Sorri com sarcasmo.

— Você não vai me machucar.

— E por que não?

— Porque somos amigos.

— Você não sabe o que essa palavra significa! — disse, ríspida. — Você não dá a mínima para mim!

— Eu mataria por você — retruquei, quase grudando nariz com nariz.

A expressão de incredulidade em seu rosto, como se não soubesse se deveria rir ou sentir-se emocionada, reproduzia exatamente o mesmo que estava acontecendo na minha cabeça. Sim.

Aquilo meio que escapuliu, mas eu achava que era verdade. Houve uma época em que eu mataria por Michael, Kai e Will. Ainda poderia fazer isso.

Mas, definitivamente, faria o mesmo por Erika e Banks. Elas podiam até não gostar muito de mim, mas me entendiam.

Afastei a faca do meu pescoço e a encarei.

— Agora estou impressionado, mas você está do lado errado — comentei.

E então peguei o pen drive do bolso do paletó, com toda a informação que Alex coletou. A evidência que eu disse que conseguiria em troca dos dados sobre o pai de Winter que Rika havia conseguido para mim.

Ela me encarou, dando-se conta do que era aquilo e toda a raiva sumiu quando pegou o dispositivo USB da minha mão.

Saindo de cima dela, sentei-me ao seu lado.

— Tem mais de onde isso veio. Só preciso de mais alguns dias.

— É ruim? — ela perguntou, olhando para mim.

— É exatamente o que te disse no ano passado — afirmei. — Eu te disse que não minto. Evans Crist, juntamente com o meu pai, mataram o seu.

Aquilo foi algo que descobri ao longo dos anos, ouvindo, acidentalmente, algumas conversas pela casa. Depois coloquei Alex para cuidar de Evans Crist – o pai de Michael –, além de reunir imagens das câmeras de segurança e extratos bancários que eu sabia que ele arquivava por garantia, caso quisesse colocar toda a responsabilidade em cima do meu pai.

— Seu pai também estava envolvido? — Rika quis saber. — Por quê?

Aquela era uma excelente questão, e uma cuja resposta eu não fazia ideia. Era óbvio o motivo pelo qual Evans queria se livrar de Schraeder Fane. Eles eram amigos, e Evans possuía uma procuração para cuidar de todos os bens do amigo, caso alguma coisa acontecesse. E foi aí que o pai de Michael viu a oportunidade. Ele queria casar Rika com seu filho mais novo, Trevor, assim que os dois estivessem com idade suficiente, de forma que a fortuna dos Fane ficasse com eles. Ele sabia que Schraeder não tinha a menor propensão de permitir que a filha se casasse tão jovem, porém a mãe dela, Christiane, poderia ser mais maleável.

Agora, o porquê meu pai o ajudou, eu não fazia a menor ideia. Ele não ganharia nada com aquilo. Talvez como uma forma de favor?

— Não sei ainda — admiti.

Ela se sentou e a vi encarando o pen drive ao mesmo tempo em que tocava a cicatriz no pescoço. A mesma marca que ganhou quando sofreu o acidente de carro aos treze anos, onde seu pai perdeu a vida. Seu pai foi morto porque os freios foram cortados. Gabriel e Evans não imaginavam que ela estaria no carro naquele dia, mas, graças a Deus, ela sobreviveu.

Porque eu precisava dela, e tínhamos um trabalho a fazer.

CAPÍTULO 16
WINTER

Cinco anos atrás...

— Está tudo pronto? — Sara Dahlberg perguntou, assim que entrei na bilheteria.

Juntei todas as moedas na minha mão e as coloquei de volta na bandeja, registrando o valor total em um bloco de notas; digitei os entalhes com a minha caneta no local exato.

— Sim.

— Vou contar suas cédulas. — Ela puxou a bandeja para o seu lado, e ouvi o farfalhar do dinheiro sendo contado para finalizar minha conta.

— Obrigada.

Fechei o computador e desliguei o letreiro do lado de fora, finalmente interrompendo o constante zumbido das luzes de neon. Eu só estava trabalhando há oito semanas ali, mas o ruído já me irritava além da conta. Preferia trabalhar no serviço de buffet, mas a gerente ficou preocupada sobre como eu lidaria por trás dos balcões com a movimentação caótica dos outros funcionários. Eu sabia que podia me adaptar, mas ela já estava acostumada com um esquema que funcionava bem, então...

Não dava para esperar muita coisa dela, de todo jeito. Ela pensava que eu não era capaz de fazer um monte de coisas. Só me deu esse trabalho, pouco antes do meu segundo ano no ensino médio começar algumas semanas atrás, para que eu parasse de encher o saco sobre dançar com a companhia de balé, já que o teatro não somente oferecia sessões de cinema, mas também apresentava peças, orquestras sinfônicas e espetáculos de balé.

Comecei a procurar emprego assim que o último ano do ginásio acabou, de forma que pudesse me manter ocupada e desfrutar de um pouco de independência, mas não tive muita sorte, então ou era aceitar esse trabalho ou ficar em casa aguentando a constante vaidade de Arion e ouvindo as brigas dos meus pais.

— Tudo bem — Sara disse. — Aqui está.

Levantei os braços e ela me entregou a bandeja com o valor contabilizado anotado num pedaço de papel, mantendo a porta aberta para que eu passasse. Apoiei a bandeja por baixo do braço, equilibrando-a no meu quadril, e estendi a mão à frente para encontrar o caminho até o escritório da gerente.

Acabei me acostumando a trilhar aquele percurso nos últimos dois meses, contando meus passos.

Dois meses.

Dois meses desde que comecei a trabalhar de verdade.

Dois meses até o Natal, o único momento em que eu e Arion nos relacionávamos.

Três meses até que eu completasse dezessete anos.

Menos de dois anos até que me formasse no ensino médio, e dois anos desde que conversei com ele.

Dois anos inteiros.

A noite daquela volta com o carro e a moto foi a última vez que ele me visitou. Por que nunca mais voltou?

Inúmeros cenários se atropelavam na minha mente de vez em quando.

Ele havia sido preso.

Ele havia se mudado para outra cidade.

Ele havia morrido.

Todas aquelas possibilidades eram agonizantes, mas não tão dolorosas em comparação à mais provável.

Ele havia perdido o interesse.

Ele se divertiu, seguiu em frente e estava feliz e sorridente com outra pessoa, enquanto eu ficava ali sentada e sentindo sua falta.

E era por isso que arranjar um trabalho era uma boa ideia. *Se você não consegue manter a cabeça no lugar, então pelo menos a mantenha ocupada.*

No entanto, eu ainda me mantinha muito ligada nele. Seguindo com a minha vida como se ele estivesse me observando ao longe. Passei a cuidar mais do cabelo, pedir conselhos sobre maquiagem para Ari – e ela se mostrou muito legal em me ajudar – e dançar. Eu dançava até tarde da noite, depois que todos iam dormir, na esperança de que ele estivesse lá e soubesse que era seguro se esgueirar para me ver.

Duas estranhas, porém fascinantes visitas há dois anos, e eu ainda andava por aí como se ele estivesse me observando.

Porque eu podia jurar que às vezes achava que ele realmente estava. Depois da Noite do Diabo e do sumiço dele, eu poderia estar em uma festa, ou num jogo de basquete, ou sentada no terraço, debaixo do toldo em um dia de chuva de verão, ouvindo meus audiobooks, e então... eu sentia. Seu olhar me incendiando.

Eu achava que ele poderia ainda estar me olhando de longe, mas por que cortar o contato?

Provavelmente era apenas minha mente me pregando peças, mas isso dificultava esquecê-lo. Ele, definitivamente, havia sido bem-sucedido em criar uma primeira impressão, não é mesmo?

E em todo aquele tempo, desde que conversamos, nunca contei a ninguém sobre ele. Entrei no clube de dança na escola, fiz mais alguns amigos, e apesar de me sentir mais à vontade lá, aquele era o único lugar onde eu me via livre de drama. Podia até imaginar como a história do meu misterioso encontro com um desconhecido sombrio se tornaria, de repente, um enredo onde fui forçada a dançar para um *serial killer* psicopata que queria trançar meus cabelos e cortar meus pés para guardar como recordação. *Não, muito obrigada.* Eu não deixaria ninguém arruinar minhas lembranças.

Sem mencionar que, se eu contasse a qualquer outra pessoa, correria o risco de os meus pais ficarem sabendo, e isso daria uma merda tremenda.

Levei a bandeja para o piso superior e entrei no escritório da gerente, colocando a bandeja sobre sua mesa.

— Obrigada, Winter — ela disse. — Como você está? Parece estar se adaptando muito bem aqui.

Hum-hum.

— Uma criança de nove anos daria conta desse serviço.

— Winter... — ela ralhou.

Eu não estava brincando, na verdade. Aquele era o típico serviço que um adolescente faria. Por mais que não precisasse de dinheiro, era legal ganhar uns trocados e sem muito estresse, e isso não me distraía dos estudos, mas aquele era o trabalho que ela pensava que eu poderia fazer. Ela escolheu para mim.

E eu queria fazer muito mais.

Fiquei ali parada, enrolando, e ela deve ter visto a expressão no meu rosto, porque parou de contar o dinheiro na mesma hora.

— Você quase quebrou um braço — ela suspirou, recordando.

Eu caí durante um treino há mais de um ano. Bailarinos caíam e quebravam alguns ossos o tempo todo.

— Você não pode dançar com o corpo de baile — continuou. — Seu ritmo é mais lento do que o nosso. Uma queda errada pode colocar sua vida em risco. Quer dizer... Você tem noção do que está nos pedindo, querida?

Cerrei a mandíbula, porque ela estava cansada dessa discussão, e eu já não tinha mais argumentos. Dancei inúmeras vezes naquele palco lá embaixo, quando criança. Eu dançava em casa, sem nenhum incidente. Sim, eu demorava um pouco mais para aprender os passos, e eu dificultaria a vida de todo mundo, e aquilo era uma droga, mas não era impossível. Já havia pensado nisso milhões de vezes, decorando as coreografias – tanto as minhas quanto as de outros bailarinos. Eu só queria uma chance.

Ela se levantou da cadeira, as rodinhas se arrastando sobre o piso, e segurou meu queixo suavemente entre os dedos.

— Os desafios surgem na nossa vida de forma que nos tornemos aquilo que estamos destinados a ser — ela disse. — Deus levou você em um novo caminho emocionante. Confie em *Seu* julgamento e veja onde isso te leva.

Mas que merda?

— Comprei uma passagem de primeira-classe — afirmei. — Não vou pegar o ônibus.

Então dei a volta e saí dali, descendo a escadaria.

As pessoas eram impagáveis. As coisas que dizemos a nós mesmos para justificar uma desistência e entrar na linha, como se tivéssemos que aceitar qualquer coisa menos do que o que queríamos.

Eu faria uma turnê, e as pessoas pagariam para me assistir.

Fui em direção à bilheteria, peguei minha mochila e telefone e desliguei a luz, voltando para o saguão e rumo às portas da frente. Liguei para minha motorista para ver se ela já estava ali, mas a ligação caiu no correio de voz. Arion estava cursando um semestre de intercâmbio fora, pela faculdade, e meus pais tinham seus compromissos, então minha mãe contratou um serviço automotivo na cidade para que me buscassem e deixassem em casa e no trabalho. Aquilo provavelmente devia custar mais do que o salário que eu ganhava, mas como nossa cidade não possuía transporte público, era o único jeito que me restava. Tentei arcar com os custos, entregando meu pagamento, mas mamãe não aceitou.

Fiquei parada na calçada, ouvindo os barulhos dos carros passando e da música que vinha do *Sticks*, do outro lado da praça, mas me mantive perto das portas do teatro, de forma que ficasse em segurança até minha carona chegar. A equipe de balconistas ainda estava lá dentro cuidando da limpeza, então alguém poderia me ajudar, caso eu precisasse.

— Ei, Winter — alguém disse do outro lado da rua. — Quer uma carona?

Sara. Ela trabalhou junto comigo na bilheteria hoje à noite, e me treinou assim que cheguei para trabalhar ali. Pelo jeito, ela também estava de saída.

— Ah, não, está tudo bem — respondi. — Minha motorista já deve estar chegando.

— Minha motorista... — alguém repetiu, debochando.

Não reconheci a voz. Será que dei a impressão de ser metida?

— Não posso te deixar aqui sozinha — Sara brincou. — Vamos lá. Cancele sua carona. A gente te leva.

A gente?

Refleti por um instante, sem encontrar uma boa razão para recusar a oferta. A motorista não se importaria. Ela ainda seria paga e poderia ir para a cama mais cedo hoje.

— Tudo bem — murmurei. — Obrigada.

As portas do carro fecharam com um baque e o carro cantou pneu, dando a volta até o lado da rua onde eu estava.

Sara desceu e segurou minha mão, guiando-me até o veículo. Gentilmente soltei minha mão e segurei seu braço.

— Você conhece a Astrid Colby? — ela perguntou, mantendo a porta aberta para mim. — E o namorado dela, Miles Anderson? Eles já estão no último ano. O carro é dele. — Então emendou: — Ei, gente, essa a Winter Ashby.

Parei na mesma hora.

— Hum, não quero dar trabalho. — Pensei que era ela quem estava dirigindo. — Minha carona já está a caminho. Está tudo bem.

Eu não conhecia nenhum dos dois, mas sabia quem eram. Eu, definitivamente, tinha a impressão de que eles eram encrenca.

— Relaxa. — Sara me cutucou. — Vamos te levar para casa num instante.

Okay. Contanto que ela estivesse junto, acho que tudo ficaria bem.

Retirei a mochila das costas e entrei no carro, sentindo o cheiro de fumaça de cigarro. Perdi o fôlego quando a pele nua das minhas coxas tocou o assento de couro frio. Eu ainda estava usando meu uniforme da bilheteria – saia xadrez, blusa de botão e uma gravata borboleta –, e assim que tomei meu lugar, enviei uma mensagem para a motorista.

Assim que Sara entrou e fechou a porta, o carro acelerou. Senti quando o veículo fez uma volta, então imaginei que ele estivesse rodeando a praça para, provavelmente, cortar caminho pelo bairro em direção à rodovia.

A julgar pelo ronronar do motor, o estofamento de couro e o baque pesado com que a porta foi fechada há alguns instantes, deduzi que se tratava de um carro antigo. Talvez um modelo esportivo clássico. Não queria ser uma babaca nem nada, porque o espaço ali dentro era até legal, mas eu preferia o som e a sensação de outro carro. O carro dele. O único que já dirigi e, provavelmente, dirigiria. Ágil, veloz, resposta imediata... dirigi-lo era o mesmo que cortar manteiga com uma faca.

E não dava para esquecer da sensação dele abaixo de mim. Talvez isso tenha tudo a ver com a minha lealdade àquele carro.

Achava que era uma BMW. Minha irmã ganhou um desses de presente quando se formou e, quando me sentei no banco, quase entrei num maldito transe ao perceber o mesmo emblema circular no meio do volante.

— Abaixa a porra do farol, babaca — o cara que dirigia disse.

— Ele está colado na sua bunda — Astrid comentou.

— Sim, você está sendo seguido, Miles — Sara acrescentou, debochando. — Já é quase a Noite do Diabo. Que as travessuras comecem...

Ouvi a risada de escárnio que ele deu e mais uma baforada de cigarro me alcançou.

Isso mesmo. A Noite do Diabo era amanhã.

— Vocês estão programando alguma coisa? — Sara sondou. — É tão chato não ter os Cavaleiros aqui.

— Eles que se fodam — Miles cuspiu. — Podemos agitar geral.

Passei os dedos pelo cabelo, recolhendo tudo por cima de um ombro enquanto me mantinha virada na direção da janela. Miles era a única pessoa que já vi não demonstrar nenhuma adoração aos Cavaleiros. *Por que será?*

No entanto, a energia do pessoal da escola, desde que eles saíram, estava no lixo. O time de basquete estava sofrendo, e não havia mais nenhuma animação. Todo mundo parecia ter sido congelado no tempo.

Miles virou o carro à direita e pisou no freio, fazendo o veículo parar de supetão. Apoiei a mão na parte de trás de seu banco para me segurar.

— Dá o fora, vaca — Astrid disse.

Hein?

A porta do lado de Sara se abriu e a senti se movimentar.

— Valeu pela carona, gente — ela disse.

Congelei, sentindo todo o meu corpo tensionar. O quê?

— Vocês sabem onde a Winter mora, né? — ela questionou.

Espera, eles a deixaram primeiro? Reprimi um rosnado. *Merda. Muito obrigada, Sara.* Por que ela me deixaria na companhia de pessoas que eu nem conhecia?

— Relaxa — Astrid respondeu. — Vamos deixá-la em casa.

— Está tudo bem — apressei-me em dizer, pegando minha mochila e o celular. — Vou ficar por aqui e ligar para a minha motorista.

— Não seja uma vaca, vaca — Astrid retrucou em um tom de deboche.

— Tenha uma boa-noite, Winter — Sara disse e então fechou a porta.

Expirei profundamente. *Está tudo bem. Vai ficar tudo bem.*

Miles pisou no acelerador e afastou-se dali, e sentei-me ereta no banco, agarrada ao telefone.

Eu precisava aprender a ser grossa com as pessoas. Deveria ter apenas dito um "não" quando ofereceram a carona.

Dirigimos em silêncio por alguns minutos, e avaliei pela linha reta que o carro percorria, que devíamos estar na rodovia, a caminho da minha casa.

— Aquele carro ainda está atrás de nós? — Ouvi Astrid perguntar.

— Sim — ele respondeu, em um tom mordaz.

Meu coração acelerou na mesma hora. Alguém estava seguindo os dois? Se alguma coisa fosse acontecer, eu queria dar um jeito de sumir daqui antes.

— Então — Astrid voltou a dizer —, o que você enxerga exatamente?

O silêncio imperou ali dentro e endireitei-me no banco, agora atenta.

— Você está falando comigo?

— Sim. — Ela riu.

Neguei com um aceno de cabeça.

— Não vejo nada.

— Bem, eu sei, mas é tipo preto, branco ou o quê? — insistiu. — Tipo... quando fecho meus olhos, às vezes vejo um caleidoscópio de cores e, às vezes, vejo tudo escuro.

— Nada — repeti. — Eu não enxergo. É um sentido inexistente.

— Psicodélico — ela arrulhou em um tom de aprovação.

Dei uma risada sem-graça. Era difícil as pessoas entenderem o conceito disso. Quando pessoas com visão normal não podiam ver, era porque seus olhos estavam vendados. E era isso o que eles achavam que acontecia comigo. Que meus olhos estavam apenas fechados.

Considerando que, na realidade, eu não tinha olhos. No entanto, meu corpo executava as mesmas reações involuntárias: piscar, chorar...

— Esse seu uniforme de trabalho é bem fofo — Miles disse, enquanto dirigia.

Astrid não disse nada, então deduzi que estava falando comigo.

— Obrigada — murmurei.

Seu tom de voz parecia malicioso e, por instinto, puxei a saia mais para baixo, sentindo-me, subitamente, exposta demais.

— Vocês sabem onde é minha casa, não é?

Ela não disse nada, e ele apenas riu baixinho.

Apertei o telefone na mão, posicionando o polegar no botão de desbloqueio.

Senti um metal frio tocar minha mão e dei um pulo, assustada.

— Experimenta um pouquinho — Astrid disse, estendendo algo na minha direção.

Peguei o objeto que cabia na palma da mão e ouvi o líquido se agitar ali dentro.

— Não, obrigada. — Estendi de volta.

Ainda podia ouvir as palavras da minha mãe quando eu tinha doze anos. Ela realmente fez questão de me ensinar quando eu ainda era bem novinha. *Nunca aceite uma bebida alcóolica que não tenha sido preparada ou aberta por você mesma.*

Ela disse a mesma coisa a Ari, mas ela sabia que o risco de algo assim acontecer comigo era muito maior. Alguém podia colocar alguma substância na minha bebida, e fazer isso bem na minha frente, sem que eu soubesse.

Astrid apenas pegou o frasco de volta, zombando:

— Estraga-prazeres.

Eu estava prestes a agradecer novamente, quando o carro virou e ouvi o cascalho abaixo dos pneus. Entrecerrei meus olhos na mesma hora, totalmente alerta. Não havia estrada de chão no caminho até a minha casa.

— Para onde estamos indo? — perguntei.

Mas nenhum dos dois respondeu.

Meu estômago se revirou com a suspeita. Eu não podia ser trancada num vestiário por aqui, mas havia um monte de maneiras de me sacanearem.

— Aquele carro ainda está nos seguindo? — Astrid indagou.

— Eles pegaram um desvio que nem a gente. Para alguma estrada atrás de nós — respondeu.

— O que está acontecendo? — exigi saber.

— Queremos te mostrar uma coisa — Astrid retrucou.

— Eu só quero ir para casa.

O carro quicou quando passou por algumas valas e eu acabei batendo a cabeça no teto.

— Ai — resmunguei.

Puta merda, isso não tinha a menor graça. Era quase dez da noite e eu não conhecia essas pessoas. Por que diabos eles acharam que podiam me arrastar para onde quisessem?

— Calminha aí — Miles me repreendeu. — A gente precisa de você para uma coisa.

— O quê?

— Pula o banco e senta aqui no meio — ele instruiu.

— Por quê?

— Vamos! — Astrid puxou meu braço. — Preciso que você segure as minhas pernas.

— Segurar suas pernas?

O ar se infiltrou de repente no carro, agitando meu cabelo, e um grito ecoou do lado de fora. Perdi o fôlego por um instante. Ela estava enfiando a cabeça para fora da janela?

— Qual é, por favor? — implorou, puxando meu braço outra vez. — A gente te leva para casa em poucos minutos.

Franzi os lábios, irritada. *Tudo bem.*

Tirei o casaco e deixei o telefone e a mochila no banco, e me encolhi, passando uma perna por entre os bancos da frente. O vento soprou por baixo da minha saia, jogando meu cabelo no rosto. Ajeitei-me rapidamente entre Miles e Astrid, sentindo um arrepio percorrer meu corpo em um misto de medo e animação. *Déjà vu* me dominou e, por um segundo, era como se ele estivesse ali, levando-me para outra aventura.

— Okay, vou me enfiar para fora — Astrid disse. — Agarre minhas pernas e segure firme!

— Espera...

Mas ela já estava se movimentando. O carro acelerou pela estrada secundária, derrapando e saltando sobre o terreno desnivelado, então avancei e enlacei suas pernas cobertas pelo jeans enquanto ela se sentava na porta, com o corpo projetado para fora da janela.

Uivos encheram a noite fria, e o peso de seu corpo puxou o meu conforme ela se pendurava. Senti minhas mãos trêmulas, com medo de não estar segurando o suficiente.

Ela ia cair. Não dava para segurar por mais tempo. Que porra ela achava que estava fazendo?

O que quer que fosse, parecia estar adorando. Ria e gritava, e Miles apenas pisava o pé no acelerador.

Ele virou o volante e senti o corpo de Astrid deslizar um pouco mais. Firmei meu agarre com tanta força que senti os músculos doloridos.

— Caralho, gata — Miles disse, e eu esperava que ele estivesse falando com ela.

Mais um minuto se passou, e então Astrid passou de volta pela janela, cacarejando sua empolgação quando fechou o vidro.

— Isso foi sexy, amor — ela disse para ele.

O carro diminuiu a velocidade e pensei em voltar ao banco traseiro outra vez, enxugando a gota de suor que se formou no meu pescoço.

— Você devia experimentar — ela disse, dando um tapinha no meu braço.

— Estou bem, obrigada. — Dei uma risada leve.

Não que nunca tentasse fazer isso algum dia, mas queria estar com pessoas em quem confiasse. Eu não conhecia muito bem esses dois.

O motor foi silenciando cada vez mais à medida que o carro reduzia a velocidade, e esfreguei as mãos suadas nas minhas coxas.

Será que podemos sair daqui agora, por favor?

Mas ao invés de seguir pela estrada ou dar a volta para me deixar em casa, Miles virou para o lado, percorreu um caminho que parecia gramado e freou devagar.

Por que estávamos parando?

Ele parou o carro, colocou no ponto-morto, e ficamos ali sentados por um segundo, a música zumbindo baixinho. Estava difícil engolir o nó na garganta.

Ele não disse o porquê parou, e ela não perguntou nada. Era como se estivessem planejado alguma coisa e já soubessem o que ia acontecer.

Astrid se virou na minha direção, à direita, dizendo em voz baixa:

— Você é realmente muito bonita.

Algo em seu tom de voz indicava... intimidade. Minha boca ficou seca na mesma hora.

— Obrigada — agradeci, mas em um sussurro quase inaudível.

Eu podia sentir o olhar dele sobre mim, também.

— A gente sempre vê você na escola — ela disse. — Você parece ter medo de se divertir, às vezes. Como se não se encaixasse.

Segurei um punhado do tecido da minha saia.

— É complicado — afirmei.

Eu só queria ir para casa.

— Nós gostamos de nos divertir — Miles acrescentou. — Nós vivemos para isso.

Então o sussurro de Astrid soprou em meu ouvido:

— E queremos te levar junto.

Perdi o fôlego, e afastei-me de repente.

Mas ela não parou por ali.

— Vamos te ensinar o que é diversão de verdade — provocou. Então lambeu minha orelha e deslizou os dedos por entre minhas coxas.

Ai, meu Deus.

Dei um tapa em sua mão, dizendo por entre os dentes entrecerrados:

— Saia de perto de mim!

— Você vai gostar da gente — Miles disse, ríspido, e agarrou minha nuca, forçando-me a ficar de frente para ele. — Assim que tiver um gostinho.

— Não! — Então acertei um tapa em seu rosto.

Babaca.

Ele começou a me sacudir, pau da vida.

— Sua vadiazi...

Mas parou, de repente, como se algo tivesse chamado sua atenção.

— Você ouviu isso? — perguntou.

— O quê? — Astrid sussurrou.

Tentei empurrá-lo para longe de mim, grata pela distração momentânea. Eu esperava que fosse um policial ou alguém que estivesse por ali, daí eu poderia sair do carro e fugir.

E então ouvi o som ao qual ele se referia. Uivos.

Ganidos e latidos. Vaias e gritos.

— O que é isso? — Miles indagou, mais para si mesmo.

Será que havia lobos pela área? Eu achava que não, mas preferia me arriscar com animais selvagens do que com esses dois.

Os sons sumiram do nada, e Miles e Astrid mal respiravam, completamente imóveis e atentos a qualquer ruído.

Os galhos das árvores se agitavam com a ventania, e pensei ter ouvido o farfalhar de folhas ao redor do carro, mas não tinha certeza, já que a música ainda tocava baixinho.

— Tem alguma coisa lá fora — Astrid murmurou.

Então me lembrei de que eles pensavam estar sendo seguidos mais cedo. Senti o corpo de Miles se mover ao meu lado.

— Não ach...

No entanto, alguma coisa pesada atingiu o para-brisa, e ele interrompeu o que ia dizer. Astrid ofegou ao meu lado.

— Mas que po....? — ele berrou.

O mesmo aconteceu na janela lateral à Astrid, seguido do vidro traseiro e o de Miles.

— Isso é... tinta? — Astrid perguntou. — Alguém está atirando tinta nos vidros.

— Filho da puta! — ele rosnou.

Miles me soltou e abriu a porta, mas um baque surdo fez com que ele gritasse de dor e caísse por cima de mim.

Alguém tinha fechado a porta do carro na cara dele?

Eu não sabia o que estava acontecendo, porém senti o carro balançar, bem como senti as vibrações vindo da parte traseira, como se alguém estivesse fazendo alguma coisa ali.

— Os vidros estão cobertos de tinta preta! — Astrid exclamou. — Tem gente do lado de fora. Apenas dirija!

Minha mente estava em polvorosa, debatendo se eu devia tentar sair do carro ou se o perigo era maior fora dali. Antes que pudesse tomar uma decisão, Miles trocou a marcha e pisou no acelerador.

Mas o carro nem se moveu. Ele pisou mais fundo ainda, fazendo o motor se esgoelar, mas as rodas giravam e giravam, sem nos levar a lugar algum.

— Você está sentindo cheiro de gasolina? — Astrid perguntou.

Inspirei profundamente, sentindo o cheiro irritar o fundo da minha garganta.

— Puta merda — Miles disse, de repente.

O quê? Cacete, o que estava acontecendo?

— Olha! — ele disse para a garota.

— Eles não vão fazer isso... — ela retrucou, sem fôlego.

O que eles estavam vendo?

Quando dei por mim, as portas se abriram e eles saíram correndo do carro, deixando-me ali sozinha no banco da frente.

Mas que merda era aquela?

Eu não sabia por que eles tinham fugido, mas deve ter sido algo que os assustou, o que significava que não era seguro ficar no carro? Eu não sabia o que fazer, se deveria fugir, de quem deveria ter medo, mas eles tinham sumido. Refleti por meio segundo antes de avançar por cima do banco do motorista e fechar a porta, travando o pino e fazendo o mesmo do lado de Astrid. Poderia não estar fora de perigo, mas pelo menos estava me protegendo deles.

A chave ainda se encontrava na ignição, e provavelmente aquela era uma péssima ideia, mas eu daria um jeito de sair daqui se fosse preciso. Era só seguir a estrada de chão.

Isso se eu conseguisse fazer o carro sair do lugar, o que Miles não foi capaz de fazer por algum motivo.

Fiquei ali sentada por um momento, sem ouvir nenhum som do lado de fora, apenas o ronco do motor e uma canção remix de White Stripes no rádio.

Meu celular. Eu poderia ligar para a minha mãe e pedir que ela rastreasse meu telefone para vir me socorrer. Eu não fazia a menor ideia de onde estava.

Mas então... ouvi o som de sua respiração.

Bem atrás de mim, no banco traseiro.

Fiquei quieta, sem mover um músculo sequer à medida que o pavor inundava meu corpo. Minha imaginação foi a mil, em uma tentativa de descobrir quem ou que estava atrás de mim.

Era algo tênue, mas estava lá, e uma dor aguda contraiu minha mandíbula e pescoço enquanto um grito se formava na minha garganta.

Meus olhos marejaram, e eu mal podia acreditar na minha idiotice.

Eu havia me esquecido de trancar as portas traseiras.

Abri a boca, prestes a gritar e disparar para a porta, quando sua voz soprou no meu ouvido:

— Oi, diabinha — ele sussurrou.

Ofeguei ao ouvir o apelido e o tom de voz rouco em um golpe poderoso e avassalador. Quase solucei de emoção.

Era sacanagem?

De repente, ele estendeu as mãos por trás e envolveu meu corpo em seus braços, puxando-me para o banco traseiro. Levantei minhas mãos e toquei seu rosto – o nariz afilado e a mandíbula cinzelada –, roçando as cicatrizes de seu couro cabeludo enquanto enfiava meu nariz na curva de seu pescoço. Cheiro de banho recém-tomado. Como sempre.

— Ai, meu Deus. — Pressionei a testa contra sua bochecha, segurando-o perto de mim. — Por onde você esteve?

Ele não respondeu, apenas me mantendo em seu colo, em seus braços.

Fechei os olhos e exalei profundamente, como se tivesse passado séculos contendo o fôlego. Ele estava aqui. Estava vivo e não tinha me esquecido. Mas...

Sentei-me ereta e virei de frente para ele, montando em seu colo e agarrando a gola de seu moletom.

— Você me deu um susto da porra — comentei.

— É, eu tenho mania de fazer isso.

Sim, um monte de gente adorava fazer essas merdas pela cidade.

Queria mostrar minha irritação, mas uma risada escapuliu, e eu simplesmente não conseguia sentir raiva. Ele estava aqui, e se livrou de Miles e Astrid.

Mantendo meu agarre, recostei a testa à dele, deleitando-me ao senti-lo tão perto.

Ele segurou a parte de cima dos meus braços, afastando-me um pouco para trás.

— O que você estava fazendo com eles? — perguntou, em um tom de voz sério.

Fiquei exatamente onde estava, nossos lábios a centímetros de distância.

— Era você que estava seguindo o carro deles?

Ele assentiu.

— Apareço para te ver outra vez, e quando vejo, você está entrando em um carro com outro homem.

— Ah, era bem isso mesmo — retruquei, sarcasticamente. — Havia mais duas garotas no carro. Pensei que estava segura.

Soltei a gola de seu casaco e enlacei seu pescoço, sentindo a pele quente e macia de sempre. Ele se manteve em silêncio, quieto e quase uma estátua enquanto eu o segurava contra mim, deliciando-me com a sensação.

Lentamente, suas mãos relaxaram contra os meus braços e seu toque foi derivando mais abaixo, em minha cintura, os dedos cravando a pele bem leve. Calor se assentou no meio das minhas pernas, e mordisquei meu lábio, em uma tentativa de me controlar.

— Você fez alguma coisa da qual vou fazer com que se arrependa? — sussurrou.

Fazer com que eu me arrependa?

— Está com ciúmes? — caçoei.

Mas Miles e Astrid estavam bem longe agora. Quase esquecidos. Amanhã eu contaria o que aconteceu para a minha mãe, mas, nesse exato instante, eu tinha tudo o que queria neste carro.

Toquei seu pescoço, deslizando os dedos pela clavícula e minha boca pairou acima da dele, brincando com o ínfimo espaço que havia entre nós.

— Winter... — Seu resmungo era quase um rosnado.

Eu me movi ao redor de seu rosto, acariciando-o com a ponta do meu nariz, minha testa, as mãos... Morrendo de vontade de tocar seus lábios com a minha língua.

— Você sumiu por dois anos — aleguei. — Um tempo longo demais.

— Eles te tocaram?

— E se tiverem feito isso? — zombei. — Já sou bem grandinha agora.

— Não, você não é — ele disse, em um tom de advertência, porém respirando com um pouco mais de dificuldade.

Pressionei meus seios contra o seu peito, apertando-o com minhas coxas.

— Sou velha o bastante para fazer algumas coisas...

Ele aumentou o aperto na minha cintura, puxando meu corpo contra o seu.

— Você vai ser velha o bastante quando eu disser que é.

Sorri, inclinando a cabeça para trás e sentindo seus lábios trilharem um caminho pela minha garganta. A boca dele dizia uma coisa, mas fazia outra completamente diferente.

Meu corpo começou a se mover, provocando-o, esfregando-se contra o dele.

Eu queria sussurrar seu nome, mas não podia.

Peguei suas mãos da minha cintura e coloquei-a sobre minhas coxas, por baixo da saia. Eu não era tímida com ele. Sabia que me queria, mas ele continuava fazendo coisas – sendo mandão e superprotetor – que o faziam parecer um irmão mais velho. Aquilo precisava acabar. Eu não era mais criança. E estava mais do que pronta.

— Então o que vai dizer? — perguntei, convidando-o a me tocar.

Ele curvou os dedos contra a minha pele

— Pare com isso — exigiu.

— Tenho dezesseis anos, e nunca fui beijada. — Apoiei as mãos em seu peito, sentindo meus seios roçando seu corpo. — Esperei por você.

— Winter...

— Eu esperei por você — repeti, ofegando e tocando seus lábios com os meus. — Mas não vou esperar para sempre.

Toquei seus lábios com a ponta da minha língua, rebolando meus quadris acima dos dele. O inconfundível pau duro se esfregou contra a minha calcinha através do tecido de seu jeans, e eu gemi.

Ele me agarrou por baixo dos braços, colando o rosto ao meu.

— É melhor que isso não seja uma ameaça — ele disse, ríspido.

Então envolveu meu rosto com a mão e mordiscou meu lábio inferior, quase o mastigando como se estivesse faminto.

Ele grunhiu e eu gemi baixinho, e ambos acabamos cedendo ao calor do momento, agarrados um nos braços do outro, nossas bocas se devorando.

Eu era afobada e desajeitada, mal conseguindo dar conta de seus beijos e a língua em minha boca, mas estava amando cada segundo.

Ele mordiscou e mordeu, e fez isso com força, agarrando um punhado do meu cabelo para inclinar minha cabeça para trás e devorar meu pescoço. Ele se moveu da minha garganta para o meu queixo e de volta para minha boca, enquanto eu me mantinha agarrada aos seus ombros, puxando seu casaco enquanto o fodia a seco. Minha nossa, eu não conseguia me controlar. Ele era tão gostoso. Era como uma coceira que nunca cessava e aumentava cada vez mais.

Agarrei minha gravata borboleta, incapaz de respirar direito.

Afrouxei o tecido e desabotoei a parte de cima da minha blusa, finalmente me libertando e me entregando, apertando-o com força enquanto chupava meu pescoço.

Meus quadris se moviam para frente e para trás, moendo contra o seu pau.

— Winter... — ele grunhiu, afastando-se. — Não quero q...

Aumentei o ritmo e ele agarrou minha bunda, ajudando-me a rebolar direito.

— Não quer o quê? — arfei.

— Não quero sujar você.

Desacelerei meus movimentos, tocando sua boca com a minha em um beijo suave.

Por que ele achava isso?

— Você não vai me sujar. — Neguei com um aceno de cabeça, tocando seu rosto. — Não precisamos ir até o fim. A gente pode só brincar.

Ele deu uma risada áspera.

Eu o beijei, e ele cravou os dedos na minha pele outra vez, fazendo com cada pedacinho do meu corpo ganhasse vida. Meu Deus, eu adorava quando ele fazia aquilo.

— Ei, cara, o que vamos fazer? — alguém gritou do lado de fora. — Você quer que a gente te espere ou o quê?

Levei um susto e só depois de um instante registrei a informação de que ele estava ali com amigos. Enfiei os dedos em seu cabelo e ataquei sua boca novamente.

Não vá.

— Mano! — o cara gritou outra vez. — Tem garotas da sua idade bem aqui! Mas que porra?!

Uma risada ofegante vibrou em seu peito.

— Acho que não vou conseguir esperar que ela seja maior de idade, cara — ele sussurrou para o amigo, mas alto o suficiente para que somente eu ouvisse.

Mordisquei sua boca.

— Dezesseis anos são considerados maioridade em trinta e três estados americanos — caçoei. — Só não no nosso. É apenas um detalhe técnico.

— Andou pesquisando isso, é?

Um sorriso se formou em meus lábios, mas o garoto do lado de fora estava ficando cada vez mais impaciente.

— Cara, qual é!

No entanto, o garoto à minha frente ergueu o punho e socou o vidro lateral, dando a dica de que o amigo devia fechar o bico, e ouvi o vidro estilhaçar na mesma hora.

— Ai, Jesus — seu colega resmungou e, em seguida, ouvi as risadas de outras pessoas. — Vamos dar privacidade pra eles, gente.

As vozes foram se distanciando, e ele se acalmou. Logo depois, começou a me tocar, conhecendo meu corpo e devorando meu pescoço. Suas mãos deslizaram por dentro da minha saia, testando os limites, mas sem ultrapassá-los. Enfiei as mãos por baixo de seu agasalho e camiseta, sentindo o calor de sua pele, o corpo rijo e a cintura estreita.

Rocei os dedos em marcas salientes na parte interna de seus braços, e parei, lembrando-me que eram muito parecidas às que senti em seu couro cabeludo há dois anos. Esfreguei o polegar sobre elas diversas vezes.

— Por que você estava chateada mais cedo? — perguntou. — Assim que saiu do trabalho?

Ah, beleza. Ele me viu sair do teatro. Eu parecia chateada?

Acho que fechei as portas com um pouco mais de brutalidade.

— Alguém mais fez algo com você? — Ele se afastou um pouco para me encarar, enquanto abotoava minha blusa e refazia o nó da gravata.

Normalmente, eu odiava quando as pessoas me tratavam como uma criança, achando que deveriam fazer as coisas por mim, mas tive a impressão de que aquele gesto significava muito mais para ele. Algo como... me "endireitar" outra vez.

— Foi só uma noite ruim — admiti.
— O que aconteceu?
— Nada importante.

Ele terminou de ajeitar minha roupa e apoiou as mãos na minha cintura, esperando.

Eu ri baixinho, cedendo à sua insistência.

— Acho que desisti do meu trabalho hoje à noite — murmurei. — Estive trabalhando na bilheteria do Teatro Bridge Bay. Eles me pediram para não dançar mais na companhia, e eu... — hesitei, tentando encontrar uma melhor maneira de explicar tudo sem parecer tão patética. — Eu fiz tudo o que podia para me envolver com qualquer coisa ali dentro, meio que esperando que mudassem de ideia em algum momento. Mas a gerente não vai ceder.

Respirei profundamente, repetindo as palavras da minha chefe:
— "Não é seguro e eu posso acabar me machucando" — eu disse, sentindo a raiva voltar junto com as lágrimas. — Minha chefe disse algo sobre "Deus ter um caminho, e eu preciso ir aonde a vida me levar".

— Mas que porra é essa?
— Né? — resmunguei, com a voz embargada. — Eu só queria, tipo... tacar fogo naquela merda todinha.

Ele bufou uma risada, seu corpo se tremendo de tanto rir, e, depois de um instante, foi a minha vez de me entregar às gargalhadas. Ele me beijou, fazendo-me ver que não importava como a noite havia começado, agora estava terminando muito bem. Eu queria ficar com ele, mas ele estava na companhia de seus amigos e eu não fazia ideia se ele tinha planos.

— Então... — comecei a dizer, mudando de assunto. — Você tem amigos.

Era um pouco estranho confirmar que ele era um garoto normal com uma vida cotidiana. E eu achando que ele fosse um vampiro, que se levantava somente depois do pôr do sol.

— Posso conhecê-los? — perguntei.
— Não.
— Por quê?
— Porque eles são meus, não seus — advertiu, colando a boca no lóbulo da minha orelha. — E você é minha, não deles.

— Bem, isso diz muito sobre você — retruquei. — Filho único e que nunca aprendeu a compartilhar.

Eu acabaria descobrindo mais a respeito dele em algum momento. Ou daria um jeito de arrancar a informação. Afinal de contas, eu também o estava mantendo em segredo.

Até que me ocorreu que eu não era um segredo dele.

Por quê?

Eu não me sentia culpada por escondê-lo das outras pessoas, mas ele mesmo estava se escondendo de mim. E havia uma razão para isso.

Ele era mais velho? Conhecido? Psicopata?

Ou talvez... estivesse com vergonha de mim...

Mas, de repente, ele rompeu o silêncio, arrancando-me dos meus pensamentos:

— Onde sua chefe mora?

Minha chefe?

Estreitei os olhos, com suspeita.

— Por quê?

CAPÍTULO 17
DAMON

Cinco anos atrás...

Deixamos o carro de Miles Anderson no lugar onde estava e entramos no meu. Os caras já tinham sumido dali, e eu a levei de volta à cidade e em direção à casa da chefe dela.

— O que você vai fazer? — ela perguntou.

Encostei o carro e o estacionei em uma esquina, do outro lado da rua onde se localizava a casa da gerente. A residência era antiga com uma varanda coberta imensa ao redor e diversas cumeeiras[5]. O jardim era bem--cuidado e havia apenas uma única luz acesa acima da porta da frente.

Eu não tinha certeza ainda do que fazer, mas sempre aprontava alguma.

Emory Scott vivia naquela vizinhança. Era até limpa e agradável, mas sem as mansões à beira-mar. Na verdade, eu teria gostado de morar por aqui. Casas geminadas, vizinhos próximos... era um lugar legal para crescer.

— O que você quer que eu faça?

Olhei para ela, vendo suas mãos agarradas à barra da saia, como se ela estivesse nervosa, e aquilo me fez sorrir. Ela torceu o canto da boca, e pude detectar a apreensão em seu rosto. Com medo de se meter em problema.

Eu me sentia mal porque ninguém tinha o direito de dizer o que ela podia ou não fazer.

Bom, talvez eu.

— Não sei — ela murmurou, insegura. — Vamos embora.

---

5 Parte do acabamento do telhado que faz a conexão entre as telhas para proteger a construção da água e evitar vazamentos e infiltrações.

— Você quer dançar? — ralhei. — Posso conseguir qualquer coisa que você quiser.

— E como você vai fazer isso?

— Eu *consigo* tudo o que quero — afirmei.

Ela riu baixinho, provavelmente pensando que eu estava de brincadeira, e senti-me enfraquecer por um segundo. A luz em seus olhos era a coisa mais linda que eu já tinha visto em muito tempo.

No entanto, ela acenou com a cabeça.

— Não.

Jesus. Era isso o que ela queria? Que eu resolvesse às escondidas as merdas que a magoavam ou deixavam puta porque ela era muito tímida? Porque era isso o que ia acontecer. Eu não relevava coisa nenhuma.

— Ninguém pode te negar nada — atestei.

— Mas não quero resolver dessa forma — ela disse. — Não vou gostar da sensação de saber que não foi por mérito próprio.

Tudo bem, eu entendia aquilo. Provavelmente me sentiria da mesma forma com o basquete.

Mas...

— Ela merece chorar do mesmo jeito que fez com você — salientei. — No mínimo um beicinho.

Dizer a Winter que ela devia desistir do balé – encorajar qualquer pessoa a não fazer o que mais queriam – foi um gesto arrogante, presunçoso e egoísta. Eu queria que a vadia calasse a boca.

— Posso fazer com que ela seja demitida — falei.

Porém Winter riu.

Fiz uma careta.

— Posso pelo menos inundar o quintal dela e cavar uns buracos?

— Nada destrutivo — exigiu. — Nada cruel. Tem que ser algo divertido. E tipo... que seja fácil de limpar. Entendeu? Algo requintado.

— Algo bem colegial — eu a corrigi, com ironia.

Ela revirou os olhos e se recostou no assento, sorrindo satisfeita consigo mesma.

Relaxei contra o encosto de cabeça, considerando o que eu possuía ali dentro do porta-malas. Eu e meus parceiros fomos convocados de volta à cidade para a Noite do Diabo, que aconteceria amanhã. Assim que voltamos da faculdade hoje, fomos às compras. Eu tinha garrafas de uísque, mas Winter não queria nenhum incêndio. Havia reboco, cola, lanternas, e os caras arranjaram outras porcarias, como cordas, bombas de fumaça e marretas. A maioria dessas coisas não seria usada, mas acabamos nos empolgando por voltar a aprontar em Thunder Bay, já que não participávamos dessa noite de véspera do Halloween há alguns anos.

Algo não-destrutivo, não é mesmo?

Não possuíamos um arsenal desse estilo.

E então me lembrei de que ainda tinha algumas buzinas e fitas adesivas no carro.

Jesus. Bom, então era isso. Eu sabia o que tínhamos que fazer.

Eu mal podia acreditar que estava me rebaixando desse jeito, pelo amor de Deus.

— Coloca o cinto — instruí, balançando a cabeça de leve. — Já sei o que vamos fazer.

Ela se segurava ao meu moletom, seguindo-me à medida que eu percorria o caminho, virando num canto e indo em direção aos elevadores. Fui obrigado a vir ao Teatro Bridge Bay uma porrada de vezes desde criança, para assistir aos espetáculos patrocinados pelos meus pais, ou para ver minha mãe quando ela se dignava a dançar ali, como se a cidade tivesse que ser grata por terem uma legítima bailarina do Balé Bolshoi entre eles. Na verdade, era apenas uma questão de ego para ela, já que nunca mais dançou em um grande espetáculo desde os seus quinze anos. Meu pai se casou com ela, trouxe-a para a América e pronto.

Eu conhecia esse lugar como a palma da minha mão, por mais que não tenha vindo aqui há anos. Por sorte, a janela do porão ainda não fechava direito.

— Você já fez isso antes? — Winter perguntou.

Segurei a porta aberta, empurrando-a para dentro do banheiro feminino e acendi as luzes, desligando minha lanterna em seguida.

— Minha irmã e eu já fizemos uma vez em casa e outra em uma pizzaria — eu disse.

Nós estávamos com uns quatorze anos, mas lembro-me de ter sido bem divertido.

Ah, como as coisas mudaram. Uma época onde eu era capaz de sorrir.

— Venha cá, sente-se no balcão.

Ela fez o que pedi e eu larguei a sacola de viagem na pia, vasculhando ali dentro atrás de buzinas, palitos de madeira e fita adesiva.

Entrei em uma das cabines, medi o comprimento do palito por baixo do assento do vaso sanitário até o botão da buzina, vendo se encaixaria direito.

Perfeito.

Ótimo.

Voltei até onde ela estava sentada e coloquei uma garrafa em sua mão, fechando seus dedos ao redor da lata e do palito, para segurar tudo no lugar.

— Segure bem aqui — instruí. — Segure firme.

Ela assentiu, e me ocupei em arrumar a lata, enrolando a fita adesiva para manter o palito no lugar sobre o botão, de forma que quando alguém colocasse um peso em cima, como, por exemplo, sentar no assento do vaso, a buzina soaria, gerando um som estridente que abalaria as estruturas desse prédio do caralho.

Fazendo com que cada pessoa aqui dentro leve um susto da porra e acabe se engasgando com o café.

— Então você tem uma irmã — ela sondou, dando prosseguimento à nossa conversa.

— Sim. *Não* sou filho único — corrigi sua suposição a respeito da minha dificuldade em compartilhar.

— Quantos anos ela tem?

— É um ano mais nova que eu.

O rolo de fita fez um barulho alto à medida que eu enrolava a garrafa. Depois, peguei outra lata e palito e os coloquei na mão dela, para que pudesse repetir o processo.

— E quantos anos você tem? — perguntou, tentando pescar a informação.

— Sou mais velho que você.

Ela começou a rir.

— Você não tem tipo... uns sessenta anos, né?

Sessenta? Por acaso ela sentiu que eu era velho assim quando me tocou? Parei o que estava fazendo e quase colei meu nariz ao dela.

— Sou velho o suficiente para votar, mas não tanto para poder comprar bebida alcóolica — admiti. — Mas isso não significa que não posso conseguir um uísque, se essa for a sua vontade.

Ela deu um sorriso irônico e deixou o assunto de lado.

Era impressionante o fato de ela não ter descoberto ainda, mas sempre tive o cuidado de tirar meu terço quando me encontrava com ela, além de fazer questão de tomar banho antes de procurá-la. Achei que seria tenso não poder fumar para não fazê-la desconfiar, mas quando eu estava ao redor dela, eu só queria aquilo. Ficar perto. Meu vício em nicotina não compensava ter que deixá-la, a não ser que estivesse pronto para fazer isso.

Também nunca usei minha máscara, porque aí, sim, ela saberia que eu era um Cavaleiro.

Mas se eu dissesse que tinha dezenove anos, ela acabaria descobrindo em que turma eu estudava, e com minha mania de ficar à espreita para assustá-la, do mesmo jeito que *Damon* fez no armário do zelador e no refeitório, não demoraria muito até que ela descobrisse quem eu realmente era, e, por agora... eu gostava do fato de ela gostar de mim.

Eu não estava tentando levá-la para a cama. Não estava tentando provar como eu era fodão. Não estava com raiva, nem sobrecarregado ou cansado da minha vida de merda. Eu estava no único lugar onde queria estar.

Tudo era novidade para ela. Ela era uma válvula de escape. Eu podia sentir tudo e qualquer coisa novamente, pela primeira vez, através de suas palavras, da reação de seu corpo e de seu semblante.

Foi difícil me manter afastado, mas eu sabia que era necessário. Quanto mais próximos ficássemos, mais cedo eu acabaria a magoando ou ela descobriria minha identidade, e então, tudo acabaria.

Foi somente esta noite que me ocorreu, assim que a vi entrar na porra do carro de Miles Anderson, que ela já tinha idade o suficiente para fazer certas coisas, e que isso seria apenas uma questão de tempo. Queria esperar até que pudesse dar as caras outra vez. Esperar até que ela ficasse mais velha, mas eu precisava tirá-la do carro daquele otário.

Eu não sabia se algum dia transaria com ela, mas, com certeza, sabia que ele nunca faria isso.

Terminei de organizar tudo, contabilizando sete latas, e levei uma delas a uma cabine, fixando-a no chão e ajeitando o palito de madeira por baixo do assento, mal dando para perceber que ele não se fechava direito. Prendi tudo com fita adesiva e voltei para onde ela estava, tirando-a de cima da pia.

Eu a segurei em meus braços e fiz com que envolvesse minha cintura com as pernas, mantendo-a ali enquanto olhava para o seu rosto.

— Você tem sido boazinha? — perguntei.

Um sorriso travesso curvou um canto de seus lábios, e eu os encarei, atraído pela pele macia e pelo gosto que experimentei ao beijá-la. Seu gosto era de melancia. Devia ser algum tipo de *gloss* labial. As maçãs de seu rosto estavam mais pronunciadas do que há dois anos, e seus olhos azuis mais penetrantes ainda com o rímel que havia começado a usar.

Ela enlaçou meu pescoço e sussurrou:

— Sim.

— E vai continuar sendo boazinha?

Ela inspirou profundamente, e seus seios se recostaram ao meu peito, nossas bocas a centímetros uma da outra.

No entanto, ficou em silêncio.

— Responda — pressionei. — Diga que vai se comportar direitinho.

Ela engoliu em seco, ainda sem me dar uma resposta. Ao invés disso, sussurrou:

— O que você vai fazer comigo se eu não me comportar?

Ai, meu Deus. Ela parecia quase esperançosa, e meu pau inchou enquanto eu encarava aquela boca pintada em um tom rosa escuro, os lábios entreabertos... Tudo o que eu queria fazer era devorá-los e sentir o gosto daquelas palavras insanas em seu hálito.

O que eu não faria com ela...

— O que vou fazer? — repeti, roçando minha boca à dela enquanto a levava a uma das cabines. — Eu vou te colocar... — Abaixei nossos corpos, inclinando-me para frente quando ela se agarrou mais ainda em mim, sem fôlego. — No meu colo... — Abaixei-me ainda mais. — E vou te dar... — Mais baixo. — Umas... — Um pouco mais. — Palmadas bem dadas.

Então a soltei sobre o assento do vaso sanitário, e a buzina estridente e ensurdecedora que reverberou pelo teatro quase explodiu meus tímpanos.

Ela gritou e pulou para fora do assento, agarrando-se a mim e caindo na risada.

— Ai, meu Deus! — Seu rosto brilhava de pura emoção.

Revirei os olhos, torcendo para que ninguém tivesse ouvido o barulho do lado de fora do teatro, de forma que não descobrissem minha desgraça.

Ela se sentou novamente e a buzina ecoou, assustando-a e fazendo explodir em gargalhadas de novo.

Balancei a cabeça, levantando-a do vaso.

— Você é tão menininha.

— Inofensiva demais, comparada com o que está acostumado? — ela caçoou.

— Sim.

Meu Deus, se os caras descobrissem sobre essa merda... Eu precisava levá-la logo para casa, antes que ela me pedisse para jogar papel higiênico em alguma casa esta noite.

Talvez algum dia eu a levasse em uma aventura de verdade.

Apressei-me a passar a fita adesiva em todas as buzinas, incluindo a que ficaria no escritório da chefe dela. Daí, quando os bailarinos, funcionários e ela chegassem amanhã, tomariam um susto do caralho.

Recolhi todas as nossas coisas, agarrei Winter e desliguei as luzes, acionando apenas minha lanterna para encontrar a saída do prédio.

Assim que saímos dali, larguei tudo no porta-malas e preparei-me para abrir a porta do carro.

— Espera — Winter gritou.

Olhei para cima e vi que sua cabeça estava virada para o lado, como se estivesse ouvindo alguma coisa.

— O chafariz — ela disse, dando a volta para o lado do motorista. — Na praça. Você pode me levar lá?

Agucei os ouvidos e detectei o som à distância. Eu havia me esquecido dele. Quando era criança, sempre quis brincar nele, mas, é claro, nunca foi permitido.

Olhei ao redor, notando que o vilarejo não estava assim tão cheio e que o trânsito já era quase inexistente. Já devia ser mais de meia-noite, então estava bem sossegado. Ainda assim, eu não fazia a menor ideia de onde meus amigos estavam, e ainda havia movimento no *Sticks*. Eu não queria que ninguém me visse e gritasse meu nome, ou que *a* vissem comigo.

Porra.

Puxei meu capuz e segurei sua mão, levando-a colina acima até o lugar onde havia um pequeno lago e uma ponte, com um imenso chafariz no meio do jardim e um gazebo com o teto estilo chapéu de bruxa à direita. Era uma espécie de pequeno oásis afastado do vilarejo sempre tumultuado.

O barulho da água corrente ficou mais alto e ela soltou minha mão para se aproximar da estrutura. Estendeu as mãos à frente, sentindo os respingos d'água e sorriu, e tudo o que eu queria era pegá-la e escalar aquele chafariz com ela naquele exato momento.

Procurando alguma coisa no bolso do casaco, ela o pegou, virou-se de costas para a fonte e fechou os olhos, jogando a moeda na água por cima do ombro.

— Quer jogar uma? — perguntou, pegando outra moeda do bolso.

Fui até ela, atraído pelo pequeno nó na gravata borboleta, seu cabelo quase branco e com algumas mechas douradas por cima de um de seus ombros; seus lábios pintados com a cor de um chiclete. Incapaz de afastar o olhar, peguei a moeda e arremessei em direção à água, sem conseguir me concentrar em outra coisa que não fosse seu rosto.

Usando meus ombros para se equilibrar, ela retirou as sapatilhas e pulou por cima da beirada do chafariz e então me soltou, divertindo-se com alguns movimentos de balé.

Seu telefone tocou e ela parou de dançar, pegando o aparelho do bolso e desligando em seguida.

— Seus pais estão te ligando? — perguntei.

— Sim.

Ela devia ter um toque específico para identificar cada chamada.

Observei quando deu um giro, inclinou-se e curvou-se. Dei a volta na fonte, seguindo-a e vendo quando se ergueu, uma perna em um movimento amplo e flexível.

O que aconteceria quando ela ficasse mais velha? Quem a teria? Para onde se mudaria? Como tudo isso seria?

E tudo em que pude pensar, naquele momento, era que eu lutaria com todas as forças para mantê-la daquele jeito ali. Inocente, pura e feliz.

Dançando em fontes.

Cambaleando, ela, de repente, estendeu os braços na minha direção, e apressei-me em segurá-la antes que caísse.

Ela riu e se apoiou em meus ombros.

— Treinando pesado? — perguntei, erguendo um de seus pés para checar os hematomas e a área vermelha ao redor das unhas, onde a pele estava ferida.

— Sempre — respondeu.

Aqueles eram pés de uma bailarina.

— Isso dói?

Dando de ombros, ela apenas disse:

— Estou acostumada.

Então enlaçou meu pescoço e pulou, obrigando-me a envolver sua cintura com meus braços. Sorriu para mim, que apenas a segurei daquele jeito, recusando-me a soltá-la. Só querendo ficar ali.

No entanto, ela firmou mais ainda seu agarre e, de repente, me abraçou. Senti como se meu peito estivesse inchado, dolorido, e tudo passou por mim de uma só vez. Seu cheiro, calor, cabelo e corpo... Inspirei profundamente, e não sabia a razão, mas achei a sensação boa pra caralho. Meus braços ao redor de sua cintura se apertaram como uma faixa de aço, e era como se estivesse aliviado por segurar algo — ou alguém — pela primeira vez na vida.

Quando foi a última vez que isso aconteceu? Eu nunca dava abraços, porra, exceto quando Banks precisava me acalmar, e aquilo era mais como se eu estivesse me agarrando a um bote salva-vidas do que...

Afeto de verdade. Ou alguém realmente me abraçando porque gostava de mim.

Eu não era um fracote. Não precisava dessa merda.

Mas, meu Deus, era tão bom.

— Você dança? — sussurrou, no meu ouvido.

— Não.

— Agora está dançando — indicou.

Parei, percebendo que estávamos nos movendo em círculos lentos.

— Acho que gosto mais desse tipo de dança do que de balé — ela disse.

Os cantos dos meus lábios se curvaram em um sorriso. Se Kincaid me visse naquele instante...

Então vi algumas pessoas se aproximando, do outro lado do lago, subindo o declive e olhando para nós.

— Temos que dar o fora daqui — falei.

Ninguém podia vê-la na minha companhia.

Voltamos para o carro e eu acelerei, levando-a para casa, sabendo que seu pai ligaria para a polícia a qualquer momento, se já não tivesse feito isso. Ela deveria ter chegado em casa há duas horas.

— É bem capaz de estarem bravos comigo — comentou, e eu reduzi a velocidade do lado de fora da cerca de sua propriedade.

Desliguei os faróis e passei pelos portões abertos por todo o caminho até a entrada de sua casa, dando a volta na fonte horrorosa que ficava ali.

Freei, pisando na embreagem e engatei a primeira outra vez, apenas esperando. Ela não precisou da minha ajuda naquela noite em que a levei para dar uma volta de carro, então deduzi que conseguiria fazer o mesmo agora.

Mas ela ficou ali, imóvel, o rosto um pouco cabisbaixo.

— Quando vou te ver de novo? — perguntou, timidamente.

Eu não fazia ideia de como responder àquilo. Eu ficaria ocupado amanhã à noite, e voltaria para as aulas na faculdade em dois ou três dias logo depois.

Eu a veria outra vez.

Ou...

Talvez... Eu realmente não sabia.

Meu Deus, por que ela estava perguntando? A gente estava em algum relacionamento ou algo do tipo? Isto foi um encontro?

Eu sabia que isso acabaria acontecendo. Que ela criaria expectativas.

Sim, eu queria vê-la de novo. Ela era minha. Em nosso isolado mundinho... Ela era minha.

Queria vê-la dançar, e queria levá-la às escondidas muitas vezes mais para que pudesse sentir seu medo e animação, vivendo através de sua meiguice e vulnerabilidade, mas...

Eu também queria mantê-la feliz, pura e inocente. Não queria arruiná-la.

Quanto mais tempo passássemos juntos, e com o passar dos anos, isso acabaria se tornando algo mais. Nós acabaríamos transando em algum momento, e ela começaria a fazer exigências que eu não poderia cumprir.

Quando descobrisse minha identidade, ela fugiria.

— É por que sou cega? — perguntou, com a voz trêmula. — É por isso que você esconde de mim quem realmente é?

Eu a encarei, sentindo-me culpado pelos seus olhos marejados à medida que ela tentava reprimir o choro. Tão meiga. Tão triste.

— Ela estava certa, não é? — refletiu, seu tom agora repleto de uma determinação estranha. — Eu poderia até querer as coisas, mas não tinha poder nenhum sobre as pessoas que não queriam que eu as tivesse.

Ela estava se referindo à chefe que tentou fazê-la entender que ela não poderia ter tudo o que quisesse. Ela me queria e, por mais que pudéssemos lutar para conquistar coisas materiais, aquilo não se aplicava às pessoas. Ou era isso o que ela estava pensando. Ela achava que eu tinha vergonha dela. Que não queria levá-la para sair ou estar com ela em plena luz do dia.

Sua expressão entristeceu enquanto alisava o tecido da saia sobre as coxas, e então mordeu os lábios para não chorar, mas as lágrimas deslizaram pelo rosto de toda forma.

Eu avisei que acabaria te machucando algum dia.

Ela pegou as chaves de casa de dentro da bolsa e retirou apenas uma delas do elo, colocando-a dentro do porta-copos.

— Fique com isto — ela disse. — Gosto de pensar que algum dia você vai voltar.

Então desceu e seguiu em direção à casa ainda acesa, entrou e fechou a porta.

Olhei para baixo, agarrando o volante com força e encarando a chave como se fosse uma espécie de substância entorpecente. Eu queria aquilo. E sabia que a usaria.

Eu queria usá-la neste segundo.

Filha da puta.

Coloquei o carro em movimento, dirigindo devagar e com os faróis desligados, e quando peguei a rodovia, liguei o rádio na maior altura, engatando a terceira e a quinta na sequência.

Mas então pisquei, balancei a cabeça e desviei o carro na mesma hora para o acostamento, derrapando até parar.

Maldita! Mas que merda!

Que porra era aquela?

O que ela estava fazendo comigo?

Onde eu estava com a cabeça?

Passei os últimos dois anos apenas observando-a de longe, sabendo que ela seria minha heroína e tendo certeza de que minha obsessão era uma situação sem saída quando eu fosse até ela novamente.

Eu queria ficar com ela. Queria tocá-la, continuar a fazer nossos joguinhos.

Mas também queria que ela tivesse quatorze anos para sempre. Jovem, linda, inocente e a única coisa na minha vida que não era imunda.

No entanto, ela não tinha mais quatorze anos.

Estava crescendo e se transformando no que os homens desejariam.

No que eu queria.

Encarei a chave dourada sobre o console, gritando para mim tão alto quanto a música que explodia dos alto-falantes e eu... eu só...

Não queria me afastar ainda.

Eu queria me esconder em algum lugar sossegado e à penumbra, sentindo os sussurros deixando seus lábios e me deliciando com o cheiro mentolado de seu cabelo.

Foda-se.

Fiz a volta com o carro, os pneus cantando no asfalto, e dirigi pela entrada de sua propriedade, estacionando do lado de fora.

Peguei a chave e meu celular do console, para enviar uma mensagem para os caras e dizer que ficaria fora pelo resto da noite, mas percebi que estava sem bateria. Retirei do carregador o telefone que usamos em conjunto – aquele onde sempre filmávamos nossos trotes na Noite do Diabo – e mandei a mensagem. Guardei tudo no bolso e coloquei o meu celular pessoal para carregar. Tranquei o carro e corri para dentro da propriedade, fora de vista, até que alcancei os fundos da casa. As luzes no andar de baixo estavam desligadas, mas havia algumas acesas no andar de cima.

Fui até a porta dos fundos, peguei a chave que ela me deu e parei, lembrando que eles não possuíam um sistema de alarme da última vez em que estive aqui. Com sorte aquilo não teria mudado.

Enfiei a chave na fechadura e girei a maçaneta, abrindo a porta bem devagar. A cozinha escura estava imersa em absoluto silêncio.

Mas não por muito tempo.

— Winter, eu tenho que ir para o aeroporto às cinco da manhã! — alguém gritou no andar de cima. — Você não poderia ter ligado para avisar?

Olhei ao redor e verifiquei que a cozinha estava deserta. Fechei a porta bem devagar e atravessei o corredor e a sala o mais silenciosamente possível, ficando perto das escadas para me esconder.

— Desculpa. — Ouvi Winter dizer.

Eles estavam bravos porque ela chegou tarde e não ligou para avisar.

— Você estava chorando? — sua mãe perguntou, parecendo irritada.

No entanto, ela nem teve a chance de responder, já que seu pai berrou de algum lugar no corredor.

— Você tem sorte que não liguei para a delegacia! Se não consegue entender um pingo de cortesia, então é melhor largar aquele trabalho, ou qualquer outro, para dizer a verdade. — E então ele acrescentou: — É totalmente inútil, ao meu ver.

Filho da puta. Não me admira ela estar tão desesperada por um pouco de liberdade. Eles achavam que ela era burra demais para lidar com qualquer coisa.

— Deixe que eu resolvo isso. Vá para a cama — a esposa disse a ele.

— Não me mande calar a boca. Ela é tão minha filha quanto sua.

Ela não é de nenhum de vocês. Eles não eram nada para ela.

— E é por isso que Montreal sempre foi a melhor opção pra você — o pai continuou. — Uma escola que pode fornecer a comunidade adequada onde você ficará segura e confortável, além de te ajudar a encontrar uma faculdade e um trabalho de meio-período que seja do seu agrado.

Winter não disse nada, e imaginei-a sentada em sua cama, deixando-os falar à vontade, pensando que era inútil argumentar ou achando que estavam certos.

E não era nenhum dos dois.

Seus pais eram entediantes. Ela era incrível.

— Está certo — a mãe interveio. — Contanto que você esteja bem. Nós conversaremos sobre isso assim que eu voltar para casa na semana que vem. Preciso de pelo menos algumas horas de sono esta noite, então vou dormir um pouco.

Esperei vários minutos até que ouvi os passos no piso superior. As luzes se apagaram e portas se fecharam, e depois de um instante, pulei o corrimão e subi os degraus bem devagar, de olho para ver se alguém ainda estava por ali.

Winter andou pelo corredor até o banheiro, e quando abriu o chuveiro e colocou uma música para tocar, disparei pelo restante da escada e me lancei em sua direção, fechando a porta e agarrando-a no momento em que se virou, assustada.

Eu a beijei, interrompendo seu grito, sentindo-a ceder assim que percebeu que era eu.

Ergui seu corpo e fiz com que envolvesse minha cintura com as pernas, e então devorei sua boca carnuda, mordiscando o lábio inferior entre os dentes e sentindo o gosto das lágrimas em seu rosto.

— O que você está fazendo? — perguntou, talvez preocupada que eu fosse flagrado ali.

Mas apenas balancei a cabeça, mantendo o tom de voz baixo caso os pais ainda estivessem acordados.

— Não sei, querida — admiti. — Só não me deixe ir, okay?

Ela se rendeu, mais lágrimas se derramando de seus olhos enquanto me beijava e abraçava apertado.

As luzes estavam apagadas ainda, contando apenas com a iluminação natural do luar; enfiei a mão por baixo de sua saia, para que soubesse o quanto a queria. Meu comportamento imbecil não tinha nada a ver com o fato de ela não poder me ver. Eu não era superficial desse jeito, e tudo aquilo era muito mais complicado do que ela poderia imaginar. Com sorte, ela nunca ficaria sabendo.

Nós merecíamos uma noite. Alguns minutos ou horas, só um pouco mais.
Eu sabia que isso era errado. Sabia que era um fodido das ideias.
Ela me odiava. Sua família me odiava.
Ela era uma das pouquíssimas pessoas a quem eu não *queria* magoar.
Eu tinha dezenove anos, e ela era jovem demais.
Mas sua boca. Porra, sua boca deixando beijos suaves no canto da minha, sua língua me provocando, o gosto de sua pele...

Eu queria engoli-la.

Something I Can Never Have começou a tocar, a água da ducha caindo, e era como se estivéssemos naquela fonte de tantos anos atrás outra vez. Tudo era puro e inocente, apenas naquele breve momento, e era assim que as coisas deveriam acontecer. O que sempre aconteceria com a gente.

Eu queria senti-la contra mim. Sua pele em contato com a minha. Queria cada pedacinho dela.

Carreguei-a até a pia e coloquei-a sentada ali; Winter puxou a barra do meu agasalho e depois a camiseta, ajudando-me a me livrar das roupas. Joguei tudo no chão e segurei seu rosto com delicadeza, beijando-a uma e outra vez, nossas línguas duelando e nossos hálitos e calor se misturando.

Afastei-me um pouco, observando seus olhos à medida que retirava a gravata borboleta e desabotoava sua blusa. Ela passou as mãos pelo meu peito, meu abdômen, tateando com as pontas dos dedos as reentrâncias e relevos, e um gemido escapou dos meus lábios com a sensação prazerosa.

Aquela era a única maneira com que ela poderia me "ver", e apesar das carícias suaves fazerem meu sangue correr de um jeito insuportável, tentei ser paciente ao deixá-la explorar.

Os dedos se espalharam sobre minha clavícula, pelos meus ombros, descendo pelos braços e traçando as linhas dos músculos do meu peito e barriga; então ela enfiou os dedos por dentro do cós da minha calça, fazendo um calor inimaginável tomar conta da minha virilha.

— Winter... — mal consegui sussurrar.

Naquele instante, desejei que ela soubesse o meu nome. Eu queria ouvi-lo de seus lábios.

Por que com ela era tão diferente do que com qualquer outra?

Ela subiu a saia e, quando tentou alcançar o fecho do sutiã para abri-lo, segurei suas mãos. Ao invés disso, eu abaixei, lentamente, as alças e beijei o caminho entre sua clavícula e pescoço.

Envolvi seu corpo com um braço e puxei-a contra o meu, esfregando minha virilha entre suas pernas e deliciando-me com a dor prazerosa enquanto beijava sua testa.

— Quero que você seja o meu primeiro — ela sussurrou.

Fechei os olhos, em agonia.

— Quero ficar com você — prosseguiu —, mesmo que você vá desaparecer de novo... Quero ficar com você.

Enfiei os dedos por dentro de suas coxas, querendo fodê-la em cima daquela pia naquele instante e beijá-la até que não fosse capaz de me mover.

Eu queria ser sua primeira vez.

— Eu... — Puta merda, eu precisava ir embora. — Eu...

— Você. Eu te quero. — Ela salpicou meu pescoço de beijos. — Eu amo a forma como enxergo o mundo quando estou com você. Eu quero que seja você.

Ela chupou a pele no meu pescoço e mordeu de leve, e meu corpo recebeu uma descarga elétrica, meu pau começou a implorar para sair do jeans. Enfiei os dedos em um punhado de seu cabelo e segurei-a naquela posição, com sua boca tomando o meu corpo.

— Caralho.

— Você está com seu celular aí? — perguntou, os lábios ainda pressionados contra a minha pele.

— Sim, por quê?

— Tire uma foto minha fazendo isso — sussurrou. — Se você sumir, quero que se lembre de mim.

Querida, eu nunca sumi. Sempre estive aqui. No verão passado, quando você estava tomando sol na praia, eu estava lá. Quando foi às compras com a sua mãe e parou para tomar um café... Eu estava exatamente ali.

Ela nunca soube o quão perto estive.

Peguei meu celular e o desbloqueei, lembrando na mesma hora que era o celular que os Cavaleiros usavam. Não tinha problema. Eu enviaria a foto para o meu depois.

— Vou filmar, tá bom? — arfei. — Quero o pacote completo.

A forma como ela se movia, os sons que deixavam sua boca... Eu queria me lembrar disso quando já não pudesse tê-la para mim.

Apertei a tecla para dar início ao vídeo, focado em nossos corpos juntos e fechei os olhos, gravando para sempre os seus gemidos e a expressão de seu rosto lindo enquanto me beijava.

— Continue... — implorei.

Ela lambeu e mordiscou meu pescoço, e eu inclinei a cabeça para trás, a mão ainda agarrada à sua nuca. Ela tomou minha boca, mergulhando a língua de encontro à minha, e senti minhas pernas fraquejando. O celular escapuliu da minha mão e eu a segurei apertado em meus braços.

— Puta merda, Winter — falei, baixinho. — Você está me matando.

Ela deslizou a boca pelo meu peito e subiu outra vez; meus músculos contraídos em busca de prazer, e não consegui mais me conter. Segurei suas mãos às costas e assumi o controle, beijando e mordendo-a sem misericórdia.

Ela ofegou.

— Eu amo... — Então hesitou, percebendo o que estava prestes a dizer.

Minha boca pairou acima da dela, raiva e felicidade se mesclando ao meu desejo.

Amor? *Você me ama?* Só havíamos nos encontrado três vezes, e ela nem ao menos sabia o meu nome.

No entanto, ela se recuperou rapidamente.

— Eu te odeio — corrigiu. — Eu te odeio pra caramba.

Segurei suas mãos, sentindo a paixão escalando meu corpo e um sorriso torto curvou meus lábios.

— É, eu também te odeio — eu disse, erguendo-a da pia para levá-la ao chuveiro. — Eu só quero te comer.

— É mesmo? — caçoou.

Coloquei-a de pé, sem afastar o olhar de seu rosto e abaixei seu sutiã, puxando-o pelas pernas junto com a saia.

Ela levantou os braços para cobrir os seios, vestida apenas com a calcinha branca.

— Abaixe os braços — murmurei, contra os seus lábios.

Ela hesitou por um segundo, nossas respirações aceleradas e em sincronia.

— Eu quero ver — eu disse.

Lentamente, ela cedeu ao meu pedido, e seu mamilo roçou contra o meu peito, mas nem isso fez com que eu desviasse o olhar de seu rosto lindo.

Eu não queria ser sua primeira vez. Queria ser todas as vezes.

Mas também não queria amá-la. Não queria me sentir assim. Não podia me sentir assim.

Quando descobrisse minha mentira, ela me odiaria.

Não havia futuro para nós.

Era apenas sexo.

Arrastei sua calcinha para baixo, beijei sua barriga, sentindo-a tremer com o toque da minha boca, e então a empurrei para debaixo da ducha, fechando a porta do boxe antes de imprensar seu corpo contra a parede de mármore.

O vapor da água quente se formava como uma névoa ao nosso redor, e os respingos fizeram minha pele arrepiar quando me inclinei para possuir sua boca.

— Seus pais são péssimos — eu disse, repetindo as palavras que usei quando a assustei pela primeira vez. — Sua irmã é superficial e nem um pouco interessante. Eu te disse que acabaria te machucando, não é?

Ela assentiu.

— Você prometeu fazer isso.

Meu pau inchou mais ainda e, na mesma, hora, se esfregou contra sua boceta.

— Prometi mesmo — comentei. — Eu disse que algum dia iria te machucar.

Ela gemeu, remexendo o corpo incrível contra o meu, ansiando pelo meu pau dentro dela.

Agarrei seu queixo, depositando beijos em sua boca.

— Eu vou foder a garotinha do papai — zombei, tentando me ajeitar em sua entrada.

— Sim — ela ofegou.

— Você me quer? — perguntei, erguendo-a e abrindo suas pernas. — Porque eu estou doido pra te comer, docinho.

Ela tentou cavalgar meu pau, esfregando-se contra mim.

— Tão linda — debochei. — A garotinha do papai, né?

Assentiu e inclinou a cabeça para mim.

— Boa menina. — Abaixei o corpo para chupar um de seus seios. — Fazendo exatamente o que boas meninas devem fazer com os homens. Ele vai ficar muito puto quando vir o que fiz com você. O que fiz com sua bebezinha.

Ela entremeou os dedos no meu cabelo, mas a empurrei.

— Tire as mãos de mim — eu disse, entredentes, afogando-me na minha própria mente onde eu apenas agia e não pensava em porra nenhuma. — Se eu quiser ser tocado, vou te dizer onde. Entendeu?

Ela abriu os olhos, parecendo um pouco confusa, mas eu não estava nem aí. Não estava apaixonado por ela. Isto não era amor.

— A garotinha do papai — repeti, sentindo uma dor súbita dentro do peito. — A putinha do papai que trepa com caras que ela nem conhece quando seus pais estão dormindo, não é?

Mágoa assumiu sua expressão e ela ficou imóvel, rígida em meu colo.

— Você quer foder? — Mordisquei um seio, chupando com força e tentando ignorar a náusea que revirava meu estômago. — Arreganhe essas pernas aí e me dê um pedaço dessa boceta.

Ela pareceu perder o fôlego, lutando contra um soluço quando seus olhos se encheram de lágrimas.

— Po-por f-favor — gaguejou, chateada. — Por favor, não fale assim comigo.

Então parei, recostando a testa contra o colo de seus seios, sentindo a bile subir à garganta diante do tom de voz ferido.

Eu não podia fazer isso.

Ela merecia coisa melhor.

Mesmo que fosse aquela vez ali, eu poderia fazer do jeito certo. Poderia significar algo mais. Só com ela.

— Você pode ser gentil? — ela pediu, com a voz embargada.

Balancei a cabeça, ainda sem olhar para ela.

— Eu não sou gentil — murmurei. — Mas, porra, querida... você está acabando comigo nesse exato instante.

Ela enfiou os dedos pelo meu cabelo.

— Quanto menos especial este momento for, menos machucada você vai sair — admiti.

Sabia que ela não fazia a menor ideia do que eu estava falando, mas a única coisa que ela disse foi:

— Você prometeu me machucar. Não pare agora.

— Estou com medo de... — Por um segundo achei que não conseguiria respirar. — Estou com medo de te...

— Eu não vou me sujar — ela se apressou em dizer, lembrando-se do que eu disse mais cedo, no carro. — Você não vai me deixar suja. Não existe você. Não existe eu. Só nós dois.

E aquilo foi tudo o que eu precisei ouvir para colocá-la deitada sobre o banco de mármore. Eu me abaixei contra o seu corpo e beijei-a com vontade, enquanto ela abria a pernas e dobrava os joelhos para me acomodar em seu calor.

Grunhi um gemido agoniado com a sensação deliciosa de sentir sua entrada contra minha virilha, querendo nada mais do que me afundar em sua boceta apertada.

Afastei-me um pouco e pairei acima dela, encarando seu rosto e deslizando minha mão por sua pele. O pescoço delgado e o colo suave. Os seios cheios e empinados e a barriga plana. As coxas e a bunda durinha.

Posicionei-me em sua entrada, vendo-a estremecer e respirar com dificuldade, e penetrei-a, sentindo todos os músculos contraídos à medida que deixava um gemido alto escapar.

Eu me abaixei e cobri sua boca com a mão, afundando-me mais ainda dentro dela.

Seus gemidos vibravam contra minha palma, seus ofegos, e por um instante fiquei apenas ali parado, esperando que a dor cedesse.

Um misto de prazer e raiva percorreu minhas veias, consciente de que estava feito e eu a havia arruinado, mas as sensações eram tão gostosas e intensas que eu sabia que faria tudo novamente, se tivesse mais uma chance.

Seus músculos internos me apertaram e meu pau latejou com a necessidade de bombear.

Afastei minha mão e perguntei:

— Ainda está doendo?

Ela parou por um segundo, e então relaxou, abrindo mais as coxas e soltando as unhas que estavam cravadas nos meus ombros.

— Não. — Engoliu em seco. — Não está doendo mais.

Apoiei minha mão por baixo de sua bunda e segurei firme, meu olhar focado ao seu rosto, então tirei um pouco meu membro e arremeti contra o dela outra vez.

Ela deu o gemido mais fofo que já ouvi, a expressão dominada por uma mistura de dor e prazer à medida que se ajustava ao meu tamanho, e quando arqueou as costas, rebolando o quadril para ir de encontro ao meu, percebi que não dava mais para me controlar.

Estoquei meu pau, vendo seus seios balançando com o movimento, e quando ela inclinou a cabeça para trás, expondo o pescoço para mim, afundei a boca para provar sua pele.

Seus gemidos se tornaram cada vez mais altos, e cobri sua boca com a minha, lambendo sua língua e mordiscando seus lábios.

— Ssshhh... — brinquei. — Você vai me colocar em apuros.

Ela sorriu, mordendo o lábio inferior.

— Isso é tão gostoso.

Sim, mas era uma pena que não duraria por muito tempo. Eu estava fazendo o impossível para me controlar. Meu pau já estava pronto, e eu queria foder com força.

— Toque a si mesma — ordenei.

Eu precisava da ajuda dela para que gozasse antes de mim.

Ela fez o que pedi, estendendo o braço para esfregar seu clitóris enquanto eu acelerava o ritmo e ia mais fundo ainda.

Winter arqueou as costas e me beijou, subindo mais ainda os joelhos como se soubesse do que eu precisava para me afundar o máximo que poderia. Ela estava tão molhada, e chupei as gotas de água de seus seios, pescoço, queixo... tudo isso enquanto ela se acariciava com a mão entre nossos corpos. Ela se esfregou cada vez mais rápido, gemendo em desespero, e então cravou as unhas nos meus ombros novamente quando parou de se tocar e me deixou guiá-la em seu orgasmo.

Cobri sua boca com a mão quando gozou, os músculos internos contraindo ao redor do meu pau, apertando-me como um torno. Gemidos baixinhos deliciados se derramavam de seus lábios.

— Você gosta disso? — perguntei, depositando beijos suaves em sua boca.

Ela assentiu, e eu arremeti com mais força, sem me conter por mais tempo agora com as rédeas soltas.

Meu pau inchou com impulsos incontroláveis e prazerosos pra caralho, e não deu mais para segurar.

— Vou gozar fora, okay? — informei.

Ela ficou em silêncio por um instante.

— Tipo... em cima de mim?

— Sim, querida.

Ela levou um instante para entender o que quis dizer, mas assentiu. Não estávamos usando preservativo, afinal de contas. E eu duvidava que ela tomasse anticoncepcional.

Estoquei mais algumas vezes, incapaz de me controlar por mais tempo, e me retirei de seu interior, acariciando a mim mesmo até gozar sobre sua barriga. O orgasmo avassalador atravessou, deixando minha cabeça leve enquanto eu fechava os olhos e saboreava a sensação de tê-la ali comigo e de tudo o que fizemos.

A onda se espalhou por todo o meu corpo, e fiquei ali parado, com a certeza absoluta de que nada se comparava a ela.

Winter era incrível.

Por que aquilo foi tão diferente?

Abri os olhos, contemplando seu sorriso sutil quando ela tentou tocar com um dedo o que eu havia despejado em sua barriga.

No entanto, eu a impedi, afastando sua mão.

— Não, não toque isso — falei. — Eu vou... Só espere aqui. — Saí de cima dela. — Não se mexa.

Saí do chuveiro e encontrei uma toalhinha de banho ali perto, então voltei e a coloquei sob a ducha. Tirei o excesso da água e limpei a bagunça sobre sua pele, recriminando-me.

Mas que porra? Eu gozei em cima dela?

Jesus.

Assim que consegui limpar tudo, lavei a toalhinha e encharquei-a com água quente, e então a dobrei para colocar por entre suas pernas.

— Isso é tão gostoso — ela disse.

— Fique segurando isso aí.

Ela permaneceu deitada, fazendo exatamente o que instruí, e eu entrei debaixo da ducha para me limpar e molhar meu cabelo.

Tentei evitar olhar para ela, mas era impossível. Ela estava ali molhada, nua e linda, a única coisa pura que já tive na vida.

E, é claro, eu estraguei tudo e a poluí.

— Por que você está sorrindo? — eu quis saber, quando notei seus lábios curvados.

— Eu não deveria estar fazendo isso?

Tá, tudo bem.

— Essa sensação me lembra a que senti quando estive debaixo de um chafariz uma vez — informou. — A água caindo à nossa volta, como uma espécie de escudo. Nós estávamos nos escondendo. Era como um mundo dentro de outro. Uma das minhas piores memórias, mas também uma das melhores.

Passei a mão várias vezes pelo cabelo, lembrando perfeitamente daquele dia. Se ela soubesse que o garoto com quem estava na fonte era o mesmo com quem havia acabado de transar...

Será que ela ainda o odiava?

— Nós? — sondei.

Eu queria ouvi-la falar sobre mim. Ver o que permeava sua mente. Se o tempo havia curado alguma coisa.

Mas ela apenas ficou ali parada, em total silêncio.

— Então... isso é o vermelho? — perguntou, mudando de assunto.

Vermelho?

Ah, entendi. Ela se referia àquela noite quando pilotamos a moto. Ela quis saber como o vermelho se parecia.

Dei uma risada de escárnio.

— Está mais para laranja.

— Laranja? — Ela soou horrorizada. — Não pode nem ser um roxo?

Eu ri baixinho e fui até ela, pegando a toalhinha que a cobria.

— Então que seja roxo.

Ajudei-a a ficar de pé para que pudesse se lavar, e ela entrou debaixo do chuveiro.

— Quando poderei ver o vermelho? — perguntou.

Segurei seu rosto com uma mão e apoiei a outra na parede, encarando seu rosto lindo, e vi que a merda logo bateria no ventilador do caralho.

Quando você descobrir quem acabou de te foder... É aí que você vai ver um vermelho vivo.

KILL SWITCH

CAPÍTULO 18
WINTER

Dias atuais...

— Mikhail? — gritei, enquanto seguia pelo corredor.

Acordei ao som de suas unhas arranhando o piso de madeira.

Música tocava pela casa, e pude ouvir que havia gente circulando no andar inferior, bem como carros subindo pelo caminho até a entrada da mansão. O que estava acontecendo?

Depois do banho, tranquei a porta, vesti-me e sequei o cabelo; então refiz minha mala de fuga, contando o dinheiro outra vez e fazendo uma lista mental dos lugares para onde eu poderia ir caso fosse necessário. Eu sabia que não fugiria nesse momento, porque não queria arriscar a vida de outras pessoas, mas fiz tudo aquilo para me manter ocupada.

Daí veio a idiotice: eu caí no sono. A preocupação, o pavor que senti esta manhã, o momento na banheira... Tudo isso fez com que eu me enrolasse em posição fetal na cama, mergulhando num sono profundo.

Eu precisava de outro plano. Acho, inclusive, que deveria ser um que envolveria os antigos amigos de Damon. Eles poderiam contê-lo.

Poderiam impedi-lo por mim.

— Mikhail? — chamei em voz alta.

Meu telefone ainda estava lá embaixo – com sorte, carregado, já que se passava das oito da noite –, mas ouvi um choramingo baixinho e acabei desviando o caminho para o quarto do meu pai.

Ouvi o som da torneira aberta na banheira da suíte, mas eu não dava a mínima se Damon estava lá dentro ou não.

— Mikhail.

O nariz gelado do meu cachorro tocou minha perna, e ele resfolegou, feliz, lambendo meus dedos.

Ajoelhei-me, sorrindo de puro alívio.

— Oi. — Acariciei seu pelo e abracei-o, sentindo a tristeza dos últimos dias evaporar de repente.

Obrigada, obrigada, obrigada...

Eu tinha quase certeza de que Damon não faria nada com ele, mas meus olhos se encheram de lágrimas, feliz além da conta por ele estar ali.

— Por que você está aqui? — repreendi, em um tom brincalhão, segurando sua coleira e colocando-me de pé. — Fique longe dele, garoto.

— *Ke nighg-ya*. — O comando em russo novamente.

Mikhail se soltou da minha mão e correu, as unhas de suas patas fazendo barulho contra o piso do banheiro.

— Mikhail? — eu disse, em um tom mais severo.

— O cachorro foi um erro — Damon comentou. — Ele não vai te proteger de mim. Eu sei como tratá-lo. Sei como fazer com que me obedeça.

— Devolva-o.

— Claro — caçoou. — Pode pegar... Se puder.

— Mikhail — ordenei, batendo a mão na perna. — Mikhail, venha aqui!

No entanto, meu cachorro não se moveu. Não ouvi o sino de sua coleira ou o som de suas unhas.

Senti meu queixo tremer, mas me recusei a chorar.

Antes que tivesse a chance de dar a volta e sair dali, Damon agarrou meu pulso e me puxou para o banheiro. Resisti ao seu agarre, tentando me afastar, e percebi que havia apenas uma toalha enrolada ao redor de seu quadril quando ele me imprensou contra a pia e colocou uma longa peça de metal nas minhas mãos.

— O que é isso? — perguntei, ao sentir que ele me obrigava a segurar o objeto.

O perfume de sua loção de barbear se infiltrou no ar, e o vapor do chuveiro grudou em minha pele.

— Você sabe como consigo controlá-lo? — Damon quis saber.

Eu não dava a mínima...

— Comida — explicou. — A maioria dos animais, incluindo os humanos, podem ser facilmente controlados por um sistema de castigo e recompensas.

Alguma coisa caiu no chão, e ouvi Mikhail se movimentar para comer o que Damon jogou para ele.

— Nós queremos comer, então fazemos o que for preciso para que possamos ser alimentados — ele disse. — E todos os animais têm isso em comum. Eles não conseguem reduzir o volume de sua alimentação, então se tornam sujeitos a qualquer pessoa que puder providenciar isso. É desse jeito que os animais são domesticados. É a forma como os humanos são escravizados em seus trabalhos e relacionamentos desgastantes. — Ele se inclinou para mais perto, seu hálito soprando sobre o meu rosto. — Nós todos precisamos comer, Winter.

Afastei a cabeça, tentando empurrá-lo para longe.

— E seres humanos são complicados — continuou. — Não é somente nossos estômagos que precisam ser alimentados.

Ele ergueu minha mão – ainda segurando seja lá o que era aquilo –, e a levou ao seu rosto. Por mais que eu rangesse os dentes, tentando me afastar de seu toque, ele forçou o objeto contra sua pele, deslizando do queixo ao pescoço. Forçou o movimento da minha mão, e parei de me debater à medida que sentia a peça raspando os pelos curtos de sua barba. Então ele abaixou minha mão até a torneira da pia às minhas costas.

Uma lâmina. Uma navalha afiada. Senti o peso do objeto com ambas as mãos. A lâmina fria de metal era suave e cortante, enquanto o cabo parecia ser gravado com entalhes em filigranas, tornando a empunhadura muito mais firme. Seria uma antiguidade? Ninguém mais usava aquele tipo de coisa.

Ele me levantou e fez com que me sentasse na bancada de mármore, ladeando meu corpo com as mãos.

— Continue — disse, em voz baixa.

Continuar? Ele queria morrer hoje? Ou pensava que eu não teria coragem de usar aquilo contra ele?

— Por quê? — perguntei. — Para que possa provar que faço tudo o que mandam? Como um cachorro? — Apoiei a mão livre em seu peito, tentando impedi-lo de se aproximar. — Não preciso que você me alimente.

— Talvez eu precise que você me alimente.

O que ele queria dizer com aquilo?

— Faça isso — exigiu.

Segurei o cabo da navalha, gostando da sensação da empunhadura, e adorando saber que ele estava à minha frente; que havia colocado uma arma em minha mão, dando-me a chance de acabar com tudo aquilo naquele instante.

Ele confiava tanto assim em mim? Ou achava que poderia me impedir a tempo?

Ele estava me testando, com certeza. Só para ver se eu o odiava ou não. E estava disposto a se colocar em risco para descobrir isso.

De repente, eu me senti do mesmo jeito como naquela noite, tantos anos atrás.

Como se eu fosse perigosa.

— Eu vou te cortar — eu o adverti.

— Isso aí.

— E se eu cortar sua garganta?

Ele deu um riso abafado.

— Meu tipo de diversão tem um preço, lembra?

Prendi a respiração por um segundo, lembrando-me daquelas palavras. Lembrando que ele era *ele*. Meu fantasma. O cara que beijei e com quem fiz amor.

No início, aquelas palavras me encheram de pavor, porque isso significava que ele não tinha limites. Então elas me deixaram com tesão, porque eu queria me aventurar com o garoto que pensei amar.

Segurei seu rosto com uma mão, inclinando sua cabeça um pouco para trás. Então deslizei os dedos pelo seu pescoço, sentindo a pele suave onde ele já havia raspado e onde ainda se concentrava o creme de barbear.

— Chegue mais perto — pedi.

Ele se aproximou, obrigando-me a abrir mais as pernas; seus dedos roçaram de leve minhas coxas desnudas. Ignorei os arrepios que subiram pelo meu corpo.

Levantei a lâmina lentamente, sentindo o ritmo de sua respiração mudar, e aquilo quase me fez sorrir, porque, mesmo que um pouquinho, era nítido que estava nervoso.

Encontrei a posição certa apoiando o polegar e pressionei a navalha contra sua pele, aumentando a pressão um pouco mais do que deveria, ouvindo prender o fôlego.

Era a vez de ele ficar assustado.

Deixei-a ali por um segundo, sentindo a tensão entre nós à medida que ele esperava para ver o que eu faria agora que a lâmina estava pressionada contra sua garganta. Seus olhos estavam focados em mim, observando-me? Será que era isso o que ele estava esperando? Ele estava preparado?

Continuei imóvel por mais um instante e, então... deslizei a navalha para cima em seu pescoço.

Ele parou de respirar por um momento e exalou suavemente assim que sentiu a lâmina se afastar.

Passei os dedos pela faixa que eu havia acabado de raspar, sentindo a maciez da pele. A mesma pele que meus lábios tocaram quando pensei que ele era outra pessoa.

Lavei o barbeador e levantei a mão novamente, inclinando seu rosto outra vez — talvez ele tenha abaixado para me observar.

Ele ficou ali em silêncio enquanto eu, lentamente, arrastava a navalha pela sua garganta, o som áspero enchendo o ambiente à medida que tudo ao longe desaparecia. Minha mão tremeu com a consciência de que a qualquer momento eu poderia feri-lo.

Com um corte profundo.

E seria algo merecido. Principalmente depois do que ele fez comigo...

Depois de ser tudo aquilo que desejei e precisei, ele fez com que eu me apaixonasse, mas descobri que havia caído em uma mentira. O garoto que me tratou mal e descobriu como era fácil se enfiar debaixo do meu nariz para que eu transasse com ele. Será que depois ele riu de mim com os amigos? Ele se divertiu?

Senti meus olhos marejarem quando raspei outra área. Minha mão estava doendo tamanha a tensão com que eu segurava a lâmina.

Como ele pôde mentir daquele jeito? O jeito que ele era... As palavras, os beijos, o chuveiro, a maneira com que me segurou e pareceu tão triste em alguns momentos... O desespero que o dominou quando possuiu meu corpo e ambos nos entregamos ao calor do momento e à necessidade de sentir um ao outro... Como ele conseguiu mentir tão bem? Garotas novinhas tinham o coração mole. Ele devia saber que eu me apaixonaria facilmente. Ele achou engraçado me dar esperanças e brincar comigo daquele jeito? Será que riu da minha cara, a ceguinha patética que achou que ele poderia se apaixonar também?

Ele perdeu o fôlego e eu parei, as lágrimas ameaçando correr livres quando percebi que o havia cortado.

No entanto, ele não disse nada, e nem se moveu. Eu fiquei ali, a mão erguida no ar, logo abaixo de seu queixo, apenas esperando. Na verdade, aquela não foi minha intenção. Era muito ruim?

Ouvi quando ele engoliu saliva e sussurrou:

— Continue.

Pisquei para afastar as lágrimas e afrouxei o agarre, tentando relaxar.

— Que barulho todo é esse lá embaixo? — perguntei.

— Segurança extra.

— Para me manter trancada aqui?

— Para te proteger — ele corrigiu, em um tom tímido.

Eu tinha certeza de que meu rosto revelava o desdém com aquela informação. Então me lembrei de sua negativa de que havia sido ele no banheiro do teatro, bem como da negativa de Crane de que havia mais alguém na casa aquela manhã em que fugi para St. Killian. Eles não tinham porque mentir. Será que eu corria mais risco do que pensei? Havia outra pessoa atrás de mim? Inimigos do meu pai ou algo assim?

Tentei me tranquilizar, quase atemorizada pela sua resposta quando perguntei:

— A minha família está mesmo nas Maldivas?

— Sim — admitiu.

O nó na minha garganta era indício da mágoa que senti naquele momento.

E apesar de ser incomum a minha mãe estar na lua de mel com Ari, ao invés dele, eu sabia o motivo. Ele não tinha o menor interesse nas Maldivas. Tudo pelo qual se interessava estava aqui.

— Por que minha mãe me deixou aqui contigo?

— Por que ela é uma puta.

Minha mão tremeu um pouco, em parte por conta da raiva e outra parte pela imensa vontade de chorar. Ela me deixou. Ela me deixou de verdade. Ela tentou lutar contra isso? Chorou? Foi arrastada para sair pela porta, pelo menos? Ele ofereceu alguma coisa a ela? Será que ela achou que voltaria logo?

Por que ela permitiu que ele a convencesse?

Porque ela é uma puta.

Senti meu queixo tremer, quase apreciando a raiva genuína em sua voz. Ele fez aquilo, mandou-as embora.

Mas apesar de ter feito o que foi preciso para conseguir o que queria, ainda assim, ele não mostrava nenhum respeito pelo fato de a minha mãe ter cedido a ele. Que tipo de pais...

— Para onde você vai quando não está aqui? — perguntei, mudando de assunto. — Você realmente vai para a cidade? Nova York talvez? Onde?

Ou esteve por perto? Sempre próximo.

Ele ficava um bom tempo fora, e não me passou despercebido que quase nunca passava a noite aqui. Onde diabos estava dormindo?

Talvez ele tivesse outra mulher. Outra, além da minha irmã, quero dizer.

Ouvi o sibilo agudo e percebi que o havia cortado de novo.

Merda.

Ainda assim, ele não se moveu ou falou qualquer coisa. Ao invés disso, expirou devagar, quase como um suspiro aliviado.

— Continue — sussurrou, áspero dessa vez e parecendo estar sem fôlego.

Eu podia sentir o calor de seu corpo, o ritmo constante de sua respiração por baixo da minha mão apoiada em seu peito. Era como se ele estivesse calmo e exausto, como se gostasse daquilo.

Ele gostava de ser ferido?

Ou gostava da sensação do medo?

Novamente, lembrei-me da noite em que dirigi seu carro. Eu adorei o fato de ele não ter ficado bravo com meus erros, além de ter esperado que eu fizesse as coisas no meu ritmo. Como agora. Ele não estava irritado por eu tê-lo cortado. Mas talvez aquilo fosse uma coisa dele. Ele amava brincar com perigo, com a morte. O medo fazia a gente se sentir vivo.

Terminei de raspar seu pescoço e lavei a navalha.

— Abaixe-se um pouquinho — pedi. — Não consigo alcançar seu rosto.

Ele chegou o mais perto que podia, aconchegando-se entre minhas pernas, e puxei sua cabeça mais para baixo, nossos corpos praticamente colados. Seu calor se espalhou pelo meu rosto diante de sua proximidade, e aquilo me deixou constrangida.

— Pare de me encarar.

Dava para sentir o sorrisinho besta.

Encontrei uma melhor posição e deslizei a lâmina pela lateral do seu rosto, no sentido contrário aos pelos, porque era assim que meu pai fazia, e Damon não me orientou de outra forma. Raspei um lado e depois o outro, roçando os dedos pela pele para sentir alguma área falha.

Seu hálito morno soprava em minha testa, o calor de seu corpo me aquecendo por toda a parte. Eu sabia que ele estava olhando para mim, mas eu já não sentia mais vontade de dizer para que não fizesse isso, porque, por uma fração de segundo, lembrei-me da sensação maravilhosa de me sentir entre seus braços e do toque de suas mãos. Mesmo que fosse uma mentira, eu me permiti desfrutar da intimidade pela qual estava faminta. Por apenas um momento.

Passei a navalha pela sua pele, barbeando toda área áspera que podia sentir. Suas bochechas, seu queixo, acima do lábio superior, abaixo do inferior. Deslizei as pontas dos dedos pela linha da mandíbula para tentar descobrir se havia me esquecido de algum ponto, e depois de alguns segundos tocando sua pele, fui levada de volta ao salão de festas, sete anos atrás, quando ele deixou que eu o visse com o toque de minhas mãos.

Nada havia mudado.

Coloquei a navalha na pia e segurei seu rosto entre minhas mãos.

— Só para conferir — falei, mas saiu em um sussurro tão suave que não tinha certeza se ele havia escutado.

Eu o toquei, roçando as pontas dos dedos pela maçã de seu rosto, em seu maxilar, na parte de cima do pescoço e no côncavo de suas bochechas. Ele se moveu em sincronia, encontrando meu toque à medida que inclinava e girava a cabeça, dando-me acesso total para conferir meu trabalho. Então as palavras que disse para mim, há anos, me vieram à mente.

Quer conferir o resto do meu corpo?

Distraidamente, meus dedos foram descendo pelo pescoço, e resolvi explorar um pouco mais, só porque precisava tocá-lo, mesmo que me odiasse por estar fazendo isso.

Ele passou a respirar com dificuldade, e apertou as mãos na junção das minhas coxas com a bunda, os dedos massageando a carne.

Recostou-se, o nariz tocando a ponta do meu; seu tórax pressionado ao meu peito.

— Winter... — grunhiu em um sussurro.

Agarrei-me aos seus ombros, sentindo seu pau duro se esfregar entre minhas pernas e alagando minha virilha com seu calor. Meu coração acelerou. Eu queria correr para longe dali.

E também queria que ele arrancasse as minhas roupas.

Eu te odeio.

Eu te odeio.

Eu te odeio.

Seu corpo imprensou o meu contra o espelho, e rebolei contra sua virilha, meu clitóris latejando com a provocação de seu membro através da toalha.

Então eu soube... que por mais que aquilo fosse gostoso e mesmo estando sozinha por tanto tempo – por não conseguir confiar em ninguém ou em mim mesma depois de sofrer tamanha humilhação com aquele vídeo –, assim que tudo terminasse, eu me odiaria. Eu me odiaria por deixá-lo se aproveitar de mim outra vez.

Virei-me de costas e tentei empurrá-lo para longe.

— Me larga.

No entanto, ele não se moveu, inspirando com força.

— Por quê? — finalmente perguntou. — Você parece gostar de mim.

— Deixe-me em paz! — resmunguei. — Você não vai conseguir isso de mim.

Dei um empurrão com toda a minha força, mas ele apenas riu com escárnio.

— Eu já tive isso — ele disse, o tom de voz ameaçado e cortante. — Agora eu quero a sua sanidade. Só soltar um pouco mais o parafuso aí dentro...

Rastejei por baixo dele e consegui ficar de pé, dando socos em seu peito. Ele tropeçou para trás, ainda rindo.

— Tudo na hora cer...

— Ei, Winter! — O grito estridente vindo do andar inferior quase sacudiu a casa. — Estamos aqui!

Hum?

— Quem é? — Damon exigiu saber. — A voz se parece com a do Will.

Mas ele nem me deu tempo de responder. Quando passou por mim, suspirei, sentindo o alívio percorrer meu corpo ao me lembrar da conversa com Will na noite passada.

Coldfield.

Quando estava na festa, eu disse a Will e sua amiga, Alex, o quanto achava a nova casa mal-assombrada divertida, e que queria voltar lá antes que fechasse para a temporada.

Da última vez em que estive lá, precisei sair às pressas, então nem pude aproveitar tudo. Como eles ainda não tinham ido, combinamos de ir juntos esta noite.

E eu havia me esquecido totalmente.

Depois das últimas vinte e quatro horas, eu não estava no clima para me divertir em casas mal-assombradas, mas qualquer lugar era melhor do que ficar aqui.

Saí da suíte e parei no patamar da escada, deixando-os saber que estava ali.

— Por que vocês estão aqui? — Damon perguntou, e eu me assustei ao perceber que havia parado exatamente do lado dele.

Que ótimo. Eu estava de pijamas, ele de toalha, e nós dois saímos do quarto que ele agora ocupava. Perfeito.

— Não é da sua conta — Will respondeu. Então disse para mim: — Winter, mostre a Alex onde fica o seu quarto. Ela vai te ajudar a ficar pronta.

Ouvi os passos subindo as escadas, aproximando-se.

Pronta? Eu era capaz de me vestir sozinha.

— Por que você está com a sua máscara? — ele perguntou a Will, provavelmente.

A forma como disse "sua máscara" deu a entender que ele também possuía uma. Pelo que ouvi, todos os Cavaleiros usavam.

— Ninguém está falando com você, filho da puta — Will rosnou.

Uma risada me escapou, e dava para sentir a irritação de Damon ao meu lado.

Will era engraçado. Eu até achava que gostava dele.

Damon não teve tempo de me perguntar qualquer outra coisa, porque uma mão delgada e fria segurou meu braço e, em seguida, guiei Alex pelo corredor até o meu quarto. De repente, eu estava animada com a noite.

Eu queria usar uma roupa legal, tomar uma bebida e desfrutar de um pouco de emoção e arrepios.

Contanto que nenhum deles fosse por causa de Damon Torrance.

Não era uma noite qualquer no calendário de Coldfield. Era a noite para maiores de dezoito anos, o que significava que as bebidas estavam liberadas e as roupas não deixavam muito para a imaginação. Todo mundo de fantasia.

Passamos pela entrada e mostramos nossas pulseiras de acesso irrestrito, e tentei abaixar um pouco mais a saia, sentindo-me um pouco tímida. *Hum, uma roupa legal mesmo.* Alex era uma garota interessante, e quase não acreditei que ela escolheu quase tudo do meu próprio guarda-roupa.

Depois que nos enfiamos no meu quarto, ela tratou logo de se ocupar e arrumou meu cabelo. Em seguida, fez uma maquiagem de palhaço no meu rosto. Ou um palhaço sexy, de acordo com suas palavras. Pintou alguns desenhos na minha testa e algumas lágrimas abaixo dos olhos, finalizando com tinta vermelha na ponta do meu nariz e um batom preto com o contorno branco ao redor da minha boca.

Enquanto eu estava dormindo, recebi uma mensagem de voz da minha mãe, avisando que ela e Ari estavam ótimas e que eu ficaria bem.

Nenhuma ligação ou informação além disso.

Elas estavam ótimas, e eu ficaria bem.

Uma mensagem enigmática, curta e grossa, à qual eu não conseguia entender.

Tentei ligar de volta para as duas, mas não atenderam, e eu já nem sabia se estava esperando que realmente fizessem isso. O que elas diriam, afinal de contas?

O que Damon disse à minha mãe?

Talvez ele tivesse boa lábia e deu algumas garantias a ela? Talvez o acordo financeiro tenha sido bom demais para ignorar. Ou talvez ela apenas tivesse se cansado de resistir.

Só soltar um pouco mais o parafuso aí dentro...

Seu insulto ecoou na minha mente outra vez, e o que quer ele estivesse planejando, sua intenção não era se valer com o uso da força, como pensei. Ele estava tentando entrar na minha cabeça.

Alex brincou e deu volume ao meu cabelo, e comecei a relaxar, sentindo-me no paraíso com todos aqueles cuidados, até que ela entrou no meu *closet*, fuçou todas as minhas coisas e, com a minha permissão, começou a rasgar e cortar algumas peças para a minha fantasia.

Vesti uma minissaia rodada preta com uma camada de tule por baixo e uma lingerie da mesma cor, com alças, que ela havia trazido. Para completar, enrolou no meu pescoço o tutu de um dos figurinos que usei quando criança e que estava rasgado. Além disso, colocou alguma coisa que encontrou no meu armário nos meus pulsos e borrifou um creme com glitter na minha barriga, perna e braços.

Pensou em me fazer usar saltos, mas percebeu que seria um erro – como fiz questão de afirmar –, então optou em me dar um par de tênis pretos.

Antes de deixarmos o quarto, ela se lembrou de que faltava uma coisa: presas.

Afiadas, macias e de material acrílico, Alex havia levado um par extra, colocou a mistura de fixação no molde e perguntou se eu queria colocar nos meus dentes caninos ou incisivos.

Blade ou *True Blood*⁶?

Blade. Então a melhor opção era colocar as presas nos caninos. Ela rapidamente os colocou sobre meus dentes e segurou a peça por alguns minutos, esperando que o fixador secasse e eu me acostumasse com a sensação. As pontas afiadas roçaram a parte interna do meu lábio inferior, mas, além desse detalhe, elas não atrapalhavam em nada.

Eu estava pronta.

Não fazia a menor ideia de como estava minha aparência, mas Will deu um assobio apreciativo assim que desci as escadas, e Damon me deixou sair sem causar problemas. Na verdade, ele estava sendo agradável com a coisa toda de uma forma incomum. Quer dizer, sobre me deixar sair, seminua, com seus amigos.

Aquilo me fez parar por um instante.

Divirta-se, ele disse em um tom de voz carregado de duplo sentido.

Paciência. Eu lidaria com ele mais tarde.

— Bebidas! — Alex gritou, indicando o que devíamos parar para fazer primeiro.

O parque estava lotado, gritos e assobios vindos de todo lado. As pessoas corriam atrás de outras ou fugiam – uma acabou esbarrando em mim –, e a música *Bloodletting*, do Concrete Blonde, tocava de algum lugar à distância, juntando-se à cacofonia de sons assustadores de portas rangendo e risadas maléficas que saíam dos alto-falantes. Inspirei, sentindo o cheiro de terra e do querosene usado nas tochas acima das nossas cabeças.

Segurei-me ao braço de Will enquanto seguíamos através da multidão até chegar às bancas de bebida e comida. Da última vez em que estive aqui, senti o cheiro dos condimentos, mas não tive tempo hábil de experimentar.

— O que você vai querer? — ele perguntou, assim que paramos. — Parece que eles podem fazer coquetéis, shots de tequila, chope ou cerveja engarrafada, vinho...

Ele mexeu o braço para pegar algo em seu bolso traseiro, então o liberei para não atrapalhar.

— Hum, cerveja — respondi. — Qualquer uma, mas de garrafa lacrada, por favor.

— Boa menina.

Bom... eu não estava realmente no clima para beber cerveja, mas era a única coisa que eu tinha certeza de que estava com o lacre na tampa. Em um lugar como esse, com todas essas pessoas e a loucura ao redor...

---

6   Filme e seriado de TV, respectivamente, sobre vampiros.

— Ah, espera... eu trouxe dinheiro. — Enfiei os dedos por dentro da alça do sutiã e por baixo do colarinho, onde escondi um pouco de grana e o celular.

No entanto, ele apenas deu uma risada.

— Eu sei, eu também trouxe. Não se preocupe com isso.

Desisti de pegar o dinheiro e murmurei:

— Obrigada.

Sério. Como ele podia ser amigo de Damon naquela época? Ele era tão diferente. Será que gostava de ser abusado ou algo do tipo?

Eu não conseguia imaginá-lo lidando com o lado sombrio de Damon.

Assim que pegamos nossas bebidas, girei o invólucro da garrafa de alumínio, sentindo a condensação umedecer minha mão. Tomei um gole seguido de outros. O sabor acabou melhorando o meu humor e comecei a relaxar mais um pouco.

Os efeitos sonoros de uivos e gritos enchiam o ar, e Alex ofereceu seu braço para que o segurasse rumo à nossa primeira experiência: *O Túnel do Terror*.

Ouvi o barulho dos trilhos e estalar das grades enquanto aguardávamos na fila. Parecia uma espécie de trem com carros que nos guiaram pelo caminho. Apertei um pouco mais o braço de Alex, sentindo a adrenalina agitar meu coração.

Então esse passeio seria algo onde ficaríamos presos, incapazes de fugir.

A fila andou e subimos no carrinho, Alex primeiro, eu em segundo e Will logo atrás, espremendo-se ao meu lado. Quando levantei os braços para que a grade de segurança baixasse, acidentalmente acertei seu rosto mascarado.

— Droga, me desculpa. — Comecei a rir.

Dei um tapinha no plástico rígido, em um gesto solidário, sentindo as ranhuras na caveira da máscara de paintball, traçando os contornos das cicatrizes desenhadas na superfície.

— Por que você acha que decidi usar a máscara? — ele brincou.

Ah, fica quieto.

Os carrinhos dispararam pelos trilhos e acabei batendo a cabeça contra o encosto quando viramos à direita. O balanço foi tão brusco que nós duas caímos em cima do Will. Alex gritou, e fiquei sem saber se os rangidos das rodinhas eram um efeito sonoro ou de verdade, mas parecia algo barato e decadente – tipo desgastado. Esfreguei uma coxa à outra, gostando da sensação. Atravessamos algumas portas e senti a névoa densa no ar, ouvindo os ruídos de blocos e correntes de metal se chocando.

Senti Alex e Will se sobressaltando algumas vezes, seguido de barulhos enojados de Alex, o que indicava que havia muito mais coisa a ser vista do que sentida nos túneis, mas eu já meio que esperava por isso. Eu disse a eles quando estávamos no caminho para o parque, que não queria que narrassem o que havia ao meu redor. Nós devíamos nos divertir da forma que podíamos.

Uma lufada de ar soprou no meu ouvido, seguido de um latido e eu dei um pulo, rindo.

— Na parte de trás do carrinho tem um sensor e alto-falante — Will conjecturou.

Outros ruídos ecoaram – serras elétricas, caldeirões borbulhantes, gritos e asas de morcegos pelo ar –, e Alex se inclinou em cima de mim, obrigando-me a fazer o mesmo contra Will. Ela se enfiou mais ainda no meu espaço pessoal, e ouvi um gemido angustiado, supondo que algum ator estava ao seu lado no carrinho, brincando com ela. Eu ri de seu desespero, sentindo-me superior por não ter sido afetada tão facilmente.

Cruzamos mais túneis, os dois absorvendo a escuridão e os personagens assustadores em figurinos ensanguentados ou máscaras que eu não era capaz de enxergar, mas assim que comecei a relaxar, o carrinho parou.

— O que é aquilo? — Alex perguntou.

— Não consigo ver nada — Will retrucou.

Tudo bem... Acho que eu devia apenas esperar.

Ficamos ali sentados, e eu não conseguia ouvir as vozes ao nosso redor, o que indicava que os carrinhos ficavam distantes uns dos outros no trilho.

— Will, o que é aquilo? — Alex berrou. — Bem ali!

E, então, de repente, ouvi um rosnado. Como se fosse um lobo feroz espumando pela boca. Aquilo era um efeito sonoro?

— Aaah! — Alex gritou, e fiquei tensa na mesma hora.

Um peso recaiu sobre a parte da frente do nosso carrinho, e ouvi o rosnado baixo chegar cada vez mais perto.

Mais perto ainda.

O bramido profundo do animal fez com que meus dedos dos pés se curvassem, meu corpo, instintivamente, tentando se dobrar em posição fetal, o que era impossível fazer por conta da grade de segurança.

O rosnado se aproximou cada vez mais, o hálito soprando sobre o meu rosto, e ficou nítido que alguém estava parado na frente do nosso carro e pairando diretamente sobre mim.

Era assustador, perverso e estava ofegante, e meu coração batia acelerado conforme ele me provocava.

Alex e Will ou riam ou choramingavam, e, se eu fosse capaz de ver aquela coisa, poderia ter surtado, mas como era incapaz, achava tudo aquilo apenas... assustador o bastante. Um formigamento se instalou no meio das minhas coxas e fechei-as com força enquanto tentava respirar direito.

Os carros se moveram novamente, e o senti ali por mais um tempo, até que pulou para longe.

— Aww, ele gostou de você — Will zombou.

Minha pulsação ainda estava acelerada, e eu me sentia aquecida. Esfreguei as mãos sobre as coxas e deslizei a ponta da língua por uma das presas, tentando descobrir que o havia de errado comigo por me excitar com esse tipo de coisa.

Eu gostava de sentir medo?

Ou só gostava disso por saber que estava em segurança?

O passeio acabou e descemos do carrinho, levando nossas bebidas conosco. Desenrosquei a tampa da minha garrafa e tomei um longo gole para refrescar a garganta subitamente seca.

Joguei o restante no lixo e seguimos em direção ao labirinto. Segurei o braço de Will, dessa vez, já que Alex não queria liderar o caminho, e eu me recusava a ir na retaguarda.

Atores tentavam nos agarrar através das paredes, enquanto outros se mantinham postados e à espreita nos corredores, prontos para nos pegar de surpresa. Mãos agarravam meus braços, e me joguei em cima de Will, rindo, mas sendo atacada pelo outro lado também.

Era claro que eu acabava perdendo um monte de coisas que faziam aqueles dois se assustarem, mas eu era capaz de sentir o espaço ínfimo entre as paredes, o teto baixo e o cheiro do ar frio e do piso de terra. Era como se estivéssemos no subsolo, embora soubesse que não era verdade.

Viramos em um canto e Will deu um pulo, recuando e pisando no meu pé.

— Ai! — resmunguei.

No entanto, não tive oportunidade de descobrir o que o havia assustado. Alex gritou atrás de mim, e Will segurou minha mão, fazendo com que nós dois nos virássemos para conferir o que havia de errado.

— Ei! — ele gritou. — Essa garota é minha!

O quê? Cheguei mais perto dele, agarrada ao seu braço. O que estava acontecendo?

Os gritos histéricos de Alex ecoaram pelo corredor, até que foram desvanecendo por trás da parede. Aquilo me deixou chocada.

Eles a tinham carregado para algum lugar?

Ai, meu Deus.

— Merda, vamos embora — Will disse e riu em seguida.

Ele me colocou às suas costas, de cavalinho, e eu enlacei seu pescoço. Seu agarre se firmou por baixo dos meus joelhos e corremos de volta pelo caminho que havíamos atravessado, procurando por Alex.

Os atores – já que eram autorizados a nos tocar – devem tê-la levado para algum lugar longe dali.

Will correu pelo túnel, e alguém roçou minhas costas, rugindo e arranhando. Gritei com histeria e me agarrei mais ainda aos ombros de Will, abraçando-o com força.

— Rápido! — arfei. — Ou eles vão me pegar também!

Ele acelerou os passos – o que foi surpreendente, já que carregava um peso extra –, e meu coração disparou loucamente, quase saltando pela boca, animada. Will virou pelos cantos, seguindo os gritos de Alex, e os músculos contraídos das minhas pernas e braços começaram a doer.

Ouvimos os berros de Alex em algum lugar mais perto, e percebi que ela estava rindo.

— Will? — gritou. — Ai, meu Deus. Ele me jogou por cima do ombro como se não pesasse nada. Achei que seria devorada.

Paramos e Will me colocou de pé no chão. Continuei agarrada ao braço dele quando ele se inclinou para baixo – talvez para ajudar Alex a se levantar do lugar onde o ator a largou. No entanto, mal tivemos tempo de nos recuperar antes que rosnados e ruídos de motosserras enchessem o ar e fôssemos engolfados por cerca de dez assassinos da serra elétrica. Eles vieram para cima de nós, cutucando nossas pernas com as serras sem lâminas, e quase nos atropelamos, esbarrando uns nos outros e desviando para qualquer direção que nos levasse para longe dali.

— Winter, onde você está? — Ouvi o grito de Will ao longe, mais distante do que imaginei que ele estivesse.

Mas então, de repente, ele apareceu do nada e agarrou minha mão, levando-me dali.

Suspirei aliviada. Ele andava rápido, arrastando-me à medida que os dutos de ventilação sopravam sobre minhas pernas, e eu ria quando as túnicas feitas de sacos de feno usadas pelos assassinos roçavam meus braços;

aquilo indicava o quão perto estive de ser capturada. Arrepios deslizaram pelo meu corpo, e minha pulsação disparou. Eu era incapaz de conter o frenesi intoxicante do perigo imediato que havia se instalado na minha cabeça. Era como se eu estivesse chapada.

Viramos à direita duas vezes, e o ruído se distanciou. Ninguém mais tentou nos perseguir, e só então ele desacelerou os passos, mas continuou me puxando por entre as paredes e passagens do labirinto.

Arfei, ainda segurando sua mão e erguendo a que estava livre para tocar a máscara em seu rosto.

— É você, não é?

Só para ter certeza.

Comecei a rir baixinho, mas me acalmei quando senti as ranhuras no plástico rígido da caveira.

— Isso foi tão divertido — comentei.

O corredor agora estava silencioso, com exceção dos efeitos sonoros que simulavam o vento uivando, batimentos cardíacos e o carrilhão de relógios. Sua mão se firmou à minha à medida que seguíamos pelo caminho. Embora não gostasse quando alguém me segurava pela mão, não me importei. Ele não estava fazendo isso porque eu era cega, e, sim, para que eu não fosse agarrada como Alex havia sido.

Alex.

Virei a cabeça de um lado ao outro, tentando ouvir o som de seus passos.

— Onde está a Alex? — perguntei.

Ela estava junto com a gente, certo? Ele me puxou para que fugíssemos com mais rapidez.

Mas, então, pisei em algo molhado e meu pé derrapou em alguma coisa no chão.

— Eca! — Dei um passo para o lado e me aproximei dele, tentando me afastar da poça nojenta. Senti o cheiro de vodca, então deduzi que alguém havia deixado a bebida cair por ali.

Ele envolveu minha cintura com seu braço e me levantou, e, automaticamente, enlacei seu pescoço à medida que me carregava para longe.

— Obrigada — murmurei.

No entanto, ele não me colocou de volta no chão.

Meus pés não tocavam o chão enquanto ele caminhava devagar, o som quase mecânico de sua respiração por trás da máscara.

Apreensão fez com que um arrepio subisse pelo meu corpo, deixando-me zonza de repente. Minha voz saiu como um sussurro quase inaudível:
— Eu consigo andar agora.

Ainda assim, ele não me colocou de pé no chão. Ao invés disso, ergueu meu corpo e fez com que envolvesse sua cintura com as pernas, e quando concluí que o homem que me segurava nos braços não era Will, senti o pânico delicioso me aquecer.

Ele me carregou, os passos pesados perfeitamente sincronizados ecoando pelo corredor como se estivesse vindo atrás de mim e soubesse exatamente onde eu estava me escondendo.

Este não era o Will.

Soube disso antes mesmo de deslizar meus dedos pelo cabelo em sua nuca e sentir as mesmas cicatrizes que havia percebido anos atrás.

Mas neste instante, em meio à escuridão onde eu podia ser qualquer outra pessoa, assim como ele, não fiz questão de me afastar.

Por que eu não estava tentando fugir?

Meu Deus, era tão gostoso senti-lo daquela forma.

Nos meus braços. E eu quase havia me esquecido.

Por apenas alguns minutos, ele voltou a ser o fantasma que apareceu na minha casa.

Zombando de mim.

Brincando comigo.

Fazendo com que eu sentisse coisas que queria sentir.

Senti tanta falta disso.

Cruzei os tornozelos às suas costas e recostei minha testa à dele, quieta e calma por fora, mas irritada com todas as emoções que fervilhavam por dentro. Eu não fazia ideia se ele conseguia enxergar o caminho, mas era como se ambos estivéssemos no piloto automático.

— Para onde você está me levando? — perguntei baixinho.

Mas ele se manteve em silêncio.

Seu coração batia contra o meu peito, e minha respiração sincronizou com a dele, a fantasia e o medo me dominando enquanto a densa névoa se grudava à minha pele e os sons do parque de diversões do lado de fora nos rodeava. Senti um calor latejante entre as pernas, e mal reparei nos atores que pularam do nada para me assustar.

Eles afundaram os dedos nas minhas costas, como se estivessem me arranhando, mas firmei meu agarre nele, querendo apenas ficar ali, porque isto me assustava muito mais e eu adorava a sensação do medo.

O que ele queria fazer comigo?

Passamos por um longo corredor e outro ator tentou nos agarrar, mas eu o abracei mais forte; minha testa se mantinha recostada contra sua máscara e as presas artificiais se afundaram no meu lábio inferior quando senti minha boceta latejar.

— Você não vai dizer nada? — sussurrei.

Aonde ele estava me levando? Onde estavam meus amigos?

Porém, eu não estava nem aí. Só achei que deveria me importar...

Ele não era meu inimigo aqui. Era meu segredo vergonhoso.

Cry Little Sister, de Marilyn Manson, tocava pelos alto-falantes do lado de fora, e ele ergueu meu corpo um pouco mais, seu abdômen agora pressionado entre minhas pernas. Gemi baixinho quando suas mãos apertaram minha bunda.

Ai, meu Deus.

Meus lábios pairavam a centímetros da abertura da boca de sua máscara; cravei os dedos em sua nuca, dolorida com o desejo latente e gemendo em um ofego.

Quando dei por mim, passamos por outra porta e então mais uma, e o deixei me carregar para um quarto silencioso que cheirava palha molhada e flanela. Ele me afastou e me jogou em cima de uma pilha de feno. Perdi o fôlego por um instante, um grito alojado na garganta enquanto, instintivamente, eu esperneava e me arrastava para trás, tentando fugir dele.

A gentileza sutil de momentos antes havia desaparecido.

Tentei engatinhar para trás, ouvindo os ruídos e a música exterior, mas ele agarrou meu tornozelo e me puxou de volta para ele. Meu estômago revirou quando me deitou de barriga para baixo e fez com que eu ficasse de quatro.

Eu arfava em busca de ar, lutando para me levantar e fugir.

Ele me pegou por trás, envolvendo minha cintura com um braço e me levantou. Minha cabeça se recostou ao seu ombro e ele enfiou a mão por entre nossos corpos, folgando o cinto que prendia o sutiã emprestado por Alex.

Suas mãos rudes, o pessoal que festejava do outro lado da parede, seu silêncio, meu figurino, sua máscara... Tudo aquilo me deixou com mais tesão ainda e, neste pequeno quarto, nos apoderamos do nosso mundinho, onde só nós dois nos atrevemos a viver e mergulhar, mesmo que por apenas alguns minutos que ninguém teria conhecimento.

Ar frio atingiu meus mamilos quando o sutiã caiu no chão, e no momento seguinte, ele havia me colocado de pé. Suas mãos grandes apalpando meus seios.

Ofeguei, com os olhos fechados diante do prazer com seu toque, então ouvi algo cair no chão e senti seus dentes cravando no meu pescoço.

Gemi alto, incapaz de controlar o movimento dos meus quadris contra os dele; minhas pernas estavam bambas diante da necessidade de senti-lo dentro de mim. O calor de sua boca se espalhou pela minha pele como um melado, e a dor de sua mordida foi o suficiente para acender cada terminação nervosa do meu corpo. Eu não conseguia pensar. Não queria qualquer outra coisa.

Estendi a mão para trás e toquei seu rosto agora livre da máscara, e ele soltou meu pescoço, agarrou meu cabelo e puxou minha cabeça para trás. Eu estava completamente imóvel à medida que ele devorava meus lábios, massageava meus seios e lambia uma das minhas presas com a ponta da língua.

Sua respiração mais soava como um rosnado enquanto ele fervilhava, tão perdido quanto eu.

Ele me fez ficar de costas e me colocou de quatro no chão. Tentei me levantar, mas ele me empurrou para baixo.

Ouvi o tilintar de seu cinto e do zíper sendo aberto, e quase perdi a força nos braços, mal conseguindo respirar. Eu nunca tinha transado naquela posição.

Ele enfiou o joelho entre os meus, fazendo-me abrir as pernas mais ainda, agarrou meus quadris e me puxou contra ele, a carne rígida de seu pau se esfregando contra mim.

Um gemido escapou dos meus lábios e quase fui capaz de sentir o quão molhada estava.

A mão áspera rasgou minha calcinha. Ele segurou seu pau e esfregou a ponta na minha entrada, e antes que eu pudesse dizer qualquer coisa, deslizou para dentro de mim, afundando a si mesmo profundamente e me preenchendo de um jeito tão gostoso que me deixou com as pernas bambas.

— Aaahhh... — choraminguei, enrijecendo o corpo por um instante até acomodá-lo.

O ponto que ele atingiu lá no fundo enviou uma onda de prazer pelo meu corpo, fazendo tudo formigar e vibrar, e o som de sua respiração ofegante às minhas costas indicou que ele havia sentido o mesmo.

Ele não esperou por muito tempo. Apertando meus quadris, começou a estocar, duro e rápido, e minhas mãos deslizaram no piso coberto por feno enquanto eu tentava firmar os joelhos.

Tudo o que eu podia fazer era tentar evitar desabar no chão enquanto ele arremetia em um ritmo curto e acelerado, enchendo-me com seu tamanho e calor, para então se afastar e me penetrar outra vez.

Minha nossa, ele era tão gostoso. Meu corpo foi empurrado para frente, e ele arfou e grunhiu enquanto me fodia duro e mais duro; umedeci meus lábios entreabertos, sentindo o gosto da maquiagem de palhaço que ainda usava.

Depois de um instante, seu agasalho havia sumido, e desejei poder me virar para senti-lo contra mim. Para sentir seu peito contra o meu, mas quanto mais fundo ele me penetrava, mas intenso meu orgasmo se avolumava, e em menos de um minuto, senti a vibração no meu ventre, como se fogos de artifício estivessem explodindo em meu interior. Prendi o fôlego, deixando o orgasmo avassalador se arrastar pelo meu corpo. Senti meus mamilos sensíveis e intumescidos, e gemi, tentando conter o grito de prazer, porque não sabia onde estávamos e quão isolado esse lugar era.

Atordoada, senti o puxão no meu cabelo e minha cabeça foi para trás, obrigando-me a arquear as costas, empinando ainda mais minha bunda. Ele manteve os impulsos violentamente, bombeando com força e cada vez mais rápido, até que começou a grunhir, o corpo enrijecendo por completo quando seu orgasmo o alcançou.

Ele arremeteu mais algumas várias vezes, e então, com um último impulso, gozou, resfolegando de tal forma que eu tinha quase certeza de que ele desabaria em cima de mim.

Mas isso não aconteceu.

Ele ficou ali parado, enterrado profundamente dentro do meu corpo por mais um minuto, apertando e afrouxando a mão que mantinha um punhado do meu cabelo com força, tentando se acalmar. Meu couro cabeludo estava dolorido, mas eu estava tão cansada que nem me importava.

Assim que as coisas se acalmaram, e meu desejo e qualquer outra emoção esmagadora desvaneceram, só um pensamento passou pela minha cabeça: eu deixei aquilo acontecer. Mais uma vez.

Com tanto homem no mundo, por que eu me odiava tanto ao ponto de desejar somente um, no calor do momento?

Eu me afastei dele, sentindo o ar fresco indesejável onde antes ele estivera. Escapei para longe e puxei um pedaço do tule por baixo da saia para limpar o melhor que podia a bagunça entre minhas pernas.

Senti uma imensa vontade de chorar ao perceber seu sêmen ainda quente escorrendo. Eu precisava de um banheiro.

Ouvi sua movimentação ao fechar o zíper e o cinto, e logo em seguida o som da abertura de um isqueiro enquanto ele acendia seu cigarro.

— Você gozou dentro de mim — comentei.

Ele deu uma baforada, sem dizer nada por um instante.

— E daí? — finalmente respondeu, com arrogância e determinação.

— E a cidade inteira sabe em quais camas você se enfiou — eu disse, ríspida.

— Como a sua, você quer dizer?

Sim, anos atrás.

Ele suspirou e então senti o sutiã me atingir quando ele o jogou para mim. Consegui pegá-lo antes que caísse no chão.

— Meu pai quer netos, Winter.

Meu estômago revirou e senti o rosto queimando diante da raiva e do embaraço. Ai, meu Deus... se eu ficar grávida...

Pensei no calendário na mesma hora, lembrando que havia menstruado na semana passada, então imaginei que não teria problemas.

Por mais que quisesse ficar pau da vida com ele, precisava ser justa: eu poderia ter impedido tudo aquilo. Só não pensei direito na hora.

Levantei do chão e recoloquei o sutiã, porém sem conseguir fechá-lo.

— Eu nunca terei seus filhos — afirmei.

Aquele era Damon. O marido da minha irmã. E eu preferia morrer a formar uma família sob o seu domínio. Ele seria um péssimo pai.

Eu o senti se aproximar e parar na minha frente, a voz grossa soando calma e segura.

— Você vai ter um monte de filhos meus — informou.

E então esbarrou em mim quando saiu do quarto, deixando-me ali, incapaz de me mover enquanto suas palavras pairavam no ar.

Eu o odiava. Detestava a pessoa que me tornava quando estava com ele.

Como pude fazer isso? Por quê? Ele não me obrigou. Eu poderia ter fugido, mas nem sequer pensei em dizer não. Eu não quis dizer não. Era como se fôssemos animais, pelo amor de Deus.

Vermelho.

Raiva e fúria, calor e necessidade tão intensas como se você fosse um maldito animal, Winter. É algo primitivo.

Então este era o vermelho. Eu quis fazer tudo isso. Eu amava as chamas e quis mergulhar de cabeça.

Mas, agora... vinha a dor das queimaduras.

Eu o odiava.

— Ei... — Alex entrou no quarto e fechou a porta. — Acabamos de ver o Damon. Ele disse que você estava aqui. — Então ela tocou meu braço, e pude ouvir o tilintar dos cubos de gelo em seu copo. — Querida, nos perdoe por termos nos separado. Você está bem? Merda.

A julgar pela sua reação, eu devia estar um horror, com a maquiagem toda borrada.

— Está tudo bem — murmurei. Não dava para explicar nada nesse instante.

— Você está bem? — ela repetiu, provavelmente querendo saber se eu não estava machucada.

Virei de costas para ela e disse, baixinho:

— Fecha pra mim?

Ela suspirou, nitidamente ciente de que meu sutiã havia sido arrancado.

— Ele te machucou?

Ela me puxou para perto dela enquanto apertava o fecho com força, e não tive mais forças para segurar as lágrimas.

— Não tanto quanto machuquei a mim mesma — sussurrei.

CAPÍTULO 19
DAMON

Dias atuais...

Acendi a ponta do cigarro e puxei uma baforada de fumaça. O gosto queimou minha língua, enchendo meus pulmões, e quando soprei de volta já me sentia muito mais relaxado.

As pessoas passavam de um lado ao outro enquanto eu permanecia parado próximo a uma das barracas de comida, de olho na porta do banheiro feminino. Eu queria ter certeza de que Winter e Alex sairiam de lá juntas.

Estava pouco me fodendo se Winter estava feliz nesse instante, mas este lugar era suspeito pra caralho. Perfeito para mim, na verdade, mas ela não aparentava ser cega, e se um desses atores a tivessem agarrado e a levado para longe, como eu fiz, ela estaria encrencada.

Will estava fazendo um trabalho de merda em cuidar dela. Agarrá-la foi fácil demais.

Dei outra tragada, notando que estava sendo encarado por algumas garotas na fila. Conectei o olhar com uma delas, que sorriu e deu um breve aceno.

Exalei mais fumaça e espanei as cinzas da ponta do cigarro, mas podia sentir o gosto delas secando minha garganta. Todo mundo nessa cidade conhecia a minha história, e as mulheres podiam ser distantes – o que estava ótimo para mim –, ou ficarem totalmente na minha, como se eu fosse uma espécie de animal selvagem que as deixava com tesão. Apesar de alguns acreditarem que eu havia tirado proveito de Winter, baseado na fofoca que se espalhou pelo meu apetite sexual peculiar e voyerismo, ninguém que tenha visto aquele vídeo realmente acreditou que eu tenha forçado Winter.

Eu fui ou uma vítima de um detalhe técnico ou um pervertido que mexeu com a garota que eles mal sabiam que estava longe de ser apenas uma aventura de uma noite.

A idade de Winter nunca foi um problema para mim. Nunca sequer reparei nesse detalhe.

O crime foi que ela não me amava.

Seu coração era tão frívolo que ela não conseguiu compreender o quão verdadeiro eu era. Era eu, de verdade, em cada momento passado ao seu lado. Eu teria sido fiel e teria morrido para protegê-la.

Mas assim que ela soube a minha identidade, ela me arrancou da sua vida. Acabou com tudo. Em um piscar de olhos, passou a me odiar, o coração volúvel me descartou e me esqueceu por completo.

Eu faria questão de saborear cada momento para garantir que ela nunca deixasse de me odiar.

E, aos vinte e um anos, não havia sombra de dúvidas de que ela tinha idade o bastante para o que acabei de fazer com ela. Eu quis fodê-la daquele jeito no instante em que pisei naquela casa e ela desceu as escadas usando o short minúsculo do pijama e uma regata enquanto procurava seu cachorro. Ela não merecia nada mais do que isso.

Cerrei o punho, esmagando o cigarro e fechando os olhos ao sentir a queimadura na palma da mão.

Um sorriso curvou o canto dos meus lábios quando pensei no que faria a seguir. Talvez Will ou Alex — ou os dois juntos — gostariam de se juntar a mim para o próximo *round*.

Winter parecia gostar deles, de qualquer forma.

Abri os olhos e avistei as duas saindo do banheiro. As roupas de Winter agora estavam ajeitadas, assim como o cabelo, mas a expressão de seu rosto mostrava a raiva pela qual eu era totalmente responsável. Alex sorriu e acenou, e vi quando Rika se aproximou e agarrou Alex em um abraço emocionado.

O quê?

Então notei alguém vindo na minha direção pelo canto do olho, e me virei a tempo de ver Michael, Kai e Will.

— Argh, que ótimo, porra — murmurei, jogando o cigarro fora.

Michael quase colou o nariz com o meu, todos eles usando roupas casuais como jeans e camisetas.

— Quero falar com você em particular.

Endireitei a postura, encarando sem pestanejar.

— Em particular? — zombei. — Tipo numa brincadeirinha na sauna? Tô dentro.

Ele cruzou os braços, seus olhos cor de mel me atravessando.

Dei uma risada abafada.

— Por falar nisso, andou dando uma passadinha pelo Hunter-Bailey recentemente?

— Pergunte a Erika — provoquei. — Ou ela está escondendo alguma coisa de você?

Ele congelou, mas eu sabia que por dentro estava fervilhando. Eu não ia dizer porra nenhuma. Adorava saber que sua garota estava me mantendo em segredo.

— Confio nela — ele disse. — Não confio é em você. O que você está usando contra ela?

Eu? Ah, então era isso. O único jeito de ela me dar atenção era se eu a estivesse chantageando?

— Acredite ou não — comecei a dizer —, é ela quem está mantendo a corda no meu pescoço. É um tipinho bem dominante essa sua monstrinha, hein? Estou até gostando disso. Se você quiser compartilhar... — Então encarei Kai. — Com mais alguém, quero dizer.

— Jesus — Kai murmurou.

É isso aí. Eu fiquei puto quando soube do ménage dos três. Foi mais um daqueles momentos onde só os dois tomavam as decisões e se divertiam. Will e eu simplesmente participávamos até onde eles permitiam.

Alex e Banks vieram até nós e Will pegou a cerveja da mão de Alex.

— Onde está Winter? — ele perguntou.

— Com a Rika — ela respondeu.

Michael e eu sequer piscamos.

— Você não é o único que sabe lidar com lixo — Michael disse em voz baixa, enquanto todos se mantinham em silêncio. — Não exterminei meu irmão para mantê-la em segurança para que você possa vir foder com todo mundo outra vez. Fui longe o bastante naquela época, e irei mais ainda se for preciso.

Talvez...

Ele matou apenas uma pessoa em legítima defesa. Torne isso um hábito, e você se torna um risco. Ele tinha muito a perder agora.

— Quem é aquele? — Ouvi Will perguntar.

No entanto, Michael, Kai e eu continuamos a nos encarar, mal dando ouvidos a ele.

— Ninguém vai sentir a sua falta — Michael sussurrou, em um tom de ameaça.

Aquilo quase me fez ruir. Eu podia até apostar que o pau dele cresceu mais uns dois centímetros com aquela ameaça de garotão.

— Michael — Will o chamou.

Mas Michael não desviou o olhar, com o peito estufado. Rika não toleraria absolutamente nada que eu pudesse fazer para machucá-la. Ele sabia disso. Se ela e eu nos encontramos, era porque ela quis estar ali, e isso o deixou com ciúmes.

Ele que se foda.

— Quem é aquele cara, porra? — Will berrou. — Michael!

— O quê? — Michael virou a cabeça na direção dele.

— É sério isso? — Will disparou. — Você não está vendo aquela merda ali?

Quando nós três interrompemos nosso duelo de encaradas, viramo-nos para Will e seguimos a direção para onde ele apontava, vendo Rika, Winter e um cara usando calça preta, suéter cinza-chumbo e sapatos de couro com o cabelo escuro penteado para trás. Ele devia ser uns cinco ou seis anos mais velho que a gente.

— Aquele cara — Will indicou, olhando para nós com irritação. — Estava usando uma máscara antes. Ele chegou todo saliente e cheio de mãos pra cima de Rika, como se fosse um dos atores. Ele a agarrou, pegou no colo e quase apalpou a... vocês sabem...

Ele voltou a olhar para o cara enquanto falava, e eu estreitei meus olhos, vendo que Winter estava a alguns passos para trás de onde Rika e o homem conversavam. Ele me parecia familiar. Onde será que já o tinha visto?

— Ela se afastou dele quando percebeu que não era você — Will prosseguiu —, mas quando tirou a máscara, os dois começaram a bater papo como se ela o conhecesse. Só que eu não acho que ela sabe que foi o mesmo cara que passou a mão nela antes.

Desviei o olhar e balancei a cabeça.

Todos eles ficaram apenas ali, parados. Michael, Kai e Will...

— Ele é um dos professores dela — Alex informou. — Ela faz parte de um dos grupos dele, de pesquisa.

— Ele não a estava tocando muito profissionalmente quando estava disfarçado... — Will disse, com sarcasmo.

Olhei para eles outra vez, para me assegurar de que ele não estava conversando com Winter, e notei que o cara se inclinou na direção de Rika, tocando seu braço com intimidade enquanto falava alguma coisa. Havia certas coisas que homens faziam e que indicavam quando estavam paquerando.

Ela se virou para Winter por um instante, e assim que ficou de costas, o olhar do cara a varreu de cima a baixo enquanto ele lambia os lábios com malícia.

É isso aí. E ele deu mais bandeira ainda, enquanto o noivo dela estava aqui, imóvel.

As garotas quase nunca notavam, porque era algo bem sutil, e quase nunca percebíamos quando estávamos fazendo isso, mas o interesse do cara era nítido.

Michael estava fazendo alguma coisa? Claro que não.

E aquele era o mesmo cara com quem a vi dançando na festa de noivado. Eu finalmente o reconheci, porque ele também me tratou mal.

— Ele está flertando com ela — Will disse a Michael a mesma coisa que eu já sabia.

— Ele sabe que ela é noiva? — Banks perguntou.

— Ele compareceu ao jantar na nossa casa — Michael rosnou enquanto encarava o professor.

— Aww, não se preocupe — zombei. — Rika consegue lidar com as próprias merdas, não é?

Peguei outro cigarro e o acendi, soltando uma baforada que pairou acima de nossas cabeças.

— Isso meio que me faz pensar... — continuei. — Ela tem seu próprio dinheiro e sabe cuidar de si mesma agora, porque você não a mima nem um pouco, então... Por que, mesmo, ela precisa de você?

Entrecerrei os olhos, divertido, encarando Michael. Ele sempre fez questão de que Rika resolvesse seus próprios problemas, porque ele não a via como uma posse, e, sim, como uma extensão de si mesmo.

Ele não queria um animalzinho de estimação. Queria uma parceira.

Mas chega um ponto onde você precisa defender sua casa e assumir o controle. E não somente dentro do quarto.

Que era só para isso que ela precisava dele.

Sorri com sarcasmo.

— Acho que ela precisa de um pouco de atenção de vez em quando, não é mesmo?

Ele rangeu os dentes, agarrando a gola do meu casaco, mas meus pés não se afastaram do chão.

— Ah, vamos lá, vá em frente — eu o desafiei, com o olhar fixo ao dele. — Já tem tempo que a gente não troca uns socos.

Ele me encarou, provavelmente percebendo a multidão que nos cercava, os seguranças, câmeras, e, enquanto eu não dava a mínima, ele agora tinha uma vida inteira para arriscar. Era uma estrela do mundinho dos esportes, estava prestes a se casar, tinha acordos comerciais...

Vamos, pode vir.

Na verdade, eu não queria que eu ou ele fôssemos presos esta noite, mas também queria ver um pouco mais de ousadia nele. Algum resquício do cara que já foi meu amigo. Alguém de quem eu lembrava muito bem, e que sempre nos desafiava e liderava a ultrapassar os limites.

Era isso o que acontecia quando as pessoas se apaixonavam. Elas perdiam a coragem, porque você não quer perder aquilo que se tornou o mais importante na sua vida.

Mas ao invés de se acovardar, ele sorriu.

— Quer saber de uma coisa? — ele disse, soltando-me. — Você está certo. Minha imaginação não se compara com a sua. Então me diga, como você cuidaria dele?

Como eu cuidaria dele? Ele precisava que eu fizesse o trabalho sujo por ele, ou estava me convidando para brincar?

— Vamos lá — Kai instigou, sorrindo. — Mostre pra gente o que estamos perdendo, pelos velhos tempos. Você é prepotente pra caralho. Pode nos educar.

Meu coração começou a bater acelerado, e fiquei ali parado, refletindo sobre o desafio. Eles fariam o que eu sugeriria?

Eu não deixaria isso por conta deles. Bando de covardes.

Encarei minha irmã na mesma hora.

— Em quanto tempo o açougueiro pode chegar aqui?

Ela me encarou de volta por um instante, antes de se dar conta do que eu insinuava, e um sorriso se espalhou pelo seu rosto. Kai olhou para ela com curiosidade. Banks pegou o celular do bolso da calça.

— Por nós? — perguntou, parecendo animada. — Em minutos.

Em seguida se afastou para fazer a ligação.

Olhei para Alex.

— Consegue ver se eles têm um kit de primeiros socorros com sais de amônia?

Ela assentiu, um pouco hesitante, mas foi até o estande da enfermaria.

Então zombei de Kai:

— Ainda é capaz de apagar uma pessoa com um único chute?

— Quer uma demonstração? — retrucou.

Comecei a rir, montando o restante do quebra-cabeças na minha mente.

— O que você pretende fazer? — Michael quis saber, parecendo interessado agora.

— Eu? Ah, todo mundo vai participar — respondi. — Você quer fazer isso ou não?

Ele revirou os olhos, mas continuou ali de pé, com Will à sua esquerda, Kai à direita, e seu orgulho idiota tentando convencê-lo a não se envolver comigo.

Daí olhou para Rika, e eu não sabia o que estava na cabeça dele, mas sabia que se seu professor estava fazendo aquele tipo de merda na frente do noivo dela, o que dirá o que faria nas reuniões de pesquisa ou após as aulas quando Michael se ausentava...

Era óbvio que Rika poderia tomar conta de si, mas ele estava desrespeitando o Michael. E Michael precisava resolver essa merda.

Seu olhar se conectou ao meu.

— Tudo bem. O que vamos fazer?

Dei um sorriso perspicaz e detalhei o plano a todos, mandando Banks ao encontro do açougueiro no estacionamento, enquanto Will buscava outro adereço dentro da casa mal-assombrada.

Quando Alex voltou com os sais, relatei o que ela deveria fazer; infelizmente, a maior parte do trabalho caindo sobre seus ombros. Ela era a única garota não-comprometida aqui, então viria bem a calhar quando precisasse seduzi-lo.

Banks chegou com uma mochila e ela, Michael e eu nos dirigimos até o limite das árvores atrás do celeiro, protegendo-nos por trás dos caminhões; Kai e Will se esconderam em um dos cantos da construção, à espera.

Guardei a máscara que ainda mantinha amarrada no pulso dentro da mochila e, em menos de dois minutos, avistei Alex na esquina com o professor. Ela parecia perfeita com o vestido branco curto, cartola e maquiagem. Ele não parecia tão fascinado quanto estava com Rika, mas estava disposto a dar uma volta pelo parque com outra linda estudante.

Kai olhou para mim de longe, cerca de dezoito metros, e eu acenei com a cabeça, alertando-o que estava na hora. Ele recuou alguns passos para ter espaço livre, posicionou-se e, assim que Alex deu a volta no canto, ele girou a perna e nocauteou o cara com um chute na têmpora. Ele não teve nem tempo de se virar e ver quem estava ali.

Sua cabeça pendeu e os joelhos dobraram; o cara caiu de cara no chão sujo.

— Puta merda! — Will gritou e começou a rir. — O cara caiu como um tronco de madeira.

Uma risada ecoou de Michael ou Banks, e Kai olhou para sua vítima esparramada no chão, analisando sua obra com orgulho.

— Você não o matou, né? — Banks sussurrou, alto o bastante para que ouvíssemos, parecendo preocupada quando se aproximou.

Michael e eu fomos logo atrás.

Ela agachou perto do cara e colocou o dedo no pescoço e pulso, conferindo a pulsação. Depois de um instante, levantou-se e suspirou aliviada.

— Está tudo bem.

— Meu amor, por favor... — Kai parecia insultado.

— Segure os pés dele — orientei Will, virando-o de frente para agarrar suas mãos. — Vamos lá.

Nós o carregamos além do limite da floresta, e Alex, Michael e Kai nos seguiram. Em contrapartida, Banks se inclinou, pegando a mochila pesada do chão assim que passamos.

Arqueei uma sobrancelha para Michael.

— Você vai fazer minha irmã carregar aquilo?

Ou vamos fazer todo o serviço enquanto você observa?

Ele arrancou a mochila da mão dela, que retribuiu o gesto com uma careta, e avançamos mais ainda para dentro do bosque e longe de vista.

Atirando o peso-morto no chão, agarrei Alex, levei-a para um lado e rasguei o espartilho de seu vestido, expondo a pele do peito à barriga. No entanto, não desnudamos seus seios.

Ela arfou, rosnando para mim.

— Babaca!

— Deite-se — instruí.

— Por que sou sempre eu que tenho que fazer o trabalho sujo?

— Agora. — Indiquei o chão.

Franzindo o cenho, ela se largou no chão frio, as folhas das árvores farfalhando por baixo dela enquanto se deitava.

— Faca — pedi a Will, lembrando que precisava do adereço que roubou da casa mal-assombrada.

Ele a jogou para mim.

Michael, Kai e Will se posicionaram a uma curta distância, protegendo-se por trás das árvores, enquanto Banks e eu terminamos de ajeitar

Alex. Fizemos isso quando adolescentes, com um dos seguranças do meu pai que vivia apalpando a bunda da minha irmã sempre que falava com ela.

Despejei na roupa do professor um pouco da porcaria que ela conseguiu com o açougueiro, e então o virei de barriga para baixo, em cima de Alex e entre suas pernas.

— Argh! — ela resmungou, parecendo prestes a vomitar com toda a merda sobre ela, incluindo o professor.

Banks deu um beijinho na testa dela enquanto se mexia ao redor, esfregando sangue em seus braços e pernas.

— Amo você. De verdade — ela disse para Alex, com sarcasmo, e então sorriu para mim.

Não consegui evitar retribuir e fazer o mesmo.

Como nos velhos tempos.

Quando acabamos, Banks reuniu tudo de volta na mochila e correu para o mesmo lugar onde os outros estavam escondidos, enquanto eu peguei o pacote dos sais.

— Assim que você estiver pronta — disse a Alex, colocando o saquinho em sua mão.

Ela o aceitou e assentiu.

Recuei, admirando meu trabalho. Aquele imbecil achava que poderia colocar as mãos em algo que nos pertencia. Eu me afastei, olhando para o cara desmaiado entre as pernas dela e com a cabeça repousada em seu peito.

Então me virei, juntando-me a todo mundo. Dali, nós poderíamos observar tudo sem sermos vistos.

Alex se movimentou um pouco abaixo dele, erguendo a cabeça para conferir se a mão do cara estava no cabo da faca.

Will estava gargalhando, já com o celular preparado para filmar.

No entanto, Kai retirou o aparelho de sua mão para impedi-lo.

— De jeito nenhum, porra.

Will ficou boquiaberto, confuso, até que finalmente compreendeu.

— Ah, entendi.

É. Não iríamos por esse caminho outra vez. Nada de vídeos.

Alex levou o saquinho de sais até o nariz dele e eu adverti a todos para que ficassem em silêncio.

Ela abanou a amônia sob suas narinas e ficamos ali, esperando, até que, de repente… ele acordou e o braço e a cabeça dela tombaram no chão. Os sais se espalhando por todo o lugar à medida em que ela fechava os olhos e abria a boca, fingindo estar morta.

Uma risada retumbou no meu peito.

Ele se moveu, tentando erguer a cabeça, mas apenas a agitou enquanto grunhia.

O cara levantou a parte de cima do corpo e então sibilou de dor, colocando a mão na têmpora, no exato lugar onde Kai acertou o chute.

— Aaah, mas que porra é essa? — ele grunhiu em voz áspera, esfregando a cabeça.

No entanto, lentamente caiu em si, ergueu mais o corpo e piscou, finalmente vendo o que estava abaixo dele.

O corpo de uma garota morta, coberto de sangue, e seus dedos enrolado no cabo de uma faca cênica enterrada no peito de Alex.

Ele ficou ali sentado, olhando para baixo, incerto se o que ele estava vendo era real ou não.

Afastou sua mão do cabo da faca e cutucou o queixo dela, fazendo com que a cabeça de Alex virasse de um lado ao outro, e então deu um grito chocado, caiu para trás e rastejou para longe. Todos nós lutamos contra o riso.

— Aaah! — Rastejou para trás, encarando-a em total horror.

As risadas ecoaram e eu apenas balancei a cabeça.

Aquele era o tipo de trote para o qual nunca se estava velho demais. Sempre sonhei em ter um quarto desses em casa, algum dia, com respingos de sangue espirrado por todas as paredes e lençóis. Daí eu poderia deixar alguns amigos bêbados lá dentro, e quando acordassem na manhã seguinte, acabariam borrando as calças diante do massacre nas paredes.

Ah, os pequenos prazeres da vida.

Ele se levantou, espalhando mais ainda a evidência pelas suas roupas, deparando com o sangue derramado da faca enterrada no peito da garota jovem. Ele rapidamente olhou ao redor para averiguar se mais alguém testemunhou aquilo, e nós nos abaixamos por trás das caminhonetes, assegurando que não fôssemos detectados.

Ele estava começando a surtar, o medo vibrando de seus poros, e eu só poderia imaginar o que se passava em sua mente naquele momento.

— Ai, meu Deus — arfou. — Ai, meu Deus. Mas que porra é essa?

Ah... pobrezinho.

Espiamos outra vez e o vimos correr para longe do corpo, tentando se livrar do suéter para se limpar enquanto corria de volta para a multidão sem ser apanhado.

— Puta merda. — Will gargalhou, incapaz de se conter. Nós saímos de trás das árvores e o vimos desaparecer. — Ele nem tentou esconder a arma do crime. Que retardado.

Banks e Kai se renderam ao riso, e Michael não conseguiu disfarçar o sorriso que curvava os lábios quando nos abaixamos para ajudar Alex a se levantar.

— Duvido que ele vai aparecer para dar aula na segunda-feira — ele comentou.

— Ah, com certeza ele vai estar a uns três estados de distância — acrescentou.

— Ou vai confessar à polícia — Will caçoou.

Ninguém conseguia parar de rir, divertidos com a agonia que sentiria ao dirigir de volta para casa naquela noite. Além disso, seria impossível dormir direito por alguns dias, até descobrir que aquilo não passou de uma brincadeira.

— E se ele fizer isso de novo — Alex olhou para Will, irritada por toda a bagunça em suas roupas —, nós vamos colocá-lo entre as suas pernas, rodeado de vibradores e lubrificantes na próxima vez.

— Agora, isso, sim, é uma ideia! — Will zombou, apontando o dedo para mim com um ar animado.

Começamos a rir de novo, imaginando a cena, e minha cabeça estava leve e o estômago sem nós pela primeira vez em muito tempo. Há muitos anos eu não ria daquele jeito.

Inclinei a cabeça para trás, exausto por tudo o que aconteceu durante o dia e a noite, mas me sentia... feliz.

Muito feliz, na verdade.

No entanto, as risadas morreram.

Elas desvaneceram e se tornaram sorrisos, até não haver mais nada. Desconforto e estranheza permeou o ar ao redor quando nos lembramos que nos odiávamos.

Anos atrás, era assim que as coisas funcionavam com a gente. Antes de percebermos que a diversão tinha um preço, e a raiva ter obscurecido tudo enquanto tentávamos lançar a culpa uns nos outros.

Especialmente em mim.

Esta noite foi apenas um lembrete amargo de tudo aquilo que eu havia arruinado, e eles não esqueceram de que a maioria das coisas foi culpa minha.

Por alguns minutos, havíamos nos alegrado com o tipo de coisa que nos uniu há tanto tempo. As mesmas necessidades, a mesma paixão por adrenalina, e o mesmo desejo de fugir das amarras.

Mas eles não podiam me perdoar.

E isto não podia acontecer.

— Ei, onde vocês estavam? — Rika veio em nossa direção, com Winter a reboque.

Olhei para ela, mas sua cabeça estava abaixada e virada para o outro lado, como se estivesse tentando se tornar invisível.

Michael se adiantou e puxou Rika contra ele, levantando-a no colo.

— Estávamos fazendo coisas de homens.

— Coisas de homens? — sondou, não acreditando na resposta nem por um segundo.

Mas ele apenas deu um tapa em sua bunda, e apalpou sua carne por cima do vestido.

— Vamos ali no nosso carro rapidinho.

— Michael! — repreendeu, enquanto ele a carregava para longe dali, deixando bem claro suas intenções.

O resto de nós ficou ali parado por dois segundos, o silêncio cheio de expectativas sendo o suficiente para matar toda a diversão de momentos antes.

Peguei a mochila com a minha máscara dentro e encarei Will.

— Se ela não chegar em casa até às duas — gesticulei em direção a Winter —, meus seguranças vão dar um jeito de levá-la para lá. Não me provoque.

Saí dali, passando por ela e, sem sombra de dúvidas, querendo pegá-la de novo e em breve, sentindo-me tentado a arrastá-la para casa naquele instante, mas não cedi à vontade. Eu não queria que ela soubesse o quanto eu ansiava por isso. O sexo não se tornaria um hábito. Era apenas um movimento estratégico no jogo, e eu só precisava descobrir qual seria o próximo passo a dar.

Mais tarde naquela noite, acordei sobressaltado. Duas ferroadas agudas me acertaram, uma no pescoço, bem perto da garganta, e a outra ao lado do corpo, entre as costelas. Inspirei profundamente, sentindo a ardência da pele ferida.

— O que há em mim que te deixa com tanta raiva? — Ouvi Winter perguntar em uma voz suave.

Levantei o olhar, finalmente me dando conta de que ela estava escarranchada no meu colo, na cama, com duas lâminas pressionadas contra o meu corpo.

Facas de cozinha?

Abri os dedos no local onde meus braços repousavam no colchão, a vontade louca de agarrá-la e tirá-la de cima de mim. Eu sabia que seria capaz de fazer isso antes que ela me esfaqueasse, mas...

Estive preocupado com o meu próximo movimento ao invés de antecipar o dela.

Fiquei imóvel, os lençóis frios e macios e o quarto silencioso e na penumbra.

— O que há em mim que te deixa com tanta raiva? — repetiu a pergunta, ainda calma.

— Três anos — respondi.

Três anos na cadeia por ter feito o que ela queria que eu fizesse.

— Mas começou bem antes disso — ela insistiu. — No colégio. Você me aterrorizava. Por quê? O que eu fiz pra você?

Eu não a aterrorizava. Nunca a machuquei. Eu só queria o que queria.

As pontas das facas espetaram com mais força, e por instante perdi o fôlego.

— Eu era uma criança — ela disse, a voz repleta de mágoa. — Achei que estava apaixonada. Era uma garota ingênua e burra. Você sabe o que é achar que alguém te ama e depois descobrir que não era nada, só um pedaço de carne?

Curvei os dedos em um punho cerrado, agarrando os lençóis enquanto calava minhas próprias lembranças que tentavam espreitar.

— Sim — sussurrei.

Sim, eu sabia.

Eu sabia qual era a sensação de ter coisas horríveis sendo feitas com você, e ainda ter que ver seu corpo te traindo, fazendo você pensar que é mau por gostar daquilo, quando sabia que não deveria gostar.

Segurei seus quadris e levantei a cabeça, sentindo a lâmina quase se afundar na garganta.

— E eu a matei por isso — revelei. — Então vá em frente.

Ela perdeu o fôlego, e dava para ver suas mãos tremendo enquanto segurava suas armas.

— Porque eu não vou parar — admiti, baixinho, sentindo o perfume de seu xampu.

Ela havia tomado banho, estava livre da maquiagem e da fantasia, usando agora um short de pijama de seda e uma camiseta branca com o cabelo ainda molhado.

— Apenas vá em frente — incentivei.

As pontas afiadas afundaram mais ainda, em uma ameaça óbvia, mas eu amei vê-la daquele jeito. Tentando me controlar, em uma atitude dolorosa, mas exigente; e eu queria que ela exigisse o que quisesse de mim agora.

Meu pau começou a enrijecer por baixo dela, atraído pelo calor entre suas coxas, e eu estava mais do que pronto para deixar isso acontecer outra vez esta noite. Só por esta noite.

Afinal de contas, ela veio até mim.

— Você não estava mentindo — ela disse, depois de alguns segundos, pensativa, como se uma lembrança estivesse brincando no fundo de sua mente.

Eu havia dito a ela, no armário do zelador, sete anos atrás, que matei minha mãe. Ela pensou que eu estava falando besteira. Agora ela sabia que não.

— Quando começou? — perguntou, sua cabeça decifrando o que havia acontecido.

Mas eu não iria lá. Nunca mais.

— Na fonte, quando você tinha oito e eu, onze — admiti.

— Não foi isso o que eu perguntei.

— Isso é tudo o que importa. — Apertei sua bunda e levantei meu quadril, pressionando meu pau entre suas coxas. — Ah, isso... — arfei, meu pau rígido embebido em seu calor através do shortinho de seda e renda.

Eu não conseguia pensar em nada mais, porra.

Minha respiração acelerou e eu mergulhei nas sensações, suas perguntas exigentes e a ameaça das facas prestes a me ferir e acabar com a minha vida ali, naquele instante. Minha pele estava coberta de suor, o farfalhar dos lençóis enchendo meus ouvidos, e todos os meus sentidos agora atentos enquanto eu me soltava, querendo sentir tudo isso. Querendo ser preenchido com qualquer coisa que viesse dela.

Posicionei uma mão na curva de seu pescoço e ombro e assumi o comando de seu corpo, cavalgando-a por baixo, suas roupas causando uma tortura muito mais insana.

— Pare — ela ofegou. — Damon, pare.

— Então saia de cima de mim.

Era ela que estava sentada em cima de mim. Eu não tinha controle algum aqui.

— Eu posso ter me casado com Ari — falei, morrendo para poder me afundar dentro de seu corpo de novo —, mas é com a irmãzinha dela que quero brincar. — Eu a puxei para cima de mim, as facas caindo ao longe, e sussurrei contra os seus lábios: — Com quem sempre quis brincar.

Ela estremeceu e seus olhos marejaram, e achei que ela fosse se afastar e sair dali correndo, mas ela apenas ficou paralisada.

— Você é minha — afirmei, beijando sua boca enquanto eu moía meus quadris contra os dela. — Minha. — Eu a beijei de novo. — Minha naquela fonte. Minha no vestiário e no armário do zelador. Minha no escritório do diretor. — Segurei seu queixo com força. — Você vai ter meus filhos e vai ser minha mulher, vai transar comigo, porque é isto o que eu quero.

— Não — disse, em um sussurro quase inaudível.

Mas então envolveu meu pescoço com uma mão e choramingou um gemido, seu corpo arqueando de encontro ao meu.

— Você é diferente deles — sussurrei, levantando sua camiseta para sentir seus seios contra o meu peito. — Diferente dos meus amigos. Diferente de Ari, dos meus pais, da minha irmã e de todas as mulheres. Você vê tudo.

Um soluço escapou de seus lábios e agarrei o cabelo à sua nuca, inclinando sua cabeça para que pudesse ver seu rosto enquanto a fodia a seco, nossos corpos se movendo em perfeita sincronia.

— Ah, tá. Foi isso o que você disse para a minha mãe, para convencê-la a sair daqui? — ela disparou. — Que eu era *tudo* pra você?

Lambi seus lábios com a ponta da minha língua, com uma fome do caralho por ela, apesar de tudo.

— Eu disse a ela que o único jeito de eu continuar casado com Ari por um ano era se convivêssemos o mínimo possível — afirmei, nossas bocas coladas enquanto ofegávamos.

— Eu disse a ela que queria você — continuei. — Que você me amava, porque não houve fingimento algum naquele vídeo, e disse que eu amava você também, e que sentia muito por me esgueirar da forma como eu fiz, mas que foi o único jeito que encontrei para me aproximar de você.

Ela inspirou por entre os dentes cerrados, trêmula.

— Eu disse que nunca foi minha intenção que alguém visse aquele vídeo — admiti —, e que eu precisava de tempo. Para te convencer de que você era minha e quis ser minha. Nós só precisávamos ser deixados a sós.

E era verdade. Eu disse tudo aquilo para a mãe dela. Coisas que ela queria ouvir. Coisas nas quais queria acreditar.

Casei com Ari para conseguir entrar nessa casa e porque ela era fácil demais, mas todos sabiam de quem eu estava realmente atrás.

— Eu disse que você terá o futuro garantido — sussurrei, nós dois nos esfregando um no outro —, e que vou realizar seus sonhos. Você vai dançar e nenhuma porta se fechará para você novamente.

Gemidos e grunhidos encheram o quarto, minha mão livre deslizando pela sua coluna e sentindo a fina camada de suor antes que eu agarrasse sua bunda, ajudando-a a se mover.

É isso aí, Ari foi embora porque ela fazia tudo o que mandavam, e ela queria acreditar que eu me juntaria a elas em alguns dias. Sua mãe só foi, porque ela queria acreditar em todas as coisas que eu disse. Que Winter e eu estávamos apaixonados pra caralho e precisávamos de espaço para resolver nossas merdas.

Meu pau estava tão duro, e louco para se afundar dentro dela, mas eu apenas a ergui um pouco mais e suguei um mamilo, fazendo-a chegar ao orgasmo na mesma hora.

Enquanto ela ainda gozava, estremecendo com o clímax, parei de me mover e envolvi seu corpo com um braço, segurando-a contra a minha boca enquanto lambia e beijava seu seio.

Eu queria isto. Muito mais até. Seu corpo em meus braços, suado e trêmulo, em centenas de posições diferentes, para que nenhum pedacinho dela permanecesse intocado.

Mas por mais excitado que estivesse e por mais que quisesse arrancar suas roupas e tirar vantagem do fato de que tinha a casa toda para mim com a minha nova cunhadinha... Esta vadia me enviou para a prisão sem hesitação ou qualquer arrependimento.

Nós não estávamos apaixonados.

Puxei sua cabeça para a minha boca e a enchi de beijos que ela não retribuía, porque odiava o que simplesmente estava permitindo acontecer outra vez.

— Eu amo te foder — eu disse. — Não há dificuldade para se conectar na cama. Nenhum mistério com você.

Suas coxas eram tão cálidas, que meu pau chegou a doer, só em pensar em como ela devia estar molhada e quente agora mesmo.

No entanto, eu simplesmente firmei meu agarre, roçando meu nariz ao dela, provocando-a.

— É reconfortante como é sempre a mesma coisa — murmurei. — Todas as bocetas se transformam em putas quando são bem-fodidas.

Ela ficou imóvel, os lábios franziram de leve, como se ela estivesse segurando o choro, mas, por fora, permanecia calma e estoica.

Como se ela finalmente tivesse entendido... que eu estava aqui para machucar.

CAPÍTULO 20
DAMON

Cinco anos atrás...

Soprei a fumaça, encarando a nuca de Erika Fane enquanto dirigíamos pelo bairro assim que saímos da vila. Havia sido um longo dia – e a noite provavelmente seria mais longa ainda –, e eu estava tanto intrigado quanto pau da vida por Michael ter trazido a garota para a nossa Noite do Diabo.

Estive longe, na faculdade, com meus amigos espalhados em diferentes universidades, e finalmente me senti bem em voltar para o lugar onde era mais feliz, e agora, todo mundo tinha que se conter para não ofender o bichinho de estimação do Michael.

Só que talvez uma distração – algo que tirasse minha mente de Winter e do que aconteceu noite passada no chuveiro – fosse exatamente o que eu precisava.

Visão de ótica.

E, ao fechar meus olhos, desligando a cabeça, eu poderia focar em qualquer comportamento de merda que eu tinha e remoer as entranhas, de forma que não a sentiria novamente.

Para que pudesse abrir mão dela, antes que descobrissem.

Talvez com alguns anos de estrada, quando eu saísse da faculdade e ela fosse mais velha e não morasse mais com os pais...

Não.

Não, aquilo não aconteceria outra vez.

Ela ainda precisava saber a verdade ao meu respeito e o que fiz com ela nesses últimos anos. E eu não queria que ela soubesse daquilo. Nunca.

Eu estava fodido. Aquilo tinha que acabar.

Eu só precisava encontrar uma diversão. Uma boa e saudável diversão loira que se parecia um pouco com Winter Ashby e cheirava tão bem quanto.

Rika sentiu que eu a encarava e me olhou por cima do ombro, conectando o olhar ao meu.

Eu a encarei de volta.

Ela tinha olhos azuis. Exatamente como os de Winter.

Mas, ao contrário de Winter, eu poderia odiar Rika e lembrar a mim mesmo para o que as mulheres serviam.

Elas eram da mesma idade também. Eu não tinha certeza se ainda andavam juntas, mas talvez pudesse fingir que a pequena sósia de Winter era, na verdade, ela, de forma que pudesse arrancar a verdadeira da minha cabeça.

Rika inclinou o queixo para cima e se virou para frente, e eu ri baixinho, dando outra tragada no meu cigarro.

Eu sempre a deixei nervosa, e meio que gostava disso. Como se houvesse um jogo muito maior por trás e que, eventualmente, ainda chegaríamos a ele, mas que nenhum de nós sabia exatamente o que era.

Vi que Michael me encarava pelo espelho retrovisor, e tentei disfarçar o sorriso mal e porcamente.

Ei, se ele não queria que alguém mais reparasse em sua gostosinha, não deveria ter trazido a garota com a gente, para início de conversa. Uma coisa era você ter sua diversão. Outra era fazer isso na nossa frente.

Esta noite era nossa. Ela não era importante o suficiente para estar aqui.

Ele parou na frente da casa dos Ashby, do lado de fora dos muros com duas colunas imensas e lâmpadas no topo, e perto do portão fechado. Tomara que aquilo indicasse que seus pais estavam fora de casa e que ela estava sozinha.

Ou, pelo menos, que seu pai não estivesse lá. A mãe disse alguma coisa, noite passada, sobre pegar um voo pela manhã.

Arion estava na universidade, fazendo intercâmbio de seis meses em outro país, então Winter era a única pessoa na casa.

Passei por cima do banco traseiro e saí pela porta do lado de Will.

— Não vou demorar.

— Tãooo cheio de si — Will zombou. — Consiga um ângulo bacana pra gente, beleza?

Ele estendeu o celular que usávamos para filmar os trotes uns dos outros, e quando o peguei, lembrei que havia tirado uma foto de Winter na noite passada. Isso se ficar registrado, já que o deixei cair. Ainda bem que não havia quebrado.

Eu o enfiei no meu bolso traseiro, abri a porta e saltei para fora, puxando o capuz sobre a cabeça.

— Está se prevenindo? — Will perguntou.

— Cala a boca, porra.

Fechei a porta do carro com força, ouvindo sua risada, e escalei a árvore pelo lado de fora do muro, fazendo meu percurso em segundos, já que essa não era a primeira vez que fazia isso.

Aterrissei sobre meus pés e corri pelo gramado, vendo algumas luzes acesas que o pai dela deixou na casa. Meu olhar imediatamente se fixou nas janelas do salão de festas assim que ouvi a música vindo do interior. Não consegui reprimir o sorriso, sabendo que ela estava ali.

Peguei a chave que ela me deu e retirei o casaco, escondendo-o por trás de uns arbustos, já que precisava disfarçar o cheiro do cigarro.

Fui até a porta dos fundos, destranquei o mais silenciosamente possível e a abri, esgueirando-me pela cozinha escura. Na mesma hora ouvi a música alta, do jeito que ela gostava, exatamente porque ninguém estava em casa.

Passei pelo corredor e pelo saguão, virei à direita em direção às portas duplas do salão de festas, ouvindo a batida cada vez mais pesada.

A melodia tinha uma vibe triste e assombrada, e meu coração trovejou antes mesmo de eu entrar ali dentro.

Ela dava piruetas pelo salão, a cabeça e os braços desempenhando um ato em conjunto com o movimento dos pés, rastejando com a canção, como se alguém estivesse possuído ou perdido em um sonho. Senti o nó na garganta e aproximei-me um pouco pelas sombras, sem desviar o olhar dela.

O refrão entoou pelo lugar, a bateria soando como um pulso acelerado, e contemplei seu cabelo esvoaçante, os músculos das coxas flexionando por baixo da legging preta e apertada. Fendas estavam cortadas na parte de trás de sua camisa rosa de manga longa, o sutiã esportivo e a pele visíveis sob a luz da lua que se infiltrava pelas janelas.

Mas pisquei...
E o mundo inteiro desapareceu.

A letra da música vibrava como se estivesse fluindo de seu corpo, cada movimento cronometrado com perfeição. Meu olhar a varreu de cima a baixo, apreciando seus giros e saltos, desejando ser o ar ao seu redor para sentir cada um de seus movimentos. Meu peito apertou de tal forma que doía para respirar.

Não havia ninguém no mundo como ela.

A música acabou e o silêncio recaiu sobre a sala ao mesmo tempo em que ela descia das pontas dos pés, respirando com dificuldade. Ficou ali, imóvel e sem dizer nada.

Até que finalmente sua voz atravessou o ar.

— Você está aqui?

Permaneci em silêncio.

— Você estava me observando? — perguntou suavemente.

Eu queria puxá-la contra o meu peito e apenas senti-la relaxando, tranquilizando sua mente e fazendo-a se sentir segura.

Mas ela sentiria o cheiro do cigarro impregnado em mim. Não contive o desejo de fumar esta noite de propósito. Não queria ficar tentado em vir vê-la.

No entanto, aqui estava eu. Eu disse aos caras que estaria fazendo uma visitinha rápida à Sra. Ashby, ciente de que eles adorariam isso. Nenhum de nós gostava do marido dela.

Mas eu só queria ver Winter.

Depois do que fiz com ela noite passada.

— Odeio quando você não conversa comigo — ela disse, ainda parada no mesmo lugar, mas fazendo um círculo lento, porque não sabia exatamente onde eu estava. — Tipo, conversar de *verdade*. Mas acho que não é seu estilo acordar ao lado de alguém, não é?

Não. Não era. Depois de outra meia hora no chuveiro, nós nos secamos e eu me vesti, seguindo-a até o seu quarto para me deitar um pouquinho com ela.

Mesmo quando adormeceu, fiquei ali.

Sem dormir.

Até quatro da manhã, quando me esgueirei para fora, dizendo a mim mesmo que esta noite eu treparia com outra garota.

Só para tirar Winter da minha cabeça.

— Você é como um fantasma — ela refletiu. — Ou um vampiro. Só ganha vida para mim à noite.

Ela engoliu em seco e inspirou profundamente.

— Está tudo bem. Eu fui avisada, não é? — disse. — Que você me machucaria?

Sim.

— Meu pai acha que será melhor para mim se eu voltar para Montreal — ela comentou. — Ele diz que "a comunidade aqui não pode atender às minhas necessidades".

Ela repetiu as palavras que ele usou, imitando a voz grave e condescendente, mas senti meu corpo sendo incendiado, e fiquei nervoso na mesma hora.

De volta a Montreal.

Longe.

Eu nunca mais a veria. E se ela decidisse ficar lá depois que a escola acabasse?

Se eu achasse melhor não nos vermos mais, então era isso que faríamos, mas eu não gostava de a escolha ser arrancada das minhas mãos.

— O que ele realmente quer dizer é que não posso me dar ao luxo de ser uma adolescente normal — explicou. — Ele acha que vou acabar cometendo erros e saindo machucada no processo.

Como ela fez na noite passada, burlando o toque de recolher e os deixando preocupados. Fazendo coisas que todo mundo fazia, mas cujas regras para ela eram muito mais restritas, porque eles achavam que ela não era capaz de se proteger.

Será que ela já havia sido motivo de preocupação para eles antes? O pai dela estava usando isso como desculpa para enviá-la para longe. Sem as duas filhas ali, ele não teria motivo para voltar para casa com frequência. Apenas pela aparência.

Ela ficou em silêncio, baixou a cabeça e suplicou:

— Não me deixe ir embora.

Fechei os olhos por um momento, sentindo minhas entranhas se retorcerem em um nó apertado.

Eu não queria deixá-la ir.

— Ele está na cidade hoje — informou. — E minha mãe viajou para a Espanha, para visitar Ari. Tenho a casa toda para mim. A noite inteira.

Ah, Jesus. Meu peito apertou.

Mas que porra?

Era tudo o que eu queria.

Não faça isso comigo.

Ela sorriu.

— De repente, você não tem nada a dizer?

Então balancei a cabeça, mais para mim do que para ela.

Ela poderia ser qualquer pessoa.
Eu poderia conseguir de qualquer uma o que tive com ela.
Eu não a queria na minha cabeça.
Não quero isso. Eu queria que ela continuasse sendo perfeita.
Ela descobriria e tudo estaria acabado.
Não fique, eu disse para mim mesmo. *E não volte mais.*

— A gente não precisa conversar — ela murmurou. — Vou subir e tomar um banho. Você pode se juntar a mim, e eu quero muito isso. E depois, vou deitar na minha cama, para dormir, e você pode vir também. Eu também quero muito isso. — Ela fechou os olhos, e era como se seu coração estivesse despedaçando. — Eu só quero você aqui e onde eu estiver.

Ela se afastou devagar em direção às portas, encontrando o caminho para o saguão, e eu a segui, observando-a subir as escadas até entrar no banheiro.

Nada poderia ser melhor do que me aconchegar em seu calor, aninhados em sua cama esta noite.

Mas, ao invés disso, passei pelas escadas, depois pela cozinha e saí pela porta dos fundos, trancando em seguida antes de sair da casa.

Ela poderia ser qualquer uma, afirmei para mim mesmo. *Qualquer uma.*
E eu provaria isso.

Horas depois, dirigi a Mercedes Classe G do Michael, com seu irmão ao meu lado, enquanto Rika e Will estavam sentados atrás.

Michael tinha sumido minutos antes, pau da vida com Rika, por qualquer motivo, e foi se acalmar com Kai para encher a cara. Ele a deixou aos nossos cuidados.

Aquilo era perfeito. Era tudo o que eu precisava.

Eu precisava de outra pessoa. Alguém que não significava nada para mim.

— Por que você está de máscara? — Rika perguntou a Trevor, que permanecia em silêncio no banco do passageiro.

Eu sorri internamente. Ela pensava que ele era Kai, já que ele estava usando a máscara dele. Não diríamos a ela a verdade, porque o irmão de Michael tinha contas a ajustar com ela, assim como eu.

Nada pessoal, garota. Você é apenas uma distração.

— A noite ainda não acabou — zombei.

Acelerei pela rodovia deserta e escura, seguindo o rumo da casa dela – ou onde ela achava que a deixaríamos –, mas não era para lá que estávamos indo.

— Você o quer, não é? — perguntei, brincando com ela. — Estou falando do Michael.

Ela apenas olhou pela janela, ignorando-me por completo.

Rika tinha dezesseis anos. Ela realmente achava que seria capaz de diverti-lo? De mantê-lo satisfeito?

Garotas novinhas como ela nem possuíam o corpo formado ainda. Era meio patético, para dizer a verdade, os sonhos esperançosos que tinham. Como se fôssemos nos apaixonar logo agora que havíamos começado a nos divertir?

— Merda — Will grunhiu, sentado ao lado dela e mais bêbado que um gambá. — Ela está prontinha para montar um poste, do tanto que está com tesão por ele.

Nós dois rimos.

— Deixe de ser babaca, cara — falei. — Talvez ela só esteja com tesão e ponto final. As vadias têm necessidades, afinal de contas.

Estremeci por dentro, ciente do quão nojentas minhas palavras soaram.

Sacudi a cabeça e observei Rika pelo espelho retrovisor, sua postura rígida e mal ousando respirar. Seu olhar indefeso pousou em Kai, provavelmente pensando porque ele não estava se metendo e mandando a gente calar a boca, mas não havia nenhum Kai dentro desse carro. Nenhum herói para salvá-la.

— Estamos só te sacaneando — Will disse, com a voz engrolada. — A gente faz isso um com o outro o tempo todo.

Ele sorriu para ela, os olhos fechados quando apagou.

— Sabe, o lance com o Michael... — continuei, recostando a cabeça contra o assento enquanto dirigia — Ele te quer também. Ele te observa. Sabia disso? — Olhei para ela pelo retrovisor. — Cara, você precisava ter visto a expressão no rosto dele quando a viu dançar hoje à noite.

Ela realmente parecia gata, mas nem se comparava aos lugares onde Winter era capaz de me levar quando eu a observava.

Pisei no acelerador e passei pela casa de Rika, rumo ao lugar do esquecimento onde Winter não existia.

Esqueça. Apenas esqueça essa garota.

Eu a vi se virar no assento, vendo quando passamos pela sua casa e não paramos.

— É isso aí — prossegui. — Ele nunca olhou desse jeito antes para uma garota. Eu poderia até dizer que estava perto de te levar para casa e tirar sua virgindade.

— Kai? — Rika protestou, sem querer papo comigo. — Nós passamos da entrada da minha casa. O que está acontecendo?

— Você quer saber por que ele não te levou para casa? — perguntei, apertando as travas das portas para que ela não inventasse de pular. — Ele não gosta de virgens. Ele não quer nunca ser assim tão importante para alguém, e é bem menos complicado transar com pessoas que sabem a diferença entre sexo e amor.

Ela desviou o olhar de Will para Kai, o medo se revelando no olhar.

Sexo e amor.

Garotos sempre agirão como garotos, e ela te provocou, não é mesmo? Ela não devia ter te dado, ouvi a voz da minha mãe na cabeça.

Sexo era poder. Um poder degradante, imundo, perverso e impuro.

O amor sempre machuca. Mais cedo ou mais tarde.

— Para onde estamos indo? — Erika exigiu saber.

No entanto, ignorei-a.

— Você viu a garota na Catedral hoje — zombei, lembrando-a das catacumbas em nossa primeira parada na Noite do Diabo, e do casalzinho transando. — Você gostou, não é?

Virei à esquerda, seguindo por uma estrada de terra escura, e a vi espiando pelo para-brisa da frente para tentar descobrir onde estávamos.

— Você queria estar no lugar dela — continuei. — Ser empurrada no chão e fodida...

Porque, por mais impuro e degradante que o sexo fosse, os sentimentos eram intensos e reais. Sexo e medo eram as únicas coisas que te tornavam real.

Garotinhas não conseguem entender do que os garotos precisam, minha mãe diria.

Aquela era a única coisa na qual estava certa. Não precisávamos de nada que não tivéssemos. Nada de perguntas, lágrimas, nada de toques ou palavras suaves... Apenas fique aí, porra, e não tente ser alguém especial.

— Você sabe por quê? — perguntei. Como eu sabia que ela queria estar no lugar daquela garota e ser fodida daquele jeito? — Porque é muito gostoso. E nós vamos fazer você se sentir muito bem se nos deixar.

Seu olhar se desviou para Kai, e então para mim, seguindo para as portas trancadas assim que a preocupação assumiu o controle.

— Você devia saber... — continuei. — Que quando caras deixam uma garota entrar em sua gangue, há duas maneiras como ela pode ser iniciada. — Parei o carro no meio da floresta, numa estrada isolada. — Ou ela leva uma surra — desliguei o motor e os faróis, fixando meu olhar ao dela pelo espelho —, ou é fodida.

Ela balançou a cabeça, em desespero.

— Eu quero ir para casa.

Sua voz soava com um apelo patético, e ela parecia uma criança afundando no fundo de um rio, sem querer morrer, mas sabendo que aconteceria do mesmo jeito.

Não, por favor. Eu não quero fazer isso. Lembrei de minhas próprias palavras quando era criança, mas não tinha nenhum controle.

E, assim como eu, não havia nada que Rika pudesse fazer.

— Essa não é uma das escolhas que você tem, monstrinha — zombei.

Eu e Trevor olhamos ao mesmo tempo para trás.

Ela quase surtou quando se deu conta do que aconteceria. Agarrou a maçaneta e puxou com força, enlouquecida para sair dali.

— Nós podemos pegar o que quisermos de você — avisei, abrindo a porta. — Um após o outro, e ninguém vai acreditar na sua palavra, Rika.

Desci do carro e abri a porta do seu lado, arrancando-a de dentro. Will ainda estava apagado no banco traseiro.

Fechei a porta com força e a empurrei contra a lataria do carro, pressionando meu corpo ao dela e segurando seus pulsos para baixo.

Eu realmente estava disposto a fazer isso?

— Nós somos intocáveis — alertei, encarando-a com raiva. — Podemos fazer o que quisermos.

Ela respirava com dificuldade, hiperventilando e contorcendo-se contra mim.

Trevor desceu do carro e deu a volta, parando às minhas costas.

— Kai, por favor... — ela implorou por ajuda, ainda sem saber que era o irmão de Michael por trás da máscara. Ele sempre foi louco por ela, mas ela nunca lhe deu bola. Rika desejava seu irmão mais velho, e ele estava puto com isso.

— Ele não vai te ajudar — murmurei.

Então ergui suas mãos acima da cabeça, contra o teto do carro e ela gritou.

— Isso vai ser tão gostoso — sussurrei contra sua têmpora, e fechei os olhos, visualizando Winter entre meus braços.

Se eu conseguisse colocar isso na cabeça e a tratasse como lixo, então eu poderia fazer o mesmo com Winter. Poderia descartá-la.

Como se não valesse nada.

Agarrei a bunda de Rika com brutalidade.

— Você sabe que quer montar isso aqui.

— Damon — ela arfou, virando a cabeça para o outro lado —, me leva para casa. Eu sei que você não vai me machucar.

— É mesmo? — ameacei. — Então por que você sempre teve medo de mim?

Ela realmente acreditava que eu não faria isso? Ou achava que poderia me amolecer?

Eu não tinha respeito nenhum por ela. Ela não valia nada. Era apenas um corpo quente.

Isso aí, ela salvou meu traseiro mais cedo quando tacamos fogo no gazebo, na vila. Mas se eu não pudesse ter Winter, então Michael também não teria Rika. Se tinha uma pessoa que merecia ter ido com a gente essa noite, era a Winter. Quem Rika achava que era?

Segurei seus pulsos com força com apenas uma mão, apalpei sua bunda com a outra e depositei uma trilha de beijos em sua mandíbula.

Eu quero isto.

— Damon, não! — gritou. — Por favor, me solta!

Mas calei sua boca com a minha, meus dentes chegando a cortar a gengiva, e tentei de tudo ver Winter na minha mente. Era ela ali.

Machuque a garota. Tudo estaria acabado se eu simplesmente a magoasse e partisse seu maldito coração.

— Socorro! — Rika gritou.

— Ele não te quer — sussurrei, deslizando minha mão pelo seu corpo e espalmando um seio. Eu me sentia nauseado ao vê-la se debater.

Por favor, eu não quero fazer isso.

Sshhh, querido, ouvi a voz de minha mãe outra vez.

Ah, meu Deus.

— Mas nós queremos, Rika. — Quase sufoquei, pigarreando e me obrigando a seguir em frente. — Nós te queremos pra caralho. Ficar com a gente vai ser quase como se você tivesse um cheque em branco, gata. Você vai ter qualquer coisa que quiser. — Mordi seu lábio inferior. — Vamos lá...

Ela se afastou, rosnando:

— Eu nunca vou querer você!

Tudo bem. Agarrei a gola de seu casaco e joguei-a para longe do carro, na direção de Trevor e seus braços mais do que ansiosos.

— Kai — ela arfou, uma fagulha de esperança brotando em sua voz.

— Talvez você o queria, então — eu disse.

Trevor envolveu o corpo dela com os braços, quase esmagando a monstrinha.

— Pare! — ela berrou.

E então ergueu a mão e estapeou o rosto dele, ainda com a máscara.

Uma pontada de admiração me atingiu, sobressaltando-me, vendo um pouco mais de Winter nela do que desejaria. Ela era uma guerreira.

Bata nele de novo. Como eu deveria ter feito com a minha mãe antes de ir longe demais.

Bata nele de novo.

Bata em mim.

No entanto, ele a jogou no chão gelado, seu corpo caindo com força entre as folhas úmidas, e ela se virou, rastejando para trás enquanto tentava se afastar.

Trevor se lançou em cima dela e eu inclinei a cabeça, assistindo a tudo aquilo com cuidado.

Ele parecia estar sussurrando alguma coisa no ouvido dela, mas não pude ouvir.

Então ela gritou mais alto ainda:

— Saia de cima de mim!

Ele agarrou um punhado de seu cabelo, gritando para mim dessa vez:

— Segure os braços dela!

— Não! — Rika esperneou desesperada. — Me solta!

Eu continuei imóvel.

Trevor segurou as mãos dela acima da cabeça, com uma de suas mãos, e o seu pescoço com a outra, e mesmo assim ela tentou se soltar de seu agarre, porém, sem conseguir.

Ela não podia.

Não podia impedir o que estava acontecendo.

Pisquei. *Não.* Eu não queria isso. Eu queria apenas assustá-la. Ameaçar, apavorar, extrapolar um pouco meus limites e perder o controle, mas...

Ela lutou contra. Como muitos de nós devíamos ter aprendido a fazer muito antes.

— Já chega! — eu disse.

Trevor congelou por um instante, virando a cabeça para me encarar.

Eu me lancei em sua direção e o agarrei, tirando-o de cima dela. Abaixei-me e puxei Rika pelo agasalho, para que ficasse de pé.

— Pare de choramingar — eu disse, entredentes, ainda segurando a gola de seu moletom. — Não íamos machucar você, mas agora você sabe que somos capazes de fazer isso.

Segurei um punhado de seu cabelo à nuca, seu rosto corado, irritado, e ainda revelando que estava apavorada pra caralho, exatamente como Winter ficou na primeira noite em que invadi sua casa.

— Michael não te quer, e a gente também não — ofeguei. — Você entendeu? Eu quero que você pare de nos observar e nos seguir como um cachorrinho idiota tentando chamar atenção. — Então a empurrei para longe, vendo *Winter* tropeçar para longe de mim. — Arranje uma vida, porra, e fique longe de nós. Ninguém te quer.

Lágrimas se derramavam de seus olhos, e ela girou e fugiu pela floresta, o mais rápido que podia, em direção à sua casa.

— Mas que porra foi essa? — Trevor cuspiu, arrancando a máscara.

Seu cabelo loiro estava todo suado, e ele me olhou de cara feia quando jogou a máscara de Kai para mim, como se fosse uma bola de basquete. Eu a peguei e me afastei, abrindo a porta do carro com força para entrar.

Eu queria foder com ela. Talvez transar com ela, também, ou com qualquer outra que pudesse clarear a minha cabeça, mas, puta que pariu, aquilo não era...

Ele não ia parar.

Ela não estava se divertindo porra nenhuma.

Rika realmente acreditou que estava em perigo, e tudo o que eu pude sentir foi a minha mãe acima do meu corpo, exatamente como Trevor estava fazendo com ela.

Fica duro quando eu faço assim. Isso significa que você está gostando.

Não. Não estava.

Larguei a máscara no banco do passageiro e dei partida no carro, vendo Trevor correr em direção à porta do seu lado.

— Que caralho você está fazendo?

No entanto, não esperei. Com Will ainda desmaiado no banco traseiro, pisei no acelerador e dei marcha ré, ignorando os xingamentos e gritos de Trevor à medida que ele perseguia o carro.

Você pode ir andando pra casa, porra.
Dirigi até o fim da estrada de chão, sem nem mesmo parar antes de pegar a rodovia, e pisei o pé na estrada escura e sossegada.

Apertei o volante com força com uma mão e agarrei um punhado do meu cabelo, com o cotovelo apoiado na janela.

— Mas que porra? — murmurei.

O que foi que eu fiz?

Será que eu realmente a machucaria?

Mas eu fiz isso.

Ela veio com a gente essa noite, salvou o meu pescoço mais cedo na cidade, e eu... eu a ataquei, porra. Ela me defendeu, e eu só consegui enxergá-la como lixo e uma ameaça.

Todo aquele espírito, e eu a joguei no chão. Eu a tratei como se fosse nada, ao invés de me sentir poderoso, só o que eu via era um garotinho no chão, chorando e arrasado, porque ele não podia impedir o que estava acontecendo com ele.

Rika me odiaria dali em diante. Ela nunca mais olharia na minha cara outra vez.

Estacionei na frente da casa de Will e tirei-o do carro, colocando-o sobre o meu ombro. Subi os degraus e peguei as chaves dele dentro do bolso de sua calça. Assim que destranquei a porta, entrei e desarmei o alarme de segurança, digitando a senha que havia memorizado anos atrás.

A casa estava às escuras e silenciosa, mas dava para sentir o perfume das hortênsias coloridas que sua mãe sempre mantinha na mesinha do *foyer*. Às vezes elas eram só azuis, outras vezes, brancas. Hoje, a cor escolhida havia sido o roxo, e elas davam um tom alegre à casa no instante em que você entrava.

De todas as casas dos meus amigos, a que eu mais gostava era a de Will. A construção era a mais nova, espaçosa e com inúmeros quartos e salas onde você podia se movimentar e respirar em paz, além de ser bem-iluminada por conta do teto alto. Ele possuía dois irmãos mais velhos que haviam saído de casa há alguns anos para fazer do mundo um lugar melhor. Will era o caçula problemático da família.

Eu o levei até seu quarto, larguei seu corpo em cima da cama, e o vi bocejando e puxando o edredom para se cobrir. Ele ficou parecendo um burrito, e pela primeira vez naquela noite senti que realmente estava sorrindo.

Will e eu éramos farinhas do mesmo saco, ambos sempre mergulhando fundo demais para o nosso próprio bem; ele com drogas e álcool e eu com a necessidade de infringir dor.

A chuva começou a martelar contra a janela, e quando olhei para cima, vi as gotas deslizando pelo vidro como se fosse a água jorrando de uma fonte.

Winter.

Aquele era o único lugar onde eu queria estar nesse momento. Ela estava sozinha em casa, o chafariz jorrando do lado de fora, e querendo que eu estivesse lá.

Peguei uma calça jeans e uma camiseta limpas do armário do Will, corri para o banheiro e tomei uma ducha, esfregando o cabelo e o corpo para tirar o cheiro de Rika e dos cigarros.

Para lavar qualquer umas das merdas que fiz esta noite.

Depois de me limpar, eu me vesti e peguei a chave da casa dela, minha carteira e o celular, e rapidamente voltei para o carro do Michael. Já era quase duas horas da manhã. Eu poderia desfrutar de pelo menos algumas horas com ela antes de correr o risco do seu pai voltar para casa.

No entanto, quando cheguei, vi os portões abertos. Será que ele voltou mais cedo?

Desliguei os faróis e desacelerei, reparando que não havia nenhum carro estacionado fora ou dentro da propriedade, e nenhuma luz acesa. Talvez ela tenha deixado os portões abertos para mim. Aquilo quase me fez sorrir, porque gostei de pensar na ideia.

Parei o Mercedes Classe G do lado da entrada de carros, e longe de vista entre as árvores e o gramado, para o caso de acontecer alguma coisa, e saí do carro levando a chave comigo.

Eu me esgueirei pela casa e tranquei a porta assim que entrei, olhando ao redor, em alerta, enquanto subia as escadas.

Quando abri a porta de seu quarto, na mesma hora a avistei por baixo dos lençóis. As sombras das gotas da chuva na janela dançavam sobre seu corpo deitado de lado, então fechei a porta o mais silenciosamente possível e fui de pé ante pé até sua cama, admirando-a em seu sono.

Calor circulou por cada parte do meu corpo ao vê-la ali, parecendo tão aconchegante e tranquila.

Ela era tão pequena, gentil e delicada.

Mas havia um fogo ali dentro.

Ela nunca mentiu ou fingiu ser alguém que não era. Não podia ver a minha aparência, mas sentiu e reconheceu em si mesma, e fomos capazes de nos encontrar e sentir que isto era o certo. Eu não sabia dizer como aconteceu, mas era um dos motivos pelo qual sempre fui atraído por ela. Desde quando éramos crianças. Ela via tudo.

Puxei a ponta do lençol bem devagar, vendo que ela estava dormindo com uma camiseta branca e folgada que descia pelos braços, mas que se encontrava toda enrolada ao redor de sua cintura. Eu a encarei. Meu território.

Se meus amigos a tocassem do jeito que fiz hoje com Rika, eu os mataria. Sem nem pestanejar.

Ela gemeu baixinho, respirando profundamente.

— É você?

Em seguida, puxou a camiseta para baixo e ergueu o corpo, apoiada em um cotovelo, a cabeça virando de um lado ao outro.

— Sim — respondi baixinho.

Winter seguiu o som da minha voz e sorriu.

Apoiei um joelho na cama e pairei sobre ela assim que se deitou de costas outra vez. Ladeei sua cabeça com os cotovelos e enfiei as mãos em seu cabelo, recostado minha testa à dela, respirando sua essência e sentindo seu corpo por baixo do meu.

Ela passou os dedos pelas minhas costas, sussurrando:

— Tem alguma coisa errada?

Fechei os olhos, sem nem ao menos saber por onde começar.

— Eu ferrei com tudo — sussurrei de volta.

Ela acariciou minha pele e eu me encharquei em seu calor, a chuva nos guiando para um mundo só nosso, e ainda assim, eu me perguntava como ela havia se entranhado dentro de mim – dentro da minha cabeça e do meu co...

— Precisa de um esconderijo por um tempo? — perguntou, sua voz com um tom reconfortante.

Dei um aceno afirmativo com a cabeça.

— Sim.

Pelo tempo que eu pudesse.

Trocamos beijos suaves a princípio, mas meu corpo se conscientizou do dela, e ela quis sentir tudo, as mãos delicadas se enfiando por baixo das minhas roupas.

E quando nos desnudamos e eu a penetrei, soube, sem sombra de dúvidas, de que este era quem eu deveria ter sido, se não tivesse me tornado eu. Se não tivesse aprendido a lidar com a dor de todas as piores maneiras possíveis enquanto crescia naquela casa, negando assumir qualquer responsabilidade pelo homem que me tornei.

Eu teria ido para a escola, jogado basquete, rido com meus amigos, e teria me esgueirado no quarto da minha linda namoradinha à noite, para fazer amor com ela, delirando na necessidade de ser nada além do que bom para ela, porque eu não era tão ferrado a ponto de precisar de algo mais para ser feliz.

Isso é o que eu poderia ter tido para sempre se não tivesse mentido.

Algumas horas depois, deitamos juntos, a chuva mais fraca agora enquanto ela repousava a cabeça no meu peito e passava suas mãos pelo meu corpo, memorizando cada traço e fibra.

— As cicatrizes em seu corpo... — ela sussurrou. — Seu couro cabeludo, debaixo de seu braço, sua virilha. Lugares que as pessoas não veem.

Acariciei o braço dela com o polegar enquanto a segurava, já sabendo aonde ela iria chegar. Parei de me cortar quando tinha quinze anos. Na noite em que minha mãe desapareceu.

Mas algumas das marcas nunca se curaram realmente. Era bom que eu era esperto o bastante para saber onde fazê-las, para que minhas roupas sempre as cobrissem.

— Eu tive uma colega de sala em Montreal que tinha cicatrizes assim — ela continuou —, mas ela nem tentava esconder. Estavam em todos os lugares. Ela precisou sair e ir para um hospital.

Continuei afagando seu braço, minha respiração estável e calma.

— Onde você esteve por dois anos?

— Não em um hospital.

Eu sabia qual era a suspeita dela, mas tudo isso era muito mais complicado do que ela poderia imaginar. Nem todo mundo precisava de ajuda para parar de se machucar. Alguns de nós apenas trocávamos um mecanismo por outro.

Ela não me viu por dois anos, porque Damon estava tentando ficar longe. E depois ele estava na faculdade.

— Alguém me ensinou muito tempo atrás que dor alivia dor — expliquei. — Então quando era mais novo, eu me cortava, cutucava, arranhava e queimava, para que eu não sentisse tudo aquilo que doía. E aí eu percebi que era muito melhor machucar todos os outros.

— Mas a mim não?

Ela tinha um tom brincalhão, mas se ela realmente soubesse... Nada disso era uma brincadeira.

Sorri mesmo assim.

— Eu fiz algum estrago.

Ela só não sabia o tamanho ainda.

— Não me faça perguntas — falei. — Você não gostará das respostas.

— Mas eu preciso delas. — Ela se virou para me encarar.

— Eu sei.

Eu sabia que isso aconteceria. Uma vez que o sexo aconteceu, ela não queria ficar longe de mim.

E, para ser sincero, eu não queria ficar longe dela.

Só precisava garantir que ela me escutasse. Que me ouvisse e não saísse correndo. Que não houvesse ninguém ao redor para interferir antes que ela fosse capaz de processar.

Se eu quisesse manter isso, essa era minha única chance.

Segurei seu queixo, olhando para ela.

— Minha família tem uma cabana no Maine — eu lhe disse. — Já está nevando. É lindo lá. Uma ligação e está reservada para nós. Vista-se e venha comigo agora.

— O quê?

— Uma vez que chegarmos lá — expliquei —, direi tudo a você. Apenas por alguns dias, e então te trarei para casa.

Ela levantou a cabeça, um olhar confuso em seu rosto.

— Está me levando para um lugar remoto de onde não posso fugir?

— Vou garantir que você não queira fugir — provoquei, puxando-a de volta para mim e segurando seu rosto. — Prometo.

Ela ficaria incrivelmente furiosa, mas era a única coisa que eu poderia fazer para ter certeza de que absorvesse e pudesse ver além de tudo isso. Para ter certeza de que ela soubesse que o homem que eu era com ela era o verdadeiro.

— Uma cabana? — ela ponderou. — Tipo de esqui? Eu não preciso esquiar, certo?

— Nós não vamos esquiar, porra. — Eu a beijei, mordiscando e provocando. — Nós vamos comer, beber, foder e provavelmente brigar um pouco, mas não deixaremos a cabana.

Um barulho soou em meu celular, mas ignorei.

Ela se sentou em meu colo, enquanto eu beijava e mordia, provocando e seduzindo, mas ela parou de se mover e corresponder.

Recuei, vendo preocupação em sua feição.

— Você não quer ir — deduzi.

Mas ela suspirou, parecendo prestes a chorar.

— Eu quero — ela disse. — Deus, como quero. Quero ficar sozinha com você por dias e mais dias. Isso me faria tão feliz, mas...

Mas o quê?

Ela parou, mais notificações apitando em meu celular, mas apenas segurei seu rosto, esperando sua resposta.

— Sou menor de idade — explicou. — Tecnicamente, pelo menos. Se meu pai exagerar, poderia ser considerado sequestro, me levar para outro estado sem a permissão dos meus pais.

Quase ri, empolgado com a aventura, mas, de novo, ela estava certa. Mesmo que ela superasse saber quem eu era e voltasse para essa cidade, segurando minha mão, eu não teria apenas que encarar a realidade que tinha acabado de fugir para um final de semana com a filha menor de idade do prefeito, mas que ele, sem dúvidas, saberia que a levei para a cama.

Ele poderia nos proibir de encontrar um ao outro.

Mas ele não me processaria. Isso era drama, fofoca e vergonha para todas as partes envolvidas. Ele iria querer ser o mais discreto possível.

Eu era quem era, assim como meu pai. Griffin Ashby não levaria as coisas tão longe.

E nada me manteria afastado dela. Gostaria de vê-lo tentar. Estava quase ansioso por isso.

Foda-se. Nós íamos.

Mordisquei seu lábio inferior, sorrindo.

— Meu estilo de diversão tem um preço.

Ela riu, parecendo animada, e nada mais importava para mim além de onde estaríamos em algumas horas. Sozinhos, quietos, só nós.

Eu nem queria ir à minha casa buscar roupas.

Meu celular começou a tocar, o dela apitou, também, e ela foi pegá-lo, mas puxei sua mão de volta, começando a ficar duro de novo.

Merda. Não tínhamos tempo pra isso. Tínhamos que sair.

Meu celular tocou novamente.

E de novo e de novo, uma vez atrás da outra.

Mas que porra? Se Michael queria tanto seu carro de volta, que rastreasse e viesse pegar, pelo amor de Deus. Era cedo pra caralho.

Afastei-me de sua boca e resmunguei enquanto ia para o canto da cama e tateava em busca do celular. Encontrando-o, liguei, olhando para a tela enquanto ela beijava meu pescoço.

Notificações no Instagram, marcações, tweets, mensagens privadas com links de artigos...

Que porra era essa?

Fui atingido de uma vez, meus nervos entrando em combustão enquanto tentava entender o que estava vendo. Então cliquei em uma marcação, um vídeo escuro apareceu sem som, mas não importava. Meu coração parou, imediatamente reconhecendo o que estava vendo.

Winter e eu no banheiro anteontem à noite.

O vídeo que estava no celular que compartilhava com meus amigos.

Depois que o celular havia caído no chão do banheiro, ficou filmando apenas o teto, mas ainda assim, era nítido o que estava rolando. Todos os gemidos e ofegos que dávamos e...

Meu olhar foi logo atrás para saber quem havia postado aquela porra, os comentários abaixo; então vi várias notificações de que havia sido postado por inúmeras pessoas em diversas redes sociais, compartilhado e retuitado loucamente.

O pânico retorceu minhas entranhas, e logo em seguida, vi o outro vídeo onde filmei Kai e Will espancando o cara que andou dando surras consecutivas em sua irmã mais nova.

Infelizmente, o cara era um policial, e os rostos de Kai e Will estavam bem visíveis.

E o meu, enquanto estava com Winter, tampouco ficou coberto.

Os comentários chegavam aos montes, destilando um monte de merda sobre a gente, e não consegui mais olhar para aquela porcaria.

— Ai, meu Deus — murmurei, com os olhos fechados.

— O que houve? — ela perguntou, ainda me beijando.

As notificações pipocavam, meu celular tocando a todo instante, então o silenciei.

Como isto foi acontecer? Onde estava aquele telefone?

Porra, minhas mãos estavam tremendo.

Era sempre o Will que gravava com o celular nas Noites do Diabo. Se a gente propusesse um trote, ele fazia questão de filmar. Entreguei de volta para ele, depois que chegamos no vilarejo ontem à noite, no *Sticks*.

Mas não estava em seus bolsos quando procurei pelas chaves da sua casa. Onde ele havia deixado o moletom?

E então tudo me atingiu como um trem do caralho.

Rika.

O rasgo que vi na manga de seu casaco, quando segurei seus pulsos noite passada. Não era o moletom dela. Rika pegou o errado quando saiu do Armazém. O casaco que ela usava era o de Will.

KILL SWITCH

Eu me levantei de um pulo, afastando Winter ao me sentar cama.

— Rika... — Esfreguei os olhos, pensando em toda a merda que estava prestes a desabar. — Filha da puta!

— Rika Fane? — Winter indagou. — O que aconteceu?

Eu não sabia o que dizer. Não conseguia pensar.

Parecia que ela deu o troco pelo que fizemos com ela noite passada. Para o que ela achou que eu, Will e Kai estávamos dispostos a fazer, sem saber que era Trevor Crist por trás da máscara de Kai.

Meu Deus, eu era um idiota. Estava com medo de ela passar a me odiar e nunca me perdoar, mas ela encontrou o maldito celular no bolso e acabou com a gente ao postar aqueles vídeos. Eu a subestimei.

Uma coisa era ser flagrado com Winter pelo seu pai. Mas ninguém sobrevivia ao julgamento da opinião pública. Nossos erros — repreensíveis para aqueles que veriam do lado de fora e não entendiam nada — estavam expostos a qualquer pessoa que tivesse uma opinião a dizer, e não havia mais escolha. Teríamos que ser responsabilizados.

Rapidamente enviei uma mensagem aos caras.

> Estamos muito fodidos!

Então acrescentei para que soubessem:

> Rika estava com o celular! Ela estava usando o moletom do Will ontem à noite!

Até onde eu tinha visto, Michael não aparecia em nenhum dos vídeos postados. Claro. Ela não deixaria que nada afetasse seu objeto de desejo.

Fiquei de pé, vestindo o jeans.

— Vista-se — eu disse a Winter. — Temos que dar o fora daqui.

No entanto, ela se ajoelhou na cama, encarando-me.

— O que aconteceu?

— Agora — ordenei, enfiando o celular no bolso traseiro e procurando minha camiseta.

Mas ela não se moveu.

— Você está me assustando — murmurou.

— E desde quando isso é novidade?

Recolhi minhas coisas, assegurando-me de que havia pegado as chaves do carro de Michael, mas, quando olhei para ela outra vez, percebi que estava imóvel.

— Eu mandei se vestir. Vamos embora.

A cabeça dela virou em direção ao celular, ouvindo os alertas de notificações que chegavam para ela também. Uma atrás da outra.

Em um tom de voz baixo e exigente, ela repetiu:

— O que está acontecendo?

Fiquei ali parado, sem saber o que diabos deveria fazer para me salvar disso. Como eu conseguiria tirá-la dali e fugir, fazendo tudo desaparecer para que ela nunca descobrisse o pesadelo que estava prestes a vivenciar?

Mas então ouvi o motor de um carro acelerando pela entrada até sua casa. Ela sabia que havia algo de errado, e não fugiria comigo desse jeito.

E eles já estavam quase aqui.

Larguei minhas tralhas e peguei um cigarro, acendendo em seguida, encarando-a ainda enrolada no lençol; tudo o que eu queria fazer era mergulhar em seu cabelo e seus lábios e no calor de sua cama de minutos atrás.

Como as coisas podiam mudar tão rápido em um curto período de tempo?

Ela ouviu o barulho do isqueiro, sentiu o cheiro da fumaça do cigarro e um olhar confuso tomou conta de seu rosto lindo.

— Você fuma? — perguntou baixinho.

Ouvi o barulho dos pneus cantando no asfalto e o som das portas batendo com força.

Desviei meu olhar para o dela.

— Não me deixe ir — eu disse, respirando com dificuldade. — Não importa o que ouvir ou o que disserem, não me deixe ir.

Ela balançou a cabeça.

— O que você quer dizer com isso? — E então concentrou-se outra vez no celular, irritada. — Meu celular enlouqueceu. O que está acontecendo? Por favor?

— Winter! — O grito de seu pai veio do piso inferior, reverberando pela casa.

Então me abaixei e rocei seus lábios enquanto ele subia as escadas.

— Não me deixe ir — sussurrei.

Mas a porta se abriu de supetão, o pai entrou com um outro homem a reboque, e disparou na minha direção.

— Ah, seu filho da puta! Saia de perto dela!

Ele me deu um soco, e, pela primeira vez em anos, não revidei. Eu nem mesmo queria fazer isso. Se eu a perdesse, nem me importaria mais.

Seu punho aterrissou outra vez no meu queixo e eu caí em cima de sua mesinha de cabeceira, derrubando o abajur no chão.

Winter ofegou, assustada.

— O que está acontecendo?

Um chute acertou meu estômago, fazendo-me grunhir e estremecer quando recebi outro golpe.

— Pai, pare! — ela gritou, descendo da cama. — Deixe-o em paz!

O outro homem a segurou para trás e reconheci o Sr. Kincaid, meu antigo reitor. Ele segurava os braços de Winter enquanto ela tentava se soltar de seu agarre.

— Seu doente de merda! — Ashby rosnou para mim. — Eu o ameacei com uma medida restritiva e você faz isso? Você vai para a cadeia por conta disso, porra! Como você ousa?

E veio outra vez, descendo soco atrás de soco. Cerrei os dentes, protegendo meu estômago.

Winter.

— Ordem de restrição? — ela repetiu. — O quê?

Por favor, não. Por favor, não descubra tudo desse jeito. Porra.

— Como você pôde transar com ele, Winter? — o pai berrou. — No que você estava pensando?

Ela segurou o lençol ao redor do corpo com mais força, sacudindo a cabeça.

— Como você sabe disso? O que está acontecendo?

Ela não sabia de nada. Não sabia sobre o vazamento dos vídeos, sobre mim...

— Ligue para Doug Coulson — Ashby instruiu o Sr. Kincaid. — Diga que estamos com Torrance aqui e mande as viaturas virem buscá-lo com o restante daqueles merdinhas.

Fechei os olhos com força, mal sentindo seu puxão no meu cabelo enquanto esperava Winter compreender tudo.

Estava tudo acabado. Ela me odiaria.

— Torrance — ofegou, ouvindo o que o pai disse. — Damon Torrance?

Olhei para ela enquanto ele puxava mais ainda meu cabelo, fazendo o couro cabeludo arder.

— Winter — implorei.

— O quê? — ela disse a si mesma, ainda processando as informações.

Tentei chegar até ela.

— Winter. — No entanto, eu não sabia o que dizer. Ao invés disso, gritei com Kincaid que ainda permanecia ali, com as mãos pegajosas sobre uma garota seminua. — Pegue umas roupas para ela, caralho! — gritei.

Ah, meu Deus. Eu seria preso.

Mas eu não dava a mínima para aquilo. Não tanto quanto para o fato de ela nem ao menos me responder.

Por favor, não me deixe.

— Winter, me escuta... — eu disse. — Não é nada disso que você está pensando.

— É Damon Torrance? — ela perguntou a outra pessoa.

— Você não sabia? — seu pai questionou. — Você não sabia com quem estava? — E então ele me encarou com ódio, rangendo os dentes quando chegou à conclusão da dimensão do que havia acontecido entre nós. — O que você fez?

— Winter, me escuta — supliquei.

Mas ela começou a soluçar e cobriu a boca com a mão.

— Saia daqui! — gritou, buscando abrigo em Kincaid e se distanciando o quanto podia de mim. — Tirem ele daqui! Tirem ele daqui!

Ashby me levantou com brutalidade, sangue gotejando do meu lábio ferido.

— Winter, por favor — implorei.

— Chega! — Cobriu os ouvidos com as mãos, recostando-se contra a parede. — Apenas morra e me deixe em paz!

Ela estava enfurecida, e senti meus olhos ardendo, mas vi quando escondeu o rosto contra o peito de Kincaid, protegendo-se de mim como se eu fosse machucá-la.

Como se eu fosse um monstro.

Apenas morra e me deixe em paz.

— Eu te odeio! — rosnou. — Você é horrível, e teve que mentir para mim porque sabia que eu nunca o desejaria! Ninguém nunca te amaria! Saia daqui!

Kincaid a puxou contra ele, colocando um cobertor sobre o corpo trêmulo enquanto ela chorava convulsivamente.

— Não o deixe chegar perto de mim outra vez — pediu. — Por favor, não o deixe me tocar.

Olhei para baixo, para minhas mãos, enquanto Ashby me empurrava para fora do quarto, para longe dela, e todo o sofrimento e a perda giraram como um ciclone no meu cérebro.

Eu nunca o desejaria. Ninguém nunca te amaria.

KILL SWITCH

Eu a tinha profanado, como sabia que faria.

Ela nunca mais dançaria como uma garota inocente outra vez.

Nunca mais ostentaria aquele brilho no olhar de quando a levei de carona naquela moto.

Eu a mudei para sempre. Eu dobrei, torci e quebrei tudo o que fazia dela a coisa mais linda que já havia acontecido comigo.

CAPÍTULO 21
WINTER

Cinco anos atrás...

Minhas mãos tremiam enquanto eu navegava pelo aplicativo de narração do meu celular, ouvindo o que todo mundo já havia visto on-line.

O som dos meus beijos e ofegos. Os gemidos e grunhidos.

Eu amo... eu odeio você.

É, eu te odeio também. Eu só quero te comer.

É mesmo?

Era como se eu nem mesmo estivesse lá, vivenciando tudo aquilo. Como se estivesse do lado de fora, ouvindo uma exibição nojenta de algo superficial e sem significado algum, quando não foi isso o que senti de forma alguma. Senti meu rosto franzir, partindo-se em pedaços enquanto eu soluçava, ouvindo o áudio de tudo que foi gravado no celular dele, e que havia caído no chão, mas continuou gravando tudo, os sons, gemidos, e tudo o que fizemos naquele chuveiro. Não havia a menor sombra de dúvidas do que estava acontecendo ali.

Minha mãe telefonou esta manhã, antes de entrar no primeiro avião junto com a minha irmã, e me assegurou de que não apareci nua em momento algum no vídeo. Nós dois ficamos fora de vista assim que o celular caiu no chão, infelizmente, ainda filmando.

Minhas mensagens no Instagram chegavam a todo momento, e eu sabia que não deveria abri-las, mas não tive permissão de chegar perto do celular o dia inteiro. Tanto o telefone fixo quanto os dos meus pais enlouqueceram, e eu sabia que a coisa era muito ruim, só não sabia o quanto poderia ser péssima para mim.

Cliquei na primeira e o narrador leu:

"Você pareceu uma diversão bacana, e eu bem que poderia querer um pouco agora mesmo."

Rangi os dentes, clicando em outra mensagem, segurando o celular no ouvido:

"Então o Damon deu uma bela de uma enterrada, hein? Ele tem uma coisa por garotas cegas, surdas e burras. Feche os olhos, cubra os ouvidos e abras as pernas, gata."

Meu Deus, por que eles estavam fazendo isso? Minha cabeça estava girando, e chorei ainda mais. Eu não sabia que estava sendo filmada. Era uma coisa privada. Não era daquele jeito.

"Puta magricela e nojenta. Quantos paus você teve que chupar para que alguém te quisesse? Você devia se matar."

A maioria das mensagens vinha de perfis desconhecidos, e as lágrimas desceram com tanta força que eu já nem conseguia mais soluçar. Eu queria morrer. Ele me usou. Fez tudo aquilo por diversão. Fez aquilo comigo porque sentia prazer com isso?

O tempo inteiro. Os últimos dois anos. A dança, o carro, a moto, o armário do zelador, o teatro, a fonte na praça da vila... Tudo aquilo aconteceu com o maldito Damon Torrance.

Imaginei aqueles mesmos olhos negros de quando éramos crianças, me observando do salão de festas.

Grunhi, irritada, jogando o celular de volta na cama e segurando a cabeça entre as mãos.

— Eu poderia te matar!

Mas então ouvi alguém gritar enquanto entrava no meu quarto.

— Eu mandei ficar longe do telefone! — meu pai esbravejou.

Abaixei as mãos, ainda soluçando, mas senti quando ele pegou o aparelho na cama.

Estendi a mão para o local onde o tinha jogado, sem nada encontrar.

— Preciso do meu celular — argumentei.

— Griffin... — minha mãe interrompeu.

No entanto, meu pai não estava a fim de dar ouvidos a ninguém hoje.

— Chega! — berrou.

— Você sabia que eu gostava dele. — Ouvi minha irmã dizer de algum lugar perto da porta. — Ele foi preso, Winter!

— Que bom! — gritei.

— Todo mundo nos odeia agora.

— Dá o fora daqui! — gritei novamente com ela.

Como assim, ela não estava do meu lado? Logo nisso?

— Você vai voltar para Montreal depois de amanhã — meu pai disse, ríspido, fervendo de raiva. Temi que ele fosse bater em alguma coisa. — Traremos você de volta para depor, caso seja necessário.

— Você não pode prestar queixa! — Ari disse a ele.

— Saia! — ordenou. — Vá dormir e não se meta nisso.

Fiquei cabisbaixa, incapaz de chorar, mesmo se quisesse.

— Eu não sabia que era ele.

— Quem você achou que fosse? — Ari exigiu saber. — Eu te avisei que eles gostavam de fazer trotes! Eles se excitam com esse tipo de coisa! Até parece que um garoto normal ia querer realmente sair com você... Foi isso o que você pensou? — Então ela murmurou baixinho: — Burra pra cacete.

Pare. Por favor, pare.

Eu achei...

Pensei que fosse de verdade. Pensei que ele...

A sensação de tê-lo acima de mim, no chuveiro, rastejou pela minha pele, fazendo-me cobrir o rosto com as mãos.

Eu o amava.

Esta manhã, eu o amei, e hoje à noite, esperava que ele estivesse sofrendo de maneira inimaginável.

— Já chega, Ari — minha mãe repreendeu. — Vá para o seu quarto agora!

Depois de um instante, ouvi seus passos se afastando pelo corredor, e imaginei o que Damon devia estar fazendo agora mesmo. Estava sentado em uma cela? Ou numa sala de interrogatório com o resto dos amigos, que haviam sido presos por causa dos outros vídeos vazados?

Até que me ocorreu... Nenhum deles teria feito algo assim de propósito. Aquilo era ruim para Damon, também.

Não foi ele quem postou o vídeo. Por que ele tinha que filmar tudo? Eu pedi que ele tirasse uma foto.

Mas não... ele queria se gabar com seus colegas.

Tentei me consolar ao saber que ele não deve ter tido a intenção que o mundo inteiro visse o vídeo, mas o sentimento durou pouco. Ele me roubou.

— Você não vai sair dessa casa — meu pai instruiu. — Não vai usar o telefone. Não vai atender à porta.

— Ela já sabe disso — minha mãe tentou apaziguar. — Deixe-nos a sós.

Ouvi o suspiro irritado do meu pai, até que disse, por fim:

— Preciso conversar com Doug Coulson. Vou chegar mais tarde em casa.

Ele saiu e bateu a porta com força, dando-me um susto. Ele nem sequer perguntou se eu estava bem. Nenhuma vez durante o dia. Ele não me abraçou ou... ou agiu, minimamente, como se aquilo não fosse minha culpa. Ele estava me tratando como se eu fosse responsável por parte daquilo.

Ari transava por aí. Todo mundo sabia. E muito antes de fazer dezesseis.

Mas eu estava me mostrando disposta com alguém naquele vídeo, e não importava quem era. Meu pai achava que qualquer pessoa que me desejasse, estava obviamente me fazendo como vítima.

E veja só. Ele estava certo.

Eu fui a idiota por não ter experiência alguma. Por pensar que um garoto "normal" poderia me querer.

Senti o colchão afundar quando minha mãe se sentou.

— Ele te machucou?

Cada músculo no meu rosto se contraiu. *O que você quer dizer? Hematomas? É isso o que importa?*

— Sim, eu sei que ele mentiu. — Ela tocou o meu rosto, tentando me consolar. — Mas ele a forçou? Precisamos saber de todos os detalhes, Winter. O tribunal vai precisar saber de tudo.

Perdi o fôlego por um instante. Tribunal. Meu Deus, eu seria massacrada pela cidade inteira.

— Ele mentiu — respondi. — Ele me fez pensar que estava com outra pessoa.

— Com quem? — mamãe perguntou. — Quem você achou que ele era?

Abri a boca para explicar, mas nada faria sentido. Eu já nem sabia se fazia sentido para mim.

Ele nunca negou ser Damon Torrance. Eu transei com ele, ciente de que não sabia quem ele era. Não sabia seu nome, nada sobre sua família, sua escola...

Ninguém acreditaria em mim.

Provavelmente havia outras garotas a quem ele machucou, e talvez pudessem me apoiar, mas a família dele era riquíssima, e ele era muito popular. Elas podiam até odiá-lo, mas também podiam temer não adorá-lo em público.

E os garotos. Eles o idolatravam. Ele marcou ponto com uma garota de dezesseis anos, mas ei... aquilo era apenas um detalhe técnico. Minha idade era legal em trinta e três estados. Só não no nosso, certo?

Ai, Jesus. Como pude ser tão burra?

— Ele te obrigou a fazer alguma coisa que você não queria? — minha mãe perguntou, esclarecendo o que realmente queria saber.

No entanto, apenas abaixei a cabeça, balançando-a de um lado ao outro, porque não fazia ideia do que responder. Não, ele não me obrigou a fazer o que não queria, mas me fez fazer algo que nunca teria feito com Damon Torrance.

Ela enlaçou meu pescoço e puxou minha cabeça contra o seu peito.

— Está tudo bem. Sshhhh.... Nós vamos dar um jeito nisso — ela disse. — Nós vamos consertar isso.

Ela esfregou minhas costas e me acalentou por um longo tempo, acalmando-me e permitindo que eu me refugiasse em seus braços. Fiquei até feliz pelo meu pai ter tomado meu celular. Ouvir aquele tipo de merda fez um estrago na minha mente, e eu queria que todos entendessem, mas eu sabia que seria inútil. O mundo amava odiar e, por agora, minha bolha era o meu lugar mais seguro.

Ela fez com que eu me deitasse e me cobriu com o edredom. Eu ainda estava usando minhas roupas, mas não tinha forças nem para isso.

— Deixei um copo de água na sua mesa de cabeceira — ela disse. — E também um comprimido, um calmante, se achar que precisa dele.

Assenti, sabendo que não o usaria. Meus olhos estavam pesados, e eu cairia no sono logo, logo, só para acordar amanhã e encarar o pesadelo todo outra vez.

— Mãe? — chamei, ouvindo a música ressoar no piso inferior assim que me sentei na cama.

Era tão nítida.

Minha porta estava aberta. Mas pensei que ela havia fechado quando saiu.

Estendi a mão e apertei o botão do relógio, ouvindo-o anunciar:

— Onze e quarenta da manhã.

Tateei ao redor em busca do meu telefone, lembrando só depois que meu pai o havia confiscado. Senti o copo d'água deixado pela minha mãe e tomei um longo gole.

Os eventos da noite ainda estavam tão vívidos, como se eu não tivesse dormido de forma alguma. No entanto, eu me sentia tão cansada ainda, que não conseguia chorar, mesmo se quisesse.

— Mãe, você está aí? — gritei.

Náusea revirou meu estômago, e eu precisava de alguma coisa. Só não sabia o quê. Fiquei sem comer o dia inteiro. Talvez fosse esse o problema.

Bocejando, sentei na cama e esfreguei os olhos, desejando uma sopa e biscoitos de água e sal ou algo assim e então talvez tomaria um calmante e dormiria para sempre.

Saindo do meu quarto, segui pelo corrimão, ouvindo a fraca e assustadora melodia de *Sleep Walk*, do Santo e Johnny, tocando em algum lugar lá embaixo. Em qualquer outro momento, eu teria sorrido pelo gesto. Minha mãe sabia que eu gostava das antigas quando queria me sentir melhor.

Mas não adiantava colocar para tocar enquanto eu estivesse dormindo.

Cheguei à sala de estar, ainda vestindo uma calça jeans e o mesmo top da manhã, mas antes que pudesse me dirigir à cozinha, ouvi o som da secretária eletrônica perto da porta. Bocejando de novo, fui em sua direção.

Poderia ser um trote. Eu tinha certeza de que muitos aconteceram hoje. Mas eu não estava com meu celular, então apenas caso papai ligasse...

Encontrando o botão, apertei, minha cabeça girando e meu coração disparando assim que ouvi a voz da minha mãe:

— Oi, querida — cantarolou. — Eu não queria te acordar. Sua irmã escapou de casa, então vim encontrá-la. As portas estão trancadas. Não saia. Volto assim que puder.

A música soou do salão de festas, e respirei fundo, ofegante.

Quem estava lá?

— Mãe? — gritei.

O chão rangeu à minha esquerda, e parei, franzindo o cenho e fechando os olhos com força enquanto o pesadelo se aproximava, mesmo que não estivesse mais dormindo.

Mas eu me recusava a chorar. Contraí a mandíbula, as mãos em punhos, e virei-me para ele.

— Damon — falei para meu fantasma, que agora tinha um nome. — Vantagens de ser rico, certo? Pode pagar a fiança em tempo recorde.

Balancei a cabeça.

Ele iria se safar. Nada iria acontecer a ele. Caras como ele nunca pagavam pelo que faziam.

— Seus amigos foram presos também, pelo que ouvi — comentei. — A cidade está um caos esta noite.

Não o ouvi se mover, mas isso não significava que ele não o fez. Estendi a mão às minhas costas e agarrei uma estatueta de ouro na mesa, com uma bela parte afiada.

— E você está aqui. — Ouvi atentamente, tentando ouvir seus passos. — Por que está aqui?

Ele não disse uma palavra, e, por um momento, pareceu como da primeira vez em que invadiu minha casa e me aterrorizou. Desta vez, porém, eu não acordaria em segurança. Ele se divertiu, e agora estava aqui em busca de mais.

— Você quer me calar? — pressionei. — Me machucar? Ou quer ver o quanto já me machucou?

Ele estava aqui para me manter quieta, ou porque simplesmente não conseguia conter seu fetiche doentio e pervertido? Para averiguar o dano que causou à garota que estava pronta para fugir com ele esta manhã. Sonhando em acordar em seus braços, em uma cama quentinha com o fogo crepitando nas montanhas geladas.

Isso não significava nada para ele.

— O melhor que já aconteceu comigo em sete anos foram as noites que passei com você — revelei, com lágrimas nos olhos. — Então apenas aproveite, porque você venceu. Eu me apaixonei por você, porra. Quero arrancar meu maldito coração, porque não machucaria tanto quanto o que você fez esta manhã. Eu odeio você.

Minhas pernas começaram a ceder enquanto eu chorava, e minha cabeça começou a girar.

— Odeio você — falei, o choro preso na garganta. — E vou te odiar para sempre, então faça o que quer fazer, porque estou morta. Já estou morta.

Eu nunca confiaria em outro homem de novo. Teria que deixar minha escola e minha casa para fugir das fofocas.

Era eu quem estava pagando por sua mentira, não ele, mas que Deus me ajudasse, eu o arrastaria junto comigo. Garantiria que ele se lembrasse de mim e soubesse o quão miseravelmente falhou ao ser a pior coisa que já me aconteceu, porque ele não era importante. Ele não era nada.

Eu não o amava. Nem o entendia.

— Meu pai me odeia. Minha irmã me odeia — falei. — Minha mãe mal se aguenta em pé. Você me fez acreditar que eu não estava sozinha. Por que você faria isso?

O chão rangeu de novo, mais perto desta vez, e levantei minha mão para me preparar, mas tropecei, minha cabeça girando, e caí no chão.

O que estava acontecendo?

Apoiei a mão no chão, incapaz de me estabilizar.

— O que... o que está acontecendo comigo?

— Você bebeu a água — ele finalmente falou.

A água. A água? E então me lembrei do copo que minha mãe deixou para mim no meu quarto.

E minha porta estava aberta, quando ela já a tinha fechado. Ele veio quando eu estava dormindo. Ele colocou algo na água?

Oh, Jesus. Não, não, não...

Comecei a ofegar, tentando me levantar, mas não conseguia fazer minhas pernas funcionarem. Onde estava a estatueta que peguei? Estava na minha mão agora mesmo.

— O qu... o que você deu pra mim? — rosnei.

Ele me segurou, tirando-me do chão e colocando seus braços ao meu redor.

— Shhh... — disse.

Mas balancei a cabeça de novo e de novo. Não.

Por favor, não.

— O que você vai fazer? — perguntei assustada. — O que você quer?

Tentei empurrá-lo – tentei me levantar –, mas meu cérebro não estava funcionando, e eu não conseguia controlar meu corpo.

— Eu só queria te segurar — ele disse. — Uma última vez.

Segurar? O quê? A voz dele estava baixa, como se estivesse passando através de um longo túnel.

— Só queria te segurar. — Sua voz ressoou em algum lugar da minha cabeça enquanto meus olhos começaram a fechar. — E dizer que sinto muito pra car...

— O quê? — perguntei, cedendo e caindo contra ele. — Não consigo te entender.

— Não me deixe ir — sussurrou em meu ouvido. — Não deixe.

— Eu vou... — Minha boca estava tão seca. — Vou te mandar para a cadeia.

Seus lábios pousaram em minha bochecha, e pensei ter sentido seu corpo tremer em um choro contido.

Mas à medida que adormeci e caí em esquecimento, suas palavras foram mordazes e claras em meu ouvido:

— Então torça para que eu nunca saia de lá.

CAPÍTULO 22
WINTER

Dias atuais...

Sentei-me no Teatro, ouvindo os últimos ensaios da apresentação anual de *O Quebra-Nozes* e lembrando-me de quando estive lá em cima com todas aquelas crianças também. O palco era gigantesco, e eu ainda me lembrava de rodopiar enquanto a neve caía, mal reparando na plateia, porque o mundo lá em cima era lindo demais para olhar para qualquer outro lugar.

Alguém passou por mim no corredor, sentando-se ao meu lado.

— Como você está? — Rika perguntou.

Apenas dei um sorriso contido.

Não havia respostas para aquela pergunta. Dizer "bem" pareceria cômico.

Juntei as mãos em meu colo, com frio por causa do ar, e cobri a boca por baixo do fino tecido do cachecol, expirando para me esquentar.

— Venha ficar com a gente — ela disse.

Ela estava oferecendo ajuda desde a casa mal-assombrada anteontem à noite, mas eu me sentia anestesiada agora, e não queria fugir. Queria ganhar.

— Você está me ajudando — afirmei. — Agradeço por isso.

Havíamos nos encontrado ontem, por ela e Michael estarem patrocinando uma apresentação, e não era muito, mas era um começo para sair por minha conta. Eles teriam seu dinheiro de volta com a venda de ingressos – se tivessem a sorte de vender pelo menos um – e seja lá o que sobrasse do lucro ao dividirmos. Mas ela tinha ligado hoje mais cedo com mais ideias, incluindo uma turnê. Ela estava realmente levando a sério, e era bom ter outra pessoa animada com a minha dança. Além de Damon...

— Você parece um pouco perigosa — ela refletiu. — Como se tivesse tido ideias.

— Para a turnê ou para o marido da minha irmã?

Ela bufou.

— Qualquer um que te deixe com esse olhar assassino.

— Eu o odeio — falei, abaixando as mangas da jaqueta. — Odeio o que ele fez comigo. Ele mereceu sua punição.

Ele mereceu ir para a cadeia.

— Mas...? — pressionou.

Mas meu coração fraco continuou pensando sobre o que ele disse em sua cama, duas noites atrás, quando segurei as lâminas contra sua costela e pescoço. Sobre como mentir foi a única maneira que encontrou para se aproximar de mim no colégio. Talvez era só uma mentira que ele contou para minha mãe para se livrar dela.

Ou talvez não fosse. Não tornava certo, porém.

— Houve tantos momentos naquela época — contei a ela — que pareceram reais, como se ele pudesse ter sido diferente e eu também.

Ele me seduziu com uma mentira. Por que eu estava em dúvida sobre o homem que ele era?

— Eu o odeio, sim — falei. — Só queria odiá-lo a cada segundo.

— Alex me contou depois da casa mal-assombrada, na outra noite, sobre tudo o que aconteceu com você — expliquei. — Como eles equivocadamente pensaram que tinha enviado os vídeos e que foram atrás de você porque pensaram que os tinha colocado na prisão. — Pausei enquanto ela continuava em silêncio. — Ela me disse o que Damon fez. Mas você não parece odiá-lo. Por quê?

Ela o convidou, bem como à nossa família para sua festa de noivado. Ela agiu normalmente perto dele na casa mal-assombrada. Ouvi boatos de que os dois tinham negócios juntos.

No entanto, ela suspirou.

— Por que não odeio nenhum deles? — perguntou. — Acho que quando você odeia alguém, não precisa odiá-los para sempre.

Mas não estava tudo bem. Como ela conseguia confiar nele? Como conseguiu perdoá-lo?

— Não estou justificando o que ele fez — disse, hesitando por um instante —, mas... não sei. Vejo uma oportunidade ali. Não consigo explicar. — E então prosseguiu: — Michael, Kai, Will... Eles nunca mais me decepcionaram desde então.

KILL SWITCH

Eu não sabia o que eles haviam feito com ela, em comparação a Damon, mas sabia o que fez comigo, comparado a ela. Eu nunca o perdoaria.

— Ele não te machucou, não é? — ela perguntou, como se já esperasse uma resposta negativa.

Aquela era outra questão difícil de ser respondida. Ele estava me obrigando? Não.

Estava me ameaçando? Brincando com a minha cabeça?

— Esses joguinhos mentais são um pouco brutais — confessei.

Ela deu uma risada de escárnio, como se me compreendesse.

— Sim, eles são muito bons nisso.

O diretor estava gritando do palco, comandando as pessoas, e então o piano começou a tocar e ouvi uma dúzia de pares de sapatilhas de balé saltando no palco, o número musical tendo início outra vez.

— A única lembrança boa que tenho de Damon, quando éramos mais novos, aconteceu quando crianças — Rika disse. — Eu devia ter uns três ou quatro anos… A memória é meio vaga, mas me lembro sempre disso… Estávamos na biblioteca e outro garoto me empurrou e roubou meu livro de gravuras. — Ela riu com a lembrança. — Damon roubou de volta e me entregou. Ele nunca tinha conversado comigo, daí a minha mãe o convidou para se sentar com a gente para ler, mas ele teve que ir embora com a babá. Eu acho.

Imaginei a cena na minha mente, Damon fazendo o que fez e assumindo o controle da situação. Eu não fazia ideia do porquê ela havia me contado aquilo, como se uma historinha encantadora fosse amenizar a pessoa que ele era agora.

— Só passei a ter medo dele quando entrei no ensino médio. — Sua voz soava pensativa, como se estivesse pensando naquilo pela primeira vez também. — Depois de tudo o que aconteceu com ele naquela casa.

— Isso não é desculpa — salientei.

Ela concordou na mesma hora.

— Não, não é — murmurou. — É uma razão, pura e simplesmente. Há sempre uma razão para que as coisas sejam como são.

Voltei tarde da noite para casa, retirando os sapatos e o cachecol assim que entrei no quarto. Já fazia dois dias que eu não via Damon, e não fazia ideia de seu paradeiro ou do que estaria fazendo, mas eu estava cansada.

Muito cansada.

Tirei a roupa e vesti um conjunto de pijamas, a seda fria do short e da camiseta refrescando meu corpo exausto; coloquei o celular no carregador e ignorei as notificações da minha mãe.

Eu havia conseguido falar com ela ontem à tarde, confirmando que ela e Ari estavam em segurança outra vez, e perguntei por que ela teve a coragem de me deixar e quando voltaria. Ela ficou em silêncio por um tempo longo demais e simplesmente desligou. Bom, ela teria que inventar desculpas e me enviá-las por mensagem.

Ela realmente acreditou naquela porcaria que Damon disse? Sobre eu e ele estarmos apaixonados e precisando de um tempo para nos reconectarmos?

Ou era o que ela queria acreditar, porque era muito mais fácil do que revidar?

Tranquei a porta e enfiei uma cadeira por baixo da maçaneta antes de me deitar e programar o despertador.

Mas, por mais cansada que estivesse, o sono não vinha de jeito nenhum.

Portas se abriram e fecharam silenciosamente no andar inferior enquanto a equipe de segurança de Damon se movimentava, circulando ao redor da propriedade e cuidando de tudo em sua ausência.

A princípio, pensei que os guardas fossem para mim. Para impedir minhas idas e vindas, e para reportar tudo o que eu fazia. E aquelas eram, sem sombra de dúvidas, algumas de suas ordens, mas ninguém me aborrecia quando eu queria ir a algum lugar, e nunca recebi instruções para fazer ou deixar de fazer alguma coisa.

Um motorista estava à minha disposição, as portas se abriam para mim, e se não fosse por aquelas pessoas ou Damon me assustando aquele dia, no teatro, eu me sentiria, na verdade, muito mais segura com a equipe aqui.

Quando ele desaparecia.

Agarrei um punhado do lençol, chateada por ter pensado naquilo. Que uma parte minha desejasse que ele não sumisse desse jeito.

Onde ele estava? Já haviam se passado dias. Ele ainda estava com Mikhail?

Ou Damon viajou para as Maldivas, afinal de contas? Uma pontada de ciúmes me atingiu e precisei respirar fundo, puxando a gola da camiseta, porque, de repente, me sentia sufocada.

Vá à merda.

Que merda eu estava fazendo? O sexo foi tão bom que acabei esquecendo que ele era um delinquente? Que clichê.

Eu não estava nem aí se ele defendeu Rika quando ela tinha quatro anos, ou que ele tenha sido abusado quando criança. Um monte de gente crescia na merda.

Eu realmente amei a pessoa que ele fingiu ser, porra, mas sua mentira anulou tudo o que aconteceu entre nós. Ele me humilhou.

Por que era tão difícil me lembrar de que o que ele me fez sentir era uma mentira?

A casa mal-assombrada. O medo fantástico. A pulsação nas minhas veias.

Mas então eu me lembrava de seus braços fortes ao meu redor.

Amava a sensação do perigo. A maneira como ele me fez renascer.

Arrastei os dedos pela barriga, contra o pedaço de pele descoberta pela camiseta, então desci a mão mais ainda, sentido o meu centro latejar e os mamilos endurecerem contra o tecido.

Senti a ardência das lágrimas nos meus olhos. Eu me odiava.

Porque o queria.

Ele mentiu tão bem, certo? Que eu queria sentir tudo o que ele me convenceu a sentir na cama quando eu tinha dezesseis.

Uma lágrima deslizou, mas tentei conter o choro. Eu queria senti-lo outra vez.

Mas não podia. Não podia deixá-lo vencer.

Ouvi o som de um carro parando do lado de fora, a porta sendo aberta e fechada com força, e então a porta da frente de casa bater.

Congelei, o pulso martelando no meu pescoço à medida que apurava os ouvidos.

Passos na escada.

Um rangido no piso.

O lento estalido das tábuas de madeira diante da aproximação, e então ouvi o ganido de Mikhail.

Fechei os olhos. *Não*.

Ele sacudiu a maçaneta da minha porta. E repetiu o movimento com mais força quando percebeu que não cedia, já que estava trancada.

Mesmo assim a porta não abriu.

Tudo se aquietou por um instante, e eu apertei o lençol ao lado do meu corpo, esperando, e então...

A porta se abriu com um chute.

Perdi o fôlego ao perceber que a madeira havia se rachado, a maçaneta caindo no chão. Então ouvi a cadeira sendo arremessada para o piso.

Sentei-me na cama, balançando a cabeça contra o calor que aqueceu meu ventre e a calidez entre minhas pernas.

— Não… — implorei.

Mas eu não tinha certeza se estava dizendo aquilo para ele ou para mim mesma.

Não o ouvi se mover, mas eu sabia que era Damon. Ele alisou os vincos em sua roupa, e pensei que os seguranças o teriam impedido de entrar, se não fosse ele.

Uma fina camada de suor grudou o tecido sedoso do meu pijama em minha pele, e afastei o lençol, colocando as pernas para fora da cama.

— Por favor, não — sussurrei. — Eu não consigo pensar direito.

Seus passos se aproximaram e ele parou à minha frente, então ouvi o tilintar dos cubos de gelo quando ele tomou um gole e acariciou meu rosto.

Ele passou os dedos possessivamente pela linha da minha mandíbula.

— Você não quer desejar isso — ele disse, em um tom de voz rouco e profundo —, mas quer do mesmo jeito.

— Por favor. — *Só vá embora.* — Por favor.

Não me toque. Não me segure. Não me abrace.

Ele colocou o copo na minha mesa de cabeceira e ouvi quando começou a retirar suas roupas; o paletó, talvez, jogando-o em algum lugar.

— Deite-se — ele disse.

— Não — murmurei.

Ouvi os botões de sua camisa voando longe, quando a arrancou com força e então o cinto se abrindo.

— Deite-se, Winter — ele disse, com firmeza.

Ele não é ele. Ele não é aquele por quem me apaixonei.

Este era o marido da minha irmã, e queria se assegurar de que eu nunca mais fosse feliz.

Apoiei as mãos em seu abdômen, contendo meus soluços enquanto ele deslizava os dedos pelo meu cabelo, puxando minha cabeça para mais perto. Inclinando-se, seu hálito tocou meus lábios e ele disse:

— De costas, Winter. Agora.

E então seus lábios capturaram os meus, mordiscando, e eu retribuí seu beijo, deixando sua língua mergulhar em minha boca, sentindo a necessidade por ele correndo pelo meu corpo.

Mas, ao invés de me deitar, eu o puxei de volta, toquei seu rosto e supliquei à medida que ele acariciava minha bochecha com o polegar.

— Deixe-me ir embora — eu disse.

Ele grunhiu, derrubando-me no colchão.

Gritei, tentando me afastar na cama enquanto ele perambulava pelo meu quarto.

— Deixe-me ir — ele me imitou, zombando. — Por que você não pode calar a boca? Por que simplesmente não pode calar a boca, porra?

— Eu vou te odiar se fizer isso comigo — revidei. — Vou te desprezar e nunca desistir de escapar de você, porque eu nunca poderei te amar. Porque você é doente, e odeio o jeito que faz com que eu me sinta! Eu nunca poderei amar você.

Ele começou a jogar um monte de coisas no chão, provavelmente tudo o que havia em cima da minha penteadeira.

No entanto, não parei por ali.

— E odeio a mim mesma quando estou perto de você — eu disse, fazendo questão de magoá-lo. — Odeio o que me permiti fazer com você, porque a única maneira de te afastar é se tudo isso acabar!

— Isso não é verdade — ele disse, mordaz.

Desci da cama e tentei descobrir de onde sua voz vinha.

— Você é só um garotinho. Uma criança que não consegue se controlar. Uma praga!

Mais coisas foram lançadas no chão e ouvi meu espelho se partir em milhões de pedaços diante de sua birra, mas aquilo só me deixou mais puta.

— Então vamos lá — provoquei. — Pode me foder. Faça a única coisa que você sabe fazer, porque é tudo o que vai conseguir de mim, de qualquer forma, e eu não ligo mais a mínima para isso! Fique com a casa. Fique com a família que me abandonou aqui contigo. Pegue todas as minhas roupas de volta e me expulse daqui pelada! — Soluços enchiam minha garganta, mas me recusei a deixá-los escapar. — Eu faria isso de bom-grado se significar me livrar de você!

Ele avançou na minha direção e agarrou minha nuca.

— Você estava apaixonada por mim.

— Não era você de verdade. Tudo aquilo não passou de encenação!

Afastei sua mão e soquei seu peito.

— Você não devia tê-la matado — eu disse, cavando fundo atrás das piores coisas que poderiam sair da minha boca. — Ela era a única que poderia realmente te amar. Era a única que queria te tocar, cuidar de você e ficar por perto!

Ele começou a respirar com dificuldade, como se estivesse lutando para inspirar.

— Todos os outros precisam ser seus prisioneiros! — cuspi, ríspida. — Você não tem nada e nem ninguém! Ninguém suporta você!

— P... p... pare — arfou, tentando respirar. — Por favor, só pare.

— Eu te odeio!

— Winter, por favor, não... — implorou, e então se afastou, o corpo chocando-se contra a parede e parecendo deslizar até o chão. — Por favor, pare. Pare...

Ele grunhiu, como se estivesse em agonia, e eu fiquei ali parada, ainda enfurecida e com lágrimas correndo soltas, como se estivesse perto de despedaçar.

Ele disse outra vez, em um sussurro quase inaudível:

— Pare, por favor... por favor...

Continuei imóvel, meus dedos curvados em um punho. O que estava acontecendo com ele?

Por que ele não estava vindo em minha direção, exigindo e jogando-me na cama, como fez comigo na casa mal-assombrada?

Ele apenas ficou ali sentado, tentando respirar, acalmando-se depois de alguns minutos, mas eu, ainda assim, estava pau da vida.

Quem ele era? Quem diabos ele realmente era?

Uma máquina. Um monstro. Um mentiroso.

Que merda eu deveria fazer? O que ele queria de mim?

Mas ele não disse nada. Apenas ficou ali sentado, quieto.

Até que, finalmente, ouvi o som de sua voz outra vez, solene e calma.

— Meu pai tinha uma rottweiler — ele disse —, que ficou prenha e teve um monte de filhotinhos quando eu tinha uns sete anos. Ele me deixou ficar com um deles. Não sei o que fez com o resto da ninhada.

Engoli as lágrimas, ainda parada no mesmo lugar.

— Nunca amei tanto uma coisa — confessou. — Aquela coisinha queria estar onde eu estivesse. Ele me seguia para todo o canto. — Parou e continuou logo depois: — Só que ele tinha um problema, sabe... ele gostava de latir. Se caísse um alfinete, ele latia. E latia tanto que eu nunca conseguia fazê-lo ficar quieto, e toda a vez que a campainha da porta tocava, ou um carro parava do lado de fora, ou alguém batia à porta do meu quarto,

KILL SWITCH

eu... eu não conseguia agir em tempo de acalmá-lo antes que o meu pai ouvisse os latidos e ficasse furioso.

Medo retorceu meu estômago, e imaginei um Damon aos sete anos com seu filhotinho o fazendo feliz naquela porcaria de casa.

— Mas mesmo com sete anos — prosseguiu —, eu sabia que o horror de ter encontrado meu cachorrinho enforcado numa árvore na floresta não era tão terrível quanto a percepção de que meu pai sequer tentou esconder o que havia feito.

Senti minha expressão mudar, mas continuei em silêncio.

— Ele queria que eu o encontrasse. — Sua voz ficou mais áspera com as lágrimas. — Já naquela época, eu entendi que não havia sido o cachorro que fora punido, e que da próxima vez, ele me obrigaria a fazer a tarefa. Eu nunca mais pedi outro cachorro depois disso.

Fechei os olhos com força, sentindo as lágrimas correndo soltas. Jesus Cristo.

— E aprendi, muito rápido, que a vida não seria linda. Não até...

Até... eu?

Juntei todas as peças. O cachorro aos sete anos, a festa aos onze e a forma como seu pai esbravejou com ele, e como seu comportamento apenas desceu ladeira abaixo. Eu não tinha nada a ver com nada daquilo.

— Eu era tão sozinho — explicou de algum lugar do outro lado do meu quarto. — Não conseguia conversar com as pessoas. Não tinha amigos. Estava apavorado o tempo todo. — Sua voz estava imersa em lembranças, como se tudo aquilo tivesse acontecido ontem. — Eu só queria ser invisível, e se não pudesse me tornar invisível, então queria acabar com tudo. Eu ia fugir, porque... — A voz entristecida parou por um instante. — Porque a única outra maneira de escapar daquilo era se desse um fim a mim mesmo.

Não conseguia entender aquilo. Era o que passava na cabeça dele quando nos conhecemos pela primeira vez? Que garoto de onze anos desejava a morte?

— Você era tão pequena — refletiu. — Quando você veio pelo labirinto e me viu escondido, e subiu no chafariz e se sentou ao meu lado, era como se...

Como se ele tivesse um animalzinho de estimação outra vez.

— Como se não estivesse mais sozinho — concluiu. — Tão pequena. Tão calma. Mas aquilo ali era tudo. Senti-la tão pertinho de mim.

Meu Deus, o que ele estava fazendo comigo?

— Você me ensinou como sobreviver naquele dia — ele disse. — Você me ensinou a ser forte para aguentar o próximo minuto. E o próximo e o seguinte. Nunca fui capaz de esquecer, e quando você voltou para a escola, no ensino médio, e eu havia me tornado isso, por ter visto muita merda nessa vida — prosseguiu —, e todos os meus desejos haviam se transformado em algo feio e distorcido... Eu sobrevivi a toda essa porra, apesar de tudo, e não engoli sapo de mais ninguém, porque você me ensinou uma forma de sair da merda. Eu finalmente desejei a única coisa que percebi que faltava quando coloquei meus olhos em você de novo.

Eu não entendia. Eu tinha oito anos. Como posso tê-lo ensinado algo para que sobrevivesse? Para que continuasse a lutar? E o que estava faltando em sua existência depois de ter enfrentado tudo aquilo?

— Eu queria algo bom — admitiu. — Bonito, talvez? A noite daquela festa na piscina, a casa estava toda silenciosa. Éramos apenas nós dois, mas você não sabia que eu estava lá também. E então a vi dançar.

Lembrei-me daquela noite vividamente. Pelos dois anos seguintes, eu sempre revisitava aquele dia, animada e aterrorizada, mas também vivendo a estranha sensação de estar segura entre seus braços naquele *closet*.

— Você fez com que o mundo se parecesse diferente — ele disse. — Você sempre fez, o que era bem estranho, porque sempre odiei ver minha mãe dançando balé quando eu era criança. Era apenas mais uma mentira elaborada que eu não aguentava, mas você... — ele parou o que dizia, procurando pelas palavras. — Era pura, e aquilo era como um sonho. Eu não queria mudar você. Só queria fazer parte de tudo aquilo. De tudo de belo que você ia fazer.

Ele ficou sentado ali por um momento, e meu corpo inteiro começou a agonizar. Não havia percebido que todos os meus músculos estavam tensos o tempo todo. Esta foi a primeira vez que ele disse coisas assim. A primeira vez que realmente conversou comigo.

— Mas eu ainda era eu, e te assustei naquela noite, porque é isso o que eu faço — admitiu, parecendo sentir raiva de si mesmo. — Algo surpreendente aconteceu, então. Você me seguiu. Você queria sentir-se no limite, também, contanto que estivesse do meu lado, e por alguns dias incríveis, eu senti...

Ele não completou o pensamento, mas eu sabia o que ele queria dizer. Eu havia sentido o mesmo.

— Quando chegou o momento de esclarecer tudo, não consegui — ele disse, a voz mais profunda. — Eu só queria ficar ali com você. Por trás do chafariz, no chuveiro, no salão de festas... Só queria ficar com você.

Ele se levantou e senti as paredes começando a me sufocar, as roupas me apertando, mal conseguindo respirar, porque era muita coisa para digerir e que não foram ditas tantos anos atrás. *Por que você não me disse tudo isso naquela época?*

— Nada foi mentira — sussurrou.

E então saiu do meu quarto. Meu peito doía tanto, por oxigênio e por ele, e eu não sabia, mas corri até a janela e a abri de supetão, inspirando profundamente, sentindo tudo aquilo desaparecer. Desvanecer, sumir e se acalmar.

Meu medo. Minhas preocupações. Meu ódio.

Minha raiva.

Por que ele não disse tudo aquilo anos atrás?

Por quê?

CAPÍTULO 23
DAMON

Dias atuais...

As portas do elevador se abriram e entrei na cobertura de Michael, em Meridian, virando o canto em seguida para percorrer o apartamento.

Quando entrei na imensa sala, vi Michael, Kai e Will sentados em suas poltronas e sofás, enquanto Rika se mantinha de pé na varanda; uma rara e agradável brisa noturna se infiltrando pelas portas abertas.

Michael liberou o porteiro para que eu subisse, então ele devia estar intrigado o bastante para isso, e fiquei mais satisfeito ainda ao ver que todos estavam aqui.

Joguei parte de um informativo que peguei no voo em cima da mesa central à frente de Michael, vendo-o pegar o folder sem muito entusiasmo.

Ele achava que sempre tinha direito a falar primeiro. Não. Quem conduziria essa conversa seria eu.

Olhei para Will.

— Você me odeia?

Ele fixou o olhar ao meu, mas não disse nada.

Então foi a vez de perguntar a Rika:

— E você?

Ela cerrou a mandíbula, desviando o olhar.

Mas nenhum dos dois respondeu à pergunta.

Eles foram os mais prejudicados por mim, e se podiam superar isso, então eu teria uma chance.

— Vocês não são meus inimigos — eu disse a todos eles. — Não é isso o que eu quero.

— Então o que você quer? — Kai retrucou.

Vi Michael abrir o folder do avião, lendo a matéria que havia saído na tarde anterior sobre a *Noite Retrô* estar sendo programada para acontecer no *The Cove*, o velho e abandonado parque de diversões de Thunder Bay, neste fim de semana.

Eu sabia que eles estavam interessados em comprar a propriedade. Então a hora era agora.

— Quero que voltemos ao plano original — respondi. — Para comandar as coisas.

Nós queríamos Thunder Bay, e não apenas construir um resort. Queríamos tudo. Um vilarejo inteiro à beira-mar como nosso pequeno clube.

Mas Kai deu uma risada debochada.

— Nós tínhamos dezoito anos. Sem nenhum dinheiro ou conexões necessárias para fazer isso.

— Nós temos dinheiro.

— Não, Rika tem dinheiro — Kai rebateu. — Nós temos nossos pais.

Fui em frente.

— Vou controlar trinta e oito por cento dos hotéis da costa leste, doze emissoras de TV, e terras o suficiente para formar um novo estado se eu quiser.

— Quando o seu pai morrer — Will salientou.

Sim. O que aconteceria mais cedo ou mais tarde.

— Você, Michael e Kai podem ter um resort cinco estrelas dentro de três anos, bem aqui, em Thunder Bay — expliquei —, transformando tudo em um novo Hamptons para atrair a elite das maiores cidades americanas.

— Nós não conseguiríamos permissão ou alvará para isso — Michael argumentou. — Seu pai e o meu não teriam o menor problema em convencer o prefeito de que mesmo que a construção de um resort gere empregos, não valeria a pena quebrar as empresas e pequenos hotéis que eram administrados por eles.

Inclinei a cabeça.

— Que prefeito?

Os quatro me encararam, parecendo confusos quando seus cérebros articularam o que eu realmente estava fazendo todo esse tempo, enquanto Crane me ajudava a reunir informações nos últimos meses. Derrubar o pai de Winter não foi um ato apenas para chegar até ela.

Kai balançou a cabeça, abismado.

— Caramba.

— Eles vão eleger outra pessoa, Damon — Will comentou. — Estão preparando uma nova eleição dentro de três meses para substituírem Ashby.

— Sim. — Eu sorri. — Eu sei disso.

E fiquei ali parado, esperando que suas cabeças de minhoca percebessem onde eu queria chegar. Thunder Bay precisava de um novo prefeito. Um que nos daria as permissões necessárias para construir algo no *The Cove*.

E tínhamos alguns candidatos prováveis bem aqui nesta sala.

Will baixou o olhar, absorvendo a ideia, enquanto Michael se recostava, encarando-me.

— Você não pode estar falando sério. — Kai gargalhou.

No entanto, apenas encarei Rika, deparando com o seu olhar.

— O quê? — ela perguntou.

— Você é uma excelente jogadora de xadrez — zombei. — Política. É o maior tabuleiro de xadrez de todos.

Ela começou a rir.

— Não vou me candidatar a prefeita, só para que possa proteger seus interesses comerciais, Damon. Eu não quero administrar essa cidade.

— E por que não?

Ela abriu a boca para retrucar, mas pareceu ficar sem palavras por um instante. Finalmente, disse de supetão:

— Por que eu?

— Porque Michael não dá a mínima, e o resto de nós somos ex-condenados.

— Ei, isto é a América. — Will se recostou, inclinando a cadeira para trás com um sorriso preguiçoso. — Aqui tudo é possível.

— Você quer a imprensa vasculhando o seu passado? — provoquei, olhando em seguida para Kai. — E você?

O que saía na Internet durava para sempre. Nunca teríamos um pingo de paz à medida que as coisas fossem sendo descavadas e jogadas na mídia. E Kai e Will, especificamente, não tinham interesse nenhum em trazer todo esse estresse de volta para suas famílias.

— As garotas são imaculadas — eu disse. — Rika precisa fazer isso.

Ela deu uma risadinha besta, ainda procurando algum argumento plausível, e finalmente olhou para Michael, que se mantinha em silêncio desde o início.

— Michael? — ela o instigou, em busca de ajuda. Para que oferecesse uma desculpa sobre o motivo de ela não poder fazer isso.

Mas ele hesitou, parecendo um pouco arrependido quando encontrou seu olhar.

— Não é uma ideia de todo horrível, para dizer a verdade — ele disse. — Isso nos daria uma vantagem, e você provavelmente administraria muito bem a cidade. Vale a pena pensar a respeito.

Os olhos dela brilhavam de irritação.

— E por que não Banks?

— Tenho outros planos para ela — admiti.

— Ah, é mesmo? — Kai retrucou. — Eu gostaria de saber que planos são esses que você tem para a minha esposa.

— Na hora certa.

Ele balançou a cabeça, irritado, e todos ficaram em silêncio enquanto processavam o que eu havia sugerido. Eu já havia descoberto que Michael tinha alguns investidores, inclusive uma organização financeira, para comprar a propriedade e construir o resort, mas não havia seguido em frente exatamente porque antecipou os problemas que teria com os alvarás e os construtores civis. Esse problema estava agora resolvido. E eu me esforcei pra caralho para ter um lugar à mesa.

Se o passado pudesse ficar no passado e simplesmente ficasse lá, porra. Então tudo poderia acontecer.

Todos permaneceram em silêncio, entreolhando-se e ponderando como tudo isso poderia funcionar com o meu envolvimento.

Mas talvez eu não conseguisse convencê-los, apesar de tudo. Talvez o passado seja amargo demais para engolir.

Até que Will levantou a voz, sem olhar para mim:

— Peça desculpas — ele disse.

Desculpas?

Só levei um segundo para perceber o que ele queria dizer.

Ele queria que eu me desculpasse. Por tudo.

Baixei o olhar, franzindo o cenho.

Ele queria que eu me acovardasse? Como se nunca tivéssemos cometidos erros pra caralho, e como se não tivesse provado que queria seguir adiante com os planos e estava pronto? Como se eu não fosse tentar fazer tudo aquilo outra vez?

Palavras eram porcarias. Não significavam nada.

Fiz a porra de um monólogo noite passada, e não ouvi nenhuma palavra vindo dela. O que fazíamos era o que importava, não o que dizíamos.

Mas eles apenas me encararam, todos esperando que eu dissesse alguma coisa, como se o fato de fazer isso tornaria tudo numa boa. Será que realmente as coisas ficariam bem outra vez?

Eu os queria de volta, no entanto, e ainda que meu pai tenha me ensinado que homens fortes nunca pedem desculpas, talvez – somente dessa vez –, eu pudesse vomitar as palavras. Eu tinha fodido tudo, afinal de contas, e era sortudo por eles não terem arrancado a minha cabeça depois de tudo o que fiz.

Engoli o gosto amargo na minha boca.

— Eu sinto muito.

Todos olharam para mim, paralisados, por um tempo longo demais. Meu estômago retorceu em milhares de nós, e pensei que poderia bater em alguém se aquelas palavras ficassem à deriva por mais tempo.

Então Michael se levantou de sua poltrona e vestiu o paletó de seu terno.

— Entre em contato com Mike Bower e diga a ele que queremos uma reunião — ele me disse e deu um beijo em Rika quando se virou para sair.

Um sorriso quase curvou meus lábios. Bower era o administrador da câmara municipal. Nós precisávamos conversar com ele para colocar Rika na corrida eleitoral.

Will e Kai se levantaram em seguida, recolhendo suas coisas e saindo atrás dele.

— E nos encontre no *The Cove* amanhã, com a empresa de arquitetura — Michael informou quando passou por mim. — Às dez em ponto.

Assenti, aceitando o convite para estar lá, sentindo o alívio imediatamente percorrer meu corpo.

Eles saíram – embora eu não soubesse para onde –, mas Rika e eu ficamos ali por mais um instante, em silêncio. Eu sabia que ela queria dizer algumas coisas – talvez até mesmo ficar pau da vida pelo que havia acabado de acontecer e pelo peso da responsabilidade que estávamos colocando sobre seus ombros –, mas ela apenas pegou sua bolsa de couro e passou a alça pelo pescoço, passando por mim em seguida.

Eu a deixei ir, e permaneci imóvel, até que não ouvi mais o som de seus passos.

— Michael e Kai são mais espertos que você, sabia? — ela disse às minhas costas.

Continuei ouvindo o que pretendia dizer.

— Porque se há uma coisa que eles sabem a respeito de vingança, Damon, é que nunca será melhor do que o amor *dela*.

Entrecerrei os dentes, tentando conter a dor que me corroía por dentro, mas de nada adiantou.

Vá se foder, Rika.

— Mas acho que você já sabe disso, né? — ela continuou.

Vá tomar no meio do seu...

— Ela o fará muito mais forte — ela disse. — E precisamos que você seja forte.

Fechei os olhos, sem querer sentir toda aquela merda que senti quando tinha dezenove anos e me vi... querendo Winter.

Quando me permiti amá-la, porra.

Quando baixei minha guarda e acreditei que o que acontecia entre nós era mais intenso do que tudo, e que garotos como eu podiam ter uma vida completamente diferente.

Mas, meu Deus, Rika estava certa. Eu sabia que ela estava certa.

Nada na minha vida pareceu tão bom quanto sentir que Winter era feliz por minha causa.

Eu contei tudo a ela, na noite passada. Queria que ela entendesse.

— Você deve deixá-la em paz — Rika disse, sua voz agora soando mais perto, como se tivesse se virado para mim, ao invés de se manter de costas. — Dê um tempo para ela se acalmar e se sentir segura, e dê algum espaço.

Eu não estava pedindo a sua opinião.

Ouvi seus passos chegando bem mais perto.

— E nesse meio-tempo, aja como um adulto. Trabalhe com alguma coisa e mostre que pode muito bem sobreviver sem ela. Se você não conquistar o respeito dela, nunca terá uma chance.

— Uma chance para quê?

— Uma chance para não se tornar os seus pais — ela replicou.

Era como se uma bola de beisebol estivesse alojada na minha garganta. Será que ela estava certa? Era para onde eu estava seguindo? Algum dia eu seria capaz de terminar tudo com Winter? Será que desejaria outra mulher?

Não.

E se ela tivesse ficado grávida? Meus filhos me odiariam por tê-la magoado? Seria um círculo vicioso do caralho, porque eu não admitiria que Rika estava certa, e que Michael e Kai sabiam o que eu me recusava a ver?

Eu a queria.

Fiquei devastado ontem à noite, porque não queria nada disso. Eu só queria ter aquela garota que sentou no meu colo e dirigiu meu carro de volta.

Eu a fiz feliz. Eu.

E ao invés de manter meus planos de fazê-la odiar o fato de me querer, passei a odiar o fato de que eu ainda a queria.

Nada foi uma mentira, com a exceção do meu nome.

Era de verdade, e eu queria aquilo outra vez.

Eu a amava, porra.

Puta que pariu.

Dei a volta e passei por Rika, em direção ao elevador, mas ouvi sua voz às minhas costas novamente:

— E Damon? — gritou.

Estaquei em meus passos.

— Quando e se ela quiser voltar, leve-a para algum lugar, só vocês dois.

O quê?

— Isto se chama encontro — explicou. — É quando você pode fazer alguma coisa que ela goste e que a deixa feliz. Mas os dois terão que se manter vestidos para isso.

Ah, você é tão engraçadinha. Balancei a cabeça e saí do apartamento, entrando na mesma hora no elevador.

Apertei o botão para descer ao térreo.

— Um maldito encontro — murmurei.

CAPÍTULO 24
WINTER

Dias atuais...

Saí do chuveiro, vestida e secando o cabelo com uma toalha quando ouvi o som de vários caminhões e britadeiras do lado de fora outra vez.

O que eles estavam fazendo? Isso começou desde ontem de manhã, mas tentei não dar bola a princípio, então achei que fossem novas instalações para a equipe de segurança. Eles haviam instalado um novo sistema de alarme e trocado as fechaduras, mas esse barulho todo parecia mais como algo sendo construído.

Cruzei o corredor, passei pelo meu quarto e parei perto da janela, as sirenes de alerta do caminhão indicando que devia estar dando ré soando do lado de fora, enquanto trabalhadores gritavam comandos para outros. Não dava para ouvir nada do que diziam.

Damon havia desaparecido outra vez, logo depois da nossa briga no meu quarto, e já fazia dois dias que não nos falávamos ou o ouvia pela casa.

Dois dias de liberdade, ensaiando no estúdio, praticando cada vez mais em casa, planejando com Rika e Alex e tendo uma avalanche de ideias sobre como sair em turnê em alguns shows ou festivais.

Alguém subiu pelas escadas às minhas costas, e reconheci na mesma hora as pegadas. Crane tinha um jeito engraçado de andar, quase como se derrapasse no piso de madeira.

— Que barulho todo é esse lá fora? — perguntei por cima do ombro.

Senti sua aproximação e aguardei a explicação.

— O Sr. Torrance está arrancando fora aquele "maldito chafariz estúpido e cafona" — ele disse.

Quase comecei a rir pela forma como ele repetiu as palavras insultantes de Damon.

Mas então caiu minha ficha.

— Arrancando? — murmurei.

Ele estava se livrando da fonte na frente da minha casa. Desfazendo-se dela. Como se não quisesse nenhuma lembrança do passado, ou como se apaixonou por aquele nosso momento compartilhado quando ainda era um garoto.

Ele queria matar tudo aquilo.

Parei de secar o cabelo, segurando a toalha em minhas mãos.

— Ele está aqui? — perguntei.

— Está por perto.

Perto. O que aquilo queria dizer. Será que ele sempre estava por perto? Mesmo quando saía?

— Você precisa de alguma coisa? — Crane averiguou. — Não estamos esperando que ele volte hoje para casa, mas posso mandar uma mensagem.

Eu nem sabia por onde começar. Queria dizer um monte de coisas a ele, mas minha cabeça girava com uma mistura de sentimentos que contradiziam os fatos.

Eu não queria conversar, mas queria sentir sua presença na casa.

Eu me virei e tateei a parede quando passei por Crane, sem dar nenhuma resposta; entrei no meu quarto e fechei a porta.

Tentei não pensar sobre tudo o que ele revelou duas noites atrás – mantendo-me ocupada com a coreografia e os planos –, mas quando desacelerava por um segundo, lá estava ele, sentando contra a parede do meu quarto, sussurrando pesadelos que nunca antes tinha visto e confessando segredos que tentou esconder por tanto tempo.

Eu deveria esquecer tudo o que ele fez? Tudo se ajeitaria, de repente, agora que eu sabia que seus sentimentos eram verdadeiros?

Perambulei pelo meu quarto, pegando as roupas no chão e limpando o que podia. Ontem de manhã, depois do acesso de raiva de Damon, Crane veio e ajeitou tudo o que o patrão havia arremessado no chão na noite anterior, e trocou o espelho quebrado. Quando voltei mais tarde para casa, ele levou um marceneiro que substituiu a porta. O quarto já estava quase todo em ordem. Eu não esperava que ele limpasse todas as suas bagunças com tanta rapidez.

Há uma razão para que as coisas sejam como são.

Deitei-me na cama, ouvindo os caminhões e operários ainda se movimentando do lado de fora, e fechei os olhos, sentindo o corpo relaxar, mas não a mente.

A atração por ele estava em todo lugar. Lembrei-me claramente quando nos provocávamos um ao outro, quando ríamos durante um beijo trocado, o calor de seus braços ao meu redor, e a forma como o seu corpo desejava o meu. A maneira como ele me queria e como sempre desejei sua aspereza, suas ameaças, seus sussurros e... ele.

A forma como sempre vi os olhos escuros de Damon Torrance em minha mente, antes mesmo de saber que meu fantasma era ele.

— *Vamos lá* — *ele disse, puxando-me pelo labirinto.* — *Você vai gostar.*
— *O que é?*
Eu respirava com dificuldade, tropeçando para acompanhar suas passadas para o outro lado das sebes do labirinto.

Ele queria me mostrar alguma coisa, mas eu só queria ficar na fonte. Era tão divertido lá... tão secreto.

Mas ele estava feliz agora, e eu me vi um pouco curiosa.

Nem conseguia parar de sorrir. E tinha um monte de borboletas na minha barriga.

Corremos pelo jardim, nossas roupas úmidas e frias, e assim que chegamos perto das árvores, eu vi. Olhei para cima e vi uma porção de tábuas de madeira que formavam uma espécie de escadinha. No topo, havia uma casa da árvore escondida por trás dos galhos e folhas.

Tipo isso.

Não parecia ter sido terminada, mas tinha um piso bem grande e um corrimão pelo lado de fora. Ficava no meio de uma fenda da árvore, entre dois troncos entrelaçados e cercados pela vegetação. A pessoa não estaria somente em uma casa da árvore. Era como se estivesse dentro dela.

Soltei sua mão.

— *Uau! Você é tão sortudo.*

Ele parou perto de mim e olhou para cima.

— Você gosta?

Assenti, sem desviar o olhar daquela coisa.

Fiquei imaginando se ele mesmo escondeu aquilo tudo ou se alguém o ajudou. Não parecia tão chique como algumas que eu já tinha visto, e seu pai não parecia ser do tipo que construía casas na árvore ele mesmo.

— Você sobe primeiro — disse. — Se escorregar, vou estar bem atrás de você.

Olhei para ele, vendo-o me encarar por baixo dos cílios escuros. Meu estômago dava cambalhotas e eu me virei.

Por que fiquei nervosa, de repente? Estava com medo? Era uma árvore muito alta, não era?

— Acho que meus pais vão ficar bravos — comentei. Nunca subi em nada tão alto antes.

Seu rosto mostrou um pouco de decepção e, depois de um segundo, ele assentiu:

— Tá bom.

Eu me senti meio mal. Queria subir lá. Queria sua companhia. Ele era tão divertido. Não me chamou de "franguinha" e nem ficou bravo comigo nem nada.

Eu gostava dele.

— Você não vai me deixar cair? — perguntei para ter certeza.

Ele olhou para mim, sorrindo e animado outra vez. Então segurou minha mão e corremos em direção à escada. Ele me deixou ir na frente, as tábuas ainda parecendo novinhas em folha. Meu coração começou a acelerar, porque se eu escorregasse ou soltasse a mão, poderia cair.

Mas senti que ele vinha bem atrás de mim, engoli o nó na garganta e comecei a subir.

Um degrau após outro, um de cada vez, escalei a árvore que avistamos por entre as folhagens.

Minha saia de tutu roçava contra o tronco, o tule se prendendo na casca, e apertei as mãos com mais firmeza em cada tábua enquanto me impulsionava para continuar subindo.

Uma brisa soprou nas minhas pernas, fazendo o frio aumentar por conta das roupas molhadas, e quando me dei conta, olhei para baixo, vendo a altura em que estávamos agora. Ofeguei e envolvi a tábua com os braços.

— Estou com medo — disse a ele. — É muito alto.

Ele escalou mais ainda atrás de mim, colocou um pé ao lado do meu e as mãos na tábua em que estava agarrada.

— Está tudo bem. Eu te seguro — ele disse. — Eu prometo.

Meu aperto se firmou outra vez e comecei a me afastar do tronco um pouquinho.

Olhei por cima do meu ombro e encontrei seu olhar, e ele estava bem ali, encarando-me, quase encostando o nariz no meu.

Alguma coisa encheu meu peito, e ele estava tão perto, que me fez sentir meio esquisita. Como se alguma coisa estivesse me puxando.

Não consegui desviar o olhar, nem ele, e era como se eu não conseguisse parar. A atração.

Seus lábios tocaram os meus, e senti como se estivesse em uma montanha-russa.

Perdi o fôlego por um instante enquanto os arrepios se espalhavam em todo lugar, e então me afastei.

Agarrei a tábua mais apertado, sentindo meu rosto esquentar.

— Por que você fez isso?

— Eu não fiz nada. Você fez — ele acusou.

— Não fiz, não.

Meu Deus, que vergonha.

Olhei de relance para ele, tentando descobrir se ele estava com raiva, mas ele parecia tão envergonhado quanto eu.

Eu não o beijei. Beijei? Foi ele que fez isso.

Ou talvez nós dois... Arghhh...

Ele me incentivou a continuar:

— Rápido, vamos lá.

E embora eu ainda estivesse morta de vergonha, respirei devagar ao saber que ele ainda queria subir na árvore.

Legal. Vamos esquecer o que aconteceu então.

Escalei até o topo e parei, esperando que ele chegasse e ficasse atrás de mim para poder empurrar a portinha para cima. Assim que ele a abriu, escutei o barulho da tábua atingindo o piso.

Eu sorri, aliviada. Percorri o resto do caminho e engatinhei pelo piso da casa da árvore, começando a me levantar.

Assim que fiquei em pé, senti o vento soprar contra o meu rosto, sacudindo as folhas ao redor.

— Nooossa! — disse, admirada.

Era como se fosse outro mundo.

Girei lentamente, notando o piso em um formato arredondado e imenso. Dava para ver além das outras árvores, inclusive a torre do relógio que ficava na cidade e os telhados de algumas propriedades naquela região.

Apontei para longe, sorrindo.

— Dá para ver o oceano!

Por entre os galhos, bem além da floresta, uma imensidão prateada se espalhava pelo horizonte. Olhei para cima e vi toda a vegetação e os ramos acima, pensando se poderíamos ir mais alto.

Ele tinha tanta sorte. Isso aqui era o máximo. Bem que eu queria ter uma dessas em casa. Eu nunca sairia de um lugar assim.

Ele me deixou admirar tudo, andando ao meu redor e com as mãos nos bolsos. Meu olhar percorreu o chão e vi uma lanterna, um saco de dormir, alguns desenhos e pacotes vazios de salgadinhos e latas de refrigerante.

Olhei para ele.

— Por que você se esconde na fonte quando tem um lugar desses?

— Porque eles sabem que esse lugar existe.

Ele respondeu bem rápido, então já deveria ter passado por isso. Com que frequência ele se escondia? Estava sempre sozinho quando fazia isso? Não deveria ficar tão sozinho.

Andei em volta do corrimão, contemplando a casa de Damon e vi que a festa ainda estava rolando, mas estávamos longe demais para que eu pudesse reconhecer qualquer pessoa ou ouvir a música tocando.

Ele parou do meu lado.

— Por que deram esse nome a você? Winter.

— Por causa de um poema de Walter de la Mare — disse, ainda admirando o imenso cenário enquanto recitava um trechinho: — *"A bruma atrai a escuridão, e centelha após centelha, ardem as flamas da geada, e sem demora, por cima do oceano de espuma congelada, a lua branca flutua."*

Decorei o poema todo, mas ele provavelmente não tinha interesse em ouvir nada disso. Nenhum dos meus colegas de sala quis ouvir também.

— Ele descreve o inverno — expliquei. — Minha mãe disse que o poema fez esta estação fria e triste parecer bonita. Ela disse que a beleza da vida é a razão pela qual vivemos, e que está em todo lugar. Você só tem que olhar mais de perto.

Ele apenas encarou o horizonte por cima do corrimão, parecendo pensativo.

— Não tenho certeza porque ela escolheu esse nome para mim, mas eu gosto — acrescentei.

Ele se sentou, com as pernas penduradas, e apoiou os braços por cima da tábua pregada de madeira que impedia que as pessoas caíssem, e hesitei por uns três segundos antes de fazer o mesmo. Eu me sentei ao seu lado, deixei as pernas penduradas para fora e ri quando senti o frio na barriga.

Espiei por cima e para o lado e me senti zonza, então me afastei um pouco.

Nós ficamos ali sentados, calados, admirando a vista, mas senti uma dor súbita na cabeça e comecei a esfregar o cabelo.

— Está doendo — eu disse em voz alta, tentando folgar meu coque. — Meu couro cabeludo...

Isso sempre acontecia quando meu cabelo ficava muito tempo preso daquele jeito apertado. Era tão gostoso quando podia soltar.

Puxei uma presilha – a única que ainda sobrou no cabelo e que não deixei cair na fonte –, e comecei a tirar os grampos do coque.

— Você pode me ajudar? — perguntei. — A tirar todos eles?

Ele se esticou para trás e enfiou a mão no meu cabelo, tirando mais alguns grampos, e então me ajudou a desfazer o coque torcido, soltando, finalmente, meu cabelo. Passei as mãos por entre os fios, esfregando o couro cabeludo e suspirei, porque a sensação era gostosa demais.

Olhei para cima e vi que ele estava me encarando, os olhos percorrendo todo o meu rosto.

A pele por baixo do meu figurino começou a esquentar.

Ele virou a cabeça e suspirou enquanto encarava adiante.

— Talvez eu beije você de novo quando formos mais velhos — ele disse. — Só para você saber.

Minha boca abriu um pouquinho, e até queria fazer um som enojado, caso ele estivesse brincando ou zombando de mim, mas...

Ele estava dizendo a verdade?

Mordisquei os lábios e tentei conter um sorriso. Não sabia porque queria sorrir, mas era incontrolável.

Ele iria manter a palavra?

— Winter!

Um grito estridente irrompeu, e dei um pulo.

Quando olhei lá embaixo, vi meu pai e minha mãe correndo na direção da casa da árvore, seus olhares fixos em nós dois.

— Por que você fugiu sem dizer à sua mãe onde estava indo? — ele esbravejou.

— Pai... — ofeguei, com medo de ter feito alguma coisa errada.

Por que ele estava aqui? Ele não estava mais cedo, e agora parecia chateado.

— Desça, querida — minha mãe gritou, ajeitando as roupas. — Está na hora de irmos embora.

— Cale-se — meu pai disse. — Ela e Arion nunca mais pisarão os pés aqui outra vez. Torça para que eu não peça a custódia total das duas.

Custódia? Por que ele estava bravo com ela?

— O que está acontecendo? — Olhei para Damon.

A gente fez alguma coisa errada?

Ele balançou a cabeça, chegando para trás e me puxando junto com ele.
— Não sei.
Saímos um pouco da vista deles e ficamos de pé, sentindo o chão vibrar abaixo de nós, como se alguém estivesse subindo pela escada.
Ele estava parado, sem se mexer ao meu lado, mas também parecia confuso. Eu devia ter contado para minha mãe que viria aqui, mas ela estava com o Sr. Torrance, e simplesmente aconteceu.
Era por isso que ele estava bravo?
Meu pai apareceu pela portinha no chão, os lábios franzidos, o terno todo amarrotado.
Ele subiu, ficou de pé e fez uma careta para nós dois.
— Saia de perto dela — ordenou a Damon.
Damon e eu nos entreolhamos, assustados.
Meu pai avançou e Damon parou na minha frente.
— Ele te machucou? — papai perguntou.
Mas foi Damon quem respondeu, acenando com a cabeça.
— Não machuquei.
Sua resposta parecia uma súplica. Por que meu pai estava tão preocupado?
— Saia da frente. — Empurrou Damon para fora do caminho.
Meu pai agarrou minha mão e me puxou. Eu tropecei e dei um grito.
— Nunca mais fale com ele. Você está proibida de pisar os pés nessa casa — ele rosnou. — Se sua mãe te trouxer aqui, você me diz. Entendeu?
— Mas eu quero que ela volte — Damon disse. — Por favor.
— O que a gente fez? — perguntei ao meu pai.
Ele me ignorou, contraiu a mandíbula e apertou minha mão quando me puxou em direção à porta. Olhei para trás, para Damon, mas tropecei quando meu pai me empurrou pelo buraco no chão. Eu cambaleei, olhando para baixo, para o gramado distante e balancei a cabeça. Meus joelhos tremiam, e senti que estava perto de fazer xixi na roupa.
— Estou com medo. — Comecei a chorar.
Não conseguia ver os degraus da escada do jeito que via quando estava subindo.
— Agora! — ele disse, ríspido.
Dei um pulo de susto.
Tremendo toda e com as lágrimas descendo pelo rosto, eu me agachei perto do buraco, sabendo que escorregaria. Meu pé escorregaria. Eu sabia disso. Não conseguiria ver os degraus abaixo de mim.
Mas Damon avançou e segurou minha mão, puxando-me para longe do buraco e colocou-se na minha frente de novo, como um escudo.

— Deixe-a em paz! — ele brigou. — Eu vou ajudá-la a descer! Eu faço isso!

Meu pai partiu para cima dele, Damon recuou, pisando no meu pé e dei um grito.

— Só dê o fora daqui! — ele berrou com meu pai. — Eu vou levá-la lá para baixo!

Ele recuou um pouco mais, assustado, e eu tropecei, passo a passo, e estávamos caindo para trás, e não conseguia me segurar.

— Seu merdinha... — meu pai rosnou.

— Deixe-a em paz! — Damon berrou de volta.

Olhei para trás, vendo que estávamos muito perto do corrimão, e ele não estava prestando atenção.

Ele esbarrou em mim, nosso peso arrebentou a pequena proteção de madeira, e comecei a cair para trás, gritando e tentando me agarrar em qualquer coisa.

— *Ahhhh, meu Deus, meu Deus!* — Ouvi o grito da minha mãe lá embaixo.

Consegui segurar na beirada do piso, minha mão começou a escorregar, mas uma mão se agarrou à minha, e inspirei, sentindo o vômito subir na garganta enquanto minhas pernas balançavam no ar.

Olhei para cima, com lágrimas escorrendo, e vi Damon deitado de barriga para baixo, sentindo dificuldade para me segurar, mas me senti tão pesada, como se estivesse sendo puxada para baixo. Meu pai chegou perto e tentou me pegar, mas Damon e eu não conseguimos mais manter as mãos unidas, e então me agitei, meus dedos escorregando dos dele. Seu olhar encontrou o meu, o tempo congelou por uma fração de segundo enquanto nos encaramos, sabendo que não tinha mais jeito.

Eu escorreguei, gritei e caí, sendo seu rosto a última coisa que vi antes de não conseguir enxergar nada mais.

Acordei em um piscar de olhos, suor cobrindo minha testa enquanto a brisa quente entrava pela janela do quarto. A lembrança – o pânico – ainda corria pelo meu corpo como se eu tivesse caído da beirada daquela casa da árvore ontem.

Aquela foi a primeira vez que me recordei de tantos detalhes que minha mente de oito anos havia enterrado. Ele era tão diferente. Rika estava certa.

Sentei-me na cama, esfregando os olhos, mas ainda muito cansada. Cansada de tanta preocupação, ódio e rancor.

Aquele era meu dilema com Damon. O acidente não foi culpa dele. Agora eu sabia que meu pai não estava bravo comigo ou com ele naquele dia. Ele tinha acabado de descobrir que minha mãe e o Sr. Torrance estavam tendo um caso, e acabou perdendo a cabeça.

Tudo saiu do controle, e Damon ficou assustado. Nós éramos crianças. Ele não teve a intenção de me empurrar. Eu sabia disso agora.

Mas ainda assim...

Nunca conseguia sair ilesa quando ele estava envolvido, certo? Tanto meu corpo quanto minha mente.

Levantei da cama e saí do quarto, a casa ainda silenciosa enquanto descia as escadas e entrava no salão de festas. Acabei dormindo muito cedo e perdi a hora do jantar noite passada; precisava de café, mas também necessitava me alongar. Liguei a playlist e caminhei até a parede, afastando a cortina para o lado e abrindo a janela para respirar ar fresco.

No entanto, assim que fiz isso, parei, ouvindo o som de água correndo do lado de fora.

Um monte de água, e não era como o som da chuva.

Pensei que ele tivesse se livrado do chafariz.

Eu não conseguia mais ouvir os operários – nenhum caminhão ou maquinários. Será que algum deles arrebentou algum cano d'água ou algo assim? Que som era aquele?

Saindo do salão, fui em direção à porta da frente, apertando o código que Crane havia me passado para desarmar o alarme da casa.

Abri a porta e o som da água corrente encheu o ambiente enquanto eu seguia em sua direção.

Andei descalça pela entrada de carros, com as mãos estendidas e tateando com cuidado, temendo deparar com algum equipamento ou carros no caminho.

Mas à medida que seguia, senti os respingos do que parecia ser uma cascata, e então, de repente, o piso abaixo dos meus pés mudou, fazendo-me estacar em meus passos. Tateei com a ponta do pé um pouco mais, sentindo água espirrar e o piso de mármore abaixo – nenhuma cuba ou piscina no lugar onde a fonte existia. Era simplesmente uma imensa faixa de piso. Talvez com alguns ralos?

Dei mais um passo à frente, meu coração martelando enquanto erguia os dedos, sentindo as colunas de água ao meu redor.

Minha boca secou, em uma tentativa de juntar as peças daquele quebra-cabeça. O que era isso?

Pisei em um esguicho e a água espirrou para todo lado. Perdi o fôlego na mesma hora quando minhas roupas ficaram molhadas.

Mas continuei seguindo em frente, rastreando os esguichos com as pontas dos dedos dos pés, percorrendo um caminho. Meus braços estavam abertos ao lado, meus dedos se arrastando pela cortina d'água, como se formassem paredes dando voltas, até que acabava em cantos. A água caía acima da minha cabeça, e enquanto eu circulava o caminho, encontrei pequenos esconderijos e alcovas, meu short e camiseta do pijama grudados ao corpo, o cabelo escorrendo pelas costas.

Fechei os olhos, sentindo um nó na garganta a cada etapa em que mapeava o circuito da água, medindo o enorme círculo e todos os jatos dentro que criavam um intricado país das maravilhas cheio de recantos e alamedas, e eu...

Ai, meu Deus.

Meus olhos se encheram de lágrimas quando me dei conta. Ele não havia se livrado da fonte. Ele a havia substituído.

Meus olhos doíam.

Era um labirinto em formato de fonte.

Parei no centro, cercada por colunas de água corrente e girei ao redor quando as lágrimas começaram a cair. Escondida em um mundo dentro de um mundo.

Como a fonte na casa dele, quando éramos crianças.

Como a casa da árvore.

Damon, o que você fez?

Inclinei a cabeça para trás e tudo desmoronou. Meu coração, minha mente, meu ódio, minha amargura, e tudo o que eu queria naquele instante era vê-lo. Senti-lo e recostar minha testa à dele, onde nossos hálitos estariam a centímetros de distância. Queria que ele me pegasse no colo e que segurasse bem aqui, onde as cortinas d'água eram altas o bastante para nos esconder.

Eu o amava. Eu ainda o amava.

Maldito.

Gritei, a música vinda de dentro do salão de festas se infiltrando através da janela, e passei a mão no cabelo, tudo dentro de mim simplesmente querendo sair. Estava cansada de me conter. De desperdiçar mais tempo me ressentindo do que continuar com isso.

Eu queria brigar e gritar, rir e sorrir, beijar e provar, e envolvê-lo em meus braços... mais do que poderia suportar nunca mais senti-lo outra vez.

Fechei os olhos, começando a girar ao som de *Dark Paradise*, de Lana Del Rey. Ergui minha perna, arqueei a coluna e subi na ponta do pé, dançando e girando enquanto a música tomava conta de mim. Meus braços se arrastavam pela água, salpicando e espirrando, e dancei, dancei e dancei, deslizando a mão pela barriga, meu cabelo encharcado esvoaçando ao meu redor e chicoteando meu rosto e meu corpo.

Mergulhar e cair.

Passar uma vida inteira procurando algo.

Ou ter cinco minutos de tudo.

Desacelerei meus passos enquanto a música desvanecia até parar, a água fria quase congelando meus ossos, mas eu me sentia desperta pela primeira vez em anos. Eu me sentia viva.

Eu queria isso. Queria tudo.

Afastei o cabelo do rosto e o ergui até o topo da cabeça, respirando em incursões profundas, pois meus pulmões pareciam necessitar de muito mais ar de repente.

— Winter? — alguém em chamou.

Crane.

Atravessei o labirinto da fonte, sorrindo ao som das torres d'àgua caindo ao meu redor; alisei a bagunça em meu cabelo à medida que me dirigia a saída, seguindo sua voz.

— Onde ele está? — perguntei.

Crane ficou em silêncio por um segundo, então disse:

— Ocupado no momento. Você gostaria que eu enviasse uma mensagem a ele?

Ocupado.

Tudo bem. Se ele queria brincar, então ele que viesse me encontrar.

Eu estava pronta.

— Diga a ele que irei à *Noite Retrô* no *The Cove* hoje, com alguns amigos — informei. — Então ele não precisa enviar os cães de guarda.

— E você voltará para casa às onze? — exigiu saber.

No entanto, apenas assenti com a cabeça, incapaz de disfarçar o sorriso nitidamente travesso.

— É claro.

A *Noite Retrô* havia sido organizada por alguns ex-alunos da escola preparatória de Thunder Bay, como uma espécie de último agito no *The Cove*, antes que este fosse vendido. Havia boatos de que vários investidores estavam interessados em remodelar a propriedade. Antigamente, isto era um parque de diversões — carrosséis, montanhas-russas, casas de diversões e jogos — e a maioria das atrações ainda havia permanecido aqui, abandonadas por anos, sempre com um aspecto sinistro desde quando éramos crianças. Lembro-me de ter vindo aqui apenas uma vez quando ainda funcionava.

A maresia soprava por todo o parque enquanto a música explodia nos alto-falantes; os festeiros riam e gritavam, a animação por estarem de volta aos tempos do ensino médio era palpável. A maioria já estava na faculdade ou formados, embora ainda houvesse alguns alunos de Thunder Bay por aqui esta noite, e eu meio que me enfiei no meu antigo uniforme novamente, usado pela última vez quando eu tinha dezesseis anos. Antes de ter que deixar a cidade e voltar a Montreal.

Como a festa era temática, pediram que usássemos nossos uniformes como uma forma de manter o espírito escolar ainda vivo. Infelizmente, meu corpo havia se desenvolvido um pouco mais desde aquela época, então tive que perguntar à Rika se ela tinha um conjunto extra de saia e blusa, de quando estava no último ano, e o único item do meu antigo uniforme que realmente pude reaproveitar foi a gravata.

— Vamos dançar! — Alex puxou meu braço.

Comecei a rir, invertendo a posição e segurando o dela, deixando-a guiar-me para a pista de dança onde o DJ controlava as músicas, bem à minha direita. Michael e Erika estavam em algum lugar, Kai e Banks estavam a caminho — pelo que Will disse —, e não soube notícias de Damon, embora eu tenha deixado meu celular no carro de seu amigo; logo, se ele tentasse ligar para mim, eu nem teria como saber.

As pessoas esbarravam em mim, e eu não podia visualizar o ambiente à minha volta, então apenas fiquei ali parada, incerta se deveria dançar na frente dessas pessoas. Até participei de festas com essas danças mais lentas, mas isto era diferente.

— Não consigo dançar no meio da multidão — gritei, para me fazer ouvir por cima da música. — É capaz que eu acerte o rosto de alguém.

— Entendi — Will veio por trás de mim, envolveu os braços ao redor da minha cintura e balançou nossos corpos de um lado ao outro. — Você pode dançar comigo.

O que tenho certeza que era apenas uma desculpa esfarrapada para colocar as mãos em alguma coisa.

Estendi a mão para trás e dei um tapinha em sua bochecha.

— Tão cavalheiro você...

— Viu? Ela entendeu — ele caçoou, provavelmente com Alex.

Ouvi sua risada logo depois.

Senti um pouco mais de confiança com ele me segurando, e nos movemos, nossos corpos sincronizados com a batida musical.

— Misha! — Eu o ouvi gritar para alguém. — É isso aí! Não sabia que você estaria aqui.

Will parou de dançar, mas manteve o agarre firme em mim, estendendo o braço por cima do meu ombro para cumprimentar do jeito que homens costumam fazer.

— Uau, você parece uma merda — Will disse a ele.

— Eles disseram que tínhamos que usar os uniformes da escola — o garoto retrucou. — Eu sempre evitei essa porra naquela época, então... é isso aí.

O peito de Will vibrou às minhas costas.

— Winter, esse é meu primo, Misha Lare — ele disse. — Alguns anos mais novo que você na escola, acho.

Estendi minhas mãos à frente, pegando a dele entre elas em um cumprimento. Eu conhecia aquele nome. Ele realmente era mais novo, então nossos caminhos nunca se cruzaram.

— E esta é a namorada dele, Ryen — Will apresentou-a como se ela fosse uma irmãzinha irritante.

— Oi, Winter — ela disse.

Sorri, seguindo o som de sua voz.

— Oi.

— Qual é, Ryen... — Will instigou. — Você não ia adorar ver o Misha usando o uniforme esta noite?

— Você parece aqueles garotos de fraternidade que vou avisar minhas filhas a se manterem longe quando forem para a faculdade.

KILL SWITCH

Misha deu uma risada debochada e Will gargalhou.

— Vocês estão namorando? — Misha perguntou, e imaginei que estivesse se referindo a mim e Will.

— Não, cara. Ela é do Damon.

— Damon Torrance? — Misha disse, como se estivesse cuspindo a comida.

Will apertou o abraço ao meu redor.

— Quem diria, né?

— Eu não sou do Damon. — Neguei com a cabeça.

— Sim, ela é — Will rebateu.

Eu não queria que falassem de mim como se eu fosse uma posse. Esse tipo de conversa era até tranquilo em particular, mas o tom de Misha indicava que ele, definitivamente, tinha uma opinião a respeito de Damon. E não era nada positiva. Ele não me conhecia. E eu não queria que ele tirasse conclusões precipitadas.

— Quem é Damon? — Ryen quis saber. — Eu já o conheci?

— Graças a Deus, não — Misha disse, ríspido. — Vamos pegar umas cervejas antes que ele apareça. Até mais tarde, cara.

— Tchau — Will gritou, quando saíram.

Suspirei, lembrando-me que um monte de gente, além de mim, tinha um passado ou uma percepção de Damon. Ele teria um trabalho a fazer se quisesse ter algum futuro nessa cidade. Isso se ele desse a mínima para o que os outros pensavam dele, claro.

— Sendo justo — Will disse, encaixando o queixo no meu ombro —, Misha odeia todo mundo.

— Você não precisa tentar suavizar as coisas — eu disse. — Se existe alguém que sabe onde estou me metendo, esse alguém sou eu.

Ele deu uma risada abafada.

E então ajeitou a postura, ainda me mantendo cativa em seus braços.

— Ter Damon por perto foram os únicos momentos em que me senti estável na vida — ele disse. — Ele é poderoso, mas difícil.

O canto da minha boca se curvou com um sorriso suave, já que eu sabia exatamente sobre o que ele falava. As sensações com Damon podiam te levar ao sol.

Mas nosso tipo de diversão tem um preço.

Ele se afastou de mim, deixando minhas costas livres, e fiquei ali parada enquanto todo mundo dançava ao meu redor, imaginando onde ele poderia ter ido. Movi as mãos ao lado do meu corpo, tentando sentir sua presença. Ele foi embora?

— Alex — chamei.

Para onde eles foram?

E então alguém se postou às minhas costas, a estrutura física, os ombros largos, quase me cobrindo por inteiro, o cheiro de cravo derivando no ar, e simplesmente soube que era ele.

Sua mão envolveu meu pescoço, segurando meu rosto e virando minha cabeça para o lado. Fechei os olhos e o senti se abaixar para recostar a testa à minha.

Damon.

A outra mão pousou sobre minha barriga, tocando e imprensando-me contra o seu corpo, o peito se agitando às minhas costas. Era como se tivéssemos voltado cinco anos atrás. Sete anos atrás.

E eu queria isto.

— Você deveria estar usando seu uniforme — sussurrei, sentindo o tecido do jeans e roçando em seu capuz quando estendi as mãos para tocar seu rosto.

— Foi assim que você me conheceu.

Fiquei feliz por ele ter desejado ser a pessoa por quem me apaixonei no ensino médio.

Mas eles sempre foram a mesma pessoa.

— Contanto que você seja Damon Torrance, não me importo para o que estiver usando — eu disse.

Ele me beijou, fundindo os lábios aos meus e inclinou minha cabeça para trás, aninhando-a em seu braço de forma que pudesse aprofundar o beijo e mergulhar a língua dentro da minha boca.

Um redemoinho de excitação espiralou todo o caminho até o meio das minhas coxas, e já estava ofegante à medida que seu calor me fazia desejar muito mais nesse exato instante.

Uma cama. Por uma noite inteira. Só com ele.

— Você gostou? — ele perguntou, contra a minha boca.

— Hã?

Se gostei no beijo? Não era óbvio? Meu corpo parecia um pudim em suas mãos.

— Da fonte? — esclareceu, quando não o respondi.

Ele me virou de frente e me pegou no colo, e pude sentir a corrente de ar frio por baixo da saia, indicando que ele estava me levando para algum lugar, mas não me importei com aquilo.

Apenas me leve para casa.

— Era incrível — falei, enlaçando seu pescoço. — Perfeito para nos sentar e nos esconder.

Exatamente como gostávamos de fazer.

Trocamos um beijo mais intenso e profundo, e agarrei um punhado de seu cabelo à nuca, forçando-nos a diminuir a velocidade toda vez que ele queria acelerar. Pairei acima de sua boca, provocando-o, e mergulhando para mais um beijo, só para me afastar outra vez.

— Winter — rosnou.

Ficamos ali, nariz a nariz, respirando um ao outro, sem querer nos afastar por nenhum segundo, mesmo que fosse para sair daqui e ir para a cama.

Mas ele me colocou de pé no chão, segurou minha mão e liderou o caminho para algum lugar.

— Venha comigo.

Atravessamos pelo mar de pessoas dançando e se divertindo, a música soando e o cheiro de comida grelhada se infiltrando no ar, e me aconcheguei mais perto a ele, agarrando seu braço também.

Eu ainda não sabia como me sentia a respeito de tudo o que aconteceu e o que ainda acontecia no exato momento. Como havia sido seu tempo na prisão? Eu me sentia culpada por qualquer coisa sobre isso?

E Arion? Quais eram suas intenções em relação a nós dois e em relação ao meu pai? Será que estava chateada por Damon tê-lo exposto daquela forma?

Agarrei seu braço, impressionada com a intensidade da minha necessidade por ele, e não dei a mínima para mais nada. *Apenas se esconda comigo. Esconda-nos em algum lugar longe dali.*

Nós nos enfiamos no parque, passando por algumas vozes aqui e acolá, mas a música e a agitação da festa ficaram para trás, deixando-nos por conta própria à medida que nos distanciávamos.

Ele parou um pouco à frente.

— Degraus — ele disse.

Eu o segui, ainda segurando sua mão e braço, indo atrás dele enquanto subíamos um pequeno lance de cinco escadas de metal.

Demos mais alguns passos e ele parou outra vez, dizendo:

— O Labirinto da Meia-noite.

Sorri com curiosidade, inclinando a cabeça. Eu não me lembrava dessa atração, mas minha pulsação acelerou só em pensar em outro labirinto.

Ele me deixou ir na frente, a estrutura móvel parecendo estável e silenciosa. Nós devíamos ser os únicos aqui.

Estendi as mãos ao lado, como fiz na fonte esta manhã, e toquei diversos painéis de tecido em ambos os lados, ouvindo o farfalhar enquanto seguíamos mais para dentro em busca de um caminho. As paredes acabavam aqui e acolá, indicando que o labirinto se espalhava para diferentes percursos, e estaquei em meus passos, sorrindo ao pensar em como poderia andar silenciosamente quando tive uma ideia.

— Marco[7] — gritei.

Depois de um instante, ele respondeu atrás de mim:

— Polo.

Girei ao redor e ele me agarrou, enfiando as mãos por baixo da minha saia curta. Eu ajeitei o tecido para baixo, e toquei seu rosto.

— Feche os olhos — eu disse, conferindo se realmente havia feito isso. — Fique com eles fechados e tente me encontrar.

— E se eu te encontrar?

Dei um sorriso malicioso diante do tom embriagante de sua voz e recuei alguns passos para me adiantar.

— Você não vai — zombei, imediatamente encontrando uma trilha pelo caminho e virando em seguida à esquerda.

Andei devagar, dando passos cuidadosos e tocando os painéis de plástico, o que supus serem claros, já que pareciam os mesmos usados nas casas de diversão onde estive em festivais quando era mais nova. Era melhor que ele não trapaceasse. Ele podia me ver pelos painéis, enquanto eu não podia vê-lo.

Percorri um caminho, quase na ponta dos pés, e senti que não havia mais a parede, então virei à direita, passando por uma abertura estreita.

Eu não sabia se Damon estava se movendo, mas ouvi sua voz um tempo depois:

— Marco? — gritou, sua voz ecoando de algum lugar à direita.

— Polo — respondi, tentando segurar o riso.

Embrenhei-me por outra passagem e segui por uma linha reta, acidentalmente esbarrando o bico do meu tênis no painel, que fez barulho ao sacudir-se nos trilhos, então congelei, cobrindo a boca com a mão.

Merda.

O piso rangeu sob seus passos pesados, mas como a estrutura era armada em uma plataforma, todo o chão gemeu, dificultando minha tarefa em tentar deduzir de que lado ele viria.

---

7   Marco Polo é um tipo de brincadeira, no estilo do pique-pega, em que uma pessoa deve encontrar os demais jogadores sem vê-las. Ao gritar "Marco", todos devem responder "Polo", para que ele possa se localizar.

Até que ele disse:

— Marco.

E eu ofeguei, ouvindo sua voz do outro lado do painel, bem à minha frente.

Estremeci ao responder:

— Polo.

Um tapa ressoou nos painéis, e aquilo me assustou, já que agora tinha certeza de que ele sabia onde eu estava. Disparei pelo caminho o mais rápido que pude, sem nem ao menos me importar se estava sendo barulhenta e desajeitada.

— Marcooooo? — cantarolou, batendo nos painéis enquanto passava e zombando de mim enquanto me caçava.

Caramba. Mesmo fingindo-se de cego, ele era como um leão.

— Polo — eu disse, rapidamente, enfiando-me por outra alameda, incapaz de conter minhas risadas.

— Marcoooo — disse, em um tom ameaçador, bem atrás de mim.

Ai, meu Deus. Andei apressadamente, batendo as mãos em todas as paredes e procurando por um caminho alternativo, mas não consegui encontrar nenhum.

Para onde eu deveria ir?

— Marco! — gritou outra vez.

Onde estava? Onde estava? Procurei desesperadamente, tateando os painéis.

Encontrei uma passagem e me enfiei por ali, alívio me inundando quando finalmente respondi:

— Polo.

Mas lá estava ele, arrebatando-me em um abraço apertado. Dei um grito na mesma hora.

— Qual é o meu prêmio? — caçoou no meu ouvido.

Estremeci, dividida entre os risos e a necessidade de respirar.

— O que você quer? — retruquei.

— Uma peça de roupa.

Balancei a cabeça, mas ele me empurrou contra uma das paredes de plástico e se ajoelhou, subindo as mãos pelas minhas coxas para tirar minha calcinha. Ele a arrastou lentamente, o tecido áspero da saia xadrez agora roçando contra minha pele sensível, e então levantou um pé após o outro, retirando a lingerie.

O vento frio me acariciou, e estar nua e exposta me deixou mais consciente e ansiosa por ele. Comecei a correr, mas ele me pegou e me puxou de volta, erguendo meu joelho e pressionando-o contra a parede ao meu lado, abrindo-me para que sua boca pudesse me devorar, chupar o meu clitóris.

Fogos de artifício explodiram no meu ventre e entre minhas coxas, e abri mais ainda as pernas enquanto ofegava e gemia em êxtase.

— Damon... — gemi e protestei ao mesmo tempo. Ele não podia fazer isso comigo aqui.

Mas, minha nossa, era tão gostoso. Ele me beijou e massageou com sua língua, e recostei a cabeça na parede, incapaz de conter o gemido, sem nem ao menos me importar se alguém poderia me ouvir.

— Marco — arfei, cravando as unhas contra as paredes.

— Polo — ele grunhiu de volta.

Recuei um passo.

— Marco.

— Polo.

— Mar...

Mas ele me agarrou pela gravata e me puxou contra o seu corpo.

Perdi o fôlego quando me choquei contra ele.

Grudou o nariz ao meu, ainda me segurando pela gravata, e perguntou:

— O que ganho agora?

— Você trapaceou — argumentei. — Você abriu os olhos.

De nenhum outro jeito ele poderia ter me encontrado tão rápido.

No entanto, ele ignorou minha tentativa de protesto.

— Quero seu sutiã.

Engraçadinho. Eu teria que tirar a blusa daquele jeito. Espertinho.

Só que eu estava anos-luz à frente dele.

— Não estou usando nenhum.

Ele expirou com força, enrolando um braço ao meu redor e nos guiando para trás, indo mais fundo no labirinto.

Colocando-me para baixo, ele imprensou minhas costas contra uma parede e abriu de uma vez minha blusa branca do uniforme, o ar frio da noite tocando minha pele nua quando os botões voaram para todo lado, atingindo as paredes e o chão.

Ele pressionou o corpo ao meu, erguendo minha perna para esfregar a virilha entre minhas coxas.

— Winter — murmurou.

Eu o beijei novamente, acariciando sua língua com a minha, deixando-o saber, com cada ofego, gemido e movimento dos meus quadris, que o queria naquele exato instante.

Ele deslizou a mão por baixo da minha saia, e mordisquei seu lábio inferior, prendendo-o entre meus dentes, ao mesmo tempo em que enfiava minha mão por dentro de seu jeans.

Peguei seu pau em minha mão, o músculo rijo e quente preenchendo meu punho, e comecei a acariciá-lo, deixando-o mais duro ainda para mim.

— Agora — arfei. — Quero você agora, Damon.

Ele inspirou por entre os dentes entrecerrados.

— Diga isso outra vez. Diga o meu nome.

— Eu quero você agora, Damon.

E então ele perdeu o controle. Segurou meu queixo, afundando sua boca contra a minha com força, um beijo áspero, voraz, enquanto desafivelava o cinto e o jeans, mantendo-me contra a parede.

Eu me reclinei para trás, minha blusa aberta, mas com a gravata pendurada entre meus seios. Eu o senti tirar o pau para fora da calça, encaixando-se em minha abertura enquanto eu me segurava em seus ombros. Em questão de segundos ele me penetrou, enfiando-se profundamente dentro de mim.

Sim.

Ele me ergueu em seus braços, minhas pernas envolveram sua cintura e fui imprensada contra a parede outra vez. Inclinei a cabeça para trás, gemendo à medida que ele estocava os quadris contra os meus, repetidamente. Seu pau deslizava para dentro e para fora, profundo e rápido, os quadris martelando entre minhas pernas e fazendo toda a casa de diversão tremer. Abaixei a cabeça e recostei a testa à dele enquanto ele me fodia, então rebolei os quadris em movimentos sincronizados.

— Assim... — gemi. — Você é tão gostoso.

— Winter — ele disse, em reverência, e era nítido o prazer agonizante em sua voz.

Eu o beijei de novo, morrendo de vontade de sentir sua pele contra a minha. Queria que ele tirasse todas aquelas roupas, mas não podíamos parar.

Ouvimos alguém pigarrear com a garganta, em algum lugar próximo, e escondi meu rosto na curva do pescoço de Damon, morta de vergonha, porém sentindo o desejo se avolumar dentro de mim.

Por favor, não.

Mas Damon não parou. Ele continuou me fodendo, arremetendo os quadris contra os meus, em um ritmo estável.

— Senhor, seu pai está ligando, exigindo conversar com você — o Sr. Crane disse.

Fechei os olhos com força, querendo que Damon parasse, mas meu orgasmo estava prestes a estourar, e tudo o que eu podia fazer era aguentar firme.

— Fique de olho na porta — resmungou com rispidez. — Não deixe ninguém entrar.

— Sim, senhor.

Seu pai devia estar revoltado para que Crane tenha ousado entrar aqui, testemunhando o que fazíamos. Merda.

Damon segurou um lado do meu rosto com uma mão, meu corpo com a outra, e meus olhos começaram a marejar ao senti-lo me encher tão profundamente. E então senti o clímax se aproximando.

— Damon — gemi, respirando cada vez mais rápido.

— Diga outra vez — ele grunhiu.

— Damon — arfei.

— Quem está te fodendo?

Ah, meu Deus. Eu estava começando a gozar.

— Damon Torrance — exalei.

E então os espasmos se espalharam pelo meu corpo, e contive o fôlego, paralisada, deixando Damon conduzir meu orgasmo explosivo.

Minha cabeça flutuou, adrenalina correndo em minhas veias, e soltei um gemido alto, sentindo-me cada vez mais encharcada enquanto ele seguia com os impulsos.

Meu corpo ficou lânguido, prestes a desabar de exaustão.

Ele me colocou de pé no chão, me fez virar e me empurrou contra uma divisória. Meus seios ficaram esmagados contra um painel de plástico quando ele abriu mais minhas pernas e se enfiou em mim por trás.

Ele cravou os dedos na parte interna da minha perna, mantendo-me aberta, e envolveu minha garganta com a outra mão, inclinando minha cabeça para trás para que pudesse devorar minha boca.

Ele me fodeu, pressionando-me contra a parede.

— Minha — disse, contra os meus lábios. — Nunca me deixe.

A mão em meu pescoço deslizou para baixo, espremendo meus seios e passando pela barriga, então subiu novamente até a garganta, segurando-me com força.

— Nunca me deixe — entoou novamente.

— Não deixarei — sussurrei.

— Diga que me ama.

Engoli em seco, sentindo a boca seca.

— Diga que me ama — exigiu.

— Eu te amo — admiti, surpresa por ter falado com tanta facilidade. — Eu te amo, Damon.

E então seus braços me envolveram, me abraçando com força, e foi isso. Bem aqui. Tudo o que eu queria sentir e que me trouxe mais felicidade do que a dança em si.

Ele ainda era aquele menino, que prometeu me beijar algum dia, e eu ainda era aquela garotinha, nunca querendo sair do pequeno mundinho particular que criamos quando estivemos juntos.

Mais tarde, depois de me abraçar e tocar, e me beijar um pouco mais, é que finalmente saímos do parque, em direção ao estacionamento onde o Sr. Crane havia deixado o carro. Damon me fez vestir seu moletom, já que minha blusa estava rasgada – a blusa de Rika, na verdade –, e segurou minha mão, guiando-me pela multidão, pela música, e por seus amigos, que eram espertos o bastante para saber quando deviam nos deixar em paz quando o viram ignorar seus chamados.

Nós nos aproximamos do carro, e senti as gotas de chuva tocando minha mão quando ele abriu a porta para que eu entrasse no SUV.

— Apenas dirija. — Eu o ouvi dizer a Crane.

Trovões retumbaram no céu, e ouvi os gritos animados vindos do parque, assim que as chuvas mais grossas tocaram o teto do carro.

Ele se sentou no banco traseiro, ao meu lado, e deitei a cabeça em seu colo, com os olhos pesados e sonolentos, o corpo já sentindo os efeitos residuais do que fizemos contra aquela parede.

Enfiei uma mão no bolso da frente de seu moletom e sorri ao tocar o tecido da minha calcinha.

Fiquei feliz por ele não tê-la deixado lá no chão.

O Sr. Crane dirigiu, e levantei a outra mão, esfregando o dorso contra a bochecha e pescoço de Damon, acariciando sua orelha também.

O cascalho sob os pneus estalou, nossos corpos balançando enquanto ele seguia em direção à estrada, até que o asfalto se tornou suave assim que ele alcançou a rodovia tarde da noite.

Eu disse a ele que o amava. Mas ele não disse o mesmo para mim.

Tudo bem. Eu não precisava ouvir ainda. No entanto, ele precisava ouvir. Assim como aconteceu na casa da árvore quando éramos crianças. Desesperado para me manter em segurança e ao seu lado.

Seus amigos me deram a impressão de que ele era possessivo não só comigo. Se ele encontrasse algo bom, ele lutava para manter aquilo para si. Poderia ser até um pouco assustador. Mas também significava que ele reconhecia minha importância. Ele se esforçava para manter o que achava valioso. Ele seria assim tão devotado a uma esposa? Aos filhos?

Continuei tocando em seu corpo, apenas saboreando a sensação de sua pele e o sentimento de paz por estar simplesmente aqui, com ele.

— Qual é a tatuagem que você tem? — perguntei baixinho, lembrando-me de quando minha amiga disse que ele possuía uma.

Ele não respondeu por alguns segundos, nem ao menos perguntou como eu sabia da existência da tatuagem, mas respondeu:

— Um floco de neve em decomposição.

Arqueei as sobrancelhas. *Em decomposição...*

— Por quê? — perguntei.

— Por causa de *Winter*, de Walter de la Mare — respondeu, suavemente. — Algo realmente belo, mesmo depois do que fiz a ela.

Ela. Eu. O floco de neve representava o inverno.

Senti um nó na garganta, e meio que sorri e chorei ao mesmo tempo. Como ele conseguia fazer isso? Como ele sempre conseguia partir meu coração, especialmente de maneiras que eu adorava?

— Gostaria tanto que você pudesse ver o mar — ele disse, de repente, mudando de assunto. — As ondas agitadas e o luar sobre o branco das espumas. A chuva caindo das nuvens escuras abaixo de uma lua imensa.

Imaginei o que ele podia ver, e pensei se ele se sentia culpado sobre o que havia acontecido comigo e por todas as coisas que eu nunca mais poderia enxergar.

— Eu posso ouvir — eu disse, em uma voz calma enquanto escutava tudo o que me cercava. — As gotas tocando o teto, mais intensas e mais leves em algumas áreas, exatamente porque algumas árvores estão capturando a maior parte. — Acariciei seu pescoço, encontrando o lóbulo de sua orelha com meus dedos à medida que aguçava meus ouvidos. — Os bueiros pelos quais passamos de tempos em tempos, porque os pneus tocam nos pequenos rios que escoam para o subsolo. — E então eu sorri ao dizer: — E o som ritmado dos limpadores do para-brisa, que parecem entoar a canção *We Will Rock You*, quando os dois da frente se movem para só em seguida o de trás fazer o mesmo, e isso soa muito como "limpa, limpa, LIMPA". — Repercuti a batida da música conforme o movimento dos limpadores.

Ouvi sua risada silenciosa na mesma hora.

E continuei:

— A forma como sei que ele está dirigindo acima da velocidade, porque não está ventando esta noite, mas a chuva parece torrencial quando atinge os vidros. — Umedeci meus lábios ao senti-lo acariciar meu cabelo, como se estivesse fazendo um cafuné. — Os trovões ressoam muito mais sobre o oceano do que aqui, próximo à floresta — eu disse, analisando os diversos sons em minha mente —, e estão se aproximando de nós.

Abaixei a mão e enfiei-a dentro do bolso do casaco para me aquecer.

— Com tudo o que está acontecendo do lado de fora — prossegui —, sinto como se estivesse enrolada em um cobertor bem aqui, quente, seco e seguro. E o mundo inteiro lá fora, vivendo, respirando e revolto faz com que este lugar onde estou se pareça um mundo dentro de outro mundo. Exatamente como na fonte naquele labirinto. — Parei por um instante, meditando: — Como um lar.

Tudo com ele era como um lar.

— Ouço muito mais do que quando podia ver — eu disse, minha voz diminuindo para um sussurro: — Acho que não gostaria de nunca mais ser capaz de ouvir tudo isso.

Eu sentia falta de não ver as coisas ou apreciar o mundo do jeito que muitos faziam, mas... Também conseguia enxergá-lo de maneiras muito diferentes agora. Um tipo de beleza que foi substituído por outro.

Repousei minha cabeça em seu colo e fechei os olhos, embalada por todos os pequenos sons e esperando que amanhã haja muito mais disso que estamos compartilhando entre nós.

— Eu realmente amo você — eu disse, logo antes de adormecer.

Só para que ele soubesse.

Acordei na manhã seguinte na cama de Damon, nua debaixo dos lençóis, rememorando tudo o que havia acontecido na noite anterior. A festa. O labirinto. O trajeto no carro.

Toda a energia extra que ele teve durante a noite inteira quando chegamos em casa.

Um sorriso curvou meus lábios, exausta de um jeito maravilhoso, e nunca me senti mais desperta do que agora.

Estendi a mão, mas não o senti ao meu lado. Tateei os lençóis e o travesseiro e deparei com um pedaço de papel que farfalhou sob minha mão.

Ele não era burro desse jeito para me deixar um bilhete, certo?

Eu o peguei e notei os pequenos pontilhados na folha, então o coloquei sobre minha palma e percorri os dedos pelos pontinhos protuberantes, imediatamente reconhecendo a escrita em Braille.

Deslizando da esquerda para a direita, ao longo das linhas, decifrei a mensagem:

"Fique na cama. Volto para o café da manhã. Depois dele, podemos comer."

Bufei uma risada, percebendo que o café da manhã para o qual estava voltando era eu.

"P.S. Seu celular está na mesa de cabeceira."

Desabei na cama, sentindo meu corpo inteiro formigar. Ele me escreveu um bilhete. Nunca recebi uma cartinha de amor antes, e essa com certeza podia ser considerada uma.

Ele possuía uma impressora em Braille? Legal. Com os audiobooks e o aplicativo de narração, eu raramente lia em Braille, mas se tivesse que fazer isso para receber mais mensagens dele, então eu adoraria.

Que horas eram? Ficamos acordados até tarde, e se ele ainda não tinha voltado, devia ser bem cedo. Será que chegou a dormir?

Meu telefone tocou e eu o peguei na mesinha ao lado, esperando que fosse ele.

— Alô? — atendi e sentei-me, mantendo o lençol ao meu redor.

— Winter? — Ethan disse, ríspido. — O que está acontecendo?

Fiquei imóvel, meu sorriso desvanecendo. Por que ele estava me ligando?

Eu meio que queria conversar com ele a respeito daquelas fotos que ele havia tirado, mas ainda não estava no clima para isso.

— Não posso conversar agora — eu disse. — Ligo mais tarde.

— Por que tem um monte de fotos suas na internet? — ladrou, interrompendo-me. — Fotos suas com ele?

— Do que você está falando?

— Da *Noite Retrô*, no *The Cove*! — gritou. — Há imagens de vocês se beijando! As pessoas estavam tirando fotos! Ele te obrigou a fazer isso?

O quê? Fotos... eu não...

E então me lembrei de que eu e Will estávamos dançando, Damon chegou em mim por trás e nós começamos...

Havia gente para todo lado. Ao nosso redor.

Senti meus ombros cederem.

Winter Ashby enviou Damon Torrance para a cadeia sob acusação de estupro estatutário, e agora está rastejando na cama com ele, já maior de idade, e aqui estão as provas de que ela realmente estava pedindo por isso dessa vez.

— Como pude ser tão idiota? — murmurei.

Na frente de todo mundo.

Mas isso ia acontecer em algum momento, certo? Era uma cidade pequena. Uma hora ou outra, as pessoas saberiam que estávamos juntos, e teríamos que lidar com a reação de todos, tendo em conta o nosso passado.

— Qual é o seu problema? — ele esbravejou como se eu fosse uma criança. — Você tinha que saber que as pessoas estavam vendo! Você o mandou para a prisão por estupro. As pessoas vão se lembrar disso. E agora você está se pegando com ele? Isso faz você parecer uma...

Uma mentirosa. Sim, eu sabia exatamente o que isso me fazia parecer.

Às vezes eu ansiava pelo tempo onde tudo não podia ser gravado e transmitido para o mundo inteiro ver. *Claro que aquilo parecia ruim.*

E agora, as pessoas que sempre afirmaram sua inocência se tornariam mais corajosas.

— Ele sabia o que estava fazendo — Ethan continuou. — Como você pôde cair nessa? Por que você o deixou te tocar? Você não sabia que era ele de novo?

Eu podia ouvir a descrença em sua voz agora.

De novo.

— Algumas pessoas estiveram dispostas a acreditar em você na primeira vez, mas agora... — ele disse. — Elas nunca acreditarão que ele te fez de boba pela segunda vez. Eu sabia que ele era esperto. Só não imaginava que você era tão burra.

Desliguei o telefone, recusando-me a ouvir mais besteiras. Eu não fiz nada errado. Nós não fizemos nada errado.

Tivemos um início conturbado naquela época, e ambos passamos anos pagando por isso, mas estávamos juntos nessa. Nós queríamos isso.

Eu o amava.

E Damon não planejou a noite passada. Ele não sabia que as pessoas tirariam fotos. Ele não teria feito isso.

Mas enquanto uma parte minha se questionava, outra chegava a duvidar. *Ele não teria feito isso, certo?*

Ele não disse que me amava? Ele me fez admitir. Duas vezes.

Por que ele não me disse de volta?

CAPÍTULO 25
DAMON

Dias atuais...
Passei pela porta dos fundos e Mikhail veio logo atrás. Tomei o resto da água na garrafa e joguei-a no lixo antes de colocar um pouco mais de ração no prato dele, deixando-o mastigar tudo antes de seguir pelo corredor e, em seguida, pelo *foyer*.

Puxei minha camiseta até o nariz e inspirei enquanto subia as escadas. Cheiro de cigarros e serragem. Provavelmente estava impregnado na minha pele também.

Hum, ela teria que aguentar.

Retirei a camiseta pela cabeça e entrei no quarto, jogando a peça no chão.

— Estou sujo e suado — eu disse, tirando os sapatos —, mas você vai ter que se acostumar com isto.

Deixando a luz apagada, apoiei um joelho no final da cama e engatinhei até ela, morrendo de vontade de segurar suas mãos acima da cabeça e beijá-la até que me implorasse para fodê-la.

Mas quando cheguei ao seu lado na cama, estava vazio.

— Winter? — chamei.

Tateei pelo colchão, sem encontrá-la em lugar algum, então decidi acender o abajur.

Ela não estava aqui. Os lençóis ainda estavam remexidos e quentes, no entanto.

— Winter? — gritei mais alto.

Porra, garota...

Desci da cama e fui ao banheiro e *closet*, encontrando-os vazios. Saí do quarto e fui em direção ao dela, abrindo a porta, mas percebendo que ela também não estava aqui. Meu coração começou a martelar no peito, e comecei a mordiscar o canto dos lábios, tentando controlar a porra dos meus nervos.

Talvez ela estivesse no salão de festas.

Fui até o corrimão, prestes a descer as escadas, mas vi Crane atravessando o *foyer*.

— Onde ela está? — exigi saber.

Ele parou e olhou para cima, deparando com o meu olhar, porém, os desviou rapidamente.

— Caralho, onde ela está? — perguntei, ríspido.

— Um carro a buscou — ele disse, parecendo receoso em prosseguir: — Ela disse que estará em St. Kilian e que volta em alguns dias.

— E você a deixou ir?

Ele fechou a boca, evitando o meu olhar. Por que caralho eu contratei segurança extra se ele simplesmente a estava deixando ir e vir daquele jeito?

— Não tive a impressão de que ela era uma prisioneira, senhor — disse.

— Qual é a impressão que você vai ter quando eu tomar sorvete no seu crânio por não ter me avisado que ela estava saindo?

Ele contraiu os lábios.

— Ela estava chateada? — perguntei. *Você sabe me dizer pelo menos isso?*

— Ela parecia estar perturbada — respondeu. — Disse que precisava apenas de um tempo para pensar.

Pensar.

Apertei a ponte do meu nariz. Quando mulheres pensavam, as merdas não aconteciam do jeito que eu queria.

Que porra ela estava fazendo? Fiz o que Rika mandou. Quase. Trabalhei em uma coisa. Trouxe uma equipe de operários, derrubamos aquele chafariz medonho que havia aqui e construí um novo que desenhei e planejei, trabalhando dia e noite por dois dias seguidos, esperando que ela o encontrasse e amasse.

Receber a mensagem de que ela estaria no *The Cove*, noite passada, me deu esperança, mas nada me preparou para o que ela deixou acontecer. A forma como já estava pronta para mim quando apareci e, pela primeira vez, ela me deixou tocá-la, sem a necessidade de um disfarce ou com uma briga.

Aquilo foi incrível pra caralho, e por um momento, foi como se os anos passados entre nossa infância e o agora nunca tivessem acontecido. Nada existia, a não ser nós dois, especialmente toda aquela porcaria no meio.

Foi uma espécie de encontro. Eu não tirei as roupas dela. Ou a maioria delas.

Mas toda vez que o encanto começava a desaparecer, ela permitia que as outras merdas entrassem de novo em sua cabeça, e eu já estava cansado de perdê-la, porra.

Ela podia me amar ou não.

Porém uma coisa estava bem clara: ela não me queria.

— Senhor? — Crane gritou, em alerta.

Olhei para cima, a porta se abriu, e vários homens – alguns que já havia visto antes, outros não – entraram, trajados em seus ternos e luvas de couro.

Fechei os olhos, suspirando.

— Porra — murmurei.

Meu pai passou pelo batente da porta, usando um terno preto e gravata cinza, seu cabelo escuro e olhos erguendo-se para cima e encontrando-me na mesma hora.

Ele esteve tentando falar comigo desde a noite passada, e nem dei bola. Ele sempre me deu rédea solta, mas, se tivesse que puxar a coleira, era agonia certa.

— O que você quer? — perguntei, descendo as escadas.

— O que te interessa? — retrucou. E então olhou ao redor. — Onde está sua esposa?

Mantive o olhar focado ao dele. A força do meu pai não havia diminuído com a idade. Embora estivesse grisalho, com um pouco mais de rugas e a voz áspera por anos como fumante, ele ainda tinha um apetite muito saudável.

Por tudo.

Especialmente por se assegurar de que ainda mantinha o controle sobre tudo o que lhe pertencia.

Infelizmente, eu nunca seguia de acordo com os planos e nunca seguiria. Eu podia até não ser melhor do que ele, mas não éramos iguais.

Ele esperou mais um momento, mas, quando não o respondi, porque eu já sabia que ele tinha pleno conhecimento de que Ari não estava aqui e que seus netos não estavam sendo fabricados, ele cerrou a mandíbula e ergueu o queixo, gesticulando para mim.

— Peguem-no — ele disse aos seus homens.

O quê?

Eles me levaram à força, agarrando meus braços, cravando os dedos em meus ombros, então me debati, empurrando-os para longe enquanto grunhia:

— Saiam de cima de mim!

Consegui me soltar e empurrei o peito de um deles.

— Filho da puta! — gritei.

Outro agarrou meu pulso novamente. Virei de repente e dei um soco em seu rosto, mas mais capangas do meu pai vieram por trás e, quando olhei para o Sr. Crane, vi que também estava sendo contido, parecendo revoltado e indefeso.

Gabriel pagava pelos seguranças. Ele pagava por tudo. Por mais que minha equipe quisesse fazer alguma coisa, eles não poderiam.

Recebi um chute na parte de trás das minhas pernas e meus joelhos cederam, fazendo-me cair no chão. Três homens me seguraram, mantendo-me de joelhos, sendo que um deles segurava minha nuca com brutalidade.

Meu pai se agachou à minha frente.

— E onde está a adorável putinha que tem virado a sua cabeça? — ele perguntou. — Onde ela está?

Winter.

De repente, fiquei feliz por ela não estar aqui. Michael e Rika não eram páreo para Gabriel, mas ela estava mais segura com eles do que eu aqui.

— Você teria uma vida abençoada — Gabriel disse. — Todo o dinheiro e bocetas que quisesse, e tudo o que você tinha que fazer era, simplesmente, seguir as ordens. — Sua voz estava sinistramente calma. — Nem era assim tão difícil.

Ele se levantou, e os músculos dos meus ombros se contraíram quando alguém puxou meus pulsos às costas.

— Eu devia ter enviado você para *Blackchurch* anos atrás — continuou. — Nós ainda podemos te trancar lá, não é mesmo? Para você ter um tempinho para pensar.

E então ele deu um tapa no meu rosto, a ardência era algo ao qual já estava acostumado. Rangi os dentes para me controlar.

— E eu tenho todo o tempo do mundo — ameaçou.

Não.

Que caralho ele queria dizer com aquilo?

— Talvez você volte em algumas semanas — refletiu. Então disse aos seus homens: — Tragam-no.

Algumas semanas. Mas que porra...?

Eles me fizeram levantar do chão, sem camisa e descalço, e amarraram meus pulsos às costas. Todos começaram a caminhar e eu olhei para Crane, acenando com o queixo, ciente de que ele sabia que aquele gesto se referia a Winter e ao cachorro, e que ele precisava tomar conta de tudo.

Mas, quando todos saíram, e o cara atrás de mim me segurou com mais força, meu pescoço foi envolvido pelo seu braço e ele sussurrou no meu ouvido:

— Olho por olho, filho da puta — ele disse.

E então uma pontada afiada me atingiu por entre as costelas, afundando em minha carne enquanto uma faca pequena cortava minha pele.

Grunhi, sentindo o sangue começar a jorrar na mesma hora e olhei por cima do meu ombro, para ver quem era o babaca que havia feito isso.

Miles Anderson.

O cara que assediou Winter em seu carro quando ela tinha dezesseis anos. O cara que também atacou Rika na mesma Noite do Diabo que eu a persegui.

Porra. Ele trabalhava para o meu pai agora?

— Algumas semanas — ele lamentou —, tempo suficiente para que a encontremos e brinquemos com ela.

Eu me contorci, grunhindo diante da dor que dilacerava a minha pele.

— Tem sido divertido sacanear com ela nessas últimas semanas — ele disse. — Enquanto esperamos Gabriel nos dar permissão para seguir em frente.

— Filho da puta — murmurei, fervilhando.

Então foi ele quem a acariciou no banheiro do teatro. Ele e seus companheiros que se esgueiraram dentro de casa naquela manhã.

Nós devíamos ter arrancado mais do que simplesmente um dente da sua boca, anos atrás. Filho da puta.

Mas antes que eu tivesse a chance de revidar, ele passou por mim e acertou uma joelhada no meu estômago, fazendo-me curvar o corpo e tossir em busca de fôlego. Ele enfiou alguma coisa na minha boca, me forçou a sair pela porta e me jogou na traseira de um dos SUVs, enquanto eu tentava me libertar de seu agarre. Porém, uma dor excruciante atravessou meu corpo com cada maldito movimento que eu fazia.

Ironicamente, aquela não era primeira vez que recebia uma facada do mesmo lado. Esta foi mais profunda, no entanto.

Desabei no piso, tossindo, e olhei ao redor em busca do meu pai, mas ele devia estar em outro carro.

Assim que o SUV disparou pela estrada, rezei para que Michael e Rika conseguissem escapar.

Mantenham-na a salvo. Não a deixem sozinha.

Cambaleei pelo meu antigo quarto, abrindo as cortinas e espiando do lado de fora. Tentei abrir as janelas, mas elas estavam trancadas.

Babaca do caralho. O que eles achavam que eu tinha? Dez anos?

A entrada de carros na frente da casa do meu pai brilhava com as lanternas portáteis e os faróis esporádicos de veículos que entravam e saíam, à medida que homens perambulavam de lá para cá em seus ternos pretos. Alguns deles andavam com lanternas atrás da margem das árvores, mas cada um deles, com certeza, devia estar munido de um radiotransmissor.

Mesmo que eu conseguisse arrebentar a janela, não iria muito longe. Tinha certeza de que Anderson adoraria outra oportunidade de aplicar um golpe baixo.

Afastei a toalha do ferimento que o filho da puta me deu, vendo-a encharcada de sangue outra vez. Esta já era a terceira. E eu ainda estava sangrando.

Expirei com força, sentindo meu corpo inteiro arrepiar quando uma onda de calor se espalhou pela minha pele. Saí de perto da janela e chutei um baú no meio do caminho.

— Caralho — grunhi, jogando a toalha no chão enquanto pegava uma camiseta do armário.

Eu precisava dar o fora daqui. E rápido, antes que ficasse sem forças para sair. Eles não me deram comida durante o dia inteiro, e ninguém veio conferir como eu estava. Sabia que havia seguranças do lado de fora do quarto, já que fui impedido assim que tentei fugir mais cedo.

Eu devia ter dito que estava sangrando. Meu pai arranjaria um médico.

Contanto que eu entrasse na linha, trouxesse Arion de volta para casa, brincasse de marido e trabalhasse com ele.

Balancei a cabeça. *Ele que se foda.*

Eu ia queimar essa casa de cima a baixo e com ele dentro. Se ele tivesse essa sorte.

Precisava sair daqui antes que alguém encontrasse Winter. Eu era o único capaz de mantê-la em segurança.

Pisquei para afastar os pontos pretos que embaçavam a minha visão e fui até o banheiro, socando o espelho acima da pia. Estilhaços de vidro se espalharam pelo balcão, e peguei uma toalhinha de banho, enrolando um dos cacos enquanto seguia em direção à porta.

Tropecei, no entanto, sentindo o quarto girar à minha frente.

— Mas que porra...? — resmunguei entredentes, impaciente.

O ferimento era suportável, mas suor cobria minha testa enquanto a náusea revirava meu estômago. Pisquei com mais força, devagar, mas, toda vez que abria os olhos, o quarto se tornava mais escuro, como se eu estivesse afundando em um túnel, e a luz estivesse se distanciando cada vez mais. Sangue escorreu lentamente por baixo da minha camiseta preta e por dentro da calça.

Porra, isso não era um bom sinal. Eu precisava de comida. Ou de água. E a dor era irritante pra caralho.

Esfreguei os olhos, mas, ao invés de tentar seguir em direção à porta, deitei-me na cama, recostando a cabeça no travesseiro.

O cobertor frio parecia o paraíso, e acabei levantando uma perna, tentando acalmar o ritmo da minha respiração.

Só um minuto. Só preciso descansar um minutinho, porra.

Não tinha certeza se acabei adormecendo ou por quanto tempo dormi, mas abri os olhos de supetão, o quarto completamente escuro e com um corpo em cima de mim.

— Sshhhh... — a sombra disse, sua mão cobrindo minha boca.

O quê? Quem era?

Estendi a mão e agarrei-a, reconhecendo na mesma hora a textura de seu cabelo.

Ai, meu Deus. Isso só pode ser brincadeira.

— Winter? — disparei. — Mas que porra?

— Ssshhh — ralhou, pressionando a mão contra a minha boca com mais força. — Fique bem quietinho. Eles estão do lado de fora da porta.

Ela estava *me* salvando?

— Como você entrou aqui? — perguntei.

Ela montou no meu colo, o joelho roçando o ferimento, mas não dei a mínima. Eu a segurei entre meus braços e beijei seus lábios, sua testa, sua bochecha...

Mas então a sacudi por um segundo.

— Ei, você me deixou — eu disse, ríspido.

— Mas voltei — ela respondeu, deslizando as mãos no meu corpo. — Me desculpa. Michael estava me trazendo de volta, quando vimos que você havia sido levado à força.

Ela saiu de cima de mim e tentou me ajudar a levantar.

— Você está... — Ela parou, sentindo algo em minhas roupas. — Isto está molhado. Você está sangrando?

— Como você entrou aqui? — exigi saber, ignorando sua pergunta e rangendo os dentes diante da dor assim que me levantei da cama.

— Quando vimos o que aconteceu, reunimos todo mundo. Banks disse que havia um espaço por entre as paredes, por onde se podia rastejar, da adega ao sótão. — Ela segurou meu braço. — Ela está lá embaixo com o Michael e o Kai, distraindo seu pai.

— O sótão é do outro lado do telhado. — Fiz com que entrássemos no banheiro, agora já sabendo como ela entrou aqui. — Você escalou o telhado?

Puta merda. E eu preocupado em encontrá-la antes que o meu pai o fizesse.

Ela podia ter morrido. Como eles podiam ter sido tão estúpidos a ponto de trazê-la?

— Rika está do lado de fora da janela — ela disse, apressada. — Você pode calar a boca agora?

Tudo bem. Ela já estava aqui mesmo. O estrago já estava feito. Eu lidaria com eles mais tarde.

Entrei no banheiro e dei uma olhada de relance na porta do meu quarto, só para garantir que ainda estava fechada e que ninguém entraria ali.

Pisei no assento do vaso sanitário, vendo a pequena janela já toda aberta, e Rika agachada no telhado, à nossa espera.

Onde estava o Will? Por que as garotas estavam fazendo isso?

Eu até podia entender que Kai não quisesse deixar Banks sozinha com o meu pai, mas onde diabos estavam Michael e Will?

Desci do vaso e levantei Winter, o corte na lateral do meu corpo ardendo pra caralho, mas ajudei-a a passar pela janela, vendo Rika segurar seus braços para puxá-la para cima.

Respirei devagar, em intervalos curtos, tentado conter a náusea que subia pela garganta outra vez. Eu ia precisar de pontos. Puta que pariu. Não tinha tempo pra isso.

Subi no vaso novamente, apoiei um pé na parede para alavancar meu corpo e subi pela janela, cravando os cotovelos no parapeito para conseguir arrastar-me pela abertura com a força dos meus braços.

— Você está bem? — Rika perguntou.

— Só vamos embora.

Respirei com dificuldade, ouvindo-a sussurrar instruções para Winter antes que ambas encontrassem a cumeeira e começassem a rastejar para a janela do sótão.

Minha perna estava molhada por causa do sangramento, mas a brisa noturna resfriou minha pele, acalmando-me e fazendo-me despertar.

Eles deviam estar com algum carro ali por perto. Só mais cinco minutos, aí eu poderia descansar.

Eu as segui pelo telhado, sempre abaixado, e desci pela janela circular do sótão, caindo no chão quase em seguida.

Winter correu até mim, tocando meu rosto.

O quarto estava na penumbra, iluminado apenas pela luz da lua, e quando levantei a cabeça, não vi somente Rika, mas também Alex ali parada. As três mulheres me encarando de cima.

— Vocês estão me zoando, porra? — resmunguei, segurando o ferimento na lateral do corpo e tentando me manter de pé.

— É assim que agradece as três mulheres que acabaram de salvar você? — Rika rebateu, em um tom divertido.

Então Alex ergueu o queixo para mim e debochou:

— Quem é o seu papai?

Winter riu baixinho, e eu simplesmente rosnei quando me levantei.

— Só me tirem daqui — comentei. — E não contem nada disso a ninguém, pelo amor de Deus.

As garotas riram e lideraram o caminho por entre o painel na parede, onde Banks e eu costumávamos descer pelas vigas de madeira, contornando, secretamente, a casa inteira, tanto para nos divertir quanto para pregar peças.

Rika e Alex foram na frente, seguidas por Winter e por mim. Descemos o trajeto por entre as paredes, ouvindo as vozes distantes do outro lado à medida que descíamos andar por andar, e só então entendi porque as meninas foram enviadas para a tarefa. Este espaço era muito mais apertado agora, enquanto adulto. Nós andamos devagar e o mais silenciosamente possível, já que as pessoas que não queríamos que nos encontrassem, estavam a apenas uma fina camada de madeira e papéis de parede de distância.

Quando chegamos ao térreo, passei pelo buraco por entre as pedras que compunham as paredes da adega e invoquei cada grama de força muscular e determinação que ainda possuía para tirar Winter daqui, de forma que pudéssemos seguir em frente e alcançar o carro.

Ouvi um celular vibrando, e o rosto de Rika se iluminou enquanto lia a mensagem.

— Okay, agora — ela disse, olhando para nós.

O quê?

Não tive tempo para perguntar nada, porém, porque ela correu pelas escadas e empurrou as portas da adega, sendo seguida, rapidamente, por Alex, Winter e eu.

Ela pulou para dentro do banco do passageiro da SUV preta estacionada à nossa frente, enquanto Alex abria a porta traseira e entrava com pressa; Winter e eu fazendo o mesmo.

Alex se sentou, enquanto eu e Winter caímos no banco traseiro.

Eu não tinha tempo para conferir quem estava dirigindo, mas desabei contra o corpo de Winter, que me envolveu com seus braços.

— Vai, vai, vai! — Ouvi Rika dizer a alguém. — Vou mandar uma mensagem para Banks e dizer que já saímos de lá.

Quem estava dirigindo deu ré, ao invés de disparar para frente em direção aos portões, e eu me segurei na lateral do carro enquanto nos sacudíamos de um lado ao outro pelo terreno irregular, desviando à direita, provavelmente para evitar as árvores. Nós estávamos fugindo pelos fundos da propriedade.

Senti a respiração acelerada de Winter às minhas costas, mas ela continuou me segurando com força, como se não fosse permitir que ninguém mais me machucasse.

Fechei os olhos, ouvindo o carro percorrer o terreno, tentando escutar o que ela ouvia para descobrir que, enfim, estávamos a salvo.

O carro chacoalhava pelo chão esburacado, folhas farfalhavam por baixo dos pneus, mas não ouvi mais nenhum som de outro veículo nos perseguindo, nem mesmo gritos ou sirenes de alarme. Até agora, tínhamos saído sem ser detectados.

E Winter nunca deveria ter vindo, de qualquer forma. Era uma loucura pensar que conseguiríamos sair vivos dessa.

Por que ela veio?

Ela estava me deixando pau da vida. Gritou comigo num minuto, partiu pra cima de mim no outro, fugiu essa manhã, e agora estava aqui. Ela ia decidir se precisaria de mais espaço e tempo amanhã?

Entramos em uma pista asfaltada, balançamos de um lado ao outro, e seguimos em frente, e só aí comecei a respirar com mais tranquilidade à medida que o motor ronronava e o carro se aquietava.

— Você me deixou — eu disse, seu queixo apoiado no meu ombro enquanto ela me segurava por trás. — Todo mundo sempre faz isso.

— Eu precisava pensar.

— Pensar... — repeti suas palavras, balançando a cabeça. — Foda-se, querida. Foi perfeito ontem à noite. Não havia nenhum problema.

Estendi a mão para trás, acariciando seu cabelo.

— Você vai fazer isso de novo — comentei, abaixando a mão. — Você deveria ter me deixado lá. Por que não fez isso?

Ela estava em silêncio, esfregando a bochecha contra a minha enquanto procurava pelo que dizer.

— Porque estava com medo de imaginar a vida sem você.

Fiquei calado, compreendendo na mesma hora o que ela queria dizer. Pensando bem, eu sempre senti o mesmo. Juntos ou não, eu a queria, e sempre a desejaria.

— Não podemos nos esconder para sempre, Damon — ela disse. — Não em nossos labirintos, nossas fontes, ou casas da árvore... Vivemos em um mundo com pessoas ao redor, e quero apenas respeitar a mim mesma. Eu só... só precisava pensar.

— Você quer que *eles* te respeitem — retruquei.

Isso se referia ao que as pessoas diriam sobre nós. Ela achou que eles não confiariam mais nela, agora que estava apaixonada pelo mesmo cara que enviou para a prisão.

— As pessoas acham que por eu ser cega, sou burra — ela disse. — Eles me tratam como criança. Quero provar que sou capaz. Que sou alguém.

— Você deveria ter sido mais forte — argumentei, meus dedos congelando, de repente. — Se tem alguém que sabe o quão cruel esse mundo pode ser, somos nós. Mas tudo o que eu precisava era de você, e tudo o que você deveria precisar era de mim, e foda-se o resto. Nós teríamos dado um jeito. Teríamos vencido.

— Eu voltei — ela disse, outra vez. — Mal me afastei por quinze minutos. Voltei quase que na mesma hora. — Beijou minha testa. — E nós vamos vencer.

Claro. Talvez.

— Tudo bem, lá estão Banks e os caras. — Ouvi Rika dizer e notei as luzes dos faróis pelo para-brisa traseiro. — Temos cerca de mais três segundos antes que Gabriel descubra.

Minhas pálpebras ficaram pesadas outra vez, e meu coração martelou em meus ouvidos. Eu não me sentia nada bem.

Engoli em seco.

— Às vezes me pergunto no que eu teria me tornado se tivesse crescido na casa de Michael. Ou na de Kai.

Ela riu um pouco.

— Você não teria sido como eles.

— Provavelmente não — concordei. — As pessoas são uma mistura de influências externas e internas, nem todas as variáveis controladas. Às vezes, só às vezes, somos quem somos. Mesmo no mar, uma serpente é uma serpente.

— E um leão é um leão — ela acrescentou com um sorriso em sua voz.

Sangue do ferimento escorria na minha pele por baixo da camiseta.

— Eu deveria ter te levado à St. Killian — eu disse a ela. — Tem um quarto lá embaixo, nas catacumbas...

Parei por um instante para me assegurar de que ela estivesse ouvindo.

— Você vira à esquerda no patamar da escada e continua seguindo em frente — instruí, sabendo que ela estava mapeando as informações em sua cabeça. — Quando sentir a corrente de ar à esquerda, vai chegar a um corredor, e então vire à direita. Arraste a mão pela parede à direita até sentir que chegou à quarta porta, e então entre. A água do degelo das colinas acima da igreja escoa pelas paredes e forma uma pequena cascata. — Meus braços começaram a baixar, incapazes de segurá-la por mais tempo. — Você vai sentir o cheiro das rochas, e então vai perceber que uma pequena piscina se forma antes de drenar a água para o poço. Na piscina, tem algo que é seu. Uma coisa que guardei e que você esqueceu há muito tempo.

Ela esperou por um momento, provavelmente pensando.

— Não perdi nada — ela disse. — Não há nada do qual eu tenha me esquecido, Damon.

Fechei os olhos.

— Há tanta coisa que você está se esquecendo, querida.

Ela moveu a mão e perdeu o fôlego por um segundo.

— O que é isso? — arfou, medo dominando sua voz. — Damon, o que aconteceu? Você está machucado?

Ela levantou minha camiseta, tocando meu ferimento. Grunhi em agonia. Meu Deus, aquilo queimava como o inferno.

Ela começou a ofegar.

— Will, vá para o hospital agora! Ele foi ferido!

— O quê? — ele gritou.

Era ele quem devia estar no volante.

— Acione a lanterna do seu celular — Rika disse a alguém. — Olhem aí.

Mantive os olhos fechados, mas estremeci quando uma luz brilhante me iluminou.

— Ai, meu Deus! — Alex praguejou. — Está encharcado. Damon, há quanto tempo você está sangrando?

Apenas grunhi, ouvindo suas vozes se distanciarem.

— Will, acelera — Rika esbravejou. — Rápido, rápido!

— Maldito Miles Anderson — rosnei baixinho. — Nós temos que matar aquele filho da puta.

Isto iria, realmente, arruinar o meu dia.

— Por que você não me disse? — Winter disse no meu ouvido, chorando.

— Está tudo bem. — Relaxei contra seus braços que ainda me envolviam. — Eu posso morrer feliz bem aqui.

— Você não vai morrer — Winter argumentou. — Você ainda não disse que me ama.

Ah, isso.

— Algum dia — zombei.

— Damon, acorda. — Ela me sacudiu. — Vamos lá, nós vamos continuar juntos, não é? A gente se ama. Nós vamos ficar juntos.

Suas vozes desvaneceram como se eu estivesse ouvindo, mas não estivesse realmente ali, e, pela primeira vez na vida, senti meu corpo relaxar de verdade. Completamente relaxado.

— Ele vai ficar bem, não é? — Ouvi Winter gritar. — Por favor, Will, rápido! Por favor, chegue logo lá.

— Estou ligando para o pronto-socorro para avisá-los que estamos quase chegando — Rika disse.

O corpo de Winter sacudia por baixo do meu, mas porra... eu nunca mais queria sair desse lugar. Soltei meu corpo – caindo, caindo, caindo –, absorvendo tudo aquilo enquanto podia, porque quem poderia saber quanto tempo duraria. Se eu não morresse por causa do vergonhoso ferimento feito com aquela maldita faca de Anderson, ela acabaria fugindo de mim de novo para ter um pouco de espaço, sem sombra de dúvidas.

Eu precisava pensar, ela disse.

Meu pau esteve dentro de você quatro vezes na noite passada. Agora você precisava pensar? Sério?

CAPÍTULO 26

WINTER

Dias atuais...

Fiquei ali imóvel, os alto-falantes no posto de enfermagem chamando a todo momento, sapatos deslizando pelo piso de linóleo e o canal de TV ligado em algum noticiário, enquanto eu me mantinha recostada à parede, esfregando uma mão à outra e sentindo o sangue dele, agora seco, deixando minha pele áspera.

Há tanta coisa que você está esquecendo.

O que eu estava esquecendo?

O que ele queria que eu pegasse de volta?

Ele disse aquilo como se estivesse deixando algo para mim. Como se não fosse mais voltar para buscar.

Minha garganta doeu como se milhões de agulhas estivessem enfiadas ali, mas engoli o desconforto do mesmo jeito.

Ele simplesmente ia sangrar até morrer? Só por que não podia engolir o orgulho e pedir ajuda?

Não dava pra acreditar. Ele era louco.

E – lá no fundo da minha mente, onde finalmente podia admitir para mim mesma – ele estava me deixando. Ele simplesmente ia me deixar ir embora.

Contraí a mandíbula, recusando-me a derramar mais uma maldita lágrima por ele.

Banks e Rika perambulavam por ali, oferecendo café ou tentando encontrar alguma coisa da equipe de enfermagem, para que eu pudesse trocar a minha roupa ensanguentada, mas eu estava plantada no mesmo lugar, esperando por um médico ou uma enfermeira que pudessem nos dizer como ele estava.

Kai e Will também apareceram, e até pensei em ligar para minha irmã, para avisá-la que ele estava no hospital, mas aquele pensamento fugaz sumiu tão rápido quanto veio. Ele não ia querer que ela estivesse aqui, e tudo com o que ela se preocuparia era se o acordo ainda ficaria de pé se ele morresse.

Ouvi portas abrindo e fechando, e senti as pessoas ao meu redor, de repente.

— Bem, ele perdeu muito sangue — uma mulher nos disse. — Nesse momento, o médico está suturando o ferimento, mas o Sr. Torrance precisa de uma transfusão. Conferimos em nosso estoque pelo tipo B⁻, mas este é um dos tipos mais raros, e ele só pode receber doações de pessoas B⁻ ou O⁻.

Eu era O⁺, então não poderia doar.

— Solicitamos mais bolsas de sangue do hospital em Meridian — informou. — Com fé em Deus, chegará a tempo.

— Banks? — Will falou. — Você é O⁻, não é? Todos nós fizemos aquela doação no último verão. Ele pode receber o seu sangue.

Ai, meu Deus. Comecei a respirar mais aliviada, mas ela não disse nada por um momento, então a preocupação me dominou outra vez.

— Hum... s-sim... — ela finalmente disse, gaguejando —, mas e-eu, hum... a-acho que não posso doar o s-sangue.

— Por quê? — Will exigiu saber.

Ela riu, nervosa.

— E-eu, hum... estou grávida.

Todo mundo ficou em silêncio, mas não contive o sorriso diante da ironia. *Tio Damon*. Aquilo seria divertido.

— Eu estava tentando descobrir um jeito de te contar — ela deve ter dito ao marido. — Queria fazer alguma coisa especial. Sinto muito por você saber assim...

— É, me desculpa também... — Will emendou, pigarreando ao perceber que o súbito anúncio fora feito por sua culpa.

Alguém se moveu por perto, ouvi um som de beijos, e algumas palavras sussurradas e que não pude identificar.

— Okay, bem... — a enfermeira interrompeu outra vez. — Vamos conseguir o sangue necessário. Não se preocupem.

— Eu sou B⁻ — alguém disse, e logo em seguida percebi que havia sido Rika.

Seu tom soava exatamente como o meu quando eu concordava com alguma coisa, mas sem estar cem por cento segura de que queria fazer aquilo.

— Ah, isso é ótimo — a enfermeira disse. — Então venha comigo.

— Obrigada, Rika — Banks gritou quando as duas saíram.

Respirei fundo, relaxando um pouco, mas ainda sem me mover do meu lugar.

— Sinto muito. — Ouvi Banks dizer.

— Por que você está se desculpando? — Kai perguntou, com um sorriso em sua voz. — Esta foi a melhor surpresa que você poderia me dar. Meus pais vão ficar extasiados.

— Eu não queria que você tivesse ficado sabendo desse jeito — ela explicou.

— Bom, você está bem com isso? Está pronta?

— Acho que nunca estarei — ela respondeu. — Nem sabia se queria ter filhos, mas desde que descobri na segunda... eu só...

Ela riu, então ouvi um pulo e um gritinho quase inaudível.

— Agora entendi porque você estava toda sorridente — Kai comentou. — E eu achando que era por minha causa.

— Bom, tecnicamente é...

Ele bufou uma risada.

— Nós temos um monte de coisas para planejar.

— Vamos nos sentar — ela sussurrou.

Esfreguei os olhos, esquecendo que minhas mãos estavam sujas de sangue. Merda. Eu precisava ir me lavar.

Comecei a sair do lugar, mas então ouvi a voz de Kai.

— O que você está fazendo? — ele perguntou e eu parei, achando que estava falando comigo.

Mas então Will respondeu:

— Ela disse que o tipo B⁻ é um sangue raro. É, na verdade, o segundo tipo sanguíneo mais raro no país, de acordo com este site. Somente dois porcento da população têm.

Ele devia estar conferindo as estatísticas em seu celular.

— E daí? — Kai insistiu.

— E daí que não é um pouco conveniente que Damon e Rika compartilhem o mesmo tipo sanguíneo raríssimo?

Arregalei os olhos.

Caramba.

No entanto, percorri o corredor arrastando a mão pela parede, lendo as sinalizações em Braille, até encontrar o banheiro que Banks disse estar algumas portas à frente.

Sempre acontecia uma coisa atrás da outra com esse grupo e, por agora, eu ficaria feliz em me livrar de mais drama do que o que já precisava lidar por conta própria.

Eles que se entendessem com aquele.

CAPÍTULO 27
DAMON

Dias atuais...

— Winter? — murmurei, sentindo sua presença e perfume por todo o lugar enquanto tateava no escuro.

Não dava para ver nada, e eu não conseguia abrir os olhos enquanto me mexia na cama.

Jesus... tudo parecia pesar uma tonelada.

— Sshhhh... — uma voz disse. — Você vai ficar bem. Apenas feche os olhos e descanse. Você está em segurança.

Mãos tocaram meu rosto e minha testa, como se estivessem testando a temperatura, e a pele cálida contra a minha parecia um sonho. Era a mesma sensação que tive com Winter, no chuveiro, pela primeira vez. Pacífica.

— Suas mãos são quentes — eu disse, tão fraco que mal consegui engolir enquanto colocava a minha própria mão sobre a dela, segurando-a contra o meu rosto. — Estou tonto. Não se mova, tá bom? Só fique aí — suspirei. — Fique aí.

Um beijo tocou minha testa.

— Eu sempre estive aqui — ela sussurrou.

Quando acordei novamente, precisei de vários minutos até conseguir abrir os olhos, a sonolência levando uma eternidade para passar.

Aquilo foi um sonho? Onde estava Winter?

Apoiei-me um pouco para tentar me levantar da cama, usando cada grama de força que possuía, mesmo quando senti a dor aguda no meu torso.

Ai, caralho. Tossi, tocando as ataduras na lateral e notando a camisola hospitalar enrolada na minha cintura. Um acesso venoso estava fixo ao dorso da minha mão, e mais dois eletrodos cardíacos estavam presos ao meu peito.

Meu pescoço doía, minha cabeça estava explodindo, e eu estava zonzo pra caralho. Que porra foi aquela que me deram?

Vi alguém se movendo pelo canto do meu olho e levantei a cabeça, notando que todo mundo estava no quarto, ou acordados ou desmaiados nas cadeiras.

Will se levantou de sua poltrona e veio até mim, enquanto Kai dormia com Banks aninhada em cima dele, e Michael e Rika estavam sentados no sofá.

— Quanto tempo fiquei apagado? — perguntei, procurando por um relógio.

Ele me serviu um pouco d'água, e eu tomei tudo de um gole só, entregando o copo para pedir mais.

— Algumas horas — ele disse. — Você nunca dorme tanto desse jeito.

— Quero ir embora.

Os outros começaram a se mexer e Banks esfregou os olhos, sentando-se, enquanto Rika se alongava no sofá.

— É, isso não vai rolar. — Will me deu mais água. — Você precisa de repouso.

— Porra nenhuma. — Ignorei o copo estendido e tentei retirar o lençol que me cobria.

Mas Michael parou do meu outro lado; ele e Will me empurrando para me deitar de novo.

— Fique deitado ou te obrigaremos a isso — Michael ameaçou.

— Ah, está preocupado?

— Se você estiver de cama, não vai causar confusão — salientou. — Isso é bem legal.

Não importa. Eu não ia ficar aqui, porra. Eu preferia arrancar meus olhos do que ficar deitado aqui, *repousando*.

Eu preferia beber um galão inteiro de leite quente do que ficar na cama, sem fazer nada.

Preferia uma queimadura de terceiro grau no meu pau.

Ou desenvolver uma alergia a amendoim.

— Onde está a Winter? — exigi saber, pegando o copo d'água e bebendo tudo de uma vez.

Ambos permaneceram em silêncio, mas se entreolharam.

O quê? Meu coração começou a martelar.

Will pigarreou.

— Tudo bem, não quero que você surte — ele começou. — Nós vamos cuidar disso. Mas você precisa ficar calmo, beleza?

Ficar calmo? Ela estava no maldito carro no caminho para o hospital. O que aconteceu?

— O quê? — esbravejei, notando Kai acordando assustado à minha esquerda.

Rika e Banks se aproximaram da cama também.

— Ela está… hummm… — Will fez uma pausa, tentando encontrar as palavras.

Mas que porra?

E então ele sorriu, puxou uma cortina para o lado e que escondia outra cama no quarto.

Olhei por cima e vi Winter enrolada em cima da cama ainda arrumada, usando jeans e tênis, mas vestida com o moletom de Will, pelo que parecia.

— Quer que eu a acorde? — ele perguntou.

Balancei a cabeça, vendo a boca dela murmurar alguma coisa.

— Não, deixe-a descansar.

Suspirei, enquanto todos me rodeavam, e desejei que sumissem dali. Isso era patético, e eu queria ir embora. Por que ainda estavam aqui? Banks eu até podia entender, mas o resto?

Estendi a mão e arranquei a atadura cirúrgica e a gaze que cobriam o lado direito do meu abdômen, tentando descobrir quão ruim o ferimento era.

Espiei por baixo da bandagem e avistei uma pequena incisão.

— Três pontos? — eu disse, em voz alta.

Três?

— Não se preocupe, tem muito mais aí pelo lado de dentro — Banks informou. — Dez pontos, para ser mais precisa. Bem viril.

Recostei a cabeça de volta nos travesseiros, contraindo os músculos da barriga para averiguar o nível da dor.

— O ferimento não foi tão grave — Will disse, cruzando os braços à frente. — Ignorá-lo, sim. Você perdeu sangue pra cacete.

— Ainda bem que a Rika tinha o mesmo tipo sanguíneo — Michael alegou.

— É, ainda bem — Kai murmurou.

Quase comecei a rir. Rika doou sangue para mim? Sério?

Olhei para ela, avistando o curativo em seu braço, onde eles devem ter coletado o sangue.

Interessante.

— Você vai dizer "obrigado"? — Michael instigou.

— Algum dia.

Rika riu com sarcasmo.

— Maravilha, agora que você está bem, preciso fechar o *dojo*.

— Eu vou junto. — Kai passou por Banks. — Chegou um inventário lá que preciso dar uma olhada.

— Te vejo em casa — Rika disse a Michael e ficou na ponta dos pés para beijá-lo.

— Também estou saindo — ele comentou.

Kai beijou sua esposa e ele, Michael e Rika começaram a sair do quarto, até que Rika parou e olhou para mim.

— Eu gostaria de dizer que estou feliz por você estar bem — ela disse —, mas ainda estou decidindo.

Dei um sorriso irônico e ela balançou a cabeça, provavelmente mais para si mesma do que para mim.

Eles foram embora, mas Will e Banks continuaram ali; minha irmã agora estendendo uma garrafa d'água para mim.

— Vou arranjar uma comida de verdade para você e pegar algumas roupas — ela disse, sorrindo. — Presumo que não vai ficar por aqui muito tempo.

Com toda a certeza.

— Valeu — agradeci.

Ela se inclinou e fez algo que nunca havia feito antes... Deu um beijo na minha bochecha. Mas, antes que ela pudesse se levantar outra vez, agarrei seu braço e nivelei meu olhar com o dela.

— Eu, hum...

Parei de falar, querendo dizer alguma coisa, mas sem saber o que era.

Antes de ter meus amigos e antes de Winter, Banks se tornou o meu porto seguro. Ela podia me entender, cuidar de mim, e estar lá, sem perguntas ou qualquer expectativa. Ela foi a melhor coisa na minha vida por muitos anos. Eu estava cansado de perturbá-la com todas as minhas tretas.

Eu queria dizer a ela que...

Eu não sabia.

As palavras tinham um gosto de areia na minha língua, mas eu sabia que elas sairiam como algo dissimulado ou antinatural, porque eu nunca disse merda desse tipo, mas...

Finalmente encontrei seu olhar e dei de ombros.

— Você sabe.

Um sorriso sutil atravessou seu rosto lindo e seus olhos começaram a brilhar.

— Sim, eu também te amo — ela disse.

Will fungou ao meu lado, fingindo estar emocionado e gesticulei com meu queixo para ele.

— Deem o fora, os dois — ralhei. — Se mandem daqui.

Ele riu enquanto Banks dava a volta na minha cama e seguia em direção à porta.

— Nós vamos voltar com comida — Will disse, saindo logo atrás dela.

Não era minha intenção cair no sono outra vez, mas, num minuto estava olhando para Winter, ciente da razão de ela ter escolhido se deitar tão longe de mim, ao invés de se aninhar ao meu lado na cama – mesmo aliviado por ela ter decidido ficar –, e no outro...

Que bagunça do caralho. Toda vez que alguma coisa boa acontecia...

Eu precisava levá-la ao Maine. Isolados no meio da floresta, longe de todos, sem Wi-Fi. Talvez, assim, tivéssemos algum tempo.

A cortina foi fechada entre nós, provavelmente por uma enfermeira que não queria acordar Winter, ou me dar privacidade, e eu me sentei na cama, notando uma sacola de papelão em cima da bandeja, além de algumas roupas sobre a cadeira.

Será que Banks e Will já haviam voltado e saído de novo?

Peguei a sacola e a abri. Espiei o que havia dentro e inspirei o cheiro da *piroshki*[8] que Marina fazia e gemi, sentindo o estômago roncar. Enfiei um dos bolinhos na boca e o comi antes de afastar os lençóis e colocar as pernas ao lado da cama.

— Winter — chamei, sem nem me importar em sussurrar.

Ela não respondeu e não vi movimento algum por trás da cortina.

---

8   Piroshky ou Pirozhki são pãezinhos recheados com carne, legumes e vegetais, originários da Rússia. Também são chamados de pasteis de forno russos.

Meu corpo estava doendo pra cacete, mas fiquei de pé na marra e alonguei os músculos para despertá-los.

Estendi o braço e arrastei a cortina para o lado, os anéis se chocando no trilho, mas encontrei a cama vazia.

Onde ela estava?

— Winter? — chamei novamente.

Será que ela estava no banheiro?

Tentei andar, mas os fios atrelados a mim não permitiram. Puxei os fios da tomada, arranquei os eletrodos do meu peito e puxei o acesso venoso na minha mão, sentindo o fio de sangue escorrer e pingar no chão.

— Caralho — murmurei.

Fui até a cadeira e retirei a bata hospitalar, vestindo em seguida o jeans e a camiseta que Banks trouxe, além das meias e dos tênis.

— Winter?

Olhei ao redor, sem encontrar um relógio ou meu celular. Não conseguia me lembrar onde o havia deixado, mas estava escuro lá fora, então deduzi que era tarde. Ou muito cedo.

Caminhei até o banheiro e bati à porta, alongando a coluna e não sentindo mais tanto o incômodo quanto achei que sentiria. Acho que Will estava certo, afinal. Não havia sido tão grave.

Quando não ouvi nenhuma resposta, abri a porta, sem encontrá-la ali dentro também. Abri a porta do quarto e saí pelo corredor, olhando para todos os lados em busca de Winter ou de uma enfermeira.

— Olá? — gritei.

Onde estava todo mundo?

Todas as portas estavam fechadas, o corredor estava às escuras e a única luz que eu podia ver era a da mesa à direita.

Fui até lá, mas encontrei o posto de enfermagem deserto.

— Olá! — gritei, já começando a ficar puto.

Mas que porra? Já era noite, mas deveria haver alguém por aqui.

Sangue escorria do local onde o acesso venoso estava, pingando por entre meus dedos, e quando avistei um carrinho no corredor, com algumas gazes em cima, agarrei e enrolei minha mão, prendendo a ponta final por entre o tecido.

— Ei! — esbravejei na escuridão.

Alguma coisa estava errada.

Passei pelo meu quarto e dei a volta pelo canto em direção aos elevadores. No entanto, assim que fiz isso, alguém me agarrou e me empurrou contra uma parede, cobrindo minha boca com a mão.

Agarrei a gola de sua blusa, prestes a empurrá-lo para longe, mas Rika pressionou o indicador sobre os lábios, silenciando-me.

Will estava atrás dela, ambos espiando pelo corredor de onde eu havia acabado de vir.

Finalmente, ela retirou a mão da minha boca e se afastou.

— Que porra é essa? — sussurrei, exasperado.

— Alguém tentou sequestrar a Alex no *dojo* esta noite — Will informou. — Ela conseguiu lutar contra eles e fugir, mas...

Ele olhou para Rika.

— O que foi? — exigi saber, perdendo a paciência.

— Um deles era o Miles Anderson — Rika disse.

Miles Anderson. *Um deles*. O que significava que havia muitos, incluindo ele.

Não era muito difícil imaginar o motivo de tudo isso. E então me dei conta de tudo.

— Meu pai — eu disse, externando meus pensamentos.

Ela me encarou com medo no olhar.

— Sim, e não consigo encontrar o Michael e...

— E a Winter sumiu — concluí. — Merda. — Passei a mão pelo cabelo e deparei com seu olhar. — Ele sabe.

Ela assentiu em concordância.

— Nós contratamos segurança para ficarem na porta do seu quarto — Will informou. — A gente pode cuidar disso...

— Vá se foder — eu o cortei. — Estamos indo embora agora.

— Você não está bem o suficiente.

— Com quem você acha que está falando, porra? — Eu o encarei. — Vá arejar essa cabeça!

Para clarear as ideias, porque ele só podia estar confuso.

Ele arqueou uma sobrancelha, descontente, mas trocou um olhar perspicaz com Rika e começou a rir.

— É, a gente imaginou isso mesmo.

E então jogou uma mochila preta na minha direção. Eu a abri e encontrei roupas, um casaco e um celular.

Peguei o moletom e joguei a mochila no chão para poder vesti-lo.

— Onde está a Banks? — perguntei.

— Ela e Kai estão com a Alex, conversando com os policiais — Rika informou. — Ela está em segurança. E estão esperando por nós.

— Vocês têm um plano? — Peguei a mochila de novo e procurei o celular, vendo que os contatos de Rika, Will e dos outros já estavam programados.

— Não, essa é a sua praia — ela respondeu.

Minha praia. Então, desde que eu fazia meus joguinhos mentais, ela me achava assim tão bom?

Não quando eu estava sentindo dor, com fome e distraído.

Meu Deus. *Winter.* Se ela se machucasse...

Deslizei o dedo pelos contatos no telefone, querendo ligar para ela, só para ter certeza.

— Damon — Rika disse, enquanto eu deixava a ligação chamar. — Gabriel vai me devolver o Michael, porque ele respeita Evans Crist, e em sinal de boa-fé, mas Alex é descartável para ele. Ela recolheu as informações que estávamos procurando. Se ele a encontrar, vai matá-la.

Eu sabia disso. Sabia muito bem qual era extensão dos nossos problemas, Rika.

Mas ela continuou dizendo:

— E ele sabe que, mesmo que entreguemos todas as provas que reunimos a respeito do acidente do meu pai, somos espertos o bastante para termos feito cópias. Ele quer se assegurar de que não usemos isso. Ele vai manter Winter em seu poder.

— O caralho que vai.

Ninguém atendeu, então desliguei e liderei o caminho até os elevadores. Adrenalina estava correndo por mim, de cima a baixo, e eu mal sentia o incômodo dos pontos agora.

— Ele vai enviá-la para algum lugar distante onde você não conseguirá encontrá-la, e vai fazer sabe-se Deus lá o quê com ela.

— Puta que pariu, Rika! — rosnei, por cima do ombro.

Mas que inferno! Ela estava tentando me matar do coração? Winter estava neste instante com o meu pai. Cada segundo era um risco.

Entramos apressados no elevador e Will apertou o botão para o piso da garagem.

Rika ficou em silêncio por um instante. Quando falou outra vez, sua voz soava calma e suave:

— Assimile tudo isso — ela disse. — Analise tudo. E então, coloque a cabeça no lugar outra vez. Quando fizer isso, diga o que diabos temos que fazer.

Ela estava certa. Eu precisava me acalmar. Não conseguia pensar direito com a minha mente girando em polvorosa como um maldito tornado.

Meu pai devia estar com Michael e Winter em sua casa. Ele não estava tentando escondê-los de nós. Ele queria ver o que tínhamos a oferecer.

Mas Rika estava certa. Na era digital, sempre havia como se garantir. Ele sabia que havíamos feito *backup* de todas as evidências contra ele.

Ele não conseguiu pegar Alex hoje à noite, e não poderia machucar Michael.

Winter era a sua garantia.

Pense.

Negociar era inútil. Eu nunca o deixaria ficar com a Winter.

Nós precisávamos entrar na propriedade, sem sermos detectados, e ele não seria burro o suficiente para cair no golpe da distração com Banks.

Porra, porra, porra...

Minha mente estava conjecturando de um cenário a outro, até que, finalmente, pensei em algo.

— David e Lev — murmurei. — Eles ainda estão trabalhando para a Banks, não é?

Os antigos funcionários do meu pai, que haviam cortado relações, o odiavam, mas conheciam cada pedacinho daquelas terras e das pessoas que trabalhavam com Gabriel. Eles trabalhavam para a minha irmã agora, que também fez questão de roubar a cozinheira do meu pai.

— Sim, quer que eu ligue pra eles? — Will perguntou.

Assenti, enquanto deixávamos o elevador o mais rápido possível, assim que as portas se abriram.

— Diga para nos encontrarem no portão no alto da colina. Diga para levarem alguma comida da Marina. Algo que os homens do meu pai devem sentir falta de comer.

CAPÍTULO 28
DAMON

Dias atuais...

COMO EU SABIA QUE OS CAPANGAS DO MEU PAI FICARIAM DE OLHO NA FLORESTA, por onde escapamos na noite anterior, parecia menos arriscado simplesmente fazê-los abrir o portão dos fundos da propriedade para nós. Com um pouco de sutileza e coragem, de qualquer maneira.

— Obrigado por virem. — Fui ao encontro de David e Lev assim que desceram da SUV.

— Banks nos obrigou — Lev disse, ríspido.

Insignificante.

Ambos costumavam trabalhar para o meu pai, mas agora eram contratados por Kai e minha irmã, para ficarem na casa deles em Meridian. Fazendo o quê, eu não tinha certeza, mas eles ficaram, então devia ter alguma coisa excitante acontecendo por lá.

Gesticulei com o queixo em direção à vasilha que Lev estava segurando.

— O que vocês trouxeram?

Ele abriu a tampa, mas foi David quem respondeu:

— Ela tinha feito um pouco de *vatrushka*[9]. Tem *zefir*[10] aí também.

— Que beleza. — Estendi a mão e roubei um dos doces de marshmallow de frutas e enfiei na boca. O sabor explodiu na minha língua,

---

9 Vatrushka são uma espécie de pasteis de massa doce, com passas ou frutas. Originário do Leste Europeu, parecem muito com as esfihas.

10 Zephyr ou Zefir é um dos doces preferidos dos russos, e aqui no Brasil tem basicamente a mesma composição de suspiros.

fazendo minha boca salivar pra cacete, mas provavelmente devia ser porque eu não comia há dois dias, ao invés de serem tão saborosos.

Embora eles fossem muito bons.

Marina também havia trabalhado para o meu pai, antes de Banks roubá-la na maior cara de pau. Ela e minha irmã eram as únicas coisas das quais eu sentia falta naquela casa, e agora que nenhuma delas estava lá, eu já não tinha nenhuma razão para voltar, a não ser que fosse forçado.

Peguei os bolinhos de *vatrushka*, mal mastigando direito antes de engolir, e liderei o caminho até uma árvore. Olhei em volta, vendo o portão usado para entregas, serviços de buffet e empregados no alto da colina, a cerca de cem metros de distância e iluminado apenas por duas lâmpadas.

Rika parou ao meu lado, soprando as mãos em concha ao redor da boca, para aquecê-las, enquanto Will vestia um moletom e puxava o capuz para cobrir a cabeça.

— Só precisamos que vocês abram o portão — instruí Lev e David.

Se pudéssemos fazê-los sair, eles desligariam as câmeras, já que não iam querer um encontro secreto sendo filmado.

— Então mantenham os caras distraídos, de forma que possamos entrar — Rika acrescentou, prendendo as mãos por baixo das axilas.

— E quando vocês precisarem sair? — David retrucou.

Troquei um olhar com Rika, nenhum dos dois sabendo uma resposta.

— A gente cuida disso mais tarde — falei.

Peguei a mochila do chão e eu, Rika e Will fomos nos embrenhando pela margem da floresta, esperando que as luzes indicadoras das câmeras do circuito interno indicassem que estavam desligadas, para só então nos movermos.

Às nossas costas, ouvi David conversar no telefone:

— E aí?

Ele ficou em silêncio por um instante e riu em seguida.

— Ah, você ainda está bravo por causa disso? — caçoou. — Bom, Lev e eu não estamos aqui como amigos. Viemos com um contrabando. Trouxemos um pouco de *vatrushka*, feito pela Marina. Traga uma garrafa de vodca e a gente fica quite. — Então acrescentou: — Trouxemos um pouco de *zefir* também.

Ele ficou em silêncio, e quando o encarei, vi que havia desligado o telefone e acenava com a cabeça para mim.

Ótimo. Eles conseguiram.

Vasculhei a sacola atrás de um esparadrapo, rapidamente cortando três pedaços e reforçando o curativo por cima dos pontos para que ficassem protegidos. Eu teria sorte se essa porra não se abrisse outra vez antes de a noite acabar.

Fechei a mochila, mas Rika a tomou da minha mão, colocando-a sobre os ombros ao invés de me deixar carregá-la. Pensei em argumentar, mas eu não precisava de outra visita ao hospital, então... foda-se.

Depois de mais algum instante, as luzes desligaram e disparamos, correndo pela estrada de chão, pulando por cima das sebes baixas que margeavam o muro, e nos agachando por trás para esperar a abertura dos portões.

O ar frio e condensado exalava de nossas bocas, e nos grudamos ao muro, apenas aguardando.

Felizmente, a lateral do meu corpo não doía de forma alguma, e eu não sabia se era por causa dos medicamentos ainda percorrendo minhas veias ou pela adrenalina, mas eu só queria entrar logo lá. As malditas ideias da Rika estavam girando pela minha cabeça, e cada segundo que Winter passava naquela casa era...

Cerrei os punhos, tentando me acalmar.

Um profundo rangido cortou o ar, as barras metálicas se chocaram e o portão se abriu, um SUV Chevy Tahoe preto passou por ele, os faróis iluminando a estrada adiante. Eles pararam um pouco mais à frente, a poeira subindo por baixo do carro; as portas se abriram e dois caras desceram, um de cada lado.

Esperei que ambos fossem até a frente, fora da nossa linha de visão, para se encontrarem com nossos caras, mas antes que eu pudesse correr, Rika me segurou.

Sacudi a cabeça, encarando-a com raiva.

Não tínhamos tempo a perder. Mas que porra?

No entanto, foi a vez de ela balançar a cabeça e dar um sorrisinho sarcástico.

— Eu conheço essa tática.

E então seguiu adiante, agachando e correndo até a parte traseira da SUV. O quê?

Will e eu não tivemos escolha. Nós a seguimos, correndo até a traseira enquanto ela abria a porta e entrava no carro.

Dei uma olhada de relance à nossa volta e dentro do veículo para me assegurar de que estava vazio. As luzes internas ainda estavam acesas, já que os homens deixaram as portas abertas, então eles não perceberam quando ela abriu o porta-malas.

Meu Deus. Isso era uma estupidez.

— Parece bom. — Ouvi um dos caras dizendo na frente. — Só ela consegue fazer isso gostoso desse jeito.

Cautelosamente, Will e eu subimos logo atrás de Rika, todos nós abaixados para nos mantermos fora de vista.

— Isso é burrice! — murmurei para Rika.

Ela revirou os olhos e fechou a porta, mas não por completo.

— Experimenta um pouco — alguém disse do lado de fora.

— Está achando que quero te envenenar?

Houve uma pausa, como se David ou Lev estivessem provando um pouco da comida para os homens do meu pai, e então ouvi David perguntar:

— Cadê a vodca?

O carro balançou como se alguém estivesse vasculhando na frente em busca da garrafa contrabandeada.

— Esplêndido — David finalmente disse.

— Os novos patrões são bons demais para o mercado clandestino?

— Pelo menos estou sendo bem alimentado — David resmungou. — E vocês?

O silêncio se prolongou por mais um tempo, até que um dos caras do meu pai perguntou:

— Nesse mesmo horário na semana que vem?

Vamos, vamos, vamos...

O carro balançou abaixo de nós quando os homens entraram, e observei Rika enquanto ela esperava.

Assim que as portas se fecharam com um baque, ela puxou a tampa traseira, mascarando o barulho, e o interior do veículo escureceu quando os homens trocaram a marcha e deram ré.

Soltei um suspiro.

Se isso não tivesse funcionado, eu seria capaz de matar Rika.

Mas deu certo, então... tudo bem, tanto faz.

O carro fez a volta, e ouvi o portão se fechar depois de acelerarmos pela estrada dos fundos da propriedade.

Eram apenas algumas centenas de metros, mas era o meio mais rápido e acabamos atravessando sem sermos detectados. Bom plano.

Assim que o carro diminuiu a velocidade, nos preparamos, e quando os caras desligaram o motor e abriram suas portas, nós deslizamos pela porta traseira, fechando-a silenciosamente outra vez. Nós nos esgueiramos pela lateral da garagem onde meu pai mantinha sua coleção de carros e motos.

— Vai! — sussurrei para Will, deixando-o liderar o caminho até o próximo prédio, que nos possibilitaria uma melhor visão da casa, já que ficava em um dos cantos.

Nós nos escondemos em uma alcova na lateral, dando uma olhada nos arredores. Ouvi a conversa dos homens na oficina, fazendo sabe-se lá o que faziam em seu tempo livre, mas eu sabia que havia outra equipe responsável pela ronda na propriedade.

— E agora? — Rika perguntou.

— O arsenal do meu pai fica na sala — informei aos dois.

— Armas? — ela disse, brava. — Este é o seu plano?

— Você tem um melhor?

— Vamos sequestrá-lo — ela resmungou.

— Hein?

Rika suspirou com impaciência.

— Não temos a menor ideia de onde eles estão ou se realmente estão aqui — explicou. — Depois que tiramos você daqui, não sei se ele acha que escondê-los aqui, bem debaixo do seu nariz, seja genial. A gente pega ele e o usamos como garantia.

Então sequestramos o meu pai – se conseguirmos –, e o escondemos em algum lugar, ameaçando e/ou torturando o filho da puta até que ele entregue o noivo dela e a minha… Winter.

Isso parecia um tempo longo demais para esperar.

— Não tenho a noite toda — eu disse. — Nós devemos pegar algumas armas.

— Isso aí! — Will gargalhou.

Ela rosnou, exasperada.

Começamos a nos mover ao redor da lateral do prédio, mas ela nos puxou de volta.

— Olhem — disse, baixinho.

Levantamos a cabeça e vimos mais alguns homens saindo da casa, levando Winter e Michael a reboque em direção ao carro. Miles Anderson do caralho agarrava um punhado do cabelo dela, forçando-a a entrar numa SUV, com as mãos dela amarradas às costas.

Ela se debatia e gritava, e dei um passo à frente, pronto para matar alguém.

Will me empurrou de volta, no entanto.

— Eles *estão* aqui — ele disse. — Aonde vão levá-los?

— Estão mudando para outro lugar — Rika supôs e olhou para mim. — Eu te disse.

Michael esbarrou em um deles, conseguiu se soltar e avançou em cima do cara, mas bateram em sua cabeça com um bastão e ele caiu de joelhos no chão.

Rika suspirou, sufocando um soluço.

No entanto, eu tinha mais motivo para me preocupar. Winter era muito mais dispensável para o meu pai do que Michael. Ele não mataria o filho de Evans Crist ou um jogador profissional de um time nacional de basquete.

— Precisamos nos apressar — eu disse. — Agora. Vamos voltar para onde estão os carros.

Nem sequer hesitamos. Demos a volta e disparamos pelas árvores, passando pelo jardim em formato de labirinto, minha antiga casa da árvore, e descemos pela pequena encosta de volta ao lugar de onde viemos. O ferimento na lateral do meu corpo começou a latejar, então tentei colocar um peso maior do meu lado direito enquanto corríamos.

Como sairíamos daqui? Porra.

Não havia mais árvores ao redor do muro, e não podíamos escalar a porra do portão. Precisávamos dar a volta para chegar na estrada principal antes que eles desaparecessem.

Mas assim que nos aproximamos, meus pulmões doendo por conta do ar frio, desacelerei por um segundo, notando que o portão ainda não havia sido fechado. Não inteiramente.

Não estava fechado, caralho.

Alívio me inundou, mas não paramos para questionar o motivo. Passamos pela abertura estreita e corremos de volta para os nossos carros ocultos por trás das árvores.

Olhei para trás e reparei que as câmeras estavam penduradas pelos fios, e alguma coisa havia sido alojada nas dobradiças do portão. Dei uma risada silenciosa.

Valeu, caras. David e Lev podiam até me odiar, mas eles sabiam que minha irmã não odiava.

No entanto, o pessoal do meu pai notaria que as câmeras estavam desligadas a qualquer momento, isso se já não tivessem percebido.

Entramos em nossos carros, Rika pulando no antigo Classe G do Michael, e eu e Will em seu SUV. Disparamos pela estrada de chão e eu pisei no acelerador, trocando as marchas com brutalidade enquanto percorríamos o caminho deserto. Liguei os faróis baixos, contando mentalmente os segundos e vendo que Rika seguia logo atrás de nós.

Eles os enfiaram em um dos carros. Teriam que percorrer todo o caminho de acesso da casa até o portão frontal. Só então pegariam a estrada, e, com sorte, não pareciam estar com pressa, logo, não estariam tão à nossa frente. E se eu a perdesse de vista? Para onde meu pai os levaria?

Chegamos à rodovia, sacudindo e derrapando de um lado a outro enquanto eu girava o volante para a direita e pisava o pé no acelerador. Rika deu uma guinada com seu carro, logo atrás de mim, conseguindo controlar a direção novamente e eu mantive os olhos focados na estrada à nossa frente.

Até que as luzes dos faróis de outro veículo surgiram à direita, ainda distantes, e eu imediatamente desacelerei ao perceber que eram eles. Respirei fundo. Nós não os havíamos perdido de vista, já que eles estavam saindo da propriedade somente agora.

Rika derrapou atrás de mim, sem estar preparada para minha freada repentina, e Will teve que se agarrar ao suporte acima da porta.

— Merda! — gritou.

Seu celular, largado no suporte do painel, começou a tocar e visualizei o nome *Rika* na tela. Will atendeu a ligação no viva-voz.

— Fiquem mais para trás — ela instruiu. — Vamos apenas segui-los à distância.

— Eu sei! — resmunguei, irritado.

Ela achava que eu era um imbecil, porra? Se fizéssemos qualquer coisa além, poderíamos colocar as vidas de Michael e Winter em perigo. Nós precisávamos pensar.

Distanciei-me um pouco mais, torcendo para que pensassem que fôssemos motoristas aleatórios na estrada, e continuei seguindo, sem saber ao certo quantos homens havia no carro.

Além de Winter e Michael, provavelmente dois? Os homens do meu pai sempre trabalhavam em duplas.

Mantivemos Rika na linha, enquanto Will procurava seu canivete no bolso da calça. Nós precisávamos dele para cortar as amarras.

Segui o carro pelas propriedades do bairro, passamos pelo posto de segurança do nosso residencial e pegamos a rodovia de volta, mas, ao invés de tomarem a direção de Meridian, como pensei que fariam, fosse lá quem estivesse ao volante virou à direita, rumo ao vilarejo.

Gabriel os queria por perto, pelo jeito.

Engoli em seco algumas vezes, tentando me concentrar.

Eles chegariam em um semáforo em pouco mais de um quilômetro, no centro da vila.

— Você ainda sabe manusear bem aquele pé-de-cabra? — gritei, lembrando que Rika o usou em sua travessura tantos anos atrás.

— Você quer encaixotá-los? — ela sugeriu.

Assenti, mesmo que ela não pudesse me ver.

— Você fica na traseira. Vamos.

Will pulou em seu assento e se inclinou para pegar alguma coisa no banco de trás. Quando voltou ao lugar, lançou para mim um taco de beisebol e minha máscara, enquanto ele mesmo segurava seu pé-de-cabra, já com sua máscara de caveira branca com uma lista vermelha acima da cabeça.

Coloquei minha máscara, tendo esquecido por completo de que não deveríamos mostrar nossos rostos. Havia muita gente nas ruas, e embora eu não desse a mínima se os capangas do meu pai nos veriam, eu não estava a fim de dar sopa para mais alguns vídeos do caralho, já que teríamos que fazer isso na parte mais movimentada da cidade.

Passamos por mais algumas casas, comércios e carros estacionados nas calçadas das ruas, a maior parte da cidade já fechada por esta noite, mas ainda havia gente por ali.

Perfeito.

Os homens de Gabriel estariam menos inclinados a usar suas armas em meio à multidão. Meu pai mantinha seus negócios sujos por baixo dos panos, ainda que a maioria das pessoas soubesse de suas atividades.

O semáforo surgiu à frente, e eles começaram a diminuir a velocidade; em contrapartida, pisei o pé no acelerador para alcançá-los.

— Vai! — gritei para Rika.

Dei uma guinada à esquerda, ela desviou à direita, eles pararam, e demos a volta, derrapando até parar; Will e eu diante do carro deles, e Rika na traseira, de forma que não tivessem como manobrar o SUV.

Sem esperar um segundo a mais, descemos dos nossos carros, máscaras e capuzes a postos, e arrebentamos os vidros de suas janelas.

Os transeuntes que passavam por ali gritaram em choque, mas eu não tinha tempo para me preocupar com eles.

Quebramos os vidros traseiros e enfiamos as mãos por dentro, para destravar as portas, e eu lidei com os caras nos bancos da frente, enquanto Rika e Will agarravam Winter e Michael.

Anderson e o outro cara gritaram e tentaram acelerar o carro, para sair dali, mas estavam presos, então acabaram batendo no meu carro à frente e no de Rika, atrás. Já havíamos tirado todo mundo de dentro antes que eles tivessem a chance de sacar suas armas.

Will cortou as amarras de Michael, que não esperou nem mais um instante. Ele abriu a porta do passageiro no banco da frente e deu um chute na cara do capanga.

Will pegou Winter no colo e a levou para o nosso SUV, enquanto Michael agarrava Rika e corria em direção ao dele.

— Vamos voltar para casa — eu disse a eles. — Vou mandar Crane limpar essa merda.

Rika assentiu, Michael sentou-se ao volante, sangue escorrendo de sua cabeça, e ambos deram ré, fizeram um retorno e passaram por nós.

Entrei no nosso carro, fazendo uma volta e vi Anderson tentando dar partida no carro enquanto passávamos por eles.

Eu estava pouco me fodendo se havia policiais ou se alguém que testemunhou toda a ação havia ligado para eles. Eu não pararia até que ela estivesse a salvo.

Olhei para Winter, sentada no colo de Will enquanto ele cortava suas amarras, e rapidamente passei uma olhada pelo seu rosto e suas roupas. Ela ainda vestia o mesmo jeans ensanguentado de ontem, coberto com o meu sangue, e o moletom de Will. Não parecia ferida, exceto por um filete de sangue que escorria de seu lábio, e nada parecia rasgado, como se ela tivesse se envolvido em alguma luta. No entanto, seu rosto angelical e o cabelo platinado davam a impressão de que esteve a noite inteira em um ringue. Seus olhos estavam vermelhos ao passo que a preocupação e irritação turvavam seu rosto. Era nítido que ela estava aterrorizada.

Como diabos isso aconteceu? Eu não tinha dormido por tanto tempo assim no hospital. Eles não ficaram com ela por muito tempo, certo? Meu Deus, se algum deles a tiver tocado...

Liguei rapidamente para Crane através do celular de Will.

— Alô? — ele atendeu.

— Pegue qualquer um dos caras que restam aí e instalem-se em St. Killian — ordenei. — Chegaremos lá em breve.

— Sim, senhor.

Eu não tinha certeza se meu pai continuaria pagando o seu salário, mas se não, eu sabia que ele não diria a eles onde *nós* estávamos indo.

— Você acha que Gabriel vai até lá? — Will sondou depois que encerrei a ligação. Ele ainda mantinha Winter aninhada em seu colo.

Neguei com um aceno de cabeça.

— Não. Ele vai levar um tempo até reagrupar seus homens. Porém, mais cedo ou mais tarde, ele vai aparecer, e precisamos estar preparados.

— Tem alguém atrás de nós? — Winter perguntou, respirando com dificuldade outra vez.

Chequei o espelho retrovisor, enquanto Will olhava por cima de seu ombro.

Faróis brilhantes iluminaram a escuridão à medida que deixávamos o vilarejo, seguindo em nosso encalço.

— E estão vindo rápido — Will disse.

Como ela sabia disso?

Pisei o pé no acelerador, disparando colina acima, as árvores sombrias pairando em ambos os lados da estrada.

— Eles te machucaram? — perguntei e olhei para Winter.

Ela balançou a cabeça.

— Apenas me assustaram.

Will segurou seu queixo, inspecionando o lábio partido.

— Anderson fez isso?

— Acho que sim.

Passei na maior velocidade pelo posto de segurança, sem nem ao menos me incomodar em parar quando o guarda ergueu a cabeça, assustado. Ele era contratado pelas famílias em nossa comunidade residencial, não pela polícia. Ligaria para a associação para informar algum problema antes de chamar os policiais.

Virei o volante, fazendo uma curva acentuada, mas segui em frente, o carro atrás de nós colado e chocando-se contra a nossa traseira.

Winter ofegou, e fomos arremessados para frente; Will a segurou com mais firmeza e apoiou a mão sobre o painel. Passei por outra curva, acelerando.

— Não, pegue o atalho! — Will gritou.

Virei o volante à direita, lembrando que St. Killian ficava logo depois de um pequeno rio incrustado na floresta. Havia uma ponte que ligava este trecho com a atual residência de Michael e Rika, por onde podíamos evitar todas as estradas sinuosas.

Iríamos mais rápido sem todas aquelas curvas.

Anderson passou por nós, mas ouvi seus pneus cantando no asfalto quando freou na estrada acima, enquanto disparávamos em direção à ponte o mais rápido que podíamos.

Pressionei minhas costas ao banco, estendi o braço que segurava o volante, e foquei o olhar na estrada, checando o retrovisor a todo instante.

Meu sangue fluía acelerado, e se não estivesse tão preocupado com ela, poderia até mesmo estar me divertindo. Claro que eu não teria fugido. Eu teria matado aquele filho da puta bem ali, na praça da cidade. Só que eu queria simplesmente tirá-la de lá.

Faróis iluminaram meu espelho retrovisor e o carro nos alcançou outra vez, colado na traseira.

Pisei o pé e contraí cada músculo do meu corpo.

— Segurem-se! — gritei.

O carro acertou nossa traseira, e a adrenalina fervilhou por cada um dos meus membros enquanto eu tentava fugir deles.

Olhei para Winter e disse:

— Estamos quase lá.

Ela abriu a boca para dizer alguma coisa, mas o carro bateu em nossa traseira outra vez, lançando nossos corpos para frente.

— Filho da puta! — rosnei.

Eles nos acertaram de novo. Segurei o volante com ambas as mãos, tentando estabilizar o carro.

E então mais uma vez.

Winter começou a ofegar, apavorada, com um braço ao redor do pescoço de Will e o outro apoiado no painel.

Eles nos atingiram novamente.

— Segurem-se — eu disse aos dois.

A ponte surgiu logo adiante, e pisei o pé, correndo na maior velocidade, mas ainda vendo os faróis de Anderson na nossa cola.

O rio escuro e sombrio pairava logo abaixo de nós, dividindo-se à esquerda e direita; os pneus subiram a guia de concreto, fazendo o carro oscilar.

Anderson acelerou, nos acertou outra vez, mas antes que eu tivesse tempo de recuperar o controle, ele passou pelo nosso carro e atingiu o meu lado do SUV.

— Puta que pariu! — esbravejei.

Perdi o controle do volante e o carro girou; pisei nos freios, mas então... lá estava ele – os faróis bem na nossa frente.

Will gritou, envolvendo os braços ao redor do corpo e da cabeça de Winter, e batemos contra a grade, os pneus traseiros derrapando pela lateral da ponte à medida que o SUV de Anderson ficou com os pneus dianteiros à margem também. Winter gritou quando o carro balançou.

Houve apenas um momento, onde meus olhos se conectaram ao rosto dela, e então ambos os carros começaram a deslizar para baixo. Estendi o braço em sua direção e segurei sua mão, puxando-a para os meus braços, prendendo-a com firmeza enquanto tombávamos de lado, em uma queda livre até o rio.

Puta merda!

O carro despencou e caiu na água, meu pescoço estalou e o mundo inteiro ficou de lado à medida que minha cabeça nadava.

Mas que porra?

Ouvi Winter me chamar.

— Damon? — ela gritou, tocando o meu rosto. — D... D-Damon, acorda. Acorda!

Fechei os olhos com força, levantando a cabeça e virando a cabeça de um lado ao outro, sentindo dor no pescoço, antes de abrir os olhos outra vez.

Eu desmaiei? *Merda.*

Winter estava sentada no meu colo, o nariz colado ao meu, chorando, mas me beijando assim que sentiu que eu me movia.

Grunhi de dor, esfregando o pescoço, e olhei para Will, vendo-o puxar a maçaneta da porta e lançar o corpo contra ela.

Levou apenas um segundo para registrar o que havia acontecido, mas então olhei para cima, para o para-brisa dianteiro, e vi o que nos cercava.

O maldito rio. Jesus Cristo.

— Você está bem? — perguntei a Winter.

— Sim.

Olhei ao redor, vendo o carro afundar cada vez mais à medida que a água se infiltrava pelas aberturas e pelo painel, já submerso pela metade.

Porra.

O rio fluía acima do teto enquanto o carro mergulhava de frente primeiro, e olhei pela janela, sem detectar qualquer sinal de vida no carro de Anderson. O SUV deles flutuava de cabeça para baixo, afundando lentamente.

Winter saiu de cima de mim e eu puxei a maçaneta da porta do meu lado, seguindo o exemplo de Will e usando meu corpo para forçá-la a abrir. A água turva corria selvagem, começando a cobrir as janelas e escoar para o interior do veículo. E eu empurrei uma e outra vez, mas a maldita porta não se abria.

Passei por cima do meu banco, tentando chegar até as portas traseiras e chutei os vidros das janelas. Winter foi de porta em porta, tateando pelo caminho até as janelas, apertando botões, enquanto Will pegava o bastão de beisebol e tentava arrebentar os vidros.

— Acalme-se por um segundo! — gritei com ele.

Nós estávamos submersos agora. Se ele quebrasse o vidro, a água entraria no carro mais rápido ainda, e nós precisávamos de um minuto.

Forcei meu corpo contra a porta traseira com tanta força que senti meus músculos queimando.

Porra, porra, porra, porra... Pense.

Puta que pariu.

Meus joelhos estavam trêmulos quando voltei para o banco da frente, atravessando a água gelada e segurando Winter, que já estava mergulhada até o peito e tremendo de frio.

Respirei sobre seus lábios, tentando aquecê-la da melhor forma que podia.

— Tem cerca de duzentos e setenta quilos de pressão contra as portas e janelas nesse exato momento — eu disse a ela. — Assim que a pressão estabilizar, conseguiremos abrir as portas.

— Q-quando... qu-quando... — ela gaguejou, tremendo — Q-quando estabilizar?

A água estava me congelando por dentro.

— Quando o carro... se encher totalmente... com a água.

— Se ele ficar cheio d'água, não vamos conseguir respirar! — Will gritou, subindo pelo seu assento, suas roupas e cabelo já encharcados. — Nós não temos que esperar essa porra encher!

Ele vacilou, olhando de um lado ao outro, enlouquecido, em busca de uma saída.

— Damon, cara... — Ele ficou imóvel, quase hiperventilando à medida que a água subia até o nível dos nossos peitos, lentamente engolindo o carro. — A gente t-tem que... tem q-que sair daqui. Não c-consigo... não p-posso...

Ele tateou o teto, procurando por qualquer alternativa viável, ofegando cada vez mais.

Eu me virei para ele, segurando seu rosto entre minhas mãos.

— Apenas respire — eu disse a Will. — Confie em mim. Nós vamos sair daqui.

Seu olhar encontrou o meu, o desespero ameaçando dominá-lo quando seu queixo tremeu.

— Por favor, não... — implorou. — Por favor, não me deixe.

Cerrei a mandíbula, sentindo a vergonha me assolar por conta de tudo o que permiti que Trevor fizesse com ele. A forma como o abandonei.

Eu nunca teria conseguido viver com isso, se algo tivesse acontecido com ele naquela noite.

Segurei sua nuca e recostei minha testa à dele.

— Eu nunca faria isso — prometi.

Virei-me para Winter, segurei sua mão e fiz com que ela enrolasse os dedos ao redor do meu cinto.

— Não solte de jeito nenhum — ordenei.

Ela acenou com a cabeça, apavorada e com os olhos lacrimejantes. O carro gemeu sob o peso da água que o enchia cada vez mais à medida que afundávamos nas profundezas do rio, e eu a levantei para cima, para que pudesse respirar o máximo possível.

— Diga que me ama — ela sussurrou. — Diga.

Olhei para ela, cansado pra caralho da nossa falta de sorte. Nós não íamos morrer. Eu não diria aquele tipo de merda para ela como se não fosse ter a chance de dizer mais tarde. Ela poderia esperar, porra.

Segurei-a bem perto de mim, nariz com nariz.

— Algum dia — caçoei, tentando soar animado.

Ela deu uma risada entre um soluço, e tudo o que eu mais queria naquele momento era tê-la de volta na garupa da minha moto, como naquela noite onde prometi que lhe mostraria o vermelho algum dia. Mesmo quando menti para ela naquela noite, ainda assim, era melhor do que isso.

Ela agarrou meu cinto, meu coração martelando no peito, e Will e Winter ofegavam quando todos puxamos o último fôlego de ar. Empurrei-nos para cima, tentando respirar; Will já engolia um monte de água, tossindo e cuspindo, e então, estávamos submersos. Ele se debatia em desespero.

Merda.

Eu não podia perder mais tempo. Com Winter segurando meu cinto, fui em direção a uma das portas traseiras e empurrei, mas, ainda assim, não cedia. Puxei o pino para me assegurar de que não estava travado, e coloquei todo o peso do meu corpo contra a porta.

Winter se segurou firme, calma, mas pude ouvir a agonia de Will dentro d'água, porque ele não conseguiu puxar fôlego suficiente antes de submergirmos, e eu não sabia por que razão a porta do caralho não estava abrindo.

Vamos lá.

Minhas mãos tremiam muito, e eu estava começando a perder o controle. Eles iam morrer por minha causa. De novo.

Por favor.

Empurrei a porta.

Por favor. Por favor, por favor...

E então empurrei mais uma vez.

E ela abriu como num passe de mágica.

Fiquei tonto por um segundo, tentando descobrir se estava imaginando aquilo ou não.

Ah, puta merda. Obrigado, Deus.

Mergulhei no rio, levando Winter comigo e estendi o braço para dentro do carro para agarrar Will.

Ele esperneou e começou a nadar para fora, lutando para chegar à superfície, e eu o segui, tirando a mão de Winter do meu cinto, mas sem soltá-la enquanto nadávamos.

Todos nós chegamos juntos à superfície, sentindo o vento noturno e tossindo, cuspindo, arfando em busca de ar. A água gélida pinicava como milhões de agulhas na pele, mas pelo menos eu não conseguia sentir dor no ferimento. Um sofrimento de cada vez.

Nós precisávamos sair da água. Procurei pelo carro de Anderson e seu parceiro, mas não consegui ver nada. Não havia mais ninguém à superfície do rio. Ele estava no fundo.

Havia desaparecido.

Já vai tarde.

— Você consegue nadar? — perguntei a Winter. Ela esteve na piscina com Will, mas não era assim tão funda.

— Sim — disse, engasgando. — Vou atrás de você.

Nadei de lado, escolhendo o que não estava ferido, em direção à margem do rio, olhando para ela, às minhas costas, para garantir que estivesse seguindo o som dos meus movimentos na água.

Will nadava ao meu lado, a corrente nos puxando, mas demos boas braçadas até conseguirmos sentir o banco de areia abaixo dos pés. Meu corpo estava exausto.

Chegamos à margem, rastejando por cima da vegetação, respirando com dificuldade e sentindo o alívio me inundar quando desabei no chão.

— Caralho, a gente conseguiu — arfei.

Winter agarrou minha perna, pegando impulso para subir.

— Não podemos ficar aqui — ela disse, a voz trêmula. — Precisamos de a-algum lugar... quente.

Rolei sobre o meu corpo, grunhindo de dor e agonia, e eu precisava de dez mil coisas nesse exato instante, mas estava feliz pra caralho por termos chegado aqui. Levantei a cabeça e olhei para cima, avistando uma única luz espreitando por entre as árvores, e...

Eu simplesmente sabia onde estávamos.

St. Killian.

CAPÍTULO 29
DAMON

Dias atuais...

Cambaleamos em direção à catedral, congelando e cobertos de sujeira; Will engatinhou por uma pequena ravina e eu o segui, com Winter logo atrás de mim.

Meu Deus, eu estava congelando.

Não dava para saber se meu pai já havia tomado conhecimento de que resgatamos Michael e Winter, ou se havia alguém em nosso encalço, mas precisávamos nos abrigar imediatamente.

Nossas respirações formaram um vapor no ar, nossas roupas grudavam-se à pele, mas continuei em frente.

Nós estávamos quase lá.

Will estava cabisbaixo, prestes a colapsar, mas era como se estivesse possuído, quase como se ele estivesse tentando fugir de alguém enquanto se arrastava.

No entanto, ao invés de nos dirigirmos à St. Killian, Will desviou o caminho para o que se parecia uma caverna.

Espreitei de perto, em meio à escuridão, vendo uma alcova incrustada no solo, abaixo de uma árvore. Como se fosse uma espécie de túnel.

O que era aquilo?

Nós o seguimos e eu parei bem atrás dele, segurando Winter bem perto de mim – que tremia incontrolavelmente –, vendo-o digitar um código em um painel.

Assim que a porta se abriu, nós entramos.

Will seguiu adiante, tirando o moletom e a camiseta e largando tudo pelo corredor; eu fechei a porta e segurei a mão de Winter.

Olhei ao redor, levando apenas dois segundos para deduzir que estas eram as antigas catacumbas no subterrâneo da igreja. Eu sabia que havia outra entrada, mas, pelo jeito, Michael e Rika instalaram uma porta apropriada e mais segura.

Da última vez em que estive aqui, era só rocha e sujeira, mas notei que agora havia um piso de madeira polido, as paredes de pedra haviam sido restauradas e decoradas; candeeiros estavam em ambos os lados do corredor, as lâmpadas dando um brilho misterioso ao lugar.

Segui Will e todos acabamos entrando em um imenso banheiro revestido de pedras. Ele rumou para um chuveiro, enquanto eu me dirigi a outro.

Abrimos as torneiras das duchas em cascata, a água quente formando o vapor na mesma hora, e então fui até Winter para ajudá-la a se livrar do moletom à medida que ela retirava os sapatos e as meias.

Cerrei meus punhos para combater o frio, tirando o casaco e a camiseta também.

— Caralho — grunhi baixinho, colocando-a debaixo da água morna.

Will se encolheu, tremendo, parecendo muito pior agora que a água jorrou sobre ele.

O que havia de errado?

Agarrei-o por baixo dos braços.

— Vamos, cara, sente-se aí.

Ele tentou se levantar, mas suas pernas não cooperaram, e acabou caindo sobre mim, derrubando-nos no chão. E eu simplesmente não conseguia me levantar mais. Desisti, já sem força alguma.

Ficamos ali sentados contra a parede, as costas de Will recostadas contra o meu peito e sua cabeça repousada no meu ombro enquanto a água nos encharcava. Meu jeans estava grudado na pele, mas o calor começou a se infiltrar em meus ossos, e a cada minuto, eu me sentia um pouco melhor.

Will tremia, no entanto, seu joelho balançando para cima e para baixo, em pequenos espasmos. Passei meus braços ao redor do seu corpo, tentando ajudá-lo.

— Nós estamos bem — eu disse. — Apenas respire.

Mas ele gemia como se estivesse agonizando, e comecei a esfregar seus braços, para fazer o sangue circular mais rápido ou algo assim. Qualquer coisa. Ele estava frio como gelo e longe de se acalmar.

Mas que diabos?

— Will, você está bem? — Winter perguntou.

— Ele está se tremendo todo — informei. — Venha aqui.

Ela se sentou no chão, seguindo o som da minha voz e engatinhou até onde estávamos; segurei seu braço e puxei-a para que ficasse em cima dele, como se estivéssemos fazendo um sanduíche dele.

— Vamos tentar aquecê-lo — instruí.

— Você está seguro — ela disse, montando em seu colo e esfregando seu peito.

— Eu quase me afoguei — ele soluçou, arfando. — De novo.

— Ssshhh — eu o tranquilizei, segurando-o com força, porque era tudo o que podia fazer.

Não havia nada que pudesse apagar a merda que fiz, apenas odiar a mim mesmo, já que eu fiz tudo aquilo com ele.

Eu não tinha certeza se Winter sabia do que ele estava falando, mas ela apenas o segurou firme, sem dizer nada.

— Achei que alguma coisa estivesse me perseguindo, cara. — Ele não conseguia parar de tremer. — Como se fosse apenas uma questão de tempo.

Segurei o rosto de Winter com uma mão e o de Will com a outra, mantendo-os juntos.

— Não consigo parar de tremer — ele disse. — Porra, estou com muito frio.

— Está tudo bem. — Firmei meu abraço, sem saber o que fazer para ajudá-lo.

Ele não estava bem. Longe disso. Rika estava certa.

Ele estava descendo por uma espiral do caralho. E eu duvidava que alguém soubesse a dimensão da bagunça em sua mente.

Winter levantou a cabeça.

— Feche os olhos — ela disse, apoiando as mãos em seu peito. — Feche por apenas um minuto. Estamos aqui com você.

Espiei para ver se ele havia feito o que ela pediu.

— Estamos com você — ela sussurrou outra vez. — Nós somos seus. Não vamos te deixar.

Ela recostou a testa à dele, segurando-o forte; sua outra mão repousava na minha coxa. Ela inspirava profundamente, acalmando-o com sua voz suave:

— Damon está às suas costas — ela disse —, e eu estou à frente. Você pode sentir o ritmo de nossas respirações. Apenas sinta.

Eu fiz o mesmo, inclinando a cabeça para trás e fechando os olhos, concentrado apenas em nossos corpos.

— Inspire. — Ela puxou o ar profundamente. — Expire.
Will estremeceu, mas ele ao menos estava tentando.
Inspire.
Expire.
— Devagar, Will. — Ela expirou. — Bem devagar.
Seus dedos apertaram minha coxa, alertando-me de sua presença, e eu acariciei seu braço enquanto todos mantínhamos nossos olhos fechados, tentando nos acalmar.
— Está sentindo? — ela perguntou a ele. — Sinta o corpo de Damon atrás do seu. E sinta o meu à sua frente.
Os tremores de Will começaram a diminuir, seu peito subindo e descendo, todos focados em cada respiração sincronizada.
— Inspire — ela orientou. — E expire.
Nós expiramos, nossos corpos moldados juntos e se movendo como uma unidade.
Inspire...
Expire...
— Devagar — ela sussurrou. — Respire lentamente, comigo.
Ele a envolveu em seus braços, e ficamos ali sentados, entrelaçados e aquecendo-nos; Rika e Michael provavelmente estavam andando de um lado ao outro lá em cima, imaginando o que devia ter acontecido conosco.
Meu telefone e o de Will estavam no fundo do rio nesse exato instante. Eu não conseguia ir lá em cima, porém. Não tinha forças e nem queria me mover.
— Inspire e expire — ela entoou.
Deslizei a mão pelas costas dela, percebendo que sua camiseta estava um pouco erguida e que a mão de Will estava enfiada por dentro; não acariciando, mas apenas buscando calor.
— Seja lá o que estiver atrás de você, está falhando — eu disse a ele. — Você não está fodido. Você é o mais forte de nós todos, porque você sobreviveu ao pior.
Eu fracassei em destruí-lo. Miles Anderson fracassou. Dois anos e meio na prisão também. E a vadia que o tratou como lixo no ensino médio, e que ainda fazia morada na sua cabeça, também fracassaria.
Esfreguei as costas de Winter, e comecei a acariciá-la com o meu polegar.
O som de sua voz e da água da ducha nos embalava em um estado de puro relaxamento, tudo se acalmando, aquecendo e parecendo tão gostoso, que eu só queria mais disso. Nós acariciávamos a pele dela, devagar,

mas minha mão começou a esfregar com mais força, tornando-se mais exigente e em busca de um contato físico maior.

Minha mão resvalou até sua bunda. Eu precisava sentir o que era meu. Sentir absolutamente tudo o que me pertencia, bem aqui.

— Todos nós passamos por um monte de merda — Will disse.

— Põe merda nisso — acrescentei.

E nada parecia mais gostoso do que estar segurando tudo o que eu mais prezava no mundo inteiro, exatamente aqui.

Will e eu continuamos acariciando a pele dela, exigindo muito mais à medida que nossas respirações aceleravam. Ela tentou levantar a cabeça, mas acabou tombando novamente, afundando-se no peito de Will e arqueando as costas ao nosso toque.

— Meninos... — implorou.

No entanto, ela não conseguiu dizer mais nada.

Will tirou a camiseta dela, deixando-a apenas de sutiã, e eu segurei seu rosto lindo, acariciando sua pele. Ela inclinou a cabeça, cedendo ao nosso toque em seus braços, seu pescoço, suas costas.

Então passou os dedos pelos braços de Will, e o senti suspirar e relaxar contra o meu corpo quando a mão dela saiu de seu braço e acariciou o meu, seu toque percorrendo toda a extensão.

Nós nos emaranhamos em uma teia de braços e mãos; as nossas sobre o corpo dela, as dela sobre o nosso, retribuindo o afeto à medida que Will ia de um frenesi ao outro enquanto a ducha da água afogava o mundo lá fora.

Ela arqueou a coluna, segurando o rosto de Will, mas me beijando; um beijo lento e profundo, provocando-me com sua língua, e o único som que se podia ouvir naquele chuveiro era o de nossas respirações.

Segurei seu rosto com a mão e a bunda com a outra, e puxei-a contra mim, esquecendo que Will estava no meio. Ao invés de se afastar, ela se esfregou contra ele, que acabou soltando um longo gemido quando suas virilhas friccionaram e o deixaram com tesão.

Winter congelou, seus lábios pairando sobre os meus, parecendo estar chocada a princípio, até que um gemido escapou de sua boca.

Eu a observei, sentindo seu corpo entre minhas mãos, e beijei-a com sofreguidão, partindo para cima dos dois enquanto meu coração martelava e minha virilha avançava para a frente, quente e necessitada.

Tudo o que eu possuía estava aqui. Tudo. Eu não os deixei desaparecer. Eles estavam aqui. Agarrei um punhado de seu cabelo. Minha.

Puxei o corpo dela contra o dele outra vez, chupando e mordiscando seus lábios; a boca de Will tomou o pescoço de Winter, e ele a envolveu mais apertado em seus braços, como se ela fosse seu salva-vidas, e nós três nos tornamos uma bagunça de mãos, mordidas e amassos.

Will chupou o mamilo dela por cima do sutiã, enquanto ela rebolava os quadris contra os dele, desesperada, transando com ele por cima do jeans.

Ele agarrou os quadris dela, inspirando por entre os dentes entrecerrados e ajudou-a a se mover.

— Não a faça parar — ele disse, rangendo os dentes. — Não pare.

Ela apoiou a mão na parede às minhas costas, segurou meu rosto com a outra enquanto nos beijávamos, e transava a seco com ele. Mas então ela gemeu e se afastou, subindo por cima dele para ficar de pé, de repente.

O qu...

Meu sangue congelou, e Will mal era capaz de respirar, ambos agonizando e de pau duro, só esperando por ela.

Merda, o que eu fiz? Será que ela se apavorou?

Fechei os olhos, recostando a cabeça na parede.

— Está tudo bem — eu disse a ela, olhando para cima. — Sei que sou ferrado da cabeça. Pode ir.

Meu Deus. O que eu estava fazendo?

Pareceu tão gostoso ter os dois aqui comigo, nos meus braços, e eu sabia que Will sentia o mesmo. Depois de tanto tempo, de tanto ódio...

Mas ela balançou a cabeça.

— Eu não quero ir.

Então por que ela saiu?

Caramba, ela era linda. Com um corpo molhado que poderia matar qualquer um.

E eu a queria pra caralho.

Por que ela não estava aqui?

Até que a vi desabotoar e retirar a calça jeans, descartando a peça molhada no chão.

Ela esticou o braço às costas e soltou o fecho do sutiã, movendo o cabelo molhado por cima do ombro, os seios empinados e cheios agora me encarando. Will e eu congelamos, apenas olhando para ela.

Macia e brilhante. Molhada e trêmula.

Meu pau inchou, e encarei sua calcinha vermelha de renda, ciente de quão gostosa ela era por baixo daquele tecido.

Não pude conter o sorriso que se formou no meu rosto quando me inclinei contra o Will e sussurrei em seu ouvido:

— Está vendo aquela merda ali? — rosnei, ambos focados no triângulo que cobria a boceta de Winter.

Ele arfou.

— Você fica do lado de fora — ordenei.

Ele riu, seu tom debochado mostrando que havia voltado ao seu velho eu:

— E se eu não ficar?

— Então pode ser que você realmente morra essa noite.

Ele gargalhou e eu o empurrei para poder me levantar.

Fui até ela e levantei-a, colocando-a por cima do meu ombro e dando um tapa em sua bunda.

Ela ofegou de susto.

— Desliga esse chuveiro — eu disse a Will. — Vamos para a cama.

CAPÍTULO 30
WINTER

Dias atuais...

Nós quase morremos. Uma hora e meia atrás, estávamos afundando no rio, e eu só queria segurá-los e tocá-los, e nunca mais soltá-los esta noite, para que só sentíssemos o que havia de bom neste momento.

Isso era tudo o que eu queria. Eles em segurança, que Damon soubesse que eu estava firme ao seu lado, e que Will soubesse que era nosso. Nós o havíamos reivindicado, e nunca o deixaríamos cair.

Damon me jogou na cama, meu corpo se agitando com algo inexplicável, e veio por cima de mim, seu jeans molhado roçando contra a minha calcinha e me deixando louca.

Ouvi alguém fechar a porta do quarto, e Damon estava tão excitado quanto eu, sem aguentar esperar nem mais um segundo. Ele desabotoou o jeans, arrastou minha calcinha para um lado e abriu minhas pernas, penetrando-me e embainhando seu pau até o talo.

Gemi alto, seu comprimento tocando profundamente lá dentro e enchendo-me de um jeito tão gostoso que tudo o que consegui fazer foi cravar os dedos em seus ombros.

Ele grunhiu, apoiando o peso do corpo em uma mão e enfiando a outra por baixo da minha bunda enquanto me fodia, bombeando os quadris entre minhas pernas tão duro e tão rápido, como se ele estivesse possuído.

— Damon — arfei, rebolando meus quadris de encontro aos dele.

Inclinei a cabeça para trás, sua boca devorando meu pescoço, e ouvi o som de roupas caindo no chão. Provavelmente Will, livrando-se do jeans.

— Caralho, isso é sexy — ele disse, de algum lugar perto da cama.

Gemi, meus seios balançando para cima e para baixo com a força de suas estocadas, e a carne sensível dos meus mamilos passou a ansiar pela sua boca.

Damon grunhia enlouquecido, arremetendo com força, e eu adorei cada segundo. Eu queria ser fodida com aspereza nesse exato instante.

Desenfreado.

E então ouvi a voz de Will perto do meu ouvido assim que ele subiu na cama.

— Qual é a sensação? — sussurrou.

Virei a cabeça, sentindo seu hálito sobre meus lábios.

— Grosso — gemi. — Dói de um jeito tão gostoso.

Segurei-me aos quadris de Damon quando a boca de Will pairou sobre a minha.

— Você está molhada por ele? — ele perguntou.

— Hummm-hummm...

— Você tem um corpo fantástico, garota. — Ele inspirou por entre os dentes cerrados.

E então sua língua cálida lambeu meu lábio, e um calor súbito se espalhou pela minha barriga, fazendo o meu clitóris latejar ainda mais.

— Quero brincar com você — ele sussurrou. — Deixe-me tocar a sua boceta.

Comecei a ofegar, quase desejando chorar, porque as sensações eram intensas demais, e eu queria sentir tudo, mas estava ficando zonza com a velocidade com que Damon se impulsionava contra o meu corpo, fodendo-me gostoso.

Will cobriu meus lábios com os dele.

— Deixe-me te tocar, porra.

Assenti.

— Eu vou tocá-la, cara — ele avisou o amigo.

Damon ficou em silêncio, e eu deslizei minhas mãos pelo seu peito, sentindo seu corpo se mover em instinto para tomar o que necessitava. Eu queria sentir isso para sempre.

Eu o queria para sempre.

Queria manter este lugar onde pudéssemos nos esconder em nossos lugares sombrios e sentir tudo aquilo que não compreendíamos. Medo irracional e declínio. Perigo, fúria, calor e necessidade.

Tão intensos que é como se você fosse um animal.

Preto e vermelho.

E debaixo da terra, por trás de uma porta fechada, neste quarto, nós deixamos acontecer. Simplesmente nos entregamos.

— Ah, caralho... — Will grunhiu um gemido quando acariciou meu clitóris.

Seus lábios macios brincavam com os meus, apenas acariciando e provocando, enquanto seus dedos me atormentavam, esfregando meu nó, enquanto seu amigo me fodia.

Arfei e gemi, o hálito quente de Will se misturando ao meu, e fechei os olhos, procurando por Damon, segurando-o contra mim e impulsionando meus quadris de encontro aos dele e ao toque simultâneo de Will.

O desejo cresceu por dentro, minha respiração arfante à medida que eu ficava mais excitada e desesperada. Estava quase lá. *Eu* estava quase lá. Will mergulhou a língua na minha boca, reivindicando meus lábios em um beijo profundo, e fiquei pensando se Damon estava nos observando. O que ele estava vendo? Será que ele gostava?

Eu podia sentir seu olhar sobre nós.

Então ouvi o som de sua voz, profunda e áspera.

— Vocês dois... — ele disse, soando como uma ameaça. — Estão me deixando com mais tesão ainda.

E desacelerou as estocadas, ambos desfrutando de cada pedacinho do seu corpo que estava enfiado tão profundamente no meu, e abaixou-se e tomou meu seio em sua boca.

Arfei, mas a boca de Will se afastou da minha e foi parar no meu outro seio, ambos chupando os mamilos. Enfiei meus dedos por entre os fios de seus cabelos — o de Damon mais comprido e sedoso, o de Will mais curto e espesso —, enquanto eles me beijavam, mordiscavam e mordiam. Inclinei a cabeça para trás, arqueando as costas para aprofundar o toque de suas bocas em meus seios.

Minha nossa, ter os dois me beijando ao mesmo tempo...

Damon então veio de encontro à minha boca e me beijou, duro e intenso, e afundou o rosto no meu pescoço, depositando uma trilha de beijos pela minha pele quando Will reivindicou meus lábios outra vez. Mergulhei no sabor da boca de Will, segurando Damon contra mim, até que ele puxou meu queixo na direção dele, de forma que pudesse beijá-lo novamente. Um após o outro, eles alternavam entre chupar minha pele e beijar minha boca.

Damon devorou meus seios novamente, e Will consumiu meus lábios, só para que o amigo pudesse estocar dentro de mim outra vez, para exigir minha boca de novo, agarrando um punhado do meu cabelo.

Eu estava sem fôlego e tonta, perdendo a noção de quem era quem.

— Sexy pra caralho — Will disse —, vê-lo te foder sem camisinha.

Abri mais ainda as pernas, querendo que Damon tivesse tudo.

— Ele disse que eu não posso te foder — ele sussurrou no meu ouvido —, mas você vai sentir o meu pau hoje à noite, Winter.

Gemi, mal conseguindo respirar, porque eu queria isto aqui com eles dois. Ambos em meus braços e a sensação avassaladora em cada um dos meus sentidos, porque eu precisava disso.

Mas era intenso demais. Era muito.

Damon saiu de dentro de mim, e só tive um instante para me dar conta do que ele estava fazendo, antes que estivesse comendo a minha boceta. Will afastou a mão e a deslizou pelo meu corpo, chupando e me beijando.

Minha respiração vinha em arquejos enquanto Damon mordiscava e me provocava com sua língua, e prendi o fôlego por um instante, quando senti o desejo se avolumar.

— Não pare — implorei. — Eu amo o que você está fazendo comigo.

Ele me comeu, chupando com força, e não consegui mais segurar.

O orgasmo explodiu, espalhando-se por todo o meu corpo, e comecei a tremer, segurando sua cabeça contra mim à medida que ele chupava meu clitóris.

— Ai, meu Deus… — gemi.

Mas quando ele se levantou e seu jeans caiu no chão, eu só queria mais dele antes que me chupasse outra vez.

Afastando-me de Will, eu me ajoelhei na cama, engatinhando até o fim onde ele devia estar de pé, e enlacei seu pescoço, beijando-o com tudo o que eu tinha.

— Eu te amo — sussurrei.

Ele estava quente e duro, seu pau era como uma barra de aço cutucando minha barriga. Eu me coloquei de quatro na cama e o tomei em minha boca.

Caramba, eu queria isso. Queria senti-lo com a minha língua. Queria senti-lo em todo lugar.

Eu o chupei o mais profundo que pude ir, enrolando minha mão ao redor de sua ereção, movendo para cima e para baixo, devagar e com força, e senti seu gemido se misturar à respiração áspera.

Ele agarrou um punhado do meu cabelo enquanto eu o lambia e chupava, e não deixei intocado nenhum pedacinho de sua pele macia. Ele começou a bombear os quadris, segurando minha cabeça, e pude sentir-me ficando encharcada.

Movi-me para o lado.

— Will, venha cá — eu disse, baixinho. — Deite-se.

Ele se moveu por baixo de nós, e quando estava em posição, segurei Damon em minha mão e passei a perna por cima do corpo de Will, montando seu colo na posição contrária.

— Ah, puta merda... é isso aí — ele gemeu, percebendo o que eu estava fazendo e se acomodou melhor abaixo de mim.

De volta na posição de quatro, tomei Damon com a boca outra vez e consegui estabelecer um ritmo, pairando meus quadris acima de Will e esfregando nossas virilhas uma à outra. Gemi profundamente quando Damon preencheu minha boca e cavalguei seu amigo, pressionando-me com mais força contra o seu pau duro por cima da minha calcinha.

— Winter... — Damon perdeu o fôlego.

Deslizei a língua por baixo de seu pau, provando a gota salgada na ponta. Will agarrou meus quadris, esfregando-se com força contra mim, tão duro e necessitado também.

Damon se retirou da minha boca e se inclinou para me beijar enquanto eu ainda moía contra Will.

— Vire-se — Damon sussurrou.

Saí de cima de Will e comecei a me virar, até que Damon disse ao amigo:

— Lençol.

Will cobriu sua virilha com o lençol de seda, e eu subi em cima dele outra vez, sentindo sua ereção través do tecido macio e sedoso. A cama afundou atrás de mim, e senti Damon se aninhar contra a minha bunda.

Ele então rasgou minha calcinha por trás, o som do tecido se rasgando enchendo o quarto.

Damon agarrou minha mandíbula e virou meu rosto para que pudesse falar por cima dos meus lábios:

— Abaixe a cabeça e empine essa bunda.

Um calafrio me percorreu da cabeça aos pés, e me inclinei contra Will, arqueando as costas e esperando sentir o que eu queria.

Will segurou minha cabeça contra seu corpo, e senti o mesmo estremecimento o percorrer abaixo de mim.

Damon abriu mais ainda as minhas pernas e se pressionou contra as minhas costas para que minha bunda ficasse mais para cima, e então pairou na minha entrada.

Exatamente como fez na casa mal-assombrada.

A cabeça de seu pau empurrou para dentro de mim em um movimento gostoso e lento, enchendo-me e tocando lá no fundo. O pau de Will se esfregava contra o meu clitóris através do lençol abaixo de mim, e comecei a me mover, ciente de que era eu quem deveria ditar o ritmo para que ambos conseguissem chegar ao clímax ao mesmo tempo. Rebolei os quadris em um movimento em forma de oito, para cima e sobre o pau de Will, e para trás e contra o de Damon. Para cima e para trás. Para cima e para trás.

E quando eles começaram a se mover para sincronizar o ritmo, grunhindo e gemendo, concluí que estava fazendo bem feito.

Apoiei-me em minhas mãos, cavalgando os dois ao mesmo tempo, transando a seco com Will abaixo de mim, e sendo fodida por Damon às minhas costas, que se agarrava ao meu cabelo. Will subiu um pouco o corpo para que pudesse chupar meus mamilos, um depois do outro, e o quarto se encheu com os sons de nossos ofegos e da necessidade dessa transa. Da necessidade dessa conexão.

Damon arremeteu rápido e com força, e eu fiz o mesmo, esfregando-me em Will enquanto me inclinava para baixo para beijar seu peito. Ele me segurou contra ele, me chupou e mordiscou, e, em instantes, não éramos nada além de corpos, bocas, mãos e ânsia dolorosa e profunda.

Eu gozei primeiro, gritando e tremendo, as sensações avassaladoras atravessando meu corpo até o clitóris e fazendo-me inclinar a cabeça para trás, perdendo todo o controle. Simplesmente fiquei ali, de quatro, o orgasmo me devastando enquanto Will gozava, seu corpo contraindo e espirrando contra o lençol, suas mãos agarrando meu quadril e meu seio.

Damon me empurrou para baixo, segurando meu ombro e pescoço, e estocou cada vez mais forte enquanto Will aninhava minha cabeça contra ele para me proteger.

Damon gemeu baixinho, seus movimentos agora mais erráticos e selvagens, e então gozou, impulsionando-se bem dentro de mim em um movimento longo, lento, até que seu clímax desvanecesse.

Ele se balançou mais algumas vezes, então desabou sobre as minhas costas, encharcado de suor; nós três tentando resgatar o fôlego. Minhas pálpebras estavam pesadas, e eu podia jurar que era capaz de sentir seus batimentos cardíacos contra mim.

Relaxei em cima de Will, sentindo Damon por trás, e apesar de saber que o medo e a preocupação pelo que aconteceu mais cedo esta noite me sobreviriam amanhã, eu não conseguia sequer formular um pensamento coerente no exato momento.

Agora mesmo, eu não queria sair desse quarto nunca mais.

Somente quando o ar se tornou mais frio e nossas respirações se acalmaram foi que tentei me levantar de cima de Will. Damon fazendo o mesmo.

Will arrancou o lençol arruinado da cama, e, uma hora depois, pude ouvir o som de sua respiração tranquila quando caiu no sono à minha esquerda.

Damon se aninhou às minhas costas, ambos ainda acordados, mas eu sabia que ele havia apagado as luzes.

Acomodei os braços contra o meu peito, para me aquecer, enquanto Damon mantinha um dos dele sobre mim, e agora que estávamos mais calmos, esperei que a culpa me consumisse.

A vergonha. A preocupação. A dúvida.

Mas nada disso veio. Pelo menos, não ainda.

Nós nos tocamos e nos beijamos, e nos lançamos uns nos outros, e eu estava grata porque eles estavam aqui. A salvo e seguros.

Eu não queria pensar.

— Nunca deixei que mulheres fizessem aquilo para mim — Damon disse, baixinho, interrompendo o silêncio.

— O quê?

— Colocar suas bocas em mim — respondeu. — Ali embaixo.

Ele não deixava as mulheres fazerem sexo oral nele?

— Eu só... — vacilou. — Não é algo que eu...

Ele teve dificuldade em encontrar as palavras, mas entendi ao que ele se referia, então tentei afastar a tristeza da minha voz:

— Eu sei — eu disse, liberando-o de ter que dizer com todas as letras. Tinha a ver com o que sua mãe fez com ele.

— Por que você me deixou seguir em frente então? — perguntei, em um tom suave.

— Nem sequer pensei sobre o assunto até que tudo tinha acabado — sussurrou. — Era como se ela não estivesse aqui. Só você.

Ele inspirou profundamente e seus braços ao meu redor se apertaram.

— Eu te amo — ele disse.

Aquilo me fez desabar, e lágrimas escorreram pelos meus olhos.

Lágrimas de felicidade.

Ele fez com que eu me virasse de frente, subiu acima de mim e me beijou enquanto se aninhava entre as minhas pernas outra vez.

— Eu te amo — sussurrou contra os meus lábios.

Segurei seu rosto entre minhas mãos. *Meu Deus, como eu te amo.*

E quando quase perdi o fôlego no instante em que me penetrou novamente, eu soube ao que ele se referia tantos anos atrás. A raiva e a fúria, o calor e a necessidade – anos em que estes sentimentos nos trouxeram a este momento, quando finalmente descobrimos quem éramos e por quem viveríamos.

Vermelho.

De todas as cores, era do vermelho que eu mais gostava.

CAPÍTULO 31

WINTER

Dias atuais...
NOITE DO DIABO.

Acordei meio insegura e sem saber por quanto tempo havia dormido, mas sabia que já era tarde quando nos deitamos. Já devia ter amanhecido, o que significava que hoje à noite era o grande dia. A Noite do Diabo.

Senti a presença dos corpos à minha esquerda e direita, e um pequeno ciclone espiralou pela minha barriga, fazendo-me apoiar as mãos sobre ela para me controlar; amassei o tecido da camiseta que Damon encontrou em um dos armários noite passada e me emprestou.

Tudo o que havia acontecido na noite anterior veio à tona, e apesar do meu rosto estar pegando fogo de vergonha, eu não podia negar o quão bem me sentia aqui, neste exato lugar. Todos os meus músculos ainda estavam meio dormentes, e minha mente estava em paz, ainda que fosse durar apenas alguns minutos.

Levantei a mão e toquei um rosto, sentindo a mandíbula marcada de Damon e as sobrancelhas retas, seu nariz e o pescoço quente. Levantei a outra e deparei com Will dormindo de barriga para baixo, o cabelo macio caindo em sua testa.

Nós três.

Tanto sofrimento e desilusão. Fiquei um pouco assustada, mas sabia que eles estavam também.

Continuei deitada ali, ouvindo o som do silêncio, ciente de que estávamos no subsolo, mas surpresa por não conseguir ouvir mais coisas. Nenhum passo acima. Nada de encanamento. Aquela era uma fortaleza bem sólida. Nunca soube que eles a haviam reformado, mas o chuveiro era impressionante.

As catacumbas.

Damon disse alguma coisa sobre algo escondido aqui embaixo, certo? Em uma piscina rasa? Ou um poço?

Imaginei o aposento que ele descreveu que ainda existia aqui.

Eu os deixei dormindo, e o mais silenciosamente possível saí da cama e encontrei o caminho até a porta do quarto.

Aonde mesmo ele disse que eu deveria ir?

Alguma coisa que ficava próxima ao patamar da escada.

Saí do quarto, ciente de que o chuveiro estava do outro lado do corredor e que havíamos virado à direita. Não passamos por nenhuma escada, então virei à esquerda e segui em frente, ouvindo uma música tocando; segui o som enquanto tateava a parede.

Você vai virar à esquerda do patamar da escada, ele disse, *e seguir adiante.*

Depois de vários minutos, meu coração começou a acelerar um pouco mais a cada passo que eu me afastava de Damon. A música estava mais alta agora, e estendi a mão à frente, tentando detectar o início de alguma escadaria de pedra. Apoiei meu pé no primeiro degrau, só para ter certeza. Esta devia ser a escada que levava ao piso principal da catedral.

Virei as costas para ela e tomei o caminho da esquerda, atravessando o corredor. Percebi que o piso de mármore se transformou em chão batido, e as paredes já não eram tão lisas, e, sim, ásperas sob meus dedos. Quando senti a corrente de ar, virei à direita e estendi a mão, deslizando-a pela parede para contar as portas.

Caramba, este nível no subsolo era imenso. Fiquei imaginando o que eu havia perdido por aqui, na época do ensino médio, mas pensei melhor... Provavelmente eu ficaria mais feliz se não soubesse.

Alcancei a quarta porta e parei, imediatamente ouvindo o gotejamento de água do qual ele me falou. Medo se apoderou de mim, porque eu estava longe de todo mundo aqui nas catacumbas, mas meu coração deu um salto de emoção também, exatamente por ter encontrado o lugar que ele havia descrito.

Dei um passo para dentro e engoli o nervosismo, seguindo pela parede ao redor até encontrar o ponto onde a água escorria pelas pedras, empoçando em uma pequena piscina. Eu me ajoelhei e tateei por entre as rochas, enfiando os dedos na água enregelante.

Mergulhei a mão e fui tocando em todo o lugar, sentindo as pedras, até que deparei com uma pequena fenda num canto. Quando enfiei a mão por dentro, reconheci algum tipo de caixa.

Eu a retirei de onde estava alojada e a coloquei no chão, procurando o fecho para abri-la. Cuidadosamente, passei a mão por cima do que havia ali guardado, só para me assegurar de que não fosse alguma coisa cortante.

Encontrei um saquinho plástico, peguei-o e apalpei, sentindo algo duro ali dentro. Eu o abri e dedilhei pequenas contas e outro objeto de metal.

Tirei os dois do saco e os segurei na mão, examinando-os.

Na mesma hora, reconheci a cruz do rosário. Era o terço de Damon. Aquele que ele usava na escola, o mesmo de quando havíamos nos conhecido na fonte, quando crianças.

O outro objeto era de metal, com um fecho pontiagudo e um entalhe desenhado. Um prendedor de cabelo.

E então a memória me inundou – eu retirando a presilha do meu cabelo. Por que mesmo dei isso a ele?

O terço, o prendedor, a fonte...

Eu o mordi.

O quê?

As lembranças eram tão fugazes, mas se tornaram vívidas e intensas.

— Eu o mordi naquele dia — eu disse, em voz alta, quando tudo veio à tona. — Antes que fôssemos para a casa da árvore. Ele me deixou mordê-lo na fonte. E ficou feliz por eu ter feito aquilo. Por quê?

O que estávamos fazendo naquela fonte? E por que aquilo foi mais importante para o Damon do que o que aconteceu na casa da árvore?

Deixando a caixa e o saco plástico no chão, levei os objetos de volta pelo corredor, refazendo meus passos.

— Winter? — Ouvi a voz de Rika.

— Oi — respondi, estendendo a mão para ela.

— Você se perdeu? — ela perguntou, vindo até mim para que eu pudesse segurar seu braço.

Neguei com um aceno de cabeça.

— Estou apenas explorando — comentei. — Você poderia me levar até o banheiro, por favor?

— Você está bem?

— Espero que sim — brinquei.

Eu não fazia a menor ideia do que deveria responder, e do jeito que a minha vida estava, a resposta poderia ser diferente em questão de cinco minutos. Então... me pergunte depois.

Nesse exato momento, no entanto, eu só precisava de outro banho. Os pisos naquela área não reformada das catacumbas eram imundos.

E também teve o que aconteceu na noite passada, então...
Ela nos levou ao banheiro espaçoso e sentei-me assim que encontrei a penteadeira.

— Eles ainda estão na cama? — ela perguntou, fuçando em alguns itens no armário.

Abri a boca para responder "sim", mas a natureza de sua pergunta me atingiu, me deixando paralisada.

Eles ainda estão na cama? Havia mais do que um quarto aqui embaixo, com certeza. Por que eu deveria saber se Will ainda estava na cama?

A menos que...

— Você nos ouviu — eu disse, meus ombros cedendo na mesma hora.

Eu mal conseguia respirar. Nunca tive uma vida sexual, mas quando eu dava início a uma, todo mundo ficava sabendo de tudo.

— Ouvi um pouquinho — ela disse, mas seu tom de voz tinha um toque de diversão.

— O Michael também?

Quando ela não respondeu, eu soube.

Cacete.

— Está tudo bem — ela me tranquilizou, chegando perto de mim e colocando alguma coisa na minha testa. Chiei em protesto quando o corte ardeu. Eu nem tinha percebido que havia me machucado no acidente da noite passada.

Franzi o cenho, preocupada.

— O que vocês devem estar pensando...

Cada gemido e grito de prazer que deixaram minha boca ontem à noite vieram à minha mente, quase me matando de vergonha. Assuntos privados deveriam permanecer privados, porque nem todo mundo entenderia. Agora eu conseguia até visualizar Michael e ela descendo aqui embaixo, para conferir se estávamos bem, e ouvindo tudo aquilo. Provavelmente pareceu tão superficial.

— Estou pensando que... eu entendo — ela disse. — E você não tem que se explicar para mim.

Fiquei grata pela sua educação, mas ainda assim...

Ela limpou meu corte, ficando em silêncio por um instante, e então aplicou um band-aid próximo à raiz do meu cabelo.

— Nossa vida é uma sequência de planos — ela finalmente disse. — Dias, semanas, meses, anos... E então, existem alguns momentos. Momentos que você não vê chegando e nem mesmo planeja, mas tudo o que você mais precisa, todas as coisas que quer sentir, estão exatamente nesse instante.

Eu a ouvi, processando suas palavras.

— As pessoas se tornam mais próximas, e por um ínfimo espaço de tempo — prosseguiu —, é lindo e áspero, porque você não consegue pensar, e nem mesmo quer fazer isso. Você apenas sente. — Ela fez uma pausa antes de continuar: — São momentos que nos recordamos.

As pessoas se tornam mais próximas. Então...

— Você e Michael e...?

— Kai — ela respondeu, baixinho. — Antes de ele se casar, claro.

Ela afastou o kit de primeiros socorros, tampou alguma coisa e fechou a caixa.

— Então, acredite em mim quando digo que te entendo — explicou. — Homens não sentem vergonha por desfrutar do sexo do jeito que querem. Você não deveria sentir também.

Dei um sorriso tímido, agradecida por todos nós termos nossos segredos.

— Você tem algumas marcas no seu pescoço — ela disse. — Só para te avisar.

Marcas? Tipo... chupões?

Esplêndido.

— Então... você o perdoou? — ela perguntou.

— Quem?

— Damon.

Pensei por um instante e exalei um longo suspiro. Agora... essa era uma boa pergunta.

— Sim — respondi. — Não... eu não sei. Senti raiva por tanto tempo. Mas eu o amo.

— Você só não sabe se pode confiar nele.

— Eu não sei se deveria fazer isso — esclareci.

Será que eu deveria?

Eu queria confiar nele, e havia coisas que eu nunca duvidaria.

Eu sabia que ele sempre viria atrás de mim. E sabia que ele me amava. Também sabia que, por mais que isso durasse, eu seria, provavelmente, a mais feliz e miserável criatura da face da Terra.

Ele me deixava com tanta raiva, que tudo o que eu queria fazer era dar um soco na cara dele.

Mas então... não havia nada melhor do que beijá-lo.

Eu não deveria perdoá-lo. A resposta mais honesta era que eu nunca mais queria ficar sem ele, então, para dizer a verdade... nunca houve dúvida nenhuma a respeito de perdoá-lo.

— Você vai me perdoar? — ela perguntou, de repente.

Franzi o cenho, confusa.

— Pelo quê?

Ela se manteve em silêncio, e não percebi que estava segurando o fôlego até que meus pulmões começaram a arder.

— Eu entreguei a informação sobre o seu pai ao Damon — ela finalmente disse.

Fiquei boquiaberta, sem saber o que dizer. Achei que Damon fosse o único responsável por aquilo, e minha raiva já até havia dissolvido. Raiva dele e do meu pai.

Mas, saber que ela esteve trabalhando com ele. Que sabia de todos os seus planos e o ajudou?

— Rika — a voz severa interrompeu o silêncio, e dei um pulo, assustada.

Damon. Ele estava do outro lado do aposento, provavelmente no batente da porta, e depois de um instante, senti quando Rika se afastou.

— Ligue para Banks e Kai — ele disse, num tom mais suave. — Diga para virem aqui. E você pode arrumar alguma coisa para ela comer? — Então acrescentou: — Por favor?

— A mesa de café da manhã está posta lá em cima. Vou providenciar um prato — ela disse — e algumas roupas.

Eu meio que desejei não ter que pegar suas roupas emprestadas agora, mas não tinha escolha. Será que eu estava brava com ela? Foi ela quem deu as informações que mudaram a minha vida para sempre e fizeram meu pai fugir.

Mas, ao mesmo tempo, o dinheiro com o qual vivíamos não era nosso, e meu pai não era uma boa pessoa.

De um jeito ou de outro, Damon acabaria conseguindo o que queria. Eu só não gostei de saber que mais gente esteve envolvida nisso. Fazia com que eu me sentisse como um peão em um esquema muito maior do que eu sabia. Impotente.

E as famílias deles não eram exatamente um exemplo de santidade, também. Que direito tinham de destruir a minha?

Damon se aproximou e segurou meu rosto com uma das mãos. Não me afastei de seu toque, mas fiquei rígida na cadeira, sem estar realmente no clima.

Ele se ajoelhou, para nivelar nossas alturas.

— Se você não me odeia, não a odeie também — ele disse. — Eu tinha a informação que ela precisava, e ela tinha a minha. Ela se arrependeu de me entregar tudo quase que imediatamente.

Eu sabia que ele estava certo. Não deveria tratá-la de forma diferente.

Havia acabado de processar toda a raiva que sentia por ele, e isso acabou trazendo tudo à tona outra vez.

Ele pegou os objetos da minha mão, e pisquei, assustada, lembrando que ainda os segurava.

— Por que isso estava aqui? — perguntei.

Sua resposta não foi imediata, até que disse:

— Eles estavam em segurança aqui, acho. Não quis deixá-los na minha casa, quando soube que iria para a prisão.

Prisão.

Por três anos.

E eu fui enviada de volta a Montreal para escapar do escândalo que se abateu sobre a cidade quando ele, Will e Kai foram sentenciados; tive que fugir das zombarias e cochichos de todos aqueles que pensavam que eu era uma puta.

Ele mentiu para mim. Ele não deveria ter feito aquilo e acabou pagando o preço.

Mas havia tantas coisas a mais entre nós dois. Enterradas nas rachaduras de todas as coisas quebradas, onde as palavras sempre haviam sido verdadeiras e os dias muito mais longos sem a presença dele.

Quando ninguém mais poderia me fazer ver o mundo da forma como ele fazia, e mesmo depois de anos, nas partes mais silenciosas da minha mente, senti falta da sensação de seu olhar em mim.

Talvez, naquelas noites, ao se esgueirar para dentro da minha casa só para que pudesse me levar em alguma aventura, tenha sido o verdadeiro Damon.

Recostei minha testa à dele e peguei o prendedor de volta, colocando-o no meu cabelo.

— Preciso de um banho. — Sorri. — Quer entrar na minha fonte comigo?

Ouvi sua risada e, então, ele se levantou, puxando-me para o calor dos seus braços.

CAPÍTULO 32
DAMON

Dias atuais...

— Argh, mas que porra...? — resmunguei, estremecendo e inalando uma baforada do meu cigarro enquanto observava Banks limpando meu ferimento.

Era como se ela estivesse me cutucando com um atiçador.

Ela estava sentada em uma cadeira à minha frente, os olhos nivelados com a ferida suturada e balançando a cabeça.

— Que diabos você fez com isso?

— Um montão de coisas — Will debochou, entrando com Michael e Rika na cozinha luxuosa e dando a volta na imensa bancada central de mármore.

Como eu havia imaginado, eles detonaram completamente o lugar. Não tive nem coragem de olhar o restante depois que subi as escadas.

Banks tocou no ponto onde o ponto havia arrebentado, e só torci para que não tivesse acontecido o mesmo por dentro quando uma leve onda de náusea varreu meu estômago. Mas ainda bem que passou rápido.

Will chegou perto de onde Winter estava sentada, bem na minha frente na bancada, e encostou a cabeça à dela, sussurrando algo em seu ouvido.

— Sai de perto dela, porra — eu disse.

Ele podia conversar com ela. Só não daquele jeito íntimo.

Will levantou a cabeça e começou a rir, erguendo as mãos e afastando-se.

Nada havia mudado. Era bom que ele não se esquecesse disso.

— Você vai ter que ir ao hospital outra vez, Damon — Banks comentou.

— Nem fodendo. — Soprei uma baforada. — Apenas cola um curativo aí.

— Você está de sacanagem? — disse, irritada.

Rika se aproximou, carregando uma mochila pequena e vestida em um terninho preto e com o cabelo esvoaçado e selvagem. Ela arrancou o cigarro da minha boca, rapidamente procurando Michael com o olhar antes de tragar um pouco.

Mas a dor subitamente passou rasgando por mim, fazendo-me resmungar:

— Caralho, Banks.

Ela apenas balançou a cabeça, e eu mal percebi quando Rika enfiou o cigarro de volta entre meus lábios.

Dei mais algumas tragadas, cravando as unhas de leve na área ao redor do ferimento para amenizar um pouquinho a dor insuportável.

Engoli em seco, vendo Rika abrir a mochila e enfiar um monte de coisas ali dentro.

— Precisamos de armas — eu disse.

Ela não olhou para mim, mas pegou alguma coisa dentro da bolsa e colocou-a com força em cima da bancada.

Olhei para baixo e arqueei uma sobrancelha.

— Isto não é uma arma.

Era a adaga que demos de presente a ela, dois anos atrás, como uma ameaça implícita. Coincidentemente, a mesma arma que ela usou para me esfaquear, também, não muito distante do ferimento que eu possuía agora. No entanto, o corte que ela havia feito não chegou a ser tão profundo.

— É a nossa saída — respondeu, ainda concentrada em sua tarefa.

— Nossa saída?

O que ela queria dizer com aquilo?

Ela fechou a bolsa e fixou o olhar ao meu.

— Se você quer esta cidade, não podemos liderar um massacre nas ruas — disse, ríspida. — Eles não irão nos temer por estarmos armados. Eles terão medo de nós porque nunca fracassamos.

E então ela pegou a bolsa e começou a se afastar com a cabeça erguida.

Dei uma risada zombeteira.

— Senhora prefeita...

— Cale a boca — disparou.

No entanto, Michael a alcançou, envolveu seu corpo entre seus braços, e levou-a junto com ele, olhando para mim e sorrindo.

— Eu sabia que ela ia gostar da ideia.

Sim. Ela estava no papo. Definitivamente.

Banks cortou mais dois pedaços de esparadrapo, dividindo as pontas em dois pequenos triângulos para que se formasse o curativo tipo borboleta que poderia manter a incisão fechada, até que eu pudesse voltar ao hospital.

— O que vocês vão fazer? — Winter perguntou.

— Você quer dizer, o que *nós* vamos fazer? — caçoei.

Ela deu de ombros.

— Eu posso ficar aqui com o Sr. Crane — ela disse. — Não quero ser um empecilho e atrasar vocês.

Estreitei o olhar, encarando-a. Ela estava linda em um suéter apertado com gola rolê e calça preta, o cabelo solto e sedoso às costas; Rika ainda a havia ajudado com um pouco de maquiagem. Ela estava pronta. Por que pensou que não viria junto com a gente, de repente?

Não quero ser um empecilho e atrasar vocês.

Eu me afastei de Banks e fui até onde ela estava sentada. Inclinei-me por cima de um canto da bancada e segurei-a por baixo dos braços, levantando-a de sua banqueta, lentamente, para colar o nariz ao dela.

Ela tentou virar o rosto para o outro lado, mas fiz o mesmo movimento.

— Quem disse que estou com pressa? — sussurrei.

Sua boca se curvou para um lado, como se estivesse tentando disfarçar a tristeza.

— Não quero que tenha que se preocupar comigo — admitiu. — Você precisa estar focado hoje à noite.

Encarei-a, pensando em todas as vezes, nos anos que viriam adiante, em que ela poderia achar que nos moveríamos mais rápido sem ela. Que nos divertiríamos muito mais sem ela. Desfrutando de toda espécie de aventuras sem ela.

Com mais liberdade sem ela.

Eu não viveria desse jeito. E não a deixaria viver assim também.

— Não é assim que nós fazemos as coisas — eu disse. — E essa já não é a sua vida também.

O canto de seu lábio se contraiu, como se fosse chorar, mas ela se conteve.

Se eu algum dia pensasse que não poderia fazer alguma coisa com ela, então não faria nada.

— O seu lugar é ao meu lado — afirmei. — Agora repita isso.

Ela sussurrou:

— O meu lugar é ao seu lado.

— Mais alto. — Eu a sacudi com gentileza, mas meu tom era firme. — Minha mulher não tem que pedir permissão. Ela é uma força da natureza. Diga mais alto.

Seu queixo começou a tremer, mas a voz soou com um pouco mais de força:

— Meu lugar é ao seu lado.

E então a beijei, fazendo com que ela acreditasse. Ela sempre seria desejada.

Fiz com que se sentasse novamente, vendo o sorriso tímido em sua boca. Alex entrou na cozinha e jogou um monte de coisas em cima da bancada, na minha frente.

Era um terno preto com a camisa de botão branca e uma gravata preta. Bem parecido ao traje de Rika.

Havia luvas e sapatos também.

Olhei para ela.

— É uma festa, afinal de contas — ela disse.

E em seguida colocou minha máscara em cima de tudo.

Dei uma risada, não deixando de perceber a ironia de tudo aquilo.

Pelo jeito, não éramos mais garotos vestidos em moletons. Era hora de nos restabelecermos em Thunder Bay.

Meia hora depois, apertei o nó da gravata e calcei as luvas pretas de couro, saindo pela porta da frente em direção a uma das motos que Michael disponibilizou. Eu não fazia ideia se ele possuía todas elas, mas a vila era pequena demais para acomodar nossos veículos utilitários esta noite, então... as motos eram a melhor escolha.

Conferi meu bolso frontal e tateei a adaga, assegurando-me de que estivesse bem presa, e montei na moto mais próxima de Michael. Eu não sabia por que havia trazido a faca, mas tínhamos uma história. Então, por que não?

— Suba aqui, garota. — Ouvi Will dizer. — Vamos lá.

Olhei por cima do ombro e avistei Alex sorrindo e balançando a cabeça enquanto passava a perna por cima da moto, sentando-se na garupa dele.

Kai e Banks estavam a postos na quarta motocicleta, enquanto Lev e David ficariam na retaguarda com o Mercedes Classe G de Michael.

As duas últimas garotas vieram de dentro da casa; Winter segurava o braço de Rika, que a guiava pelo caminho até mim. Segurei a mão de Winter à medida que ela tateava o assento com a outra.

Dei um sorriso. Ela usava uma venda de tecido vermelho. Eu ainda conseguia ver seus olhos, mas era uma máscara perfeita, porque não a impediria a ver o mundo com seus outros sentidos.

— Você já sabe o que vai ter que fazer? — perguntei.

Ela montou na garupa, com uma pequena mochila às costas.

— É só me dizer quando.

Então enlaçou minha cintura com os braços, e eu soltei minha máscara que estava presa ao pulso, colocando-a sobre a cabeça.

Olhei para Michael, Rika já acomodada atrás dele e puxando sua máscara para cobrir o rosto.

— O seu pai também estará lá — adverti.

Ele riu baixinho, dando partida em sua moto.

— Uma coisa de cada vez — gritou.

Todos ajustamos nossas máscaras, agarramos os guidões das motos e disparamos pela estrada.

Ele tinha toda a razão.

Era o cenário perfeito.

Um lugar público. Sem crianças. Caos e atividade.

Parece que, nos últimos anos, nossa ausência fez com que as pessoas começassem a sentir falta dos Cavaleiros, e a cidade de Thunder Bay decidiu instituir uma espécie de evento, algo como a Noite das Travessuras, por conta própria.

No início da noite, rolava um desfile de fantasias para as crianças, mas, depois das dez, o toque de recolher entrava em ação, e todo mundo abaixo de dezesseis anos tinha que estar trancado em casa.

Para que deixassem os adultos brincar.

Bandas de música tocavam em alguns bares, as bebidas eram servidas na rua, e a praça inteira se transformava em um circo gótico e sinistro, com barraquinhas, jogos, artistas e atores. A decoração se espalhava por todo o lugar, as pessoas vestiam fantasias, sendo encorajadas a escolher máscaras, pois havia boatos de que rolavam festinhas bem safadas e privadas, ou exclusiva para quem possuísse convite. O evento começou até mesmo a atrair pessoas de outras cidades vizinhas.

Era tudo muito... fofo.

Não era ruim, se você quisesse passar um tempo com os amigos para tomarem uma cerveja, mas isto aqui não era a verdadeira Noite do Diabo. Estas pessoas usavam o preto como fantasia.

Para nós, era o momento de tirar a fantasia. Era a hora em que mostrávamos quem realmente éramos.

Paramos em um semáforo, o centro do vilarejo bem à frente, e nos entreolhamos para qualquer pergunta de última hora.

Chegar. Distrair. Invadir.

Este era o plano.

Levantei minha máscara e olhei para Winter, por cima do ombro.

— Está pronta?

— Pronta como uma bola de boliche — ela repetiu as instruções de Rika para o seu papel nesta noite.

Senti quando ela mexeu na mochila entre nós, procurando alguma coisa.

Baixei a máscara, estendi a mão para trás e apertei sua coxa, e então acelerei a moto, juntando-me aos outros.

A multidão se espalhava adiante, lotando as mesinhas nas calçadas de cafeterias e bares, ou se agrupando ao redor das barraquinhas no fim da rua, mas as pistas não estavam tão tumultuadas, já que o desfile havia acabado horas atrás.

Me Against the Devil explodia no sistema de alto-falantes da praça, onde adolescentes do ensino médio e universidades dançavam e pulavam para cima e para baixo, e esperamos por mais um instante antes de sair dali. Winter mantinha um agarre firme em mim com um braço, enquanto se preparava para usar o outro.

Aceleramos em direção ao agito, o ruído ensurdecedor de nossas motos sobrepujando todo e qualquer barulho na praça; as pessoas levantaram as cabeças e olharam para nós, tentando descobrir o que estava acontecendo enquanto rodeávamos a praça a toda velocidade. Michael e eu, com Winter e Rika nas garupas, contornamos a esquina, fazendo uma volta completa pelo perímetro da praça, ouvindo gritos e assovios enquanto nossos pneus queimavam o asfalto. Kai e Will nos seguiam mais atrás, e um pouco mais devagar, averiguando a entrada da taverna The White Crow enquanto passavam.

O vento chicoteava nossos rostos, e avistei as viaturas da polícia estacionadas ao longo da calçada; Rika apontou sua pistola de paintball para o céu à medida que Michael liderava o caminho para fazer mais uma volta pela praça. A música me animou mais ainda, e agarrei o guidão da moto com força, acelerando.

Pronto e... Dei dois tapinhas na perna esquerda de Winter.

Ela puxou o pino da granada de fumaça e jogou do lado direito, como se fosse uma bola de boliche. A coisa quicou pela rua, a fumaça verde se espalhando assim que chegou à curva.

As pessoas gritavam animadas à medida que torres de fumaça subiam pelos ares, criando uma névoa ao redor. Se houvesse crianças por ali, pelo menos aquilo não era tóxico.

— Eu consegui? — perguntou, com a boca colada no meu ouvido.

— Com perfeição.

Queria tanto que ela pudesse ver. Acelerei pela esquerda e freei bruscamente, dando outros tapinhas em sua perna e sentindo-a remexer na mochila. Ela puxou o pino e, dessa vez, jogou do seu lado esquerdo, caindo embaixo de um carro, a fumaça roxa flutuando por baixo.

Disparamos novamente, e pude ouvir suas risadas enquanto eu desviava de um lado ao outro, animando a multidão. Percebi que os policiais nos observavam pacientemente, pensando até onde nos permitiriam chegar.

Ouvi um cara gritar da calçada:

— Paintball?

Olhei por cima do ombro e o vi com uma imensa mancha vermelha em seu suéter cinza, bem no centro do peito.

Ele apontou o dedo, rindo:

— Eu vou te dar o troco, Rika! Eu sei que foi você!

Comecei a rir.

Nós lançávamos mais granadas enquanto Lev e David controlavam os drones que voavam acima de nossas cabeças; os drones estavam "disfarçados" como pequenos ceifadores com crânios e robes pretos que flutuavam ao redor da praça, zumbindo para as pessoas.

Nós tínhamos a atenção de todos, as nuvens de fumaça pulverizando o ar e turvando as vistas.

Dei um tapinha na coxa esquerda de Winter. Ela arremessou outra granada, dessa vez liberando fumaça rosa.

Acelerei, sinalizando em sua perna direita, e outra lata caiu no chão, exalando fumaça vermelha.

Os quatro cantos da praça estavam cobertos pelas nuvens coloridas; Rika atirou mais dois tiros de paintball nos tijolos acima das janelas da joalheria da sua família.

Banks e Alex, ambas usando suas próprias máscaras, seguravam suas granadas no ar, pulverizando a fumaça atrás delas.

— Tudo bem, comece a lançar mais algumas — gritei para Winter. — Toque o terror!

À medida que eu pilotava, ela atirava as latas, esgotando seu estoque, e observei enquanto a fumaça tomava conta da área, criando uma cobertura tão espessa que foi preciso diminuir a velocidade para enxergar.

Até que, por fim, ela soltou minha cintura, levantou uma lata de fumaça em cada mão, depois de puxar os pinos, e as segurou para cima.

— Uhuuuuuuu! — gritou, rindo.

Todos demos uma última volta e aceleramos em direção à taverna The White Crow, finalizando nossa travessura.

As pessoas corriam pelas ruas, gritando por causa dos drones voadores, e desapareciam em meio à fumaça.

Desci da moto e levantei a máscara.

— Está se divertindo? — perguntei a ela, ajudando-a a descer da garupa.

Ela jogou as latas fora e recolocou a mochila nas costas.

— Não sei. — Riu. — Qual será o preço dessa diversão?

— Passar o resto da sua vida ao meu lado — respondi, enlaçando sua cintura. — Isso vai ser um saco.

Entrei com ela na taverna, todos os outros nos seguindo. Assim que entramos, olhei para Kai, por cima do ombro.

— Não havia nenhum segurança na porta quando passamos — ele disse. — Talvez ele ainda não esteja aqui.

Ele estava. Esta era uma reunião anual, assim como o único momento em que ele convidava seus respeitáveis sócios, que não eram da cidade, para virem até sua casa. Ou o mais perto de sua casa que ele os queria. Meu pai era metódico com sua rotina, e seu orgulho não permitiria que ele faltasse ou cancelasse este evento.

— Vamos — eu disse.

Nós entramos na taverna, que nem poderia ser descrita assim, na verdade. Era um salão de encontros da era revolucionária com lareiras, pisos originais em alguns cômodos, e três andares com salas de jantar, bebidas e de jogos de pôquer particulares.

A clientela era muito mais chique do que a multidão do lado de fora, agora atolados em uma montanha de fumaça.

Os homens usavam ternos e *smokings*, enquanto as mulheres trajavam vestidos de festa e máscaras sobre os olhos.

— Espalhem-se — instruí. Todos nós ainda usando nossas máscaras para nos misturarmos em meio à multidão.

Nós nos desviamos, alguns para a esquerda, outros para a direita, perambulando pelo lado de fora da festa. O ambiente era tão pequeno que as pessoas estavam amontoadas aqui, mas passamos por entre mesas, tentando ver todos os convidados sob a luz das velas.

Eu sabia que ele estava aqui. Ele devia estar nos fundos ou em outro andar.

E então, eu o avistei. Parado bem no meio do salão, de costas para a escadaria em espiral, conversando com outro homem enquanto bebericava seu drinque.

Estava usando o terno preto de sempre, mas com uma camisa de botões brancas dessa vez, e sem gravata.

Will parou ao meu lado e eu segurei a mão de Winter.

— Tem gente pra caralho aqui dentro — ele disse.

Assenti.

— Achei que ele estaria em uma sala de jantar privativa.

Não podíamos fazer isto em público.

— Como vamos conseguir pegá-lo sozinho? — perguntou.

Eu não sabia. Precisava pensar. Varri o olhar pela sala, avistando seus seguranças – três em volta do perímetro, e provavelmente devia haver mais uns dois em algum lugar do lado de fora.

Sabia que teríamos que neutralizar os guarda-costas, mas achei que faríamos isso no segundo ou terceiro andar. Com menos gente. Menos testemunhas. Se começássemos alguma confusão aqui, os policiais chegariam em questão de segundos.

— É só você colocar todo mundo pra fora — Winter finalmente respondeu.

Olhei para ela, assombrado.

— Como faremos isso? — Will insistiu.

Ela pegou a mochila que levava às costas e procurou por mais algumas bombas de fumaça remanescentes.

— Por um momento, todos estarão em pé de igualdade comigo — brincou.

O que significava que eles andariam às cegas por aqui. Dei um sorriso, pegando as granadas e as entregando nas mãos de Will.

— Mano a mano — eu disse a ele.

Ele se afastou, repassando a estratégia defensiva do basquete para os outros, para que cobrissem nossa retaguarda quando a merda explodisse.

Tirei a máscara, alisei o cabelo e ajeitei o terno.

— Cubra a porta — murmurei para Lev, que havia acabado de entrar.

Por um instante, considerei em deixar Winter ali por um pouco, sem querer que meu pai a visse, mas isso a deixaria vulnerável para que qualquer um de seus homens chegasse a ela.

Eu a levei comigo e fui em direção ao meu pai, mantendo-a por trás do meu corpo. Peguei uma bebida de uma bandeja que passava por ali, e aproximei-me, o homem com quem Gabriel conversava fixou o olhar ao meu e aproveitou a deixa. Ele se desculpou e eu fui calmamente até o meu pai.

Gabriel percebeu minha presença e olhou ao redor, provavelmente pensando onde eu achava que isso poderia ir.

— O que você quer? — perguntou.

Dei um passo adiante, parando ao seu lado e tomando um gole da minha bebida.

— Thunder Bay — respondi em voz baixa.

— Você pode ter muito mais.

— Saia daqui por vontade própria — ordenei, ignorando-o. — Ou farei com que saia.

Ele riu e bebericou seu drinque.

— Vai precisar de muito mais do que aquilo para me derrubar. — E então me encarou, seu rosto fino adornado por um sorriso irônico. — Você não passa de um menino. Sempre valentão, menos comigo.

Winter agarrou meu paletó, por trás, e senti sua testa recostar contra as minhas costas, em um lembrete de que ela estava aqui.

No entanto, eu o encarei, ciente de que ele estava certo. Mesmo quando eu finalmente abria a boca e conversava com as pessoas, quando era criança, destratando todo mundo que tentasse me destratar, machucando a todos para que não fosse machucado, ele era o único a quem eu temia, porque eu precisava dele. Quão pior poderia ter sido para mim se eu não tivesse o dinheiro e a influência dele para me proteger?

Em um certo ponto, cheguei a pensar – será que eu me comportava daquela forma porque podia? Ou me comportava daquele jeito porque era a única maneira de sobreviver naquela casa? Porque... garotos de onze anos de idade não deveriam estar pensando em acabar com suas próprias vidas...

Uma comoção tomou conta da sala enquanto eu mantinha meu olhar focado ao dele, e concluí, sem a menor dúvida, que com meus amigos e com Winter ao meu lado, nada que ele pudesse usar para me ameaçar mudaria minha decisão tomada. Eu não precisava nem dele nem do seu dinheiro e proteção. Eu só queria que ele desaparecesse.

Para longe desta cidade e das nossas vidas.

E se ele não fosse sair daqui por vontade própria, eu não hesitaria em usar aquele pequeno pen drive para fazê-lo ir embora. Aquilo poderia até não derrubá-lo, mas não custaria nada tentar.

Fumaça azul flutuou ao nosso redor, e ouvi as pessoas exaltadas à medida que mais duas latas que Will largou disfarçadamente pulverizaram uma grossa nuvem neste espaço ínfimo e apertado.

Nossos olhares se conectaram, convidados se esbarrando e tentando sair da montanha de névoa colorida, tossindo e preocupados que aquilo pudesse manchar suas roupas.

Um sorrisinho debochado curvou os lábios dele, porque ele sabia o que estava acontecendo, e eu fiz o mesmo, retribuindo seu sorriso zombeteiro.

A fumaça dominou o ambiente, como um cigarro dentro de um frasco, passando por nós, e, de repente, todo mundo se dirigiu às portas, correndo para se verem livres do espaço confinado.

Mas então cambaleei quando alguém esbarrou em Winter e ela caiu contra mim, e quando me virei de repente, a vi cair no chão, oculta por toda a fumaça.

Eu me abaixei e estava começando a fazê-la se levantar quando alguém passou correndo e deu uma joelhada em sua cabeça.

— Você está bem? — Coloquei-a de pé e segurei seu rosto.

Ela assentiu, um pouco trêmula.

— S-sim.

Olhei ao redor da sala, tentando ver se Will e todos os outros haviam conseguido chegar aos seguranças, ou se Lev ainda protegia a porta, mas não consegui ver merda nenhuma.

Eu me virei de volta para o meu pai, mas deparei com o lugar vazio. Ele tinha sumido.

Segurei a mão de Winter e nos guiei pela multidão, encontrando Lev ainda parado à porta enquanto os convidados saíam com toda pressa.

Ele levantou sua máscara até a metade do rosto.

— Ele não passou por aqui — atestou.

Dei a volta e fui em direção à saída dos fundos, mas ouvi uma agitação acima de mim. Olhei para a estreita escadaria em espiral e vi dois dos homens do meu pai subindo a escada.

— Ele está indo lá pra cima — gritei para Lev. — Fique aí!

Corri em direção à escada e coloquei a mão de Winter sobre o corrimão.

— Tem um monte de degraus.

Ela se agarrou a ele e encontrou o primeiro.

— Eu consigo.

— Tem certeza?

— Vá! — gritou.

E nem sequer pensei duas vezes. Corri escada acima e olhei para ela, atrás de mim, vendo-a agarrar-se com firmeza ao corrimão e subir os degraus enquanto ainda mantinha uma de suas mãos entrelaçada à minha.

Tentei ver alguma coisa além da escadaria, mas a fumaça cobria tudo, e eu não tinha noção da direção que ele tomou. Ele não podia fugir. Nós precisávamos manter isso em um local público, e eu não queria dar chance para que ele se organizasse e nos contra-atacasse.

Quando chegamos ao topo da escada, Winter esbarrou em minhas costas e eu estendi a mão para trás, agarrando sua coxa.

— Sshhh — eu a silenciei.

Olhei para o longo corredor, vendo inúmeras portas. Esse prédio não era dele. Ele só o alugava para estas ocasiões. Ele não teria apoio ou algo escondido aqui em cima, certo?

Will veio correndo ao nosso encontro, parou ao meu lado e Michael, Alex, Rika, Banks e Kai chegaram logo atrás.

— Ele está em algum destes quartos — informei.

Fomos em direção ao corredor, mas Winter me puxou de volta.

— Esperem — ela disparou. — Ele não se trancaria aqui dentro. Será que tem uma escada de incêndio?

Will e eu nos entreolhamos.

— O telhado — ele disse.

Rangi os dentes e inclinei-me contra o corrimão, gritando lá embaixo com Lev:

— Vá para o lado de fora e vigie a saída de incêndio!
— Okay! — ele respondeu de algum lugar.
Coloquei a mão de Winter no meu braço e instruí:
— Fique sempre atrás de mim.
Ela assentiu, e eu corri, todo mundo vindo em nosso encalço enquanto acessávamos a escada escura à esquerda.
— Degraus — avisei.
Ela estendeu a mão e segurou o corrimão, respirando com dificuldade, tentando acompanhar, mas assim que ela encontrou o primeiro degrau, subiu a escada como se estivesse sendo perseguida por mil demônios.
Nós subimos a escada, empurramos as portas e nos espalhamos pelo telhado, e quando olhei para cima, imediatamente avistei meu pai com um de seus seguranças seguindo em direção à borda onde alcançariam a escada de incêndio.
Eles se viraram e o segurança tentou pegar sua arma, mas, de repente, algo passou voando por nós, pelo ar, e o acertou no meio da testa. Seu pescoço pendeu para trás e os joelhos cederam, o corpo colapsando no chão do telhado.
Mas que porra?
Uma adaga estava caída no chão, perto dele, e provavelmente o cabo fora o responsável por apagá-lo.
Olhei para Rika e a vi parada na posição do arremesso, com o braço ainda estendido.
E então ela aprumou a postura e respirou profundamente.
Hum, tudo bem.
Meu pai olhou para o seu segurança no chão, e inspirou diversas vezes, enquanto avaliava sua situação atual.
Até que seu olhar se fixou ao meu.
— Você não vai fazer o que tem que fazer — ele disse, o brilho das lâmpadas e das árvores do parque às suas costas.
Fumaça ainda pintava o ar.
Retirei a mão de Winter do meu terno, toquei o seu rosto e afastei-me, aproximando-me dele enquanto todo mundo ficava para trás.
— Eu fiz isso uma vez — comentei, pensando na minha mãe. — Você realmente achou que ela esteve se divertindo em uma praia paradisíaca esse tempo todo?
Ele entrecerrou os olhos e inclinou a cabeça, como se estivesse até

impressionado. Deve ter suspeitado que minha mãe estava morta; afinal de contas, ela nunca mais apareceu, em anos.

E ele sabia que se ela não ficasse longe e não me deixasse em paz, que eu a obrigaria a fazer isso.

— Você permitiu tudo aquilo — eu disse, ríspido, avançando mais um passo e parando em seguida. — Você permitiu que ela fizesse tudo aquilo comigo.

— Poupe-me dessas lamentações — ele rebateu. — Uma bocetinha é o que todo menino em crescimento precisa.

Eu o encarei.

— Então... o que você fez com ela? — ele perguntou. — Onde ela está?

Ele queria dizer... o corpo?

Meu olhar se manteve fixo ao dele, enquanto eu pegava o punhal que havia colocado por dentro do bolso. Seus olhos pousaram na lâmina e depois se voltaram para mim quando agarrei o punho da adaga.

— Chegue mais perto — zombei.

Firmei o aperto, ouvindo o rangido suave da luva de couro.

— Você não vai fazer isso — ele disse. — Não consegue.

Você sabe que eu consigo. E que vou fazer.

— Deixe a cidade — murmurei.

Mas seus olhos relancearam para algo às minhas costas.

— Ela já está grávida do meu neto? — perguntou, olhando para Winter de cima a baixo. — Contanto que a cegueira não seja hereditária, procrie com ela o quanto quiser. Eu estava esperando alguns bastardos vindos de você em algum momento.

Dei mais um passo à frente.

— Eu não perderia o controle, se fosse você — ele disse, rapidamente. — Você precisa de mim vivo. De que outra forma poderei alterar meu testamento para incluí-lo novamente?

E então parei.

Seus olhos se enrugaram com divertimento enquanto esperava que eu entendesse o que ele havia acabado de dizer.

Eu não estava nem aí para a porra do dinheiro.

Mas se eu não era o herdeiro, então quem era?

— Banks é um "filho" mais do que você foi — ele continuou. — Eu deveria ter percebido isso há tempos. Aquela menina nasceu na sarjeta. A força vem mediante as provações. Você sempre teve tudo na mão. Herdou essa fraqueza da sua mãe.

Olhei para trás, vendo minha irmã que havia se livrado da máscara. Ela me encarou, preocupada.

— Banks... — sussurrei.

— É a minha única herdeira — ele concluiu. — Mudei meu testamento ano passado. Ela é responsável, esforçada e inteligente. Ela não vai falir as empresas pelas quais trabalhei a vida toda. Se você for bonzinho e se comportar, posso mudar meus desejos outra vez.

Algo sobre o que ele disse fez um nó retorcer meu estômago. Como se eu ainda odiasse o fato de ele pensar que eu não era bom o bastante.

— É até um pouco irônico, na verdade — prosseguiu. — Que depositei minha esperança e energia em você por tanto tempo, acreditando que uma filha nunca poderia ser o que um filho homem é; pelo que parece, agora, as suas irmãs serão as únicas realmente poderosas em Thunder Bay. Não você.

Irmãs?

Olhei para ele, confuso, e um sorriso frio e cruel se espalhou pelo seu maldito rosto.

De que porra ele estava falando?

Eu só tinha uma irmã.

CAPÍTULO 33
DAMON

Dias atuais...

— Elas são impressionantes, não é verdade? — meu pai perguntou, espreitando à minha volta, como se estivesse olhando para alguém atrás de mim. — Nem estou infeliz com isso. Mal posso esperar para ver o que elas podem fazer.

Devagar, eu me virei, olhando por cima do ombro, mas algo me disse que eu já sabia a quem ele estava se referindo. Eu sempre soube.

Avistei Rika e Banks paradas ali, nos observando e me lançando um olhar questionador.

Fechei os olhos, meu coração martelando no peito. *Filho da puta.*

— Irmãs... — eu repeti, voltando a encará-lo.

— Também é bem irônico que pude engravidar qualquer mulher com facilidade, menos a minha própria esposa. — Gabriel pegou um cigarro do bolso frontal de seu terno. — Christiane era linda, no entanto. Não era minha intenção engravidá-la, mas eu sabia que a criança seria bonita com genes como aqueles.

Eu não podia acreditar.

Até que, mais uma vez, tudo começou a fazer sentido. As estrelas finalmente se alinharam.

Ele acendeu o cigarro e soltou algumas baforadas de fumaça no ar.

— Rika... — eu disse, em voz baixa. — Ela é sua.

— Ah, bem que eu queria — ele retrucou, sorrindo para si mesmo. — Mas não, Erika é uma Fane.

O quê?

Então eu não...

— Alguns anos antes de tê-la — ele disse —, Christiane teve um filho.

E então ele olhou para mim, tragando o cigarro e me encarando com os olhos entrecerrados por trás da névoa.

Um filho.

Perdi o fôlego.

Elas eram minhas irmãs, mas Erika não era filha do meu pai. Então isso só podia significar...

Eu o encarei com ódio.

— Você está mentindo.

Ele sorriu, adorando cada segundo.

Não era verdade.

— Natalya Delova era a minha mãe — defendi. — Eu sou muito parecido com ela.

— Seja como for, você não nasceu daquela puta — ele disse.

Fiquei ali parado, incapaz de dizer qualquer coisa. Ele tinha que estar mentindo. De jeito nenhum isso aconteceu debaixo do meu nariz e eu não soube de nada.

Ela não teria.... Como eu nunca soube disso? Ela teria conversado comigo ou feito alguma coisa.

A risada do meu pai impregnou o ar mais do que a fumaça de seu cigarro ou os ruídos abaixo.

Eu o encarei outra vez.

— Schraeder Fane esteve fora do país por alguns meses — explicou. — E deixou a linda esposinha sozinha em casa. — Apontou o queixo para mim. — Não pude resistir a pegar o que queria de sua linda noivinha.

Pegar o que queria.

Tipo, eu sabia o que ele fazia naqueles quartos, lá em casa, tarde da noite... Os sons dos choros atravessando as paredes.

Fiquei imóvel quando constatei de que forma eu havia sido concebido.

— Você a estuprou.

Ele riu e deu de ombros.

— Não importa.

Fiz o cálculo na cabeça. Ela ainda era jovem. *Outra vítima jovem.* Ela tinha a idade de Winter quando Rika nasceu. Então, provavelmente, era adolescente quando eu nasci. Dezoito? Dezenove?

Meu pai continuou:

— Quando Schraeder voltou para casa e encontrou a esposa grávida, não tinha como esconder mais o que eu havia feito. Ele estava disposto a criar você como se fosse filho dele e sair da cidade com sua pequena família, mas eu não podia permitir aquilo. Homens de verdade não deixam outros homens criarem seus próprios filhos.

Eu o encarei com ódio. Como ele me criou? À base de intimidações, espancamentos e tratando-me como se eu fosse uma posse?

— Daí, na noite em que você nasceu, eu apareci e reivindiquei o que era meu — ele afirmou. — Ela gritou, chorou, esperneou. E então passou os anos que se seguiram deprimida e bêbada. Eu realmente não achei que ela fosse ficar tão mal, mas... as coisas melhoraram um pouco para ela quando a Rika nasceu.

A mãe de Rika esteve desorientada por muitos anos. Eu cresci vendo uma mulher alcóolatra, viciada em comprimidos e mal conseguindo se manter de pé, nas raras ocasiões em que ela saía em público.

E aquilo foi tudo por culpa dele. Não foi por ter perdido o marido ou algo assim. Ela mal conseguia sobreviver, e Rika mal teve uma mãe.

Mas ela sempre tinha sido simpática... Agora que havia pensado nisso. Sempre gentil e meiga.

— Eles acabaram ficando em Thunder Bay — meu pai continuou. — Provavelmente para que pudessem ficar perto de você.

Não era de admirar que ele nem sequer pestanejou quando soube o que Natalya fazia comigo no meu quarto. Ela não era a minha mãe aos olhos dele.

Para ele, ela estava me tornando um homem.

— Quando você era adolescente — ele disse —, descobri que ela e o marido estavam planejando te dizer a verdade assim que você completasse dezoito anos. Então eu cuidei de Schraeder. Com uma ajudinha, é claro.

Com a ajuda de Evans Crist, o pai de Michael.

Como ele possuía a procuração de todos os bens patrimoniais dos Fane, e Christiane estava sempre tão abstraída e drogada para se importar, Evans viu a oportunidade de controlar outra fortuna. Da família mais rica da cidade.

Olhei de relance para Rika, vendo-a franzir o cenho enquanto tentava, provavelmente, imaginar sobre o que estávamos conversando, porém nenhum dos meus amigos podia nos ouvir.

Meu olhar pousou sobre a cicatriz em seu pescoço.

— Não esperávamos que Rika estivesse no carro com ele aquele dia, mas... — meu pai disse, pausadamente. — O médico da cidade receitou um coquetel bem bacana para manter Christiane sempre dócil pelo resto da sua miserável vida.

Ele se aproximou de mim, mas tudo o que eu queria era recuar um passo. As paredes estavam se fechando ao meu redor, apesar de estarmos do lado de fora, e segurei o punhal com mais força, assim que o entendimento do que estava acontecendo pareceu pesar uma tonelada sobre meus ombros.

— Você realmente nunca prestou atenção na Christiane, não é? — zombou.

No entanto, eu mal consegui ouvir suas palavras quando me perdi em pensamentos.

Eu poderia ter tido uma vida diferente. Christiane poderia ter sido diferente. Eu poderia ter tido bons pais.

— O jeito com que ela te olha nas festas ou nas ruas da cidade — ele prosseguiu.

Ela olhava para mim? Não, eu não me lembrava disso. O que ela via quando me observava? O que eu fazia?

Minha garganta se fechou e minha mão tremeu no cabo da adaga.

— Ela ficou arrasada antes mesmo do nascimento de Rika e da morte do marido. — Gabriel não se calou.

Ela me queria, mesmo depois de tudo o que o meu pai fez com ela? Seu marido queria me criar como seu filho ainda assim?

— Ela olha para você por longos minutos, completamente óbvia — Gabriel continuou, chegando mais perto e torturando-me com tudo o que estava bem debaixo do meu nariz, mas que nunca soube. — Acho, inclusive, que ela pode se tornar um ponto fraco, e talvez eu tenha que matá-la também.

E se ela não gostou do que estava vendo? E se foi por essa razão que nunca se aproximou de mim? E se me viu enquanto eu estava crescendo e pensou que eu estava me tornando uma cópia dele?

E se ela tiver ficado com medo de mim?

— É sério que você nunca notou? — perguntou, olhando para mim como se eu fosse a coisa mais imbecil do planeta.

A raiva tomou conta do meu peito, meu estômago retorceu em milhares de nós, e cada imagem do que ele fez com ela cintilou na minha mente.

Ele a estuprando. Destruindo a vida dela. Roubando-me dela, mesmo com seus gritos desesperados.

Obrigando que ela assistisse outra mulher me criando a poucos quilômetros de distância.

Deixando-me naquela casa para enfrentar os horrores que tive que engolir.

Então olhei para ele, cerrei a mandíbula e canalizei tudo, ciente de que nunca lhe daria netos aos quais ele pudesse tocar a mão.

— Achei que você fosse muito mais perceptivo do que isto — ele disse —, mas acho que ela não era muito inteligente também, então...

Grunhi, agarrei seu ombro e enterrei o maldito punhal em seu estômago.

Ouvi meus amigos arfando, chocados, às minhas costas, assim como escutei Banks gritando meu nome, mas soou quase como um sussurro.

Ele estremeceu, a boca aberta e os olhos arregalados pela primeira vez em sua miserável vida do caralho, e parecia não ser capaz de respirar de repente.

Puxei a lâmina e estoquei-a em sua carne outra vez, sentindo um calafrio percorrer o braço que empunhava a adaga, infiltrando-se pelo meu sangue, para ser arrefecido pelo meu ódio.

Repeti o movimento, puxando a faca e encarei seus olhos, e afundei-a em seu maldito corpo, enterrando-a profundamente em seu estômago pela... última... vez.

— Apenas... morra — eu disse, entredentes, bem diante do seu rosto. — Morra.

Ele se engasgou e arfou, os joelhos cedendo e o corpo se dobrou no chão enquanto arrancava minha adaga e desabava.

Alguém soluçou baixinho atrás de mim, mas todos permaneceram em silêncio, vendo-o sangrar por todo o telhado, a camisa branca se tornando carmesim.

Olhei para ele ali caído. Alguém chegou perto de mim, por trás, mas acenei com a mão para que ficassem longe.

O peso que sempre carreguei em minhas entranhas estava se dissipando, e eu não sairia dali correndo, fugindo.

Eu queria ver isto.

Queria me assegurar de sua morte.

— Você está bem? — Winter perguntou, envolvendo meu corpo com seus braços, mesmo que minhas mãos estivessem algemadas. — O que vai acontecer?

Aconcheguei-me contra ela, enterrando o rosto na curva de seu pescoço.

Não faço a menor ideia. Mas não estava mais assustado. Ela estava a salvo. Meus amigos estavam a salvo. Não importava o que fosse acontecer, pelo menos isso eu tinha conseguido.

— Vai ficar tudo bem — sussurrei.

Curiosamente, eu sentia apenas cansaço, sem nenhuma preocupação, tristeza ou culpa, talvez como devesse sentir. Eu estava apenas feliz por ele ter desaparecido das nossas vidas e por ela estar livre. Valeu a pena.

O legista estava colocando o meu pai na maca, já dentro do saco preto, enquanto a polícia colhia os depoimentos de cada um e esperava pela equipe forense chegar.

Kai nos fez prometer que nenhum de nós abríssemos a boca até conversarmos com os advogados, mas eu fui a pessoa encontrada com a faca e o sangue nas mãos.

Eu teria que depor na delegacia.

— Vá com a Banks e o Kai — eu disse a ela.

Eu a queria longe de Thunder Bay esta noite. Na cidade, novos ares, outro lugar. Queria que ela se afastasse dessa merda.

Ela segurou as lágrimas e me beijou, sussurrando acima dos meus lábios:

— Esta não é mais a sua vida. Eu não vou embora.

Não consegui conter o sorriso assim que ela me beijou outra vez. Eu não admitiria de jeito nenhum, mas aquilo ali fez a minha noite.

Banks a puxou para longe quando o policial me fez ficar de pé bruscamente e começou a me levar dali.

Olhei para ela por cima do ombro, rezando para que aquela não tenha sido a última vez em que a toquei.

Assim que passei por Rika, nossos olhares se conectaram; ela sabia que havia acontecido alguma coisa. Não era minha intenção matá-lo. Isso não fazia parte do plano.

No entanto, ela não ouviu nada do que conversei com meu pai.

Aquela era uma merda para outro dia.

Por agora...

— Um caiu — eu disse a ela. — O resto é com você.

KILL SWITCH

Horas depois, recebi cuidados médicos no meu ferimento e um pão de canela embalado e que ainda permanecia intocado em cima da mesa da sala de interrogatório.

Meus olhos estavam ardendo pelo cansaço, e meu estômago roncava, mas eu não podia pegar o maldito alimento. Estava algemado e não conseguia alcançá-lo, e eles sabiam disso.

Eles ainda não haviam tentado me interrogar, provavelmente já sabendo que eu era esperto o bastante para conhecer os meus direitos.

Mas eles ainda não haviam colhido amostras do sangue na minha mão ou me feito trocar de roupas. Isso estava me deixando curioso, já que eu não sabia o que diabos estava acontecendo por ali. Ninguém veio conversar comigo e eu não tinha feito o telefonema ao qual tinha direito. E se eu quisesse ir mijar?

Esfreguei o rosto no ombro e bocejei, a lâmpada fluorescente incidindo sobre mim.

Onde estava Winter? Pensei nela, em nossa cama, dormindo pacificamente, exatamente onde eu queria que estivesse.

Mas eu sabia que ela não estava. Devia estar acordada e desesperada, tão cansada e preocupada como eu. Ocorreu-me depois que cheguei que, por mais que eu estivesse feliz por ela agora estar fora de perigo com a morte do meu pai, ainda assim, eu não queria que ela enfrentasse esse mundo sem mim. Não queria perder nenhum momento ao lado dela.

E, talvez, por esse motivo, eu tenha me arrependido do que fiz.

A porta se abriu repentinamente, e virei a cabeça, deparando com um homem jovem baixinho e ruivo vestido em um alinhado terno cinza.

— Olá — ele me cumprimentou, ao entrar na sala e ser seguido por um policial. — Eu sou Monroe Carson.

O oficial passou por ele e observei-o enquanto abria minhas algemas. Ele se virou para sair, mas parou e, com os lábios franzidos, pegou o bolinho de canela e colocou-o na minha frente.

Hein?

Recostei os antebraços na mesa, peguei o pãozinho e arremessei-o contra a porta um segundo antes que ele a fechasse.

Babaca.

Olhei para o cara e arqueei uma sobrancelha.

— Não chamei um advogado — comentei.

Ele deu um sorriso fugaz e ergueu a cabeça. Segui a direção de seu olhar, vendo a câmera no canto, e, depois de um segundo, a luz que indicava que ela estava funcionando apagou.

Mas que diabos estava acontecendo?

Eu o encarei novamente.

O homem fuçou dentro de sua maleta de couro e retirou algo embalado em um plástico. Ele o colocou sobre a mesa, à minha frente.

— Eu posso dar um jeito nisso, se você preferir, mas pensei que você gostaria de vê-lo destruído com seus próprios olhos — ele informou.

Inclinei-me adiante para olhar o pacote e percebi que se tratava da adaga de Rika. Limpinha e brilhando como se fosse nova em folha. Talvez algumas partículas de sangue pudessem ainda ser encontradas e... será que foi por isso que ele sugeriu que o punhal fosse destruído?

Por que eles me deixariam destruir a arma que usei para assassinar meu pai?

Entrecerrei os olhos e encarei-o.

— O que é isto?

— Você está livre para ir embora.

Meu coração deu um salto.

— Por quê?

Ele suspirou e colocou sua maleta sobre a mesa, desabotoou o paletó e se sentou. Em seguida, pegou um papel de dentro da bolsa e colocou-o na minha frente.

— Ninguém lamentará a morte do seu pai — ele disse. — Para dizer a verdade, muitas pessoas estão bem satisfeitas, e agradecidas, por ele ter desaparecido. O depoimento diz que você e seus amigos apareceram no desfile para festejar. Quando você chegou, um dos empregados do seu pai, descontente, o matou, e você o encontrou deitado em uma poça de sangue no telhado.

Analisei o documento e li o que o depoimento dizia.

— Todos eles assinaram. — Ele apontou e passei um olhar pelas assinaturas.

Então fora por isso que ninguém havia recolhido amostras do sangue em minhas mãos ou roupas.

— E os seguranças dele...? — argumentei.

Ele rapidamente respondeu:

— Eles agora estão na lista de pagamento da sua irmã, já que ela se tornou a única herdeira dos bens do seu pai. Ela me assegurou que tem sua casa sob controle.

Sua casa. Foi estranho ouvir aquilo, mas pareceu mais do que adequado.

No entanto, ainda havia os policiais. O sangue no punhal. Minhas impressões. As pessoas podiam até estar felizes pela morte do meu pai, mas elas não varreriam isso para debaixo do tapete por um gesto de bondade. Muita gente não gostava de mim do mesmo jeito. Eles haviam se livrado do meu pai, então por que não me enviar novamente para a prisão para que pudessem se ver livre de mim também?

— Quem o contratou? — perguntei com suspeita. — Quem está te pagando? Quem está pagando ao resto da cidade para que façam vistas grossas para tudo isso?

Ele apenas me encarou, sem pestanejar, e então respondeu em um tom quase sereno:

— Alguém que quer que você tenha uma oportunidade, Sr. Torrance.

E eu recostei contra a cadeira, finalmente abrindo os olhos para enxergar a verdade que nem mesmo estava sendo dita.

Christiane Fane.

Destranquei a porta da frente e eu e Winter entramos na casa dela uma hora depois.

Eu não conseguia acreditar que estava livre.

Sabia que as fofocas na cidade seriam as piores possíveis, e não fazia a menor ideia de como tudo aquilo repercutiria agora que Evans Crist tinha conhecimento, sem sombra de dúvidas, de que nós sabíamos tudo sobre a morte do pai de Rika. No acidente que quase *a* matou também.

Mas, nesse exato momento, eu não dava a mínima. Meu pai tinha sido a maior ameaça, e embora ainda não estivéssemos completamente a salvo, eu tinha plena confiança de que as pessoas nos dariam uma fantástica e longa pausa, antes de virem atrás de nós outra vez.

E se eles fizessem isso, estaríamos preparados.

Passei os dedos pelo meu cabelo, só querendo um banho e uma cama agora mesmo, mas havia uma coisa a mais que eu tinha em mente antes de tudo isso.

Fechei a porta e tranquei-a.

— Eu estava pensando que poderíamos ir nos sentar um pouco na fonte... — Winter disse, preguiçosamente, com a cabeça recostada contra o meu braço enquanto eu mantinha sua mão entrelaçada à minha.

— Teremos todo o tempo do mundo para isso — eu disse. — Tenho outra ideia.

— Ah, é? — Ela parecia divertida, como se já estivesse imaginando o que eu queria agora mesmo.

Mas, ao invés de me dirigir às escadas, continuei pelo saguão e entrei na cozinha.

Ela levantou a cabeça e perguntou:

— Aonde estamos indo?

— Você vai ver.

Eu a levei para fora da casa, pelo pátio dos fundos; passamos pela piscina e a casa de hóspedes e cerca de sebes, entrando na floresta. Caminhávamos bem devagar pela propriedade e pelos galhos caídos, mas, quando chegamos ao imenso carvalho branco, eu a peguei no colo e carreguei-a por cima do resto de folhas e madeira que eu ainda não havia retirado dali.

Eu a coloquei no chão novamente e segurei sua mão, fazendo com que a apoiasse sobre o tronco da árvore.

Ela passou a mão pela casca, sentindo-a de cima para baixo até que parou sobre uma placa fixada ao tronco.

Ela se afastou um pouco, endireitando a coluna, e ficou boquiaberta ao compreender porque eu a havia levado ali.

Sua respiração acelerou, e pude detectar o medo em seu semblante.

Postando-me às suas costas, envolvi sua cintura com o braço e beijei o topo de sua cabeça.

— Eu sou mais forte agora — sussurrei. — Não vou te deixar cair.

Senti seu corpo estremecer, mas ela ficou em silêncio. Apenas ali, imóvel, lutando contra os conflitos em sua cabeça.

Depois de mais um instante, ela estendeu o braço adiante e, respirando fundo, com determinação, pisou no primeiro degrau à medida que se agarrava à tábua em frente.

Fiquei observando-a subir, bem devagarinho, um passo após o outro, e a segui logo atrás, sem desviar o olhar dela por nenhum segundo.

Ela parou na metade do caminho, sentindo a brisa chicotear seu cabelo, mas continuou logo depois.

Só mais um passo.
E mais outro.

— Pare aí, querida — instruí, quando ela chegou ao topo. Eu não queria que batesse a cabeça.

Ela ficou imóvel enquanto eu a alcançava e abria a portinhola do piso acima.

Balançando a mão para medir a largura da abertura, ela subiu e engatinhou pelo piso de madeira, levantando-se com cuidado enquanto eu ia ao seu encontro.

Ela ficou ali de pé por um minuto, situando-se, até que deu alguns passos cautelosos para tocar o corrimão. Fiquei de olho em seu pé, para ter certeza de que ela não iria muito além. Coloquei as tábuas do corrimão bem próximas umas às outras, para que não houvesse risco de alguém cair, mas, ainda assim, ela poderia escorregar e se machucar.

Dei uma volta para garantir que tudo estivesse bem firme, e inspecionei o telhado triangular, só para conferir se não havia goteiras depois da última chuva. Pensei em construir uma casa completamente fechada, mas talvez aquilo fosse o melhor para as crianças. Por enquanto, eu gostava dos lados abertos e arejados, por onde o vento podia passar e ouvir o som das folhagens das árvores.

— Então... foi aqui que você esteve esse tempo todo? — ela disse, ainda com o rosto voltado para a paisagem. — Não a centenas de quilômetros de distância de mim?

Parei às suas costas.

— Nunca.

Todas as noites que passei fora de casa, estive aqui.

Enlacei sua cintura com um braço e recostei-me contra o corrimão com o outro, contemplando a vista e pensando onde estávamos cinco anos atrás.

Era Halloween e eu havia acabado de ser preso.

— Como você está? — ela quis saber.

Sabia que ela se referia à morte do meu pai. Queria saber se eu estava chateado.

Eu ainda não tinha certeza. Estava feliz por tudo ter acabado, mas ainda estava tentando descobrir o que tudo aqui representava e qual próximo passo eu deveria dar.

A coisa mais importante era que eu não estava mais sozinho, e isso fazia uma enorme diferença. Nós ficaríamos bem.

Infelizmente, não tão bem quanto eu queria...

— Não tenho dinheiro nem casa, tenho uma esposa e, provavelmente, uma namorada grávida — eu disse, tentando tirar sarro da situação.

Mas até eu sabia que teria uma bagunça tremenda para consertar assim que acordasse amanhã. Eu tinha muito que fazer.

Ela ficou em silêncio por um instante, até dizer:

— Estou aqui pensando se não seria mais fácil tentar uma anulação, já que o casamento não foi consumado. — As palavras ficaram pairando no ar por alguns segundos. — *Se* não tiver sido consumado, claro.

Olhei para ela, sabendo com o que ela estava preocupada. Se eu havia transado com a Ari...

Segurei seu queixo e virei seu rosto para mim.

— Isso se chama fraude — expliquei. — Quando você se casa sem nenhuma intenção de consumar o casamento. Estou um passo à sua frente, diabinha.

Um sorriso envergonhado curvou seus lábios, e pude sentir a tensão abandonar seus ombros.

O casamento com Ari me colocou dentro da casa dos Ashby e colocou-as sob o meu domínio. Era um meio para alcançar ao fim. Não levei muito tempo para perceber, no entanto, que eu mal seria capaz de tolerar compartilhar uma refeição ao lado daquela mulher, que dirá levá-la para a cama. Eu sabia a quem eu queria.

Ela se sentou no chão e colocou as pernas para fora, balançando-as exatamente como havíamos feito quando crianças.

— Banks não vai querer a herança — salientou. — Você pode contestar o testamento dele se quiser.

Suspirei audivelmente e sentei-me ao lado dela, inclinando-me para trás e apoiando-me contra as minhas mãos; contemplei a vista através das folhagens que nos escondiam do mundo.

— Foda-se — murmurei. — Ele estava certo. Ela vai cuidar muito melhor de tudo do que eu. E, de qualquer forma, não quero nada dele.

Ela assentiu, já sem nenhuma preocupação turvando o seu semblante. Ela parecia até feliz, e com o seu cabelo esvoaçante e os mesmos lábios rosados, era como se estivesse com oito anos outra vez, e eu, onze, incapaz de deixar de olhar para ela.

Virou o rosto em direção à casa, e fiquei feliz por ela ter gostado daqui.

— O que você vê? — perguntei.

Ela inspirou profundamente e então expirou devagar, deitando-se no chão e com as pernas penduradas pela beirada da casa da árvore.

Um sorriso sutil iluminava seu rosto.

— Eu nos vejo passando a noite aqui.

Pairei meu corpo acima do dela, segurei seu rosto entre as mãos e fui em direção à sua boca.

É isso aí.

CAPÍTULO 34
DAMON

Dias atuais...

Bati a porta do carro, acionei o alarme, dei a volta e apressei-me pela calçada, tremendo de frio.

Nevaria em breve. Eu podia sentir.

Puxei o zíper do meu pulôver e enfiei as mãos dentro dos bolsos do jeans assim que abri a porta do teatro e entrei. O calor me atingiu na mesma hora, e alguns funcionários fizeram contato visual comigo, mas desviaram o olhar assim que me reconheceram.

Estive vindo aqui todos os dias para deixar e buscar Winter, então sabiam por que eu estava aqui.

Além do mais, a cidade inteira sabia o que realmente havia acontecido na taverna semana passada, e por mais que não tivesse ninguém se lamentando por isso, eles ainda assim mudavam para a calçada do lado oposto quando me viam. Abaixavam a cabeça, saíam do caminho e respondiam educadamente com uma ou duas frases, no máximo, quando eu pedia comida no restaurante ou colocava gasolina no carro.

Na verdade, reparei que também faziam a mesma coisa quando viam Will, Rika ou Kai. Todos nós, aliás.

Era como se a cidade estivesse mais cautelosa ou algo do tipo e as pessoas não tivessem certeza se deveriam ficar amedrontadas.

Passei pelas lojas de conveniência e pelas escadas que levavam ao mezanino e galerias no andar superior, e abri as portas duplas, seguindo em direção ao auditório do teatro.

Música enchia o ambiente enquanto Winter se movia pelo palco, deslizando e girando, o corpo inteiro se movendo como se formasse uma unidade ao invés de membros individuais.

Desci o curto corredor rumo à área da orquestra, observando-a, o figurino leve, longo e cinza flutuando através das camadas de tecido entre suas pernas; seu cabelo esvoaçando ao redor dela assim que fez uma pirueta e inclinou-se para trás. Não havia palavras que pudessem descrever quão linda ela era.

No entanto, em breve todos descobririam isso. Michael e Rika estavam patrocinando uma breve turnê, onde ela faria a abertura de alguns espetáculos de dança em outros teatros e festivais; se tudo corresse bem, partiríamos dali. Sua apresentação de vinte minutos levaria ainda alguns meses para ficar pronta, mas ela já estava ensaiando e delineando a performance.

E embora fosse bom, ela merecia tudo o que lhe acontecesse, e eu não a impediria ou faria qualquer coisa para desencorajá-la. Aquilo me levou a pensar no que diabos eu faria agora também. Eu só era bom em jogar basquete, e isso já tinha ficado para trás há tempos. Meu temperamento não era dos melhores para trabalhar com outras pessoas, e eu não queria ter absolutamente nada a ver com o dinheiro e as empresas do meu pai. Banks havia assumido tudo, então ficaria em família. Aquilo era tudo o que me importava.

Eu não aceitaria o dinheiro dele, e não pediria porra nenhuma aos meus amigos. Tudo o que eu e Winter construíssemos seria pelo nosso esforço.

— Damon, você está aqui? — Ouvi Winter gritar.

Olhei para ela, sem ter percebido que a música havia parado de tocar.

— Estou chegando aí — eu disse.

Subi os poucos degraus na lateral do palco, e fui até ela, peguei-a no meu colo e fiz com que enlaçasse minha cintura com as pernas, do mesmo jeito de sempre e que havia feito na última semana, desde que passei a buscá-la depois dos ensaios, às cinco.

Ela sorriu para mim, entremeando os dedos pelo meu cabelo, e me beijou.

— Parece bom — comentei.

— Hum-hum, você é meio lesado.

— Eu não minto.

Ela riu e eu a levei do palco até a área dos camarins, para que pudesse pegar suas coisas.

Winter começou a beijar a minha bochecha, deixando pequenos beijinhos no meu rosto, orelha e ao longo do pescoço. Eu queria levá-la para casa e entrar debaixo do chuveiro. Neste exato momento.

— Como foi o seu dia? — perguntou, mordiscando o lóbulo da minha orelha.

— Bom — murmurei, desfrutando demais de sua atenção para pensar no que dizer.

Eu a havia deixado aqui às onze, esta manhã, e depois fui até a casa de Kai para recolher minhas serpentes que Banks tomou conta por um tempo, e então passei no meu apartamento no Delcour e no meu antigo quarto na casa do meu pai, para pegar o resto das minhas coisas.

Eu deveria estar procurando um emprego, mas, nesse instante, só queria levá-la para casa antes que começasse a nevar, e então eu a manteria acordada a noite inteira tentando fazer um filho que ainda não tínhamos condições financeiras de criar.

Chegamos ao seu pequeno camarim e eu a coloquei no chão, observando-a embalar as suas coisas e pegar uma muda de roupas para se trocar bem na minha frente. Peguei a mochila, meio tentado em plantar a bunda dela na penteadeira agora mesmo, mas... estava frio. Eu esperaria pelo nosso momento sob o chuveiro quente.

— Pronto? — perguntou, usando um jeans, um suéter de malha e sapatilhas.

Dei a ela o meu braço e guiei-a para sair do quarto, depois pelas coxias, o palco e pela saída dos fundos que dava direto em um beco.

— Posso dirigir? — ela caçoou.

Eu ri baixinho antes de responder:

— Você conhece as regras.

Tarde da noite, no escuro e sem testemunhas.

Viramos a esquina do prédio, depois cruzamos a rua e eu joguei sua mochila dentro do porta-malas antes de destravar as portas do carro. Assim que a abri a minha, Winter parou e disse por cima do capô:

— Sabe de uma coisa... Tem um monte de coisas lá em casa que a gente poderia vender. Obras de arte, mobílias, carpetes... Eu tenho algumas joias também.

— Não.

— Damon...

— Eu vou cuidar disso — eu a interrompi, mas mantive o tom de voz o mais gentil possível. — Vou arranjar um trabalho. E vou resolver tudo. Não se preocupe.

Não é que eu não esperasse que ela não fizesse nada, ou que ela não fosse minha parceira, mas eu havia exposto as falcatruas do seu pai. Era *minha* responsabilidade consertar as coisas e devolver a ela a vida à qual estava acostumada. A vida que ela merecia.

E, definitivamente, eu não queria ficar sem fazer alguma coisa.

Eu daria um jeito de arranjar um emprego rentável. Legítimo.

Ela abriu a porta e, assim que entramos no carro, Mikhail pulou do assento onde estava nos aguardando, para deixar espaço para Winter.

Acariciei o pelo da sua cabeça, mas meu celular tocou no console onde eu o havia deixado e, quando conferi o visor, percebi que se tratava de um número local.

— Alô? — atendi.

— Damon Torrance? — um homem perguntou.

— Sim.

— Aqui quem fala é Grady MacMiller — ele se apresentou. — Do Banco Ibérico?

O nome me soou vagamente familiar.

— Sim? — Enfiei a chave na ignição e dei partida.

— Escuta — ele disse —, eu sei que isso vai parecer meio estranho, mas não custa tentar. Eu fui avaliar a mansão dos Ashby ontem enquanto vocês estavam fora.

Por isso o nome não me era estranho. Banks agora era a dona da casa, que compunha parte dos bens ativos dela. Ela estava tentando colocar a contabilidade em ordem, e me avisou que alguém iria até lá.

Aquilo também me fez lembrar que Winter não poderia, realmente, vender nada de dentro da casa, já que Banks possuía tudo o que havia lá dentro. Esfreguei os olhos, frustrado.

— Bem, eu tive que levar meus filhos comigo — continuou. — Infelizmente, a babá estava doente e a minha esposa es...

— E daí? — interrompi.

Jesus.

— Desculpa — ele disse, rapidamente. — Peço perdão. Enfim, nós vimos a casa da árvore e o labirinto da fonte, e questionei aos seguranças da casa, e eles me informaram que você foi o designer. É verdade?

— Designer? — repeti, vendo que Winter ouvia atentamente ao meu lado. — Ahn... não. Eu construí tudo aquilo, se é o que você quis dizer. É isso?

— Então, meus filhos amaram as duas estruturas — ele disparou. —

Absolutamente amaram de paixão. Era como se estivessem numa manhã de Natal. Bom, estou me sentindo envergonhado de perguntar isso, levando em conta quem é... ah, quem era o seu pai... Meus pêsames, senhor — acrescentou. — Mas... tenho que perguntar: você se disporia a construir outras obras como aquelas? Na minha casa? Para os meus filhos?

— Outras o quê?

— A casa da árvore e o labirinto da fonte.

Bufei uma risada incrédula.

— Hum, não. Desculpe.

— Ah, eu... hum...

— Tenho que desligar — eu disse.

Encerrei a ligação e comecei a rir baixinho. Pelo amor de Deus. O que eu era? O pai bacana da vizinhança, que ajudaria nos projetos de ciências também? Quem sabe até dar uma mãozinha na mudança de alguém?

— O que era? — Winter quis saber.

Joguei o celular no console outra vez e pisei na embreagem para trocar a marcha.

— Alguém gostou das tranqueiras que construí na sua casa — respondi. — Queria que eu construísse uma casa na árvore e uma fonte para a propriedade dele.

— E você disse não?

— Não tenho tempo pra isso — retruquei. — Preciso arranjar um emprego e descobrir o que vamos fazer daqui pra frente. — E então parei, endireitando a postura assim que a compreensão se infiltrou no meu cérebro. — Aaahhh...

— Sim, seu tonto! — ela gritou, histérica.

Ele estava tentando me contratar.

Para desenhar e construir para ele.

Nunca me ocorreu que o que construí para Winter em sua casa fosse bom ou não, mas eu me diverti ao planejá-los. Concentrei-me totalmente no trabalho manual e desfrutei dos bons momentos em que fiquei sozinho fazendo alguma coisa. Criando todos os cantos e recantos onde eu queria passar a minha vida inteira me escondendo. Só que com ela agora.

Não me importaria em fazer aquilo como um trabalho. Só não tinha pensado no assunto. Eu possuía um monte de outras plantas arquitetônicas na época da construção.

Mas...

— Eu não posso trabalhar para as pessoas, na minha própria cidade, como se fosse um operário.

— Argh... — Ela revirou os olhos. — Primeiro você foca em Thunder Bay, depois, você domina o mundo. O que acha disso?

O que significava que aquele poderia ser um ponto de partida. Um negócio que poderia crescer muito mais.

Muito mais.

Mas então me lembrei...

— Eu fui preso por um crime sexual — resmunguei. — Ninguém vai me querer trabalhando perto de seus familiares.

— E eu não acho que Grady MacMiller não saiba tudo sobre a sua história, Damon — salientou. — E, ainda assim, ele quis te contratar.

É, acho que sim. Ele conhecia a natureza do meu julgamento. Assim que eu me casasse com Winter, as pessoas saberiam que havia muito mais coisa por trás do que o que aconteceu no tribunal.

E então, talvez, com a propaganda boca a boca...

— Ligue para ele de volta e me passe o telefone — ela disse. — Vou fingir ser a sua assistente pessoal que atenua as coisas entre o cliente e o artista idiota e temperamental.

Dei um sorriso, enganchando um dedo na gola de seu suéter e puxei-a na minha direção, grudando nariz com nariz.

— Primeiro, o chuveiro.

E saí dali dirigindo na maior velocidade, querendo chegar em casa o mais rápido possível.

Muito mais tarde naquela noite, logo depois que o sol se pôs, deixei Winter resolver algumas coisas do marketing do tour com a Alex, e fui até a porta da frente da casa que nunca imaginei que iria.

Havia tanta coisa que deixei passar despercebido ao longo dos anos, que, quando juntei todas as peças, consegui encaixá-las em um perfeito quebra-cabeças.

O sorvete que ela me deu na rua, quando eu tinha sete anos, dizendo que eles haviam dado um a mais para ela e Rika.

O jeito como olhou para mim no dia da formatura, e que levou até a pensar no porquê ela estava lá, afinal de contas, mas daí pensei que ela tinha ido como amiga da família, já que o Michael estava se formando também.

Os boatos que ouvi quando estava no último ano do colégio, de que ela havia mandado Rika ficar bem longe de mim, assim que entrou como caloura no ensino médio, já que estaríamos na mesma escola. Achei que fosse por causa da reputação que me precedia, mas foi porque ela temia que algo acontecesse entre nós dois.

Ela estava certa em alertá-la. E pensar nas inúmeras maneiras em que estive tentado a cruzar os limites com Rika…

Puta merda.

Ah, que caralho… Apesar de tudo, isso foi apenas mais um degrau na escada fodida das merdas que já fiz e que tornava o nosso grupo muito mais interessante. A gente ia superar.

Toquei a campainha e enfiei as mãos nos bolsos, usando meu terno e camisa de botão pretos, porque não era o Damon da Winter que eu precisava ser esta noite.

A porta se abriu e olhei bem dentro dos olhos dela, seu sorriso se desfazendo e a respiração acelerando a cada segundo.

Eu a encarei, vendo-a com novos olhos, e analisei suas características físicas para tentar detectar alguma semelhança comigo. Cabelo loiro, como o de Rika, em um coque estiloso e bagunçado, com algumas mechas ao redor do rosto. Magra, corpo definido – muito mais saudável do que há alguns anos, quando era viciada em comprimidos e álcool.

Ela usava uma calça preta alinhada, uma blusa sem mangas da mesma cor e a maquiagem leve e que a deixava com uma aparência muito mais jovem do que os seus quarenta e poucos anos.

No entanto, eu não me parecia em nada com ela. Ou talvez minha pulsação estivesse trovejando com tanta intensidade, que me deixou impaciente e distraído e sem conseguir pensar direito.

— É verdade? — exigi saber.

Ela abaixou a mão que ainda segurava a maçaneta e ficou ali de pé, em transe.

— O que é verdade? — Ouvi alguém dizer.

Rika veio de algum lugar às costas dela, os dedos enrolados na alça de uma xícara de café, olhando para mim.

Elas, por outro lado, eram muito parecidas.

Quando ninguém disse nada, ela olhou para a mãe.

— Mãe?

Mas Christiane baixou o olhar, os lábios começaram a tremer, porque ela sabia que era a hora da verdade. Não tinha mais como esconder isso.

— Meu avô costumava contar uma história... — ela finalmente disse, com um leve sotaque sul-africano na voz — Sobre um ancestral que veio da Pérsia. Séculos atrás. Uma mulher chamada Mahin.

Seus olhos tristes encontraram os meus.

— Ele disse que foi dela que herdou seu cabelo e olhos negros.

Meu cabelo e olhos negros.

— E ele dizia — ela prosseguiu — que essa característica volta e meia aparecia em algumas gerações.

Senti o sangue ferver, além da raiva que me consumia, mas eu não tinha certeza se deveria ou tinha o direito de me sentir assim; eu queria me sentir assim, porque com certeza eu acharia alguém em quem pudesse descontar minha raiva.

Como alguém poderia ser assim tão fraco?

Tentei entender a posição dela. Meu pai era um homem perigoso, e eu sabia que ele a havia ameaçado, que havia matado o seu marido, e, sem dúvida alguma, ameaçado ferir Rika, mas...

Como uma pessoa conseguia viver assim? Nesta cidade, debaixo do nariz dele, sabendo que seu filho estava a menos de dois quilômetros de distância, vivendo um dia após o outro sem a sua presença? Por que ela não o pegou no meio da rua quando ele tinha cinco ou oito, ou onze, e simplesmente fugiu dali?

Schraeder Fane era milionário. Eles tinham condições. Será que ela fazia ideia do que eu passava naquela casa?

Mas então, eu percebi, também... que se não tivesse crescido na casa de Gabriel, nunca teria tido a chance de proteger Banks.

Ainda assim...

Rika olhava entre nós dois, o cenho franzido em confusão.

— Era você no hospital — eu disse para Christiane, lembrando-me da voz e do toque reconfortante em minhas mãos e no meu rosto.

Lágrimas jorravam de seus olhos, e ela pareceu perder o fôlego. Deu um passo na minha direção, mas eu recuei, mantendo-a à distância.

— Não preciso de uma mãe — adverti. — Não mais. — E então

apontei para Rika. — Mas preciso muito dela. Isto não muda nada, porém, não tente se intrometer entre nós dois.

— Mas que porra é essa que ele está falando? — ela perguntou à mãe, o tom de voz áspero pela preocupação. Então se virou para mim. — Damon?

Interrompi o contato visual com Christiane – estava farto dos meus pais, porra –, e fixei o olhar ao dela.

— Eu disse que você nunca escaparia de mim — eu a lembrei. — Sempre senti isso.

Ela encarou a mãe, atordoada.

— Mãe? Por favor, do que se trata tudo isso? O que está acontecendo?

Comecei a me afastar em direção ao meu carro, mas ainda olhando para Rika.

— Nós vamos dominar o mundo, Rika. — Estendi minhas mãos à frente, sorrindo. — Você, Banks e eu.

Dei a volta e saí dali, ouvindo Rika implorar por explicações de sua mãe. Mas sem sucesso.

Dirigi para longe, com Christiane Fane ainda parada no batente da porta, observando-me.

A única coisa que ela sempre fez.

E, tomara que ela saiba que era melhor não tentar mais do que isso. Ela não era bem-vinda agora que meu pai estava morto e fora do seu caminho.

Eu não suportava péssimos pais. Seria bom que ela se lembrasse disso.

EPÍLOGO
DAMON

Tirei o celular do carregador e levei-o ao rosto, a luz da tela irritando meus olhos cansados enquanto passava por todas as notificações que chegaram aos poucos na última meia hora e me fizeram perder o sono.

Porra, Will.

Ligações perdidas, mensagens, fotos... Ele estava se divertindo no Rio. Ou em Cartagena. Sei lá. Esqueci onde era.

Ele na praia. Ele com uma fulana qualquer. Ele tomando sol e na areia, sem congelar a bunda aqui em Thunder Bay em pleno mês de janeiro. Deliciando-se com comidas boas e rindo.

Nos quase três meses depois da Noite do Diabo, conseguimos que ele parasse de usar drogas, mas não de beber por completo, e enquanto Kai, Michael e eu estávamos organizando nossas vidas para os feriados, nossas casas, nossas mulheres e nossos trabalhos, ele decidiu se afastar e viajar por aí. Alegou que precisava de uma mudança de cenário, mas já estava longe há tempo demais, e por mais que as fotos fossem bacanas, e ele parecesse estar feliz, eu sabia que estava apenas dando voltas, até que perdesse o equilíbrio e caísse de vez.

E, aos 24 anos, sua família toleraria esse processo de autodestruição apenas por um tempo, até que cortassem suas asinhas e o fizessem voltar para casa.

Afastando o lençol, peguei uma calça de pijama no chão e vesti, enquanto ligava para ele.

Nenhuma resposta. Enviei uma mensagem, avisando que estava acordado e que ele podia ligar de volta.

Caminhei até a janela que ia do teto ao chão e avistei a balaustrada da varanda, vendo a paisagem coberta pela neve que ainda caía; o manto branco parecia uma camada de glacê sobre o corrimão de mármore à medida que o vento uivava do lado de fora, chacoalhando as árvores.

Peguei um dos cigarros da mesinha e levei-o até o nariz, aspirando o cheiro de tabaco e cravo. Senti meus lábios formigarem, e enfiei-o na boca, rolando de um lado ao outro para sentir a sensação de conforto quando fazia isso.

Winter estava tentando me fazer parar. Por um bom tempo, aquilo estava fora de questão. Eu não era do tipo "não-fumante".

Mas daí... ela mencionou filhos e que minhas roupas ficariam fedendo... e também como muita gente morria por ser fumante passivo. E perguntou se eu queria que nosso bebê fedesse a essa porcaria...

Ah, foda-se.

Fui até as portas francesas e peguei meu isqueiro de cima da mesa e o acendi enquanto calçava meus sapatos e abria a porta para sair, mas então ouvi sua voz sonolenta do outro lado do quarto:

— Ei — disse ainda da cama. — Aconteceu alguma coisa?

Grunhi baixinho e arranquei o cigarro da boca, esmagando-o em meu punho.

Caralho. Ela teria sentido o cheiro em mim assim que eu entrasse, mas pelo menos eu teria fumado de qualquer jeito.

Joguei o isqueiro e o cigarro amassado em cima da escrivaninha, tirando os sapatos para ir em sua direção.

— Está tudo bem — eu a tranquilizei, sentando-me na cama e inclinando-me para dar um beijo nela.

— Você estava tentando fumar, não é? — ela disse, sentando-se.

Suspirei, colocando o celular de volta na mesa de cabeceira.

— Isso está me matando, amor.

Ela bufou uma risada.

— Você não tem que parar — disse. — Não vou deixar você por causa disso. É só que é mais saudável.

Então ela subiu no meu colo e se sentou escarranchada sobre minhas coxas.

— Eu sei. — Deslizei os nódulos dos meus dedos por baixo do decote em V de sua blusa, pela barriga, tocando a pele macia que ainda não mostrava que ali dentro havia um bebê.

Ela estava com apenas oito semanas, e com todos os espetáculos de dança, estava perdendo quase tudo o que comia por causa do esforço. Como eu me preocupava se o bebê estava sendo nutrido adequadamente, fiz com que todo mundo ficasse no pé dela para que se alimentasse constantemente. Ainda bem que sua turnê era curta, e ela só tinha mais alguns espetáculos para fazer antes de uma pausa longa e muito bem-vinda.

Discutimos inúmeras vezes sobre o fato de estar colocando a si mesma e o bebê em risco com todos os shows, mas ela foi determinada em me assegurar de que daria conta de terminar tudo em segurança.

As coisas correram bem para ela nos últimos meses, e ela já tinha mais projetos planejados para depois que o bebê nascesse.

Tentei comparecer a todos os seus espetáculos — sem me importar onde fossem —, mas depois do trabalho que fiz para Grady MacMiller, mais projetos começaram a surgir, e tive que trabalhar. Algumas famílias me enviaram para construir algumas coisas em suas casas de veraneio, e eu estava ocupado com o planejamento de mais projetos já agendados para a primavera e o verão.

Assegurei-me de que Rika, Banks ou Alex estivessem com ela, caso tivesse que pernoitar fora da cidade em algum espetáculo onde não pudesse comparecer.

E embora eu estivesse pagando as contas e construindo o nosso futuro, acabei cedendo quando Banks devolveu a casa a Winter, inclusive a posse de tudo o que havia lá dentro. Banks instruiu Winter a manter tudo em seu nome, no entanto, caso ela quisesse me dar um pé na bunda algum dia.

Elas riram pra caralho disso.

Banks também honrou o acordo substancial que meu pai fez com Margot e Ari, embora nosso casamento não tenha durado um ano e agora se encontrasse anulado. Elas se mudaram da cidade, já que Ari se recusava a estar numa mesma sala que eu novamente.

De alguma forma, eu encontraria forças para sobreviver, pensei ironicamente.

E ainda não havíamos tido notícias do pai dela. Eu esperava que ele ficasse bem longe.

Winter recostou a testa à minha, deslizando os dedos pelos meus braços.

— Está nevando — sussurrou.

— Como você sabe disso?

Não estávamos do lado de fora, então ela não teria como sentir.

— Eu posso ouvir — ela disse. — Ouça...

Ficamos ali sentados, quietos e calados, e fechei meus olhos, tentando ver o mundo através dos olhos dela. Inspirei, sentindo o cheiro do ar frio, mas o silêncio tocava meus ouvidos, e não fui capaz de ouvir a princípio.

Até que escutei alguma coisa.

— No vidro — comentei.

Ela assentiu, sorrindo.

— Eu amo ouvir esse som. Como se o mundo estivesse dormindo.

Era o que realmente se parecia, como se um cobertor branco estivesse sobre todas as coisas do lado de fora. A água meio que sempre teve o hábito de acalmar o mundo à minha volta por toda a minha vida e, de uma forma ou de outra, eu a buscava e me deleitava em poder esconder-me por trás disso.

Olhei por cima do ombro de Winter, para o lado de fora da janela, a neve caindo, deixando o ar com uma beleza surreal; o movimento dos flocos de neve dando vida à Terra, ainda que tudo estivesse imóvel. Um pouco mais bonita. Um pouco mais pacífica. Um pouco mais protegida.

Ela sempre me entendeu. E sempre se sentiu assim também.

Mesmo quando éramos crianças, ela já me conhecia.

Estava sentado na fonte, a água escorrendo pelas bordas da bacia curvada acima, ao meu redor e ocultando-me dela.

Meu dedo estava doendo, pingando sangue do corte causado pelos espinhos quando passei correndo pelas sebes do labirinto, mas não ousei fazer nenhum barulho, nem mesmo respirar.

Ela estava me procurando, e eu só queria ficar sozinho. Meu queixo estava tremendo. Só me deixe em paz.

Por favor.

— Olá, querida — ela disse, depois de esbarrar com uma garotinha. — Você está se divertindo?

Fechei os olhos, imaginando estar bem longe dali. Em uma caverna. Ou em alto-mar. Qualquer lugar longe daqui. Cocei os pequenos arranhados que eu mesmo fiz nos meus pulsos ontem, tentando descobrir se tinha coragem para cortar de vez. Talvez eu não fizesse isso. Talvez, sim. Se eu fosse fazer, não teria que ficar aqui com eles. Não teria que morar aqui. Tudo acabaria.

— *Você viu meu filho?* — *Ouvi minha mãe perguntar e abri os olhos, meu cabelo e as lágrimas embaçando a minha visão.* — *Ele ama festas, e não quero que ele perca esta.*

Eu não gostava de festas. Meus joelhos tremiam incontrolavelmente. Eu não gostava de nada.

— *Não* — *a menininha disse.*

Mas eu a vi me encarando através da cortina d'água, e esperei, apavorado, que ela fosse dizer à minha mãe que estava aqui.

Não diga nada, por favor.

Minha mãe finalmente foi embora, e a garotinha deu a volta na fonte, olhando para trás para ver se ainda tinha alguém aqui.

Ela chegou mais perto e disse o meu nome:

— *Damon?*

Por mim, ela poderia ir embora também. Eu queria ficar sozinho.

— *Você está bem?* — *perguntou.*

Vá embora, cacete. Não queria conversar com ninguém. Não diria as coisas certas e não queria responder perguntas idiotas. Apenas vá embora.

— *Por que você está sentado aí?* — *Ela espiou por entre a coluna de água, e eu comecei a me tremer todo quando o frio se infiltrou pelas minhas roupas.* — *Posso me sentar aí também?*

Reparei que ela estava usando um tutu — todo branco —, e que o cabelo estava enrolado em um coque pequeno e apertado. Ela era mais nova que eu e, com certeza, aluna de balé da minha mãe. Acho que era Winter? Ela já esteve aqui antes, e eu estudava na mesma turma que a irmã dela.

— *Eu vejo você na Catedral, de vez em quando* — *ela disse.* — *Você nunca pega a hóstia, né? Quando as pessoas vão comungar, você fica lá sentado. Sozinho.*

A babá me levava à Missa toda semana — meus pais me obrigavam a ir, mas eles mesmo nunca iam. Era a única coisa que aquela vaca me deixava discutir. Tudo falsidade, que nem essas maquiagens que as mulheres usavam para esconder os hematomas e disfarçar o que realmente acontecia com elas. Tudo fingimento.

— *Vou fazer minha primeira comunhão em breve* — *ela comentou.* — *Quer dizer, eu acho que sim. A gente tem que se confessar primeiro, e eu não gosto dessa parte.*

Meus lábios se contraíram, a raiva sumindo bem pouquinho.

Eu não gostava dessa parte também. Confessar nunca me impedia de cometer os mesmos erros. Parecia estranho receber o perdão todas as vezes pelas coisas que fazia e sabia que eram erradas, mas que não me arrependia nem um pouco.

— Você quer que eu vá embora? — ela finalmente disse, quando eu não falei nada. — Eu vou, se você quiser.

Fiquei ali sentado, já não tão frustrado como antes. Até esqueci a dor na minha mão e os meus pais por um minuto.

— Não gosto muito de ficar aqui fora — explicou. — Minha irmã idiota sempre dá um jeito de estragar tudo.

Acho que entendia o que ela sentia. Também não gostava muito do mundo exterior. Nós poderíamos nos esconder.

Juntos.

Se ela quisesse.

— Então... vou embora — ela disse, e começou a se virar para ir embora.

No entanto, estendi a mão pela cortina d'água, convidando-a a ficar.

Ela parou, olhando para mim, e virou-se de frente para a fonte outra vez. Ergueu o olhar e mal esperou, antes de segurar minha mão e começar a subir no chafariz.

A água gelada espirrou para todo lado, e ela perdeu o fôlego quando se molhou. Ela riu ao se sentar bem perto de mim.

— Nossa, aqui é frio — comentou, olhando tudo ao redor, vendo a sombra da bacia acima das nossas cabeças enquanto a água caía à nossa volta.

Reparei em suas sapatilhas brancas de balé quando ela dobrou os joelhos e os abraçou contra o peito. Ela era tão pequenininha.

— O que aconteceu com a sua mão?

Olhei para o corte e enfiei a mão na água para limpar o sangue, secando a mão em seguida no meu casaco.

— Está doendo? — perguntou.

Não respondi nada. Mas, sim, doía um pouco.

— Meu pai me ensinou um negócio muito legal. Quer ver?

A voz dela era tão... relaxante. Como se ela não soubesse como as coisas podiam ser ruins nessa vida.

— Vai te ajudar a se livrar da dor — informou. — Deixa eu te mostrar.

Ela pegou a minha mão e eu tentei puxar de volta por um segundo, mas aí parei e deixei-a segurá-la à sua frente.

— Pronto?

Pronto para o quê?

Ela viu o corte na parte interna do meu dedo indicador, perto do nódulo, mas aí mordeu do outro lado do dedo, com força suficiente para apertar a pele, mas sem machucar.

KILL SWITCH

Seu olhar encontrou o meu, e foi assim que ela ficou por um tempão, aumentando a pressão com os dentes só um pouquinho.

No entanto, não doeu nem um pouco. Na verdade, até pareceu gostoso, porque a ardência irritante do corte, subitamente, desapareceu. Simples assim. A dor sumiu como se alguém tivesse apertado o botão de desligar.

Ela parou de morder e me explicou:

— Ele me disse que, quando você se machuca em mais de um lugar, o cérebro só consegue registrar uma dor de cada vez. Normalmente, a dor que for mais forte. A minha cutícula estava inflamada um dia desses, e estava doendo pra caramba, aí sabe o que ele fez? Ele mordeu o meu dedo. Foi meio estranho, mas funcionou. Eu não senti mais a dor de antes.

Uma dor de cada vez. Então... se algo te machucasse, você poderia fazer com que doesse menos a partir do momento que causasse mais dor?

A ardência voltou um pouquinho, mas não tão forte dessa vez, porque a sensação da mordida ainda estava presente.

Ela mordeu de novo, e de novo, até que a ferroada do corte desapareceu.

— E então? — perguntou. — Melhorou?

Eu queria sorrir, e achei que estava fazendo exatamente isso enquanto acenei com a cabeça.

Impressionante. Perguntei-me: se o corte fosse mais profundo, teria que morder com mais força? E, necessariamente, tinha que ser uma mordida? Eu podia fazer algo mais para afastar a dor?

Ela soltou a minha mão e sorriu para mim.

— Não me deixa feliz como biscoito e sorvete, mas pelo menos alivia um pouquinho.

Biscoito e sorvete, né? É, eu gostava disso também.

Ficamos ali sentados por mais um tempo, curtindo o barulho da cascata ao nosso redor, o labirinto calmo e os vagalumes circulando por cima das cercas-vivas. A música, a festa e nada mais existiam, a não ser o nosso pequeno esconderijo.

— Quem dera a gente não tivesse que sair dessa fonte — ela disse.

Não precisávamos sair. Não por agora, pelo menos. Deixe que nos encontrem.

— Por que você usa esse terço? — perguntou.

Segui a direção do seu olhar e olhei para baixo, vendo as contas de madeira aparecendo por baixo da minha camisa, perto do colarinho.

— Eles ficam bravos quando as crianças usam como se fosse um colar, sabia? — salientou.

Não consegui conter uma risada. E então engoli em seco, antes de responder:

— Eu sei.

Era por isso que fazia aquilo. Eles davam terços brancos às meninas, enquanto os meninos ganhavam um de madeira na primeira comunhão. O Padre Behr ficava realmente bravo quando alguns de nós o usava ao redor do pescoço. Quando descobri que isso era errado, passei a usá-lo como um colar o tempo todo.

Não havia muita coisa que eu pudesse fazer para revidar — em casa, pelo menos —, por isso escolhia coisas estúpidas das quais pudesse me safar.

Eu o retirei do pescoço e passei o terço pela cabeça dela.

— Agora você é má — eu disse a ela.

Ela olhou a peça, segurando o crucifixo prateado entre os dedos no fim do colar de contas.

— Pode ficar com ele — eu disse.

Daí ela poderia se lembrar de mim.

— Você está bravo porque estou aqui? — ela perguntou, de repente.

Eu parecia bravo?

Quando não respondi nada, ela olhou para mim.

E eu neguei com um aceno de cabeça.

— Então posso voltar algum dia? — ela sondou, esperançosamente.

E eu assenti.

— Vamos fazer assim... — ela disse e retirou o terço do pescoço e uma presilha prateada do cabelo.

Ela segurou os dois e os colocou em uma fenda por baixo da bacia acima de nós, deixando tudo escondido ali dentro.

— Já que esse é o seu esconderijo secreto — ela comentou, lançando um olhar animado. — É como se uma parte nossa sempre fosse ficar aqui. No nosso lugar.

Inclinei a cabeça um pouco e vi os objetos no local, que agora nos pertencia, então dei um sorriso. Ela era legal. Eu gostava do jeito com que ela falava comigo.

E ela gostou daqui também.

A boca de Winter pairou acima da minha, nossos lábios provocando um ao outro enquanto eu tirava seu suéter e o jogava sobre a cama.

Seu peito roçou contra o meu, e tudo o que ela conseguia fazer era me implorar:

— Damon...

Eu a beijei lenta e suavemente, o toque de suas mãos me torturando, como se fossem penas, seu corpo cálido à minha espera.

— Damon — arfou, inclinando a cabeça para trás e dando-me acesso ao pescoço para que eu pudesse mordiscar sua pele.

— Sshhh... — sussurrei. — Bem quietinha...

A neve do lado de fora começou a derreter, e o sons ressoaram em meus ouvidos, como se estivéssemos cercados pelas cortinas d'água da fonte, embalando meu corpo junto ao da garota que sempre me conheceu de verdade. A única mulher que precisava de mim e a única de quem eu precisava.

Eu não merecia nada que eu tinha, mas faria de tudo para me assegurar de merecer o que viesse no futuro. Nós teríamos nossa família, nossos amigos e nossa casa, e todas as noites com ela ao meu lado, cercados e perdidos onde o resto do mundo não existia, apenas nós.

Sempre nós.

Eu a penetrei e ela começou a remexer os quadris, levando-me mais fundo, para dentro e para fora. Sua cabeça estava inclinada para trás, e quando mordi seu pescoço e apertei seus seios, ela gritou em êxtase.

Enquanto a noite gelada e silenciosa assolava do lado de fora, nosso mundo inteirinho se encontrava bem aqui, nesse exato momento.

Quem dera a gente não tivesse que sair dessa fonte.

Nós nunca saímos, na verdade.

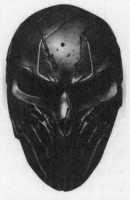

AGRADECIMENTOS

Sempre em primeiro lugar, aos meus leitores – muitos de vocês estiveram compartilhando sua empolgação e apoio, dia após dia, e sou muito grata por essa confiança e entusiasmo. Obrigada.

Agora vamos ao restante...

À minha família – meu marido e filha que lidam com a minha agenda louca, meus papéis de doces e minha ausência toda vez que um diálogo, uma mudança de enredo ou cena simplesmente pulam na minha mente durante o jantar. Vocês dois realmente aguentam muita coisa, e eu só tenho a agradecer pela paciência.

À Jane Dystel, minha agente na Dystel, Goderich & Bourret LLC – de jeito nenhum eu vou abrir mão de você, então... você está presa a mim.

Às PenDragons – vocês são o meu lugar feliz no Facebook. Obrigada por formarem um sistema de apoio necessário e por sempre se mostrarem positivas. E também sou grata pelas playlists sugeridas. Me ajudam e muito! Adrienne Ambrose, Tabitha Russell, Kristi Grimes, Lee Tenaglia, Lydia McCall Cothran, e Tiffany Rhyne, obrigada pelo esforço árduo como administradoras. Eu não conseguiria tudo isso sem vocês.

À Vibeke Courtney – minha revisora independente que passa o pente-fino em cada movimento que eu faço. Obrigada por me ensinar a escrever e deixar tudo alinhadinho.

À Kivrin Wilson – vida longa às garotas tímidas! Nós temos as mentes mais barulhentas.

À Milasy Mugnolo – que lê, sempre com aquele voto de confiança, e faz questão de que eu tenha pelo menos uma pessoa com quem conversar durante uma sessão de autógrafos.

À Lisa Pantano Kane – você sempre me desafia com suas perguntas difíceis.

À Jodi Bibliophile – nada de cowboys. Entendi. Nem pelo pubiano. Nunca. Nada de camisinhas... Bom, às vezes. Nem olhos revirando... estou tentando. Obrigada pela leitura, apoio e pelo senso de humor espirituoso que sempre me faz sorrir.

À Lee Tenaglia – que desenvolve artes lindas para os meus livros. Fico muito feliz por você amar esses garotos tanto quanto eu!

A todos os blogueiros – vocês são muitos para nomear, mas sei quem são. Vejo as postagens e marcações e todo o esforço que fazem. Vocês passam o tempo livre lendo, fazendo resenhas, e divulgando... Tudo de graça. Vocês são o sangue vital do mundo literário, e sei lá o que faríamos sem vocês. Obrigada pelo esforço incansável e por fazerem tudo isso por paixão, o que torna tudo muito mais incrível.

À Jay Crownover, que sempre vai na minha mesa nos eventos e me faz conversar. Obrigada por ler meus livros e por ser uma das minhas maiores apoiadoras.

À Tabatha Vargo e Komal Petersen, que foram as primeiras autoras a me enviar mensagem quando lancei o primeiro livro, dizendo que amaram demais o Bully. Nunca vou me esquecer disso.

À T. Gephart, que sempre tira um tempinho para conferir se preciso de mais um carregamento dos verdadeiros biscoitos australianos Tim Tam. (Sempre!)

E à B.B. Reid, por ler, compartilhar suas leitoras comigo e por ser minha prancha de equilíbrio. Mal posso esperar para escalar dentro da sua cabeça. ;)

É valioso demais ser reconhecido pelos seus colegas. Positividade é contagiosa, então muito obrigada a cada autor parceiro por espalhar o amor.

A cada autor já publicado e àqueles que sonham com isso – obrigada pelas histórias que vocês compartilham; muitas dessas me fizeram uma leitora feliz em busca de um lugar para onde pudesse escapar e também para que tornasse uma escritora melhor, tentando viver de acordo com seus padrões. Escrever e criar, e nunca parar. As vozes de vocês são importantes, e contanto que venham de seus corações, são boas e certas.

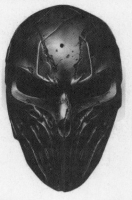

SOBRE A AUTORA

Penelope Douglas é autora best-seller do *New York Times*, *USA Today*, e *Wall Street Journal*.

Seus livros já foram traduzidos para quatorze idiomas, e contam com a série *Fall Away*, *Devil's Night*, além dos livros individuais, *Misconduct*, *Punk 57* e *Birthday Girl*.

A The Gift Box é uma editora brasileira, com publicações de autores nacionais e estrangeiros, que surgiu no mercado em janeiro de 2018. Nossos livros estão sempre entre os mais vendidos da Amazon e já receberam diversos destaques em blogs literários e na própria Amazon.

Somos uma empresa jovem, cheia de energia e paixão pela literatura de romance e queremos incentivar cada vez mais a leitura e o crescimento de nossos autores e parceiros.

Acompanhe a The Gift Box nas redes sociais para ficar por dentro de todas as novidades.

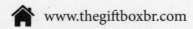 www.thegiftboxbr.com

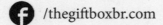 /thegiftboxbr.com

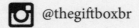 @thegiftboxbr

 @GiftBoxEditora

Impressão e Acabamento | Gráfica Viena
Todo papel desta obra possui certificação FSC® do fabricante.
Produzido conforme melhores práticas de gestão ambiental (ISO 14001)
www.graficaviena.com.br